隐匿的黑手

◎ 狐狸猫1015 著

贵州出版集团
贵州人民出版社

图书在版编目（CIP）数据

隐匿的黑手 / 狐狸猫1015著. -- 贵阳 : 贵州人民出版社, 2017.7
ISBN 978-7-221-14155-2

Ⅰ. ①隐… Ⅱ. ①狐… Ⅲ. ①长篇小说—中国—当代
Ⅳ. ①I247.5

中国版本图书馆CIP数据核字(2017)第120255号

隐匿的黑手

狐狸猫1015 著

出 版 人：苏　桦
总 策 划：陈继光
责任编辑：唐　博
封面设计：源画设计
装帧设计：唐锡璋
出版发行：贵州人民出版社
社址邮编：贵阳市观山湖区会展东路SOHO办公区A座　550081
营销电话：0851-86828640（传真）
印　　刷：长沙鸿发印务实业有限公司

开　　本：710×1000mm　1/16
字　　数：400千字
印　　张：20
版　　次：2017年7月第1版
印　　次：2017年7月第1次印刷
书　　号：ISBN 978-7-221-14155-2
定　　价：36.00元

版权所有，盗版必究；如有质量问题，请与出版社联系调换。

目 录

第一卷 夜访吸血鬼

第一章　废址	002	
第二章　目击	004	
第三章　错过	007	
第四章　丢失的血液	009	
第五章　爆炸	011	
第六章　相似的命运	013	
第七章　花心男友	016	
第八章　另类合作	019	
第九章　地下放映室	022	
第十章　照片里的奥妙	024	
第十一章　凶手名单	027	
第十二章　男友的供词	030	
第十三章　动物园	032	
第十四章　私人会所	034	
第十五章　水落石未出	037	
第十六章　耐心解释	040	
第十七章　遗言	043	
第十八章　情感苗头	046	
第十九章　吸血鬼现身	049	
第二十章　昔日恋人	052	
第二十一章　失而复得的血液	054	
第二十二章　学校之旅	058	
第二十三章　走失的小孩	060	
第二十四章　再掀波澜	063	
第二十五章　邻居的供词	066	
第二十六章　另类名片	068	
第二十七章　爱的供养	071	
第二十八章　绝情三明治	073	

目录

第二十九章 迟到一步	075	
第三十章 分手留言	078	
第三十一章 间谍	080	
第三十二章 出乎意料的真凶	083	
第三十三章 遥控杀人	085	
第三十四章 哀莫大于心死	087	
第三十五章 吃醋	090	
第三十六章 回家	092	
第三十七章 冷遇	095	
第三十八章 再见陌生叔叔	097	
第三十九章 占用身份	100	
第四十章 替身	102	
第四十一章 挂彩	105	
第四十二章 思维定式	107	
第四十三章 叛逆少年	110	
第四十四章 谎言	112	
第四十五章 目击者	114	
第四十六章 性情中人	117	
第四十七章 感同身受	120	
第四十八章 身世	122	
第四十九章 一个女人的暴风雨	124	
第五十章 对峙	127	
第五十一章 一样的结果	129	
第五十二章 自我反省	132	
第五十三章 紧急会议	134	
第五十四章 无名氏	137	
第五十五章 婚礼	140	

目 录

第二卷　肖申克的救赎

第一章　浮尸	146	第十五章　预感	180
第二章　猜测	148	第十六章　背靠背	183
第三章　嫌疑	151	第十七章　演戏	185
第四章　反常	153	第十八章　肖申克的救赎	188
第五章　不在场证明	155	第十九章　还有一个人	190
第六章　前女友	158	第二十章　放弃合作	193
第七章　勒索	161	第二十一章　闭关	195
第八章　良知	163	第二十二章　差错	197
第九章　把柄	166	第二十三章　私家侦探	200
第十章　旧案	168	第二十四章　醉酒	202
第十一章　失踪案	170	第二十五章　狼狈为奸	205
第十二章　神秘账户	173	第二十六章　效仿	207
第十三章　侧写	176	第二十七章　工于心计	209
第十四章　美女与野兽	178	第二十八章　坦白	212

目 录

第二十九章　贼船	214	
第三十章　拥挤的贼船	216	
第三十一章　神秘第三人	218	
第三十二章　失足少女	221	
第三十三章　一丘之貉	223	
第三十四章　崩溃	225	
第三十五章　勇敢面对	228	
第三十六章　弃婴	230	
第三十七章　仇人	233	
第三十八章　姐姐	235	
第三十九章　新线索	237	
第四十章　巫术	240	
第四十一章　白色粉末	242	
第四十二章　目标地点	244	
第四十三章　神秘用途	247	
第四十四章　降灵	249	
第四十五章　人造美男	252	
第四十六章　潜在客户	254	
第四十七章　高度怀疑	256	
第四十八章　偷窥	259	
第四十九章　蝴蝶效应	261
第五十章　秘密	263
第五十一章　主角	266
第五十二章　矛盾	268
第五十三章　入室	270
第五十四章　疾驰	272
第五十五章　额外收获	274
第五十六章　明哲保身	277
第五十七章　巫术真相	279
第五十八章　迂回	281
第五十九章　交换条件	284
第六十章　美梦成真	286
第六十一章　来去自如的凶手	289
第六十二章　窥伺者的复仇	292
第六十三章　世界上最残忍的报复	295
第六十四章　私心	298
第六十五章　尘埃落定	302
第六十六章　情愫暗生	305
第六十七章　灭口	309

第一卷

夜访吸血鬼

第一章　废址

午夜刚过，清冷而破败的街道上不知道从哪里升腾起几缕烟雾，像是妖怪的触角在缓慢游移。铁栅栏和斑驳的墙壁交错在眼前，朝任何一个角度望去，都有无尽的黑暗和未知张开怀抱等待着迎接和吞噬几个不知好歹的访客。

四个女生瑟缩在十字路口仅有的一盏昏暗路灯下，与头顶破旧污秽的黄色灯罩以及汇集在周围的飞蛾做伴。

凌澜望着手中DV屏幕上显示的电池电量，有些懊恼地按下了关机键。从下出租车到现在一个小时过去了，她们四个女生在这个荒废的街区里胆战心惊地迈着小碎步转来转去，除了满足了她们的探险练胆的目的，还有摇摇晃晃拍下了夜晚这个废址破败的景象之外，一无所获。

她们真正想要寻访和记录下的那号人物根本不见踪影。

"我说，咱们这么等下去也不是办法……"女生岳彤的娃娃音颤抖着，她用手肘推了推身边的凌澜。

凌澜不等岳彤说完，便没好气地反驳："你要回去？拜托，傍晚提议来这里的可是大小姐你本人，现在居然要我们无功而返？"凌澜摸了摸斜挎背包里面那个硬邦邦的东西，心有不甘。

岳彤忙不迭摇头："不是不是，我是说，我们应该往黑暗的地方寻找，难道还指望他会自己出来到路灯下找我们吗？"

话音刚落，便惹来一阵女生特有的撒娇似的唏嘘声，女生孟语思白了岳彤一眼，一副死也不肯挪地方的坚决神情。倒是冯佳的眼里闪过一丝亮光，几秒钟后，这位寝室里的大姐大率先迈出了里程碑似的第一步。

"走吧，既然都来了。"不容分说，冯佳大跨步朝着一个黑暗的拐角处走去。

凌澜一狠心，跟在冯佳的身后，走出几步她才发现，那来历不明的淡淡烟雾不就是从那个拐角处散发出来的吗？这烟雾像极了电影里营造诡谲惊悚气氛的道具，凌澜这样想着，但并没有停止步伐。

冯佳走到转角的时候回头看了一眼，她的身后紧紧跟着两个追随者，就连路灯下的孟语思也豁出去一样朝她们跑来。孟语思这个忠实的电影爱好者知道，在电影里，那个最先落单的人很可能就是最初的炮灰。

在等待孟语思赶上她们的时候，凌澜警觉地四下张望，然后把手电递给岳彤，自己重新把DV打开。

岳彤一边给凌澜照亮一边扶着她前行，俨然一个摄影助理一般，冯佳则是充当先锋，走在最前面，最后面是胆小的孟语思紧紧地扯着岳彤的衣襟。

突然，凌澜的呼吸声抖了一下。她不敢相信自己的眼睛，忙放下DV重放刚刚的画面。

三个女生凑过来询问她是不是发现了什么。

凌澜DV的屏幕上是缓缓转换方向的黑暗街道。月光和远处路灯，还有岳彤手中手电的光拼凑在一起，很凑巧地在一个黑色的身影上掠过。

凌澜按下暂停键，然后指着屏幕上远处的一个模糊黑影："他出现了，他出现了！虽然是转瞬即逝，但是，还是被我录了下来！"

冯佳兴奋地抢过DV，瞪大眼睛研究着那个黑影，几秒钟后，她失望地摇摇头："一定是看错了，可能是附近的流浪汉或者是走夜路经过的。"

"为什么？"其余的三个女生异口同声小声问，冯佳凭什么认定这个黑影不是她们今晚想要探寻目标的本尊呢？

冯佳指了指黑影中间部分突出的部位，几个女生恍然大悟，这很明显是一个大腹便便的男子的侧影，他还迈开了两条腿，显然是在走动。的确，她们要找的人，不可能是这样的体形，他应该是玉树临风的，是魅惑的，是让人无法抗拒逃脱的，是让人丧失心智的……

唯哪一声，远处传来了金属撞击的声音，似乎是铁门关闭的声响。四个女生被这声响惊得同时耸起肩膀，面露惧色。凌澜有种预感，今晚绝对不会无功而返的！

这里是S市旧城区20世纪80年代老工业基地的废址，厂房破败，到处堆积着工业废料、破铜烂铁，被誉为被遗忘的阴暗角落。

前几年这里还是很热闹的，是流浪汉的聚集地，当然也有些不法交易会选择在这里进行。可是从半年前这里莫名其妙死了两个流浪汉之后，流言蜚语便不胫而走，这里真正荒废下来，流浪汉大迁徙之后没有半点人烟，就连城市里那些小混混和不法分子也都放弃了这块宝地。政府原本要开发这片地建一个城郊公园的计划也就此搁浅。

凌澜不相信那个黑影是什么独自留守于此的流浪汉，谁见过流浪汉还大腹便便的？更加不认为那会是她们今晚要寻找的目标，凌澜和她们三个女生不一样，简直是有本质上的层次区别，她压根就没有动摇过自己的想法——她们要寻找的目标根本就是现实中不存在的！

凌澜之所以会带着DV和三个室友一起前来，不仅仅是她那该死的追根究底的精神在作祟，也不仅仅是旺盛的好奇心在怂恿，最重要一点，她想亲自逮到那个利用传说当掩护，仍旧选择在这里进行不法交易的犯罪分子。也是因为这样，凌澜才斥资买了时下流行的电击棒，随身携带，准备今晚派上大用场。

四个女生循着声音蹑手蹑脚地走到了一处低矮厂房的后门处。窸窸窣窣的声音从那扇半地下黑色铁门的缝隙中传来，岳彤的手电光清楚地映照出门口堆积的厚厚尘土上的一排脚印，这脚印只进不出，毋庸置疑，脚印的主人仍旧在里面，很可能就是刚刚那个大腹便便的男人。

冯佳依旧秉持着胆大妄为的不要命精神，第一个侧身从门缝中挤了进去。

眼下的情况似乎没有了退路，岳彤心想，总不能现在张口大喊：冯佳，快出来。更不可能丢下冯佳一个人，于是她没得选择，第二个跟了进去。

凌澜有些兴奋，她回头望了一眼眼里噙着泪猛烈摇头表示抗议的孟语思，低声耳语："你在外面等我们吧，半小时还没出来的话，报警。"

凌澜甩开孟语思的手，毅然进入了那个充满未知的黑色铁门后的世界。

第二章　目击

凌澜蹑手蹑脚跟在岳彤身后，迈了大概十几步，来到了一个转角处，转角的那边透过来幽暗的光，像是手电筒的光亮。凌澜看见最前面的冯佳试探性地把头探过拐角，然后便放心地迈开步子。

拐角的尽头是一扇黑得发亮的铁门，铁门的上方有个长方形的窗子，上面是密密的黑色铁丝网，昏黄的光就是从那扇窗子透过来的。凌澜望着紧闭的铁门，心想，刚刚在外面听到的恐怕就这折扇门关上的声音。

三个女生缓缓凑到小小的窗口前偷偷望向里面。瞬间，凌澜瞪大双眼，里面的空间不小，大概四十几米的空旷房间里，一个身着黑色长袍、戴着黑色宽大帽子、裸露着一双惨白色大手的高个子男人与一个大腹便便、头发斑白的老者面对面隔着几米距离站着。听不清他们在说什么，因为他们的声音低沉而嘶哑，也看不清他们的长相，因为他们都只是把侧面的轮廓面向着门口的方向。

凌澜注意到大腹老者手里拿着一个很大的手电，手电直直地对着对面那个把脸隐藏在宽大帽子里的男人。他在用手电打量对方，从上照到下，又从下照到上，然后，他似乎还微微颔首。他们身后不远处有一扇高高的窗子通向室外，窗子很长很扁，月光隐约能从那里投进来，照在老者的脸上。凌澜没有看错，她从老者的脸上看到了满意！

他到底看到了怎样一张脸？凌澜的好奇心仿佛呼之欲出般，她也好想看个明白，究竟是什么会让这个老者露出满意的神色。

毫无征兆地，黑袍男子缓缓迈开了步子，朝老者走去。老者却不动声色，似乎没有一点点惧意。凌澜一眨眼的工夫，再睁开眼时黑袍男子已经把老者揽进了他的黑袍之中，就像是黑暗的魔鬼一下子把一个人活活吞噬般。凌澜有种特别不好的预感，觉得当男子展开黑袍的那一刻，老者会瘫软摔倒在地，随之而来的，是一个生命陨落。

果不其然，凌澜听到了什么，一声粗重沙哑的呻吟声后似乎还有液体迅速流动的声音。

冯佳一巴掌捂住了岳彤的嘴，因为岳彤险些就要叫出声来。可是冯佳却没有料到，她出手太猛，声响太大，已经引起了屋子里那个黑袍男人的注意！男人的身体微微顿了一下！

而凌澜也是被这声音吓了一跳，以至于全身一颤，手中的DV顺势滑落。凌澜慌乱中急忙弯腰，双手在空中迅速比画着，想要阻止DV落地。一直等到她稳稳地抱住DV她才意识到，她右手上紧紧缠绕着DV的挂绳，根本无须担心，是虚惊一场。

再直起身子朝窗子里面望去的时候，凌澜差点一口气噎住当场昏厥，她竟然看到那个黑影轻轻一跃，迅速地从两米多高的小窗中闪了出去，眨眼工夫便消失不见。

那不该是一个人类能轻易做到的。

愣了不知道有多久，凌澜才反应过来，屋子里手电的照射下，老者已然倒地，浓浓的血液汩汩从脖颈处涌出，迅速蔓延，染红肮脏的地面。凌澜完全看呆了，她不敢相信，一个人可以以这样的速度流血，这样可怕的速度，就像开闸后奔流的狂潮。

凌澜侧过头望向身边的两个同伴，她们全都面无血色，瞠目结舌，惊愕程度更甚于自己。

大概15分钟后，警笛声才隐隐从远处传来。凌澜知道，这不怪警察，因为冯佳在打报警电话的时候语无伦次，坚决声称她看到了吸血鬼，才导致电话那边的警察认为这只是个恶作剧。后来凌澜把电话抢过来，耐心解释了半天，并再三强调不是什么吸血鬼，只是个身着黑色长袍、肤色惨白的高个子男人对一个老者不知道做了什么，瞬间让老者血流不止而已。虽然她的这番话可信指数也是低得可怜，但毕竟还算条理清晰。

挂上电话后，凌澜便一遍遍拨着孟语思的手机，因为当三个女生几乎是连滚带爬地原路返回时，应该乖乖等在门口的孟语思却不见踪影。

凌澜的电话打了十几遍，只有拨号音，就是无人接听，三个女生全都咬着嘴唇，心照不宣。孟语思此刻恐怕不是在回学校的路上。

警察们迅速进入了犯罪现场，只留下一个30岁左右的自称叫袁峻的警官对凌澜她们询问当时的情景。

三个女生中，只剩下凌澜还算正常。大姐大冯佳此刻就像是霜打的茄子，往日的风范全部消散，只是瞪着空洞的双眼，和同样丢了魂一样的岳彤一样，在凌澜讲述的时候不住地点头。

等到凌澜大致讲清楚来龙去脉后，另一个身着便衣的年轻男子从犯罪现场出来，走到她们面前："我叫顾涵浩，是S市景江区公安局刑警队队长。"

凌澜抬眼望着这个也就比自己大不了几岁的刑警队长，他的脸上根本没有电视剧里队长应有的威严和正气凛然，声音也不浑厚，说话也不是掷地有声。总体来说，这个顾涵浩像是一个不怎么好相处的邻家哥哥。

"你的DV是本案重要的证物，请把它交给我。"顾涵浩不容置疑地伸出手。事实上刚刚那个袁峻也提出了这个要求，但是凌澜显然有些抵触。

·005·

"我现在放给你看可以吧,至于这个DV是我的私有财产,我……"凌澜越说越小声,干脆直接按下开机键,可是连按了几次,刚一打开便显示电量不足自动关机。而面前顾涵浩的手丝毫没有缩回去的意思,凌澜看到顾涵浩的表情在显示他的耐心在一点点地耗尽,她也知道人家的这个要求在情在理,她没有权利拒绝,只好乖乖把DV放到顾涵浩手中:"你能不能答应我,只看最后一个和案件有关的视频文件?"

顾涵浩接到DV后便站起身,走出了两步才头也不回地回答:"不能。"

袁峻指了指不远处的警车:"走,我先带你们去车里,等会儿现场勘查结束后,你们得跟我们回去录口供。"

"那,孟语思怎么办?"凌澜不放心地追问。

袁峻勉强苦笑:"放心吧,也许她只是在附近迷路了,我们不会放弃搜寻的。"

凌澜也跟着苦笑,这个袁峻比那个顾涵浩强一万倍,至少还会说一些自欺欺人的话来安慰她们,也算是怜香惜玉吧。

坐在车上的凌澜把头探出车窗,不安地在人群中搜寻顾涵浩的身影,她记得他刚刚并没有再进到犯罪现场,而是在这周围晃悠,该不会是找个没人的地方去看她DV中的视频了吧。凌澜不敢想象顾涵浩在看到她那些视频之后会做何反应。

岳彤的哭声打断了凌澜的思绪,凌澜想开口安慰,却觉得此刻任何语言都那么苍白无力。她们的伙伴行踪不明,生死未卜,而且她们刚刚目睹了一场无比诡异血腥的惨案,她怎么还有心思去想DV里的视频?

想到这,凌澜又下意识地去拨孟语思的电话,然后把手机放在耳边,出乎意料的是,这次的电话居然通了!

"语思!你在哪里?你没事吧?怎么才接电话,我们都快急死了。都是我不好,我不该把你留在外面,我们不应该分开的!你现在在哪里,我们马上就去救你!"

凌澜喜极而泣,一股脑说了一大堆废话后她才意识到,对方根本没给她答复。顿时,一股凉意从背后蔓延开来:"你是,孟语思吗?"

手机里传来一声叹息,紧接着一个刚刚才听到的声音响起:"我是顾涵浩,刚刚循着铃声找到了孟语思的手机。"

"那,那她人呢?"凌澜带着哭腔问。

"只有手机。"说出四个字后顾涵浩挂断。

凌澜冷静下来揣测着,手机里有来电显示,这个顾涵浩其实没必要非要接通她的电话。但他接通了,而且在接通之后一言不发,恐怕是想听听她会说些什么。应该是这样的,这个年轻的刑警队长对这她们三个女生全都抱有怀疑。

第三章　错过

　　景江区公安局刑警队有一间比询问室温馨，又比会客室低档狭小的屋子，屋子里有饮水机、速溶咖啡和一罐廉价茶叶。两个灰褐色的三人沙发面对面摆放着，中间隔着棕红色的木质茶几。

　　"这里有喝的东西，你们自便。顾队长正在召开紧急会议，放心，不会很久。"袁峻还算客气地招呼了三个女生后便匆匆离开。

　　凌澜注意到当她首先坐在这一侧的沙发上后，岳彤和冯佳没有一个人愿意坐在她的旁边，她俩一路上都没有说话，而且凌澜的直觉告诉她，这两个女生似乎结成了什么同盟，把她排斥在外。这样想之后，她再看对面的室友，越发觉得她们眼神闪烁，举手投足都不对劲。

　　突然凌澜脑中灵光一闪，该不会是，就在她弯腰想要接住DV的那一刻，错过了什么？凌澜努力控制住激动的情绪，那大胆的猜想她并不想此刻就问出来，问出来她们估计也不会回答。不过凌澜心里已经有了些把握，一定是那个时候，她们看到了那"吸血鬼"的脸！

　　仅仅不到十分钟的时间，顾涵浩已经主持完会议回到了她们所在的房间。凌澜能想象得到这位年轻的干探开会时是怎样言简意赅。

　　一进屋，顾涵浩就感觉到了气氛的尴尬。他本以为这个时候这三个女生应该依偎在一起叽叽喳喳，没想到她们竟然分开坐，而且相对无语，异常安静。

　　顾涵浩坐到了凌澜旁边，用眼神示意她坐到对面去。凌澜起身坐到对面，然而那个小集体并没有接纳她。这一点顾涵浩和凌澜都意识到了。

　　凌澜把她们想要寻找探访吸血鬼的想法如何因为《吸血鬼日记》和《暮光之城》而产生，到四个女生纷纷查找有关吸血鬼的资料，再到搜集总结S市不胫而走的关于吸血鬼的传言的版本，最终敲定于昨晚出发去到那个传闻中吸血鬼出没的工业基地废址去眼见为实等，一五一十地报告给了顾涵浩。她本以为顾涵浩会对她们进行一番思想教育，但没想到顾涵浩对思想教育根本不屑一顾，直接抛给学校。他只是云淡风轻地说了一句："这些我会通知你们的学校的。"

　　凌澜从顾涵浩的问话中听出了一些蹊跷，他询问的重点在于行凶的片刻，凶手到底对死者做了什么。凌澜如实讲述，只看见黑袍男子迅速抱住了死者，两只惨白的大手紧紧钳制住死者的身子，低下了头，然后就听见粗重的呻吟声，还有液体流动的声音。

　　说到这里的时候岳彤和冯佳明显身子发抖，两个人紧紧握住彼此的手。

　　顾涵浩当然也注意到这一点，他再次发问："凶手的相貌，你们看见了吗？"

　　三个女生摇摇头，凌澜摇头后又看了看身边的两个室友。

临走时，凌澜故意走在最后面。等到两个女生上了车，顾涵浩递给了凌澜一张名片："关于那个视频，我想听听你的解释。"

凌澜的脸唰地红了。

顾涵浩面无表情地把凌澜送上了车，吩咐袁峻送她们回T大，并且再三嘱咐，如果想起来有什么遗漏的细节，一定要第一时间通知他。

清晨七点多，三个女生回到了T大女生公寓属于她们的115房间，折腾了一夜的疲倦身体沾到了床便再也动弹不得。凌澜这一觉犹如睡了三天三夜，好在她们已经大四下学期，除了论文和实习、找工作之外没别的事，可也正是因为如此，才有时间整日整夜地看美剧，然后胡思乱想，想玩什么夜访吸血鬼的危险游戏。

醒来的时候已经是傍晚，凌澜饿得前胸贴后背，甚至连下床泡一包方便面的力气都没有，寝室里只剩下她一个，如果这个时候她的男友彭泽能给她送来一屉热腾腾的小笼包该有多好。然而这个念头只是一闪即逝，她不能指望他的。

正想着，岳彤和冯佳推门进来，两个人居然有说有笑，好像昨晚什么都没发生一样。一直到她们注意到上铺上还躺着一个清醒的凌澜，说笑声戛然而止。

"凌澜，咱们昨晚的事学校已经知道了，系里面会开会决定对咱们的处分，很有可能会记过什么的。"岳彤低沉地说道，凌澜不明白，既然这样，她们刚刚还有说有笑？

"那怎么办？"凌澜终于来了力气，坐起身来。

冯佳却胸有成竹般："放心吧，系主任会给咱们求情的，毕竟咱们平时表现中规中矩。我刚刚给系主任打了电话，她无意中说到她明天放假在家大扫除，咱们去帮帮忙，说点认错的好话，相信应该没问题的。"

凌澜点点头，系主任王老师的确是个好说话的人。

又聊了一会儿，凌澜下床去水房洗漱一番，回来时她并没有直接推门而入，因为她听到屋子里，那两个明显有问题的女生正在商量着什么。她们的声音喊喊喳喳，凌澜只听清楚了一句话，那是冯佳说的："幸好凌澜没看见。"

凌澜手中的脸盆差点落地，她忙转身蹑手蹑脚走开，然后又迈着正常的步子，趿拉着拖鞋走到门口推门而入。

凌澜没有去食堂，因为她不想看到某些刺眼的画面，她独自来到校外的小笼包铺，点了整整两屉包子。在等待美食的空当，她掏出那张名片，给顾涵浩打了个电话。

"喂，顾队长，你好，我是凌澜。关于我的两个室友，我敢肯定，当时她们看到了什么！而我，却因为弯腰想阻止DV落地，所以刚好错过了那关键的一幕。"

第四章 丢失的血液

　　顾涵浩意识到他接手的这起命案不是一般的命案，虽说从某种程度来说，命案都不一般，背后都会牵扯出一系列或让人愤慨或让人叹息的内幕，但是这起命案有点非主流，因为它牵扯到的是时下S市非常流行的都市传说——吸血鬼。

　　这么说的原因不单单是因为三个目击证人的证词，也不单单是因为凌澜DV里那个凶手穿着一袭黑色长袍，裸露着惨白的大手，更重要的是死者身上的特征：死者的致命伤在脖颈的大动脉处，伤口是两个距离3厘米的直径为1厘米的圆洞，导致死亡的原因很简单，就是失血过多。

　　犯罪现场也异常诡异，警方的取证人员在犯罪现场的黑色铁门和那个两米高的窗子上的黑色铁栅栏上取到了指纹，窗子上的指纹分布和方向显示曾有人用双手做出了握紧铁栅栏的姿势，而完全变形到夸张的几根铁质栅栏究竟是不是被这双有力的手弄弯的，还不能下定论。

　　一定是有人故意留下了指纹，想造成吸血鬼力大无穷的错觉。既然是故意留下的，恐怕这指纹不会在警方的资料库中。

　　顾涵浩再次点开了凌澜DV录下的视频，他已经把这段关键的视频拷贝到自己的电脑里，反反复复快进慢放了好几遍。只可惜当时的DV镜头隔着比较密实的黑色铁丝网，光线又不好，看不清那窗子上的栅栏当时是不是已经被破坏。但是凶手身高185厘米左右是确定的，只是身体被包裹在宽松的袍子里，身材难以确定，不过看那双有力的大手，估计是个肌肉男。

　　凶手是在故意伪装成吸血鬼作案，这点毋庸置疑。而死者和凶手是认识的，他们约定在这里见面，对于凶手这样的装扮，死者没有害怕求救，也没有吃惊，反而是满意！好像他是个吸血鬼电影的导演，只是来看看演员定装的效果，效果很不错，所以导演欣慰地笑了！

　　顾涵浩摇摇头，甩开这些无聊的想法，但是思绪却停留在了吸血鬼这三个字上。

　　在S市的吸血鬼传说盛行起来的时候，顾涵浩也曾在网上简单调查过S市吸血鬼传说的源头，意外地在各大论坛上发现S市竟然有一群非常忠实的"吸血鬼粉丝"。他们在网上乐此不疲地搜集吸血鬼资料转载，甚至是根据S市的传说原创一些吸血鬼的小说，最不可思议的是，这些人中有一小部分人是有组织的，他们是一个团体，自称为"赤色祭品联盟"，他们甚至有自己的主页，并在主页最显眼的地方用触目惊心的红色写着他们的标语：尊敬的吸血鬼大人，本人甘愿且非常荣幸成为您的候选祭品，愿您感受到我的万分诚意，赐予我永恒生命。

　　顾涵浩记得他第一次进到这个"赤色祭品联盟"的网站是在两个月前，当时他便通知负责网络监管的同事调查这个网站，很快便得到了反馈消息，此网站的服务器在美国，况且它并没有造成什么实际影响，姑且也就把它放在一边了。

此刻，在命案发生的四小时后，顾涵浩坐在办公桌前，想再次点开那个网站，却发现那个网站居然在这个关键时刻消失无踪。这说明什么？顾涵浩冷哼了一声，真是此地无银三百两。

一通电话打断了顾涵浩的思绪，是办公室的座机，电话的那边是一个冷静的低沉女声："涵浩，尸检有初步结果。"

顾涵浩没说话，他和施柔的交情也无须多言，挂上电话便起身。

只五分钟，顾涵浩便来到了法医施柔的工作区域。解剖室里，已经卸下手套口罩的施柔挥挥手让助手离开，然后她很随意地坐在操作台旁边的椅子上，双手揉着太阳穴："很奇怪。我是说，死者很奇怪。"

顾涵浩拉过一把椅子坐在她身边，把手搭在空空的操作台上。记得几年前他还是菜鸟的时候就曾这样和施柔在这里，守着几米远的一具尸体，一边喝奶茶一边情话绵绵。而如今，尸体仍在，顾涵浩早已戒了那甜腻的饮品，而那些情话也已恍如隔世。

"怎么奇怪？"顾涵浩洗耳恭听的模样。

"死者全身的血液几乎都流干了，而且是在极短的时间内由外力造成，怎么说呢，就好像是有个泵，"施柔说着用左手的拇指和食指在自己颈动脉的位置比画，"短时间内抽干血液。"

顾涵浩感到一丝凉意。这种杀人手法到底目的何在，只是为了伪装成吸血鬼吗？

施柔冷静地继续说道："尸体内残存的血量加上现场的血量根本不足一个人正常的血量，也就是说，死者有一部分血丢失了，被那个凶手带离了现场。"

"会不会是卟啉症？"要说需要血液的人，顾涵浩首先想到了这种病症的患者。

"不排除这种可能。"施柔起身往门口走去，"天都亮了，你也回去休息一下吧。"

顾涵浩真的需要休息，但是他没有回家，只是在办公室里泡了一包方便面，吃完后便伏在桌子上睡去。他打算一边休息一边等袁峻的回信，早上他给袁峻布置了任务，调查死者的身份及背景。顾涵浩知道这应该不难，虽然死者的身上除了少量现金之外没带任何证件，但是那个限量版的名牌钱包却是个有利的线索。由此可知，死者应该是个有钱人。

下午五点的时候，袁峻和另一名名叫柳凡的女刑警带回了死者的身份背景资料。顾涵浩又主持了一次临时会议，听取袁峻他们的调查成果，询问另一组人员寻找孟语思有何进展，等等。会议结束的时候顾涵浩的手机响了起来，来电显示是凌澜。

"袁峻，你现在立即去大学，再把那三个女生给我接回来，"挂上电话，顾涵浩冷静地吩咐，"等一下，只接岳彤和冯佳就可以，上次她们什么都不说恐怕就是因为凌澜在场。"

袁峻领命离去。顾涵浩却有些不确定，到底凌澜是真的肯定那两个女生看到了什么，还是，这只是小女生之间的报复游戏，凌澜和她们的关系不好，利用警方来给她们俩找麻烦？如果是第二种，顾涵浩心想，那就必须得好好教育一下这个凌澜，光是DV里那些不像话的视频，就可以给她定一个侵犯他人隐私的罪名。

半小时后，在顾涵浩的办公室里，两个女生的高分贝声音证实了顾涵浩的第二种猜想。岳彤和冯佳罗列了一大堆她们和凌澜不和的过往，一口咬定是凌澜胡说八道，故意给她俩找麻烦，事实上，她们根本就没看见凶手的脸。她们还信誓旦旦地告诉顾涵浩，他如何被凌澜给耍弄了。

顾涵浩真的无法忍受这两个聒噪的女生，本来还想使用些策略套出一些实话，可是她们俩根本就是带着气愤而来，像是死硬的石头，让他无从下手。

无奈，顾涵浩只有暂时放弃这一边的线索，打算从死者的背景关系入手。

这个时候，顾涵浩还不知道，他的原定计划会因为某些关键性的意外而推迟，他更加想不到这个关键性的意外会让他脱离正常的生活轨道，走上另一条扑朔迷离、凶险未卜的岔路。

第五章　爆炸

晚上快九点的时候，115寝室的门被粗鲁地推开，冯佳怒气冲冲地站定在凌澜面前："凌澜，我警告你，不要再多管闲事！眼睛长在我们自己的脸上，我们看见什么，没看见什么，我们自己最清楚，用不着你来操心！"

说话间，岳彤也白了凌澜好几眼："凌澜，拜托你别在警察那胡言乱语，学校里这么多双眼睛，众目睽睽之下被警车接走是好看的吗？"

凌澜把一直以来的好脾气丢到一边，开口反驳："我不是无风起浪，我听到了。岳彤，你说'幸好凌澜没看见'，这不就说明当时你们俩确实看到了我没有看到的什么吗？还有，孟语思到现在都下落不明，你们俩居然还有说有笑，还敢说你们没有隐瞒？你们到底背地里在搞什么鬼？"

冯佳和岳彤都是一怔，岳彤还想说什么，冯佳却冲她摇摇头："算了算了，折腾了一天，我累了。凌澜，我唯一能告诉你的就是，孟语思她很安全，信不信由你。"

这一晚凌澜辗转难眠，她很想打电话问问顾涵浩是不是亲自询问过岳彤和冯佳那晚凶案现场的事，有没有问出什么端倪，可是已经是凌晨一点，现在打电话实在不太礼貌。

"凌澜，我知道你没睡，我在走廊等你。"岳彤的声音如游丝一般，可想而知，这句话她不想让冯佳听到。

凌澜轻手轻脚地下床，跟着岳彤来到走廊，她有些兴奋，看来是岳彤想要对她透露些什么内幕。

果然,岳彤第一句便让她差点咬了舌头,"凌澜,我们真的找到吸血鬼了。"

清晨吵醒凌澜的是手机上的一阵短信铃声,凌澜又睡过了头,没办法,听了岳彤昨晚的那番话就像生生整吞了一个小笼包一样,消化她那番话用了凌澜整整一夜,直到天色渐亮,她才勉强合眼。

这会儿,凌澜睁开有些浮肿的眼点开短信。短信是岳彤发来的,意思是她和冯佳已经吃完早点,在去系主任家的路上,九点的时候在系主任家楼下集合,再一起上去,记得买点水果。

凌澜看看时间,已经是八点半多,她是没有时间再吃早点了。下床后她匆忙去水房洗漱,回来时才发现桌子上竟然有一杯牛奶,凌澜心里泛起一阵暖意,虽然岳彤昨晚那番话她无法苟同,但是这份心意确实让她欣慰。

凌澜三口两口喝完牛奶,又揣了半包饼干便往校门口的公交车站跑去。

挤上了公交车,车子行驶了有三四站之后,凌澜才意识到了她不仅仅是因为空腹喝了牛奶胃部有些不舒服,而是真正的绞痛。凌澜捂着胃弯下腰,面部因为疼痛而扭曲。一个中年男子主动给她让座,还有几个年轻的上班族提议她马上下车,打车去医院。

凌澜却只是摆手拒绝他们的提议:"没关系,我有急事,办完了再去医院。"

果然,下了车,呼吸到了新鲜空气后,凌澜感觉舒服些,远远地,她看见岳彤和冯佳在冲她招手,她擦了擦额头上的汗,迈着软绵绵的脚步赶过去。

"迟到了啊。"冯佳有些没好气,"怎么没买水果?罢了罢了,快上去吧,王老师估计都开始扫除了。"

岳彤注意到了凌澜的不适,关切的眼光时不时在凌澜身边环绕:"早上没吃东西吧,是不是这几天饮食不规律,胃不舒服啊?"

"对了,谢谢你的牛……"还没等凌澜说完,身后一股粗鲁的力量把她推进了电梯。

一起进入电梯的大概有七八个人,凌澜白了一眼刚刚在她身后推她,现在站在她左侧的年轻浓妆女子,刚要再次开口说牛奶的事,却再次被那女子打断。

"哎呀,我的手机怎么不见了?一定是刚刚一起进电梯的时候被谁偷走了!"女子尖厉的声音在狭小的空间里撞来撞去,大家的神色都不太好看,有两个大妈还急忙检查自己的财物有没有失窃,好像电梯里混进来了一个职业扒手。

"你,一定是你,刚刚进电梯时,你就一直弯着腰,鬼鬼祟祟,快把我手机交出来。"

凌澜怎么也想不到,她会被当成小偷,她弯着腰只是因为腹部疼痛而已,再说了,她的样子哪里像是小偷!

凌澜没有力气解释,干脆不理那个女子。无奈那女子却一把夺过凌澜的背包,拉扯中,背包掉在地上,里面居然滚落出两个手机!

"哎呀，果然是你，大家快看看，这就是我的手机，她是小偷！走，跟我去公安局！"浓妆女子不依不饶，紧紧抓住凌澜的手臂。

电梯才到十楼，浓妆女子便把凌澜拖出了电梯："走，跟我去公安局！"

眼看电梯门就要关上，凌澜像是一摊烂泥一样只能任凭那女人摆布，她想申辩什么却被一阵绞痛打断。凌澜只能眼睁睁看着她的两个室友和电梯里的所有人用那种嫌弃和鄙夷的目光望着自己。

拉拉扯扯中，凌澜还是被浓妆女人拉到了楼下。"我说你少来这套，想装病是不是？人赃俱获，容不得你狡辩！快跟我走！"

凌澜早就感觉到事有蹊跷，直到现在她才从剧痛中反应过来，她眼前的这个女人不对劲！人赃俱获？她一个证人都没找，手机此刻也被她紧紧握在手中，哪里有什么人赃俱获？她的目的到底是什么？还有那杯有问题的牛奶，看样子好像不是出自岳彤之手？

"你，你到底是，是谁？"凌澜的断断续续的话刚一出口，只听一声巨响，像是爆炸的声音，紧接着是重物接连撞击地面的声音。

凌澜身边的浓妆女子被这巨响吸引了过去，凌澜看见她匆忙跑到高层楼宇的侧面。凌澜也迈着千斤重的步子跟跟跄跄地往那边赶。终于，她远远地看到了几团火，有路人正脱下衣服在努力扑火。扑火的是个男人，他身边还有个大喊救命的老太太，还有个正在打电话的中年男子，一个路过的中年妇女正捂住身边十几岁孩子的眼睛，只有这些人。

凌澜又努力寻找了一番，哪里有刚刚那个浓妆女子的影子？她不是来看热闹了吗？人呢？

凌澜勉强仰头看上去，倒数第二层，18层，正是系主任王老师家所在的那一层！

第六章　相似的命运

凌澜知道自己身在医院，虽然她睁不开眼，身体也不听使唤，但她却保持着一丝清醒。她想起了她终于不堪疼痛晕倒在王老师家所在的小区。一定是有好心人送她来了医院。

耳边能模糊听到医生和护士的声音，好像还有一个人，医生在向他汇报自己的情况，这个人似乎是病人家属的角色，他会是谁呢？送她来医院的好心人吗？

傍晚的时候凌澜才彻底清醒过来，睁开眼时她最先看到的竟然是顾涵浩的脸。

顾涵浩的脸上充满关切，一看到凌澜睁开了眼，放下心中大石般笑了一下："可算是醒了，怎么样，还有哪里不舒服吗？"

凌澜没时间惊异于顾涵浩的好态度，她只想证实自己半昏迷状态中所做的猜想是错的："岳彤和冯佳她们没事吧？"

顾涵浩低垂眼帘："很遗憾，因为厨房煤气爆炸，爆炸时她们俩和那名老师都站在厨房外的阳台上，从18层落地后当场死亡。初步鉴定结果是意外。"

凌澜冷笑一声："意外？这是杀人灭口！我早就告诉过你，她们一定是看到了什么，就是因为这样，她们才会惨遭毒手！"

顾涵浩蹙眉把目光转向窗外："所以你现在很危险，我会派人24小时保护你。"

一语惊醒梦中人，凌澜这才意识到自己多么幸运，她本应该和冯佳、岳彤一起步入那个被人布置好的陷阱中，结果竟然因祸得福，被以子虚乌有的罪名栽赃，就凑巧躲过了致命的一劫。她真的应该找到那个浓妆女子好好感谢一番才对。

顾涵浩叹了口气："我询问过当时电梯里的其他人，也请他们去警局做了拼图，可是作用不大。我想，你和那名女子有过最近距离的接触，她的相貌特征，你应该最清楚。"

凌澜抬眼愤然直视顾涵浩，他不去调查爆炸的幕后主使，居然对一个无关的浓妆女人感兴趣！

顾涵浩看出了凌澜的愤怒，他调整了一下心情，深呼吸后平静地说："这样吧，我给你讲一讲一年前我的亲身经历。听完之后你就会了解。"

凌澜的表情有些抵触，但是却不自主地调整了一下坐姿准备倾听，她旺盛的好奇心已经开始期待顾涵浩的故事了。

顾涵浩的脸上蔓延开悲伤的神情："去年的4月14日是我永生难忘的一天。那个时候我还只是一名普通的刑警，两天前就接到了上面的指令，将会参与一起抓捕行动，抓捕的目标是一个逃窜了近十年的杀人犯，他整了容，改名换姓，从南方逃到S市。我们已经掌握了关于他身份的重要线索，并且初步确定他没有武器，不具备多少危险性。所以这次抓捕被大家认为犹如探囊取物一般简单轻松，毕竟，再穷凶极恶的罪犯我们也曾对付过。

"14号清晨，我不到五点便起床，准备精力充沛地去执行任务。五点半的时候我开着车子刚刚出了小区门口，一个黑影便向我的车子撞过来。当时因为要出小区大门，我的车速并不快，可那个黑影却像是被反弹一样跳出去两三米，然后倒下。我很清楚，我是遇到了碰瓷的了。我还是下了车，本来是想亮出我的证件吓走他，毕竟我还有急事要办。但是当我看清了他的装扮和面容之后，掏出的不只是证件，还有三张百元钞票。他上了年纪，应该有快80了吧，穿着一件破旧不堪的黑色棉袄，身后背着一大袋塑料瓶子。他的样子真的是狼狈不堪，以我的观察能力可以确定他真的就是一个靠拾荒生存的可怜老人。我注意到他几乎没剩什么牙齿，嘴唇龟裂，脸上和手上的皱纹犹如刀刻，风霜在那刀刻的缝隙中留下了清洗不掉的黑色。当他看到警官证时并没有什么反应，就算他不认识字也该认得警徽。可他并没有一点点吃惊，好像早就知晓我的身份一样。更奇怪的是，他甚至对那3张大钞都没有什么反应。他没有接过钞票，眼看我要把钱放下后离去，也不知道他是哪里来的胆量，竟然一咬牙死死扯住我的裤脚，当着我的面把头撞向了地面，瞬间血液流满了他那布满刀刻皱纹一般的脸。

"他这一撞是下了必死的决心的，毕竟他已是风烛残年，看来他要的不是钱，而是要我送他去医院。周围很快聚集了不少人，还有些是我的邻居，他们知道我是个警察，如果在这个时候我甩手离去，或是说自己有紧急任务请别人替我送他去医院，恐怕不光是自己以后无法做人，还会给警察这个职业抹黑。而且，我很想等这个老人清醒之后，亲自问问他到底意欲何为。于是，我驱车送他去了医院。在车上，我给上级打了电话，报告了自己这边的情况，上级也认为这只是很简单的一次任务，多一个人少一个人都不会影响什么，简单嘱咐我几句话后，接受了我的请假。"

凌澜听到这里已经猜到了后续的发展，八成，顾涵浩那四个同事凶多吉少。

顾涵浩调整了一下状态，继续说道："那个逃窜的凶犯居然还有两个同伙，他们在一起做走私枪支的勾当，所以在武器方面他们自然占了优势。我们低估了他们，我的同事们和他们发生了枪战，结果，两死两伤，幸存的两个同事一个在医院不治身亡，另一个落了终身残疾。"

凌澜连忙追问："那个医院里的老人呢？"

"14号当晚我就回去医院找他，只可惜，我去晚了一步，医生说他莫名失踪了，没有留下任何身份信息。我又去询问了我家小区门口值班的保安，他告诉我，那个老人从凌晨三点多就一直在门口晃悠，十分可疑的样子。当听到有车子驶过来的时候，他就会凑过去看，一直到他看到了我的车子，才冲了出来。更明显的是，还有一名保安曾去问过他是不是在等人，那老人并不回答，保安只是听他在嘴里喃喃念着什么数字，只听清了后三位，你猜怎么着，正是我车牌号码的后三位！可见，他不是随机挑选对象的，他等的就是我。他年纪大了，如果不是一直念叨着我的车牌号码就会记不清，他为了等我，为了在我面前豁出性命的这一撞，很可能从三点到五点多，整整念叨着我的车牌号码两个多小时！"

"他没有把车牌号写下来，恐怕是不想留下什么证据。"凌澜说出了自己的想法。

"我一直没有放弃寻找他，不是为了感谢他让我因祸得福逃过一劫，而是我要问清楚，指使他这样做的人到底是谁，有何目的！很明显，他是用生命来完成这个任务的，一个人甘愿付出生命，他背后到底有怎样的动力！"

凌澜赞成顾涵浩的观点，她不认为发生在顾涵浩身上的事只是巧合，毕竟这其中可疑的地方太多，可是，这真的和自己今天的幸免于难有什么关联吗？

"这一年来我做过很多可怕的推测，如果这件事不是巧合，那么在幕后指使老人的那个人就太可怕了，先不说他这样做目的是什么，他怎么会知道那天的行动会失败？说不定他本身就与那个逃犯或者走私枪支的团伙有着什么关联，如果是这样，我更不能放过他。"顾涵浩很认真地望着凌澜，显然他把她当成了自己的同盟，"本来我心里也一直有个疑虑，也许那次事件真是我多虑，根本是个巧合。可是在你身上居然也发生了这种事，我认为纯属巧合的几率微乎其微。"

"你认为派出那个老人的幕后神秘人和这次派出浓妆女人的是同一人？"凌澜发问。

顾涵浩用力地点点头，神情肃穆："同样的手段，直觉告诉我，是同一人的可能性非常大。也有可能不是同一个人，而是同一个团伙，同一个庞大的犯罪机构。而我们俩很可能具备着某些相同的特征或者隐秘的联系，对于那个神秘人或者团伙机构来说，我们有着某种特别的意义，不能死于意外。哦，对了，强调一点，在以往的探案经历中，我直觉的准确率在百分之八十五以上。"

凌澜被顾涵浩的"危言耸听"弄得忍不住全身一抖，不由得认为这个顾涵浩是个十分悲观的人，居然把事态想得这么严重，连"庞大的犯罪机构"都冒了出来。也难怪，身为刑警，他每天接触的都是血腥和残暴，得了这种危机恐惧症也不见怪。

凌澜转移话题："关于那个可疑的老人，我认为你不应该只去找这个老人，而是应该找缺少这么一位老人的家庭，这家庭很可能留下了几个老幼妇孺，一年前还过着朝不保夕的生活，而现在……"

顾涵浩笑着打断凌澜："真是人不可貌相，你这样一个大学还没毕业、未经世事的小姑娘能想到这一点。只可惜，按照这条思路去寻找，依然一无所获。"

凌澜有些懊恼，不光是因为她提供的思路人家早已经想到，更因为顾涵浩把她形容成未经世事的小姑娘，还说什么人不可貌相，难道她看起来是那种脑袋空空的笨蛋？

"回归正题，那个浓妆女人，她长什么样？"顾涵浩一边说一边准备好了纸笔。

"你还会这个？"凌澜饶有兴趣地盯着顾涵浩，"真是人不可貌相。"

第七章　花心男友

凌澜从医生那里了解到她早上喝的那杯牛奶里有少量的毒素，她腹痛的原因是食物中毒，但好在这种毒素要不了人命，加上剂量也少，只会造成腹痛呕吐的症状。用凌澜自己的话总结就是，只会造成"耽误事"的效果。

凌澜已经肯定那杯牛奶绝对不是岳彤的杰作，因为她在第五次仔细回想今早一切细节的时候想起了关键的一幕——早上她从上铺下来的时候因为着急是直接踩着桌子跳下来的，她记得她当时从上铺草草看了桌子一眼，如果她看见上面有杯牛奶的话，她是不会进行这么粗鲁的动作的。然后，她在没有锁门的情况下去水房洗漱，回来时，便有了牛奶。

有人想让她因为腹痛放弃去王老师家，可是她的忍耐能力太强，却导致那个人计划搁浅，最后，出于无奈，那个人只好现身亲自阻拦。

病房的门被推开，一股小笼包的香味扑鼻而来。顾涵浩风尘仆仆坐到病床前，把美味铺展开来："医生说了，你最好少吃点，而且只能吃素馅的，毕竟你的胃现在还很脆弱。"

凌澜点点头，一边吃一边把目光投向一旁桌子上的一沓画纸，上面全都是浓妆女子的画像，大部分是根据电梯里那些人的描述，由专业负责人像素描的刑警画的，还有两张是顾涵浩画的，最上面那张却是出自凌澜之手。

这些画像全都不尽如人意，不是说画得不像，而是没有显著特点。那女人的浓妆像是一个面具，把自己真实的脸包裹了起来。要找出她，说不定比找到那个"吸血鬼"更难。

想到"吸血鬼"案件，凌澜才真正感到害怕，如果说真的有一个神秘而庞大的犯罪机构，那它也不会对她造成什么威胁，至少目前这个机构还在设法保护她的周全，可那个"吸血鬼"杀人犯就不同了，他可是切切实实想要她在人世间消失呢。

"你说，凶手会不会以为我也看到了他的真面目，也想要杀我灭口？你说的24小时保护到底靠谱不靠谱啊？"

顾涵浩放下手中的筷子，有些不满："如果说警方的保护都不靠谱，你还指望谁？这样吧，直到凶手落网之前，你先不要住学校，你的寝室根本就不安全。你先出来租房住，我会派个女同事在你身边24小时保护。"

"房租不用我付吧？"凌澜对这样的安排有些不满，她潜意识里早就认定该是顾涵浩亲自保护她，可转念一想，人家怎么说也是个堂堂队长，这样的事当然是指派给手下，"算了算了，我自己付房租，反正我也快毕业了，早就打算出来单住了。但是我要求你的男同事保护我。"

眼看顾涵浩带着复杂的笑意望着自己，凌澜继续尴尬地解释："我是想，男警察毕竟比女警察更强壮，如果真的有什么危险……"

"是因为视频里那个男生？你的男朋友？"顾涵浩云淡风轻地问。

凌澜的脸唰地通红："你，你，你怎么知道他是我男朋友？"

顾涵浩叹了口气："一个女生煞费苦心像个特工一样偷偷跟拍一个男生和多个女生的甜蜜举动，最大的可能就是：你是她的女友，在抓他花心滥情的证据。你和视频里的他还有其他女生都戴着同一品牌款式相似的情侣表，还有视频里他曾带着不同的女生出入不同的包子铺，可见他有多爱吃小笼包，而你，刚刚否定了我那么多提议，独独指名要吃小笼包。我想，你拍下这些的目的是想把他和A约会的片段放给B看，再把他和B的约会片段放给C看，依次下去，最后只剩下忍耐力最强的人留下，成为他独一无二的女友，这个人就是你。"

凌澜无声苦笑:"果然逃不过你的法眼,你一定觉得我很傻。"

顾涵浩摇摇头:"相反,你挺聪明的,只是用错了地方。你以为我派个男同事贴身保护你,他就会吃醋然后陪在你身边吗?"

凌澜苦笑摇头:"不是,这次你真的想错了,我是怕他来看我的时候,连保护我的女警察也不放过。他就是这样。"

顾涵浩没有再说话,默默从背包里掏出那个DV还给凌澜。

凌澜打开后检查里面的文件,却发现已是空空如也。她没什么自信地问:"你有权利删除吗?"

顾涵浩不置可否:"你说呢?"

凌澜决定不再追究,虽然说自己一直以来的努力付诸东流,但是那些视频的消失也让她感觉放下了一个包袱。之前她就像是强迫症一样不停地跟踪偷拍,她也不想这样的,可偏偏无法控制。现在好了,自己卷进了这么可怕的案件中,相比而言,她那花心滥情的男友就显得不那么紧要了。

第二天一早,过了观察期,凌澜在一位女警的陪同下办理了手续,从医院出来。顾涵浩没有现身,这让凌澜有点失望,随即她因为这点失望的情绪感到吃惊,怎么回事,人家给点温暖,陪护了她大半天,她就忘乎所以了吗?凌澜在心底告诉自己,顾涵浩之所以愿意在她身上耗费时间精力是有原因的,他摆出平易近人的好态度,对她照顾有加,是为了利用她调查那个幕后的神秘力量,不是因为他怜香惜玉!

坐上了出租车,凌澜才仔细打量起身旁的女警。她刚刚做了自我介绍,她叫柳凡,看样子有些老气,大概三十五六岁吧,长相很一般,面部线条坚硬,没有一点女性的柔美。凌澜不知道这是不是顾涵浩特意安排的,的确,这样的已婚女人,她的男友彭泽应该是不会感兴趣的。这个顾涵浩还算通人情。

柳凡先是陪同凌澜回学校收拾行李,然后离开,最后,出租车驶进了景江区有名的高档小区——101公馆,停在了最靠近小区门口的低层花园洋房前。

凌澜下车后连忙摇头:"这样的地方我租不起的!"

柳凡不动声色:"放心,房租方面不用你操心。"

看柳凡不容拒绝的样子,凌澜只好跟着她走了进去。

"就是这间,"柳凡打开了位于一楼右侧102的房门:"安全起见,我和你睡同一间卧室,你没意见吧?"

凌澜有意见,她根本不想与这么一个冷冰冰的刻板女子睡在一间屋子里,可是她实在是说不出拒绝的话,毕竟作为警方的"安全屋"来讲,这套房子实在是有些奢华了。凌澜里里外外参观了一下这套一百多平方米的三居室,有些摸不着头脑,最后总结,顾涵浩这样安排一定是有他的道理吧。

人家让你住进条件这么优越的地方,而且是白住,又负责地贴身24小时保护你,你再吹毛求疵提要求,那不是太过分了?凌澜这样想着,只好把心底里的想法压下去，住一间就住一间吧，但愿柳凡不打呼噜，不说梦话。

晚饭是柳凡叫来的外卖，说实话，价廉但是物不美。凌澜心里嗔怪着柳凡花公家的钱都那么抠。

吃完晚饭后，柳凡便一个人坐在客厅的角落里发呆。凌澜觉得那个顾涵浩就挺不讨人喜欢了，这个柳凡更甚之，她好像是在生自己的气一样。凌澜心想，一定是因为这个24小时保护的任务，让她不能在家里陪老公孩子，所以她才会把这股怨气投射到自己身上。

正想着，手机收到短信，是顾涵浩发来的：新环境还适应吗？柳凡是个很有经验的优秀刑警，可以完全信任她。对了，初来乍到，别忘了和邻居们搞好关系，可以去对门打个招呼。

凌澜撇了撇嘴，但是她真的站起身来："柳警官，我去对门打个招呼，你来吗？"

没想到柳凡竟然别过头，悻悻地摇头。凌澜真的迫切希望对门住着一个年龄和自己差不多的女孩，也算有个伴说话，对着这个柳凡，兴许会无聊致死。

第八章　另类合作

凌澜按下了对门的门铃，然后充满期待地站在那里，没过几秒钟，门开了，倚在门口微笑着做出请进动作的男人竟然就是顾涵浩。

凌澜一时间心领神会，为什么要住这么高级的房子？那是因为顾涵浩想要她住在他眼皮底下。为什么柳凡会一副好大不乐意的样子，那是因为明明就住在刑警队长家的对面，却还要她抛下老公孩子来24小时保护，要么就是不信任她的能力，要么就是想趁此机会考核这个下属的工作能力。凌澜想，换了她是柳凡，也会不高兴的。

凌澜也不客气，大大咧咧坐到了顾涵浩客厅的沙发上扫视着周围。顾涵浩的家居风格有些出乎凌澜的意料，她本以为这个干练警察的家里要么是乱糟糟的单身公寓，厨房里堆满了各种口味的方便面，要么是干净整洁，却是简单的黑白灰色调，棱角分明的造型、简约的现代装修风格。可是眼前的一切却是暖色调交织在一起的美式乡村风格，复古而考究的家具，看起来价值不菲的陈列摆设，再联想这座房子的面积以及所在的高档小区，哦，对了还有顾涵浩的出手阔绰，能毫不犹豫地施舍给碰瓷的老人三百元，难不成……

"你是富二代？"凌澜知道，顾涵浩大概是S市最年轻的刑警队长，但是看他不到30岁的年纪，要说当警察能赚到这个房子，那是绝对不可能的。

顾涵浩坐到凌澜斜对面的沙发上，苦笑着点点头："算是吧，关于我的家庭背景，以后我会详细说给你听。你现在住的对面那套也是我的房产，我之所以选择一楼是因为……"

"我知道，是因为你工作的原因，对你来说时间就是生命，你不会把时间浪费在上下楼上，更不会选择高层，因为电梯具有不确定性。"凌澜语速很快地打断顾涵浩，急于说出自己的合理推测。

顾涵浩却再也止不住笑意："我之所以选择一楼是因为一楼赠送地下室和小花园。"

凌澜的脸上有些挂不住，只好转移话题："地下室？是不是电影里那种很神秘的地下室？"

顾涵浩正色从口袋里掏出一把形状怪异的钥匙递到凌澜面前："你那间的地下室里有一道很厚重的门，是我从国外订购来的，钥匙只有两把，不可复制，两面都可以开，给你一把，如果有什么危险，你可以通过那扇门逃到我家来。"

凌澜接过钥匙："既然如此你就让柳凡警官回家吧，我觉得你让她陪在我身边是浪费警力，还不如让她回去陪老公孩子，与家人团聚。"

"谁跟你说她结婚了？"顾涵浩表情有些不自在："你别想当然，人家还是单身。"

凌澜的推测再次错误，这让她觉得自己有些丢面子，也对，谁规定年过30岁就必须有老公孩子呢？

"转入正题，其实我让你住到我对面除了方便保护之外，还有一个很重要的原因，我想深入了解你。当然，同时我也会让你深入地了解我。"

凌澜望着顾涵浩诚挚而严肃的神色一时间有些恍惚，半晌才嗔怪似的回答："奇怪，我干吗要让你深入了解我，我也没兴趣去了解你，你这样说，太奇怪了。"

顾涵浩这才反应过来，好好的话怎么就让他给说暧昧了呢："别误会，别误会，我的意思是说，我想和你合作，一起深入调查彼此的人际关系网、过往经历等等，努力找出有联系的共同点。之前我都是一个人回想和调查，根本查不到我是什么时候因为什么牵扯到了什么事件中，所以怎么也查不到究竟是谁出于何种目的派出那个八旬老人阻挡我去出任务。现在有了你，我觉得我们可以合作，这样便缩小了调查的范围。"

凌澜点点头，她记得之前在医院顾涵浩就曾经用他准确率百分之八十五以上的直觉提过此事，她和他有某种隐秘的联系，所以会被同一个人，或者同一个犯罪集团盯上。

顾涵浩继续旧事重提："我想我们之间肯定是会有一些共同点或者联系的，否则不会都被那个幕后人选中，也很有可能，这个幕后的神秘人物，就是我们都认识的那么一号人物。"

老实说，凌澜对这个神秘的人物一开始并没有什么兴趣，甚至她还想过也许她和顾涵浩能够躲过劫难完全是凑巧。至于那个敢于把自己撞个头破血流的八旬老人，还有那杯突然出现的"耽误事"牛奶以及戴着浓妆面具的女人，都只是凑巧路过打酱油的。顾涵浩所说的那个幕后人物也许就是万能的命运之神。

可是现在，凌澜不打算再自欺欺人了，她不得不直面这个现实。也许从她决定和三个室友一起去夜访吸血鬼的那天晚上起，她的命运就彻底被改写了，就像脱离了既定轨道的列车，走上了一条不受控制的未知旅途。在这段看似危险的旅途上，有个伙伴总好过孤军作战。

"咱们合作调查？怎么合作？"凌澜突然觉得这是一个挑战，一个很有意思的挑战，她很喜欢挑战，喜欢突破平凡生活的奇怪事。

顾涵浩斟酌了一番，尽量不再把话说得暧昧："第一阶段，我们必须对彼此绝对地坦白，彼此的过往、认识的人、经历的特殊的事等等，都要相互了解，看看有没有交叉。我知道这会是一个浩大的工程，需要我们彼此都付出时间和精力，所以才安排你住到我的对面。"

凌澜撇撇嘴，刚刚那点兴趣瞬间快要熄灭，毕竟，她不想把自己的过往全盘托出给一个陌生男人，尤其是，那件事。

"如果我拒绝和你合作呢？"凌澜试探着："你会不会放弃调查？"

顾涵浩自信地微笑："以我的性格，不到水落石出，我是不会停止调查的。如果你不配合，对我来说只是调查的过程会增加些麻烦，但我有我的办法，对你、你的过去、你的人际关系、你的所有，我最终也会了如指掌，别忘了我的职业。"

凌澜白了顾涵浩一眼，她发现她有些了解这个男人了，他自私又霸道，为达到自己的目的，根本不顾别人的感受。看来，她没有选择的余地，只有和他合作，这样的话，还有可能保护一些个人的隐私。

"好吧，这事我仔细考虑一下。明天再给你答复。"凌澜起身准备离去。

顾涵浩客气地把她送到门口，临走时嘱咐道："柳警官是个尽职尽责的好警察，擒拿格斗都是优中之优，有她保护，你可以放心。"

凌澜有些为难："她的能力我完全信任，只不过，你能不能和她说说，不要和我睡一间房啊，我需要私人空间。"

凌澜注意到顾涵浩的脸上瞬间闪过为难和尴尬的表情，果然，他拒绝了这个要求。

"睡一间房也没什么不好的，安全起见，就这么决定了。"

凌澜回到对面的102房间，柳凡还坐在客厅里，看见她回来，放下心中一块大石一样喘了口气："不早了，休息吧。"

是该说女人的直觉真是可怕，还是说凌澜滥用观察力和大胆假设呢？凌澜觉得柳凡喜欢顾涵浩，而顾涵浩也是个洞察力极强的人，不可能不知情，可是又不知道怎么处理他和柳凡的关系，所以在涉及柳凡的问题上，他就会显露出尴尬无措的样子。

凌澜看着柳凡的背影忍不住低声坏笑，如果想做点什么去惩戒一下那个霸道自私的顾涵浩，那么这个柳凡一定会派上用场。

第九章　地下放映室

清晨七点，凌澜站在顾涵浩那辆雪佛兰SUV车门前等待着，等待着单元门口那两位能争论出一个结果。

柳凡的意思是，有关这次发生在工业基地废址的谋杀案，她从一开始就参与进来，现在不可能中途退出，只单单执行保护的任务。她要求一边执行保护凌澜的任务一边同顾涵浩一起进行调查。

顾涵浩自然是不同意，他已经开始摆出了领导的架子，用命令的语气要求柳凡留下。

"我觉得带凌澜去调查没什么不好，一来她仍旧在我的保护之下；二来，我们也可以通过观察问询对象见到她的反应来锁定重点调查目标。"柳凡仍旧不依不饶，虽然语气强硬，但是这明摆着是在和上级对着干，凌澜看得出，她这其实是在和喜欢的男人使性子。

如果能参与调查案件对凌澜来说未必是一件坏事，想起下落不明的孟语思，想起惨死的冯佳和岳彤，凌澜突然来了一股冲动，她要亲自把这个杀人凶手给逮到，为朋友还有无辜受牵连的系主任王老师报仇。

况且，她也不想天天和这个柳凡待在房间里看着她的苦瓜脸消磨时光。

凌澜胸有成竹地走到顾涵浩和柳凡面前，对顾涵浩说道："关于你昨晚的那个提议，我可以答应，但是有个条件。"

五分钟后，载着三个人的车子开出了101公馆，顾涵浩亲自开车，柳凡坐在副驾驶，凌澜独占宽敞的后座。

凌澜注意到柳凡在用后视镜观察她，她知道柳凡此刻心中所想，她一定很想知道昨晚顾涵浩到底对自己提出了怎样的提议，为什么这个提议这么重要，以至于这个本该做事严谨的队长会同意一个外行暂时加入他们的队伍。

车子从繁华大街开到了人迹稀少的别墅区，终于停在了一栋独门的三层别墅门前。

顾涵浩一边下车一边嘱咐凌澜："进去以后别多话，不要妨碍我们办案。"

凌澜没说话，只是兴冲冲地跟在他们后面。

柳凡按响门铃，只听见可视对讲的扩音器里传出了一个男人的声音："是谁？"

柳凡没有答话，只是把证件贴到镜头前。大门的锁应声开了，三个人刚刚进入院落便看见迎面小跑过来一个穿着黑色西服的男人。

男人客气地介绍了自己,他叫李文栋,是这栋别墅的主人,也就是辉煌投资公司董事长邵辉的私人助理。而这个邵辉,就是那晚死在"吸血鬼"魔爪之下的,大腹便便的死者。

李文栋已经得知了邵辉的死讯,之前他已经和前来确认死者身份的袁峻打了交道,所以当他在可视对讲的屏幕上看到警官证后便前来迎接。

一番自我介绍之后,李文栋自顾自地说道:"邵董的突然离世给全公司造成很大的打击,公司现在乱作一团,几个董事想要趁机瓜分公司的产业,作为邵董唯一继承人的邵美芸邵小姐又偏偏不能出面主持大局。"

李文栋一副苦大仇深的模样,好像自己就是邵家的一分子。他一边说一边客气地把他们三人请到客厅里,在沙发上落座后,又吩咐站在一旁的用人准备茶水。

"为什么不能出来主持大局?她未成年吗?"凌澜还是没忍住嘴快问出了她的疑问。

李文栋显然认为凌澜也是位年轻的便衣,很客气地回答:"实不相瞒,邵小姐已经20岁,只是,她患有自闭症。"

柳凡白了凌澜一眼,换个话题继续问道:"你最后一次见到死者邵辉是什么时候?"

"就是出事那天的傍晚,七点左右我目送邵董离开家,坐上了停在门口的出租车。"

进来后一言不发的顾涵浩开口:"为什么坐出租车?邵辉不自己开车吗?"

"邵董身体不太好,以往出门都是我开车的,只是,从大概两个月前开始,邵董只要是晚上出门很少会让我开车送他,都是坐停在门口的出租车的。"说到出租车,李文栋挠了挠头,表情里闪过自豪的成分。

"看样子,你一定记下了那辆车的车牌号了吧?是多少?"顾涵浩问李文栋。

李文栋不好意思地笑笑,从口袋里掏出一个小本翻到其中一页,递给一边正在记录的柳凡。

凌澜琢磨着,果然这个死者邵辉是有一些不为人知的秘密,而这一点私人助理李文栋也注意到了。凌澜想到之前看的小说电影里有一条破案的金玉良言:不要轻易排除任何人在可能行凶的范围之外。所以,这个李文栋,也是有可疑的,虽然他个子不高,身材清瘦,手没有那么大,但不能排除他买凶杀人的可能。

"你能想到邵辉和吸血鬼有什么联系吗?"顾涵浩突然来了这么一句。

李文栋大吃一惊,毕竟他只是知道邵辉死了,但是是如何的死法、死去的地点等等全然不知。

"吸血鬼?要说吸血鬼,倒是和邵小姐有很大联系。邵董则是很痛恨这一类的东西。"

李文栋带领他们三个来到了地下室，这是一间小型的放映室，放映设备都是高级货，几个舒适的沙发显示这里最多能容得下十几个人同时观影。

李文栋指了指靠门这边的一个个柜子，脸上的表情有些怪异。柳凡上前打开了柜门，霎时被吓得退后了两步："这是，什么东西？"

凌澜觉得柳凡这是明知故问，很明显，这是吸血鬼的模型，是用商场里那种男装塑料模特改装的，先是涂一层白色颜料，再套上黑色长袍，最后在嘴边滴上红色颜料。

在两个女人研究模特的同时，顾涵浩注意到一旁的柜子里还有很多吸血鬼的道具：木桩、大蒜、假牙、红色液体、白色粉底、十字架，还有很多吸血鬼电影的正版光碟。看来这位邵小姐是个纯粹的吸血鬼电影粉丝，或者可以说，是个吸血鬼粉丝。

"邵小姐患自闭症有3年了，3年前她还只有17岁，好像是受了什么感情刺激，那之后她便辍学，整日把自己关在家里，对任何事、任何人都不理不睬。邵董的妻子早逝，他只有这么一个亲人，他花重金给她找了最好的心理医生，并且听从医生建议，努力让她产生某种兴趣爱好，比如听音乐、看电影、养宠物……"

"结果她却对吸血鬼产生了兴趣？"顾涵浩摸了摸沙发和器材上的灰尘："一开始，邵辉为了女儿，给她建了这么一间放映室，可是后来她不知道从哪里认识了些在她看来是志同道合，可在邵辉看来却是乌合之众的朋友，她经常把他们带回家，把这里当成了聚会地点。这让邵辉很担心，担心他会掌控不了女儿的发展趋势，于是他赶走了女儿的那些狐朋狗友，这里便荒废下来。"

李文栋瞪着钦佩的双眼望着顾涵浩，不住地点头。凌澜却偷偷白了顾涵浩一眼，这个自大狂。

"不过小姐近期的病情有所好转，医生对她完全康复很有信心，晚上小姐也经常会和在医院里认识的病友们去K歌、吃饭什么的。只可惜，在这么关键的时刻遭受这么大的打击，恐怕……"李文栋唉声叹气不住地摇头。

第十章 照片里的奥妙

顾涵浩让李文栋先忙他的去，他们要去邵辉的房间搜寻一番。李文栋服从地掏出钥匙打开了邵辉的房间。

这是一间套间，进门后先是书房，有书桌和书柜，里面是卧房，所有物品都排放整齐，一尘不染，看来是有用人每天打扫。

柳凡开始不客气地翻箱倒柜，顾涵浩坐在一旁给袁峻打电话，给他发去车牌号，要他去调查那辆可疑的出租车。

打完电话他仍旧坐在椅子上不起身,只是缓缓环视着周围的环境。

凌澜有自知之明,知道自己的身份不能去乱翻人家的东西,于是就在顾涵浩身边坐下:"有件事,我一直没腾出空跟你说。"

顾涵浩的注意力仍旧在这间屋子里,根本看都不看身边的凌澜,只淡淡吐出一个字:"说。"

"爆炸发生的前一晚,也就是冯佳和岳彤从警局回来之后的那晚,岳彤曾对我说了一番话。"凌澜咬着嘴唇,不知道这番话该怎么开口。

顾涵浩没有发问,只是静静等待着。

凌澜深呼吸:"她说她们真的找到了吸血鬼,她们的确在我弯腰的那刻看到了那个男人的脸,那是一张外国人的面孔,金色头发,深眼窝,红色瞳孔,高鼻梁,两颗尖牙凸出来,嘴角还沾着血!"

"凶犯是外国人?"柳凡插嘴:"你怎么不早说?"

面对柳凡的责怪,凌澜气愤反驳:"叫我怎么说?这根本就是岳彤的一派胡言,她和冯佳看得出我对她们有所怀疑,所以编出这么一套谎话来敷衍我。"

"岳彤还说了什么?"相比较柳凡的责怪、凌澜的愤怒,顾涵浩倒是很冷静。

"岳彤说她接到了一个陌生号码的电话,结果是孟语思打来的,她说她很好,不用担心她,她现在和他在一起,他不会伤害她的。可是当我提出要这个号码的时候,岳彤却说她给删除了。她还说因为孟语思长得酷似混血儿,是个美女,所以吸血鬼没有把她当成猎物和食物,很可能,他爱上了孟语思!"凌澜转述这些可笑的话有些尴尬:"这种话,我当然不会当真,所以没有说。"

"简直是走火入魔。"柳凡在一旁感叹着。

顾涵浩掏出手机,再次拨通袁峻的号码:"查查岳彤和冯佳的手机通话记录。"

"你真的相信有这么一通电话?"凌澜问道,在她看来,那不过是岳彤的胡言乱语。

顾涵浩没有回答,他放下电话后站起身,走向卧室门口的那面相片墙,话锋一转:"有钱人一般都没有安全感,他们会把他们认为最宝贵的东西放在最保险的保险箱里,而那些最不能见光的东西则是要放在一个最让人意想不到的地方。"

凌澜暗自揣度,顾涵浩这么了解有钱人恐怕就是因为他就是有钱人的后代,恐怕他或者他父亲家里的某个角落也有这么一个意想不到的地方,藏着什么不可见人的秘密。

柳凡快走几步站到照片墙面前:"你是说他会把某些东西藏在照片后面?那不是太小儿科了?"

"不是藏在照片后面,而是照片指明了某些东西藏在哪。"顾涵浩指了指墙上正中心位置的一张照片。

凌澜兴奋地凑过去，不放过一丝细节地审视着这张看似一般的照片。她一向对自己的观察力很有信心，这次已经让顾涵浩先看出端倪了，不能让柳凡也先于自己揭开谜底。

这看起来是一张很普通的照片，邵辉侧身坐在书桌后的椅子上，两只手自然地搭在桌面上，表情祥和，眼神里带着笑意，但是袖口却一边高一边低地挽着，额间的几缕头发有些凌乱。

十秒钟后凌澜很自信地说道："看得出，这张照片和其他邵辉的照片不同，不同就在于其他的照片都是在他做好准备的时候拍的，邵辉毕竟是个有钱有地位的人，有人给他拍照，哪怕是在家里的生活照，他都是以十分完美的状态、模式化的表情面对镜头。而这张，是在他没有准备的情况下拍的，他的袖口不整齐，头发也有些凌乱，显然，这张是被什么突然闯进来的人抓拍的，这个人就是他的女儿，这点从他眼神里饱含的慈祥和蔼就不难推测出，所以，一向追求完美的他允许这样不完美的自己出现在这片完美的照片墙上，因为这张照片对他来说非常珍贵。"

顾涵浩一边赞许地点头一边含笑望着凌澜："不错，真是人小鬼大。"

凌澜虽然不太喜欢顾涵浩夸奖自己的方式，但是看到柳凡一副憋闷的样子，心里还是微微得意起来。

"那又如何？你看出照片里的秘密了吗？邵辉把不可见人的东西藏在了哪里？"柳凡不服气地追问，语气就像是个低龄少女在吃醋。

凌澜吐了吐舌头，耸肩摇头，把认输和请教的眼光投向顾涵浩。

顾涵浩指了指照片中邵辉的膝盖："虽然只照到很小一部分，但是仔细看，邵辉的两个膝盖并不处于一条水平线，而是一高一低，高的那个膝盖正好抵在右边拉出的一个抽屉下面。注意这个抽屉，几乎全都拉了出来。"

"现在的家具不同以往，抽屉都是有滑道的，即使抽屉拉到尽头，也不会掉下来的，何况这间房里的家具都这么高级考究，看样子都是特别订制的，怎么会出这种问题？会不会是他脚下踩着什么东西，所以才造成一高一低的效果？"柳凡问。

顾涵浩摇头："如果我没猜错，他没有踩什么东西，而是故意踮起脚，目的就是顶住抽屉，否则，抽屉会掉下来。至于抽屉为什么会掉下来，很可能是这样，邵辉在女儿闯进来之前把整个抽屉抽了出来，她女儿拿着相机闯进来的瞬间，他匆忙间想把抽屉放回去，可是时间紧迫，他没有对准滑道……"

"对不准滑道也可以先塞进去嘛。"凌澜抢话。

"没有对准滑道硬塞进去的话，抽屉会歪七扭八，从他女儿找个角度一看便能看出破绽，而且，我想当时的情况，恐怕是想硬塞也不行的，有什么东西在里面顶住了。"顾涵浩一边说一边走到书桌前，拉开了那个没有上锁的抽屉，一用力，把整个抽屉拉了出来。

凌澜和柳凡也凑过去往那个神秘的空间里望去，只有家具的红棕色。凌澜恍然大悟，一般家具的这个地方是不会涂漆的，这个地方有暗门！

顾涵浩把手伸进去，摸索到了一个凸起的地方，稍稍一用力，打开了那扇薄薄的木门。一沓白纸展现在他们面前。

"很可能当时这道暗门是打开的，所以抽屉根本塞不回去，当时伸手进去关门的话只会引起他女儿的怀疑。"顾涵浩摊开那一沓白纸，顿时眼前一亮，潦草的文字和数字。

"这是什么？"柳凡凑过来一边看一边喃喃地念着："公鸡、白兔、老鹰，这都是什么啊？"

"这是账目，邵辉的秘密账目。"顾涵浩自言自语般，至于这是关于什么的账目，顾涵浩也有了自己的想法。他把白纸重新叠好交给柳凡收好："我们回去吧，看看袁峻那边有没有什么消息。对了，通知小郑马上来取走邵辉的电脑包括所有电子设备回去调查。"

凌澜一头雾水，跟在顾涵浩后面追问："我们不去见见邵小姐吗？李文栋说她在家的。"

顾涵浩头也不回："自闭症患者，能问得出什么？再说，先不要打草惊蛇。"

回想起顾涵浩如何通过一张不起眼的照片推测出邵辉把不可见人的东西藏在哪里，凌澜到现在还是有些恍惚，她算是见识到了这个顾涵浩的厉害了，只是，凌澜不愿承认这个顾涵浩全是凭的真本事，这种推测，运气的成分太大了。她倒是想等到那么一天，顾涵浩大胆的推测失败，在众人面前贻笑大方。最好那个时候她在场，她一定会用手机或者相机把那个时刻顾涵浩这个自大狂脸上的错愕、尴尬、羞愧来个大特写。

第十一章　凶手名单

李文栋把他们三人送到了门口，上车前，顾涵浩突然想到了什么似的，叫住李文栋："对了，你好好回想一下，是不是这样，近两个月以来，凡是邵辉晚上出门不用你开车的时候，邵美芸都在家，凡是邵美芸晚上不在家的时候，邵辉都在家，而且只有他们两个都在家的情况，却没有都不在家的情况？"

李文栋歪头对顾涵浩的绕口令苦思冥想一番，然后一拍大腿："神了！好像的确是这样！你怎么知道？"

顾涵浩满意地笑笑："谢谢你的合作，如果还想起什么细节，哪怕是看似和案件无关的小细节，也请及时联系我们。"

说着，顾涵浩用眼色示意柳凡，柳凡心领神会地递给了李文栋一张名片。

这能说明什么呢？凌澜揣度着，难道这父女俩分别出去见的是同一个人？

上午十一点左右，顾涵浩把车子开回了刑警队。凌澜跟着顾涵浩和柳凡一路走进了顾涵浩的办公室，袁峻已经等在了那里。

"怎么样，出租车牌号和岳彤通话记录有消息了吗？"顾涵浩坐在他舒适的转椅上，凌澜和柳凡则坐在靠门口的沙发上。

袁峻走到办公桌前站定："那个车牌号的出租车属于顺达出租车公司，司机叫黎震。我刚从顺达公司回来，他们老总说黎震正巧是在案发的第二天辞职，现在人不知去向，我已经安排人在他留在公司的居住地点那里蹲守。至于岳彤和冯佳的通话记录，爆炸发生的前一天，她们的确和一个可疑的号码有过五次总共十几分钟的通话记录，都是对方打入的。关于这个号码我也调查了，是个临时卡，户名是学校门口一家通讯店老板的名字，巧了，开卡时间就是爆炸发生的前一天，也就是打电话的当天。我问老板记不记得开这个卡的是什么样的人，他说开卡的是两个女生，我给他看了冯佳和岳彤的照片，结果他证实，开卡的正是岳彤和冯佳。"

凌澜有些坐不住了，她走到顾涵浩面前，袁峻的身边："这说明什么？她们开了这张卡，又把卡给了什么人，用于专门和她们保持联系？难道电话真的是孟语思打来的？"

"我在想，冯佳和岳彤是听从了谁的指示去开卡的呢？我觉得这个人很可能就是凶手，是她们原本就认识的一个人，而且，凌澜也认识，所以她们才会说'幸好凌澜没看见'。假设我是凶手，我的脸被冯佳和岳彤看见了，我最先要做的就是稳住她们，利用情感或者利益什么的唆使她们保持缄默，然后在她们放松警惕对我完全信任的时候，趁其不备杀人灭口，因为在我看来，只有死人的嘴不会乱说话。想要暂时稳住她们，我就必须和她们取得联系，可是如果联系太频繁，恐怕事后会引起警方的怀疑，所以，我会先想个办法，让她们替我出面去办个新卡，然后把卡交给我，我再用这张卡和她们取得联系。我不允许她们主动打给我，打了我也不会接，只有我才有主动找她们的权利。"

顾涵浩说这番话的时候，凌澜在大脑中快速搜索着到底谁最可疑，谁会是这个残忍的暴徒，哪个男人身高有185厘米左右，又是她们都认识的。越想就越急，越急就越乱，一时间竟然无从下手。

"对了，这个人孟语思也认识，案发当天孟语思很可能没有老老实实守在门口，所以偏巧遇见了从窗子逃出来的凶手，两人一打照面，孟语思便呆住了，因为此人她也认识，对方怕她大喊大叫，便先打晕了她带走。当孟语思醒来时，在对方的游说之下，她和对方结成了同盟关系。又或者，孟语思就再也没有醒来过。岳彤说她打过电话回来完全是撒谎。"袁峻顺着顾涵浩的思路说下去，说完，他把期盼的目光投向凌澜。

凌澜急得在房间里踱来踱去："到底是谁？到底是谁？"

袁峻很绅士地伸出手拍拍凌澜的肩膀："别急，坐下来先喝杯水，别给自己太大压力，这一切目前只是我们的假设，不能完全肯定。"

凌澜接过纸杯，说了声谢谢，又坐回柳凡身边。

"袁峻，把岳彤和冯佳的通话记录给我。"顾涵浩想了想："你刚刚说可疑的号码就这一个，也就是说没有别的陌生号码？"

袁峻点点头，然后快步离开，刚过十几秒，他又快步进来，把两张纸放在顾涵浩面前。

顾涵浩从上至下看着，这两张名单里恐怕就隐藏着凶手的名字，他用笔圈出了在案发之后，到两个女生去通讯店开新卡之前时间段的通话记录："凌澜，你听听这些人中，哪些是男性，身高又在185厘米左右，你们四个女生又全都认识。"

凌澜马上明白了顾涵浩的意思，凶手很可能用了自己的手机给岳彤或是冯佳打了电话，在电话中要求她们去办卡。他没有用公用电话，因为话吧老板可能会记住他，他也没有去电话亭，可能是因为他怕路人会留意他，毕竟这年头用电话亭的人太过稀少。除了电话通知，就只剩下当面通知。至于短信或网络等方式能留下文字证据，找人带话能留下证人，凶手应该不会选择这么笨的方式。当面通知的可能性不大，凶手如果想约见她们也是要打电话联系的，那不如直接打电话通知办卡。如果是等在食堂等地方守株待兔等待她们出现那又太不保险，一来她们不一定会出现；二来，毕竟是在学校里，人来人往，指不定会被谁看见或听见他们的对话。综上所述，用自己的手机找个没人的地方打电话通知是最好的选择，就算被怀疑也可以编出光明正大的借口。

顾涵浩一个个念着名字，声音缓慢，吐字清晰。袁峻和柳凡在一旁屏住呼吸和凌澜一样侧耳聆听。

凌澜她们都是大四学生，临近毕业，学校里各种事情很多，班长、老师和同学等等都要相互联系通知一些事宜，之前参加招聘会也新结交了不少朋友和企业的招聘人员，彼此留了电话。所以这阵子她们的通话记录十分丰富。

岳彤的那张很快念完了，那个时间段也就只有五个人和她有过通话往来，三个是女生，两个男生中一个是她们班班长，身高170厘米，另一个是教英语的外教，身高是185厘米左右，但是绝不可能是他。顾涵浩又开始念冯佳的那张，凌澜全神贯注地听着，一直到听到了那个名字，她手中的纸杯猛地一抖，水溢出来溅在旁边袁峻的腿上。

"是他！我怎么就没想到呢？"凌澜颤抖着嘴唇，泪水瞬间夺眶而出："难怪她们会说'幸好凌澜没看见'。"

顾涵浩用笔在这个名字下画了一条横线，彭泽，这个人就是凶手吗？是不是凶手顾涵浩不敢肯定，但是从凌澜的神色和语气中，他敢肯定这个彭泽就是凌澜那花心滥情的男友。

第十二章　男友的供词

顾涵浩推开询问室的门，隔着桌子坐在彭泽的对面，他知道此刻自己身后的大镜子后面正站着一个心烦意乱的凌澜。

"彭泽是吧，我是景江区公安局刑警队长，我叫顾涵浩。这次请你来是想知道本月9日上午10点43分，你给冯佳打的那个电话，通话的内容是什么。"

彭泽抿了抿嘴唇，一张俊俏的脸上浮现出无助无措无辜的样子，似乎对于自己被请来这里十分惊讶又胆怯："我，我，我是给她打过电话，我是想请她帮忙，帮我偷，不，不是偷，是取，取一样东西。"

顾涵浩蹙眉观察着彭泽，光看外表而言，彭泽身高180厘米以上，身材匀称，有点小肌肉，长相颇有点明星脸的气质，也的确具备花心滥情的资本，怪不得凌澜也会深陷其中无法自拔。只是怎么看，这个彭泽都只是个绣花枕头，如果不是他演技卓越的话，他真的不像是一个凶残的杀人凶手。

"取什么东西？"顾涵浩问。

彭泽舔了舔嘴唇："我想让她帮忙趁凌澜，也就是我的女友，不注意的时候，把她的DV取出来。我上午打电话给冯佳，可是她不同意，还说什么那个DV已经不在凌澜手里。我问她那DV去了哪里，冯佳支支吾吾，就说不能告诉我。我不过是想要那个DV而已。我承认是我不对，可是我偷窃的行为还没实施呢，怎么就把我抓来了啊？"

"你为什么想要那个DV？"顾涵浩假装不知情地问。

"是，是因为凌澜，她录下了我和其他女生在一起的视频，又一个个传给那些女生。我必须阻止她这样下去，这样下去，我很可能一个都不剩……"彭泽低下头，他也意识到自己这样的理由很过分，声音越来越小，最后说不下去。

顾涵浩把身体前倾，有些咄咄逼人："在我看来，未必如此。9日午夜零点至凌晨两点之间，你在哪里，在做什么？"

彭泽下意识地把身体靠后，屈服于顾涵浩的气势之下，弱弱地回答："那个时间，我当然是在睡觉，啊，不，那天晚上我和室友们在学校门口的丽人网吧打游戏，一直到清晨五点。我的室友们都可以作证，你可以问他们。"

"我怎么做不用你来指示。"顾涵浩面无表情地抬起了右边的手，身后大镜子后的一个身影领命离去。

"你在哪里给冯佳打电话，通话的时候周围有没有什么人？"顾涵浩继续追根究底。

"我在自己的寝室里，都是等到寝室里只剩下我一个人的时候打的，毕竟这种事我不想被人听见。"

"那么你再仔细回想一下，你和她通话的时候，有什么特别的地方。"顾涵浩再次把身体靠在后面，以一种平和的态度发问。

· 030 ·

彭泽挠了挠头，突然很兴奋地说："有，我记得我打给冯佳的时候，她好像很不耐烦的样子，迫不及待想挂我电话，她还说了一句'我们都自顾不暇了，哪有工夫管你这破事，要是能拿到DV就好了，那我们也不会给你'。我还在电话里听到了岳彤的手机铃声，岳彤说了一句：是他！然后冯佳就挂断了电话。"

顾涵浩心中一凛，难道说这个彭泽真的是无辜的？彭泽听到的那句"是他"才是关键？

这时，顾涵浩身后的大镜子发出了两声敲击声，顾涵浩起身离开，到门口的时候头也不回地说："等下会有人带你出去。"

顾涵浩出了门，又进了旁边紧挨着的一扇门，那扇门里面正并排站着三个人，分别是凌澜、柳凡和袁峻。

袁峻先开口："我打电话去网吧核实了，案发那晚，他们的确是在那儿玩到了5点5分，网吧老板称彭泽他们是熟客，还有其他上网的人都可以作证。彭泽中途只去过两次洗手间，都是不到5分钟就出来了。看来，他应该不是凶手。"

凌澜呼出一口气，又不放心地问顾涵浩："你说呢？彭泽还有没有可疑？"

顾涵浩没有回答，只是问："Jimmy是谁？"

柳凡看了看手中的通话记录，就在冯佳挂断彭泽电话的同时，岳彤的手机有一通电话呼入，这个呼入电话的人叫Jimmy。顾涵浩的记忆力果然超群，居然过目不忘。

凌澜回答："是教我们英语的外教。"

柳凡瞪大眼睛："外国人？身高多少？"

凌澜仍旧很冷静："是外国人，身高185厘米左右，只是，不可能是他啦。"

"为什么？"柳凡、袁峻和顾涵浩一起向凌澜提问。

凌澜掏出自己的手机点开电话簿，找到了"Jimmy"，点击进去后放大头像的照片，那是一张白种人的照片，大约不到30岁的年轻模样，还挺英俊，他站在教学楼花坛前，身高的确有185厘米左右，但是他只有一条腿，他穿着一条充满热带风情的短裤，短裤的一边的裤腿系了一个结，那条残腿残留下的长度恐怕不超过20厘米。这位金发碧眼的老师绽放着阳光般的笑容，有力的臂膀拄着残疾人专用的双拐。

"恐怕，就是他。"顾涵浩很低沉，像是自言自语。

"对呀，他也有可能使用义肢，"柳凡附和着："不能排除他作案的可能。"

凌澜刚要反驳，便被一个敲门进来的警员打断："顾队，那个出租车司机找到了，已经被带来了。"

"知道了，你把彭泽送出去吧，把司机带进来。"顾涵浩转过身又对袁峻说："袁峻，你去调查一下这位外教在案发时候有没有不在场证明，注意不要惊动他，侧面调查。"

袁峻离开后顾涵浩很认真地问："凌澜，看得出你很尊重这位老师，这一点岳彤和冯佳也都知道吧？"

· 031 ·

凌澜点点头："我把他视为偶像，他身残志坚，比任何人都要积极乐观。"

"也有可能因为这一点，所以岳彤和冯佳才会说幸好你没看见，或许她们知道，以你的性格，如果心中的屹立的偶像形象轰然倒塌，你一定会悲愤地说出真相。也是因为他是外国人，又有明显的残疾，出现在校园里十分引人注目，自然也不能自己去通讯店办新的手机卡，他只有选择用自己的手机打电话和她们取得联系，这对他来说是最好的选择。"顾涵浩一边说一边开门离去，因为监视窗的那边一个瘦小的尖嘴猴腮的年轻男人已经端坐好。

第十三章　动物园

顾涵浩依旧是在做完自我介绍之后发问："黎震是吧，你认识这个人吗？"

黎震缩着脖子低头望向顾涵浩推给他的照片，毫不犹豫地回答："认识，他让我称呼他为Mr.Mountain，其实我知道他是邵辉，我在报纸上见过他。"

"你们怎么认识的？"

"大概是两个多月前的一个晚上，我开车路过他家附近，他打了我的车。Mr.Mountain，不，邵先生很慷慨，他给了我5000块，要求我每天晚上这个时间都来他家楼下，他让我注意他的窗子，如果窗台上放了盆景，我就在楼下等他，如果窗台上什么都没有，我就可以离去。他要我一直这样下去，每天都不可以缺席，那样会误了他的大事。作为报酬，他每个月支付我5000元。这个月8号晚上，也就是他出事前的几个小时，他刚刚给了我第二个月的报酬。"

"邵辉都让你送他去过哪里？"

"我记得两个月内，我一共送他去过21次景江公园，他每次都让我等在景江公园的西门门口，下车后往南走，拐过公园的拐角后我就不知道了。还有3次，我送他去了T大，停在东门等他。"黎震一副很精明的样子，果然，他把这些都记得清清楚楚。

黎震提到T大的时候，凌澜的身体抖了一下，Jimmy就是住在T大校园里的教师宿舍的，难道说他真的和邵辉有什么关系？

"讲讲他出事的那天晚上发生了什么，还有你为什么在这种时候辞职。"顾涵浩的语气里充满着信任的友好，就目前而言，他对黎震的合作非常满意。

黎震清了清嗓子，前倾着身子，更加郑重："那天晚上邵辉一上车便要求我送他去老工业基地的废址，那晚他神情肃穆，不像以往会在路上跟我聊聊天，我也就没多嘴问什么。车子开到那里的时候是正好12点过5分。他让我把车停得远一些，说他最晚半小时后也会出来。"

"你等了他多久？"

"我按照他说的，关上车灯把自己掩藏在黑暗中，连手机的光亮都不可以露出。我听说这里有吸血鬼出没的，虽然知道那是无稽之谈，可是人在绝对的黑暗中，难免会胡思乱想。我强迫自己冷静下来，仔细回想这两个月来邵辉的诡秘行踪，我觉得他很可能在做一些非法勾当，有见不得人的秘密。我听说在出现吸血鬼传闻之前这里是毒贩和走私犯经常碰头交易的地方，我想，他很可能在这里做不法交易，而自己居然为了区区一万元，成了他的帮凶。我越想越不对劲，后来，不知道是不是幻听，我竟然听到了警笛的声音，于是也顾不得去等邵辉，干脆就自己先逃了。我没有原路返回，因为那似乎是警笛声传来的方向，我是绕道回去的。"黎震讲得口干舌燥，整个人都激动起来，"我连家都没有回，直接回公司辞了职，然后就去朋友那里借钱，准备去外地躲一躲，结果回家收拾行李的时候就被你们逮到了。"

顾涵浩笑笑："不是幻听，那个时候是真的有警车。我们接到了报警，发现邵辉死在一间地下室里。"

"他死了？"黎震惊得瞪大眼睛，"这，这，你们抓我来不是怀疑我吧？天地良心，我可没有杀他，我知道的全都说了，那一万元我不要了，我只要清白。"

"放心，那一万元是你的；清白，如果我的推测没错的话，也是你的。"顾涵浩起身："你可以走了，但是案子侦破之前，你不能离开S市，必须保证随叫随到。"

黎震点头如捣蒜，不断重复着"没问题"，开门离去。

天色暗下来，顾涵浩请柳凡和凌澜去公安局附近的饭馆吃晚饭的时候，袁峻的电话打了过来，他在电话那边汇报着有关Jimmy的调查成果。

顾涵浩一边夹菜吃一边听着电话，一言不发，这让凌澜十分紧张。凌澜在心底默默祈祷，但愿Jimmy有充分的不在场证明。

紧接着是电脑高手小郑，郑渤的电话，好像是对邵辉的电脑的调查有了结果。这次凌澜稍微听到了一些内容，好像是说邵辉的电脑里有某些文件有彻底清除过的痕迹，已经不能够还原。这些文件都很大，似乎是视频文件，而且这些文件清除的方式很独特，是一个一个分别被删除的，而且一天只删除一个。

凌澜对邵辉电脑的调查结果很好奇，正当她想开口询问的时候，一边的柳凡冲她摇了摇头说："别打扰顾队思考案情。"

顾涵浩的确是一副思考的样子，这顿饭吃得漫不经心，不一会儿，他头也不抬地对两位女士提出邀请："饭后咱们去景江公园附近散散步吧。"

晚上七点刚过，景江公园正是热闹的时候，很多中老年人在音乐的节奏下，整齐划一地摆动着手臂和身体。小孩子们嬉戏追逐，他们的家长在一旁一边看着孩子一边闲话家常。

只有三个人不为这一片祥和的气氛所动，一个个面无表情，下了车子便往南走去。他们三个走路的阵势很奇怪，一个男的在前，两个女的并排在后。

顾涵浩不顾及身后两位女士是否跟得上，迈着大步前进，拐过拐角后眼睛迅速扫视着这条街道的左右。

"你在找什么？告诉我们，一起找不是更好？"凌澜在顾涵浩身后不满地发问。

"不知道。"顾涵浩回答。

凌澜把这回答当成了他的敷衍，很不高兴地问："不知道找什么怎么找？"

还没等顾涵浩回答，柳凡马上对凌澜做了个噤声的手势，生怕她会打扰到顾涵浩的思路。

凌澜撇撇嘴，心里暗自埋怨顾涵浩无视她们俩的存在。唉，也许他和电视电影里的大侦探们都是一个毛病，喜欢故弄玄虚。

"找到了。"顾涵浩停在右手的一个古怪招牌下面。

凌澜、柳凡忙凑过来，这是一扇半地下的木质大门，很古朴，像是童话故事里的道具，只见上面木质的牌匾上歪歪扭扭地刻着三个字母"ZOO"。

"这里就是邵辉经常在晚上神秘光顾的地点？你凭什么确定是这里？"柳凡问。

凌澜突然想起了邵辉书桌里藏的那张白纸，上面写着白兔、公鸡什么的。原来如此："ZOO"就是动物园，很可能和邵辉写的那些动物有关系。也许顾涵浩刚刚那句"不知道"不是敷衍，他也是看到"ZOO"之后才推测目标地点在这里的。

"就凭在邵辉书桌里发现的那几张账目，走吧，咱们进去看看。"说着，顾涵浩按响了门侧的门铃，它被一团枯枝掩盖着，幸亏顾涵浩的眼力好。

在等待开门的同时，凌澜注意到顾涵浩掏出手机在发短信的样子，打完字却迟迟不肯按发送键。

等了半分钟之久，木门吱呀开了，从门缝中探出一个光秃秃的头，这是一个浓眉大眼的男人，他警惕地扫视了三个人，然后很不友好地说："对不起，这里是私人会所，只招待会员。"

顾涵浩一只手伸进门缝，阻止男人把门关上，一只手背在身后按下手机发送键，然后轻轻吐出一个数字："一万二。"

第十四章　私人会所

凌澜和柳凡跟在顾涵浩身后步入了这间所谓的私人会所。

不得不承认，这间名为"ZOO"的会所装修风格奇特迥异，置身其中好像走入了电影片场一样，先是狭窄犹如山洞一样的甬道，然后是豁然开朗的六边形大厅。大厅大概有近100平方米大小，六面墙上各有一扇门。大厅灯光晦暗，装潢色调也是陈腐的棕灰色。

这里大概聚集了十几个年轻的男男女女，有的围坐在桌前打扑克牌，有的坐在角落的吧台喝啤酒。此刻，这十几个人的目光全部集中在了顾涵浩一行三人的身上。

"怎么回事？他们是谁？大伟，谁让你把陌生人带进来的？"角落里喝啤酒的一个男人站起身来，责怪开门的那个名叫大伟的秃头。

大伟低头不语，脸上满是挫败。刚刚在门口，他已经见识了柳凡的证件。

顾涵浩环视着周围，打量着这十几个年纪轻轻的男男女女，缓缓开口："我想各位会员，你们还不知道你们这间私人会所的投资人之所以会给这里取名为'ZOO'，也就是'动物园'，其原因是什么。"

一句话果然让在场的所有人为之一震，有几个已经露出了期盼答案的神色。果然，他们是不知道的。但他们更想知道的，恐怕是这三个不请自来的人的身份。

顾涵浩走到墙边的一扇门门口坐下："因为你们的投资人，也就是邵辉，给你们每一个人都取了代号，与你们的外貌特征相关联的代号。他通过联想把你们想象成各种动物，不要怪他这样做不礼貌，那是因为他实在懒得去记你们的名字，他也记不住，但是你们的相貌他却再熟悉不过。"

顾涵浩抬起右臂指了指被装饰得十分凌乱复杂的天花板："那里，那里，还有那里和那里，但我想肯定不仅限于这四处，还有很多地方都装有摄像头。我想当初这里的装修工程一定是他负责找人承办的吧。每当你们晚上在这里聚会的时候，邵辉便会在他自己的家里，自己书房的电脑上全方位立体地监视着你们的一举一动。谁表现得更优异，谁说话办事欠妥，他都会记录在案。他会根据你们每个人的表现，决定你们的报酬。"

话音还没落，几个男孩已经踩着桌子伸手往天花板上顾涵浩所指的方向寻找，果然，扯下了两个摄像头。顿时，屋子里的人开始不安地窃窃私语。

"我一直以为他只是从邵美芸那里听取我们的表现，没想到他会这么阴险，时刻监视我们！"几个女生愤愤不平。

"这位给我们开门的大伟先生，你上个月的报酬是一万二，在这些人中算是低的了，恐怕是因为你的所作所为不太让邵辉满意吧？"

名叫大伟的秃头男子不太服气地问："你不是说他给我们取了外号吗？你怎么知道上个月工资一万二的人是我？"

顾涵浩忍不住笑出来，他居然管这笔钱叫作"工资"，也难怪，这些无所事事的年轻人已然把这当成了一份工作。

"秃鹫！当我见到你的秃头时，马上就想到了邵辉账本上的'秃鹫：一万二'；至于公鸡，就是那边那个红色头发根根竖，像鸡冠一样的男孩；白兔，就是这个戴着红色美瞳的女孩；老鹰，很不幸，就是现在还有兴致玩电脑的那位，你是鹰钩鼻。以此类推，我就不一一说明了。"

刚刚责备大伟的那个男子握紧拳头，十分恼怒地问："你到底是谁？账本在哪，交出来！"

"账本在景江区顺宁街435号6015室的办公桌抽屉里。"顾涵浩很轻松地回答，丝毫不去理会几个膀大腰圆的男人已经对他摩拳擦掌。

顾涵浩望着角落里一直坐在电脑前的鹰钩鼻男孩，他看起来也就20出头的年纪，他飞快地点击着键盘，很快，他脸上显露出惊讶惧怕的神情，颤声说道："顺宁街435号是景江区公安局！"

房间里的气氛瞬间凝住，那几个想要施展拳脚的男子也纷纷偃旗息鼓。最开始发问的男子不可置信地问："你们，你们是警察？"

柳凡很帅气地掏出证件，这下，屋子里的年轻人们终于彻底败下阵来。

凌澜站在一旁完全呆住，这个顾涵浩实在是太过分了，居然已经知晓了这么多，还把她们蒙在鼓里，导致现在她像这些"动物们"一样为他这番说辞瞠目结舌。她真的好想现在就问问顾涵浩，他是怎么推测出这些的。

顾涵浩依然坐在那扇门的门口，他伸出手臂敲了敲身旁的门："丹顶鹤先生，不，Jimmy，你还要躲在里面多久？"

凌澜不可置信地盯着那扇门："你是说，Jimmy在里面？"此刻的凌澜对顾涵浩已经具备了惯性的信任，她虽然嘴上仍在问，但心底里已经相信Jimmy就在这扇门后。

顾涵浩指了指这扇门门口的地面："只有这扇门和对面那扇门门口的地面有经常开关门留下的弧形印记，而对面那扇门门口明显有污渍水渍，可想而知应该是洗手间。其余的门全都没有开关过的痕迹，我想，很可能都是装饰用的假门。根据账本上的名单，还应该有个最后加入的只领过一个月报酬的'丹顶鹤'先生，我之所以推测他藏在这扇门之后是因为我的同事刚刚打电话告诉我他不在学校的宿舍，而且我灵敏的耳朵刚刚似乎听到这扇门里有双拐碰击地面的声音。我想，八成他会在这里。"

话音刚落，便从那扇门门口传来了一阵特殊的脚步声，门开了，挂着双拐的Jimmy走出来，操着一口流利的中文说道："看来我是逃不掉了，说实话，我也不打算再躲避。凌澜，对不起，我让你失望了。"

"你这话是什么意思？你承认你杀了邵辉，还有岳彤和冯佳？"凌澜上前一把抓住Jimmy的手臂，带着哭腔质问。

Jimmy先是点头，然后又摇头："邵辉是我杀的，但岳彤和冯佳，我下不了手。"

"这到底是怎么回事？"凌澜用力摇晃着Jimmy，泪水汩汩流下。

顾涵浩站起身："你们全都跟我回警局录口供！柳凡，袁峻他们的车应该就停在我车子的附近，你组织他们上车。Jimmy，你和凌澜就坐我的车吧。"

柳凡领命开始大声组织大家排成一队，然后掏出电话拨打袁峻的手机，以确认他们已经到达。

凌澜想起刚刚进来之前顾涵浩的那条短信，原来就是发给袁峻，通知他们来支援的。顾涵浩之所以等门开了看见了"秃鹫"才按发送键，是怕大家会扑空白跑一趟。他的确是心思缜密。也幸亏邵辉会把这里取名为"ZOO"，使得顾涵浩能和手写账目上各种动物的名字联系在一起，要是他取个别的名字，找起来恐怕就会有点麻烦了。

凌澜抬头看了看一副落魄相的Jimmy，她不敢想象那天在地下室看到的"吸血鬼"就是他，是这个自己一直敬仰崇拜的老师。真的就像岳彤和冯佳说的，幸亏当时她没看见，如果当时她看见了，一定会大声叫出"Jimmy"，然后不顾一切地追出去想要问个究竟。那样的话，Jimmy会不会当场就把她了结了呢？

顾涵浩掏出随身的手铐走到Jimmy面前，然后恍然大悟地叹口气，又把手铐收起来。他刚刚居然忘记Jimmy还要靠双臂支撑双拐。当刑警数年，他还是第一次拘捕这样的嫌疑犯，再看看梨花带雨的凌澜，他的心情真是五味杂陈。

第十五章　水落石未出

"孟语思在哪里？"

同样是那间审讯室，不同的是坐在被审讯位置上的换成了Jimmy，审讯的位置上除了顾涵浩，还有袁峻，这个顾涵浩最得力的助手。

而凌澜和柳凡，依旧是站在隔壁的房间通过那扇透视镜和扩音器边看边听。

然而令凌澜失望的是，Jimmy对此问题的回答是"不知道"。

Jimmy很坦诚的模样，直视着顾涵浩回答："我不知道。"

顾涵浩感到有些棘手，看来这个Jimmy并没有想象中合作。

袁峻在一旁搭腔："如果你肯跟我们合作，说出孟语思的下落，我们可以向检方提出酌情减刑。"

Jimmy友好地笑笑："十分感谢，但是我真的不知道孟语思目前的下落。这样说吧，其实指使我杀死邵辉的人就是孟语思。"

一石激起千层浪，不单单是顾涵浩和袁峻露出匪夷所思的表情，就连另一间房的凌澜和柳凡也都瞠目结舌。这起案件中无辜受牵连，至今下落不明的受害者居然是幕后主谋？

随即顾涵浩想起了什么，那晚凌澜DV录下的凶手从窗户处逃走的画面，显然，他还有一个帮凶在窗外帮忙，否则别说是残疾人，就是正常人，想要一跃而上从那么高的窗子逃脱也是非常有难度的。那个帮凶，难道就是孟语思？的确很有可能，如果孟语思真的是巧遇凶手，被凶手掳走，要说凶手是个健全的高大男人还有可能，如果是使用义肢还不是很习惯的Jimmy，孟语思大可以攻击其义肢，逃脱也不是那么困难。

Jimmy抚摸着自己残缺的右腿，深深叹气："我需要钱，我需要义肢让我过回正常人的生活。也许你们会想，义肢能花费多少钱，但我需要的不是普通的义肢，而是美国一所研究机构创新发明的新型义肢，有了它，再加以训练，我也可以像正常人一样走路，甚至跑步。可惜这义肢甚至比残奥会上的运动义肢还要昂贵，因为它的仿真度和操控性都是前所未有的。当然，它的价格也令人咋舌。孟语思是混血儿，有四分之一的美国血统，又在美国待过几年，她和我颇有共同语言，我也把她当成知己，有一次这个小姑娘看到了我搜集的义肢资料，得知我需要一大笔钱。于是她找上了我，她说她有一个千载难逢的好机会。

　　"孟语思说她知道S市有这么一个组织，叫作'赤色祭品联盟'，里面的成员都是些年轻人，都对吸血鬼十分着迷，经常会聚在一起谈论和分享有关吸血鬼的资料，或者是观看电影，搞一些cosplay之类的活动。别看名字挺吓人，网站上的标语也够危言耸听，什么甘愿成为吸血鬼的祭品，但其实这一切都是假的，都只是一个有钱人搞出来哄孩子的名堂。这些疯狂的吸血鬼粉丝其实都是社会上一些无所事事的年轻人，被那个有钱人花钱雇用的，只要定时去'ZOO'里面搞一些有关吸血鬼的活动，吃吃喝喝，玩玩闹闹，便可以得到比打工工作多上好多倍的酬劳。这个'ZOO'也是由那个有钱人出资维持的，这一点，我想顾队长，你也都知道了。"

　　顾涵浩点点头："但有一点我不太明白，孟语思介绍你加入'赤色祭品联盟'，可是根据邵辉的账目，我核对过人数，孟语思并不在其中。"

　　Jimmy继续说道："一开始我也以为她是联盟中的一员，但她否认，她只是说她在联盟里有个朋友而已。现在联盟需要一个外国面孔的男子加入，因为这些东方面孔已经不能满足联盟的核心人物，也就是邵美芸。联盟真正的主人，也就是出资人邵辉需要招聘一个白种人，并且是相貌英俊，身姿挺拔的白种人加入，于是孟语思便找到了我，她还给我买了一只价格不菲的义肢，因为如果不是这样的话，恐怕邵辉不会允许我加入。"

　　"加入后的这一个月，你在联盟里的聚会中主要负责什么？"

　　Jimmy笑了笑："我主要负责扮演潜入联盟的吸血鬼，很好笑吧，我必须去扮演一个假冒成人类的吸血鬼，但我是残疾人的事实，其实大家都知道，只有邵美芸不知道。我必须在假装无意的情况下向邵美芸透露我是吸血鬼的事实，让她产生怀疑。我在邵美芸面前是个行踪不定，充满神秘感的疑似吸血鬼，而我在联盟其他人面前，不过是和他们一样的，给邵辉打工的工人。"

　　"你的酬劳却比他们高出太多，这个月，邵辉给了你五万元。虽然邵辉电脑里那些他偷拍下的、你们的聚会场面都已经被彻底删除无法修复，但我能想象，你的表现一定比他们优异得多，尤其是你能够完美地驾驭义肢，在邵美芸面前不露破绽。"顾涵浩颇有些钦佩地望着Jimmy。

　　Jimmy却羞愧地低下头，抚摸着半截残腿："惭愧，我把坚强的意志力和精湛的演技用在了这种地方。老实说，我每次利用义肢假装正常人一样行走都承受着痛苦，毕竟我从前没有使用过义肢。我的痛苦被孟语思看在眼里，她又以心疼我为由，要求我退出。我不肯，毕竟我真的急需用钱。结果，孟语思就给我介绍了另一单生意。其实我知道，她要我加入联盟是前奏，要我接受这笔交易才是最终目的。"

顾涵浩心领神会："她要你除掉邵辉。她许诺的酬劳是多少？"

"孟语思说联盟早晚会解散，到时候我根本赚不到三十万就会'失业'，她许诺一次性给我三十万，只要我按照计划成功杀死邵辉。她也会从中帮忙，但不会分走我一分钱。我问她到底是谁要置邵辉于死地，她坚决不肯透露，只告诉我，是个我绝对意想不到的人。我曾想过，会不会是那个孟语思所谓的在联盟中的朋友，但是我实在想不到会是谁。"

顾涵浩在脑中迅速回忆了一番，那十几个年轻男女，谁的表现最为可疑，结果无果，只能继续发问："说说你和孟语思的杀人计划，为什么选在老工业基地的废址？仅仅因为那里是传说吸血鬼出没的地方？"

Jimmy摇摇头："我们是将计就计。是邵辉要求我去那里的，他要我提前布置那里，把那里布置成吸血鬼居住的地方，还要我准备好吸血鬼的装扮。因为他的女儿邵美芸已经不满足只是在'ZOO'里面和那些人吃吃喝喝地谈论吸血鬼，她已经确定我就是真正的吸血鬼，并且对我产生了感情，所以我该现身了，不然她真的会到处去找我的栖身之处。"

"这么说，邵辉那天去废址是去验收成果的？他想检查一下你的装扮，还有你布置的环境？"顾涵浩问。

"没错，只是他没想到，他给我的经费我并没有去买什么棺材，我根本没有布置那里，因为，我和孟语思根本就知道，他没机会去看了。"Jimmy说到这里的时候面部表情扭曲，十分痛苦。他后悔了，后悔亲手了结了一条无辜生命。邵辉的确是个可悲的父亲，为了迎合女儿的荒唐兴趣，竟然自己给自己铺了一条不归路。

"我们在你家并没有找到那个抽血的装置，还有邵辉丢失的那部分血液。那个装置，应该也是孟语思给你的吧。"

Jimmy承认："我不知道她从哪里弄来的那个鬼东西，那东西是金属制成的，是很精密的仪器，看起来不便宜，也不是很大，可以完全被藏在黑色长袍里。孟语思说，要让邵辉死得像被吸血鬼袭击一样，因为那里本来就盛传有吸血鬼出没。这样对我们都有好处。孟语思还跟我说会找两个流浪汉来目击现场，给警察留下看到吸血鬼的证词，然后她会在窗子那里接应我，用绳子和滑轮把我拉上去。对了，她还在窗子弯曲的栅栏上印下了不知道哪里弄来的指纹，造成吸血鬼力大无穷的假象。"

袁峻叹了口气："只是你没想到，孟语思找来的目击者不是什么流浪汉，而是她的三个室友。"

"没错，当我看到是岳彤和冯佳的时候，我真的惊呆了，但当时时间紧迫，我只好按照原计划和孟语思一起按照安排好的路线逃走。天亮后，我按照孟语思的要求，给岳彤打电话，要她们去办卡，然后我在电话里告诉她们，如果她们保证不供出我，我会把三十万的报酬和她们俩平分。但是她们不放心孟语思，一定要听到孟语思平安无恙，否则坚持报警，没办法，孟语思和她们通了话，说自己很安全。后来我质问孟语思为什么要把三个女孩牵连进来，她说她也是出于无奈，凑巧冯佳那晚非要提议去废址那里探险，岳彤和凌澜也都赞成，孟语思劝过她们的，但她们根本不听。她只好将计就计，把流浪汉目击者的环节去掉，由三个室友顶替。"

"看来那个时候孟语思已经决定要对三个室友杀人灭口，所以她才让自己失踪，因为如果跟三个室友在一起，事后三个室友死于爆炸，只剩下她一个，那就太可疑了。"顾涵浩自言自语般地说。

第十六章　耐心解释

凌澜去洗手间洗了把脸，出来后，她感觉舒畅得多。刚刚听Jimmy讲述那些令她心寒的事实，让她感觉像是缺氧一般。一切都那么让人无法接受，最无法接受的是Jimmy说他拒绝了孟语思关于解决岳彤和冯佳的提议，但他没想到孟语思表面上放弃了杀人灭口的想法，暗地里已经在系主任王老师家里做好了准备工作。

审讯工作结束的时候天色已经微微发亮，刑警队的办公室里渐渐安静下来，那些"赤色祭品联盟"的游手好闲的成员们也纷纷录好口供散去，但愿他们以后能够踏踏实实地找份正经工作靠自己的能力赚钱。令凌澜感到意外的是，他们中还真有几个是戏剧学院的在校生。

顾涵浩要柳凡和凌澜回家休息，可是柳凡偏偏不肯，因为顾涵浩没打算回去休息，他只是想在办公室里的沙发上睡两个小时，然后去追寻孟语思的下落。

柳凡带着凌澜去到了那间小小的询问室，两人隔着一个茶几分别躺在两个沙发上。刚要睡去，袁峻敲门进来，只见他抱着不知道哪里找来的两个枕头。

凌澜微笑致谢，这个袁峻不但是个训练有素的刑警，还是个心细如发的绅士，而且他星目剑眉，笑起来牙齿洁白又整齐，十分耐看。凌澜对袁峻不由得萌生出几缕好感。

倒是柳凡不太领情，她推开了袁峻递过来的枕头："给顾队送去吧，他比我们辛苦。"

袁峻有些尴尬地回答："顾队那里我会再想办法，这个你先用着。"

眼看袁峻要开门离去，凌澜开口："袁警官，你也辛苦了，抓紧时间休息一下吧，不用为我们忙活。"

袁峻回头不好意思地笑笑。

"你该不会是喜欢袁峻吧？"等到袁峻离开后，柳凡闭着眼问。

凌澜简直不敢置信，这个工作狂一样的男人婆柳凡居然能问得出这样的问题："没有，你别瞎说，我有男朋友的，就是那个彭泽。倒是你，你喜欢顾涵浩吧？"

话一出口，凌澜便后悔，以柳凡的性格应该不会喜欢别人戳破她的小秘密。

柳凡却仍旧没睁眼，很平静地回答："我是喜欢他，这已经是公开的秘密。"

凌澜有些意外，转个身背对柳凡："睡吧，你也辛苦了。"

又是一个崭新的阳光明媚的早晨，才睡了不到三个小时，凌澜就被顾涵浩的声音吵醒。

"柳凡，你和袁峻全力追查孟语思的行踪，派人在废址周围的村落发照片，还有在她父母家附近秘密监视，另外查一下她的经济情况、刷卡记录。"

柳凡接到命令十分兴奋，她终于可以不用跟在凌澜身边，而是投入到火热的工作中，可是，她看着凌澜的表情却有点怪异："那凌澜呢？我不用带她去吗？"

顾涵浩示意凌澜站起来："凌澜留在我这里，她在这里是绝对安全的，你尽管放心。有什么消息第一时间通知我。去吧，袁峻已经在楼下等你。"

凌澜看得出柳凡有些在意她留下来和顾涵浩在一起，但是另一方面又为有挑战性的重要工作感到兴奋。她抬眼看了看一旁的顾涵浩，顿时觉得柳凡的在意绝对多余。

等到柳凡离去，顾涵浩才转换语气像个朋友似的说道："袁峻给你买了洗漱用具，在我办公室里，去洗手间整理一下吧。"

洗手间里，一旁正在洗手的穿警服的年轻女孩友好地冲凌澜微笑致意："凌澜是吧，你好，我叫曲晴。没休息好吧，干我们这行的就是这样，有的时候一连好几天都没的睡。"

凌澜对这个笑靥如花的曲晴很有亲切感："其实我一直很羡慕你们的职业，女警多帅啊，英姿飒爽的。对了，你是他们这儿的警花吧？"

曲晴咯咯笑出声来："哪有，要说警花还得是我们的法医施柔，不过她是法医，应该也不能叫警花。哦，对了，你这牙具什么的一定是袁峻给买的吧？"

凌澜笑问："你怎么知道？"

"果然被我猜对了，他呀，是我们这里有名的绅士老好人，对谁都体贴入微。我们几个女同事都说呢，将来谁要嫁给他可就倒霉喽！"

"为什么是倒霉？不是幸运吗？"凌澜很不解。

曲晴甩甩手上的水珠："他对谁都那么好，当他老婆太缺乏安全感，听说他的前任女友就是因为这个才和他分手的。目前他已经有了半年的空窗期。"

凌澜很喜欢这个八卦的曲晴，这里要不是刑警队的办公区域，她恐怕能和曲晴聊个吐沫横飞。但是她知道曲晴要马上回到工作岗位，自己也必须赶快回到顾涵浩的办公室接受询问。最后，两个女孩相见恨晚般相互留了手机号码。

一进门就看见顾涵浩正黑着一张脸坐在办公桌后面。

· 041 ·

"怎么这么慢？"

凌澜坐在顾涵浩对面："我又不是训练有素的刑警，慢点正常。"

"好吧，言归正传，和我说说，你眼中的孟语思是个怎样的女孩。以你的观察力，我相信你能看到一般人看不到的。"顾涵浩充满期待地望着凌澜。

凌澜面露愧色："发生了这种事，我真的对我的观察力没有任何把握。我崇拜的偶像是个杀人犯，我认为是个花瓶的乖乖女孟语思是个腹黑女，我的世界真的已经天旋地转。"

顾涵浩理解地点点头："那么，我给你十分钟，你先好好捋一捋，然后再仔细回想。"

"我有十分钟？那我能不能利用这十分钟问你几个问题？"眼看顾涵浩没有拒绝，凌澜继续："第一个问题，为什么你第一眼看到邵辉手写的那一堆动物名称和数字之后能想到那是邵辉为邵美芸创建的组织账目？"

顾涵浩似乎对凌澜提的问题很满意："我只是让自己站在一个慈爱父亲的角度。站在那间地下放映室的时候我便想象，很可能在那里曾经上演过这样的一幕。邵辉终于不能忍受自己的宝贝女儿和那样一群不良少男少女们在一起，气愤地冲进去赶走了所有人，只剩下流泪的邵美芸。那之后，邵美芸的病情又恶化，整日把自己关在房间。邵辉一定很自责，一方面他希望女儿有爱好，有朋友；可另一方面，他又不希望女儿有这样的一群朋友。"

"可以想象，对吸血鬼痴狂的少男少女会是什么样，我要是家长，也不希望孩子和他们在一起，在他们还没有把我孩子同化之前，我必须阻止。"凌澜在一旁附和。

"没错，而且想要让邵美芸放弃这个爱好似乎是不可能的，唯一能扭转局势的办法只有一个，就是重新给女儿找一群靠谱的朋友。所以我想到了之前浏览过的一个网站：赤色祭品联盟。这个网站兴起的时间正好就是在两个多月之前，而李文栋曾经说过，就是从两个多月之前邵辉晚上出门的时候不用他开车送。从时间上来看，很有可能是邵辉在两个月前开始建立起这么一个组织，先是找人建网站，然后租场地招聘人员。而邵辉是个商人，他是投资公司的老板，他不能让自己的钱花出去却不留下痕迹，但是他又不想明明白白地把账目写清楚，所以才找了这么个隐晦的方式，用动物代号来记载，这样就算被人看见了，一时间也摸不到头脑。"

"原来如此，站在慈爱父亲的角度，女儿晚上出去和那群吸血鬼粉丝在一起，他终究不放心，所以就想到了用摄像头进行监视？"凌澜顺着顾涵浩的思路推测下去。

顾涵浩继续："没错，邵辉必须掌握那群人的主动权，而且我说过他是个商人，他想要这群人为他工作，按照他的要求行事，就必定会建立某种激励机制，利用表现的优劣来决定报酬高低。不过这在当时也是一个猜想，我通知小郑来取电脑，因为我猜想邵辉就是通过这台电脑进行远程监视的。后来我问李文栋，是不是邵辉在家的时候，邵美芸都不在家，这种情况就是邵美芸去'ZOO'参加活动，而这个时候邵辉一定在家，因为他不放心，一定会在家通过电脑远程监视，所以他们不可能同时在家；然后是邵美芸在家的时候，邵辉要么也在家，要么在窗台摆个盆景，坐出租车去'ZOO'，和那里的负责人接洽，给他们全体做个阶段性总结或者是提出一些要求之类的。当李文栋证实了我这个猜想的时候，我就更有把握了。最后，小郑在电话里告诉我有关邵辉电脑的调查结果，也就是他彻底删除的文件很大，像是视频，而且是一个个分别删除的。"

"因为邵辉是一个个接收到监视视频的，他很可能把实时监控给录了下来，这样方便他仔细研究每个人的行为和语言会给邵美芸造成积极还是消极的影响。但是他一定会在研究完后把它彻底删除。所以才会造成一个个删的结果。那么第二个问题，你是怎么知道邵辉是利用外貌特征和动物代号相对应来记忆那些人从而记账的呢？"

听到这里顾涵浩笑出声来："这一点纯粹是瞎猜的，我自己也没什么把握。你还记得黎震吧，就是那个出租车司机，他告诉我邵辉每个月给他的报酬是五千。而邵辉的账单上，猴子的工资是最低的，五千。想到这，我再看黎震，他瘦瘦小小，尖嘴猴腮，怎么看怎么像猴子。"

"原来是这样，当那个秃头大伟给你开门时，你试探性地讲出了秃鹫这个月的工资，就是为了证实邵辉是不是根据相貌特征来取代号的。结果秃头大伟当时便惊得说不出话来，你便有了绝对的把握。"凌澜边笑边接茬儿，然后她意识到一个问题，她竟然有点崇拜起顾涵浩了。

突然，凌澜笑不出来了，她意识到一个问题，顾涵浩刚刚说了谎。

第十七章 遗言

没错，顾涵浩是个深藏不露的男人，他刚刚竟然当着凌澜的面，面不改色心不跳，很自然地撒了谎。

有关于凌澜第二个问题，为什么顾涵浩能够猜到，邵辉是用那些人的外貌特征联系动物代号的呢？

其实不是因为那个司机黎震身形长相像猴子，而是因为Jimmy，当凌澜把手机里Jimmy的照片呈现在顾涵浩面前的时候，顾涵浩就说了一句"恐怕就是他"。因为那个时候，独腿的Jimmy已经让顾涵浩联想到了账目上的丹顶鹤，那个时候顾涵浩就已经推测到，这个Jimmy很可能也是邵辉组建的"赤色祭品联盟"中的一员，他是最后加入的，而且酬劳最高，看起来很可疑。

但是顾涵浩没有提及这一点，他是故意绕开凌澜的伤心事吗？凌澜不知道，难道这个表面上看起来自大自私又霸道的顾涵浩也有怜香惜玉的一面？

"谢谢你，不过，我很坚强，已经接受了Jimmy是杀人凶手的事实。"凌澜很落寞，想到Jimmy，她还是不受控制地隐隐作痛。

顾涵浩没有说什么，几秒钟后他故作轻松地看看表："十分钟过去了，咱们言归正传，说说孟语思吧。"

"好吧，"凌澜吐出一口气，让自己看起来轻松一些，"孟语思很漂亮，热情、阳光、浪漫，表面看来像白纸，像清水。她和同学老师、男生女生关系都不错，大家都认为她是个毫无城府的乖乖女。实际上那天晚上冯佳提议要去夜访吸血鬼，我和岳彤确实都有些动心，只有孟语思瑟缩在被窝里，吓得脸色煞白，还差点哭出来。最后冯佳威胁她，如果她不去就和她绝交，孟语思这才勉强同意。"

顾涵浩叹息："这个冯佳，竟然威胁凶手把自己送上死路，真是造化弄人。"

"对了，Jimmy说孟语思在联盟里有朋友，你觉得会是谁？"凌澜急切地问。

顾涵浩托住下巴："昨晚我让袁峻把那些人一一带进审讯室，拿孟语思的照片给他们看，我仔细观察过他们的表情和身体语言，似乎没有人有嫌疑，他们都不认识孟语思这个人。当然，我的观察也不一定百分之百准确。"

凌澜摇摇头："我倒觉得你是对的，目前为止有一个人最可疑，这个人明明是联盟的一员，却不在邵辉的账目上，也没有来这里录口供。"

"邵美芸。"顾涵浩喃喃念着这个名字，"你为什么认为会是她？我问过那些联盟的成员，他们个个都说邵美芸看起来的确是有自闭症，与人交流有障碍，即使是处于他们之中，她也都是听得多说得少。我觉得自闭症不可能作假，邵辉一定不止带邵美芸看过一个医生，如果是装病，一早就会被邵辉揭穿。"

"正是因为她是自闭症患者，我才觉得她最有可能被孟语思利用。而且孟语思许诺给Jimmy三十万的报酬，孟语思当然没有那么多钱，而这个钱，很可能来自邵美芸，准确来说，来自邵辉留给邵美芸的遗产。当然，这只是我的直觉，准确率当然不如你的高。"

顾涵浩笑笑："其实一直以来我也对这个邵美芸心存疑虑，我想说不定她根本早就已经知道了自己参加的'赤色祭品联盟'其实是自己父亲的杰作。看来，我们有必要去会一会这个自闭症大小姐了。"

顾涵浩发动车，凌澜坐在副驾驶，一路向邵辉家的别墅驶去。

顾涵浩的手机铃声响起，来电显示是袁峻。

"顾队，我们找到孟语思了，在凯德大酒店。"电话里袁峻的声音很急切。

"我现在马上过去，在哪间房？"顾涵浩来了个急刹车大转弯。

袁峻顿了一下："你来了就知道了。"

凌澜把袁峻的话听得真真切切，他不告诉顾涵浩房间号码，意思是不用房号也能找得到孟语思的所在，这意味着什么？

还没开到凯德大酒店门前，凌澜已经看到酒店门口拉起了警戒线，几个穿制服的刑警穿梭于警戒线内，十几个酒店保安在警戒线外维持秩序。

顾涵浩下了车，径直向警戒线走去，凌澜紧紧跟在他后面，心里大概猜到了结果。

紧挨警戒线的制服刑警看到顾涵浩，急忙伸手抬高警戒线，顾涵浩弯腰进入，凌澜也紧随其后，没有遭到阻止。

没走几步，凌澜便看到柳凡走过来，她指指不远处地面上的白色塑料罩，那下面应该就是尸体："死者坠楼身亡，应该是孟语思。凌澜，要不，你去确认一下。"

凌澜被这话惊得全身木然，要她看一个从高层坠楼身亡的尸体，而且还是与自己朝夕相处的大学室友的尸体，尽管她平时自认为很胆大，但是此刻却迈不动步伐。

顾涵浩拦在凌澜身前，抬头望了望："袁峻在上面吗？"

"是的，根据酒店的记录，死者是今天早上开房入住的，房间号是1808，使用的是孟语思的身份证。也是因为如此，我们才找到了她。可是还是来晚了一步。"柳凡顿了一下，"我们已经通知法医那边，施柔应该就快到了。"

顾涵浩冲柳凡点头，伸手拍了拍凌澜的后背："走，上去找袁峻。"

凌澜木然地跟在顾涵浩身后，一直到进了电梯才回过神："谢谢你！"

顾涵浩却愤愤地对着电梯的镜子给了一掌，他从牙缝里挤出几个字："可恶，还是晚一步。"

凌澜抬头看了看电梯监控摄像头，轻轻拍了拍顾涵浩的背："别这样。"

顾涵浩调整了一下状态，很快恢复正常，他从衣服口袋里掏出一副透明塑胶手套戴上。

电梯到了18层，顾涵浩大步走进1808房间。凌澜很识趣地站在门口，她知道自己是外行，进去的话恐怕会破坏现场，这还是那副专业手套提醒了她。

袁峻原本正在凝神看着手中一张白纸，看到顾涵浩进来什么也没说，把白纸递了过去。

凌澜注意到顾涵浩看到那张纸后瞬间脸色就变了。

"是什么？"凌澜还是忍不住，站在门口问道。

顾涵浩头也不抬，淡淡吐出两个字："遗书。"

十分钟后，顾涵浩和袁峻把1808房间交给了技侦的刑警，乘电梯到楼下。

凌澜看见尸体上的白色塑料罩已经被移开，一个身着套装的女子正蹲在尸体一旁，伸手在尸体上比画着。

凌澜不敢靠近，她对那个套装女子顿时生出钦佩之情，她应该就是施柔了，那个曲晴口中的美女法医。

施柔看见顾涵浩走过去，微微抬头打了个招呼："涵浩，来了。"

"怎么样？"顾涵浩言简意赅。

"多处粉碎性骨折，"施柔指了指地面上的狼藉，颅骨的附近有很多半固体半液体的东西流出来，"你也看到了，很散，收拾起来会比较费工夫。"

"辛苦了，我先回去，等你消息。"顾涵浩转个身。

"我听说了，你安排那个女孩住在你家对面，当初我可是没有这种待遇呢。"施柔低着头继续工作，语气里微微透出酸意。

顾涵浩背对着施柔，顿了一下又迈开步子："她是一个对我来说很重要的人。"

凌澜听不见远处的两个人在说些什么，她只注意到施柔很无奈地耸耸肩苦笑了一下。

凌澜坐在顾涵浩的车子后座，脑子里乱如糨糊，难道孟语思是自杀的？

"能不能告诉我，孟语思的遗书写了什么？"凌澜小心翼翼地开口。

顾涵浩从后视镜里看了凌澜一眼："她说她被驱逐了，因此世界对她来说没了留恋。怪就怪自己心软，没有解决Jimmy，事到如今她没有退路，只有一死。"

凌澜听得云里雾里，什么驱逐，什么心软。直到回到顾涵浩的办公室，她才有机会见到证物袋里的遗书。

遗书用的纸还印着"凯德大酒店"，凌澜认识这字迹，的确是孟语思的，于是她冲顾涵浩点点头，算是确认了笔迹。

接下来，凌澜忍不住小声地把遗书的内容念了出来。

"Jimmy，对不起。事到如今我能对你说的只有对不起。这个世界对我来说已经没有任何留恋，我被他们驱逐，只因我办事不力，没办法，我可以对三个室友下手，却狠不下心伤害你。可是你要知道我做这一切都是为了你啊，我本以为他也可以接受你，只要能得到他的眷顾，你就可以实现你的夙愿，不是靠义肢，而是靠你自己的力量，做回一个正常人，不，是拥有超凡的力量和生命力，是新生！是我太天真，从我放弃对你下手的那一刻起我就知道我完了，我知道你很可能会对警察全盘托出，那些警察就会顺着我寻找他的所在，可是他是不可以被打扰的。我已经连累了你，不能再连累他。所以，我必须消失。Jimmy，有三个字我一直想对你说，不过我想不用我说你也知道。对不起，永别了，我爱你。"

第十八章　情感苗头

傍晚的时候，柳凡站在顾涵浩办公桌前语气冷冰冰地汇报着："孟语思的父母已经来确认过，死者证实是孟语思没错。另外，酒店的监控录像表明孟语思今早是一个人开房入住的，在前台的孟语思表情落寞，指明只住一天。18层的监控也证实了她进入1808之后，再没有出来过，也没有任何人进去过。电话记录也查过，那个时间段没有任何电话打进打出，内线也没有。孟语思还在房间门外挂了'请勿打扰'。加上遗书，种种迹象表明死者是自杀。"

顾涵浩静静地听完柳凡的汇报，然后口中喃喃念着："他们，他们。"

凌澜心领神会："难道，不止一个？"

柳凡来回望着顾涵浩和凌澜："你们在说什么？"

袁峻在一旁搭腔："你们该不会真的相信吧？这封遗书，我认为很有问题。"

凌澜看柳凡还是云里雾里的模样，于是解释道："如果孟语思的遗书内容可信的话，那么在我们所生活的城市里，真的有吸血鬼的存在，而且，不止一个。"

"这怎么可能？吸血鬼不是Jimmy假扮的吗？那个'赤色祭品联盟'也是邵辉为了迎合邵美芸建立的一个无聊组织而已。"柳凡把疑惑的目光投向顾涵浩，似乎只有顾涵浩的话她才会相信。

顾涵浩回避柳凡的目光："恐怕，还有一个更加隐秘的吸血鬼组织，这个组织有两个或两个人以上，他们的骗术更高明，能让孟语思相信吸血鬼可以让残疾的Jimmy获得新生。孟语思一直在为这个组织效力，杀邵辉也是这个组织的意思。"

"难道动机是行业竞争？那个隐秘的组织觉得邵辉建立的联盟撼动了他们的权威？"凌澜大胆说出了自己的想法，尽管她自己也觉得这个想法很荒唐。

顾涵浩却若有所思地点头："有这种可能，前提是这个隐秘的组织有一套盈利的模式，利益的竞争使得它想要铲除竞争对手。"

袁峻却一直蹙眉摇头："我觉得你们可能把事情想复杂了，杀邵辉的动机也许就是因为个人恩怨。我始终觉得孟语思的遗书是在故弄玄虚，故意诱导我们。"

顾涵浩听了袁峻的话竟然也赞成："这种可能性也很大，我之前一直在想，孟语思有什么理由要邵辉死，他们俩貌似没有什么交集，可是，如果孟语思有一个幕后主使人，而这个人和邵辉有着密切的联系，这一切便说得通。上午的时候，凌澜曾经假设过，孟语思在联盟中的朋友就是邵美芸。现在想想，会不会这个邵美芸就是孟语思的幕后主使人？"

"不会吧？邵美芸不是邵辉的亲生女儿吗？女儿怎么会让父亲死？况且，邵辉为了这个女儿真可谓费尽心思。如果真是你们说的那样，那就太悲剧了。"柳凡看起来有些感伤，显然，她也认同了顾涵浩这个推测。

在这一点上凌澜和柳凡一样，心里对女儿弑父的推测本能地抗拒："我倒是还有个想法，只是……"

袁峻的注意力从顾涵浩的身上转移到凌澜，他语气柔和地问："什么想法？没关系，咱们现在集思广益，突破思维定式，任何想法都可以拿出来分享。"

凌澜感激地看着袁峻："我认为孟语思是个很精明的女孩，有人想以Jimmy为借口骗她似乎很难。所以，我觉得我们也不能完全否定，我是说有这个可能……"

"你是说吸血鬼真的存在？"顾涵浩看凌澜一副支支吾吾的样子，干脆替她把话说完。

凌澜注意到柳凡一连白了她好几眼，袁峻也一副大失所望的神色，她不好意思地点点头。

顾涵浩笑出声来："好吧，你有权保留你的想法。可是目前我们要做的就是从邵美芸这条线索入手。现在是七点十分，咱们兵分两路，一路去邵家拜访邵美芸大小姐，一路去找联盟里的鹰钩鼻男孩崔强，他是负责联盟网络维护的，整天在网上泡着，说不定曾经在网上注意到什么有关其他吸血鬼的线索。"

顾涵浩话音未落柳凡便上前一步，率先去领这个看起来更重要的任务："我跟你去邵家。"

顾涵浩显然对于柳凡的举动很意外："你的首要任务是保护凌澜……"

"案件侦破已经到了这个地步，已经没有保护凌澜的必要了不是吗？孟语思已经死亡，不会有人对凌澜构成威胁。"柳凡言之凿凿，确实也在理。

凌澜这才反应过来，是啊，孟语思一死，她的确就安全了，可以脱离柳凡的贴身保护。虽然说因为和顾涵浩的约定还是要住在他家对面，可是却不用再和柳凡同住一屋。

顾涵浩有些犹豫，凌澜看得出他不想和柳凡搭档。正在这时袁峻开口："顾队，这样吧，我送凌澜回家后去找崔强，你和柳凡去邵家。"

顾涵浩突然换上一副呆呆愣愣的样子，他掏出自己的证件看了一眼，恍然大悟般："不对啊，我才是队长，怎么安排应该由我决定吧。"

语毕，顾涵浩严厉的目光射向柳凡和袁峻，那目光让他们不好意思地低头不语。

顾涵浩站起身，严肃得可怕："我送凌澜回家后去邵家，你们俩去找崔强。"

凌澜快步跟在顾涵浩身后，她也被顾涵浩这股气势吓到了，不过也是直到现在，凌澜才觉得这个年轻的队长有了点队长该有的威风。

坐在副驾驶上的凌澜小心翼翼地观察着身边的顾涵浩，不知道该不该说点什么缓解一下气氛。

光顾着想怎么开口，十分钟后凌澜才注意到这根本不是回101公馆的路，而是往邵家别墅的方向去。

顾涵浩看出了凌澜的疑虑："时间紧迫，没时间送你回家，既然你的危险已经解除，我在路边停车，你自己打车回去吧。"

凌澜的火气一下子蹿起来："开什么玩笑，如果是这样，刚刚在警局门口你为什么不说，为什么让我上了你的车？"

"我说过让你上车的话吗？"顾涵浩发泄似的拍打了一下方向盘。

凌澜的气焰马上降了下来，她面带笑意地说："我知道你为什么生气，是因为你的下属们，他们把个人情感带入了工作，竟然替你这个队长发号施令。"

顾涵浩侧过头看了凌澜一眼："这你也看出来了？这么说你看得出袁峻对

你……"

"不仅如此，我还看得出柳凡对你……"

"打住，不要再说下去，这件事够让我头疼的。"顾涵浩腾出一只手揉了揉太阳穴。

凌澜不解："至于这么为难吗？你直接拒绝她不就好了？"

"说你是小孩子你还不服气，我们是一起工作的同事，曾经一起出生入死，而且……"

凌澜一拍大腿："不会这么狗血吧，难不成柳凡曾经救过你一命？"

顾涵浩不可思议地瞪着凌澜："这你也能猜到？不过，也谈不上救我一命，只是危急关头，替我挡了一颗子弹，在她的左肩上还留有疤痕。"

凌澜明白了，一个女人替他挡过子弹，虽然不致命，但是电光火石之间的选择是本能的反应，当时柳凡可不知道子弹会不会射进心脏。这份情谊的确让人动容，可是不喜欢就是不喜欢，顾涵浩又不能勉强接受她，这样对柳凡也是不负责任的。直接拒绝的话，顾涵浩又说不出口。所以这两个人只能这么僵持着。

"我还是觉得吧，你该尽早把话和她说清楚，不然她这样也挺可怜的。"凌澜第一次觉得柳凡坚硬的外表之下也是一颗小女人的心。

顾涵浩斜睨着凌澜："那你怎么不尽早把话和袁峻说清楚？你知不知道你这样不表态的默认态度会影响我下属的工作。"

"我已经想通了，彭泽那样的人不值得我留恋。"话虽这样说，只是两年多的感情真能这样轻易放下吗？如果能，她也不会处心积虑，像个跟踪狂一样拿着DV录下那些刺眼的画面了。

顾涵浩冷哼一声，踩下刹车，车子已经停在邵家别墅大院的门口。

第十九章　吸血鬼现身

在踏入邵家大门的那一刻，凌澜在心底画了一个大大的问号。究竟是行业竞争还是个人恩怨？抑或是吸血鬼真的存在？但愿今晚就能有个答案。

李文栋很热情地把顾涵浩和凌澜请进客厅。客厅已经被布置成灵堂的模样，一口黑色的棺木放在遗像下面。

"顾警官，邵董的尸体，我们什么时候能去认领？"李文栋望向那口黑色棺木。

"尸检工作已经结束，应该就这两天，到时候会有人通知你去办理手续。其实我们今天来是想把邵辉死亡案件的侦破结果告诉邵美芸，我觉得，她身为邵辉的女儿，有权知道真相。"顾涵浩中肯地对李文栋说。

李文栋大吃一惊："已经找到凶手了？"

"凶手是找到了，但是动机还没有，我们今天来，实不相瞒，就是来找动机的。"顾涵浩站起身，"事关重大，如果你不肯请她下来，那我们只有上去。"

"别，我这就去请小姐下来。"李文栋做了个安抚两人坐下的手势，快步走向楼上。

顾涵浩和凌澜对视一眼，终于就要见到邵美芸这个核心人物了，她身上到底有怎样的秘密，对邵辉到底感情如何，马上就会有个结果了吧？

"走开！我谁也不见！出去！"楼上传来摔东西的声音和尖利的叫声。

顾涵浩站起身，看来他有必要上楼亲自去会一会这个自闭症的大小姐。

站在二楼邵美芸房间的门口，顾涵浩从李文栋手里拿过备用钥匙，不顾李文栋的阻拦打开了房门。

"把门关上。"进入房间后顾涵浩吩咐身后的凌澜。

凌澜关好门后抬眼去看站在窗前的邵美芸。那是一个身材消瘦、面色灰白的女孩，看起来很年轻，也确实很美，像不食人间烟火的精灵。她穿着黑色长裙，一只手扶在窗台上，一只手抱着一个相框。凌澜注意到，那是邵辉和邵美芸的合影，难道她在为邵辉的死伤心？

"邵美芸，杀害你父亲的凶手已经找到，你不想知道真相吗？"凌澜觉得同是女性，也许这个自闭症的女孩更愿意和她交流吧。

邵美芸目光涣散地望着他们的方向，抿了抿嘴唇："请你们出去。"

凌澜本以为她的话会引起这个女孩的注意，结果她却平静得好像对这个问题不感兴趣。

顾涵浩扫视着邵美芸的房间，杂乱无章，看来这个女孩根本不让用人进来打扫。顾涵浩能感觉得出这个女孩目前的心比她的房间还乱。很快，顾涵浩注意到了床头柜上有个黑色文件夹。他走过去翻开文件夹，竟然是遗产继承的文件，最后一页的右下角有邵美芸的签名。

都说看一个人的字体大致可以了解此人的性格类型，邵美芸的签名歪歪扭扭，像是出自一个初中生之手，而且她下笔的力道时而重时而轻，三个字大小都不同。

顾涵浩走到凌澜身边："你留下来和她说说话，看能不能问出什么来，我先出去一下。"

顾涵浩打开房门，发现李文栋正焦急地等在门口。

"今天律师来过？"顾涵浩问李文栋。

"是啊，齐律师来宣读遗嘱。现在邵家的产业都归邵美芸小姐所有，她也答应继续雇用我做她的私人助理，帮她打点这个家。"

"还有谁来过吗？"

李文栋想了想："今天来的人还不少，有邵小姐的医生霍医生，有邵董在国外的表弟邵诚先生，刚下飞机就赶过来探望过邵小姐。"

"除了这些人，案发后邵美芸还见过什么人？"

李文栋想了想，斩钉截铁地说："没有，案发后邵小姐一直把自己关在房间里，她有没有通过电话同什么人联系我不知道，但是她一步也没有踏出过房门我是肯定的。直到今天，邵董的表弟来，她才下楼到客厅陪他坐了会儿。"

"他们三个来这里，应该都是你最先接待吧？你还记得这三个人进来的时候都带着多大的包？"

李文栋歪着头，不太明白顾涵浩为什么问这么一个莫名其妙的问题。他想了一会儿回答："齐律师提了一个很大的公文包；霍医生提着一个手提箱，是那种医用的，也不小；至于邵诚先生，因为是直接从机场赶来，拉着拉杆箱，最大。"

"今天一天你都在哪里？在客厅吗？"顾涵浩问这话的时候眼睛朝楼下的客厅望去，看着那口黑色的棺木。

"没有，我都在二楼自己的房间里，你知道邵董去世，有很多事情要处理。"

顾涵浩低头思考了一下："那个霍医生呢？我是说他在哪里和邵美芸见面的？"

李文栋回答："有一间专门的诊疗室，每次医生来都会在那里对小姐进行诊治和心理指导。"

"走，带我上去看看。"

房间里，顾涵浩离开后，凌澜吐沫横飞，声情并茂地给邵美芸讲述了邵辉是如何为了她而建立了一个活活烧钱的"赤色祭品联盟"，然后，这位伟大的父亲又是如何死在自己的雇员手中。

终于，窗前的邵美芸开始嘤嘤地哭泣，她双手紧紧抓着相框，哭了十几分钟后，邵美芸嘴巴里喃喃念出声："我也不想这样的，我不想的，是他逼我的，是他逼我的。"

凌澜为之一振，看来只要继续努力一下，说不定这个处于激动和伤感状态的邵美芸能透露出更多的线索。

"我知道，我当然理解，哪有女儿会想让父亲死的呢？你爱你的父亲，这点毋庸置疑。"凌澜往前走了几步，靠邵美芸近了些："是谁逼你的？说出来会好受一些。"

邵美芸立即停止了哭泣，她正视着凌澜。凌澜吓了一跳，连忙停住脚步，和邵美芸保持一段距离。糟糕，操之过急，让她有了警惕性，这下想让她开口恐怕是不可能的了。

岂料邵美芸却开口讲道："是我爸爸，是他逼我的。我别无选择！"

凌澜愣在原地，她原以为邵美芸会说出那个始作俑者的名字，可是，邵美芸却说是死者邵辉逼迫她的。邵辉逼迫她什么了？

思绪纷乱的凌澜尽力保持亲切的面容与窗前的邵美芸相对，她刚想开口，却差点咬了舌头。

眼前毫无征兆的一幕让她全身犹如被施了魔法一般动弹不得，她只能长大嘴巴，呆呆地看着那个凭空出现在窗子前的黑色身影。

是吸血鬼！吸血鬼真的存在！

只有吸血鬼，才能轻轻一跃就跳上三楼的窗子，只有吸血鬼才会拥有这样冷峻又摄人心魄的眼神。

凌澜的眼前是一袭黑袍的吸血鬼，他面色惨白，红色的瞳孔在凌乱的发丝间若隐若现，鲜红的薄唇上那两颗尖利的牙齿泛着寒光。

吸血鬼没有理会窗边惊讶的邵美芸，只是一步步向凌澜逼近。他每跨出一步，凌澜的心就剧烈震颤一下，她像被施了魔法一般双脚被死死钉在原地。此刻，凌澜的世界天旋地转，她只有紧紧闭上双眼，等待着。

三秒钟后凌澜恢复了理智，大叫出来："美芸，阻止他，他不是你的朋友吗？快阻止他！"

邵美芸果然有了反应，她张了张嘴，又开始犹豫。

眼看吸血鬼已经把凌澜逼到了门口，凌澜一个转身想要开门逃跑，却被那个黑影大大的手钳制住。凌澜就像是一只毫无反击能力的小猫，被那个高大的身躯轻易揽进怀中。

第二十章　昔日恋人

此刻凌澜置身于吸血鬼的宽大黑袍中，她想挣扎却无法动弹，因为她的整个身躯都被身后的墙壁和面前的吸血鬼夹得死死的，就是这样的近距离接触让凌澜突然发觉到了什么。

一是这个吸血鬼的身躯并不冰冷；二是他腰间似乎有什么东西被凌澜的手碰到。

"仇锋，不要，不要！"

凌澜听到邵美芸的低吟声，听起来她在哭，在乞求。

面前的力道一下子撤去，吸血鬼放开了凌澜，伸手摘下嘴边的两颗尖牙："想不到我的演技还不错。"

凌澜张大嘴说不出话，这不是顾涵浩吗？她刚刚竟然被恐惧震慑得连顾涵浩这张脸都认不出，实在是太丢人了。没错，刚刚她碰到的就是顾涵浩随身携带的手枪。

"你不是仇锋？"邵美芸跑到顾涵浩面前。

凌澜僵硬的大脑终于彻底恢复正常，原来顾涵浩这一招不过是想套出"仇锋"这个名字。

顾涵浩打开房门，门口的李文栋看见这样装束的他并没有吃惊："谢天谢地，你没有出什么意外，不过刚刚实在是太惊险了。"

凌澜不解："什么意思啊？"

李文栋用不可思议的口气告诉凌澜："这个顾警官让我带他去楼顶看看，然后又让我帮忙从地下放映室拿吸血鬼的服装和道具，再帮他化装。然后，他竟然从三楼楼顶那么一跳，跳到了邵小姐的窗台上！"

原来他是直接从房顶跳下来的，而且是在没有任何保护措施之下。他这样大胆冒险，居然只为了从邵美芸口中套出一个名字。这个顾涵浩真是个疯子。凌澜没好气地白了顾涵浩一眼，问道："你凭什么认为邵美芸身后有人假扮成吸血鬼？"

"还记得孟语思的遗书吧，她说'被他们驱逐'，当时我就想，孟语思的身后还有一个吸血鬼组织，这个组织有两个或两个人以上。假定邵美芸是其中之一，且她患有自闭症，容易被操控驾驭，这说明某个男性才是占主导地位的关键人物，也就是那个自诩为吸血鬼的、真正的始作俑者。"

凌澜有些不服气："为什么认为是男性占主导地位呢？"

"简单来说，因为邵美芸是个女性，异性相吸。况且从地下放映室的模特就能看得出，她所感兴趣的是男性吸血鬼。"

凌澜点点头："老实说，你做这个实验之前，认为成功的把握有多大？"

顾涵浩苦笑："我其实根本没把握。不是说我没把握安全跳下来，而是我没把握邵美芸会把我误认为那个'仇锋'。但是只要有一线希望我也想试试，况且我没试过装扮成吸血鬼，挺过瘾的。"

凌澜有些脸红："当然过瘾，有我这个'猎物'配合你。"凌澜不得不承认，刚刚顾涵浩假扮的吸血鬼确实挺帅的。

顾涵浩从邵家别墅的大门走出来，他把邵美芸带上了车，还用手铐把她铐在了后座车门上。凌澜从副驾驶回头同情地望着邵美芸，只见她一副失魂落魄的模样，一言不发。

李文栋在旁正用手机和什么人通话，凌澜刻意竖起耳朵听了一下，原来是在给律师打电话，李文栋还真是个忠心耿耿的助理。

坐上车后顾涵浩拨通了郑渤的手机："小郑，帮我查一个人，仇锋。应该是'复仇'的'仇'，至于'锋'嘛，你试试所有的可能。"

邵美芸冷哼一声："没用的，你们查不到他的，因为他早已经死了，被我爸爸害死的。我们变成这样都是被我爸爸害的。"

顾涵浩脑中突然闪过李文栋的一句话：邵小姐患自闭症有三年了，三年前她还只有17岁，好像是受了什么感情刺激，那之后她便辍学，整日把自己关在家里，对任何事任何人都不理不睬。

"这个仇锋应该在三年前出过什么意外，你仔细查查，有消息通知我。"顾涵浩挂上电话启动车子："邵美芸，这个仇锋是你的恋人吧，是他教唆你害死你的父亲，对不对？"

虽然邵美芸没有回答，但是一旁的凌澜心里已经有了猜想。

半个小时后，顾涵浩一行人又回到了刑警队的办公室，郑渤已经带着一个文件夹等在那里。

接着，郑渤把文件交给顾涵浩，带邵美芸去了审讯室。

凌澜坐在顾涵浩办公桌对面："是不是这样？这个仇锋就是三年前邵美芸的恋人，只不过因为他身份低微，是个穷小子，因此邵辉棒打鸳鸯，硬是拆散了他和邵美芸。仇锋对邵辉心存记恨，三年后回来想要复仇，结果却得知邵美芸对吸血鬼产生兴趣，于是假扮吸血鬼，重新获得邵美芸的倾慕和信任。以邵辉一定会再次阻碍他们在一起为由，在邵美芸的同意下，两人联合孟语思，利用Jimmy对邵辉痛下杀手。"

顾涵浩合上文件夹，夸张地拍手鼓掌："这么狗血的剧情也就是你能想得出来。"

"那到底对不对呢？"凌澜着急。

顾涵浩站起身："文件上只列出了仇锋的简历，还有他于三年前被一群小混混围攻，受重伤住院，最后死在了医院。你说的那些，只有到邵美芸那里去证实了。"

死在医院？凌澜没敢说出自己的另一个想法：也许仇锋没有死，不对，死是死了，只不过死而复生变成了吸血鬼，然后回来找邵美芸，邵美芸是因为昔日的恋人变成了吸血鬼，才会对吸血鬼产生兴趣。

第二十一章　失而复得的血液

审讯室里，顾涵浩开口询问："邵美芸，三年前发生了什么？那群殴打仇锋的小混混，应该是你父亲邵辉雇用的吧？"

邵美芸不说话，这点顾涵浩早已预料到。他继续自说自话："仇锋是什么时候回来找你的？他回来的时候就变成了吸血鬼？"

邵美芸执拗地捂住耳朵，别过头。

"是他提出要杀死你父亲的吧？因为你父亲如果得知你们还有联系，只会再次对仇锋下毒手。"

邵美芸终于有了反应："不是他，是我，是我想和他在一起，我要和他永远在一起。他本来想带我私奔的，可是我们没有钱，我们根本活不下去。"

顾涵浩忍不住冷笑："他不是吸血鬼吗？还会为钱发愁？"

邵美芸拍案而起："没有钱哪里会有血？没有血仇锋就会死！仇锋他很善良，他做不到对无辜的人下手，去吸食他们的鲜血，他只是从血库里买而已。"

顾涵浩恍然大悟般地点点头，做出安抚的手势，想让邵美芸安静下来："我明白了，这么说，是你提出找人杀死你的父亲，这样的话就不会有人阻止你们在一起，而且你继承了遗产，就会有足够的血供应给仇锋？"

邵美芸刚要开口，一个警员敲门进来："顾队，邵美芸的律师来了。"

警员话音还未落，已经有个中年男子走了进来，自顾自坐在邵美芸身边："邵小姐，从现在开始你什么也不必说。很快我就会带你回去。顾队长，你还有什么问题吗？"

顾涵浩忍不住笑出声："你要她保持缄默，还问我有什么问题？好吧，我还有最后一个问题。仇锋的同伙是谁？是这位律师吗？"

顾涵浩顿了一下，他看到律师的脸一下子变了颜色，邵美芸却没什么反应。

"还是你的霍医生？"顾涵浩几乎一字一顿。

邵美芸眨了眨眼，转头看律师，律师冲她摇摇头。

"那么，就是那位从国外赶回来的表叔？"顾涵浩仍旧紧紧盯着邵美芸的脸，企图从她的神态变化里找到答案。

律师站起身："顾队长，还有别的问题吗？如果没有，我的当事人要回去了。你也知道，她的身体状况不是很好，您这样大动干戈，会使她的病情加重。"

顾涵浩做了一个请的姿势，然后目送这两人出去。

凌澜走进审讯室坐在顾涵浩对面："这个观察实验似乎不太成功，你并没有从邵美芸的神色变化中筛选出那个目标人物对吧？"

顾涵浩叹了口气，承认地点头："但是可以肯定的是，这三个人之中一定有一个人是仇锋的同伙。因为案发后邵美芸只见过这三个人。"

"还有李文栋啊，邵美芸和他生活在同一个屋檐下。"凌澜提醒："而且你为什么认为邵美芸见过的人就是仇锋的同伙？"

"就凭这个。"顾涵浩从怀里掏出一个小瓶子，是放置隐形眼镜的那种小玻璃瓶，只不过此刻瓶子里的液体不是透明色，而是黏稠的鲜红色。

凌澜眨着好奇的大眼睛望着这个红色小瓶子："是血？你从哪里弄来的？"

"邵辉的棺材里。"顾涵浩一边说一边走出审讯室，叫来一名警员，把瓶子交给他拿去化验："交给施柔，与死者血型比对，我今晚就要结果。"

凌澜跟在他身后，迫不及待地发问："你是说邵辉的棺材里有邵辉的血？怎么可能？谁放进去的？你又是什么时候取出来的？"

顾涵浩回头笑着面对凌澜，用眼神指了指走廊那边的茶水间："想知道答案的话，给我冲杯咖啡去，我在办公室等你。"

凌澜撇撇嘴，心有不甘地往茶水间走去。

凌澜一边拧开速溶咖啡的罐子一边想，下次一定要先于顾涵浩发现什么，如果顾涵浩问她问题的话，她就提出要喝奶茶。

"凌澜？这么晚了还不回去？"一个清脆的声音响起。

凌澜抬头一看，是那个活泼可爱的制服女警曲晴，忍不住抱怨起来："是啊，感觉好久没有好好睡一觉了，原来当警察这么辛苦啊。"

曲晴坏坏地一笑："你这几天都快在这安家了，你知道大家背地里都叫你什么？"

"什么？"凌澜一下子激动起来，她有预感，一定不中听。

"他们都说你是顾队的私人助理，果然，他们说得没错，这不，你来给顾队冲咖啡了。"

"别瞎说，我可不是他的助理，只不过……"凌澜语塞，她和顾涵浩的关系该怎么说呢？还真的找不到合适的说法："不说了，要是他们还说了些关于我的什么，麻烦你告诉我。"

曲晴神秘兮兮地眨眨左眼："放心吧，有机会的话，你也要在顾队面前给我美言几句。"

凌澜回到办公室的时候发现柳凡和袁峻也在，她悻悻地把咖啡端到顾涵浩面前，心想这下可是在他们两人面前丢尽了面子。

"怎么样，崔强有没有给你们有用的线索？"顾涵浩抿了一口咖啡问。

柳凡抢先回答："崔强说曾经在网上遇到过一个网名为复仇使者的人，这个复仇使者似乎挺关注'赤色祭品联盟'，经常在他们网站的留言板里面说他们的坏话，有段时间崔强每天都要去删除他的留言。"

"什么坏话？"顾涵浩虽然是在问柳凡，却也不看她，只是漫不经心地看着凌澜："太甜了，你放了几块糖？"

凌澜不回答，她看得出顾涵浩对柳凡和袁峻似乎还没有消气，他是故意这样的。这个顾涵浩有时候真像是个记仇的小孩子。

袁峻继续："都是一些说联盟不知天高地厚的话，说联盟会触怒真正的吸血鬼之类的。最重要的一点，崔强说这个复仇使者好像很清楚他们的内幕，也知道邵辉就是他们的出资人。"

凌澜插嘴："看来这个复仇使者很可能就是仇锋。不，不对，仇锋没理由这样做，这样做很容易暴露自己。这个复仇使者应该是邵美芸，她想威吓这些人，让联盟解散。"

"你怎么会这么想？"顾涵浩似乎对这种说法很感兴趣。

"邵美芸一早就知道联盟是父亲一手建立的，她想让联盟解散，因为她不忍心再让父亲为她破费，或者是，她认为联盟的存在是对真正吸血鬼仇锋的一种侮辱。"

柳凡和袁峻当然不知道这两个人在说什么，也不知道仇锋是谁，刚要张口去问，便被顾涵浩的手势制止。

"我倒觉得是第一种，她不忍心再让邵辉为她破费，为她劳累。邵美芸对邵辉有感情，这点不难看出。如果不是这样，她也不会把邵辉在谋杀现场丢失的那部分血液放进棺木中。"

"你怎么会知道邵美芸把邵辉的血放进了棺木？"凌澜重复刚刚冲咖啡前的问题。

"从头说吧，我刚刚进入邵家客厅的时候便注意到了棺木，棺木放得不是那么正，大概有5度的倾斜吧。"

凌澜听到"5度"的时候在心底里暗暗对顾涵浩嗤之以鼻，能看出5度的倾斜，顾涵浩真的很变态。

"那个时候我便对这口棺木产生了兴趣，后来，我又在棺木盖子的边上发现了一个小小的掌纹，掌纹的大小显示，它出自一个女孩。邵家唯一的女孩便是邵美芸，可见，她曾经趁李文栋不在的时候试图推动棺木。"

柳凡插嘴："是因为邵美芸想躺进去，尝尝当吸血鬼的滋味？"

顾涵浩看柳凡的表情就好像他是老师，柳凡是答错问题的学生："我刚刚说过了，邵美芸对邵辉是有感情的，她不会产生这种想法，而且我后来的发现也证实她推动棺木的目的根本不在于此。站在一个女儿的立场，即使她因为某些理由不得不参与害死父亲的计划，但是内心里她总会有些伤感和愧疚的。所以我想她不会允许自己的同谋把邵辉的血液丢掉。她推动棺木的盖子是想把邵辉的血放进去，因为邵辉的尸体迟迟不能入棺，所以她想亲自拜祭父亲的血液。当然这在当时也只是我的一个大胆的想法，当我得知案发后邵美芸只在今天见过她很熟悉的、并且没有抗拒情绪的三个人，我就有一个推测，这三个人中的其中一个应邵美芸强烈的要求，把邵辉的血液给带回来，而这个人就是仇锋的同党。为了证实我这个推测，我特意问了李文栋这三个访客去邵家的时候都带了多大的包，因为邵辉丢失的血液大概有2.5升，要携带的话必须有个足够大的包。"

"结果呢？"凌澜看顾涵浩在这种关键时刻低头喝咖啡，有些心急地问。

顾涵浩放下杯子："按照李文栋的说法，他们三个都带了足够装得进2.5升液体的包。为了证实我的猜测是否正确，我故意把李文栋支开，让你们都在车里等我，然后回到邵家的洗手间卸了装，话说那个白色粉底还是有够难洗掉的，所以我用的时间长了点。最后我准备了装美瞳的小瓶子，去到客厅，推开了棺木。结果，棺木里只有一个精致的大花瓶。可是花瓶里面却是一个大大的透明玻璃罐，密封着黏稠的暗红色液体。"

凌澜突然很落寞，为邵美芸这个女孩："她把邵辉的血藏在花瓶里，等到邵辉的尸体入棺的时候，她就可以说这是邵辉生前最喜欢的花瓶，想让花瓶陪邵辉一起入殓。"

"回答你刚刚的第二个问题，为什么李文栋没有嫌疑……"

凌澜打断顾涵浩："因为如果是李文栋是帮凶，他就会料到邵美芸把血液藏进棺材，不可能没注意到棺木有倾斜，还有上面邵美芸的掌印。"

第二十二章　学校之旅

顾涵浩看看表，已经是午夜时分，再看身边这三个体力严重透支的伙伴，难免心有不忍。

"刚刚施法医打来电话，确认血液属于邵辉没错。"顾涵浩换上一副轻松表情："今天就到这里，大家都回去休息。袁峻，你明天安排好人手监视齐律师，霍医生还有邵辉的表弟邵诚，看他们有没有与可疑人物接触。咱们现在还不能打草惊蛇通缉仇锋，毕竟在官方的文件上，仇锋已经被确认死亡。咱们先采取暗中监视的策略，等待他自己现身。办完这件事你休息两天。柳凡，这几天你也辛苦了，凌澜已经安全，你的保护任务结束，明天你去确认仇锋死亡的医院，拿到当时确认死亡医生护士的口供，然后你也休息两天。我也给自己放两天假，就这样，散了吧。"

"那我呢？"凌澜跟在顾涵浩身后，"从现在开始，我也自由了吗？"

顾涵浩头也不回："明天你不能休息，我有任务交给你。"

凌澜耸耸肩，跟在顾涵浩身后小声嘀咕："还真把我当成助理了。"

顾涵浩打了个呵欠："别忘了，是你亲口答应的，如果我让你参与案件调查，你就答应与我合作，全力配合我。"

凌澜也被顾涵浩传染打了个深深的呵欠，她感觉自己好像上了贼船一样，或者是和顾涵浩签了卖身契，从此以后要听从这个自大又疯狂，爱记仇又爱生气的男人差遣。不甘心是肯定的，可是探案又很富有挑战性，这还真是让她为难了。

走到电梯门口的时候凌澜回头看了看身后，只见柳凡和袁峻没有跟过来，而是各自回到自己的办公桌整理着。

袁峻抬头往电梯门口望过来，看见凌澜在看他，马上绽放出一个亲切的微笑。

凌澜也冲袁峻笑笑，电梯的门缓缓关上。

这一觉凌澜睡到第二天上午九点。她是被门铃声吵醒的。恢复意识的第一时间，凌澜便可以推测到门外那个扰人清梦的家伙是对门的顾涵浩，他昨晚说过今天有任务给她，会是什么任务呢？

揉着惺忪睡眼，凌澜打开房门，此时门铃已经响了一分多钟。可想而知，凌澜看见的是一张不太友好的脸。

"马上整理一下，十分钟后过来。"顾涵浩用命令的口吻说。

凌澜机械地点头，然后把门关上。鬼使神差般，她又回到了卧室那张温暖舒适的大床上，不到半分钟的时间，再一次进入梦乡。直到又一个声音把她吵醒，这次是手机，屏幕上显示是她们班的班长。

挂了电话后，凌澜马上打起精神，匆匆洗漱后冲出门。跑出单元门的时候她才想起这里距离学校足足有十五站地，还有十五分钟，时间根本来不及。

于是凌澜又跑回去,冲着顾涵浩家的大门大叫起来:"顾涵浩,我要迟到了,快送我去学校!"

顾涵浩打开房门:"奇怪,你要迟到关我什么事?"

"还说?要不是这几天跟着你到处折腾,我会忘记今天是论文指导的日子吗?快,快换鞋子,还有十五分钟啦!"凌澜一边嚷着一边粗鲁地打开鞋柜随意拽出一双鞋子。

顾涵浩叹了一口气,还算合作地穿上鞋子。

顾涵浩的车子只能停在T大的门口,此刻已经是九点半,车门一打开,凌澜便风风火火地冲向校园。

谢天谢地,凌澜赶到教室的时候,论文指导老师还没有来。

顾涵浩决定留在学校等待凌澜,免得她论文指导结束后又跑去忙别的事情,他给凌澜发了一条短信,然后信步走进校园,找到了一家名为"读书时间"的书吧,点了些点心,一边吃一边看看书和杂志,倒也惬意。

渐渐地,书吧里的气氛似乎有些转变,刚刚还很安静,现在却嘈杂起来。顾涵浩一抬头才发现周围的座位上坐了七八个女生,她们分成三组,正在窃窃私语,时不时还抬头看他一眼。偶尔和她们中的某人对视,便会惹来其他人一阵咯咯的娇笑声。

顾涵浩觉得如坐针毡,于是站起身去吧台结账,打算换个地方继续等待。

"帅哥,你的车钥匙。"

站在吧台前的顾涵浩回过头,一个身材高挑,化着淡妆的清丽女孩含笑望着他:"你是我们学校的研究生?老师?据我所知我们这里本科生有车子的只有七个人,而你,不在其中。"

顾涵浩接过车钥匙,刚刚一着急居然会犯这样低级的错误:"都不是,我只是在这里等人。"

"等女朋友吗?"女孩开始展露出咄咄逼人的架势。

顾涵浩敷衍地点点头,径自走出去。不料那女孩竟然在一阵起哄的声音中跟了出来。

"帅哥,能不能告诉我,是谁那么幸运,能成为你的女朋友?"

顾涵浩厌恶地白了她一眼,正苦于如何摆脱她,一眼便看见了不远处站在拐角的凌澜,于是抬手一指:"那就是我女朋友。"

话音刚落,拐角处的凌澜便突然扑入了一个男生的怀抱,顾涵浩怔在原地,这一幕实在太不给他面子了。

"可是,你的女朋友好像又有男朋友了。"女孩假装惋惜地耸耸肩。

顾涵浩看清楚了拥抱凌澜的那个男生,正是她的正牌男友彭泽。

"帅哥,我叫田恬,这是我的电话号码。"那女孩把一张便条纸塞进顾涵浩的衣服口袋,然后带着妩媚的笑从顾涵浩面前缓缓走过。

顾涵浩大跨步朝不远处的凌澜和彭泽走去，一边走一边心想，幸好他留在学校等她，否则还不知道她会和彭泽浪费多少时间。

"顾警官？"彭泽不可思议地张大嘴，他怎么也想不到会在校园里碰见这个曾经在审讯室里审讯他的刑警队队长。

顾涵浩冲彭泽点头示意，然后便望向凌澜："可以回去了吗？"

凌澜一副很抱歉的模样："我和彭泽刚刚和好，能不能放我一天的假？明天开始，我保证积极合作。"

五分钟后，顾涵浩发动车子，无意中从后视镜里看到了后排的凌澜黑着一张脸怒视着自己。不一会儿，后面又传来了凌澜的痴笑声，顾涵浩再看，凌澜正在飞快地挥动拇指，不用想，是在和彭泽发短信。

很快，车子驶回了101公馆，凌澜跟着顾涵浩回到公寓，仍旧坐在客厅里发短信。

"给我杯可乐好吗？口渴得很。"凌澜头也不抬，她支使着顾涵浩发泄对他的不满。

顾涵浩把一杯可乐重重地放在凌澜面前的茶几上。

凌澜忙里偷闲瞄了一眼："我要加冰的。"

顾涵浩强忍着怒气端着可乐又回到厨房，加了两块冰块，再回客厅的时候凌澜已经换上了一副失落的神情。

"怎么了？"顾涵浩放下可乐坐在凌澜斜对面，他有预感，这个凌澜的喜和忧一定都和彭泽有关。

"彭泽说他需要一个月的时间，他不能一下子彻底和那些女生断绝往来，他说他需要时间。"凌澜抬起头，含着泪望着顾涵浩，"我觉得我是个傻瓜。"

顾涵浩别过头，不去看凌澜的眼，小声地说："我觉得也是。"

第二十三章　走失的小孩

半小时后，顾涵浩客厅的地上遍布着揉成一团团的面纸，凌澜抽空了茶几上整整一盒纸。

"好了，说吧，今天我的任务是什么？"凌澜发泄完毕，狠狠抹了抹残留在脸上的眼泪，深吸一口气。

顾涵浩从电视柜里捧出一摞摞的相册："你先看这些打发时间，我来清扫战场。"

凌澜慵懒地翻开其中一本相册，扉页上写着：高中。看来这是记录顾涵浩高中时段的相册。

很快，照片里稚嫩的、穿着蓝白色相间的运动校服的顾涵浩傻傻的模样便让凌澜破涕为笑。

接下来的一本是顾涵浩学龄前时段的相册。凌澜觉得顾涵浩真的是个够细心的男人，他的相册都能像档案一样归类整理好。

看了不到三分钟，凌澜再抬头的时候发现地面上的狼藉已经不见，顾涵浩端来一杯咖啡坐在她的斜对面。

"今天你的任务就是看这些相册，还有打电话回家，让你的父母把你家所有的相册也快递过来。"

"啊？相册有什么好看的？再说，我父母是不可能答应这样的要求的，除非我把要相册的理由告诉他们。"

顾涵浩沉思了一下："不能告诉他们，这样吧，过两天我和你回去一趟，直接把相册带回来。这样更快一些。好在L市离这里也不太远。"

"你要跟我回家？不行，我们这样回去，我父母一定以为你是我男朋友。"凌澜摆摆手："你到底是何居心？"

顾涵浩翻开其中一本相册："这几本相册基本囊括了我从小到大的生活圈、人际关系网。大学以后的照片都在我的电脑里，数量更多，我希望你能仔细看看，当然不是看我，而是我周围的人，看看有没有你认识的，或者眼熟的。我想，用这种办法说不定能找出一些我们之间的联系。"

凌澜撇嘴："这算是什么办法，简直是大海捞针。"

"那你有更好的办法吗？"顾涵浩有些不悦。

凌澜思考了半分钟，的确没有别的更好的办法。她和顾涵浩就像是两个在茫茫人海中随机挑出的两个样本，想要找出这两个样本之间的联系，本来就是大海捞针。

不过这总好过自己的隐私被挖出来见光，凌澜让自己沉下心来，从头仔细地去研究这些照片。

顾涵浩坐到凌澜身边，把大大的相册放在两人的腿上，然后他把头歪向凌澜，和她一起重温这些相片。一边看，顾涵浩还一边讲述着拍照片的时间地点，介绍合照上的人。

凌澜认真听着，渐渐地，她发现顾涵浩挺有讲故事的天分，他的一些少年时的趣事甚至让凌澜忘却了刚刚彭泽带给她的不愉快，忍不住笑出声来。

顾涵浩也越讲越上瘾，他们俩居然谁也没注意到此刻两人的状态已经超出了彼此给对方划定的亲疏界限。

凌澜按住顾涵浩想要翻页的手："这张相片是在景江公园拍的吧？"

顾涵浩迅速收起脸上的笑意，十分严肃地问："你怎么知道这张是在景江公园，这个亭子和它周围的树林早在十年前就已经被改造成了健身广场。十年前，你应该还在L市吧？"

"十年前我是在L市，可是十五年前我曾经来过S市，是和父母一起来的，我们来拜访过家住S市的父亲的同学之后就去了景江公园。我还记得这个亭子，当时我要吃冰激凌，我父母让我在亭子这里等，他们去买，结果……"

"结果你没有乖乖等在那里，而是到处乱跑，迷了路。"顾涵浩紧盯着凌澜的眼睛，很快，他在她眼里看到了惊异，还有几分恐惧。

"天啊，你怎么会知道？"凌澜的确感到恐惧，她和顾涵浩在相识之前根本就是两条毫不相干轨道上的陌生人，为什么他会知道她儿时的经历？

"因为在我身上也发生过这种事，"顾涵浩抽出相片翻过来，相片背后写着"1990，景江公园"，"这是我7岁时和父母的合影，我们之所以选在这里合影是因为那天我也在景江公园里迷了路，多亏了一个好心的叔叔把我带回了亭子这里，当时我的父母正在亭子里手足无措。我哭着扑到他们怀里，哭了一会儿才想到那个好心的叔叔，回头一看，他已经离开。"

凌澜松了一口气，幸好，她的经历和顾涵浩不尽相同，如果完全一样的话，那就太可怕了。

"我的经历和你不太一样。当时我看见不远处的树林里有两个小女孩在捉蜻蜓，于是便和她们一起去玩，后来我们三个一起迷了路，多亏其中一个女孩的妈妈找了过来，把我们送到了公园的管理处，后来我的父母听到了公园的广播，赶到管理处，也就找到了我。"

顾涵浩有些失落，与凌澜的恐惧不同，他觉得自己是空欢喜一场："看来有可能是巧合。"

凌澜若有所思地点点头，承认了"巧合"的说法："只是当时有一点很奇怪，当时我还小，根本没在意那个细节，一心只想着父母快点来管理处接我。现在想想，好像不对劲。"

顾涵浩听了这话又来了兴致："是什么细节不对劲？"

"当时加上我迷路的有三个女孩，我原本以为她俩是认识的，结果她们和我一样都是彼此不相识的临时玩伴，我们连彼此的名字都不知道。后来在树林里，一个很漂亮的女人跑过来，一下子抱住其中个子最矮的女孩，说'萌萌，可算找到你了，妈妈快急死了'，然后便紧紧抱住那个女孩。那女孩像是被吓到一样一言不发，直到到了管理处，那女人领着女孩离开的时候，女孩回过头看着我和另外一个高一些的女孩，轻轻说了句'她不是我妈妈'。"

顾涵浩马上陷入了沉思，这件事让人摸不到头脑，尽管他很善于大胆假设，可是面对这样一个好像是巧合，又好像是大有玄机的过往，他也无从下手，只是根据这些，能做出来的假设实在是太多。看来他还需要更加细致的线索。

"我父母为了让我记住教训，不要一个人再乱跑，于是选在这里合影。我记得那天是8月19日，放暑假，返校日的前一天。"顾涵浩一边回忆一边自言自语般地呢喃。

凌澜却差点碰翻了茶几上的咖啡，她颤声道："8月19日，是我的生日啊！"

顾涵浩猛地抬头，不可思议地看着同样感到不可思议的凌澜，几秒钟后他才问道："你的身份证上，生日不是9月9日吗？"顾涵浩突然想起初识凌澜时，给她录口供之前问了她的身份信息，生日绝对是9月9日。

凌澜摇摇头："身份证和户口上的日期是错误的，我真正的生日是8月19日，我妈妈说是登记的时候弄错了，小事情，不用特意去改。而且，我在公园走失那天正是1997年的8月19日，那天我过7岁生日，父母才答应带我去公园玩。"

顾涵浩很郁闷地把头发揉乱："这么说，我在景江公园走失的那天，你正巧在L市出生？过了7年，同样是7岁的你也去了景江公园的那个亭子，也同样走失，同样在陌生人的帮助下有惊无险，最后回到父母身边？"

"我想，帮助你的那个做了好事不留名的男人，和带我们去管理处的'假妈妈'，会不会是同一伙人呢？可是，那个'假妈妈'为什么要冒充那个女孩的妈妈？她也可以以陌生阿姨的身份出场啊。"凌澜把询问的目光投向顾涵浩，她多么希望顾涵浩能够像之前一样做出一个准确率很高的推测，让这个谜团有个合理的解释。

顾涵浩摇摇头："线索太少，无从下手。这样，咱们缩小范围，都分别想想在14岁、21岁、28岁的那几年中有没有发生过什么比较特别的事。"

凌澜明白了，顾涵浩在景江公园走失是在7岁那年，而那天正好是她的生日，而她在公园走失又是在7岁那年，好像是每隔7年，那条神秘的线索便会现身一次。

顾涵浩在脑海中想象着，有两个黑影，他们面对面约定着，其中一个说：每隔7年。另一个赞同地说：一言为定。

第二十四章　再掀波澜

晚饭是顾涵浩亲自下厨做的，但材料是凌澜从冰箱里仔细筛选出来的。说仔细筛选是因为顾涵浩巨大的双门冰箱里堆积的食品有四分之三已经过期或腐坏，剩下的四分之一，味道也被那些腐坏食品给败坏了。

顾涵浩本来提议把这些东西丢掉后带凌澜出去吃或者叫外卖，可是凌澜对顾涵浩这种大手大脚的作风很不满意，她努力挑选出足够两人份的食材，清洗干净后，把战场交给顾涵浩。因为刚刚顾涵浩对自己的厨艺夸夸其谈，凌澜自然是不信，这个工作狂常常几天不回家，连冰箱都这么狼狈，对于烹饪能有什么本事？趁机挫挫顾涵浩的锐气也是好的。

于是凌澜便在客厅里一边看电视一边等待，没想到半个多小时之后，顾涵浩让凌澜失望了。不是饭菜难以入口的失望，而是关于挫锐气的愿望落空的失望。

顾涵浩的手艺真是不错！饭菜虽然简单，只有两菜一汤，主食也是平常的米饭，但是确实美味。凌澜一边吃一边忍不住感叹："比小笼包好吃。"

晚饭后顾涵浩接了几个电话，是有关监视三个嫌疑人和邵美芸最近动静的。凌澜好奇地问详细情况，结果顾涵浩只是淡淡地说："只是汇报过程，没有结果。"

凌澜叹了口气："这种时刻，他们当然都谨小慎微的，不会有所行动啦，这件事情急不得，慢慢来吧。"

傍晚的时候，凌澜斜靠在顾涵浩客厅的大沙发里，把整个身体嵌进舒适的柔软之中，十分慵懒地画画，她对面的顾涵浩也是一样，无力地靠在沙发上，揉烂了第五张画纸。

凌澜画的是那个公园里的"假妈妈"，顾涵浩画的自然就是那个做好事不留名的陌生叔叔。

"我觉得咱们是在做无用功，一来，7岁的记忆实在太遥远，二来，这么多年过去，他们早就变了模样。"凌澜整理了一下她画的三张画像，都不太满意。

顾涵浩指了指书房的方向："外行了吧，现在的技侦技术不同以往，我的电脑里就有专业软件，把一个人年轻时的照片扫描进去，就可以得到各年龄段的相貌，相似率在百分之六十以上。"

"才这么低。"凌澜不以为然。

"一个人相貌的变化和外界因素的影响也是密不可分的，百分之六十已经不错了。"

"真的？那我去试试？"凌澜站起身往书房走去。

顾涵浩一把拉住她："这可不是用来玩的！"

凌澜转过头，用一双楚楚动人的眼睛可怜兮兮地望着顾涵浩："队长大人，请您通融一下嘛。"

顾涵浩刚要发作，突然想到了凌澜这一天的经历。先是因为彭泽大哭了一场，然后又被两人惊人相似的过往吓得够呛，她的神经好不容易放松下来，这个时候如果还让她扫兴是不是太不近人情？

"好吧，败给你了。"顾涵浩站起身往书房走去。

凌澜像个兴奋的小兔子跟在他身后蹦蹦跳跳，自言自语："看看我40岁会是什么样，搞不好和现在没区别呢！"

顾涵浩用数码相机给凌澜拍照，然后打开专业软件，一边操作一边给凌澜介绍，凌澜这才发现，这是个很复杂的软件，和一般的游戏类的面容改变软件有着本质的不同。

凌澜得偿所愿，看到了自己30岁时候的模样，果然，和现在差别不大，只是多了些知性和沉稳。

顾涵浩还没来得及帮凌澜操作，看她40岁的模样，手机铃声便大作起来。

是袁峻的来电，顾涵浩以为又是阶段性的报告，于是当着凌澜的面接听。

"顾队，霍医生家附近的一家公寓发生命案。"袁峻在电话里汇报。

顾涵浩记得霍医生的家不在景江区，而是富江区，不属于他的辖区，难道死者是和霍医生有关的人？

"死者是谁？"顾涵浩一边问一边注意到凌澜被"死者"两个字惊得抬起头。

"死者是一家环保材料公司的职员，叫蔡伟琪，目前只知道这么多。富江区的刑警已经到达现场。"

顾涵浩还是不明白袁峻为什么要向他汇报这个案件："我在等你的解释。"

袁峻在电话那边顿了一下："凶手可能是仇锋。"

"把地址发过来，我现在出发。"

顾涵浩挂了电话，一边回房间取出配枪，一边冲还愣在书房的凌澜说："我现在要出门，你注意安全。"

凌澜快步走到门口："我刚刚听到了仇锋，是他又犯案了吗？"

"还不能确定，只是袁峻的猜想。"顾涵浩把凌澜拉出门。

"我也要去，你别忘记是你亲口答应我的，让我参与调查。"凌澜再次施展略有些耍无赖的招式，两只手死死拉住顾涵浩的手臂，"仇锋落网前，你休想反悔。"

顾涵浩试着甩了甩手臂，发现根本甩不掉这个黏人的女孩，只好无奈地白了她一眼。

按照袁峻发来短信上的地址，顾涵浩载着凌澜来到了一幢面朝大路的高层公寓楼下。

凌澜跟在顾涵浩身后，看着熟悉的警戒线，马上想起了孟语思坠楼的现场，再看看不远处那棵挂着尸体的大树，以及被梯子送上去的法医。她明白了，死者和孟语思一样是坠楼，但是不同的是这个死者，是在身体被树枝穿透的那一刻死亡。

顾涵浩与袁峻碰头，袁峻看到凌澜跟在顾涵浩身后，露出了惊讶的表情，但他显然没有时间询问，而是直接带着两人穿过警戒线，向事发地11楼赶去。

1104房间的门口站着几个神情肃穆的人，看样子是便衣。

袁峻把二人领到他们面前引荐："闫队长，这位是顾队，顾队，这位就是富江区刑警队的队长闫立行。"

凌澜打量着这个闫立行，他头发半白，脸上皱纹却不多，看起来也就四十多岁。

闫立行面无表情地伸出手和顾涵浩握了握："S市，不，是咱们省最年轻的刑警队长，最有前途的后起之秀，连厅长都赞不绝口的顾队长，我久仰你的大名。"

顾涵浩也没什么表情："不敢当。这里不是我的辖区，本来我不该插手，可是根据我的下属汇报，凶手很可能就是我们正在追踪的一个嫌犯。"

闫立行点点头，把目光投向隔壁的1106房间："是的，隔壁邻居曾经听到死者与人起争执，我们的人已经问过了，你们要是感兴趣，就去问问吧。"

顾涵浩冲闫立行点点头，说了句谢谢，然后便走进了1106。袁峻冲凌澜使了个眼色，示意她跟着。

第二十五章　邻居的供词

1106房间的客厅里，一个高大的、穿着家居服的男人正搂着一个娇小的、和他穿着情侣家居服的女人坐在沙发上。看得出，女人还在瑟瑟发抖。

顾涵浩和袁峻做了自我介绍，凌澜却不知道该怎样介绍自己，只是充满同情地冲那个瑟瑟发抖的女人点点头。对方显然认为她也是刑警，很客气地点点头回应。

应顾涵浩的要求，那个高大男子再次讲述了一遍案发时候他们听到的争执声。

"大概是十点过五分的时候，没错，是那个时候，我和我老婆正在客厅一起看晚间档的连续剧，就听见隔壁传来男人的怒吼声，刚开始声音还不大，也听不清他说什么，只是能感觉到他很生气，还砸了什么东西。大概安静了五分钟吧，声音又大了起来，那男人更生气了，说了什么我还是听不清。最后，大概十点十五分的时候，我终于听清了，那个男人大叫了一声'吸血鬼'！"高大男子讲到最后三个字的时候，下意识地把怀里的妻子抱得更紧。

"你能确定这个大声叫喊的人是你的邻居蔡伟琪吗？"顾涵浩问。

"这个，这个我不太肯定，因为隔壁蔡先生才搬到这里一周左右吧，我和他只说过一次话，就是搬家那天我和他打招呼，叫他有空来我家串门，都是邻居，互相照应之类的。他也只和我客套了两句。"男人说着望了怀里妻子一眼。

妻子惊魂未定地点头："我就更不能确定了，因为我都没有听过蔡先生说话，只是有几次在电梯里碰见的时候互相微笑示意一下。"

顾涵浩想了一下："他在说'吸血鬼'的时候，用的是什么口气？"

显然这个问题把这对男女难住了，凌澜看得出，这个问题闫立行的人没有问过。

顾涵浩解释："是惊讶还是气愤？是快速说出还是慢慢地咬牙切齿？"

男人恍然大悟地拍了下脑袋："是难以置信，没错，难以置信的语气，不快不慢，就好像对方是他认识的人，可是却没想到，那个他认识的人竟然是吸血鬼！"

顾涵浩和袁峻对视了一眼，如果说在S市里假扮吸血鬼的只有仇锋一个人，那么这个推蔡伟琪坠楼的凶手就很可能是他。

顾涵浩继续问："男人在说'吸血鬼'这三个字的时候，是单独讲的这三个字，还是这三个字是夹在一句话之中，可是话语的前后你们没听清，只听清了他强调的这三个字？"

女人很快回答："是一句话中的三个字，我敢肯定，但是这句话我们真的没听清，毕竟还放着电视剧。"

"对，我老婆当时对他这种扰民的行为感到特别气愤，还特意把电视音量调大了一些，可是还能听到隔壁的噪音。"

顾涵浩吩咐袁峻："把那三个嫌疑人的照片拿来，让二位看看。"

袁峻从随身的皮包里取出照片交给沙发上的男女。

"这三个人，你们有没有见过？我是说，他们有没有在这栋公寓周围或者是公寓里出现过？尤其是这个穿着白大褂的男人。"顾涵浩口中穿白大褂的男人就是邵美芸的医生，霍医生，他的医院就在这栋公寓附近。

凌澜能猜到此刻顾涵浩的想法，他一定是认为这个死者蔡伟琪认识仇锋，而仇锋的同伙又是这三人中的一个，所以，蔡伟琪也认识仇锋的同伙。

女人只是扫了几眼照片便斩钉截铁地说："我没见过这些人。这些人和蔡先生的死有关吗？"

顾涵浩把希望寄托在男人身上，简单地回答道："现在还不能确认。"

袁峻又问："你们真的只听见了一个人的声音？一点别的声音也没听到？"

男人点点头："可能对方没有蔡先生这么气愤，说话声音很小。或者干脆是个哑巴，不然的话，面对这么气愤难当的男人，怎么可能不还嘴？或者干脆房间里就只有蔡先生一个人，一切都是他自导自演，自说自话。"

"你怎么会这么想？"顾涵浩对于这个说法显然很有兴趣。

男人神秘兮兮地眨眨眼："因为当时我很好奇，就站在门口从猫眼往外看，我想，隔壁的争执声没有了，大概他们已经结束了争吵，那个人该离开了。我想看看，这个人是不是真的是吸血鬼。结果，我在门口等了五分钟多，根本没有人从我房门前经过，也没听见隔壁的房门有开关的声音。要知道，从1104房间出来，要想去电梯那里一定要经过我的门口的。所以我想，要么就是那个人真的是吸血鬼，直接从窗子跳了出去，要么，就是隔壁房间里只有蔡先生一个人，根本没有人和他争吵，他是双重人格，自己和自己吵架！"

相比较男人的越说越兴奋，顾涵浩却平静得很，只是淡淡一句话就让男人顿时冷静下来，他说："还有一种可能，那个人轻轻打开门，从另一侧的步行梯走下楼。"

男人恍然大悟，颇有些难为情："是喔，还有楼梯呢，去楼梯那边不用路过我家门口。你看，我们这些住高层的吧，进进出出都是乘电梯，都忘了还有楼梯的存在呢。"

凌澜在一边偷笑，这个男人恐怕刚刚在接受闫立行的询问的时候可没有现在放松，现在换了个面相还不错的，和他年纪差不多的年轻警官，他说话也就没了遮拦。

想到这里凌澜全身抖了一下，自己不也一样吗？如果顾涵浩是个闫立行一样的

· 067 ·

威严大叔，要求她与之合作调查，她还会答应吗？答案是否定的。如果顾涵浩是闫立行那一型的，自己还会拉着他的手臂撒娇耍赖一定要跟过来吗？答案也是否定的。以此类推，她也不会住在他家对面，也不会和他一起看照片，也不会在他面前为彭泽的花心滥情痛哭流涕，更不会对着他装萌非要去玩那个什么软件。凌澜突然想到在邵家的别墅，顾涵浩假装成吸血鬼把她揽在怀里，他的嘴唇几乎碰到了她的脖子，如果摘下帽子以后，凌澜看到的是闫立行这样的大叔，她一定会冲上去给他一巴掌，大叫一声：流氓！

"想什么呢？你还有要问的？"顾涵浩打断了凌澜的思绪，凌澜这才发现顾涵浩和袁峻已经走到了门口，连忙快步跟上去。

凌澜最后总结式地告诉自己，这一切的缘由只是因为爱美之心，人皆有之。不得不承认，顾涵浩是个高富帅，在不张扬、不自私、不发疯、不摆架子、不故弄玄虚的时候还挺亲切的，所以凌澜才会不知不觉中对他产生了那么一丝丝好感。

第二十六章　另类名片

一行三人沮丧地来到公寓的一楼。

本来顾涵浩是想亲自到1104号房间，也就是死者蔡伟琪的房间，去探查一番的，可是那个古板的闫立行并不允许。他表面上客气，但是那带枪夹刺的拒绝说辞再次验证了他对顾涵浩的嫉妒之情。

"等到你有了确实证据，证明这件案子和你所谓的仇锋有关的时候，再向上级申请正式接手吧，没有上级的命令，我能让你去向那两个邻居问话已经是仁至义尽了。"当时闫立行最后说了这么一句，然后便挥挥手下了逐客令。

"怎么办？"袁峻不甘心地问顾涵浩。

顾涵浩望了他一眼，语气有些软："闫立行说得没错，现在我们根本没有证据证明此案和仇锋有关，单单凭邻居听到的三个字的确说明不了什么。"

凌澜在一旁嘟囔："我觉得这个闫立行恐怕是故意要让我们知道'吸血鬼'这个线索，然后呢，又不让我们深入调查，是故意馋我们呢。"

袁峻被凌澜稚气的话逗乐了："一口一个我们的，你真把自己当成刑警啦？还有，闫立行再小气，毕竟也是个刑警队长，可不是你们这样的大学生，要这种小聪明。"

凌澜噘嘴白了袁峻一眼，把求证的目光转向顾涵浩，怎奈顾涵浩却站在袁峻那一边："袁峻说得对。"

"是是是，闹了半天是我小人之心。"凌澜边说边钻进车子。

顾涵浩一边上车一边指示袁峻："不早了，你回去休息吧，还是按照原计划，你明天再休息一天，后天咱们再从长计议。"

袁峻点点头，眼看车子点着了火，他又凑到副驾驶的窗前，对着凌澜做了个抱歉的手势。

凌澜一边笑一边摆摆手，算是再见。

车子开出去不久凌澜便好奇地问："我刚刚看你偷偷和楼下的保安说了什么，是什么事？"

顾涵浩自信一笑："既然不能公开查这件案子，只好隐秘地调查。我刚刚向保安撒了谎，说是负责此案的警官，是闫立行的下属，要来了今晚的大厦监控录像视频。保安问我怎么又要一次，我就说可能是闫队长上了些年纪，有些健忘，忘记已经要过一次，我为了交差就让保安又复制了一份给我。"

凌澜笑出声来："他要是知道恐怕会气得七窍生烟吧。"

"恐怕他要是知道我会偷偷跟进调查他的案子，才会气得七窍生烟吧。"顾涵浩一副满不在乎的语气，好像他根本不把闫立行放在眼里。

"这么说你今晚是要研究这个监控录像喽？"凌澜一副摩拳擦掌迫不及待的架势，她才发现原来她已经对案件和推理产生了兴趣，如果今晚让她回房间睡觉的话，她一定会失眠的。

顾涵浩当然也看得出凌澜的想法，他也才意识到一个很严重的问题，他居然让凌澜这个小姑娘对探案产生了兴趣，这是不是意味着他以后在工作中将无法摆脱这个跟屁虫呢？用脚指头也能想到，如果顾涵浩拒绝凌澜关于参与探案的要求，她一定会以拒绝合作调查那件事为要挟。而对于顾涵浩来说，调查那件事已经成为他生命中重要的一部分。而且他俩已经通过照片发现了一些不可思议的端倪，他有预感，接下来还会发现更多的线索，最终真相会抽丝剥茧般呈现。如果这个时候失去了凌澜的配合，他又得回到从前那种状态，像个无头苍蝇一样，只能从那个失踪的老者着手调查，可是，那条线已经断了。

顾涵浩叹口气，望着凌澜："你不累吗？前阵子跟着我们一起东奔西跑，晚上还是好好休息吧。明早我会把视频放给你看。"

凌澜像是充足了电，很有朝气地摇头："不累不累，如果今晚你不让我和你一起看，我也是睡不着的。"

回到家已经是十二点，两人进到顾涵浩的书房的时候才发现电脑还开着，电脑屏幕上是30岁的凌澜。

顾涵浩坐下来，迅速插上小巧的U盘："去冲两杯咖啡，少糖。"

凌澜没有抗拒顾涵浩的命令，刚进书房门又转身出去，很快便端了两杯咖啡进来放在书桌的一旁，然后拉过来一把椅子，凑到顾涵浩身边坐下。

"怎么样？"凌澜把头凑到顾涵浩的旁边，丝毫没有感觉这样有什么不妥。

顾涵浩明显地躲避了一下："别怪我事先没提醒你，这是整整一天的监控视频，很冗长、枯燥的，你现在如果留下，就必须陪我把它看完。如果想半途逃跑，你还是现在就回去的好。"

凌澜白了顾涵浩一眼："喝你的咖啡吧，在我凌澜的字典里，就没有半途而废这个词儿。"

顾涵浩一边点开视频，一边喝了口咖啡，随即抱怨："我是要少糖，不是没糖！"

午夜过后十分钟，顾涵浩和凌澜的呵欠声已经此起彼伏，面前不太清晰的监控画面以3倍的速度播放着，目前为止没看到有什么可疑的人物进出那栋大厦。

"等一下，这个女人……"顾涵浩按下暂停键，屏幕上的时间显示，这个女人在上午10点33分进入大厦，10点35分的时候进入电梯，按下了11楼的按键。

"怎么了？这不过是个漂亮的女人而已，想不到堂堂顾涵浩也对美女没有免疫力啊！"凌澜阴阳怪气，她盯着这个浓妆的、身材火辣、穿着大胆的年轻女人，一股嫉妒之情悄悄蔓延。

"去看看我挂在门口的那件墨绿色外套的口袋里，是不是有什么东西。"顾涵浩把那个女人的脸部放大再缩小，缩小又放大。

凌澜不甘心总这样被顾涵浩指挥当跑腿的，但是顾涵浩身上散发出的那种气势似乎又不容人拒绝似的，她不自觉地就乖乖照着顾涵浩的话去做。

半分钟后，凌澜手里摇晃着一张粉红色的便笺纸，细着嗓音酸酸地揶揄着："真不愧是顾队长啊，口袋里随时都有艳遇的证据呢，这个田恬是谁啊？"

顾涵浩头也不抬，用下巴指了指电脑屏幕："就是这个女人，你们T大的女学生。"

凌澜把那张写着名字和手机号码，还印着一个粉红色唇印的便笺纸放到桌面，听顾涵浩讲了在T大遇到这个女孩的经过。

凌澜掏出手机："既然和我是同学，那我来会会这个田恬？"

顾涵浩没有反对，倒是很好奇凌澜会在电话和田恬说些什么。

凌澜接收到顾涵浩的默许，按照粉色便笺纸上的号码拨了过去。手机里传来一阵甜腻腻的彩铃歌声，很快，对方接了电话："你找谁？"

"你就是田恬吧？"凌澜一点也没注意自己的语气，像个吃醋又充满怨气的正牌女友在和男友的暧昧对象对峙。

"你怎么知道我的电话号码？"对方的态度也不友善，而且电话那边乱哄哄的，像是在酒吧里。

凌澜用两根手指夹起那张便笺纸放到眼前，紧盯着那个意味深长的粉色唇印："我有你的'名片'。"

第二十七章　爱的供养

"嗨过头"酒吧的门口停着一辆雪佛兰SUV，一个从酒吧门口探出身子的妖娆女人发现这一点后便快步跑过来，她本来是想坐在副驾驶的，却发现那里已经坐了一个女孩，只好悻悻地坐到后面去。

"帅哥，真没想到你是个警察，还有你，挺有本事嘛，居然能钓上他。"看过顾涵浩的证件之后，女人跷起二郎腿，"说吧，找我什么事？"

顾涵浩不回头，直切主题："昨天上午十点半左右，你去金鼎大厦11楼做什么？"

叫田恬的女人一愣："你怎么知道？你，你跟踪我？"

顾涵浩冷笑一声："我没那种爱好，说吧，你去那里做什么？"

田恬深呼出一口气："我去找我男朋友，怎么了？犯法吗？"

"你男朋友叫什么？住11楼哪间？"凌澜的口气像足了一个帅气威风的女警。

可田恬知道她不是女警，不过是和她一样的大学生，她歪着脖子，身子前倾，自豪地显摆："我男朋友叫蔡伟琪，住1104房间，他也不赖，也是个高富帅，不比你这个差！"

凌澜看到田恬故意拍了拍肩上新款的爱马仕包，扯了扯衣领，露出尺寸夸张的钻石项链。凌澜想，如果蔡伟琪真这么有钱，为什么要住在那么狭小的公寓里，难道他把钱都省下来供养这个虚荣女友了？

顾涵浩想起了田恬放在他口袋里的"名片"，带着戏谑的口吻问："恐怕你的男友不止蔡伟琪一个吧？"

"那又怎样，警察也管这个？"田恬不太友好，自己爱慕虚荣又玩弄感情的真实嘴脸被识破，掩饰羞愧最好的办法就是愤怒。

"蔡伟琪死了，"顾涵浩转过头，"你说这事归不归我管？"

田恬的脸一下子僵住，随即又笑出声："不可能，绝对不可能！上午我去的时候他还活得好好的。"

"我有必要骗你吗？"顾涵浩紧盯着田恬，观察她的神情变化。

田恬这才真的相信，一个劲地摇头："这怎么可能，为什么会这样，他还答应下个月给我买迪奥的……"

"你上午去找他都谈了些什么，做了些什么？"顾涵浩忙打断田恬。

"你们该不会怀疑是我杀了他吧？不是我，真的不是我，他死了对我一点好处都没有！"田恬提高分贝，一边表明自己的清白一边观察顾涵浩的脸色，结果她看到了不耐烦，只好正面回答问题，"我去找他，去取新手机，他答应送给我的，就是这个。"

顾涵浩接过了田恬递过来的最新款一线品牌手机摆弄起来。

田恬继续："我在他那待了不过十几分钟，就走了。我看他心情不是很好，问他为什么搬到这种地方，他只是说想躲开一些不想见的人。我问得多了，他就坐在沙发上抱着头，很不耐烦的样子，嘴里喃喃念着'放过我，放过我'。我问他到底出了什么事，他又说没什么事，有点麻烦事，不过很快就会解决掉。如果你们要查他的死因，就去查查他到底有什么麻烦事，在我这问来问去，只是浪费时间。"

顾涵浩口气严厉起来，他对这个田恬充满了反感的情绪："我用不着你来教我怎么做！"

"那之前呢？之前蔡伟琪有没有过这样的状态？关于他所说的很快解决掉，你认为会是哪一种？"凌澜的态度还算不错，她早就听学校里的同学说过有这么田恬一类人，见怪不怪了。

"之前我们都是在宾馆、酒店和餐厅里见面的，我从来没去过他的住处，他说他住在城郊的别墅，车程很远，回学校会不方便。我觉得吧，他不让我去他家，是因为他根本就有老婆。我对他不是真心的，他对我何尝又用过真情，我们不过是各取所需罢了。"

凌澜冷笑一声，因为她想起了刚刚田恬手机的彩铃歌曲，不就是那首《爱的供养》？田恬随身带着那种另类名片，可不就是随时随地想要找男人用"爱"的名义供养她吗？

"你认为他所说的麻烦事就是他老婆发现了他在外面和你幽会？"顾涵浩把手机还给田恬。

田恬一边点头一边接过手机，看了一眼屏幕，顿时变了脸色，她手中手机的备忘录里清楚写着一句话：我们分手吧。写这句话的时间也明确标注在旁边，是两天前。看来这话是蔡伟琪留给她的信息，最后的信息。

顾涵浩知道这是田恬第一次看到这句话，否则的话她应该把这句话删除的，这句话昭示着她魅力散尽，被玩弄、被甩的事实，以她的性格如果早看过的话，一定会删掉，搞不好连手机也砸掉，而不是精心为它挑选了彩钻的壳子套上。

"这一定是他老婆的杰作，或者是他老婆逼他这样做的！"田恬紧紧握着手机，咬着牙根说道。

最后顾涵浩让田恬下了车，但是在结案之前绝对不可以离开S市。田恬失魂落魄地回酒吧，顾涵浩也开着车往回家的方向驶去。

"看来明天我们有必要去查一查这个蔡伟琪的婚姻状况了，是不是登录你们警察的内部网站，就能轻易查到任何一个人的档案和婚姻信息，甚至是财务状况和消费信息？"凌澜打了一个呵欠。

顾涵浩被传染，也打了个呵欠："我书房的电脑就能查。不知道为什么，我总有种预感，蔡伟琪的情人恐怕不止田恬一个。"

"为什么？"凌澜想问，是不是因为你是男人所以了解男人的这种劣根性？就像彭泽？

"我只是想，蔡伟琪如果真的那么有钱，那么他肯定不止满足于一个漂亮的女人皮囊，像田恬这样的花瓶真的能够满足他的所有需求吗？他应该还需要能够进行心灵沟通的红颜知己吧？"顾涵浩注意到凌澜的表情突然落寞起来，一看就是联想到了彭泽，忙话锋一转，"不过也不一定啦。"

凌澜拍拍脸，让自己恢复理智："我倒觉得你说得对，可惜你们的系统只能查到谁是他老婆，却查不到谁是他情人。"

第二十八章　绝情三明治

又是一个晴朗的早晨，这一天，顾涵浩一大早就打了几个电话和上面疏通，挂了电话，他很有信心，也许明天，他就可以光明正大地接手蔡伟琪的案件了。

再次去到书房，顾涵浩又看了一遍蔡伟琪的资料，只是两遍，他已经把关键点熟记于心。正要关上电脑准备去叫对门的凌澜一起解决早餐问题，他突然想到了那个预测相貌的专业软件，凌澜和凌澜30岁时候模样的照片都存在了电脑中。

顾涵浩打开凌澜的照片，盯着看了十秒钟，他努力在记忆中搜寻，最后确认那次在工业基地废址的相遇的确是他第一次看见这张脸。然后他又打开凌澜30岁的照片，随便看了两眼。

不知道哪里来的想法，顾涵浩又点击打开了一个属于自己的文件夹，那里面有40岁到100岁的自己的预测照片。他把40岁的自己和30岁的凌澜摆在了一起，然后发现两者看起来还挺搭调，忍不住欣喜，然后突然意识到自己此举的莫名其妙，尴尬地笑笑。

那么凌澜7岁的时候又是什么样子呢？虽然计划中很快便可以拿到凌澜所有的照片，包括儿时的，但是此刻顾涵浩还是控制不住好奇心，想要先睹为快，说不定，儿时模样的凌澜，他会觉得眼熟，说不定当他们都是孩童的时候，曾经见过。

熟练地操作下来，顾涵浩失望了，凌澜小的时候的确挺可爱，像个瓷娃娃，但是他确定他没见过这样的一个小女孩。

正在关电脑，门铃响起，一定是凌澜。

顾涵浩悠然地走到门口打开房门，却出乎意料地看见了另一张脸，施柔。

施柔举起手中的三明治早餐："听说你这两天放假，正巧我也休息，顺路过来看看。"

顾涵浩把施柔请进来到餐厅坐下："你吃过了吗？一起吧。"

施柔微微一笑，露出两个可爱又不失妩媚的酒窝："我约了林智，待会儿去订教堂，然后一起吃。这些是特意给你送来的，吃吧，我知道你有不吃早餐的毛病。"

顾涵浩倒也不客气，抓起三明治就是一大口，边吃边说："和你分手第二个月我就改掉了这个毛病，现在已经是我们分手第189天，我吃早餐的习惯保持得很好。"

施柔笑笑，颇有默契地回应："我们分手第206天的时候，我就要成为别人的新娘，对了，你会来参加我的婚礼吧？"

"会，当然会。不过你让林智放心，我不是去抢新娘的。"顾涵浩说完自嘲地笑着，低头看看桌上的三明治，"这么多，你买的两人份吧，你真的不吃吗？"

施柔环视着整个房间，最后把目光停在卧室那里："也带了她那份，你的小女朋友，还没睡醒吗？"

顾涵浩笑得更大声："你误会了，她住对面，我们之间没越雷池半步。"

说曹操曹操到，门外传来了凌澜的声音："顾涵浩，起床没？我都准备好了，什么时候出发？"

凌澜叫得挺大声，她刚刚用冷水洗了脸，清醒中带了点亢奋。

顾涵浩抽出纸巾擦擦嘴，把剩了很多的三明治丢进垃圾桶："不好意思，我和凌澜约了一起出去，该出门了。"

施柔看得出这是逐客令，她望了一眼垃圾桶中的三明治，苦笑一下转身往门口走。

门一开，凌澜首先看见了面前的施柔，然后才是施柔身后的顾涵浩，餐厅里垃圾桶的位置和房门呈一直线，凌澜连垃圾桶里的三明治也看得一清二楚。

"你好，你是施法医吧，我叫凌澜。"凌澜也算见过施柔一面，那张天生丽质的面孔任谁都会留下深刻印象的。

施柔勉强牵起一丝苦笑，想张口打招呼，却没有发出声音。

看着施柔有些仓皇的背影，凌澜给了顾涵浩一拳："你是怎么想的？"

凌澜对顾涵浩的冰箱已经空空如也的事实了然于胸，那家三明治的包装袋上写着店名，那家店离这里很远，可想而知不会是顾涵浩自己去开车买回来的，那就一定是施柔特意送过来的，可是此刻它却只被吃了几口就丢进垃圾桶，如果不是顾涵浩惹施柔生气，施柔在气愤下丢掉的，就是顾涵浩丢掉的。再看施柔那副模样，刚刚两人一定不是很愉快。

顾涵浩直愣愣望着施柔钻进车子，车子转过拐角，这才呼出一口气，冷笑道："我还能怎么想，她马上要去和未婚夫订教堂，我不但不能让自己多想，也不能让她多想。"

凌澜撇撇嘴，这种情况还真是够虐心。顾涵浩这样稍显刻意地去伤施柔的心，到底是伟大无私呢，还是绝情残忍呢？

"走，我带你去吃早餐。"顾涵浩突然换上一副轻松架势，不自觉地拉住了凌澜的手臂往车子那里去。

凌澜却还没有从伤感情绪中走出来，低低地自言自语："早餐，是绝情三明治呢？还是滥情小笼包呢？"

结果早餐就是两块面包、两包牛奶，还是在顾涵浩的车子里解决的。凌澜还好说，可以慢慢吃，顾涵浩可就厉害了，在一个十字路口，一分钟的红灯空当，他便三下五除二，把早餐给解决掉。

蔡伟琪的确有老婆，名叫屠晶晶，和蔡伟琪同岁，32岁，家住在S市富人最多的沿江区，眼前那一排观江连排别墅中，有一个就是属于她的，房子的产权不是蔡伟琪，而是屠晶晶。

按响门铃后，顾涵浩和凌澜等了好久还是没有回应。五分钟后，正当两人不知道该不该等下去的时候，一个女人从身后拍了拍凌澜的肩膀："你们是谁？"

顾涵浩一回头，眼前这个女人不就是屠晶晶吗？看她的样子刚从外边回来，手中还拿着钥匙。她看起来比实际年龄年轻一些，穿着虽然看起来平常，但是却十分合体，面料考究，有种文静贤淑的气质。

顾涵浩把证件亮出来，说明来意。

"我刚刚从富江区的警局回来，该说的我都说了。"屠晶晶的眼睛红肿，看起来有些疲倦，一边开门一边拒绝着。

凌澜表示理解："我能理解你的心情，如果不是因为我们掌握了一些富江区刑警没有的线索，也不会冒昧来此，相信您也想尽快找到真凶，让逝者安息吧？"

果然，这句话让屠晶晶的眼睛里有了些光亮，她打开门，郑重地做了个请进的手势。

第二十九章　迟到一步

屠晶晶去厨房准备了三杯茶，然后坐在沙发上深呼出一口气，开始了讲述："我就把刚刚我在警局说过的再讲一遍吧。我和伟琪相恋三年，结婚三年，刚结婚那会儿，我们日子虽然过得清苦，但是他对我一心一意。但我做梦也没有想到，等到我们的日子过好了，他有钱了也会变成那种花心的坏男人。婚后第二年，他开始频繁跳槽，越跳就赚得越多，于是我们有了现在的这栋别墅。当他说房子产权归我个人所有的时候，我以为我嫁了全世界最好的男人，可是谁能想到，那不过是他因为愧疚给我的补偿而已。我知道他在外面有情人，金屋藏娇。我不明白，一个男人周旋于这么多女人之间他就真的快乐吗？哼，事实证明，伟琪他不快乐，他说累了，想要摆脱这一切，实不相瞒，他正打算和我离婚，他说想搬到另一个城市重新开始清净的生活。"

顾涵浩问："关于蔡伟琪的工作，你知道多少？"

"我几乎什么也不知道，他说那是男人的事，叫我少问、少管。"屠晶晶抿了口茶，看了顾涵浩一眼。

"如果我没猜错的话，你这栋房子周围做了不少防盗措施，因为这里藏着不少现金和珠宝，你没有把钱存入银行，也没给珠宝买保险，对不对？因为这都是蔡伟琪要求的，他从来只给你现金，他自己也都是用现金，他的信用卡和存折里只有很少的一部分在做样子。"顾涵浩紧紧盯着屠晶晶，"对于他的财务状况，你不感到好奇吗？"

屠晶晶大吃一惊，有种被看穿的不自然，随即故作坦然："关于他的工作和财物状况我真的一无所知，这点我刚刚也和闫队长说过，毕竟我只是个被冷落的糟糠之妻。你们如果想知道这些，还不如去找伟琪的情人，她们肯定知道的比我多。至于我这里，哪里会有那么多现金和珠宝？伟琪只给我这个房子和每个月的生活费，现在，只有房子了。"

"那么，关于那些情人，你知道多少？"凌澜插嘴问道。

屠晶晶摇摇头："具体是谁我不知道，有几个我也不清楚，但好像其中一个还是最近刚刚好上的。我其实不清楚伟琪到底有多少手机和手机卡，但是一个月前他又新办了一张卡。他没有用多卡多待的那种手机，我觉得他是怕弄混了吧。"

"只是新办一张卡，你就认为他新找了一个情人？"凌澜问。

"大概十天前伟琪从家里搬出去的，记得他搬走前的那天晚上，我听见他在梦里叫一个女人的名字，他说'玥玥，认识你是我一生最幸运的事'，而在那之前，伟琪从不说梦话。他说'认识'，应该是刚刚相处不久吧。"说到这里屠晶晶的眼神里闪过一丝愤恨。

"你能想到蔡伟琪和吸血鬼有什么关联吗？"顾涵浩突然来了这么一句。

屠晶晶显然被这个问题吓了一跳："这，这话从何说起？我知道最近S市有这方面的传言，可是，这和伟琪有什么关系？"

"那么，昨天晚上9点至11点之间，你在哪里？"

屠晶晶并没有太吃惊，因为这个问题刚刚她在警局也回答过："我约了一个女网友来家里，最近我因为要离婚心情很不好，刚好这个网友也正面临婚姻问题，我们互相倾诉一下。我们一直开着灯坐在客厅里，邻居应该看得到。我把她的联系方式给你，她是一家私人诊所的护士。"

顾涵浩接过屠晶晶递过来的写着手机号码和名字的便笺纸，看了一眼就放入怀中。

从屠晶晶的住处离开，顾涵浩又驱车往蔡伟琪工作的智胜环保公司赶去。

"现在看来，蔡伟琪的案子似乎和仇锋这个'吸血鬼'没什么关系呢，唯一能扯上点关系的就是这个屠晶晶的不在场证人，"凌澜看着那张便笺纸，"黄珊，私人诊所的护士，会不会是霍医生的诊所？我听说邵美芸的私人医生霍医生就开了一个私人诊所。"

顾涵浩也正有这个猜想:"你打电话过去问问吧。"

凌澜接到指示有些兴奋,小心翼翼地按下了黄珊的手机号码。

"喂,你好,请问是护士黄珊小姐吗?"凌澜很友好很客气,"是这样,我想预约你们的院长霍医生,我哥哥的病很急,想今天下午就去拜访霍医生。哦,这样啊,那好吧,还是谢谢你。"

凌澜挂上电话,颇有成就感地望着顾涵浩:"哥哥,黄护士说霍医生这几天要专门给一位小姐做心理辅导,恐怕没有时间呢,她说如果你的病情真的紧急,可以找他们医院的程医生。"

顾涵浩笑着白了凌澜一眼:"不错,你这个妹妹孺子可教也。"

车子驶近智胜环保公司的门口的时候,顾涵浩一眼便看到了楼下停着几辆警车。

"看来咱们又来晚了一步呢。"凌澜感叹着,"要不要等他们走了咱们再进去?"

顾涵浩把车子停在拐角处:"等等看再说。"

这一等就是一个小时,凌澜饿得肚子直叫唤,没办法,顾涵浩让她先去买点吃的。凌澜有些不情愿,她原本以为跟着顾涵浩这个有钱人至少可以下馆子解决午饭问题。

等到凌澜拿着两个汉堡和两根烤肠外加两杯奶茶回到车上的时候,正巧看到几个穿警服的警察拘着一个戴着手铐的男人从公司大门口出来,后面还有闫立行,颇为得意的样子。

"不会吧,他们抓到凶手了?"凌澜钻进车子,瞪大眼睛问顾涵浩,"怎么办,居然让他们给领先了!"

顾涵浩的眉头皱得更紧:"这又不是比赛,我也希望他们抓到的是真凶。我想这个时候咱们不方便再进公司里调查,先这样吧,明天一早就会收到消息的,到底闫立行那边的进展怎样。"

凌澜有点失落,望着两个汉堡唉声叹气:"我一直觉得,这件案子肯定和蔡伟琪的几个情人有关。这个花心男人,一定是毁在女人手里,可是他们却抓了个男人。"

顾涵浩被凌澜的话逗笑:"走,咱们去下馆子,不吃汉堡了。"

凌澜却自顾自咬下一大口汉堡,含糊地说:"不行,浪费粮食可耻,你快点把你那份吃光光。"

顾涵浩平时根本不拘小节,现在想想,过去确实浪费了不少粮食,那些冰箱里的存货如果没有腐坏拿去救济流浪汉什么的也是功德一件。

"吃,这顿是你请的,当然要吃。"顾涵浩抓起烤肠就是一口。

凌澜看到顾涵浩居然这么听话,不免心中窃喜,喝了一口奶茶:"晚饭咱们再下馆子。"

第三十章　分手留言

去往霍医生私人诊所的路上,凌澜和顾涵浩在一起玩着一个接龙的游戏。

凌澜先开始总结着:"蔡伟琪要和妻子离婚,要和田恬分手,只在梦里叫着玥玥,还说什么卷进了麻烦,想要摆脱一切去别的城市重新开始。我想很可能,他所说的麻烦就是摆脱这些纠缠他的女人,而他没有打算一个人走,而是要带着这个玥玥一起离开。"

顾涵浩接着说:"这个玥玥恐怕是他情人中唯一一个不在乎他是否有钱的女人,也正是这一点让蔡伟琪觉醒,决心抛下财富和她远走高飞。"

又轮到了凌澜,可是她却编不下去了,眼看车子快到霍医生的私人诊所,她突然来了灵感:"可是屠晶晶却不甘就这样离婚,她通过网络认识了黄珊,黄珊得知了屠晶晶的烦恼,主动提出帮助屠晶晶解决掉蔡伟琪,条件是屠晶晶要把获得的一半遗产给黄珊。"

顾涵浩开门下车,往诊所门口走去:"黄珊当然不可能亲自动手,于是她又把这个生意介绍给了霍医生和仇锋,因为她一早就知道霍医生和仇锋的关系。"

凌澜跟着顾涵浩进了诊所,在他们俩站定在前台的时候,她继续:"最后,仇锋以吸血鬼的姿态出现在蔡伟琪的公寓里,想再次造成吸血鬼杀人的假象,可是蔡伟琪因为惊吓过度失足从楼上掉了下去。"

顾涵浩听到这里露出了不满的神情:"不对,这样无法解释蔡伟琪死前的争吵声。他不可能和一个吸血鬼吵架。换一条思路重新再来。"

前台护士听着这些类似疯人疯语的话,瞪大眼睛,怯怯地问:"请问二位,你们有何贵干?"

"不好意思,"凌澜微笑着,"我们想找黄珊护士,刚刚我给她打过电话,预约过。"

趁顾涵浩转过头东张西望的空当,凌澜凑近些:"护士小姐,你也看出来了吧,我哥哥神志不太正常,我刚刚说那些都是哄他的话,你别见怪。他只对黄珊护士比较没有戒心,麻烦你帮我们找下黄护士好吗?"

此话一出,前台护士马上露出理解的笑容:"稍等一下,我叫黄护士来接你们。"

很快,一个相貌甜美的女人款款而来:"你们好,我是黄珊,你是上午打过电话的那位小姐?"

凌澜很欣喜地点头,然后把怪异的目光投向顾涵浩:"这位就是我哥哥。"

黄珊会意地眨眨眼,冲顾涵浩绽放出一个甜美幼稚的笑容,就像幼儿园的老师对小孩子一样。

黄珊把他们领到了程医生的办公室:"二位先坐,程医生就在附近出诊,我给他打个电话。"

　　黄珊本来是想用办公室的固定电话的，可顾涵浩突然猛地按住了电话，用涣散的眼神瞪着黄珊，另一只手指着黄珊口袋里露出半截的手机。

　　凌澜被这突如其来的一幕惊到了，这个顾涵浩入戏太深了吧，不过他这个样子还真挺像智障人士的。

　　黄珊了然笑笑，掏出手机："好吧好吧，我用这个可以吧？"

　　凌澜对她抱歉地笑笑，这才发现黄珊用的手机竟然和田恬的新手机完全一样！凌澜这才明白顾涵浩的用意，搞不好，这个黄珊也是蔡伟琪的情人之一。

　　黄珊打完电话，刚想把手机放回口袋，却被顾涵浩一把夺过来。

　　黄珊愣了一下，刚想发作，看到凌澜抱歉的神情，还有双手合十的乞求动作，这才压抑住气愤："没关系，没关系，只要别弄坏了就行。"

　　顾涵浩的手指飞快地按着，然后他把手机平放在桌子上，又掏出自己的手机，咔嚓一声，给黄珊手机拍了张照，这一幕彻底把黄珊给弄蒙了。

　　"还给你，这么重要的分手礼物，又是最后的纪念品，你还是好好保管吧。"顾涵浩把手机递给黄珊。

　　黄珊狐疑地接过手机看了一眼，霎时变了脸色。手机屏幕正显示备忘录，上面明明白白写着一句话：我们分手吧。日期是三天前。

　　"你是蔡伟琪的情人之一，这一点你的网友屠晶晶知道吗？"顾涵浩平静地问，他终于不用再去装那个有病的哥哥。

　　"你们是谁？"黄珊警惕地问。

　　顾涵浩掏出证件摆在桌子上："我想屠晶晶是知道的吧，你们两个共同策划了蔡伟琪的死，到底是谁留在家里的客厅里开着灯给邻居看，谁去当那个执行者推蔡伟琪下楼呢？"

　　黄珊一连后退几步："没有，没有，我什么都不知道！"

　　凌澜逼近几步："又或者，你们请了另一个帮手，你们霍医生的朋友，一个吸血鬼？"

　　黄珊的表情从惊恐到诧异："你在说什么，什么吸血鬼？上午已经有刑警来问过了，我昨晚确实在屠晶晶那里，其余的，我什么都不知道！"

　　顾涵浩拿这个黄珊暂时没什么办法，只能带着凌澜离开诊所。

　　回到车子里的时候顾涵浩指着诊所旁边一个卖报纸的男人说："那是小薛，我们的人，正在执行监视任务，还有一个小王，应该是跟着霍医生出去了。"

　　"真是太可怜了，看来咱们必须马上把仇锋捉到，不然小薛太可怜了，就这样卖报纸，什么时候是个头啊。人家当刑警是抱着惩恶锄奸的伟大理想，结果你让人家去卖报纸。"凌澜同情地望着那个勤勤恳恳卖报纸的身影。

　　顾涵浩一边笑一边点头："都是一样的，我刚当刑警还是菜鸟的时候，还当过一周的服务生、三天的司机、两天的小混混呢。"

凌澜一副对顾涵浩刮目相看的样子："不过话说回来，长得帅还真的有点用处。就拿这件案子来说吧，如果不是因为你长得帅，引起了田恬的注意，她也就不会给你留那个暧昧名片，你看监视录像的时候也就不会认出她，更不会得知她手机里的秘密。如果你不曾见过田恬的手机，也不会发现黄珊的手机和她一样，也就不会得知黄珊也是蔡伟琪的情人。而这些，都是闫立行他们不知道的。为什么他不知道呢？第一，因为他长得不帅，第二，因为他身边没有我这个智囊！"

一席话让顾涵浩瞠目结舌："真是服了你。"

"言归正传，我觉得就算仇锋的同伙是霍医生，这个黄珊对于仇锋也是一无所知的。"凌澜换上正经的神色："你说呢？刚刚黄珊的反应由惊恐变成诧异，似乎对'吸血鬼'这个词很意外。"

顾涵浩回想了一下："的确，也许蔡伟琪口中的'吸血鬼'指的根本就不是仇锋。"

顾涵浩又看了看诊所的大门，心里计划着，上面应该明天就会给他答复，到时候他就可以正式接手这个案子，直接把黄珊和屠晶晶叫到审讯室里，痛快地审一遍。

第三十一章　　间谍

一大早凌澜坐上顾涵浩车子的时候，她就在心里自言自语：我真的很像是顾涵浩的私人助理，无论是上班下班，我几乎都和他在一起。

顾凌二人在早上八点的时候赶到警局。一到顾涵浩的办公室，顾涵浩便对凌澜做了个嘘声的手势，然后开始打电话。

凌澜静静听着，没想到顾涵浩这是在给S市的公安局副局长打电话，凌澜第一次听到顾涵浩用比较谦逊的语气讲话，可是讲着讲着，他就又不谦逊了。

"什么？闫立行要结案？"顾涵浩敲了一下桌子："罗局您听我说，这个案子还有很多疑点，有一些线索是闫立行不知道的……"

很快，顾涵浩挂上了电话。

"现在怎么办？"凌澜问。

"等。"顾涵浩若有所思，靠在转椅后背上，一只手快速地转着一支中性笔。

凌澜不解："等什么？再等闫立行都要结案啦！刚刚那个罗局不是拒绝你了吗？"

顾涵浩停下手中的笔："拒绝是拒绝了，不过，我想，不到一个小时，闫立行就会主动给我打电话。不瞒你说，我的后台还挺硬的。"

凌澜绝对相信顾涵浩有后台，不然他怎么会年纪轻轻就当上队长，而且养成了说话办事都有点桀骜不驯的性格，就连闫立行都对他羡慕嫉妒恨的。

可结果证明，顾涵浩错了，一个小时过后，闫立行没有打来电话。但是，闫立行的属下却来了，带来了他们的调查成果向顾涵浩汇报，更重要的，还带来了他们逮捕的那个嫌犯——智胜公司的总经理钱宇。

会议室里，闫立行的一名属下向顾涵浩汇报了他们的调查结果。不单单是顾涵浩，还有一旁的袁峻、柳凡还有凌澜都对这调查结果感到出乎意料。

蔡伟琪竟然是个商业间谍！

这两年多，蔡伟琪前后跳槽，辗转去过七家公司工作，别看他只是搞销售的一个小组长，最高也只担任过部门二把手，但是他在同事之间非常混得开，每一个公司上下都被他打点得妥妥当当，上到经理、董事长，下到看门老大爷，全都拿他当自己人，他还和很多女同事暧昧不清。但最重要的，他工作过的公司几乎都有商业机密被泄露，造成大大小小的损失。这一点，是智胜公司的老板钱宇雇私家侦探调查到的结果，之前蔡伟琪用过假的身份、假的简历，所以四个月前蔡伟琪来智胜的时候，钱宇对他一点也没有怀疑，直到最近一个月，智胜新研发的一种环保材料居然被同行业的其他公司抢先上市，钱宇才开始怀疑公司内有间谍。查来查去，就查到了蔡伟琪身上。

智胜公司本来就指望这次的研发新成果打个翻身仗，现在看来，公司不关门大吉就不错了，钱宇半辈子的成果就等于毁在蔡伟琪这个小人手中，他亲口承认过，杀人的心都有。

"那钱宇认罪了吗？"顾涵浩问闫立行派来的手下。

"没有，但是他有动机，案发当晚又出现在大厦的监控录像中，电梯监控中只有他上楼的录像，却不见他下楼，很有嫌疑。现在这个案子正式交到你们手里，顾队，闫队让我跟你说句谢谢，谢谢你愿意替他分忧，这份情谊，他会记住的。"

顾涵浩笑着把两个闫立行的手下送出去，回来后满腹感慨地说了一句："看来，和闫立行这个梁子算是结下了。"

袁峻跃跃欲试："顾队，钱宇人还在审讯室，现在审吗？"

顾涵浩站起身，交给柳凡两张纸条："柳凡，你派人把蔡伟琪的老婆屠晶晶，还有情人黄珊带来，这是地址和电话。袁峻，你和我去审钱宇。"

凌澜很自觉地跟在顾涵浩和袁峻身后，前面两人进了审讯室，她就乖乖进入了旁边的监控室。

审讯室里，钱宇黑着一张脸看着对面的两个刑警。他看起来大概四十多岁，很精明能干的样子，但是黑眼圈浓重，头发乱糟糟，双手不停摩擦着。

还没等顾涵浩他们发问，钱宇便开口："我承认我是说过要杀了那小子的气话，但是人真的不是我杀的，我去他家的时候，他还好好的！"

"监控录像显示你是傍晚六点进入大厦的，可是没见你出来，你怎么解释？"袁峻一边冷冷地问，一边快速翻阅闫立行手下送来的口供资料。

"我都说过多少遍了，我六点半左右就离开他家了，我没有乘电梯，而是走楼梯，监控没看见我是因为我从楼梯下去后就直接从一楼后面的安全出口离开了！"

顾涵浩不依不饶："你为什么乘电梯上来，却走楼梯下去？难道不是为了避开监控？这样的话，谁也不知道你是几点离开的。"

钱宇急得直挠头："走楼梯也犯法了吗？"

顾涵浩和袁峻不言语，只是一起用凌厉的目光紧逼着他。

"好吧，我说，这些话我在富江区的刑警那里可没有说，我不知道你们景江区为什么会突然接手这件案子，不过对我来说总算是个转机。"钱宇显然是在做心理斗争，他揉了揉太阳穴："我之所以走楼梯，是因为，我想自杀。"

顾涵浩和袁峻对望了一眼，就连另一个房间的凌澜都愣了一下，这个理由实在是太出人意料了。

钱宇有些难为情地低下头："智胜是我一手创建起来的，我把所有的心血都放在上面，上大学的时候我就立志为环保事业贡献力量，我做环保不单单是为了利益，也是为了理想，甚至为了这份事业忽略了家庭，落得妻离子散的下场。可事与愿违，我的公司这几年开始走下坡路，一直到我这个新产品开发计划，我对这个新产品倾注了我最后所有的精力和资金，只要它能上市，我有信心一定大火，可是这个功劳却落在了别人那里。

"实不相瞒，我那天是带着水果刀去找蔡伟琪的，我真的很想一刀了结了他，和他同归于尽。可是最后时刻，我没有那么做，我下不了手。我想我这种窝囊废活着还有什么意义？我稀里糊涂就走到了楼梯间，打开了11层的窗子，本来是想跳下去一了百了，可是，要不说我是个窝囊废嘛！"

"既然你放弃了跳楼，为什么不回去坐电梯？"顾涵浩的语气软了下来。

钱宇捂住脸，瓮声瓮气地回答："杀人我不敢，跳楼我也不敢，我还，还哭了！我一个大男人总不能哭着去乘电梯吧，所以就一个人一边哭一边从11楼走下去，到了一楼，我见大厅里人挺多，正好楼梯间出口附近就是大厦的后门，我就从那里离开了。"

顾涵浩对钱宇多了几分同情，他这些话似乎没有什么漏洞，看他现在羞愧难当的样子也不像是在演戏。

第三十二章　出乎意料的真凶

顾涵浩让袁峻给钱宇准备了一杯水，想让钱宇平复一下激动的情绪。

片刻之后，钱宇深呼吸几次后开始讲述他在蔡伟琪家中的情景："我根据私家侦探的调查，对蔡伟琪有了些了解。这家伙是职业间谍，这几年赚了不少钱，可是他的钱却留不住，全都花在了女人身上。但是他突然搬到这么一栋小公寓里我还是很吃惊，他看到我来找他很意外，他可能是怀疑我身上带着录音设备，什么都不肯说，跟我装清白、装糊涂。我动手给了他一拳，他也不还手，只是吓唬我说再动手他就报警。这期间他接了一通电话，电话那边是个女人，问他没事吧，他说没事，叫她放心，口气很温柔。"

"关于蔡伟琪的情人，私家侦探查到些什么？"顾涵浩问。

提到私家侦探蔡伟琪有些懊恼："别提了，那个私家侦探也不是什么好饼，他根本就找不到什么实质性的可以让我去告蔡伟琪的证据，关于蔡伟琪的情人，他没有调查，毕竟我委托他查的不是那个方向，查了也没酬劳。"

送走了钱宇，顾涵浩的审讯室又迎来了屠晶晶和黄珊。柳凡告诉顾涵浩，她是先去找的黄珊，然后又去接屠晶晶，结果屠晶晶坚持要带她的邻居为她和黄珊作证。

邻居很确定地告诉柳凡，案发那晚，他一直在客厅看球赛直播，的确从窗子看到对面的屠晶晶家里亮着灯，她们两人坐在客厅的沙发上。隔了一会儿，趁半场休息他就去了餐厅取啤酒，又从餐厅窗户看到她们两人其中一个去了餐厅靠着冰箱打电话，一个留在客厅看电视。一直到十一点半左右，一辆出租车在她们门口晃车灯，屠晶晶就把黄珊送出来，看着她上了出租车。

顾涵浩看了看手中现场调查报告中死者手机通话的记录，蔡伟琪在坠楼前十五分钟曾经接到过屠晶晶的电话，通话维持了五分多钟。另外，现场有四个手机，全都被摔坏，里面的手机卡有三张都是没有登记姓名的临时卡，调查这三张卡的通话记录，发现对方使用的也同样是没有姓名的临时卡。这个专业间谍连搞地下情都这么专业。

顾涵浩突然否定了自己刚刚的这个想法，这专业间谍如果真的这么专业，怎么会让屠晶晶发现他刚刚新办了一张卡呢？而且，他还犯了间谍的大忌——说梦话！

凌澜就站在顾涵浩身边，也凑过去看他手中的报告。片刻后，顾涵浩的嘴角泛起一丝笑意，凌澜一下子明白了这笑容的意义。恐怕顾涵浩又抢先于她找到了真凶。

凌澜曾怀疑过钱宇，恐怕他那一堆自杀的话和精湛表演都是假的，他有杀死蔡伟琪的动机和时间，他根本就是在蔡伟琪那里一直逗留到了很晚，最后，可能是他带去的水果刀让蔡伟琪惧怕，步步后退然后无路可逃，两人争执的时候，他把蔡伟琪从阳台上推了下去。如果是这样，那么邻居听到的气愤声音很可能不是蔡伟琪，而是钱宇，钱宇气愤难当，对蔡伟琪咒骂甚至动手，还以"吸血鬼"称呼蔡伟琪，因为蔡伟琪"吸"走了他半生苦心经营的成果。

凌澜也曾怀疑过屠晶晶,虽说有邻居的证词,但是邻居能肯定的是案发时候屠晶晶的房子里有两个人,这两个人不是假人,能活动,但是就能肯定这两人一定是屠晶晶和黄珊吗?搞不好屠晶晶就是在蔡伟琪所在大厦附近给他打了电话,然后避开监控从后门进入走楼梯去蔡伟琪的房间,和他产生争执,把他从阳台推下去。如果是这样,那么邻居听到的气愤声音就是蔡伟琪,而那句"吸血鬼",是蔡伟琪用来形容屠晶晶的,因为屠晶晶"吸"走了他冒险违法辛苦赚来的血汗钱。

正想着,凌澜看到顾涵浩并没有急于进到审讯室去审屠晶晶和黄珊,而是在和袁峻还有另一个便衣刑警说着什么,等到她凑过去的时候,袁峻他们已经得令离去。

凌澜发现自己和柳凡一样,都对顾涵浩充满了疑问,但是她也看得出,顾涵浩此刻并不想分享什么,他故弄玄虚的劲又来了。

两个小时后,袁峻才风风火火地赶回来,身后还跟着三个人,正是凌澜的校友田恬和蔡伟琪的邻居夫妇。另一名便衣刑警则是凑到顾涵浩耳边说了几句,顾涵浩听后满意地拍了拍对方的肩膀。

柳凡按照顾涵浩的要求把他们一行人都引进了会议室,凌澜跟在顾涵浩身后最后进入。

凌澜坐在门口的地方,顾涵浩的一侧,这是会议记录秘书的位置。她放眼望去,这间不大不小的会议室里的这些面孔,她全都认识,正是所有和蔡伟琪案件有关的人员。首先是蔡伟琪的邻居夫妇,然后是田恬、黄珊和屠晶晶,还有钱宇。柳凡和袁峻也在场。凌澜心里清楚得很,就像推理剧一样,凶手就在这些人之中。

"很好,人都到齐了,在座的各位都和死者蔡伟琪有着十分密切的关系,所以我今天就当着各位的面试着把案件推理一遍,如果有哪里不对,欢迎指正。"顾涵浩像足了一个主持会议的领导,只是这位领导刚一开口就被人驳了面子。

邻居男人尹亮抢先开口:"我指正!顾队长,你说在座的人都和蔡伟琪有着密切的关系,这点我不认同,别人我不知道,至少我和我妻子冯婧和蔡伟琪没什么关系,我们只是不太熟悉的邻居而已。"

顾涵浩意味深长地望了尹亮一眼:"尹先生,少安毋躁,很快你就会知道你和死者蔡伟琪有怎么样密切的联系。好吧,先从哪里说起呢?相信这个问题如果投票评选的话,大家一定会选凶手,我就先指出真凶好了。"

顾涵浩话音刚落,所有人都屏住了呼吸期待着。

三秒钟过去,顾涵浩清了清嗓子:"真凶就是,蔡伟琪!"

第三十三章　遥控杀人

"什么嘛，闹了半天蔡伟琪是自杀的？"田恬首先发表不满："他那么有钱，为什么要自杀？"

顾涵浩很诚恳地告诉田恬："一个人会自杀，原因很简单，因为他生无可恋。上午你去见他的时候，他虽然口中念着'放过我、放过我'，但是可以看出，他并没有轻生的念头，对不对？"

田恬点头："没错，他还很有信心地说他能够解决麻烦。"

顾涵浩赞许似的对田恬笑笑，转而问钱宇："那么傍晚你见到蔡伟琪的时候呢，你看他那时候有没有生无可恋的模样？"

钱宇冷哼一声："他还生无可恋？他出卖我，可是赚了一大笔！我看他那时候不但没有轻生的念头，反而是对未来充满憧憬，还有心思和情人甜言蜜语呢！"

顾涵浩一副循循善诱的口气："这么说傍晚的时候他也还算正常，那么他是从什么时候开始有了轻生的念头呢？恐怕，就是从接到了屠晶晶的电话那时开始！屠晶晶，你在案发前曾经给蔡伟琪打过电话吧，通话记录显示是在9点46分至9点52分左右，而这个时间，正好在你邻居看的球赛中场休息的时间段，你是在餐厅里靠着冰箱打的电话，你的邻居说看到的那个背影就是你。"

"是我没错。那晚我和黄珊聊了很多，最后我决定放手，趁早和他离婚，所以给他打了电话，想约时间讨论一下财产分割问题。"屠晶晶很镇定。

顾涵浩继续："你的电话9点52分挂断，10点刚过，邻居就听到了蔡伟琪气愤的声音，还砸了东西，从现场那四个砸烂的手机看来，当时砸的就是手机。我想，正是你这通电话彻底改变了蔡伟琪的命运，让他走上了死路。换句话说，你没有亲手推蔡伟琪下楼，但是蔡伟琪跳下楼自杀，却是因为你。不管你是有心还是无意，是你的电话推了他一把。"

"哼，先不说我有没有那么大的能耐，一通电话就能让他自杀，"屠晶晶不屑地反问："你怎么能够确定他是自杀，而不是这个钱宇杀的呢？"

顾涵浩冲袁峻使了个眼色，袁峻接收到后马上开口："钱宇的供词我已经派人证实过，傍晚六点半左右，位于七层和三层的两家住户分别听到过楼梯间里传来男人的哭声，三层家的小男孩因为好奇就偷偷跟在这位哭泣的叔叔后面，一直到这位伤心叔叔从大厦后门离开，通过照片，小男孩确认那个伤心的叔叔就是钱宇。"

听到这里，钱宇很不自在地挠挠头，然后羞愧地用手遮住脸。

顾涵浩解释："钱宇没必要撒这种谎，毕竟这是一栋入住率很高的一梯多户的大厦，傍晚六点半也正好是下班高峰时期，走廊里免不了有人出入，楼梯间里传来男人的哭声这么奇怪的事，一定会有人注意。那么只要走访一下大厦的住户，很快就能证实。所以说，钱宇不是凶手。而屠晶晶和黄珊，你们也有不在场证明，你们在离大厦很远的别墅区，短时间内根本不可能来回。至于田恬这个毫无心机的拜金女，恐怕那个时候正在酒吧里摇色子吧。"

"也许钱宇出去之后又改变了主意原路返回，把蔡伟琪推下楼呢？"屠晶晶推测着。

袁峻笑出声来："巧了，这更是不可能的事。因为钱宇在楼梯间里哭泣引得小男孩跟踪的事，被小男孩告诉给了父母，他父母觉得这很可能是人贩子用哭声博取同情吸引小孩子上钩，然后拐卖，马上就把这件事通报给了大厦保安，在住户的坚持之下，保安便把安全出口暂时锁住，以防坏人从这里把小孩偷偷带走，并且在大厅里加强了巡查力度，看到大人带小孩出去的都要严格检查。因此钱宇再想进去，那是不可能的。"

屠晶晶显然大吃一惊："有这种事？可是，我哪里有那么大的能耐，一通电话就让他去跳楼？"

"那就要看你在电话里对蔡伟琪说了什么了，你很有本事，仅仅五分钟的通话，就能让蔡伟琪这样一个大男人生无可恋。不，应该说你的本事不是在这五分钟，而是这两年。"顾涵浩的神情有了一丝悲伤，"我想当初你对蔡伟琪还是有感情的，不然也不会嫁给他。但是贫贱夫妻百事哀，你渐渐无法忍受再过这种穷苦生活，可你没有把心思放在自己身上，没有放在正途上，你选择给蔡伟琪施加压力。我想，蔡伟琪当初并不想做什么商业间谍，可是他就像是童话里的渔夫，有个不知满足的贪婪老婆。他冒险为你赚来了一栋别墅，把产权全部给你，算是对你的补偿，他以为这样你就会满足。他一定和你说过想要洗手不干，找份正经工作和你好好生活吧？你虽然不想让他收手，但表面你还要扮好人，毕竟你们已经有了房子，生活优越，你没有理由再把鞭子往他身上抽。人心不足蛇吞象，招灾引祸皆为贪，你不能再亲自担当挥舞鞭子的奴隶主，怎么办呢？你只好找来了黄珊，让她去勾引蔡伟琪爱上她，让她接下你的接力棒，不，应该说是鞭子，继续残忍地'鞭策'着蔡伟琪。那以后蔡伟琪的所得，你们是怎么分成的？"

屠晶晶咬着嘴唇不语，仍旧是镇定自若，倒是黄珊有些慌了阵脚，眼光闪烁。

"田恬，说说吧，你和屠晶晶这位正牌夫人是怎么认识的？"顾涵浩问坐在角落里被惊得张大嘴瞪大眼的田恬。

田恬不可置信地望着屠晶晶："怎么可能？你是伟琪的妻子？你说给我介绍个好对象，金龟婿，就是你的丈夫？天啊，天底下怎么会有你这样的妻子？"

田恬又看了看黄珊："看来只有我什么都不知道，一直被她们摆布。我是在酒吧里认识屠晶晶的，她看我到处寻找目标，便主动过来给了我一张蔡伟琪的名片，她说她理解我，愿意帮我牵红线，还告诉我什么时间去哪里可以和蔡伟琪邂逅。"

柳凡在一旁搭腔："蔡伟琪活该，谁叫他真的爱上她们，甘愿为她们卖命！"

袁峻倒是满腹同情地接茬："我想蔡伟琪也不是傻瓜，妻子对他没什么真情他也觉察得到，正巧这时候外面又有诱惑，他也是抱着寻找真爱的出发点去找外遇的吧。可是事实让他失望，他本以为黄珊和他是真正的爱情，甘愿为她去付出，从事不法勾当，结果时间一长，激情的火花退去，他明白了黄珊和妻子一样。于是就又有了田恬，田恬青春靓丽，涉世未深，蔡伟琪以为在她身上能找到不含铜臭味的真情，结果再次失望！"

凌澜深深叹了口气："我想应该用不着分成吧，蔡伟琪能够把整栋别墅赠给妻子作为补偿，我想依他的性格，做了对不起妻子的事，应该会加倍补偿妻子吧，毕竟这个糟糠之妻，曾经是一个不嫌弃他贫穷、感情至上的好女人，还毅然嫁给他。屠晶晶，蔡伟琪对你就算已经没了爱情，还有亲情和恩情在，他给你的远远多于她们几个，对不对？"

"不要再说了！"屠晶晶猛地拍了桌子，泪水在眼眶里打转。

顾涵浩对凌澜这番话很满意，因为它击溃了屠晶晶的防线，泪水就是证明。

第三十四章　哀莫大于心死

在屠晶晶的哭声中，顾涵浩问黄珊："其实田恬的话已经是足够的证明，你还要为屠晶晶隐瞒下去吗？"

黄珊痛苦地低下头："没错，你们说得都没错，是屠晶晶找我去勾引蔡伟琪的，可是蔡伟琪和我之间不过就是短暂的激情，我们的关系似有似无好一段时间了。那晚我去找屠晶晶，就是和她说，要彻底结束这种畸形的关系，我想和蔡伟琪、屠晶晶彻底划清界限。屠晶晶也同意了，她告诉我这种关系不结束也不行了，蔡伟琪已经提出和她离婚，原因就是蔡伟琪又有了新欢，而这个新欢不同于我和田恬，这个新欢很有本事，她把蔡伟琪拿得死死的，而且，她想要独占蔡伟琪。最可悲的是，这个帮手也是屠晶晶找来的，只是这次，她找错了人。"

顾涵浩冲着一旁听得又惊又气的尹亮说道："蔡伟琪已经做好了离开的准备，他打算和他的新欢一同去一个没有人认识他们的地方重新开始，他想要摆脱田恬、黄珊，还有和屠晶晶离婚，这一切都是因为这个新欢。可是他万万没有想到，这个新欢其实和那三个女人一样，都是贪婪的吸血鬼，不，新欢更贪婪，她要独占蔡伟琪这棵摇钱树！"

凌澜看尹亮仍旧一副不明所以的神情，于是接茬说道："蔡伟琪早就做好了私奔的准备，为什么还要多此一举搬到高层公寓，成为你们的邻居呢？不仅仅是他有牵绊，有家庭，他的新欢也有啊，他必须搬过来，亲自催促新欢！"

尹亮再傻也明白了，他终于明白刚刚顾涵浩说在座所有人包括他都和蔡伟琪有着密切关系的意义，他机械地把头转向身边的妻子："就因为我穷？因为我不能满足贪婪的你？"

尹亮的妻子，那个瘦瘦小小的冯婧此刻正拨浪鼓一样摇着头："老公，你怎么能这么想？我是清白的，我和那个蔡伟琪根本就不认识！"

尹亮又把头转向顾涵浩，看得出，他心存希望，他希望顾涵浩说这只是猜想，没有确切证据。

顾涵浩却侧目去看仍旧在哭泣的屠晶晶："你很矛盾，一方面，你希望我们知道蔡伟琪有个新欢，一方面你又怕我们真的找到这个新欢。所以你对我撒了谎，说什么蔡伟琪说梦话叫出了新欢的名字——玥玥。其实蔡伟琪根本就不说梦话，你也说过，他以往从不说梦话，一个从不说梦话的人是不会突然之间说梦话的，而且，他的间谍身份也不允许他说梦话。你故意用子虚乌有的名字误导我们，让我去找一个永远找不到的'玥玥'，而这个玥玥的原型，就是冯婧，是你找来的最后一个帮手。"

屠晶晶抬起头，带着哭腔问："你怎么知道这些的？"

"一开始我也被你蒙混过去了，心想你是一个聪明的妻子，能注意到丈夫有几个手机，是不是多卡多待，我以为蔡伟琪是个粗心的花心汉。可是后来，我得知蔡伟琪是个八面玲珑的商业间谍，他应该是心细如发，行为谨慎的人，不可能在你这里露了马脚。"

屠晶晶自嘲："看来是我的心急害了我自己，我当时没想那么多，我怕你们查到黄珊和田恬，所以随便编出一个名字，把她说得最有嫌疑。冯婧，你别再装了，认了吧，你以为事情发展到这种地步，你还能安然地当你的好妻子？"

冯婧咬住嘴唇低头不语。

尹亮的拳头打在桌子上，他忧伤地问顾涵浩："你怎么知道她就是蔡伟琪的新欢，为什么，我一点点都没有发觉到？"

顾涵浩指了指钱宇："是他提醒了我，傍晚的时候他给了蔡伟琪一拳，然后蔡伟琪就接听了一个女人打来的电话，女人问他'没事吧'。显然这个女人知道蔡伟琪此刻面临着麻烦或危险，她是怎么知道的？这让我想起案发那晚那两个邻居，他们就是从隔壁听到了蔡伟琪那里的咒骂声。所以我想，恐怕这个打电话的女人正是蔡伟琪的邻居，因为听到了蔡伟琪这边的声响，不放心，所以才打电话来问一下吧。"

尹亮不死心："那为什么就是这边的邻居，不可能是楼下、楼上和另一边的邻居呢？"

"首先，楼上的人很难听得见楼下的声音，楼下的人听东西砸在地板上的声音更清晰，说话声就没那么清楚了，尽管如此我还是派人调查了一下蔡伟琪家楼下的住户，巧了，那户人家去了外地旅游，已经一周多都没在家，只剩下左边和右边的邻居，左边的邻居是三个打工族女孩，口供上说案发的时候，她们三个只听到男人的咒骂声和摔东西的声音，她们因为好奇全都贴在墙上仔细听，可是什么都没听清，因为距离有些远，她们的墙后面是蔡伟琪家的卧室，而蔡伟琪，恐怕是站在客厅里。"

"这能说明什么？"尹亮迫不及待发问。

"钱宇的讲述让我开始把怀疑的目光放在邻居女人身上，那个时候，三个打工族女孩和冯婧都有嫌疑，可是案发那晚，三个女孩说听不清蔡伟琪究竟骂了些什么，因为离得远，可是你们夫妇俩的口供却是听到了什么，还清晰地听清了'吸血鬼'这三个字，这很正常，因为蔡伟琪当时是站在客厅的位置咒骂摔东西的，你们之所以能听得清是因为你们的客厅与顾涵浩的客厅仅仅一墙之隔。"顾涵浩把凌厉的目光射向冯婧。

"那又怎样？"冯婧恶狠狠地瞪着顾涵浩。

"要咒骂一个人，当然是要面向着这个人啦，尽管隔着一道墙。"顾涵浩像迎战一样也用犀利的目光回敬冯婧，"其实咱们第一次见面的时候尹亮就已经说出了关键，他说你把电视的音量调高了！你为什么要那样做？其实并不是反感噪音，而是你听得更清楚，你知道蔡伟琪咒骂的人就是你，可是你不能让你的丈夫也听到这一切，于是你刻意把电视的音量调高！"

冯婧顿时哑口无言，她低下头不看任何人，一边喘粗气一边咬嘴唇。

"你当时一定很奇怪，为什么蔡伟琪会知晓一切？你绝对想不到，因为你的贪心，想要独占蔡伟琪的想法触怒了屠晶晶，她干脆就来个鱼死网破，她打电话给蔡伟琪，把所有真相都告诉给了蔡伟琪。也正是因为这样，蔡伟琪的心死了，他以为他终于找到了真爱，你是唯一一个不看重他的钱的女人，愿意和他远走高飞，可是屠晶晶却告诉他，你不过是屠晶晶的又一个美人计，而且你的目的是让他专门只为了你奉献！哀莫大于心死，蔡伟琪在对着一堵墙发泄一阵后，最终选择了结束一切，无论是你们这些女人的虚情假意，还是罪恶的职业生涯。"说到这里，顾涵浩的语气里充满悲伤，他在为这个悲情的男人愤慨，蔡伟琪，在钱宇和之前那些深受他祸害的人眼中是可恨的吸血鬼，可是在这些把他玩弄于股掌的女人来说，他又是个可怜的被吸血的祭品。

凌澜抹了抹眼角的泪，她不知道这泪是为谁而流，是可怜又可恨的蔡伟琪？还是这些不争气的"吸血鬼"女人？她也不知道，她只知道自己很难过。她又想起了之前的邵辉，那样一个煞费苦心的父亲，最后的结局竟然是间接死在自己亲生女儿的手里，他生命的最后一刻还在为女儿奔波。

第三十五章　吃醋

顾涵浩的办公室里，凌澜坐在沙发上总结着："没想到还真被那个尹亮给说中了，当时房间里的确只有蔡伟琪一个人。蔡伟琪在和屠晶晶通话的时候还能保持平静，可见他对屠晶晶并没有多少愤怒，因为已经没有那么浓烈的爱。可是对于冯婧，正因为爱之深，所以恨之切。忍耐了几分钟后，他还是发泄了出来，一边咒骂，一边砸了手机。我想，蔡伟琪的那句话很可能是这样的：你们全都是吸血鬼！"

柳凡赞成地点点头："没错，结果尹亮他们就只听清了'吸血鬼'三个字，因为蔡伟琪这三个字喊得最用力。"

袁峻在一旁很正式地汇报着："经过这一次，我认识到了办案不能先入为主和想当然，当初发现蔡伟琪坠楼身亡，又有邻居证明他坠楼之前有争执声，我就和闫立行他们一样想当然认为是有人和蔡伟琪发生争执，然后推他下楼。结果，倒让那个外行尹亮给歪打正着，猜了个大概——案发时房间里真的只有死者一个人！"

凌澜忍不住偷笑："袁峻，你说的先入为主想当然到底是自我反省啊，还是在讽刺闫立行啊？"

办公室里的四个人一起笑出声，之前阴霾的气氛总算是过去。

顾涵浩笑了一会儿，马上又拿出领导的架势发号施令："袁峻，你继续跟进那三个嫌疑人的监视行动，有什么线索及时汇报。柳凡，蔡伟琪案子的报告就交给你，尽快完成。我有事要出门两天，下周一回来，要是有急事随时电联。"

还没等凌澜开口，柳凡抢先问道："你要去哪里？"

顾涵浩的神色更加严肃，显然，他很不满意下属这样明目张胆地打探他的私生活："私事，不方便说！没什么问题你们先出去吧。"

等到办公室里只剩下顾涵浩和凌澜的时候，凌澜小心翼翼地凑近还有怒色的顾涵浩，轻轻地问："那个，是什么私事，我能知道吗？"

顾涵浩一边整理办公桌的文件杂物，挑出一些锁进抽屉，一边抬眼看凌澜，语气仍旧没什么温度："奇怪了，你应该知道的，我之前不是和你提过？"

凌澜想了几秒，恍然大悟："你该不会真的要去我家取相册吧？"

顾涵浩看了看表，已经是下午四点半多："看来今天是来不及了，明天一早出发。好在不太远，就开车过去吧，相册一定不少，开车也方便。"

凌澜面有难色："可是明天我约了彭泽，能不能推后几天啊，后天行不行？"

顾涵浩的怒气又一下子蹿起来："不许讨价还价，还有你那个彭泽，你还敢提他，看看花心男人的下场吧，你还甘心当他的玩物？"

凌澜被"玩物"这两个字刺激得不轻，她恨恨地转身离开了顾涵浩的办公室，关门时用了些力道，声响不小，引得里面的顾涵浩和外面的同事们愣了几秒。

要是别的事情，顾涵浩这样和他说话，她一定会出言反驳，可是关于彭泽，她说不出什么，毕竟顾涵浩说得都在理，她的确是彭泽的玩物。此刻的她真的很恨，不是恨顾涵浩说话不中听，伤她自尊，而是恨自己不争气，恨彭泽花心滥情，她巴不得彭泽能和蔡伟琪一样，死在女人手里！

不知不觉凌澜已经下到了一楼，走出大楼来到院子里，她首先看到了顾涵浩的车子，一时间，她冒出一个想法，上去踢一脚。但是这个想法很快打消了，其实她想踢的是彭泽。

凌澜坐在院落中央的花坛边缘，任一只蜜蜂在周围嗡嗡飞舞却不自知。终于，那只蜜蜂在凌澜的脖颈处蜇了一下。

凌澜疼得不禁叫出声，感叹自己真是倒霉，连蜜蜂都要趁火打劫欺负她。

"凌澜？"

凌澜转过头，出现在花坛边叫她名字的人竟然是施柔。

"你怎么在这里坐着？怎么，哭了？"施柔穿着合体的套装，怀里抱着厚厚的文件夹："涵浩欺负你了？"

凌澜抹了抹眼泪，摇头："你别误会，我和顾涵浩不是那种关系。之所以和他走得近是因为他有案子要我帮忙。"

"你不用和我解释的，我和涵浩的事都过去了，再过几天我也要结婚了，总之大家还都是朋友，要是他欺负你，你可以告诉我，我告诉你怎么制他。"话虽然是这样说，但是施柔的语气里还是不经意流露出淡淡的醋意。

凌澜突然来了性子："不是，你怎么就不相信呢？我和顾涵浩真的没什么的！倒是你，看得出你们还余情未了，你为什么嫁给别人？你真的爱那个人吗？"

施柔的两道柳眉微微皱起："可是，涵浩都已经承认了啊，我刚刚发短信约他明天一起吃饭，他说明天要跟你回家见家长。"

凌澜真的很抓狂，她刚想再开口说些什么，却被另一个突然冒出来的人阻止。

"你们在这聊什么呢？"袁峻小跑到她们身边，"凌澜，你刚哭过了？"

凌澜急忙摇头否认。

施柔礼貌地对袁峻点头示意，然后伸手捋了捋凌澜被风吹乱的头发："对了，袁峻，过阵子我来给你们送喜帖。"

袁峻很大方地回答："放心，我正在攒份子钱呢。"

目送施柔离去，凌澜又坐在花坛上望着手机发呆，她的理智告诉她，发个短信拒绝彭泽明天的约会，可是手指却被感性操纵，迟迟不能下手。

袁峻体贴地坐到凌澜一侧："怎么了？你好像很纠结。"

凌澜不想提自己的伤心事："对了，你们别怪顾涵浩对你们太凶啊，他这么年轻就当领导，肯定也有不小的心理压力，之前肯定是一直把下属当朋友一样相处，渐渐地发现这样不行，现在想树立点威严感而已。"

袁峻一副刮目相看的吃惊神态，酸酸地回应："看不出你这个小丫头挺有本事的啊，连这也看得出？"

凌澜冲着袁峻嫣然一笑："别小瞧我喔，我的心理年龄搞不好比你们还大。"

说完，凌澜站起身，迈着轻快的步伐往大门处走去，她决定先坐公交回住处，然后再仔细考虑要不要拒绝明天的约会。

而袁峻还坐在花坛边上为刚刚那甜美的笑陶醉，这一刻，他真的确定自己是喜欢上凌澜了。只是，袁峻看得出，凌澜的心里似乎很在意顾涵浩，不然也不会替顾涵浩解释，说出刚刚那番话。

虽然袁峻知道顾涵浩把凌澜留在身边是因为他有案件需要凌澜合作帮忙，以顾涵浩的性格，应该不会对这样一个小姑娘产生兴趣，可是对于凌澜这样的女孩来说呢，顾涵浩却是一个致命的吸引。想到这里，一股醋意从袁峻的心底慢慢升腾起来，和顾涵浩竞争，他赢得了吗？

第三十六章　回家

人挤人的火车站，凌澜打头阵，一路穿过人群，来到检票口。回头一看，哪里还有顾涵浩的影子？再踮起脚尖放眼望去，这才发现顾涵浩被卡在十几米远的地方，被几个背着巨大包裹的民工兄弟挡住了去路。看他窘迫的样子，似乎很少来火车站，完全应付不来。

等到顾涵浩终于穿过重重阻碍来到凌澜身边的时候，凌澜已经笑得前仰后合："怎么样，长见识了吧？"

顾涵浩护住斜挎的背包，用佩服的眼神望着凌澜："领教了，领教了。"

凌澜更加自豪，开始摆出架子："你们这些养尊处优的富二代，早该让你们体会一下民间疾苦了。让你们以后再奢侈浪费的时候都有负罪感！"

顾涵浩今天的态度特别好，忙不迭点头称是："您说得对，我负罪。只是，您真的确定相册不多吗？要不，咱们民间疾苦也体会完了，还是开车去吧。"

凌澜突然声音高八度："什么？体会完了？这还没开始呢！我特意选了最破旧的车站，这一趟最便宜、最慢、人最多的车，就是为了让你好好体会车上漫长的四小时！你放心，回来的时候你还可以体验一下负重挤车的经历，保证你终生难忘。"

顾涵浩哭笑不得："小丫头，你这是报仇呢吧，就因为昨天我说的话，'玩物'？"

凌澜猛地瞪着顾涵浩："你还提？要不是看你表现良好，我说什么也不会跟你回去的！"

顾涵浩还想开口再说什么，身后一股巨大的力量袭来，他刚要回头发作一番，却发现那力量更大，原来是已经开始检票，人流像是一条舞动的大蛇，兴奋起来。

顾涵浩和凌澜被挤得不但没了优雅，而且面部表情扭曲，姿势各异。

"小丫头，我看，你这是要和我同归于尽啊！"

在顾涵浩的抱怨和凌澜的笑声中，两人被人流裹挟着通过了检票口。

好不容易上了车，凌澜找到了座位让顾涵浩坐下，她挥舞着手中两张车票："偷着乐吧，我还没买站票呢。"

顾涵浩一边躲避着过道上的行人一边感慨："是啊，你还不傻。"

火车开动后五分钟，凌澜发现顾涵浩对周围的一切开始好奇起来，尤其是窗外倒退的景色。这让她很有满足感。

"对了，你已经联系彭泽推掉今天的约会了吗？"顾涵浩问。

凌澜笑着摇摇头："没有，我还是做不到拒绝他。让他等吧。"

不知不觉中凌澜睡着了，随着火车的摇晃，她的头晃来晃去终于在顾涵浩的肩膀上停顿下来。顾涵浩却根本睡不着，他记得上一次坐火车还是在21岁的时候，和大学同学们一起趁假期去旅游。时隔好多年，再坐火车，还是条件这样恶劣的火车，让他不免有些紧张。说实话，硬座的靠背没有任何弧度，坐着还真不舒服。偏偏凌澜的头又靠在他的肩上，这下他就更不能频繁变换坐姿了。

看了一会儿窗外，顾涵浩把目光收回来，不经意扫视到了对面的两个女人。她们应该是母女，女儿看起来是初中生模样，母亲是风韵犹存的中年妇女，此刻，两人的目光全都集中在顾涵浩身上，看见顾涵浩注意到她们，连忙把目光移开。

顾涵浩感到有些不自在，动了动肩膀，打算叫醒凌澜，和她聊聊天，化解眼下的尴尬。

凌澜睁开迷离的双眼，直起身子。

顾涵浩侧过头，这才注意到凌澜过肩的头发被甩在脑后，脖子的侧面露出了一块红肿的印记。

"这是怎么回事？"顾涵浩指了指凌澜的脖子。

凌澜还有些迷糊："还说呢，还不是你害的，你昨天……"

凌澜的话还没说完，对面的中年妇女忍不住笑出声来。凌澜和顾涵浩马上意识到了刚刚的话有多么暧昧不清，对面女人的笑中富含什么样的深意。

她把这蜜蜂蜇过的痕迹当成吻痕啦！

顾涵浩尴尬地凑近凌澜耳边："一会儿到家，千万别让你父母看见。"

凌澜点点头，连忙用头发遮住脖颈处，然后她才反应过来，顾涵浩这话说得更暧昧了。

四个小时终于挨过去，两人下了火车，踏在了L市的土地上。

按照凌澜的要求，两人又坐了二十分钟的公交车，来到了凌澜的家。

凌澜家所在的小区已经有十年的历史，凌澜的母亲是L市重点中学的音乐老师，父亲开了一家小店，专门卖一些钓鱼的用具。凌澜从小到大，生活不算多优越，但也没有为生计和学费烦恼过。一句话，她是普通家庭里出来的普通女孩，没享过大福，也没吃过多少苦。

凌澜昨晚打定主意和顾涵浩回家的时候就给父母发了短信，要是她自己回去可以事先不通知，给父母一个意外惊喜，可是带着顾涵浩就不同了，所以她还是提前通知了一下，会带一个普通朋友回去。虽然有点此地无银三百两的意味，她还是决定这么说。

凌澜按响了自家的门铃，才过几秒钟，就听见门那边急促的脚步声。门开了，凌澜的父母一起出现在门口，面带笑容。

但这笑容只持续了三秒钟，很快，两人恢复了正常，客气地请他们进屋。

凌澜正在为父母的表情变化感到好奇，按理来说这么帅的男朋友他们应该不会不满意吧。还是顾涵浩在进屋的时候小声提醒了她一句："注意脖子。"

凌澜这才会意，敢情刚刚父母的笑容消失是看见了自己脖子上的"吻痕"，保守的他们当然会不高兴。

"爸妈，他是顾涵浩，我们只是普通朋友。"

"叔叔阿姨好，我叫顾涵浩。"顾涵浩有些不自觉的紧张，原来这种场面并没有他想的那么容易对付。

凌澜拉着顾涵浩坐在沙发上："对了，妈，别提多倒霉了，我被蜜蜂给蜇了脖子，家里有没有什么药能涂一涂的？有点疼。"

凌澜的母亲陆雨秋是个温婉娴静的中年女人，她宠溺似的笑笑："我屋里有药，来，跟我进去，我给你涂药。仲廉，你先陪陪顾先生。"

凌澜被母亲拉进了卧室，关上门，陆雨秋就变了脸色，一下子严肃起来："我说女儿，你怎么找了这么一个，我说他应该比你大不少吧？"

"怎么？能看得出吗？我还以为他算长得年轻的，他就比我大七岁而已。"凌澜坐在床上，拿起桌边的镜子去照脖子上被蜜蜂蜇过的地方。

陆雨秋看了看凌澜的脖子："好像还真是被蜜蜂蜇的。"

凌澜噘起嘴："妈，我骗你干吗，我俩真没到那个地步，还是普通朋友，就是，彼此有点好感。这次回来是来取相册的，我们学校有个大型活动，被选中的同学必须用自己从小到大的相片做一个电子的相片墙，唉，跟你说了你也不懂，反正我得把所有相片拿回去仔细挑选然后扫描，放心，一张也不丢，过阵子再给你送回来。"

"照片可以给你，但是这个顾涵浩我不同意，你回去后赶紧和他拉倒啊！"

凌澜撒娇地靠在母亲怀里："放心吧，我本来对他也不来电，是他非要跟过来，说什么不放心我一个人。我答应你，回去就和他彻底拜拜，这样行了吧？"

陆雨秋点点头："其实吧，妈妈对你找对象没多大要求，只是这个顾涵浩长得太不安全了，女人找男人，最重要就是安全感，你给妈妈带回来一个踏实可靠的就行。"

凌澜点头应付着，心里却不太乐意，她原本以为父母会对顾涵浩很满意，毕竟顾涵浩很优秀，结果怎么太帅了也不行呢？到底找什么样的父母能满意啊！

第三十七章　冷遇

从卧室里出来的时候，凌澜注意到客厅里父亲和顾涵浩的气氛很僵硬，父亲凌仲廉板着一张脸，甚至都没有给顾涵浩端杯水。倒是顾涵浩，满脸堆笑，一副讨好的神态。

"你们聊什么呢？"凌澜本来想坐到顾涵浩身边的，陆雨秋却拉住她，用眼神示意她去搬把椅子坐。

凌仲廉没有回答凌澜，顾涵浩笑笑回答："其实也没什么，随便聊聊。"

凌澜本来是想去搬椅子，看这样的气氛，她直接打开电视柜，一个个地把相册挪出来。

顾涵浩看到此景，请示一样地对凌氏夫妻说："我去帮忙。"然后就蹲到凌澜身边，帮她把一本本相册挪出来，放到地板上。

"这是全部吗？包括你父母的？"顾涵浩小声耳语。

凌澜点点头："没错，大大小小一共15本。"说完，她侧过头对着顾涵浩做了一个苦笑的表情，算是对他遭受冷遇的抱歉。

顾涵浩心领神会，轻微摇头笑笑表示不在意。

傍晚的时候，顾涵浩提出要请凌澜一家去饭店吃饭，可是凌澜的父母冷冰冰地拒绝了。无奈，他只好说去买点礼物，然后一个人略带仓皇地逃出去。一来他认为可能是因为自己两手空空上门令凌澜父母不满；二来，留凌澜单独和她父母在一起，可以了解一下他们不喜欢自己的原因。

凌澜从窗户看着顾涵浩孤独的身影，突然觉得他很可怜，忍不住撒娇似的抱怨起来："爸妈，你们是怎么了？就算不喜欢，不同意，面子上也要过得去吧，我可真没想到，你们是这样的。"

这次是凌澜的父亲凌仲廉上前一把把凌澜拉住，让她坐在沙发上，然后语重心长地说："女儿啊，你太不务实了，你看看你找的这个男朋友，先不说他比你大七岁，不说他长得会让你没有安全感，就说他的职业吧，是个刑警啊，工作多危险，真要是和他结了婚，没有一天安稳日子！"

凌澜刚要开口反驳，突然意识到自己也入戏太深了吧，何苦为一个不是男友的人和父母顶撞呢？虽然她不赞成父亲的话，觉得顾涵浩其实人也不错，但是嘴里还是附和着："父亲大人说的是，我保证，一定分手，回去后马上分。"

陆雨秋深深叹了口气："唉，你说你找谁不好，怎么就找上他了？作……"

凌仲廉用力地咳嗽了一声，打断了陆雨秋的话："好了好了，总之爸爸妈妈都相信你，你说会分手就一定会分手，不会让爸爸妈妈失望的。"

凌澜一边点头一边琢磨着，刚刚母亲没说完的话是"作孽"，没错，看口型就是"作孽"，不过是找了个他们不满意的男朋友，也答应他们会分手，他们至于这样的反应吗？这其中好像不太对劲。如果换作是别的女孩的父母，领回来顾涵浩这种一表人才、年轻有为的男生，他们应该会高兴吧？

不一会儿，顾涵浩提着几盒营养品回来，凌澜给他开门，又是一个抱歉的眼神，然后接过他手中重重的礼盒，她甚至在想，他们离开后父母会不会把这些礼盒丢掉。

意料之中，价值不菲的礼盒并没有让凌澜父母对顾涵浩的态度有所转变。凌澜实在受不了这种气氛，赶忙把相册都放进了一个小型的拉杆箱，匆匆和父母告别，说是学校那边着急，必须快点赶回去。

傍晚七点的时候，一对饥肠辘辘的男女站在路边，男子的手中还拉着一个小型的拉杆箱，他们像是无助的异乡人，站在路边东张西望，不停招手。

终于，有一辆出租车停到他们面前。

顾涵浩终于看到了曙光："师傅，去S市。"

司机是个中年男人，听说是去S市，急忙摇头摆手："我只拉短途，长途不拉。"

"算了，咱们去坐火车吧。"凌澜拉了拉顾涵浩的衣角。

顾涵浩却不为所动："你开个价吧。"

司机眨了眨小眼睛，马上意识到自己碰到了传说中的大头，看这架势是着急赶时间，于是便狮子大开口："一千五。"

"上车。"顾涵浩指挥凌澜，然后自己抱着拉杆箱也坐到了后座，掏出警官证："哦，对了，我是S市的刑警，咱们说好一千五就是一千五，谁都不许反悔。你在安全的前提下尽量快点开，我们还赶着回去办案。"

司机本来正在为对方答应了一千五这个价格，甚至都没还价感到吃惊，一听说是刑警，顿时表情严肃起来，但是也安心了很多，毕竟天色马上要暗下来了，出了城区就是荒野和公路，安全问题真是没有什么保障，可是对方是刑警就没问题了："没问题啊，不出两个小时，保准把你们送到。"

车子很快开出城区，夕阳的余晖照在顾涵浩的侧脸上，凌澜看着那张好看的侧脸，忍不住连连叹气。

顾涵浩一直低头看从箱子里拿出来的相册，因为光线不好，他还让司机开了灯，听到凌澜的叹气声，他才抬起头，问："怎么了？"

凌澜又是夸张地叹口气："对不起啊，我没想到我父母会这样对你。他们平时很随和的，我以为他们至少会对你客气招待。"

"啊？"顾涵浩有些不明所以："难道说这不是他们对我的考验吗？因为不放心，担心我不诚心，所以考验我是不是坚定，看我会不会知难而退？不是吗？"

凌澜被顾涵浩的话弄得哭笑不得："你想多了，他们是根本就不同意！唉，你就没觉得他们有些奇怪吗？"

顾涵浩摇摇头："我想父母都是紧张女儿的吧，尤其是你脖子上的痕迹，让他们对我第一印象很差。不过这些都无所谓，反正我们又不是真的谈恋爱，现在最重要的是这些相册。"

凌澜却根本没心思看相册："你不了解我父母，但是我了解，我觉得他们这样有些反常，而且，我妈妈居然说出这样一句话，她说'你找谁不好，怎么就找上了他？真是作孽'。我觉得他们好像认识你。"

顾涵浩缓缓抬起头，用不可置信的语气感叹："这怎么可能？我很肯定，这是我第一次见到他们，他们怎么会认识我？"

第三十八章　再见陌生叔叔

出租车像是一道孤寂的光，划破黑夜的幕布，很快，这强大的黑暗又在车后面自行愈合。凌澜看着车窗外的景色渐渐隐没进无边的黑暗，眼睛所能看见的只有车子前方车灯照亮的区域。

凌澜从后视镜里看到了司机的脸，他看起来不像好人。凌澜马上联想起以往看过的公路恐怖片，如果说这个司机不是个杀人狂的话，那么过一会儿说不定会有一个搭车人拦下车子，然后，他们就会发现，坐上车子的这个搭车人根本不是人！

凌澜全身打了个冷战，让自己从漫无边际的胡思乱想中走出来。她看了看身边，如果此刻身边没有顾涵浩，或者说不是顾涵浩的话，那么她一定会感到十分恐惧，但幸好，身边的是顾涵浩，一个刑警，而且听说是身手了得的刑警。

"对不起，"凌澜犹豫了一下还是开口，这份歉意她如果不表达出来就憋得慌："要不是我执意要坐火车来，咱们就开车来了，也就犯不上破费一千五百块了。"

顾涵浩一边翻看相册一边回应："大小姐，自己开车不费油钱的吗？你不知道现在油价有多贵。"

一句话让凌澜突然感动得想哭，她知道，油价再贵这趟路还贵不到一千五，顾涵浩这样说似乎是让她减轻负罪感。

顾涵浩又翻了一页："而且开车也是体力活，让我一天内开个来回，我也没那体力，毕竟我可不像司机师傅，人家是专业的。"

司机哈哈一笑，客气地应对着。

"对了，给我父母买的礼盒，一共花费了多少啊？"凌澜声音低低的，口气里充满歉意。

顾涵浩皱眉，但眼光一直盯在相册上："你问这个做什么？给你父母补身体，总不算浪费吧？"

凌澜苦笑，如果他们真的吃进去了，那自然不算浪费，怕就怕他们因为对顾涵浩的不满意，会把这礼盒也原封不动地丢出去。

"等一下，"顾涵浩快速掏出手机，打开手机里的手电，把光束照在一张照片上："这个人是谁？"

凌澜凑过去看，那是一张她7岁时候的照片，照片是在S市的韩叔叔家里拍的，相片上有韩叔叔、韩叔叔的妻子，还有她的父母和她。凌澜记得这张照片，就是在她七岁生日那天，父母带她来S市，先是去了韩叔叔家里吃饭，然后又去了景江公园，在公园里走失，遇见了那个可疑的"假妈妈"。

"这是韩叔叔，我爸爸的老同学。他有什么不对吗？"凌澜明知故问，因为顾涵浩严峻的表情已经说明事态挺严重。

顾涵浩突然紧紧握住凌澜的手，惊喜地叫道："这个人，就是我7岁那年在景江公园里遇到的陌生叔叔！"

凌澜一时间也被顾涵浩激动的情绪感染，愣在那里好几秒，果然，她和顾涵浩之间有着某种联系！可是，这真的不是巧合吗？

很快，凌澜意识到自己的手正被顾涵浩紧紧地握着，她不敢去看顾涵浩的眼睛，试着用力想把手抽离出来。

顾涵浩被手中的力道惊醒，这才意识到自己情急之下竟然做出了抓人家女孩手的举动，也就连忙把手松开："不好意思，我刚刚太激动了。"

凌澜重新把注意力放到相片上："你真的确定吗？毕竟过去了这么多年，而且，这张照片上的韩叔叔应该是和当时的我父亲年纪差不多，33岁左右，你见到他是在照这张相片的7年前，也就是说你见到的是26岁的他。"

顾涵浩很自信："26岁和33岁能相差多远？你也看过我的相册，我们这个年龄段的男人其实有些人变化并不会很大。我能肯定，就是他。你说他是你父亲的老同学，住在S市？"

"没错，但是我只记得他姓韩，当年住在安居小区，至于他叫什么，是做什么的，一概不知。你该不会是想让我打电话问我爸爸吧？"凌澜一副不乐意的样子。

顾涵浩摆摆手："不，千万别打草惊蛇。从你刚刚转述你母亲的那句话，我觉得有种可能，他们俩都认识我，你现在打电话惊动他们，恐怕咱们就找不到这个韩叔叔了。"

司机果然没有食言，只花费了一小时四十多分钟就到达了S市。顾涵浩从钱包里掏出15张大钞，道了声谢，便下了车。

顾涵浩一边带领凌澜往家附近的饭馆走一边解释着："不知道姓名和职业也没关系，我们可以去安居小区的社区居委会查找，只要他没有搬家，我们又知道他的姓氏和大概年龄，有他的照片，应该不会太难找。"

"如果他搬家了呢？"凌澜问。

"那就回警局，从本市人口中搜索符合条件的人，然后对照照片。"顾涵浩一副信心十足的样子。

两个人狼吞虎咽般地解决了晚饭，各自回到自己的房间。顾涵浩让凌澜早点休息，因为明天一大早还要去安居小区，可是自己却不打算马上休息，他把拉杆箱拉到了自己家，打算再看看那些照片。

第二天一大早，两对熊猫眼在顾涵浩的车子那里碰头。凌澜提议："我说咱们还是打车去吧，你这疲劳驾驶，我可不放心。"

顾涵浩恍然大悟，一拍脑袋："可不是，我这脑子里全都是乱七八糟的猜想，居然没想到这点。"

两人在101公馆门口打到了一辆出租，刚上车她的手机就收到了一条短信，是彭泽发来的：昨天等急了吧，不好意思，我实在是有事脱不开身。等我忙完过去的时候你已经不在了。今天有空吗？我请你吃饭当赔罪。

凌澜恨不得把手机捏碎，她原本是想让那个花心彭泽像个傻子一样在校门口无限期地等下去的，算是对他的惩罚，结果人家干脆就和别的女生在一起忙得不可开交。凌澜觉得自己才是彻头彻尾的傻子。

凌澜飞快按下按键，回复道：好的，九点还在校门口见，不见不散！这次如果你再迟到，咱们就分手。

很快，彭泽那边回复三个字：没问题。

顾涵浩斜眼睨了凌澜一眼，冷冰冰地问："要下车吗？我一个人去查也可以的。"

凌澜按下关机键："谁说我要下车的，这事和我息息相关，就算现在你求我退出，我也不会答应的。"

二十分钟后，顾涵浩和凌澜被安居社区的阿姨安排坐在办公室的沙发上等待，这位柴阿姨一边热情地闲话家常一边拿出一个厚厚的本子查询着。因为安居小区是个老小区，住户档案还没有全部录入电脑，十年以前的档案只能手动查询，而且没有照片存档。

"有了，这里有个人和你们说的很像，现年49岁，名叫韩庆仁，住在八号楼3单元201室。"

凌澜早就等得不耐烦，终于得到了一个答案，凌澜马上起身就要离开。还是顾涵浩更加谨慎："柴阿姨，麻烦您再仔细找找，姓韩的中年人只有这一个吗？"

柴阿姨扶了扶眼镜，慢悠悠地回答："你们不是让我找1997年前就住在这的姓韩的中年人吗？根据记录就两个人，一个叫韩慧芳，是个女的，另一个就是这个韩庆仁，男的！"

第三十九章　占用身份

站在安居小区八号楼3单元201室的门口，顾涵浩感到兴奋又紧张，待会儿是会真相大白呢，还是会一无所获呢？这个韩庆仁是不是照片上的韩叔叔呢？就算是，如果他坚持声称一切都只是巧合的话，那他也拿他没什么办法。

顾涵浩很郑重地按下门铃，又用手指敲了敲门。

门开了，一个中年女人探出头来，警惕地问："你们找谁？"

顾涵浩和凌澜对视了一眼，因为这个女人不是照片里韩叔叔的妻子，照片上的女人是娇小型的，这个女人是五大三粗型的。

顾涵浩掏出证件："你好，我是警察，想向你了解一些事情。"

女人紧紧盯住顾涵浩的证件，似乎是要辨认真伪一样，看一眼证件，看一眼顾涵浩的脸。

"是谁？"房间里传来一个男人的声音，还有穿着拖鞋走过来的脚步声。

房门敞开得更大了，顾涵浩看到了居住在这间房子里的主人，完全不是照片上的"韩叔叔"和他的妻子。

男人看到证件，热情地请顾涵浩和凌澜进去。

两人进到客厅里，坐在沙发上，这才发现这间屋子的装修是2000年后的风格，和照片上完全不同。难道他们找错地方和人了？

"请问，你是韩庆仁吗？"顾涵浩询问。

"是啊，"男人点头，看顾涵浩一副不太相信的样子，还特意掏出身份证："我是韩庆仁，如假包换的，呵呵。"

五大三粗的女人也忙掏出身份证："我是韩庆仁的老婆，叫马玉莲，也是如假包换。"

顾涵浩和凌澜被他们弄得哭笑不得，接过身份证看了看又还给他们。

顾涵浩和凌澜都心知肚明，这个韩庆仁不是他们要找的"韩叔叔"，可是根据社区阿姨的查询结果，又只有这一家符合条件啊。

"韩先生，你在这里住多少年了？"既然来了，顾涵浩不打算就这样离开，他想，也许这两个人比社区的柴阿姨知道得多一些。"

韩庆仁马上回答："1995年小区建成我们就住进来了，到现在也十几年了。"

凌澜掏出照片递给顾涵浩，顾涵浩明白她的意思，把照片交给韩庆仁，用手指了指照片上的一对男女："你仔细看看，你们小区里有没有住过这两个人？"

韩庆仁接过照片看了看，不过三秒钟，他的脸一下子就变了颜色。马玉莲看到丈夫变了脸色，一把把照片拿了过去，刚看两秒也惊得张大了嘴巴。

"怎么样？认识？"顾涵浩急切地问。

马玉莲摇摇头："这上面的人我一个也不认识，但是这照片的背景，我认识，这就是我们家！"

韩庆仁也跟着解释："没错，这墙、墙上的挂历、电视柜、电视柜上的存钱罐，还有这椅子、这窗帘，这是我们家没错！可是这些人，我们一个也不认识！他们是谁？怎么会在我们家里？我们怎么不知道？警察同志，这到底是怎么回事？"

经过了解，原来韩庆仁家的这套房子在2001年重新装修过，照片上是他们家装修之前的样子。韩庆仁又找来家里的相册，里面全是他们两个和一帮亲戚朋友的相片，很多是在装修以前照的。顾涵浩和凌澜仔细看过照片，研究过细节，他家的照片和凌澜这张照片的背景是同一间房子。

"这张照片，"韩庆仁的妻子马玉莲犹豫地问，"该不会是在1996年到1998年之间拍的吧？"

凌澜兴奋地问："你怎么知道？"

韩庆仁一拍大腿："那段时间我们夫妻俩去了国外打工啊，这房子就这么空了三年！后来打工回来赚了点钱，又攒了些，这才舍得把房子重新装修一遍。肯定是在那段时间里，有人偷偷进了我家，还在我家里拍了照片！"

顾涵浩心里想，这可不是偷偷进了你家这么简单，恐怕还偷偷地利用你们的家招待了客人，不光占用了你们家一天，还占用了你们的身份呢。

马玉莲一副急切的样子："哎呀老韩，你还记不记得，从国外回来以后我和你说家里有些东西放的位置不对了，你还说是我记错了。我担心家里进过小偷，把所有地方都检查了一遍，什么也没丢。只是有些东西好像被动过。"

韩庆仁和马玉莲一起瞪着惊恐的眼睛望着顾涵浩和凌澜，期盼他们能给出一个解释。

顾涵浩苦笑一声："你们先别担心，我想占用你们房子的人对你们没什么恶意。等到事情水落石出后，我会给你们一个解释。"

凌澜突然站起身，绕着客厅走了一圈，又望了望厨房的方向，然后闭上眼睛感受了一下方向。

顾涵浩忙问："是不是想起什么了？"

凌澜猛地睁开眼，问马玉莲："从前厨房放冰箱的地方，那个墙角，你有没有发现什么？"

· 101 ·

马玉莲缓缓站起身："有，有，是个用什么刻上去的图案，像是小孩子的恶作剧，我以为是亲戚家小孩来玩的时候趁大人不注意刻在那的。"

凌澜激动地笑出声来："是什么样的图案，你好好想想。"

马玉莲挠挠头："我是没看清楚是什么图案，不过我记得装修师傅在拆厨房橱柜的时候和我闲聊问过我，家里是不是有小孩爱吃蛋糕。"

凌澜对着顾涵浩很肯定地说："没错了，就是这里。我记得那天我过七岁生日，父母却没有给我买蛋糕，我趁他们大人在客厅聊天的时候，自己去了厨房，蹲在墙角，用筷子在墙上刻了一个蛋糕，我记得我画了两个圆，表示是双层蛋糕，然后还在上面画了七根竖线，表示七根蜡烛。"

从韩庆仁家里出来，顾涵浩深深叹了口气，虽然能确定当初拍照的地方是这里没错，但是那个神秘的"韩叔叔"却不见踪影，而且根据现在的调查，那个"韩叔叔"根本就不姓韩，他只不过是一个占用了韩庆仁的房子和身份的男人。这下可好，通过调查，关于这个陌生男人的信息反而更少了。

"要不，我打电话问问我父母吧。"凌澜在一边提议。

顾涵浩摆摆手："不可以，这样看来，你父母根本就知道那老同学并不是韩庆仁，他们之间一定有不可告人的秘密。这个秘密，要说他们早就说了，你现在问他们，他们也不会说，反而会打草惊蛇，以后我们可能就一点线索都找不到了。"

第四十章　替身

顾涵浩打算回警局找人调查一下当年的出入境记录，看看韩氏夫妻那个时候到底是不是真的在外打工。另外有关邵美芸最近的动向，还有那三个嫌疑人的跟踪进展，他都要回去了解一下。仇锋这个冒充吸血鬼的凶犯一天不落网，顾涵浩的心始终悬着。

凌澜觉得没什么意思，便要自己回学校处理一些学校的事情。两人在安居小区门外分道扬镳。

顾涵浩回到刑警大队，还没走到自己的办公室，柳凡便迎了过来和他一起往办公室走，边走边说："凌澜没来？她以后是不是都不会再来了？"

顾涵浩目不斜视："不一定。"

柳凡压低声音："顾队，咱们这里有人参了你一本，说是你纵容无关人员随意出入警局甚至参与调查。具体是谁向上面打的报告我不知道，但是上面肯定已经收到消息了。"

顾涵浩看得出柳凡很为他担心，这种事他也早就预料到，但是他并没有怎么担心："是吗？那咱们就等等看，会有怎样的下文。"

柳凡没想到顾涵浩会这么轻松："顾队，你还是尽早想办法的好，要不现在去和局长说凌澜以后都不会再来了？"

顾涵浩停住脚步："这件事我自有分寸，你的好意我心领了。对了，之前让你调查仇锋的事怎么样了？"

柳凡显然有些不高兴："报告我早就放在你办公桌上了。看你这几天挺忙的，就知道你还没看。"

顾涵浩牵出一丝苦笑："我这就看。"

关上办公室的门，顾涵浩给郑渤打了个电话，要他查询韩氏夫妇的出入境记录，自己一边等消息一边翻开柳凡的报告。

报告的大致意思如下：

柳凡根据当年案件的档案记录，先是找到了接收仇锋的中心医院，三年前在中心医院任职的杜权医生负责对伤重的仇锋进行抢救。仇锋当时全身多处骨折，身体上遍布外伤，十根手指都被齐齐切断，最致命的是头部的撞击，颅腔内出血很严重，最后抢救无效。杜医生亲自确认死亡，在场的另外两个医生也重复确认过，当时的仇锋已经没有生命体征。柳凡三次询问，有没有可能只是假死状态，还有复苏的可能。引用这几名医生斩钉截铁的话，那就是：绝对不可能，已经脑死亡，心脏停止跳动，瞳孔散开。总结就是，死得很纯粹、很彻底。

除此之外，医生们在仇锋的身体上找到很多旧伤，还有烟头留下的烫伤痕迹。可见这个仇锋生前果真与那些混迹社会的边缘人交往甚多。不仅如此，经过法医的检测，还发现仇锋生前是个瘾君子，而且吸毒的时间不短。

柳凡又去找了当时负责这件刑事案件的刑警洪占强洪警官，据洪警官讲，仇锋父母早逝，和姑姑相依为命，上了初中之后就经常惹祸，和一群小混混鬼混。他姑姑一直单身，自己一个人也的确管不了这个叛逆的少年。后来他姑姑去医院认尸，确定死者就是仇锋本人，因为目睹仇锋死状惨烈，让她哮喘病发作住院。洪警官可怜她，于是便帮她把仇锋的尸体领出来，送到火葬场，可是奇怪的事情发生了，就在轮到火化仇锋尸体的时候，洪警官发现，仇锋的尸体不见了！洪警官简单地在殡仪馆调查了一下这起突如其来的丢尸案，据殡仪馆的负责人说，可能是有人弄错了棺木，因为等候火化的棺木多出来了一个。洪警官接受了这个说法。

此外，三年前的那场混战是发生在一个偏僻无人的巷子里，当时天色有些阴暗，唯一的一个目击者也没有看清楚那群小混混的相貌，只记得他们穿得花花绿绿，有五个人，一起围攻一个人。因为那段时间帮派之间很流行剁手指这种惩罚手段，仇锋的十根手指又被残忍切断，所以那件案子后来就被当作帮派恩怨、街头斗殴不了了之了。

顾涵浩合上报告，先别管仇锋的尸体丢失这件事，能肯定的是仇锋死了。可是如果仇锋真的死了的话，那么邵美芸口中的仇锋是谁呢？很可能是一个和仇锋长得一模一样的人，难道是整容？

顾涵浩心想，如果有这么一个人，他得知整容成和仇锋一样的面孔可以得到邵美芸的青睐，只要利用邵美芸扫平邵辉这个障碍，就可以得到邵美芸，间接得到邵家的财产……

或者有这么一个人，他是仇锋的朋友或者亲戚，得知仇锋死亡的真相，知道幕后的指使者是邵辉，也知道通过正常法律渠道不能拿邵辉怎样，他想用自己的方式为仇锋报仇……

顾涵浩拿起笔在纸上随便写着，如果真有这么一个人，那么第一，这个人必须对仇锋有着一定的了解，不但要了解仇锋的外貌体态特征，还要了解仇锋和邵美芸交往的前因后果，否则，他没办法假冒仇锋，这样看来他很可能是仇锋的朋友；第二，这个人应该在身高和声音上和仇锋有着相似之处，不具备这两点的话，就算整容也难以以假乱真；第三，他要么是有一个非常信任的整形医生作为同伙，要么他有本钱去比较远的地方避人耳目地做了整容手术，也或者这整容的本钱是他的同伙给他的，因为无论是齐律师、霍医生还是邵辉的弟弟邵诚都能拿得出这笔钱；第四，这个人因为要改头换面扮演另一个人，所以他原本的身份在他的生活圈里消失了，很可能是以死亡、失踪或者去外地、移民之类的理由消失的。

正想着，郑渤的电话打来，他通过网络已经核实过，韩氏夫妇在1996年至1998年期间一直在美国一个城镇工厂打工，其间一次都没有回国过。

顾涵浩很沮丧，有关"韩叔叔"，不，应该说是"陌生叔叔"的线索断了，这个假冒吸血鬼的人又不是仇锋，而只是仇锋的一个替身。他现在能做的就只是回去继续研究凌澜的相册，看能不能找出其他线索；吸血鬼案子这边，就得从仇锋唯一的亲人，他的姑姑那里下手，看看仇锋身边有没有符合那四个条件的人存在；另外，那三个同伙嫌疑人那里也不能放松，如果能在他们三个之中确认出真正的同伙，那么也可以由此引出仇锋替身现身。

不知不觉中，到了下班时间，顾涵浩整理了一下打算回家，办公桌上的电话却响了。顾涵浩一看，正是局长的座机号码。果然如柳凡所说，局长已经收到了消息，顾涵浩几乎可以肯定，这通电话和凌澜有关。

不到一分钟，顾涵浩便挂了电话，局长用了四十秒的时间说了一些官话，无非是讲这段时间工作辛苦了，要注意劳逸结合之类的。然后用最后的十几秒告诉顾涵浩，让凌澜准备一份书面申请，就以志愿者的身份来这里做社会实践，之后她就归顾涵浩差遣。当然，局里不会给她发工资。

顾涵浩早就料到会是这种结果，而且他也料到过不多久，他老姐就会主动找上他，苦口婆心地把他教育一番，在他老姐以及老姐婆家那些人眼里，他就是个做事不顾后果，喜欢无拘无束，甚至为所欲为的疯子。但是碍于面子，他们又都不好明说。

第四十一章　挂彩

顾涵浩回到101公馆，进单元门之前他发现凌澜那边并没有开灯，他刚刚和袁峻、柳凡他们吃了晚饭又喝了点酒，其间又聊了一些工作上的事情，所以很晚才散。

顾涵浩看看表，现在都已经是十点了，她一个女生还没回来，的确是让人有些不放心。

顾涵浩的想象力太丰富了，他甚至想到了凌澜和彭泽发生口角，进而动手，凌澜在冲动中把彭泽给……

看来在顾涵浩的潜意识里，花心滥情的男人没有什么好结果。

顾涵浩进门后，就掏出手机给凌澜打电话，过了一会儿凌澜接起电话，用懒洋洋的声音问什么事。

"你在哪？"顾涵浩的想象力又来了，此刻凌澜和彭泽正躺在宾馆的床上！

"在家啊，就是你家对面。怎么了？"凌澜有些不满，这个顾涵浩难道要时刻掌握她的行踪吗？

顾涵浩松了一口气："你怎么这么早就睡了？"

"累了就早睡呗。"凌澜有点不耐烦。

顾涵浩也听出了这不耐烦："我就是通知你一下，明天早上早点起床，跟我一起去上班，我给你安排了一个合理身份，还有一张办公桌。"

"啊？"凌澜一下子来了精神，"谁批准你这么做的？"

顾涵浩的火气也涌了出来："不是你提出要参与查案吗？如果你不愿意的话，这事也可以取消！"

凌澜有些语塞："不是不是，不是不愿意，只是，能不能过两天我再去啊？明天，我有些不方便。"

顾涵浩强压火气："约了彭泽？"

"不要再提那个人了，我已经把他彻底从我的生活中抹去了！"说到这里，凌澜的声音有些抖。

顾涵浩明白了，她这是刚失恋，需要时间调整："我理解你的心情，但是相信我，这个时候你最需要的就是转移注意力，一个人躲在房间里哭哭啼啼自怨自艾地扮演苦情的小女人最没劲了，明天跟我去找仇锋的姑姑了解情况。"

凌澜小声地问："一定要明天吗？"

顾涵浩斩钉截铁："一定！"

第二天一大早，顾涵浩走出单元门，一眼便看见一个陌生女人靠在他车子上啃面包。

顾涵浩正在思考这人是谁的时候，女人朝他招了招手，收起面包。顾涵浩这才反应过来,这不是凌澜吗?

只不过这个凌澜和以往的凌澜不太一样,以往的凌澜要么是披散着过肩长发化个淡妆,穿着富有女人味的连衣裙;要么是梳个高高马尾,素面朝天,一身利落帅气的运动休闲装,可是今天,完全是以往没有的风格。

"你,怎么打扮成这个样子?"顾涵浩像是看怪物一样看着凌澜,穿着浅灰色套装,肉色中跟皮鞋,还把头发一丝不乱地高高盘起的凌澜,甚至,她还戴着一副大大的能遮住半张脸的墨镜!

"你入戏太深了吧?真以为自己是女警啦?"顾涵浩想伸手去摘凌澜的墨镜,却被凌澜躲了过去。

凌澜一本正经:"这怎么说也是我的第一份工作,这样打扮是起码的职业态度。对了,领导,我是以什么身份在你那里工作的?"

顾涵浩忍住笑意:"志愿者。"

凌澜不动声色,用听不出喜怒的口吻问:"有工资吗?"

顾涵浩点点头,指了指凌澜房间的窗子:"没工资,但是有奖金,我个人发给你,以请吃工作餐和免房租的形式。好了,废话少说,咱们出发。"

凌澜忍不住笑出声,又板起脸孔,敬了一个滑稽十足的四不像礼:"Yes sir!"

顾涵浩一边坐进车子一边窃笑,这个受港片荼毒的小丫头。

车子马上要到警局的时候,顾涵浩发现凌澜仍旧戴着那副墨镜:"别装酷了,马上到警局,我要正式把你介绍给大家的,你这破墨镜要什么时候才摘下来?"

凌澜很为难,弱弱地问:"能不能不摘?我,我眼睛有些不舒服,畏光。"

"屋子里又没什么强光,你可以让袁峻把你那边窗帘拉上,他就坐你对面,估计很乐意为你效劳的。"顾涵浩忍不住拿袁峻和凌澜调侃起来。

凌澜却没什么反应,隔了几秒钟,她突然把眼镜摘下来看着顾涵浩。

顾涵浩无意中扫了凌澜一眼,这一眼差点让他下巴脱臼:"你,你,这是怎么搞的?"顾涵浩的意思是想问,这眼睛伤成这个样子明显不是自己不小心撞的,一看就知道这是被什么人的拳头打的,凌澜居然挂彩了。

凌澜又戴上眼镜,幽幽地道:"是彭泽那个死鬼干的好事,昨天我去学校看到他和一个女生在食堂里卿卿我我的,我就过去把饮料泼到了他身上。后来我俩就推搡起来,我还不知道怎么回事呢,突然眼前一黑,四处都是金星。"

顾涵浩明白了,看来这个彭泽也是无心之失,凌澜并不打算追究:"你去医院看了吗?"

"还不够丢人的吗?我回家冰敷过了,没事的。"凌澜懒散地回答。

顾涵浩突然对这个小姑娘萌生出怜悯之心,一个女孩子居然被花心劈腿的男友误伤成这样,还是在食堂里那种人多的地方,也算是丢尽了颜面。不过这样也好,趁早和那个可恶的男人断了往来,对她也算好事一桩。

凌澜跟着顾涵浩来到了刑警大队警员办公室，这里说是办公室，但是面积可不小，足足有两百多平方米，可以算一个办公大厅了。办公室里在座的有十几个人，看那些空着的办公桌，在外出任务或休息的也有个十几人。凌澜对这里并不陌生，之前跟着顾涵浩、袁峻和柳凡在这里进进出出，对里面的人也都大致上脸熟。

顾涵浩简单给大家介绍了一下凌澜，很多人都心领神会地笑笑，然后一一和凌澜打招呼。

"凌澜，"顾涵浩走到袁峻办公桌的对面，"这是你的位子。"

凌澜迎着袁峻的微笑走过去坐下。

顾涵浩去到办公室把柳凡之前关于仇锋的报告给了凌澜："看一下，一会儿跟我出去。"又把另一份文件交给了曲晴，要她送去局长办公室。那份文件正是顾涵浩替凌澜写的志愿者的申请书。

等到顾涵浩回去自己的办公室，袁峻才亲切地说："恭喜你凌澜，终于名正言顺了。你这一身行头，别说，还真挺有范儿。只不过，那个墨镜有些多余了，进了屋子就摘了吧。"

凌澜不好意思地笑笑，又摆出了眼睛畏光的理由，袁峻很体贴地把他身后的窗帘拉上了。

第四十二章　思维定式

得知顾涵浩要和凌澜一起去找仇锋的姑姑，柳凡忙跟了过来："顾队，仇锋这条线一直是我跟的，还是让我去吧。"

顾涵浩冷着脸："也对，那你去把仇锋以前的案底还有三年前他被殴打致死的档案调出来，我下午回来看。像调案底这种专业性的任务，凌澜做不了，也没那个权限，只能你来。袁峻，你继续关注那个三个嫌疑人的监视进度，注意做好调度安排，别让跟监的同事过于疲劳。"

顶头领导已经这样说了，柳凡只好领命，看着顾涵浩和凌澜离开的背影，她用阴冷的目光狠狠扫了凌澜几眼。

在车上，顾涵浩要考考凌澜的记忆力，让她介绍一下报告中关于仇锋姑姑的情况。

凌澜胸有成竹："仇锋的姑姑，仇翠娥，44岁，至今未婚，目前在一家快捷宾馆做客房清扫的服务员，家住在景江区有名的棚户区，生活拮据，还患有慢性哮喘病。根据户籍上的信息，她父母双亡，直系亲属只剩下两个妹妹，都嫁到了外地。仇锋死前，在S市，她唯一的亲人就是仇锋，她辛苦把仇锋养大成人，却落得个白发人送黑发人的悲惨结果。现在，她在这里举目无亲，欠下的债倒有不少。"

顾涵浩似乎很满意，他把昨天自己做的那四条猜想告诉了凌澜，就是关于假设仇锋有替身，并且替身应该符合四个条件的猜想。

凌澜仔细想了想，一副不服气的样子："我同意你的说法，真正的仇锋已经死了，现在出来假冒吸血鬼、诱骗邵美芸的是个和仇锋长相惊人相似的替身。可是要说到两人长相相似或相同，就只有整容一个解释吗？你看看现在的电视节目，有那么多明星脸，还有那么多明星撞脸，可想而知，大千世界芸芸众生，肯定有些普通人也有着惊人相似的相貌，再依靠强大的化妆，不，是特效化妆技术，要让一个人以假乱真替代另一个人，我想也不是什么难事，根本就用不着整容。还有一种最俗套的可能，那就是仇锋可能有个双胞胎的哥哥、弟弟之类的啊。另外，还有一种更大胆的假设，也不是完全没有可能。"

顾涵浩被凌澜的话吸引，忍不住问道："什么大胆假设？"

凌澜故作神秘："克隆人！"

顾涵浩侧目："不是吧？拜托大小姐，我让你大胆假设，不是让你天方夜谭，科幻电影看多了吧？"

凌澜又低头犹豫了一下："克隆人的确是可能性不大，双胞胎理论呢，又似乎俗了点。对啦，还有一个可能，既符合现在的科学逻辑，又不像双胞胎那么俗气，而且也可以造成两人一模一样的效果。"

顾涵浩又来了兴致："是什么？"

凌澜忍住笑意，幽幽地回答："多胞胎！"

说说笑笑之中，车子已经停到了仇翠娥工作的快捷宾馆门前，顾涵浩从车子下来的时候突然间脑子里灵光一闪："凌澜，谢谢你的提醒。"

凌澜摸不着头脑："提醒？多胞胎还是克隆人？"

顾涵浩一边笑一边伸出手指戳了一下凌澜的头，虽然在他心目中只把凌澜当个小妹妹一样，可是片刻之后，他还是意识到这个动作有些过于亲昵了。

凌澜很不高兴地躲开了，倒不是因为不满意这种过于亲昵，只是她现在完全是职业女性的干练打扮，顾涵浩对她做出这种动作，会让她努力建立起的强大气场瞬间崩溃。

顾涵浩尴尬笑笑："我是谢谢你提醒我要打破思维定式，就像你说的，并不是只有整容这么一种解释。"

"你想到了什么？"凌澜一边跟着顾涵浩一边好奇地问。

顾涵浩一副"见证奇迹时刻"的口气："我想，有可能有一个人一直占用着仇锋的身份，就像那个陌生叔叔占用了韩庆仁的身份一样。"

凌澜来不及思考顾涵浩的话，也来不及再问下去，两人已经站到了宾馆前台处。

前台小姐抬眼看了他俩一眼，很机械地介绍："我们这里最新推出了浪漫圆床房,二位要不要……"

顾涵浩适时地打断了前台小姐,掏出证件摆在前台小姐面前:"不要。"

宾馆的人事经理出面,把顾涵浩和凌澜领进了他的办公室,给他们倒好茶,告诉他们仇翠娥马上就到。

凌澜一边等一边想,刚刚的前台小姐说什么"浪漫圆床房"也不奇怪,恐怕很大一部分原因在于自己的黑色墨镜。恐怕在前台小姐眼里,他俩不是来开房的情侣,而是偷偷摸摸不敢露脸的偷情男女吧。

不到两分钟,人事经理亲自带着仇翠娥过来,然后把办公室让出来,自己知趣地离开。

仇翠娥显然已经得知找她的是警察,她显得战战兢兢,坐在一旁的圆凳上,双手都不知道放在哪里好。

凌澜马上进入状态,很友好地笑,带着亲切的口吻安慰着:"你不用紧张,我们这次来只是了解一下仇锋的情况。"

仇翠娥愣了一下,马上激动起来:"仇锋?难道是,找到了害他的那群人?"

凌澜解释:"还没有,但是我们正在努力。虽说那件案子已经过去三年了,但是现在我们手里又掌握了一些新的线索,所以希望你配合。"

仇翠娥点头如捣蒜。喃喃念着:"配合,配合,一定配合。"

顾涵浩绷着的脸一直没有缓和,他想,既然凌澜主动扮演了白脸,那么就让他来演黑脸吧。

"配合就好,那么请你坦白地告诉我们,你和仇锋,到底是什么关系?"顾涵浩很严厉地问。

对于顾涵浩这个问题凌澜没有意外,因为她心里也有这个疑问。关于仇翠娥的报告上明确写着,她没有兄弟,只有妹妹,所以怎么说她都当不上"姑姑",顶多是"姨妈"。可见,在这方面,她撒了谎。

仇翠娥有些局促,但是没有很惧怕,果然,她早就有了应对的说法:"我的确不是仇锋的姑姑,他是我捡来的孩子。当初我没有让他叫我妈妈,因为毕竟那个年代很保守,我一个未婚的姑娘怕抬不起头,只好让他叫我姑姑。我告诉他,他的父母在外面打工出了事故,我是他唯一的亲人。"

凌澜表示理解地点点头,刚想再问什么,却听见顾涵浩在一边冷笑。

顾涵浩冷笑着说:"你撒谎。"

第四十三章　叛逆少年

顾涵浩带着看穿一切的精明神情："关于你不是仇锋的姑姑，还有你所说的那个年代很保守，一个未婚姑娘怕抬不起头，这两点你很坦白。但是有关仇锋是你捡来的孩子这一点，你撒谎。"

仇翠娥调整了一下坐姿，吞了口口水："我，我没有撒谎，而且这和仇锋的案子又有什么关系？"

一听这话，凌澜也可以肯定，这个仇翠娥果真是在撒谎。

顾涵浩让凌澜拿出仇锋的照片摆在桌子上，凌澜照做了。

一看到仇锋的照片，而且是一张阳光男孩带着灿烂笑容的照片，仇翠娥的眼睛一下子便湿润了。

"同样的发际线美人尖，同样有酒窝，就连眼睛的形状都有些相似。你是仇锋的亲生母亲对吧，至于你隐瞒这一点的原因你刚刚自己也说了，因为怕在那个年代单亲妈妈会被人指责，抬不起头生活。"顾涵浩紧紧盯着仇翠娥那双不断躲闪的双眼，希望这眼神能给仇翠娥制造压力，让她坦白真相。

不料顾涵浩却把仇翠娥给弄哭了。

凌澜忙递上面纸，用另一种方式给仇翠娥施加压力："如果仇锋真的是你的孩子，他泉下有知，知道母亲到现在还不肯认他，该有多么心痛。"

仇翠娥一听这话，泪水更是决堤，一边哭一边揪扯着胸口的衣服点头："是，没错，仇锋，他是我的亲生骨肉啊！"

顾涵浩呼出一口气，看来他的猜测没有错。

过了五分钟，仇翠娥的情绪缓和了一些，她缓缓道出二十多年前那苦痛的经历。

"20年前，我还是个姑娘的时候，在一家电影院里卖票，因为电影院有晚场，我经常会很晚才下班。有一天，我下班回家，为了抄近路，走进一条偏僻的巷子，"说到这里，仇翠娥的脸上露出了恐慌的神色，"我根本没注意到身后还跟着一个人，就感觉突然被一个重重的身子扑倒在地，天太黑了，我看不清那人的长相，只记得他喘着粗气，两只手拼命撕扯我的衣服，我拼了命挣扎，可是……"

仇翠娥说不下去了，凌澜看她痛苦扭曲的表情，忍不住替她讲下去："然后你就怀上了仇锋？"

仇翠娥用力点点头："本来我是不想生的，但是那个时候我根本没有钱堕胎，而且，我觉得毕竟孩子是无辜的。"

顾涵浩插嘴："你当时有没有报警？"

仇翠娥表现出惊讶："我哪里有脸面去报警！况且，关于那个人的长相，我也没看见，就算报警了，也抓不到他，到头来大家都会知道我被糟蹋了。"

顾涵浩有些生气，但很快，这气愤没了，他不再说话，只是用研究的目光审视着仇翠娥。

凌澜看顾涵浩不说话，于是接着问："仇锋并不让你省心吧，尤其是初中以后，他和社会上的混混有往来，这事你知道吗？"

仇翠娥的手又一次揪扯住胸口的衣服，看来这是她这个哮喘病人特有的动作，一旦做出这个动作，那就表示现在触及的事情有可能会引起她哮喘病发作。

"知道，可知道又有什么用？我根本管不了他！他上小学的时候就经常逃课去打游戏，学校老师不知道找过我多少回，可我的话他根本不听，他讨厌我，说我凭什么管他，我又不是他妈妈，每当这个时候我就……"仇翠娥说着又要哭。

凌澜赶忙打断她的思路："那么仇锋上了初中以后呢？"

仇翠娥压抑住想哭的冲动，深呼吸以后回答："上了初中就更不服管了啊，逃课已经不算什么，他甚至还和社会上一些不三不四的人一起去打劫他们学校的同学！学校打算开除他，是我给校长跪下，求他救救这个孩子，不要不管他。校长可怜我，答应不开除他，但是要求他休学一年，让我把他管教好之后再去上学。我没有办法，只能把他锁在家里，让邻居们帮我看着点，别让他逃出去，我还得每天去打工赚钱给他攒学费！"

凌澜的眼有些湿润，但是那湿润藏在大大的墨镜后面，谁也看不见。她很感性地拍拍仇翠娥的手，给她同情和安慰，同时示意她继续讲下去。

仇翠娥已经不去管一旁不说话黑着一张脸的顾涵浩，把整个身子转向凌澜："大概有两个月的时间，我一直把他关在家里，偶尔才让他出门，但也不让他走远，只是去家附近的小卖部买点零食什么的。一开始我也不放心，偷偷跟着他，后来放他出来几次，发现他也都老老实实没有逃走，他也总是求我多给他点自由，他会改好的，我也就相信了他。那段日子他真的变了，变得听话了，整个人也柔和了很多。后来有一次，家里来了两个警察，说仇锋打伤了人，那个人被敲破了头，在医院里奄奄一息，警察说有目击证人看到是仇锋下的手。可是天地良心，那个人被打的时候，我的仇锋正被我锁在家里面啊，邻居们也都来作证。后来警察还是把他带走了，可是没到半天又把他送了回来，说是现场找到的凶器上的指纹和他不符，伤人的还真不是他，后来才知道，那个目击证人也是个混混，和仇锋有过节，是故意害他的！经过那一次，仇锋向我发誓，他说他得到教训了，他要和那些坏人划清界限，要改过自新，脱胎换骨，重新做人！"

凌澜点点头，让一个妈妈来讲述自己的儿子，哪怕她的儿子是个一无是处的混混，也能被说成一个有心改过的失足少年。

"那之后仇锋回学校上学了吗？"凌澜问。

仇翠娥刚刚的振奋没有了，她又换上一副落寞神态："那次从警局回来，送他回来的警察对我说，仇锋这孩子这么多年的书是白念了，字都不会写几个，让他在警局自己填个表，结果他还是找人帮他填写的。仇锋听了这话，他很羞愧，他说他不是学习的料，绝对不会回学校上学的，他要打工赚钱。唉，有什么办法，我只能顺了他的意。"

凌澜望了望顾涵浩，顾涵浩冲她使了个眼色，示意她继续提问，看来是对她的表现还算满意。

凌澜想了想："你知道仇锋生前有女朋友吗？"

第四十四章　谎言

仇翠娥听到女朋友三个字顿时变得剑拔弩张："女朋友！哼，就是那个女的害死了我的仇锋，就因为那女人的父亲！"

凌澜明白了，一定是有传言传到了仇翠娥这里，仇翠娥恨邵美芸，也恨邵辉。

"这是谁告诉你的？洪警官吗？"凌澜问出口才觉得自己问得不妥，当时负责仇锋案子的洪警官当然不会说出这种没有经过核实的推测。

仇翠娥摇摇头："洪警官是个好人，我住院的时候，是他帮我料理仇锋的身后事。但是我问他到底是谁害了仇锋，他却给不出个答案，最后只告诉我是小混混之间的寻仇。我不信，根本不信，仇锋不和那些人来往已经一年多了，他们怎么还会找他寻仇？一定是因为那个有钱人家的女孩，我早就和他说过，门不当户不对，叫他趁早和那女孩分手，可他就是不肯！那女孩的父亲也托人找过我，还给了我两万块钱，让我管好仇锋，说如果再放任他纠缠他家女儿，就要仇锋付出代价！"

凌澜插嘴："这事你当时一定告诉洪警官了吧，他怎么说？"

仇翠娥深深叹气："洪警官说没有证据，叫我以后别再提这事儿。说是有目击证人看到了几个穿着花花绿绿的小混混在围攻仇锋，但是那些人的相貌他却一点没看清。"

凌澜觉得没什么能再问的，于是把目光转向顾涵浩，她本以为顾涵浩会再问些什么，结果顾涵浩却站起身来："今天就到这里吧，什么时候你觉得能够完全诚实地配合我们，再给我打电话。"说完，顾涵浩把名片放到了仇翠娥面前的茶几上。

凌澜冲仇翠娥点点头算告别，忙不迭小跑几步才跟上决然离去的顾涵浩。

一直到车子上，凌澜才开口问："你刚刚那句话是什么意思？她哪里不够诚实？是不是你听出了什么端倪啊？"

顾涵浩启动车子，一直开到了路上，才缓缓回答："她根本就没有被强暴，仇锋的父亲是谁她比谁都清楚。"

凌澜不解："你怎么知道？"

顾涵浩很有深意地笑笑："先不说她那段漏洞百出的关于被强暴过程的讲述，就单单说她让仇锋称呼她为姑姑，就可以推测出她在说谎。"

凌澜还是云里雾里："姑姑，姑姑怎么了？"

"姑姑应该是孩子父亲的什么人？"顾涵浩循循善诱。

"是孩子父亲的姐姐或者妹妹啊，"凌澜恍然大悟："对了，原来是这样！如果仇翠娥真的被强暴的话，她一定会恨死那个强暴她的男人，也就是仇锋的父亲，怎么会把自己说成是那个自己最憎恨的毁掉她一生的男人的姐姐或者妹妹呢？要说自己是娘家的亲戚，比如姨妈什么的，对她自己来说，心理上更容易接受。是不是这样？"

顾涵浩对凌澜的悟性很满意："我想，仇翠娥之所以说自己是被强暴的，原因只有一个，她不想告诉任何人仇锋的父亲是谁，只有说成是强暴，她才能说自己不知道孩子的父亲是谁。她这样说，不惜毁掉自己的名誉，都是为了保护一个人，那就是仇锋的父亲，她要把这个男人的名字烂死在肚子里。而从她把自己装扮成'姑姑'来看，她也许是不经意地，想把自己和这个男人扯上点什么关系，很可能，她深爱着这个男人。"

怪不得仇翠娥这么多年只守着一个仇锋，不肯嫁人，原来是因为她执着地爱着一个男人。可是既然爱，为什么不去争取呢？看来，这个男人很可能是个有家室的人，而且这么多年，说不定早就把仇翠娥抛到了脑后，难为这个傻女人到现在还为了保护他的身份不曝光而宁愿撒谎说自己被强暴过。凌澜感叹着，仇翠娥真的是一个可悲的女人啊！

"对了，你刚刚还说仇翠娥关于强暴的经历漏洞百出？"凌澜仔细回想着刚刚仇翠娥的讲述，却找不到漏洞所在。

顾涵浩顿了一下，他觉得和凌澜谈这个话题有些别扭，但是看着凌澜一副兴致勃勃的讨教神态，又不能保持沉默，只能有些犹豫地解释："关于这一点，最开始，她说她经常下晚班，为了抄近路走偏僻巷子，我觉得很大程度在撒谎，一个花季的大姑娘，会冒这种险吗？后来她说那个人把她扑倒在地，天太黑，看不清那人的长相，只记得他喘着粗气。难道仇翠娥是哑巴吗？被人袭击之后不会拼命叫喊吗？事实是如果那种事真的发生，她一定拼命大叫，那样的话，耳边就全都是自己的尖叫声，哪里听得到那个人喘着粗气？就当那个时候是仇翠娥哮喘发作，那么她也只能听到自己哮喘的声音，不会听到那个男人喘粗气。"

凌澜摆摆手："不对不对，我记得电视里演的，强奸犯都会用一只手按住女人的嘴，不让她大叫的，因为叫声肯定会引起周围人的注意的。"

顾涵浩躲开凌澜的目光："没错，可是你还记得仇翠娥的说法吗？她说那个人用两只手撕扯她的衣服。我觉得她不可能是口误，或者是记忆模糊，一个女人如果真的经历了那种事，还生下一个孩子，抚养了20年，恐怕那一晚的经历和细节，是永生难

· 113 ·

忘的。"

凌澜想起来了，当时仇翠娥说到自己进了偏僻巷子后，突然神态变得恐慌，现在想想，她那个样子不像是因为回忆起不堪的过去而有的恐惧和羞愧，而是努力编织谎言的慌乱。再加上刚刚顾涵浩说的，仇翠娥如果真的是被强暴，应该不会把自己的身份定义成那个男人的姐姐或者妹妹。看来，仇翠娥真的是在撒谎。

回到警局，顾涵浩把柳凡和袁峻叫到了会议室，再加上凌澜，他们四个人一起面对厚厚的资料，这些资料包括仇锋的档案、案底，还有三年前被杀案件的许多文件。顾涵浩要他们几个再把这些全都研究一遍，然后几个人再轮换看彼此的资料，转换视角，有想法及时提出，希望能从中找到侦破的关键。

袁峻冲着凌澜亲切地笑笑，解释："没办法，案件是几年前的，现实中我们能调查的方向有限，只能靠大家一起研究以往的文件来侦破。虽说文件不少，但是咱们有四个人呢，一定会有所收获的。"

本来凌澜正对着这些文件夹、文件袋愁眉苦脸，心想着搞不好自己上班第一天就要面临加班的命运，可是袁峻这么一说，她突然又来了信心："好的，咱们一起加油！"凌澜握住拳头做了一个加油的手势，惹来顾涵浩和袁峻一阵笑声。

天色渐渐暗下来，柳凡打开了会议室的灯。

凌澜被眼前文件上的一行行蚂蚁般的小字和一堆血腥的案发现场的照片搞得头昏脑涨，加上她还戴着碍事的墨镜，视线是越来越模糊。结果因为过于投入，她不自觉地把脸上的墨镜摘了下来。

第四十五章　目击者

顾涵浩看着眼前那张血腥的照片，那是仇锋手部的特写，十根手指被齐齐地切断，拇指也没能幸免，只是因为拇指比较短，不可能和其他四根手指一样被一下子切断，所以很明显，两只手，凶手一共切了四次。

凶器就是丢在现场的一把生锈的斧子，虽然不大，但是很锋利，木质的手柄部分没有留下任何指纹，因为凶手用仇锋的衣服包裹着手柄部分，仇锋衣服的纤维挂在了手柄上。顾涵浩更加疑惑，如果真的是帮派小混混对仇锋的刑罚，应该自备武器然后带走才对啊，就地取材的做法显示，很可能凶手是冲动犯罪。

"仇锋的断指有没有找到？"顾涵浩抬头问道。

柳凡摇摇头，表示手里的文件没有关于这方面的。

袁峻回答："没有，仇锋的十根手指都消失不见了，我想，应该是被那些人拿走了，要么就是直接丢进了旁边的新阳河，要么拿去给那个幕后指使的人复命，说不定还能用来领赏……"

袁峻的声音越来越小，他的目光诧异地落在凌澜的脸上。柳凡和顾涵浩也都把注意力放在了凌澜的脸上，不，准确来说是凌澜那只熊猫一样的左眼。

凌澜还不自知，她接着袁峻的话说下去："那个幕后指使的人会是邵辉吗？我有种直觉，斩断手指一定是有别的原因，不只是小混混们为了领赏。"

凌澜独自沉浸在案情的分析和推测之中，过了几秒钟她才因为没有人和她搭茬儿才抬起头来。这一抬头可好，她发现周围的三个人正用不同的眼神看着自己。

柳凡的眼神是惊讶，如果没看错的话，还有点看好戏的兴奋；袁峻的眼神也有惊讶，如果没看错的话，还有点怜惜和气愤；顾涵浩的眼神也有惊讶，但他早就知道凌澜挂彩的事，此刻他惊讶的是，凌澜居然把自己挂彩的事忘得一干二净，如果没看错的话，顾涵浩还有点忍俊不禁。

总戴着那个眼镜也怪难受的，凌澜索性就以真面目示人："你们可不要误会了啊，是我自己不小心撞的。好了好了，咱们还是研究案情。"

顾涵浩看袁峻马上就要张口问凌澜关于黑眼圈的事，他急忙岔开话题，把大家的思路重新拉回来："现在大家分别发表意见，认为邵辉是幕后指使的都有谁？"

柳凡首先表态："我。"说完她才意识到，自己是孤军作战，认为邵辉是幕后指使的只有她一个。袁峻和凌澜都支持邵辉不是幕后主使的观点。

顾涵浩问袁峻："那么你认为凶手为什么要把仇锋的十根手指切下来？"

袁峻顿了一下，努力让自己的注意力从凌澜那里收回来："为了折磨他吧，凶手一定是十分怨恨仇锋的人。"

顾涵浩对这个答案不太满意："袁峻，你没有仔细看验尸报告吗？手指是在仇锋死后切下来的。"

袁峻这才意识到自己太过关注凌澜导致居然忘记了这个细节："我想，也许是凶手因为极其憎恨仇锋，所以才会如此虐尸，而且他想留下一些纪念品，所以把断指带走。"

"凌澜，你认为呢？"顾涵浩不去看凌澜，因为他怕看到凌澜那副滑稽的样子会忍不住笑出声来。

凌澜想了想："我认为凶手切掉十根手指并且带走是为了指纹，死的那个人根本就不是仇锋，凶手怕警方根据指纹比对发现这一点。"

柳凡马上反驳："死者是仇锋没错，这一点是他的姑姑仇翠娥亲自证实的。"

凌澜不服气："当时仇锋被打得面目全非，他姑姑又处于极度悲痛之中，也没看几眼就哮喘发作了，很可能会看错不是吗？"

柳凡很自信地白了凌澜一眼："洪警官告诉我，当时是仇翠娥的两个邻居送她来认尸的，她的两个邻居也确认过，两人全都十分肯定地说死者就是仇锋。因为仇锋的左脚脚踝部有一块菱形的胎记。"说着，柳凡找到了一张照有仇锋脚踝的照片推到凌澜面前。

的确有一块菱形的胎记，这么说来，死者的确是仇锋没错了。凌澜在心底里否定了自己刚刚的想法。可是如果切断手指不是为了掩饰指纹的话，难道真的是为了去领赏？

片刻之后，放在一旁的笔记本电脑发出下载完毕的声音，顾涵浩把笔记本抱过来，点击播放了刚刚下载完毕的那一段音频文件。

"喂，这里是新华街街尾，新阳河堤处，有几个人在围攻一个人，快要出人命啦！快派人来救人啊！"一个男人急促而颤抖的声音传来，很显然，这是当初的报警电话的录音："唉，等不及啦，我自己去救人啦！"

会议室里的四个人屏息聆听，110的女警劝说对方冷静一些，先不要轻举妄动，然后询问具体情况，对方有几个人，事态发展到多严重的程度。

那个惊恐的男人怔了足足五六秒钟，在女警的催促下，他才回过神来，急促地回答："大概有五个人，穿得花花绿绿的，还不停骂脏话，他们围攻一个人！把他的头往墙上撞！不好，他们看见我了！"

说到这里的时候，男人的声音断断续续，隐约能听得到有风声从话筒吹过，显然他是一边小跑一边说的。

女警告诉他已经有警察往那边赶去了，又问他的身份信息。

"不不不，我是谁我不能告诉你，那群小混混已经看见我的长相，我留在这里，会被他们灭口的！总之你们快来吧！"说完这最后一句，男人便挂断了电话。

袁峻叹了口气："这是匿名电话啊，如果能找到这个目击者就好了。"

顾涵浩皱起眉头："这段录音刚刚才传过来，我也是第一次听，可是，你们有没有觉得哪里不对劲？"

凌澜提议再听一遍，袁峻和柳凡也全都赞成，看来这三个人之前是完全没听出什么问题。

顾涵浩又放了一遍录音。这一次，三个人集中了全部注意力，恨不得逐字去研究分析。录音结束时，凌澜小心翼翼地问："顾涵浩，你是不是又听出来这个目击者在撒谎啊？就像你能看穿仇翠娥在撒谎一样？真是不得了，以后我是不敢在你面前说谎了，你简直就是个人肉测谎仪。"

顾涵浩面对凌澜这种夸赞竟然有点不好意思，他不自然地谦虚了一句："这次我还不敢肯定。你们应该也注意到了，这个报警的男人情绪转变得很快，刚开始是急切，非常急切，甚至还带着一点愤怒的口吻要求警方马上派人过去救人，最后干脆嫌警方太慢，要自己出手。后来，他又立刻变得胆小如鼠，完全把受围攻的那人丢到脑后，只顾自己逃跑，而这个转折点就是他突然沉默的那几秒钟。我直觉，当然，只是直觉，那几秒钟里，他一定是看到了什么。"

"对啊，他发现那群小混混看到了他啊。"柳凡跟着顾涵浩的思路："他因为怕那群小混混找他的麻烦，所以就逃跑了。"

"问题就出在这里，我一直怀疑，他看到的不是那群混混已经看到了他，而是别的什么，这关键性的画面让他足足愣了有五秒钟，最后导致他由一个马上要冲过去救人的见义勇为的勇士，变成了一个偷偷逃走的缩头乌龟似的懦夫，甚至不肯留在现场等待警方，也不肯回警局协助调查。"

凌澜一拍桌子："没错，如果他是因为自己被那群小混混看见了，害怕而逃跑，那他逃跑的步伐也似乎太慢了点，听节奏，就像是晨间锻炼身体的慢跑。而且他一边跑一边还有精力告诉警方行凶小混混们的特征，怎么看也不像是逃命，我感觉，就像是有些后悔刚刚那么激动地报警，现在他想全身而退，不参与这件事。"

袁峻摸着下巴，试探性地问："会不会有这种可能，一开始目击者那么急切，恨不得自己冲过去以一敌众是因为他以为被围攻的人是某个他很在意的人，而后来突然发现被围攻的不是那个人，而是一个自己不认识的人，认错人了，所以他也就事不关己高高挂起，悠闲地慢跑离开？"

柳凡转向顾涵浩："说到认错人，难道是把仇锋和仇锋的替身给弄混了？"

顾涵浩的脸上慢慢荡开一个神秘的微笑，他缓缓说道："我感觉已经摸到点头绪了。凌澜，恐怕就是你说过的最俗套的那种可能，但是又不完全那么俗套。"

第四十六章　性情中人

顾涵浩把车开回101公馆的时候，凌澜已经在副驾驶的位置上睡着了。顾涵浩看着她青黑色的眼圈，心想她昨晚一定是彻夜难眠，今天又累了一天，也许明天，他该给她放个假。

"凌澜，醒醒，到家了。"顾涵浩轻轻摇晃着凌澜。

凌澜睁开眼发现果然已经到家，她边下车边说："我得回去休息了，明天还要早起去找仇翠娥的妹妹呢。"

去找仇翠娥的妹妹是顾涵浩提出来的，如果不出意外的话，仇翠娥的妹妹应该就能证实顾涵浩的猜测和推理。

"明天你休息，养足精神，后天再回来。"顾涵浩下了车，口气不容置疑。

凌澜有些不甘心，还想说什么，但是看顾涵浩一副严峻的神态，再加上自己真的非常疲倦，也就没再说什么。她的想法是明天一大早就起来等在顾涵浩的车子旁，实施死缠烂打战术，她有信心，顾涵浩一定会妥协。

然而凌澜错了，不是顾涵浩没有妥协，而是她根本就没有起来，一觉睡到十点半。

11点的时候，凌澜接到了班长的通知，要回学校领证件，还有就是论文指导老师会做一次论文答辩的指导。凌澜很矛盾，一方面庆幸论文答辩指导选在了顾涵浩给她放假的今天，另一方面又懊恼，自己的单只熊猫眼还没消退就要回学校抛头露面，实在是颜面无光。

论文答辩指导结束之后，颜面无光的凌澜又遭遇了冤家。

此时是在T大中文系教学楼的门口，来来回回的同学很多。一个很漂亮的女生走到凌澜面前，不怀好意地笑出声来。

凌澜摸了摸还隐隐作痛的左眼，也顾不了那么多，直接伸手，给了那个女生一巴掌。

女生显然被这突如其来的巴掌惊呆了，过了两秒钟，她含着泪捂着火辣辣的脸委屈地喊着："你神经病啊，打你的是彭泽，又不是我，你找我干什么？"

凌澜眼睛里冒着火，她的确把对彭泽的火气全都转移到了这个漂亮女孩身上，当初彭泽就是为了不在这个女孩面前丢面子，和她推搡起来的。

"我凌澜是性情中人，疾恶如仇，有仇必报！告诉你，这一巴掌还是开胃小菜，你等着吃我给你的大餐吧！"说完，凌澜潇洒一转身，推开围观的同学，飘然离开。

痛快，报仇的感觉果真痛快。

城市的另一边是顾涵浩和袁峻在去往Z县的路上。

Z县隶属于S市，去那里也不过是半个多小时的车程。仇翠娥的大妹嫁到了Z县，顾涵浩和袁峻此行的目的便是找她了解情况。

按照登记的地址，顾涵浩和袁峻来到了县城里一处平房民宅，这里看起来有些萧条，院落的黑色大门上面布满斑驳的痕迹，推开虚掩的大门，只看见院子里趴着一条皮包骨的黄色土狗，它正抬起一双无力又无神的眼睛望着这两个访客，象征性地低低地叫了一声，想要引起屋子里主人的注意。

顾涵浩注意到平房有一处窗子的玻璃已经碎了一半，用塑料布临时补救了一下。看来这个仇翠枝的生活相当窘迫。

听到狗叫声，屋子的门被打开，一个长得和仇翠娥很像的女子还围着围裙，用一双警惕的眼睛上下打量着这两个面生的男人。

得知来客是刑警之后，仇翠枝吓得结巴起来，甚至扑通一声跪下来："求求你们，别抓我丈夫，他赌得不大，真的不大！"

片刻后，当她知道刑警来访的目的不是来抓她那爱赌的丈夫之后，终于松了一口气。

"我们这次来主要是想了解你姐姐仇翠娥的事，准确说，是关于她分娩时候的事。"袁峻用平和的语气告诉仇翠枝。

"仇翠娥未婚先孕，一定没有去医院分娩，为了不贻人口实，她也一定不敢找外人帮忙,而当时你们的小妹还太小,你却已经有18岁的年纪,我想,当初帮她分娩的就是你吧。"顾涵浩说出了自己的推测。

仇翠枝不可思议地瞪大眼睛:"没错,警察同志真是神机妙算,是我帮她的,有什么办法,我那苦命的姐姐,居然被人给糟蹋了。"

听这话,顾涵浩才明白,原来仇翠娥不但用被强暴这套说辞来糊弄他们,就连对自己的亲人,她也不肯说实话,用这种理由来搪塞。看来仇翠娥真的是想把这个男人的身份烂在肚子里,不过眼下还是要先问那个关键性的问题。"我问你,你一定要如实回答,当初仇翠娥生下来的,是几个孩子?"

仇翠枝一听这话,眼神不自觉躲闪起来:"这还用问吗?当然只有一个啦,就是仇锋。"

顾涵浩看仇翠枝的反应就已经在心里肯定了自己的想法,看来必须用一些非常手段才能让仇翠枝说真话了。他挑着眉毛看袁峻:"这样啊,我原本还以为她生的是双胞胎,看来我们是白跑一趟了。"

袁峻接收到了顾涵浩传递过来的信息,忙接茬:"顾队,咱们可不能白跑一趟,回去没法交代啊,不如咱们在这等等,等这家男主人回来,带他回去问问赌博的事。"

仇翠枝果然上套:"别别别,不要抓我当家的,我们改,我们一定改!"仇翠枝咽了一口口水:"当时大姐疼得要死,我让她咬住毛巾,费了好大劲,这才生出一个男娃。可是这个时候大姐还在喊疼。我这才发现,大姐的肚子还是有点大,另一个孩子的头也露出来了一小块!"

仇翠枝讲到这里沉默了,她低着头,时不时抽抽鼻子。

"然后呢?"袁峻有些等不及。

仇翠枝别过头,不去看他们,断断续续地说:"第二个孩子太小了,而且生下来后不像第一个孩子会哭,他好像被什么卡住了一样,身上的颜色都变了。当时大姐为了不被人发现怀孕,已经辞去了工作,我们家穷得连饭都吃不饱,哪里有能力养两个孩子?而且这第二个孩子那么小,看样子根本就活不下来,如果再给他治病的话,恐怕我攒的嫁妆都要搭进去了!"

"所以你就把他给丢掉了?"顾涵浩激动地站起来,分贝很高:"你知不知道那是一条生命啊!"

仇翠枝哇的一声哭出来:"我当时太小了,什么都不懂啊!我就把孩子包裹好了放到家附近的天桥下面,希望能有个好心人,有钱的好心人收养他。"

虽然顾涵浩早就猜到可能会是这种情况,但是从仇翠娥口中讲出来,他还是听得义愤填膺,还是在袁峻的暗示之下,他才恢复平静,坐了下来,语气却还是冷冰冰的:"这事仇翠娥知道吗?"

仇翠枝抽泣着:"当时大姐疼得死去活来,也不知道自己生了两个,我也不敢让大姐知道，大姐知道了会跟我拼命的，可是我也是为了她好，为了这个家好啊！"

顾涵浩冷哼一声，嘲讽地说道："你是为了你自己好，不就是为了省下你攒的嫁妆吗？有嫁妆又怎样，都被你倒贴给这个赌鬼丈夫拿去赌了吧？"

已经得到了想要的答案，可是顾涵浩临走时还是忍不住回头对仇翠枝说道："你这是遗弃罪，还有你那赌博的丈夫，我会通知Z县的公安局的。"

袁峻跟着顾涵浩上了车，刚刚坐定，他就不无感慨地说道："顾队，平时看你那么冷静，今天的反应真不像你的风格，没想到你也是个性情中人呢！"

袁峻自然不知道，顾涵浩之所以有这样出格的反应，是有着不为人知的原因的。

第四十七章　感同身受

去Z县的公安局通报仇翠枝丈夫赌博一事耽误了一些时间，下午两点左右，顾涵浩和袁峻才回到自己的地盘。一进入刑警大队的办公区，柳凡便兴冲冲地迎过来："怎么样？顾队，是不是已经证实仇翠娥当初生的是双胞胎？"

顾涵浩看柳凡这个架势已经猜到了结果，他点点头："看来你这边也有结果了。"

柳凡在兴奋中又掺有一丝怀疑："可是顾队，真的能从这一点上就确定谁是那个假仇锋的父亲吗？用不用再去找那三个嫌疑人来验DNA？咱们这里有仇锋的DNA图谱。"

袁峻先忍不住了："我说柳凡，你怎么也学会故弄玄虚了？快说吧，那三个嫌疑人中，到底是谁的家族里有过双胞胎或多胞胎？"

柳凡已经吊足了他们的胃口，坦白回答："是齐律师，齐远康。"

袁峻自言自语："这么说，这个齐远康就是仇翠娥所生的双胞胎的父亲，而那对双胞胎其中的一个已经死去，另一个和齐远康合谋一起对邵美芸下手，诱骗她害死邵辉。顾队，没想到我派人跟踪了他们三个那么久都没有什么成果，你单单这么一个家族史的调查就能确定谁是咱们要找的目标。"

"别得意得太早，双胞胎这种事不单单是遗传基因在起作用，还关乎环境啊，营养啊，胚胎发育，等等因素，"顾涵浩换上一副严肃的表情："我让柳凡查这三个人的家族史，只是抱着试一试的态度，大概寻找到一个可疑目标，现在还不能完全确定齐远康就是假仇锋的父亲，也不能确定这个假仇锋的同谋就是他的父亲。我只是假设了这么一个前提，给大家找一个调查的方向而已。而且就算真的如我所想，他的父亲就是同谋，就是这个齐远康，他可是个老滑头，又是律师，咱们必须有十足的把握才能逮捕他，如果打草惊蛇，让他把儿子藏起来，恐怕咱们再去寻找就会事倍功半了。"

柳凡用毫不掩饰的崇拜目光仰视着顾涵浩："顾队，你是怎么知道仇锋还有个双胞胎兄弟的呢？"

顾涵浩解释："这还多亏了凌澜的提示。昨天凌澜不是说过吗，凶手斩断了仇锋的十根手指可能是为了掩饰身份，因为死的那个可能不是仇锋。可是你又摆出仇翠娥和邻居们的证词，还有仇锋脚踝上的胎记，这些都几乎不可能作假，所以我便猜想，死的的确是仇锋没错，但是曾经在警局留下案底和指纹的那个，不是仇锋。"

看面前两个属下仍旧云里雾里，顾涵浩继续："之前我和凌澜去见过仇翠娥，她说她曾经把仇锋监禁在家里面，以防他出去再闯祸，可是有一天，警察还是找上了门，说是有目击者看见仇锋在外面打人，幸亏有邻居作证仇锋一直被锁在家里，但是根据程序，警察还是把仇锋带去警局录口供，还把他的指纹和当时打人现场凶器上的指纹进行对比，结果是指纹不符，仇锋这才恢复清白。但是他的指纹也被留在了警方的资料库中。"

袁峻认真地听着，马上明白了这其中的缘由："顾队，你是说，当时真正的仇锋的确是在外面闯了祸，打了人，还把指纹留在了凶器上。而在家里代替他被监禁的人是他的双胞胎弟弟，也就是那个替身？"

"没错，"顾涵浩给了袁峻一个赞许的眼神："所以去警局录口供，留下指纹的人并不是仇锋。而每个人的指纹都是不同的，就算双胞胎也不例外。这个仇锋的替身知道自己的指纹以仇锋的名义留在了警局的资料库里，如果在新华街死去的真正仇锋还保有完整的指纹的话，那么警方一定会查出与当初存档的指纹不符，就会得知还有他这个替身的存在。"

柳凡有些不服气，就因为顾涵浩的这番猜想是源自于凌澜的一个提示，是从凌澜的一个猜想和假设为出发点的，她有些生气为什么顾涵浩把凌澜这个外行的话放在心上，于是嘴里不太服气："还有什么别的论据支持你这个假设吗？"

顾涵浩看出了柳凡又把小性子放进了工作中，他板起面孔回答："当然有，那就是一张表格。你们还记得昨天调出来的档案里有一张本应该是仇锋填写，结果却是一位警员代笔的个人基本情况的表格吧。"

袁峻当然记得，也记得昨天顾涵浩特意给他们解释了一下这张表格："记得，你昨天说过，这张表格之所以由警员代笔是因为仇锋不学无术，大字都不认识几个，所以才向别人求助。这是仇翠娥告诉你的，而仇翠娥之所以知道这个细节，是因为当年仇锋被刑警们送回家的时候，刑警告诉仇翠娥说'这孩子这么多年的书是白念了，一张简单的表格都不会填'，而仇锋当时听了这话有些羞愧，也表示再不愿意上学。"

顾涵浩接着解释："仇翠娥告诉我，仇锋上小学的时候顶多是逃课，上了初中后才开始不学无术地混日子。咱们警局也来过这样的上过学的不良少年，表格不过是一些姓名、年龄还有家庭住址一类的基本信息，有哪个是需要别人代笔填表格的？他们无非就是多写一些错别字，或者夹杂着火星文，要说完全要让人代笔的，我记得只有几个一天学都没上过的流浪少年。"

顾涵浩顿了顿，用哀伤的口吻继续："我想，也只有朝不保夕的流浪少年才愿意代替仇锋被监禁，他只求有遮风挡雨的屋顶，能够填饱肚子。也只有那样的孩子才会对仇翠娥说以后会改过自新重新做人的话，真正的仇锋，恐怕连这样的谎言都懒得说。"

柳凡歪着脑袋："我还是不明白，如果是这样，那么这个替身为什么不出来和仇翠娥相认呢？他知道自己和仇锋长得一样，应该也就知道仇翠娥是他的亲人啊。"

袁峻深深叹气："恐怕咱们无法理解一个从小就朝不保夕、无家可归的流浪少年的内心世界吧，他不肯相认总有他的理由。"

顾涵浩忧郁的眼神飘向窗外，喃喃自语："我想，我能理解他，在他心里，对仇翠娥应该是爱恨交加，而对仇锋，是纯粹的恨，恨为什么当初留在这个家里的是他而不是自己，恨命运不公，恨仇锋的放纵，不懂珍惜。他不想融入这个家庭里，甚至，他要毁了这个本就畸形的家。"

袁峻和柳凡对视了一眼，他们俩都有种感觉，顾涵浩说出这番话的时候，是那么投入，就仿佛在仇锋的双胞胎弟弟身上发生的一切，他都感同身受。

第四十八章　身世

顾涵浩把三年前那个神秘目击者的报警电话录音和前阵子齐律师在审讯室里的录音都拿到负责技侦工作的郑渤那里。

"小郑，以你的专业性，是否能够检测出这两段录音中说话的男子是不是同一个人？"顾涵浩满怀期待地问，在他心里，有六成的把握，这个齐律师就是那个前后矛盾的可疑目击者。

郑渤知道自己接到了一个严峻的任务，但他不敢把话说得太满："应该没问题，如果这两段录音的品质足够高的话，但最后的结果只是个百分比，不是完全绝对的结论。"

顾涵浩看看表，马上就到下班时间，心想着这也不是十万火急的任务："小郑，你先下班，明天中午之前给我结果就可以。"

郑渤点头答应着，但是却并不起身离开。顾涵浩有些后悔这个时候来给郑渤安排任务。

回到办公室，顾涵浩用力扯了扯领口，从Z县仇翠枝家里回来之后他就一直感觉有什么东西卡在喉咙里，吐不出，咽不下，内心一直被一股阴霾的气氛笼罩。

顾涵浩有一个不是秘密的秘密，说它不是秘密，是因为他从来没有刻意隐瞒，只是不想也没有必要对周围的人提起；说它是秘密，那是因为这件事他本来早就该告诉凌澜的，毕竟当初说要彼此绝对坦白的人是他，可是他自己却没有以身作则。

顾涵浩掏出手机，他想向凌澜坦白这件事，同时也算是一个发泄。

电话过了很久才拨通，顾涵浩首先听到的不是凌澜的应答声，而是呼呼的风声。

"凌澜，你在哪里？"顾涵浩有些不放心，他本以为这个时候凌澜会在家里。

凌澜深深叹气："心情不好，到江边来走走。"

顾涵浩没好气地责备："开什么玩笑，天色都已经暗下来了，你一个女孩子家自己跑到那种地方太危险了！该不会，彭泽跟你在一起？"

凌澜苦笑，越笑越大声："怎么可能？我不可能再和他在一起了，我们已经是两个世界的人，再不会有交集。我真是可笑，居然到现在才清醒。"

顾涵浩懒得再听凌澜发这种牢骚，直接问了具体地点，然后出门，他打算把她押解回家再施以开导和教育。

凌澜沿着江边走来走去，她不想离开刚刚在电话里告诉顾涵浩的地点太远，她潜意识里是想让顾涵浩找到她的，因为一个人披着渐黑的暮色，站在萧索的江边吹风，实在过于可怜。这个时候在这个城市，还能有个人惦记着她，担心着她，来接她回到一个温暖住所，她还是十分感动的。

走累了，凌澜就坐在江堤上，兀自听着江水和风声的交响，她在心里告诉自己，绝对不可以再傻下去，彭泽这个人必须彻底从她的生命里消失，否则她就会在这潭泥沼里越陷越深。

想得太入神了，凌澜居然没有听到身后快速靠近的脚步声，以至于顾涵浩突然拍她肩膀的时候，她被吓了一个激灵。

凌澜一回头，看见一个高大的身影，是顾涵浩，虽然有黑暗遮掩，他的面貌不太清晰，但是凌澜还能认得出是顾涵浩，正伸出一只手的顾涵浩。

"你这个样子，突然让我想起了你在邵美芸家里假扮吸血鬼的那次，也是无声无息，突然出现。"凌澜把手放进顾涵浩的温热手心里，被他那么轻轻一拉，便站起身来，但是因为重心不稳，也差点像顾涵浩扮吸血鬼那次一样，靠入顾涵浩的怀中。

顾涵浩急忙用另一只手把凌澜扶稳。他没有说话，只是蹙眉思考，几秒钟之后他做了一个懊恼的表情，喃喃地说："我居然会犯这么低级的一个错误！"

凌澜被江风吹得微微发抖，顾涵浩提议快点回到车里，可是凌澜却执拗地不肯。

"冷点好，冷点能让我清醒，咱们就在这聊聊吧，跟我说说今天你们都有什么进展？"

顾涵浩环视一下周围，发现不远处有木质的椅子，坐在那里会比在江堤上暖和一些，于是便示意凌澜和他一起过去。他也不想回家，江边的冷风可以让他更好地反省自己，反省一直以来他过于膨胀的自信和先入为主。

顾涵浩组织语言把今天的收获告诉给凌澜。

凌澜听得瞠目结舌，最后总结："没想到我错过了这么多！"

顾涵浩犹豫了一下，缓缓开口："还有一件事，我想告诉你，是关于我的身世。"

凌澜显然来了兴趣："富二代，你是要告诉我你老爸多么有钱，你的后台有多么硬吗？"

"你还记得你第一次去我家，问我是不是富二代的时候，我是怎么回答的？"

凌澜回想了几秒钟："你说算是吧，关于这点你以后会详细告诉我。"

"没错，我顶多算是个'伪富二代'，我和仇锋的双胞胎弟弟有着相似的经历，都是被遗弃的孩子，但是我又比他幸运无数倍，因为我有幸遇见了心地善良的养父母，他们把我视为己出，不但给了我完整的爱，还给了我优厚的成长环境。我还有一个姐姐，她大我十岁，也完全把我当成亲生弟弟一样疼爱。"

凌澜听得鼻子有些发酸："你也没让他们失望不是吗？"

顾涵浩平静地看着凌澜："我很小的时候，大概是刚刚记事的时候，他们就告诉给我这个事实，也许别的孩子接受这种事都会很困难，而我却很轻松，因为在我心里，他们和亲生父母没什么区别，我不觉得我比别的孩子少什么。"

"他们会以你为骄傲的。"凌澜拍拍顾涵浩的肩。

顾涵浩却摇头："我母亲最遗憾的事就是没能看到我考上大学，她在我高二那年病逝；而我的父亲，他最遗憾的是没能看见我结婚成家，他在我大学毕业那年出了车祸，成了植物人，到现在还在医院里靠输液维持生命。"

凌澜一时间语塞，她怎么也想不到顾涵浩会有这么一个悲伤的故事，相比较他而言，自己真的是幸福得没边了，居然还因为彭泽这个花心大萝卜伤怀，真是罪过。

凌澜一边祈祷他姐姐的命运会好一些，一边小心翼翼地问："那你姐姐呢？"

说到姐姐，顾涵浩面带笑容："我姐很好，她现在是有名的法官，而且她嫁给了省公安厅厅长的弟弟，她就是我的后台。"

第四十九章 一个女人的暴风雨

这天早上，天有些阴沉，看起来下雨是铁定的。

顾涵浩拉着凌澜一起前往仇翠娥工作的快捷宾馆，他们的任务是直接把仇翠娥接到警局，再把她安置在审讯室里面。

这次，前台的小姐一眼便认出了他们，马上联系人事经理，人事经理用最快的速度通过对讲机找到了正在五楼打扫房间的仇翠娥。

仇翠娥带着不满的情绪下楼，顾涵浩在她开口前抢先说道："已经找到了杀害仇锋的凶手，我想你一定想知道真相和真凶，跟我们走一趟吧。"

此话一出，仇翠娥的双腿便抖起来，她几次颤抖着嘴唇，终于发出声音："走，走，现在就走。"

一路上，仇翠娥都默默无语，只是不停用手背擦拭着源源不断的泪水。她的心情恐怕就像这阴沉的天气，正在酝酿着即将爆发的瓢泼大雨。顾涵浩从后视镜看了她好几次，不敢想象，当这位母亲得知真相后会是何种反应，恐怕不只是狂风暴雨，对于一个女人来说，那是天塌地陷。

顾涵浩带着仇翠娥走进审讯室，安排她坐下之后，不顾仇翠娥的询问，默默无语地退了出去，然后回到监控室，和站在那里的凌澜、袁峻、柳凡，还有一位洪所长会合。

顾涵浩进到监控室后礼貌地和这位洪所长握了握手："洪所长，我让小陈和大张冒昧把您请来，是因为您是当年接手仇锋案子的警官，还大发善心，帮助这位无助的母亲办理仇锋的后事。三年后这件案子在我这里水落石出，我想您有权知道真相，最后由您出面给仇锋的母亲一个解释，这才是最合适不过的圆满结局。"

洪所长惭愧地笑笑："难得顾队还记得我，唉，当初是我无能啊，这三年来我虽然调离了原来的工作岗位，这件案子始终是我一桩未了的心事。"

顾涵浩刚要说什么，审讯室那边仇翠娥的手机响了起来，只见她狐疑地接听手机，语速很快地告诉电话那边的妹妹，自己这里有很重要的事，让她不要这个时候添乱。

紧接着，仇翠娥沉默了，她猛地捂住嘴巴，闷闷的呜咽声从指缝中钻出来。

洪所长把询问的目光投向顾涵浩。顾涵浩解释："电话是仇翠娥的妹妹仇翠枝打来的，是我要求仇翠枝打电话给仇翠娥的，要她告诉仇翠娥真相，当初仇翠娥产下的是一对双胞胎。"

仇翠娥挂上电话，痴痴傻傻地呆坐在那里，像一尊塑像一动不动。

袁峻知道到了该自己出场的时间了，他离开了监控室，走进审讯室，坐到了仇翠娥的对面。

"仇翠娥，刚刚你妹妹仇翠枝已经对你坦白真相，请你先接受这个事实，你当初产下的是一对双胞胎。但是被你妹妹遗弃的那个孩子并没有夭折，事实上，他现在还活着。"袁峻温和地告诉仇翠娥这个好消息。

仇翠娥这尊塑像一下子像被通了电，她整个人摇晃起来："真的？那他在哪里？"

"这，"袁峻犹豫了一下："他和他的亲生父亲在一起。"

仇翠娥的嘴巴张得圆圆的，显然她的思维有些跟不上袁峻这种跳跃式的讲述。

袁峻叹了一口气："那我就从头说起好了。你那个被遗弃的孩子，我暂且称呼他为仇弟弟好了，他本来就是晚于仇锋出生的双胞胎弟弟。仇弟弟被你的妹妹包裹好放到了你家附近的天桥下，他没有死，应该是被一个流浪汉收养，很不幸，他一边流浪一边成长，结果，继承了收养他的人的身份，成了一名流浪少年，很可能，他靠拾荒为生，又或者是靠乞讨。而他的哥哥，仇锋，似乎也比他好不到哪里去，他虽然有家，有个供他上学给他温饱的姑姑，但是他不学无术，渐渐沦为一个地痞流氓小混混。就在你下定决心监禁他之前，他在街上遇见了这个和他一模一样的仇弟弟，于是他们做了一个交易，由仇弟弟冒充他回去被你监禁，而他，继续在社会上为非作歹。仇弟弟很乐于接受这个交易，因为这样，他不但可以有一个遮风避雨的'家'，还不用继续饿肚子。仇锋本身也挺瘦，因此两人在身材上看不出多大区别，我想那段时间，你一定惊奇于你的孩子怎么会突然变得那么好胃口了吧？"

仇翠娥机械地点点头，袁峻最后的这个问题让她想起了当年，她的眼前一下子就浮现出那个狼吞虎咽的孩子，原来，那就是她的另一个孩子！

"还记得那次有警察去你家说仇锋打伤人吗？其实那个时候目击证人并没有陷害谁，他真的看见了仇锋打人，事实上，打人的也的确就是仇锋。而被带去警局填表格、录口供和留下指纹的，是那个被你监禁在家里的仇弟弟。仇弟弟一天学都没有上过，当然不认识字，不会填表格。"袁峻说话时一直注意仇翠娥的反应，他虽然很为难，但也必须说出令她心碎的真相："三年前死去的的确是仇锋，这一点你和你的邻居都能作证。仇锋的十根手指都被切断，这是因为凶手不能让警方拿死者仇锋的指纹和留在警方资料库里仇锋的指纹做比对，因为一旦比对就会发现指纹不符，仇弟弟存在的事实就会暴露。而知道这一点的，只有仇弟弟本人。因此斩断仇锋十根手指的人就是他的亲生弟弟，你的另一个儿子。"

仇翠娥拨浪鼓一样摇头："不可能，他，他为什么这么做？他可以出来和我相认啊，我不会不认他的！"

袁峻的语气有些冷："你只是个姑姑，他根本就没有把握你会接受他吧，而且，他并不想和仇锋共处，他恨仇锋。"

"这怎么可能？为什么他要恨他的亲哥哥？他们长得一模一样，他们肯定知道彼此是亲兄弟！"仇翠娥忙不迭摆手，她迫切希望袁峻能够认同她的说法。

袁峻却不为所动："很不幸，仇弟弟就是痛恨他的哥哥仇锋，因为仇锋抢先他一步出生，能够留在你身边，而他就只能躲在阴暗的角落，过着朝不保夕的生活，无家可归。不难想象，一个受尽艰苦，遭受别人白眼和凌辱长大的孩子，没有人爱他、教育他，他的世界只有孤独冰冷和苟延残喘，他的心理该有多么阴暗。况且，他的这个哥哥对他毫无感情，只是拿他当自己的替身，替他被监禁，很可能也替他被打。仇锋死的那天，仇弟弟跟踪他去到新华街，他在一旁冷眼观看小混混们围攻仇锋，等到那群小混混们离开后，他来到仇锋面前，我想那个时候仇锋还在向他求救吧，可是他做了什么呢？他抓起仇锋的头，撞向墙壁。"

袁峻的话音刚落，窗外便雷声大作，大风像是无数双愤怒的拳头猛烈砸击着监控室里的窗子。凌澜的心口隐隐作痛，袁峻真的很冷血，竟然就这样大大方方告诉一个母亲，她的一个儿子杀死了另一个儿子！这简直是人间惨剧，叫人无法承受！

仇翠娥当然无法承受，她本来已经缓解很多的哮喘这时不发作还更待何时？多亏了袁峻早有准备，他取出事先准备好的喷雾。

第五十章　对峙

仇翠娥在袁峻的帮助下慢慢恢复正常，沉默片刻后，仇翠娥突然想到了什么，她用双手猛地拍着桌子："不可能，你骗人！当时有目击证人，他亲眼看见是那群小混混们下的毒手！"

袁峻等的就是这句话，他掏出一个MP3，把三年前的那个录音再次播放出来。

等到录音放完，袁峻观察了一会儿仇翠娥的表情，然后说道："这就是当时那个目击者报警的录音。这个人的声音，你一定很熟悉吧？"

仇翠娥不敢抬头和袁峻对视，只是颤抖着嘴唇不说话。

袁峻继续："我们早就已经得知这个仇锋的替身仇弟弟有一个同伙，之前富商邵辉的案子就是他们俩配合犯下的，先是欺骗邵美芸，从而获取她的配合对邵辉实行请君入瓮的诡计，残忍地杀害了他。当时我们便锁定了三个嫌疑人，恰巧这三个嫌疑人之中有一个，他的家族里有过双胞胎，你可能不知道，双胞胎和遗传基因有很大的关系，简单地说，父母双方如果有一方家族史里曾经生过双胞胎，那么后辈生双胞胎的几率就会很大，而你的家族史中从来没有过双胞胎的先例，所以几乎可以肯定，仇锋父亲的家族里有过这样的先例。根据这一点，三个嫌疑人里只有一个符合条件。现在，我们已经知道了你孩子的父亲是谁。"

仇翠娥开始激动地扭动身子，她眼神闪躲，不敢看袁峻，也不敢看桌子上那个MP3。

袁峻一字一顿地说道："孩子的父亲就是这个报警的目击者！现在，他就在门外！"

仇翠娥死死地盯着审讯室的门，咬着嘴唇等待。

然而袁峻却没打算马上开门让门外的人进来，他继续讲述："你也听到了，这个目击者刚开始很急切，恨不得自己冲上去救人，为什么？因为他一直在跟踪仇锋，跟踪自己的儿子，他想找机会和他相认！结果，却看见了儿子被人围攻，父子连心，他当然要不顾一切地去救人。可是他没有这么做，就在他发愣的那几秒钟里，他看见那群小混混离开了，又一个人出现了，而这个人长得和被围攻的仇锋一模一样！父亲当然不傻，如此的相似度除了双胞胎没有别的可能，一时间，他乐不可支，原来他有两个儿子！可是马上，他震惊了，因为他看见他的一个儿子杀死了另一个儿子！怎么办？他手里还拿着正在和警察通话的手机，把所见的一切告诉警察吗？那无疑是把剩下的儿子也送上死路。只是短短几秒钟的时间，他便想到了对策，把杀人的罪名栽赃到那五个小混混头上，这是最好的选择。他一边对警察说谎一边慢跑，不是跑开，而是慢慢跑向正惊慌失措的仇弟弟那边，他故意让仇弟弟听到他在电话里告诉警察行凶的是五个小混混，为的就是让仇弟弟对他放松警惕，不要逃走。紧接着，他挂上电话，对仇弟弟表明身份，他告诉仇弟弟，他是父亲，是他现在在世界上最亲的亲人。仇弟弟猛然想起指纹的事，于是在父亲的帮助下，两人斩断了仇锋的十根手指。这是他们的第一次合作，但仅仅是这一次，就让仇弟弟对父亲建立起了绝对的信任，因为他切实地感觉到，在这个世界上，只有这个父亲是真正愿意帮他、爱他的人。"

仇翠娥听到最后干脆一边流着眼泪和口水，一边用头一次次地撞击面前的桌子，让她接受这样的事，恐怕和凌迟一样痛苦难挨。

袁峻前倾身子，把手垫在了仇翠娥的头和桌子之间，他怕仇翠娥这样激烈的动作和情绪会让哮喘再一次发作。

他苦口婆心地劝慰："仇翠娥，你还是主动告诉我孩子的父亲是谁吧，这样的话，也算是对死去的仇锋有个交代。"

仇翠娥慢慢抬起头，用通红的眼睛直视着袁峻，嘴巴翕动了几下，却没有发出声音。她突然紧紧捂住自己的嘴巴，用尽全身力气摇头。

袁峻失望地收回手，站起身，打开了审讯室的门："把他带进来。"

仇翠娥全身打着冷战，她目不转睛地盯着门口的方向，很快，一只皮鞋首先跨了进来，紧接着是一个中年男人，这个人不是别人，正是齐远康，齐律师。

袁峻让齐远康坐在仇翠娥的对面，自己则是站在门口："仇翠娥，你别再演了，不要再装作不认识他，他就是毁了你一生的男人，就是包庇杀死仇锋凶手的帮凶！"

齐远康表情扭曲地望着袁峻，用高八度的嗓音控诉："你在胡说什么？你这么说有什么证据，如果没有证据，我劝你管好你的嘴巴，我可以告你诽谤！"

袁峻晃了晃手中的MP3："当然有证据，我们的技术人员正在把你的声音和这通报警电话的录音做比对，很快就会出结果，如果最后核实两个声音属于同一人也就是你的话，很遗憾，这就可以作为呈堂证供。"

齐远康狠狠地白了一眼袁峻，又把矛头转向仇翠娥："你这个女人说话啊，告诉他们我和你一点关系都没有，我根本就不认识你！何谈毁了你一生，简直荒谬！"

仇翠娥别过头，咬着嘴唇沉默。

这个时候监控室响起了敲门声，顾涵浩开了门，门口站着的是一脸兴奋的小郑，郑渤。

"顾队，你昨晚让我拿三年前目击者的报警电话录音和齐远康的声音做比对，结果已经出来了！"

还没等顾涵浩开口问结果，柳凡先插嘴："这么快？对了，咱们这个比对准确率是百分之百吗？"

郑渤有点遗憾："那倒没有，这两段录音的品质不太好，但是两段录音的相似比率达到了百分之七十一，应该是同一人，没错了！"

顾涵浩听到这个数字，还是很满意，拍了拍郑渤的肩膀："辛苦你了，这可是关键的证据之一呢。"

郑渤离去后，顾涵浩敲了监视镜面三下，给那边的袁峻传递信息。

凌澜和柳凡相视一笑，凌澜兴奋地说："太好了，证据面前，我看这个齐远康还怎么狡辩！"

审讯室里的三个人都听到了镜面传来的敲击声，仇翠娥的反应最强烈，她全身一震。齐远康也不自然地换了个坐姿。

袁峻有些得意："知道敲三下意味着什么吗？意味着声音比对的结果已经出来了，齐远康，你就是三年前报警的那个目击者！"

齐远康一拍桌子站起身："简直欺人太甚！"

袁峻气势逼人地站到齐远康对面："如果你不甘心，可以验DNA，我们还保留着仇锋的DNA图谱，是不是父子关系，一验就能知道。"

"不用那么麻烦了。"一个弱小无力的声音传过来。袁峻和齐远康齐齐把目光转向这个声音的发出者，仇翠娥。

仇翠娥含泪抬起头："他就是孩子的父亲，20年前我的情人。"

第五十一章　一样的结果

要不是袁峻在一边拦着，齐远康甚至要冲上去打仇翠娥了。可是仇翠娥却坐在那里纹丝不动，只是喃喃地说着："打我吧，反正我也不想活了，你已经毁了我的一生，干脆就彻底一点，让我解脱算了。"

袁峻开门叫来一个警员把失控的齐远康带去会议室，审讯室的门关上的那一刻，只听见齐远康恶狠狠的咒骂声："你这个疯婆子，我与你无冤无仇！"

袁峻盯着瘫坐在椅子上丢了魂一般的仇翠娥，很小心地说："DNA检测还是要做的，这才是最确凿的证据。"

"啊？"仇翠娥抬起头，又低下去："做吧做吧，不嫌麻烦你们就做吧。反正我能说的我都说了，剩下的，我不管了，也没那个力气管了。"

袁峻算是功成身退，他打开门，柳凡走进来，扶着仿佛被抽去筋骨的仇翠娥去往询问室，那里有沙发，可以让她休息。

顾涵浩邀请洪所长到他的办公室坐一坐，他们俩还得消化一下这复杂又揪心的案情。

"真不愧是咱们市有名的顾队长，三年前让我一筹莫展的案子你用了这么几天时间就给破了。今早你的两个手下突然找到我说三年前的案子破了，我真是吓了一跳，现在看来，我是不枉此行啊，能够亲眼看到真凶落网。"洪所长揶揄着。

顾涵浩不好意思地笑笑："哪里哪里。案子到这里还不能彻底结案，不过也是万事俱备只欠东风，只要验了DNA，任凭齐远康这个大律师如何巧舌如簧、铁齿铜牙也是难逃法网。我已经通知技侦部门的同事了，他们应该马上会派人去会议室那里提取齐远康的DNA。"

洪所长问道："那个仇翠娥在哪里？我想去开导她几句，跟她道个歉，毕竟当初是我无能，连仇锋的尸体都没看住。"

顾涵浩点头："唉，说到丢失的尸体，这件事也要深入调查呢，应该是齐远康在其中做的手脚，洪所长，您觉得齐远康为什么要去偷一具马上就要被火化的尸体呢？"

洪所长沉吟了一下："也许是他留着这具尸体有什么用处吧？"

顾涵浩摸着下巴："奇怪了，法医已经检验过这具尸体，如果说齐远康在法医检测之前偷走尸体是因为他怕法医发现什么的话，那么在马上要火化的时候偷走尸体又意欲何为呢？"顾涵浩一边自言自语似的念叨着，一边冲门口经过的同事点头示意，那是技侦部门的同事，一个拿着小型工具包的女警，正往会议室的方向过去。

"洪所长，关于偷尸体这件事我真的想不通了，您有什么见解没有？"

洪所长的注意力从门外经过的女警身上回来，他犹豫了一下："我想，齐远康一定是和仇锋的弟弟商量好的，只要仇锋的尸体消失不见，便可以为他们将来编造吸血鬼故事创造前提。"

顾涵浩有些迟钝，忙请教："制造什么前提？"

洪所长很快解释："如果仇锋的尸体被火化了，那么也就无法变身吸血鬼了不是吗？"

顾涵浩拍了一下自己的头："我真是笨啊，怎么没想到这一点？只要齐远康把仇锋的尸体偷走，再放出消息的话，邵美芸便会得知这一点。等到日后仇锋的弟弟再以吸血鬼的身份出现的时候，就有了合理的解释，他可以说他临死前被哪个吸血鬼给转化了，所以到火化的关键时刻逃了出来。"

洪所长打了个响指："恐怕就是这样！"

顾涵浩刚刚露出满意的微笑，办公室外便传来柳凡的叫声："不好了，仇翠娥的哮喘又发作了，这次喷雾也不起作用啦！"

顾涵浩一听急忙站起身跑出去，把洪所长丢在办公室里。

会议室虽然在询问室的相反方向，但是会议室里正把棉签放进工具箱的女警也听到了柳凡的喊声,她忙盖上工具箱的盖子,然后就往询问室那边走去。

女警快步走到询问室的门口,伸手拨开挡在门口帮不上忙的同事,一边大声说:"我这里有药!特效药!可以暂时缓解!"

会议室里的齐远康看到大家把他独自丢在会议室里,就趁这个空当躲到了会议室的最角落里,鬼鬼祟祟地掏出电话拨了出去:"喂?陈主任?这次您可要救救我啊!……是是是,他们已经提取了我的DNA……先保释再说,您总会有办法的对不对?……太感谢啦,太感谢啦!唉,惭愧啊,身为律师的我也会遇到这种冤情!"

"洪所长!"顾涵浩的声音突然冒出来,角落里的齐远康听到后愣了一下,然后转过身望着会议室门口处的顾涵浩和洪所长。他挂上电话,坐回原来的位置。

顾涵浩仍旧站在门口:"洪所长,我刚刚突然想到一个问题,希望您能给我解释一下。刚刚您告诉我,齐远康之所以会偷仇锋的尸体是为将来编造吸血鬼故事做铺垫是不是?可是,我记得我,还有袁峻,包括这里的所有人都没有告诉过您有关任何吸血鬼的事啊。"

洪所长尴尬地笑笑:"怎么?你忘记了?刚刚在审讯室,袁峻提过啊,说仇弟弟还有一个同伙,他们俩配合欺骗邵美芸,谋害了邵辉……"

顾涵浩的脸上浮现出冰冷而又自信的笑:"怎么样?没错吧?刚刚袁峻根本就没有提起什么吸血鬼,洪所长,请您给我个解释,您是怎么知道邵辉的案子和吸血鬼有关呢?"

洪所长哈哈大笑起来:"我说顾队长啊,你这是哪一出,难不成你在怀疑我?咱们可都是一个系统的,我当然是对一些特别的案件有所耳闻啦!"

顾涵浩恍然大悟,轻轻拍了一下自己的脸颊:"哎呀洪所长,瞧我,又迟钝了不是?居然怀疑到您的头上。但是咱们得公私分明是吧,您是从哪个渠道听到邵辉案子的细节的,您得告诉我。因为当初案发之后,在犯罪现场我就吩咐下去一定要封锁消息,'吸血鬼犯案'这种危言耸听的事一旦传出去,难免以讹传讹,不利于社会安定不是?您告诉我,是谁走漏了这个风声!"

洪所长马上变了脸色,但还是故作镇定:"这个嘛,我一时也想不起来了,这样,我回去仔细想一想,有了结果再告诉你。不过顾队长啊,你这么年轻就当了刑警队长,作风还是不要那么火辣的好,谁都有一时疏忽犯错的时候嘛,对待手下人还是要宽容为本,不是吗?"

顾涵浩点头称是,然后回过头,冲着几米外询问室的方向叫道:"好了好了,可以收工了,你们都散了吧,演技都不错,都有演员潜质,晚上我请客犒劳大家。"

这话一出口,洪所长的脸马上变了颜色。

会议室里一直沉默的齐远康突然开口:"请客就不必带上我了,配合警方是我这个市民应尽的义务,顾队长,律师事务所还挺忙的,我可以回去了吗?"

顾涵浩连忙做出一个"请"的手势:"齐律师,感谢您的合作。"

那个刚刚喊着"特效药"的女警又折了回来,她不是别人,正是穿着制服的施柔,她径直走到会议室的桌子前,打开小型工具箱,取出里面最显眼位置的棉签,摘下上面的套子,再把棉签放到眼前仔细观察:"上面有唾液。"

顾涵浩鄙夷地盯着洪所长:"奇怪了,刚刚这位法医同事并没有提取齐远康的唾液啊,为什么棉签上会有唾液?不过,我想还是按照原计划,拿着这唾液去检测吧,结果会和我们当初设想的一样。你说呢?洪所长?"

第五十二章　自我反省

顾涵浩亲自接过袁峻递过来的手铐,走到洪所长面前。

洪所长,这个堂堂派出所的所长,洪占强,万念俱灰地转过身子,把一双罪恶之手并在了一起。

手铐锁住的清脆声音让这件案子尘埃落定,顾涵浩深深呼出一口气,终于全身放松。

"洪所长,事到如今,你儿子的所在,我想你也没有必要再瞒下去了吧,你不在,没有人照顾他,我想以他的生存能力,想要活下去也是很困难的。"

洪占强苦笑着流下眼泪:"我把他藏在了南郊一处荒废的砖房里,还给了他一把枪防身,抓捕的时候请你们小心些,不要伤到他,毕竟他还是个孩子。他其实是无辜的,他是受我摆布,利用邵美芸,害死邵辉,骗取邵家遗产的事都是我策划的,我利用了孟语思那个小姑娘,还有那场爆炸也是我安排的。我的儿子,他不过是听我的话而已。"

洪占强被袁峻带出了会议室,办公大厅里此刻静悄悄,所有人都默默注视着这个中年男人。电梯的门开了,曲晴扶着仇翠娥迈了出来,原来刚刚仇翠娥根本不在询问室,而是被曲晴带到楼下餐厅喝了点东西。询问室里只有一个柳凡在演戏而已。

仇翠娥看到洪占强背着手,被袁峻压着肩膀走过来,她一下子明白了,自己刚刚宁可冤枉一个无辜的齐远康来保全的男人终于还是落网了。她差一点瘫坐在地上,一旁的曲晴根本支撑不住仇翠娥的身体,柳凡忙过去帮忙。

凌澜望着仇翠娥和洪占强,她本来以为这个洪占强在与仇翠娥擦肩而过的时候能对她说一句话,哪怕是最无力、最没用的"对不起",可是洪占强却没有,他只是侧头与仇翠娥对视了一眼,脚下的脚步都没有放慢一点。

什么话都没有,也确实,现在说什么都晚了,他已经毁掉了这个女人最美好的年华,甚至是一生,他也毁掉了两个本该健康阳光成长的孩子,还有,他还因为贪欲毁掉了一个更无辜的家庭,一个全心全意为女儿奔波操劳的可怜父亲。

凌澜抹了抹不知不觉流下的眼泪，不止这些人，这个洪占强，一手策划吸血鬼阴谋的可恶男人，他还毁了想要像正常人一样行走奔跑的Jimmy，毁了深爱着Jimmy的孟语思，毁了她的两个无辜的室友还有无辜的系主任老师。

他，罪大恶极！

窗外的暴风雨让三四点的天色变得像七八点一样，凌澜坐在她自己的办公桌前，望着窗外的恶劣天气发呆。

顾涵浩、袁峻还有柳凡刚刚一起出去执行抓捕任务了，当然抓捕的小队里不止他们三个，还有四个制服刑警。临走前，袁峻告诉她，所有人都会穿防弹衣，目标只有一个人，没什么危险性，叫她放心。快的话，算上来回车程，两个小时就能回来，最迟八点之前也能赶回来。袁峻让凌澜在警局等他们回来，因为天气不好，他不放心她一个人回家。

凌澜随意翻看着手边的杂志和报纸，但是思绪却回到了昨晚。她的回忆是从昨晚在江边和顾涵浩的谈话开始的。

在顾涵浩讲完他的身世之后，凌澜好奇地问："你刚刚说的，自己犯了一个低级的错误，这是什么意思？"

"你刚刚不是说又想起我假扮吸血鬼从邵美芸的窗子前凭空出现吗？"顾涵浩面露愧色："但是邵美芸真的把我当成了仇锋，你认为是为什么？"

"不是因为你做了伪装吗？你化了装，换了服装，连我都骗过去了呢！"

顾涵浩摆摆手："不对，邵美芸认定我就是仇锋，是因为仇锋，应该说是仇锋的替身，也曾经像我一样，在邵美芸的窗前凭空出现，他是用这种方式和邵美芸秘密会面的，电影里不都这么演吗？这样更刺激，更有吸血鬼的范儿。我想仇锋的替身也是和我一样，选择从楼顶跳下来，这种带有一定危险性的动作不是只有我能做到。"

"你是说，邵辉的血液很可能是仇锋的替身亲自送回给邵美芸的？那三个嫌疑人只是凑巧都带了足够大的包，也许他们根本就不是什么同伙帮凶？"凌澜意识到事情的严重性，难道说这些天以来，那些跟踪监视三个嫌疑人的刑警们做的都是无用功？

顾涵浩懊恼地点点头："我真的该好好地自我反省一下，之前我太自以为是了，居然这么轻易认定帮凶在那三个人之中。"

"可是，你们不是已经找出家族有过双胞胎历史的目标了吗？那个齐远康很可能就是仇翠娥所生的那对双胞胎的父亲不是吗？他有符合父亲的条件，有双胞胎的基因，又符合帮凶的条件，是之前锁定三个嫌疑人中的一个，不是他还能是谁呢？"凌澜还顺着之前的思路在推测。

顾涵浩用手揉了揉太阳穴："这就是我的第二次自以为是，仅仅凭双胞胎基因就想确定嫌疑人，现在想想，简直想找个地洞钻下去。双胞胎这种事，的确和遗传有关，但却不是绝对的，没有双胞胎基因的父母也是可能生下双胞胎的，只是几率很小，比有这个基因的更小一些。我让柳凡往这个方向查本身就是错的，是自我误导。"

"误导？"凌澜揣度着这两个字："就连咱们的顾队长也能被这事误导，那咱们也可能用这事去误导别人啊，说不定会有成果。"

顾涵浩一听这话，眼睛里突然闪过一丝光亮，他正想再说什么，手机响了起来。

电话是郑渤打来的。凌澜听出了些端倪：虽然顾涵浩让郑渤不用加班，但是他还是留下来完成了顾涵浩交给他的任务，拿齐远康的声音和匿名报警的录音做比对，结果出来了，于是他打电话及时向顾涵浩汇报。

凌澜迫切地问："怎么样？比对结果显示他们是同一个人吗？"

"不是，两个人声音相似的百分比还不到百分之十，小郑敢肯定不是同一人。"虽然这样说，顾涵浩的脸上却浮现出笑意。

还没等凌澜再问下去，顾涵浩便抓起凌澜的手："走，咱们这就回警局，召开紧急会议，我开车，你替我打电话通知袁峻和柳凡。"

第五十三章 紧急会议

凌澜打了一连打了三个呵欠，她真的是很累，昨晚一晚几乎没怎么睡，她记得顾涵浩组织的这个紧急会议一直开到了凌晨四点。那之后，本来是四个人的会议，变成了九个人。鉴于再过几个小时，大家都要登场，所以也就留在了警局休息。大家睡办公室的睡办公室，睡询问室的睡询问室，躺沙发的是运气好的，运气不好的只能趴桌子。

昨晚在会议室里，顾涵浩很兴奋地告诉其余三个人，可以完全推翻之前那三个嫌疑人的理论，也可以完全推翻以双胞胎基因来确认父亲身份的理论。总之就是换个角度，重新思考。

顾涵浩首先问凌澜："凌澜，你也是个女人，你现在站在仇翠娥的角度，你甘愿为一个男人当未婚妈妈，这么多年一个人含辛茹苦把孩子养大，绝口不提那男人的身份，也不去麻烦他，那么这个男人到底会是怎么样一个男人，会有这种吸引力或者说能力呢？"

凌澜展开想象力，但她不太满意顾涵浩拿她打比方，毕竟她不会像仇翠娥那么傻。

"首先，我认为这个男人的社会地位比仇翠娥高，在与仇翠娥的交往中，这个男人占主导地位，是他不让仇翠娥透露他的身份，因为一旦身份暴露，会对他的生活和职业生涯造成影响。我听说那个年代，作风问题很可能会影响一个人的职业生涯和前途。"

柳凡接茬儿："很可能这个男人那时候已经有家室了，不但有妻子，还有孩子。"

袁峻皱着眉头："这样的一个男人有什么魅力，让仇翠娥为他保守秘密这么多年？"

凌澜想了想："我认为这个男人不可能这么多年来都不管仇翠娥，他可能暗中接济他们母子，暗中探望，或者派人暗中接济探望。仇翠娥这些年不可能一点恩惠都没有收到，除非这个男人死了。"

"你怎么会这么想？"顾涵浩问。

"你们别把仇翠娥想得太伟大、太傻了好不好。一个女人，再怎么说她也是个女人，如果她的男人一点恩惠都不给她，这么多年把他们母子抛在脑后，仇翠娥怎么可能不恨这个男人？除非这个男人死了！"凌澜说得咬牙切齿，她很进入角色，心想如果是她，她会恨不得让这个负心男人不得好死。

顾涵浩很兴奋："如果按照你的思路，仇翠娥的儿子死了，这大概是她一生中最悲痛的时刻，那个男人应该会主动出现来帮她一把吧？"

这句话让其余三个人全都愣了一下。

顾涵浩又取出了MP3，播放了一遍三年前的报警电话录音。但是只听到第一句他就按下了暂停键。

"你们没有没有注意到，这个报警的目击者，他第一句说的是详细的地点！"顾涵浩扫视着屋子里的三个人。

"凌澜，假如你走在无人的街道上，突然看到血腥的一幕，你会怎么做？"顾涵浩又拿凌澜打比方。

凌澜定下心神，努力把自己放到那个她想象中的环境中去："我会吓得全身发抖，先掩藏好自己，再用手机报警。"

顾涵浩没有说话，用眼神示意凌澜继续下去。

凌澜马上进入角色，但是她从来没有报过警啊，所以只能乱七八糟地叫："杀人啦！救命啊！"

顾涵浩也进入角色，扮演起110的警察："你先别激动，告诉我具体地点和大概情况。"

"地点？地点是，地点是……"凌澜有些慌乱："我忘记了，等我去找找门牌号什么的。"

袁峻首先打断了凌澜和顾涵浩的演练："顾队，我明白了，一般报警的目击者都会像凌澜这样手足无措，他们很可能因为视觉的突然刺激而忘记了自己的所在之处，很少有理智地一上来就先说地点的。看来这个目击者还算专业，知道先说出地点，警方就会马上派警力过去。"

凌澜的思维跳跃："况且，在殡仪馆里面丢尸体也不是那么容易的事吧？"

柳凡受不了他们三个在这里绕圈子，一拍桌子："不就是怀疑洪警官吗？直说就好啦！"

顾涵浩问柳凡："咱们能不能找到洪警官的声音资料，用来和这段录音比对？"

柳凡想了下:"我记得洪警官现在调到了松林派出所当所长,他们应该留有开会的会议视频,找他的声音应该不难。"

"好,这事就交给你,现在就联系松林派出所,让他们那边把文件传过来,没问题吧?"

柳凡干劲十足,点点头后离开了会议室。

"袁峻,待会儿柳凡一旦拿到会议视频,你就给小郑打电话,叫他马上过来,有紧急任务。"

袁峻郑重点头:"放心吧,我知道。"

顾涵浩想了一下,掏出手机拨通电话:"施柔,想拜托你一件事……对,现在,马上。"

二十分钟后,柳凡成功下载了松林派出所传过来的一段会议视频,里面洪所长的声音还算清晰。袁峻也告诉顾涵浩,小郑已经在过来的路上,很快会到。

"很好,对了袁峻,监视齐律师的人手还没有撤退吧?"

袁峻理所应当的口吻:"那当然,顾队你没下令取消监视任务,怎么可能撤退?三个嫌疑人都在咱们的监视范围之内。齐律师那儿,这会儿应该是小陈和大张的晚班,在齐远康家楼下守着呢。"

"给他们打电话,让他们把齐远康请过来。"顾涵浩很轻松地说,就好像所有人都和他一样是夜猫子,大半夜出门没什么稀奇。

袁峻有些迟疑:"现在?他能配合吗?"

顾涵浩坏坏地一笑:"你就让小陈和大张告诉他,如果想保住大律师的好形象就乖乖地马上来,不然的话,明天一早,咱们会声势浩荡地直接去律师楼找他。"

凌澜白了顾涵浩一眼,这个男人真会找人的软肋,有时候还真是有点阴损。

结果这招果然奏效,半个小时后,小陈和大张带来了怒气冲天的齐远康。

还没等齐远康质问顾涵浩,施柔风风火火地提着个小工具箱赶过来。看样子,她没有等电梯,而是直接走上来的,气还没喘匀。只要是顾涵浩的要求,她都是无条件地并且尽全力配合服从。

"就是他吗?"施柔不废话,直接打开箱子操作起来。

顾涵浩点点头,对着齐远康解释:"齐律师,请您配合一下,我们需要做一个DNA的检测,检测结果今晚就会出来,到时候只要您是无辜的,我保证再不打扰您。"

齐远康冷哼一声:"真是莫名其妙。"

"小陈大张,你们再送齐律师回去吧,明天我会带着正式的文件去齐律师的律师楼请他合作的。"顾涵浩说完便转身往会议室的方向迈开大步,使出一招欲擒故纵。

施柔一看这架势,也是毫不犹豫,摘了手套,合上工具箱,打算离开,丝毫不在意自己大半夜的被白折腾这么一趟。

齐远康一看这架势,急忙出声阻止:"好吧好吧,虽然我不知道是怎么回事,你们最好快一点,我的时间可是很宝贵的。"

顾涵浩转过身,一下子换上友好的态度:"您的合作会让我们更快地找到谋害邵辉的幕后真凶。"

一听这话,齐远康的脸色马上变得凝重:"邵董对我不薄,有什么我能帮忙的,自然是责无旁贷。你可以一早就用这个理由,这样我对你的印象还能好一些。"

凌晨快三点的时候,施柔那边的结果出来了,如顾涵浩所料,齐远康不是双胞胎的父亲,其实这一点是顾涵浩早就预料到的,只是现在的他不能再那么自以为是,靠感觉判定什么,还是做个科学实验,用证据说话的好。

很快,郑渤那边的结果也出来了,那个匿名的目击者,有百分之八十的几率,正是当初的洪警官,现在的洪所长。

顾涵浩收到这两个结果之后沉思了一会儿,如果是以往,有百分之八十的几率,他就会直接放手一搏,去逮捕洪所长。但是现在,他经过了自我反省之后,决定小心行事,不到有百分之百的把握,不能轻举妄动,而是要让目标先放松警惕,不给他逃脱、做手脚和藏匿的机会。

"诸位,我想到了一个方法,可以让那个老狐狸自己露出破绽,但是需要你们的帮忙。"

第五十四章 无名氏

暴风雨虽然过去,但是仍旧乌云压顶。凌澜去到走廊里,站到那扇能看见公安分局院落大门的窗前,已经三个小时过去了,他们也该回来了吧。

正想着,院落大门被门卫遥控打开,几辆警车开了进来。他们回来了。

凌澜又回到办公室的窗前,透过窗子她看到顾涵浩他们下了车,还有一个戴着手铐被两个刑警紧紧钳制住的男人,他穿着一身黑色衣服,头发很长,被雨水浇湿全都贴在了脸上,也因为距离太远,凌澜看不清他的容貌,只是能看得出他很苍白。凌澜心想,当初的那个流浪少年一定是饱受风吹雨打,会被晒得很黑,就算替代了仇锋过上了正常人的生活,恐怕肤色的转变也不会如此明显。

一定是美白针,凌澜想,恐怕洪占强为了让他冒充吸血鬼一定是持续给他注射美白针,而且针孔一定不会在手背上,因为那样会被邵美芸发现,应该是在脚背上。凌澜记得他们学校有些女生为了追求美白去美容院注射过这种美白针,花费了不少钱,可惜只能维持一段时间,过后还是会恢复本色。

凌澜回到自己的位置上等了十多分钟，还不见他们上来。曲晴看凌澜有些急躁就过来解释："他们要先把嫌疑犯拘留起来，需要办理一些手续。不过最好能快一些，刚刚外面雨那么大，他们肯定都成了落汤鸡，不赶紧洗个热水澡换身衣服，恐怕是会感冒的。"

凌澜脑子里浮现出顾涵浩他们几个穿梭在恶劣的天气里制伏歹徒的画面，一种由衷的敬佩之情从心底里萌发，凌澜不自觉开始崇拜和向往起刑警这个职业。

不一会儿，顾涵浩和袁峻、柳凡全身湿漉漉地回到了办公室，脸上的表情既有如释重负的轻松感，又透着一股深深的悲哀。

"你们都湿透了，还是快点回家休整一下吧，不然会感冒的。"凌澜特别想为这些冲锋陷阵的伙伴做点什么，但是她发现自己除了说这么句曲晴说过的话，什么也做不了。

顾涵浩对着袁峻和柳凡挥挥手："凌澜说得对，你们快点回家去，明后天好好在家休息，这是命令。"

袁峻点头，刚转过身又想起了什么转回来："顾队，你也辛苦了，不要自己开车了，打个车，或者让哪个同事送你和凌澜回去吧。"

柳凡听到这话也凑过来，看样子是想对顾涵浩说几句叮嘱的话，但是却没有说出口。

顾涵浩冲袁峻和柳凡点点头，拍拍他们的肩膀："辛苦啦！"

顾涵浩依照袁峻的叮嘱，真的没有自己开车，但是他也没有麻烦别人，而是选择和凌澜打车回家。

出租车的后排上，顾涵浩刻意坐得离凌澜远一些，怕把自己身上的潮气传给凌澜。他突然想起了什么，从钱包中抽出一张百元大钞递给司机："师傅，不好意思，把你的后座弄湿了，这钱给你，不用找了，就当作补偿。"

司机是个很面善的中年男人，他并不伸手接钱："瞧您说的，今天天气不好，像您这样被淋湿的多了，我们哪能要这钱？"

顾涵浩怔了一下，看来他很意外，没想到自己会被拒绝，随即又惭愧地笑笑，责怪自己怎么把别人想得都那么市侩。

出租车一路往101公馆的方向开去，凌澜有一搭没一搭地和这位善良的司机师傅聊着天，过了一会儿才发现顾涵浩竟然就这样坐着睡着了。她侧头看着顾涵浩脸上平和安详的神情，突然觉得他很有魅力，而自己一直以来竟然都忽视了他的魅力。这个男人聪明过人，对工作热情饱满，全情投入，虽然有时候自以为是，自大又自私，也犯过错，但是却风格鲜明，敢于推翻自己。

凌澜想到了顾涵浩为洪占强设下的这个局：用双胞胎基因遗传来诱导仇翠娥和洪占强，让齐远康假扮替罪羊，是为了让洪占强放松警惕。然后再以此作为前提，告诉洪占强要做DNA检测，让他放松的心情再一次被勒紧，让他知道已经到了最后关头，成败在此一举，只要逃过DNA检测这最后一关便可从此高枕无忧。最精彩的便是那一招请君入瓮，顾涵浩故意让洪占强知道齐远康在会议室准备提取DNA，又一边套洪占强的话一边让他看到施柔马上就要进到会议室，好让洪占强心急焦躁。最后，焦虑又急切的洪占强终于说漏了嘴，也被骗去了会议室，听齐远康打电话以为施柔已经把齐远康的唾液棉签放入了工具箱，于是便想偷梁换柱主动把自己的唾液献上。

凌澜突然开始担心起来，昨晚开会的时候，顾涵浩把审讯室里面诱导仇翠娥的重头戏交给了袁峻，这一点让袁峻和柳凡大为惊奇。凌澜想，袁峻搞不好会认为，顾涵浩不肯亲自出马是因为，刺激仇翠娥是一项残忍的任务，他是利用职权之便，把烫手山芋分配给下属。其实凌澜知道，顾涵浩之所以不肯亲自出马去审讯室里应对仇翠娥，那是因为他的身世，他也是被遗弃的孩子，尽管他昨晚在江边说他不在意这一点，可是凌澜看得出，他在意，而且比他自己想象的还要在意。顾涵浩也是有血有肉的人，他一定是唯恐自己面对仇翠娥的时候会控制不了情绪，导致整个计划脱轨。

得找个时间和袁峻解释一下才行，凌澜计划着，她就是不放心，担心袁峻真的会因此误会顾涵浩。

顾涵浩的身体随着车子微微晃动，终于很俗套地把头靠在了凌澜的肩上。凌澜全身像是定住一样，她不敢有什么动作，生怕把顾涵浩惊醒。一直到车子停在了单元门口，凌澜才轻轻推推顾涵浩："喂，到家了。"

顾涵浩皱着眉睁开眼，意识到自己竟然把凌澜当成依靠睡着了，一时间有些尴尬，正不知所措，司机提醒道："快回去好好休息吧，记得洗个热水澡，这样睡觉可是会感冒的。"

顾涵浩这才意识到已经到家，付了车钱，下了车。

凌澜跟着顾涵浩进了他家，换了鞋就直接去到洗手间，幸好顾涵浩家的热水器是速热的，她启动了热水器，然后回到客厅，对着正打算往卧室走的顾涵浩说："先别急着换衣服啦，水马上就热，先洗澡再说。"

顾涵浩一边说谢谢一边往洗手间走去。

很快，凌澜听到了流水声，她有些担心，担心顾涵浩会不会在浴缸里睡着了，于是打算等在客厅里，等流水声结束后隔着门提醒他一下。可是没想到，流水声还没停止，凌澜的思考就停止下来，她先靠在沙发上睡着了。

不知道过了多久，凌澜感觉到有什么在碰触她的身体，微微睁眼，原来是顾涵浩正在给她盖上毯子。

"洗完了？有没有感觉舒服些？会不会感冒？要不要先吃点药预防一下？"凌澜一睁眼便开始连续发问。

顾涵浩疲倦的面容牵起笑意："怎么说我也是个大男人，还是刑警，淋点雨算什么，别太小看我了。"说着，顾涵浩坐到凌澜的斜对面，看样子他的状态的确比刚刚在车上好了很多。

刚刚在车上不能当着司机的面提及案件，凌澜这才腾出时间问问题："那个，刚刚你们去抓捕仇锋的弟弟，还算顺利吗？没有人受伤吧？"

"还算顺利，很快就找到了那间砖房，虽然他想要反抗，也开了两枪，但都是虚张声势。"顾涵浩把茶几上的一杯热水推到凌澜面前。

凌澜喝了口热水又问："对了，他到底叫什么名字啊，咱们也不能总是仇弟弟仇弟弟这样称呼他吧？"

顾涵浩有些落寞，叹口气："他，没有名字。很可悲吧，他活了二十年，没有自己的名字，没有身份，也没有任何证明他生活在这个城市里的证件和文件记录。"

"怎么会？没有证件可以理解，可是当初捡到他的流浪汉没有给他取个名字吗？"

"没有名字，只有一个算不上名字的代号，那个流浪汉就一直叫他'臭小子'，"提到这位无名氏，顾涵浩也颇为伤感："后来他就替代了仇锋的身份，听别人叫他仇锋，再后来，洪占强带走了他，却也没有来得及给他一个名字，只是叫他'儿子'。"

凌澜苦涩地一笑："你说最后法律会怎样判定这个无名氏还有洪占强呢？"

"洪占强自然是罪大恶极，不会善终的了，至于无名氏，我想不管怎么样，他身上还背着仇锋这条人命，具体会判多少年，我也不好说。"

第五十五章　婚礼

凌澜本以为案子已经结束，警方也已经在媒体上通报了案件的部分真相，同时辟谣，S市的吸血鬼传说不攻自破，她志愿者的身份也能暂时告一段落，至少在接手下起案件之前她能够安心在家里休息和准备论文答辩。可是她错了，她仍旧得像个上班族一样坐在属于她的办公桌前完成顾涵浩交代下来的任务。这个顾涵浩简直像个小气抠门的私企老板一样看着她这个"员工",好像她闲着五分钟没活干就是他顾涵浩的损失一样。

凌澜这几天的任务是校对,顾涵浩要她把案件的报告全部校对一遍,在顾涵浩审核汇总之后。还美其名曰,这件案子凌澜从头到尾都有参与,对于细节和过程也都充分了解,由她作为最后的文字把关最为合适。

看凌澜还是对这个枯燥任务有些抵触,顾涵浩又加了一个砝码,他偷偷对凌澜说:"也是因为你比他们几个都细心啦,交给你我放心。"

凌澜冲顾涵浩吐了吐舌头做了个鬼脸,当然,是在顾涵浩转过身背对她的时候。

午餐的时候,凌澜和曲晴一起去楼下的餐厅,一路上碰见不少凌澜叫不上名字但是却都脸熟的同事,彼此也都点头示意问好。她仿佛觉得,自己真的是这里的一分子。

餐厅里,曲晴一边喝饮料一边问:"凌澜,你收到喜帖了吗?施法医的?"

凌澜想起刚刚顾涵浩告诉她,明天要她和他一起去参加施柔的婚礼,可是施柔昨天来发请帖的时候根本就没她的份儿,想必是把她和顾涵浩的名字写在了一起,直接发一张请帖给了顾涵浩。看来,施柔真的是误会了他们之间的关系了。

"算是收到了吧,"凌澜稍微转移一下话题:"那个,明天你会穿礼服吗?"

曲晴马上来了兴致,开始给凌澜讲她那件价值她一个月工资的粉色短款小礼服。这让凌澜有些犯愁,她不过是个马上要毕业的大学生,上个月才为了找工作买了两套比较正式的套装,哪会有礼服这种东西。

聊了一会儿,曲晴的话题又转向了凌澜现在坐的那个位置。

"那个位置原来是吴晓师兄的,后来他出事了,局里也来过两个新同事,可是顾队却没有让新人坐在那儿,他一直空着那个位置,时常对着那个位置愣神,"曲晴有些伤感,眼睛里一下子湿润:"我和吴晓师兄是一个大学毕业的,他一直很照顾我,我刚刚来这里的时候他还打趣说等到顾队和施法医结婚的时候,他一定会找我当女伴参加婚礼。可是现在,施法医要结婚了,新郎不是顾队,我也要参加婚礼了,他也没能当我的男伴。"

凌澜小心地问:"这个吴晓师兄,他怎么了?"

"一年前执行抓捕任务的时候中枪,送到医院的时候已经不行了。那次任务三死一伤,唯一活下来的前辈也落了残疾,现在只能退居到监狱做一些文职工作。"

凌澜恍然大悟,这个吴晓就是顾涵浩之前给她讲过的在那次他幸免于难的抓捕任务中殉职的其中一个同事。她也明白了顾涵浩为什么不让别的新人坐她现在的位置,而单单把这个位置给了她。顾涵浩这是要提醒自己,不能忘却吴晓的死,不能在幸免于难后心安理得地独活在世上,他必须查清楚一切,给殉职的同事一个交代。而她凌澜,就是顾涵浩调查的线索,所以她才有资格占用这个位置。

施柔的婚礼是唯美浪漫又充满自然气息的草坪婚礼。在乐队洋溢欢庆和温馨气氛的音乐之中，帅气的新郎终于接过一只柔弱纤细的手，为她戴上了象征坚定承诺，预言幸福永久的大号钻戒。

　　今天的施柔美得不可方物，而凌澜这个灰姑娘却只能临时抱佛脚，穿着她从同学那里借来的廉价礼服，滥竽充数似的站在顾涵浩的身边。

　　每个女人都向往这一刻，这是女孩们年幼时就开启的一个梦境，是成年女人们根深蒂固地种在内心深处，不自觉地挂在嘴边的幸福憧憬。这个仪式是一个开端，从此，王子和公主过上了幸福的生活。

　　凌澜是个感性的女孩，感性到在电视里看到这样的场景都会投入地流下羡慕和祝福的泪水。但是此刻，就是因为她的感性，她不能放任泪水流下，因为她身边站着的这个男人流泪的理由是她的一万倍，但凌澜看到他没有泪水，也没有怨恨，没有羡慕，也没有哀伤，他只是微笑又淡然地望着那一对幸福的璧人。

　　典礼结束，接下来的时间宾客们自由活动，他们或三五成群地谈笑风生，或点头示意后再分开重新排列组合。顾涵浩应付了几个同事之后，有些不知所措。

　　"凌澜，你吃点什么？那边有冷餐自助，我给你拿。"

　　看来顾涵浩真的是很不自在，甚至都不知道自己该站在什么位置好。凌澜点点头："那我要吃布丁。"

　　刚刚，凌澜就注意到有几个同事的目光总是假装不经意地望向顾涵浩，还有一个她认识的制服警员走过来和顾涵浩攀谈，言语间竟然有安慰的语调，而顾涵浩只是拿不自然的笑回应他。

　　凌澜突然觉得顾涵浩的背影无限哀伤，看得她心里也牵起一丝痛意。女友结婚了，新郎不是我，这种遗憾和伤感夹杂的痛她试着想象了一下，结果泪水马上就要夺眶而出。不行不行，不能哭，今天是人家的大喜日子啊。

　　顾涵浩端着托盘回来，托盘上除了三种口味的布丁还有一杯淋着巧克力酱的冰激凌。

　　"你的西装很贵吧？"凌澜先拿起一杯冰激凌。

　　顾涵浩不明所以，点点头："怎么了？"

　　凌澜坏坏地一笑："可是我的礼服很便宜！"说着，她把冰激凌和巧克力酱倒在了自己身上那件淡紫色的廉价小礼服上，此举之后，还不忘冲着顾涵浩做了一个鬼脸。

　　凌澜放眼一望，正好曲晴就在身边不远处，她扯着被毁掉的礼服大跨步走过去："曲晴，正好，你帮我和顾涵浩跟新娘解释一下，我实在太不小心了，这个样子留在这实在煞风景，也怪难为情的，就先走一步啦。顾涵浩得送我回去，改天我们会直接和新娘致歉的！"

还没等曲晴说什么，凌澜便转身小跑向顾涵浩奔去，一把拉住他的手臂扯着他往临时停车场的方向去："虽说我这礼服很廉价，但也是借来的，如果洗不干净，你得替我赔给人家。"

顾涵浩忍不住笑出声："你这个鬼丫头啊。"

说话间，两人上了车。顾涵浩启动车子，很快离开了这个伤心地，一直到车子马上要回到市区的时候，他突然打破沉默："凌澜，谢谢你。放心，我会给你做个好榜样的。"

凌澜明白他这话的意思，意思就是他已经下定决心让自己从这段不属于他的故事里走出来，挥剑斩情丝。而她凌澜呢，要以顾涵浩为榜样，也尽快斩了那个花心滥情的彭泽。

"对了，不知道邵美芸能不能也干脆利落地忘记那个欺骗她的假仇锋。"凌澜这几天面对那些报告，脑袋里挥之不去总是想着这些个或可怜可叹，或可恨可恶，或可悲可惜的人物。

"后来我也打电话跟李文栋打听过，听说邵美芸的叔叔邵诚在知晓一切之后，给邵美芸请了有名的律师，想要以邵美芸有智力障碍为论点为她开罪，然后打算带她去国外进行心理疗愈。"

凌澜琢磨着，邵美芸在整个事件中不过是个可怜的棋子，也是受害者，虽然也有份与洪占强和假仇锋同谋害死邵辉，但是她的智力应该是有些障碍没错，有些自闭症患者的确是智商低下。

"那仇翠娥呢？"凌澜担心仇翠娥会一蹶不振，她特别希望这个悲情女人能够重新开始，振奋地生活下去，找到一个真正爱她的男人相扶过后半生，可是她也知道这有多难。

顾涵浩看着凌澜突然变得伤感，于是想用自己的气场感染她，大声而轻快地回答："放心吧，她妹妹仇翠枝因为觉得对她有愧，想要弥补，已经把她接去自己家里照顾了。她现在身边有亲人，总好过一个人。"

凌澜觉得这个结果也不错："这样吧，过两天咱们带点东西去看望看望她吧。"

顾涵浩有些吃惊，他想不到凌澜的心肠热度如此之高："好啊。"

两人正在商量着给仇翠娥买点什么营养品好，凌澜的手机响了起来，来电显示是凌澜的母亲陆雨秋。

"澜澜啊，你有没有和那个刑警分手啊？"

凌澜望了一眼顾涵浩，有些不好意思，因为母亲的话很大声，连一旁的顾涵浩也听得清楚。

"当然啦，早就分啦。哎呀妈妈，你就别担心这件事啦。"

电话中陆雨秋的声音陡然变得严厉："最好是这样，听我说，如果你还想活命的话，赶紧断了和他的一切联系！听见没有？"

顾涵浩全身一抖，差点来了个急刹车，他转过头神情凝重地和凌澜对视。

陆雨秋为什么这么说，难道事态真的有如此严重？

第二卷

肖申克的救赎

第一章　浮尸

晚八点。

江风徐徐，裹挟着清冷的空气拂面而来。女孩站在队伍中深深地呼吸着清凉的空气，捋了捋被风吹乱的头发，回过头冲着自己男友嫣然一笑。

男友宠溺地把女孩搂进怀中："亲爱的，等我以后有钱了，就买一艘私人游艇，到时候就我们俩晚上来游江看夜色，不用和这么多人挤在一起。"

女孩听到这话先是欣喜地娇笑，然后踮起脚在男孩的脸颊上重重地吻了一口，显然，男孩的这话虽然等同于痴人梦话，但是对女孩来说却很受用。

很快，队伍开始前行，检票口开放，人们纷纷往那艘巨大的亮闪闪的游江渡轮上走去。男孩拉着女孩，两人光顾手牵手聊天，结果被后面的人赶超，等到他们上了船之后才发现，好位置都被人占光了。

渡轮上面被各色的彩灯照得亮堂堂，在黑夜的江面上就如同一条彩色的大鱼，人们在这条"大鱼"上享受着悠闲惬意的时光，仿佛可以把城市里的喧嚣烦恼尽抛脑后。

女孩被男孩拉着来到了船尾，这里的位置虽然不太好，脚下堆放着不少杂物，甚至还有垃圾袋，灯光也没有前面那么亮，但好在能够远离喧闹，也算是个相对的小二人世界。

"好美啊！"女孩依偎在男孩怀中，低头看看船尾荡着波纹的江面，又仰头看看漆黑夜空中点缀的几颗明星，忍不住感叹。

男孩温柔地吻了女孩的额头，用发誓似的坚定语气说道："亲爱的，我答应你，我们永远都不要分开，就算死，我也要和你死在一起。"

女孩急忙用小手捂住男孩的嘴："什么死不死的，我们还这么年轻，还有那么久的时间可以在一起。"

男孩亲了女孩的手，然后把它移开，伸出右手在自己的嘴巴上轻轻拍了一下，意思是惩罚自己口不择言。

"亲爱的，不如我们也一起飞一下？虽然不是豪华游轮，也没有浩瀚大海，但是我还是想体会一下当时露丝的感觉。"女孩突然来了兴致，当初的《泰坦尼克号》不知道赚了她多少眼泪。

"不要吧，太山寨了，而且这是船尾不是船头，"男孩左右望了一下："你看，也没什么能让咱们拉住保持平衡的东西，万一掉下去……"

女孩哼了一声，扭过头噘起嘴："真是扫兴，好不容易建立起的浪漫气氛都被你破坏了。"

男孩一看这架势，马上改变态度，搂住女孩在她耳边低语："亲爱的，你说怎样就怎样，我就是你的安全保障，况且这船驶得这么慢，想掉下去都难呢。"

女孩狡黠地笑："就知道亲爱的不会让我失望的，而且你放心吧，你忘了，我会游泳！要是咱俩都掉下去了，我会救你的。"

男孩点点头，和女孩一起缓缓踏上船尾，那里也就刚刚好容得下两双脚。男孩把手从女孩腰间穿过，双手扣得紧紧的，把下巴搭在女孩的头顶，仰头看夜空。虽然两人在缓缓后退，但是不可否认，也有一种飞跃黑暗的畅快感觉。

女孩的头被男孩下巴顶住，不能仰头，便微微颔首望着江面。突然，她看见有个什么东西露出了江面，江面很暗，加上江水有些浑浊，女孩只能依稀看出是个圆球形的物体。那东西刚刚一直在船底，被压着，船驶过了它，所以它就又漂了上来，看样子似乎是固定在那里一样，难道是海面上的那种浮标？

女孩白天也坐过渡轮，她不记得这江面上有什么浮标，于是挣脱了男孩的怀抱，蹲下来想仔细看清楚。虽然那圆形物体在缓缓远离渡船，但是女孩的视力不错，她还是看清楚了，这个圆球形的物体长着头发，黑色的头发随着波纹荡来荡去！

女孩忙转身想让男孩也去看这个可怕的东西，无奈她着急转身竟然踩到了男孩的脚，男孩小小地惊呼了一声，抽出自己的右脚往后退去。他这一系列动作不要紧，只是他似乎只顾欣赏夜空，一时间忘记了他和女友正站在船尾狭窄的踏板上，他的女友因为他的动作失去了重心，一下子掉进了江水中。

扑通一声，男孩瞬间意识到自己犯了一个多么大的错误。他望向水中的女友，她正在惊呼，还用一双怒气冲冲的眼瞪着他。

"别怕，别怕，亲爱的，你会游泳的啊！"男孩手足无措，一边安慰着一边回头招手叫人来帮忙，毕竟轮渡的速度很慢，女孩又会游泳，大家伸把手一定可以把女孩拉上来。

女孩的双臂在江水中扑腾着，突然，她感觉到自己的腿似乎踢到了什么，刚刚那漂散在水中的头发似乎从她的手指缝中划过。女孩受到惊吓，开始大声叫喊，可是她这一慌乱，身体四肢便更是和水中那个物体纠缠不清，一时间水鬼、水妖、河童的想法全都冒出来，这让她忘记了自己会游泳的事实。

女孩的身体往下沉了一下，眼睛没入江面，陡然在江水中看清了一切，那是一个头，后脑勺对着她，不，不是一个，是两个！

女孩全身痉挛，吓得连叫喊都力不从心，她只是扑腾着，用惊恐的眼瞪着离自己越来越远的男友。她希望她的男友能跳下来救她，可是男友没有，他只是呆呆地站在那里微微摇头。

不是刚刚才说他是她的安全保障吗？不是说就算死也要死在一起吗？全都是花言巧语，是谎言！

几秒钟后，又是扑通一声，有一个人跳进江水中，他抓住了女孩的手臂，可是这个救人的人，并不是女孩的男友。

半小时后，江面上那几条彩色的"大鱼"全都失了色彩，安静地停靠在江堤，围观的人群被赶来的警察安排到了警戒线之外。

顾涵浩站在江堤上，接听着电话："好的，做得好。"

挂上电话，顾涵浩回过头招呼一个警员，让他把法医施柔叫过来，因为刚刚在电话里他已经得知，江里的尸体已经被打捞上来，载着尸体的游艇正驶往这里。

五分钟后，在四个警员的共同协作下，尸体，还有尸体脚下的绳子，包括绳子那一头被捆绑住的一块石头都被搬到了岸上。

顾涵浩看了看眼前的状况便明白了大致：这是两具浮尸，看样子应该已经在江水里泡了好久，如果不是四肢被绳子捆住和一块重石连接在一起，恐怕早就露出江面，也不至于被泡成这个样子才被发现。

而且更加诡异的是，这两具尸体一高一矮，一个长发一个短发，显然是一男一女。他们面对面几乎是贴在一起，两个人只穿着基本的内衣，身体做出相互拥抱的姿势，被一根白绿色相间的尼龙绳紧紧捆绑住，随着尸体被江水泡得肿胀起来，那绳子便嵌入了两人的皮肤中，勒出一道道沟壑，像是被缠绕过紧的粽子。顾涵浩用手电照了照两具尸体的脚，值得注意的是，这两双脚也被紧紧捆绑在一起，只不过不再是白绿色相间，而是红色的尼龙绳。这根红色的尼龙绳延伸着，一直到那块看起来至少有10公斤的石头上。石头凹凸不平，像是很常见的那种，上面套了一个很结实的黑色网兜，而那条红色绳子则是牢固地系在网兜上。

顾涵浩的脑子里浮现出一个画面，画面的背景是在贯穿S市的松江江面之下，浑浊的江水中，一男一女被绳子捆绑，紧紧拥抱在一起，他们的身体垂直于江面，仿佛相拥站立在江水中，他们本来是沉下去的，但是后来又慢慢浮上来，但他们不可能完全浮出水面，因为脚下还有一块石头牵制着，绳子的长度可以让男子的头在刚刚那个时段露出三分之一。

顾涵浩突然来了一种预感，这似乎是一种惩罚，也许这对男女沉下去的时候，他们还活着。

第二章 猜测

凌澜坐在顾涵浩的车子里，她很不满意顾涵浩如此小瞧她。她在电影里看过浮尸，在网络图片中看过部分打了马赛克的真正浮尸，她觉得她有这个抵抗能力，可以亲临现场近距离地研究尸体，虽然比不了施柔那么专业，但是她也可以保持不呕吐、不吓跑的状态。

凌澜羡慕柳凡可以跟着水警一起去打捞尸体，虽然她只能坐在游艇上等待水下的动静；也羡慕袁峻可以去询问发现尸体的那个女孩，虽然那女孩被吓得快要晕过去，想必也说不出几个字；甚至羡慕此刻正小跑跑向顾涵浩的施柔，虽然她即将要和那浮尸有近距离的接触。

为什么她就必须乖乖待在车里呢？既然刚刚顾涵浩在家里接到电话的时候答应凌澜可以带她来现场，那么既然来了，她怎么可能老老实实地待在车里，透过车窗看外面忙碌的人们呢？

凌澜下了车，朝江堤那边走去。很快，她看见了顾涵浩的背影，还有蹲在尸体旁的施柔，以及白花花的尸体。再走近点，凌澜才发现，那不是一具尸体，而是两具抱在一起的男女尸体，而且他们几乎没穿什么衣服。

凌澜努力平复呼吸，站在顾涵浩身后轻轻问："尸体被泡成这个样子，应该有四五天了吧？看样子他们身上也没有能确定身份的证件，脸也完全变形，怎么确定身份呢？"

顾涵浩叹了口气，他早就预料到这个凌澜不会那么听话地待在车上，但是听她的口气，似乎状态还可以，这两具浮尸并没有把她吓坏。

顾涵浩一转身，马上推翻了他刚刚的想法，这个凌澜不是状态还可以，她的小脸已经煞白，肩膀还微微发抖。

施柔抬头看了一眼凌澜："初步断定，尸体已经在江水中浸泡了四天以上，至于他们的身份和死因，还得回实验室里才能进一步确定。待会儿他们拍照完后，原样给我抬上车，我回去再慢慢解开绳子。"

顾涵浩点点头，回头招呼技侦部门的人来拍照。

凌澜强迫自己尽量观察一下这两具尸体，算是一种锻炼吧。她艰难地移动着目光，从上到下，眼前尽是白花花的一片，让她联想起了糨糊。突然，男性尸体左侧小腿上的一个复古花纹文身让凌澜停住了移动的目光，她颤抖着嘴唇和舌头，结结巴巴地说："这个男的，我想，很可能，可能，是彭泽！"

顾涵浩不敢相信自己的耳朵，他陡然转过头用惊诧的目光盯紧凌澜，半响才张口："你是怎么确定的？是那个小腿的文身吗？"顾涵浩也观察过尸体，这具男尸现在能看出来的最显著的特征就是小腿上的文身。

凌澜的嘴边尝到丝丝苦涩，她才发现自己已经泪流满面，因为她记得这个文身，是大二那年她陪着彭泽去刺的，当时她差一点也在自己的右腿上刺上一个与彭泽对称的花纹，最后因为怕疼所以还是放弃了文身的念头。不过这个花纹她记忆深刻，是她亲自为彭泽选的，当时凌澜已经挑花了眼，整整挑选了半个小时才确定这个图案。

顾涵浩忙掏出纸巾递给凌澜："你先别这样，相同的文身也不能百分之百确定这就是彭泽。"

凌澜摇摇头，用纸巾胡乱抹了一下泪水："一定就是他，前两天我回学校就听彭泽的室友说过，他已经好几天没回学校了，打电话也不通。他们本来想报警的，后来听说彭泽的其中一个女友也不见了，心想他俩可能出去浪漫去了，也就没当回事。"

顾涵浩看了那具女尸一眼："你的意思，这个女的就是和彭泽一起失踪的女友之一？"

凌澜的泪水再次无法控制地涌出来，她捂住脸瓮声瓮气地叫着："我不知道！"

第二天一大早，顾涵浩并没有带凌澜去警局，他想让她好好在家休息一下，从昨晚怀疑男尸就是彭泽开始，凌澜整个人便垮了下来，动不动就泪流满面。

上午八点半，顾涵浩坐到办公室，叫来袁峻："那个最先发现尸体的女孩怎么样了？"

袁峻有点心不在焉："她惊吓过度，昨晚被送进医院，现在应该还在医院吧。昨晚我问她话的时候，她也不回答，只是大喊着要分手之类的。对了顾队，凌澜怎么样？这么大的打击，她没事吧？"

"没事，给她点时间，再说现在死者身份还没确定下来。施柔那边有什么消息吗？"顾涵浩现在最惦记的还是施柔那边，如果那边能找到什么线索，说不定就可以帮助尽快确定死者身份。

"施法医那边的小于刚刚给我发来消息，说已经可以确定两个死者年纪都在20岁左右，都是溺死的，而且就是在松江里被溺死的。除此之外，男死者身上有两处瘀伤，应该是死前刚刚造成的，怀疑他死前曾有过不太剧烈的打斗。他们身上还有几处小伤口是浮肿以后被来往的渡轮刮伤或者是被江鱼咬破的小伤口。在尸体上取到几个指纹，但是却不在咱们的系统里。还有，胃里的食物残渣已经被水泡过，加上时间太久，分辨不出是什么食物。"

顾涵浩点点头："袁峻，你和柳凡现在就去T大，找到彭泽和同样失踪的女生的室友，把他们的个人物品，可能印有他们指纹的东西带回来。顺便和他们的同学聊聊，看看最近他们有没有什么反常，或者是仇人之类的。"

袁峻表情郑重领命离去。

顾涵浩看着桌面上的一沓照片，开始默默祈祷，这两个死者千万别是彭泽和他的女友之一。因为凌澜好不容易才从彭泽的阴影中走出来，如果死者真是彭泽他们，恐怕她会掉入更加无法自拔的阴影中去。

很快，照片中尸体脚上的红色尼龙绳引起了顾涵浩的注意。捆绑身体的绳子是白绿色的尼龙绳，可是到了脚踝这里，却变成了红色，这简直就是在模仿月老牵红线啊！因为有一种说法，说月老是把红线系在男女的脚上，然后在茫茫人海中，两个人的双脚便会迈开步伐，引领着他们相会。

凶手特意让两个死者紧紧抱在一起，想分也分不开，还特意用红色绳子绑住他们的双脚，看来就是把自己当成了月老，当成了命运的主宰者，命令这对男女用死亡的方式永远在一起。真是个变态，顾涵浩心想，这个凶手很可能是个遭受过恋人背叛的人，执拗地想让有情人永不分离，他又嫉妒那些相恋的情侣，所以用这种方式折磨他们，把还活着的他们放入江水中，让他们活活溺死。

想到这里，顾涵浩浑身一紧，如果真如他所猜测的那样，恐怕凶手不会满足于一次的犯罪，他会像个幽灵一样，在人群中偷窥，随机寻找下一对目标。

第三章　嫌疑

顾涵浩马上打消了这个可怕的想法，也许事态不会像他猜测的那么严重，也许这个凶手不是随机选择杀害的对象，只是针对这两个死者，他是他们认识的人、有过节的人、有情感纠葛的人……

等一下，这样的人，顾涵浩想到了一个，远在天边，近在眼前——凌澜！

不会不会！凌澜已经决心从彭泽的阴影里走出来，她正在慢慢忘却彭泽那个花心滥情的男友，前段时间，她的注意力都集中在案子上，而且凌澜几乎总是和顾涵浩在一起，除了他们在江边聊天的那天，那一晚，顾涵浩对凌澜讲了他自己的身世。那之前，他问凌澜在哪里，凌澜说她在江边，因为心情不好去散步。

当时顾涵浩想当然认为凌澜心情不好是因为她白天去了学校，可能看见了彭泽别的女生亲热，所以也没仔细询问。现在想想，尸体被浸泡了有四天以上，而江边聊天的那天，正是六天前。六天前在T大，凌澜到底发生过什么事呢？六天前在江边，顾涵浩赶到之前，凌澜又做了些什么呢？

顾涵浩不敢再往下想，他让自己尽快冷静下来。

现在初步的推测是这样，首先，凶手应该是个男性，因为两个死者身上捆绑的绳子被勒得很紧，女性不会有如此的力气，当然，有共犯除外；其次，凶手应该有自己的船，他很可能选择在夜色中把两个人捆绑好后放入船里，划船到江中心，再把还活着的两个人丢下去。

中午的时候，柳凡和袁峻回到警局，在楼下的餐厅里找到了顾涵浩。

顾涵浩看到袁峻一副沮丧的神情，大概猜到了一些："怎么？难道和凌澜有关系？"

袁峻紧锁眉头，低头不语。倒是柳凡很坦白："我们去找了彭泽的室友，还有彭泽那个失踪女友万玲的室友，拿到了一些这两人的私人物品，也有梳子上的头发和头屑，已经送去施法医那里了。至于你让我们问的，最近有没有反常或者是仇人，的确，他们都说前阵子彭泽和万玲在食堂里与凌澜发生了点口角，彭泽还不小心给了凌澜一拳，打得她眼眶发青，当时凌澜就当着众人的面说会让他俩付出代价的。后来，万玲的室友又说就在万玲失踪的当天中午，和凌澜在教学楼门口狭路相逢，凌澜上去就给了万玲一巴掌,还说'我凌澜是性情中人,疾恶如仇,有仇必报!告诉你,这一巴掌还是开胃小菜,你等着吃我给你的大餐吧!'结果当天晚上万玲和彭泽就都没有回寝室,一直到现在,他们俩都消失不见了。"

还没等顾涵浩发表意见,袁峻抢先开口:"顾队,一定不是凌澜,她一个女孩子做不了那么大的工程。"

"这点我当然知道,"顾涵浩犹豫了一下:"现在咱们只需要等施柔估算出案发的大致时间段,说不定就可以找到凌澜的不在场证明。因为前阵子凌澜大部分时间都和咱们在一起,只有咱们俩去Z县的那天我放了她的假,让她自由行动。"

袁峻马上放松下来:"对啊,不会那么巧凶案就发生在那天的。"

柳凡马上酸溜溜地唱反调:"顾队,你能保证凌澜这几天晚上都乖乖睡在你家对面吗?说不定她哪天半夜悄悄溜出去作案呢?"

顾涵浩马上反驳:"不可能!"

一听这话,袁峻的脸马上僵住:"顾队,你们,你和凌澜该不会,你们……"

顾涵浩白了袁峻一眼,他知道袁峻想歪了,以为他和凌澜住在了一起:"你想到哪里去了?我是说我们小区的几个出入口都有电子眼和保安日夜执勤,如果凌澜出去过一定会有记录。"

"为什么她就不能找个没有电子眼的地方翻墙出去呢?"柳凡依旧不依不饶,她对凌澜的醋意弥漫了整个餐厅。

顾涵浩冷哼一声:"是吗?那么咱们打个赌,凌澜那小丫头要是能翻得过101公馆最矮的那堵墙,我把队长的位置让给你。"

袁峻忍不住笑出声:"没错没错,凌澜那副小体格不可能的,她之前还跟我说过,大学里的体育达标,她三年有两年不及格。"

袁峻话音刚落,顾涵浩的手机响起来,是施柔。

"案发的时间段确定下来了,是6天前,也就是22号的晚上。"

顾涵浩的心一沉,刚刚还说不会那么巧就是那天,结果还真是。他还心存一丝希望,因为他记得那晚他是七点半赶到江边和凌澜会合的。"具体时间能确定吗?"

施柔在电话那边沉默了片刻,很遗憾地说:"恐怕不能,如果非要界定一个时间段的话,我只能说是傍晚6点左右到午夜12点左右。"

刚刚施柔说是22号晚上,让她再具体点,她就说6点到12点,这不是废话吗?顾涵浩挂上电话,用忧郁的眼神望着袁峻:"这样,咱们还是先等死者身份确定下来再说,说不定死的根本就不是彭泽他们。"

虽然这样说,其实在座的三个人心底里几乎已经肯定,那两具浮尸就是彭泽和他的女友之一万玲。

都说不幸言中,可是顾涵浩呢,这次是偏偏不幸没有言中,下午四点钟左右,施柔的消息反馈回来,根据袁峻他们找到的彭泽和万玲的私人物品,包括万玲印着自己指纹的化妆镜，彭泽枕边和梳子上的头屑等等，她已经可以确定两个死者正是彭泽和万玲。此外，施柔还找来了人像素描师，根据浮肿后的面部画出生前正常的面容，最后得出的两张画像和彭泽还有万玲的照片有八成的相似。

顾涵浩知道凌澜已经成为了嫌疑人，虽然她没有作案能力，但她有动机和时间，说不定，她还有一个男性同伙，和她一起完成了复杂的工序。想着想着，顾涵浩苦笑出声来，自从他认识凌澜以来，没发现这个女孩还和什么人有过密切往来，要说她有个男性同伙，那最有可能的就是顾涵浩他自己。

柳凡看顾涵浩突然自顾自地苦笑，也不知道他想到了什么，但是看起来他并不很担心，好像对凌澜不是凶手很有信心。"顾队，都说人不可貌相，别看她只是个看起来很单纯的小姑娘，但是我总觉得，她比我们想象的复杂得多。"

这话袁峻就不爱听，他马上转移话题："顾队，我知道凌澜目前的嫌疑最大，但是她肯定跑不了，明天一早你再带她过来问话吧，现在也快下班了，先让她好好休息一晚。"

顾涵浩也是这么想的，他还想今晚回去就和凌澜谈谈。

第四章 反常

因为哭得太累，凌澜整整睡了一下午，傍晚的时候被一场噩梦惊醒。她梦见彭泽和万玲在水中挣扎，两个人被绑得紧紧的，只能像一条直立的鱼一样不断扭动，但却阻止不了下降的趋势。渐渐地，这条"鱼"不再动弹，也不再冒出气泡，慢慢横过来，沉入江底。不可思议的是，他们开始迅速肿胀，而凌澜就像是个旁观者，看得清清楚楚。

一身冷汗惊坐起来，凌澜喘着粗气，心脏不安分得像是想要跳出来。好不容易平复心跳和呼吸之后，凌澜又感觉到一只耳朵又烫又痒，她想一定是有人正在谈论她。

紧接着她听到了门铃声，她看看表，这个时间应该正好是顾涵浩下班的时间。

打开门，门口的人果然是顾涵浩。

"你不要紧吧？"顾涵浩发现凌澜不仅仅是两只眼红肿，就连整个脸庞也有些浮肿，她之前被彭泽一拳留下的青色眼眶，颜色还没有完全褪去，现在又混合了红色。凌澜这个样子，让顾涵浩忍不住一阵心疼。

顾涵浩没有等到凌澜的回答，他默默跟着凌澜进了客厅坐下。

"怎么样？案子有什么进展吗？"凌澜喝了一口水，但嗓音还是很沙哑。

"已经确定死者是彭泽和万玲，案发时间在六天前，也就是咱俩在江边聊天的那个晚上。"顾涵浩回来的路上一直在想怎么和凌澜开口，告诉她现在是最大的嫌疑人，但想来想去也没有什么好说法能把伤害减到最轻，索性就直说算了，在这里由他说出口总比明天到了警局的审讯室由别人说出口要好："凌澜，你有作案的动机和时间，目前来说，你是本案的嫌疑人。"

凌澜似乎一时间没有反应过来，表情没什么变化。这种反应让顾涵浩有些担忧，他忙补充："但我们都清楚，你不可能是凶手，先不说那晚我和你在江边聊天，你并没有任何不寻常，根本就不像刚刚犯案的样子，就说作案手法，你一个女孩子也无法完成。明天我们会找你例行问话而已，你不必担心。"

凌澜苦笑："我有什么好担心的，人又不是我杀的。"

顾涵浩去到洗手间，用冷水把毛巾浸湿，拿回来给凌澜："敷在眼睛上吧，会舒服点。"

凌澜接过毛巾，轻轻说了声"谢谢"。

"虽然我知道最近这段时间你和彭泽没有太多的联系，但是我还是想问问你，你有没有发现彭泽有什么反常的地方，毕竟你们交往过几年，对他你应该很了解。"

凌澜斜靠在沙发上，把冷毛巾敷在双眼上，只露出同样红彤彤的鼻子和干裂的嘴唇，她用沙哑的声音回答："反常，他当然反常，之前我们好好的，我们那么相爱，可是最近的半年，他就像变了一个人，开始到处拈花惹草，劈腿成了习惯，一个两个还不够，最多的时候我知道的他就有四个女友，还不算我。这还不反常吗？"

"这么说，彭泽是突然变得花心的？"顾涵浩觉得这一点有些蹊跷。

凌澜却冷哼一声："什么突然不突然，没有人会瞬间转变，我只能说，彭泽本来就是花心滥情的人，只是一开始，他把他的花心滥情掩盖了起来，而且掩盖得很好，让我以为他是一个专一的好男人，甚至值得我托付终身。"

顾涵浩不得不承认，凌澜说得有道理，也许彭泽突然变得花心并不是什么反常之处："除此之外，还有什么关于彭泽的事给你留下了深刻的印象吗？"

凌澜深深叹口气："彭泽已经死了，我本来不该说他的坏话的，但是我知道，我现在是不得不说了。"

"没错。"顾涵浩轻轻拍了拍凌澜的肩，给她赞成和鼓励。

"彭泽自从和我交往以来，我们俩约会吃饭等等开销差不多都是我来出，我的很多同学都笑我，但是我总觉得我看上的是彭泽这个人，多付出一些也没什么，谁叫彭泽的家庭环境不太好呢？可是后来，我才知道，彭泽的家庭环境不是不太好，而是很好，他父母每个月都要给他两三千的生活费，可是这些钱往往都是刚刚打到他的卡里，就被他取出来，只留下一点点作为伙食费，剩下的就瞬间消失了。我也曾问过他，那些钱的去向，他被我问急了才说他是拿去投资了，他和朋友合伙做了点小生意，他的朋友负责运营，而他因为要上学没时间，只负责投资入股。"

顾涵浩觉得这是一个很大的突破："朋友？什么朋友，你认识吗？他们做的又是什么生意？"

凌澜摆摆手："他总说这是男人的事，不要我管，我只需要毕业以后和他一起享受这笔生意带来的收益就好了。他曾经说过的，毕业后马上和我结婚，那个时候这笔生意的收益就可以拿来做房子的首付。至于他说的那个朋友，我也说过想见一见，可是他却说那个朋友有才华也有能力，可就是一点不好，有点色，他不放心把我介绍给他。他只告诉我，他管那个朋友叫大吹，因为他很能吹牛。至于他们做的生意，我只知道似乎只有他们俩人参与，具体操作只有大吹一个人，靠的也是那个大吹的才华。"

顾涵浩在脑子里迅速搜索，有没有这么一种生意，一个人靠才华就能完成，而且还必须每月都有投入。想来想去，顾涵浩觉得好像有很多这样的生意，可是，又说不上来。

"最近顾涵浩赚到钱了吗？"顾涵浩又问。

"其实我也不敢肯定，也许他是赚到了，所以才会原形毕露，找了那么多女友。不都说吗？男人有钱就变坏。他在最困难的时候，我在他身边不离不弃，他有钱了，又把我抛在一边。这些我都不怪他，真的，我只是希望他能好好活着！毕竟我们曾经那样爱过！"说着，凌澜的声音又颤抖起来。

顾涵浩想都没想，紧紧握住了凌澜放在沙发上的右手，他实在不知道该说什么安慰凌澜，只能用这个动作传递一些温暖和慰藉。

凌澜冰凉的手感受到一股暖意，她用另一只手拿掉眼睛上的毛巾，望着顾涵浩那张关切的脸，终于忍不住大哭出来。

顾涵浩看着面前这个女孩哭得那么用力，以至于肩膀一耸一耸的，瘦弱的身躯犹如狂风中摇摆的小树苗，泪水像是开了闸的洪水，不断滑过红肿的面颊，从那个尖尖的小下巴上滴落。

没有想太多，只是被内心里的怜悯和心疼驱使，顾涵浩坐到了凌澜的一旁，那只握着凌澜冰冷小手的手稍稍一用力，便把凌澜整个人揽进了怀中。他双臂环绕着凌澜颤抖的身体，任凭胸口的衣服被凌澜的泪水和鼻涕浸透。

第五章　不在场证明

终于怀中的人儿被他的温暖感染，娇小的身躯不再冰冷颤抖，甚至不再发出什么声音。顾涵浩以为凌澜哭累了就这样睡着了，低头一看，才发现凌澜那双红肿的眼仍旧微微睁着。

"你在想什么？"顾涵浩的声音低低的，就在凌澜的耳边。

· 155 ·

凌澜缓缓离开了顾涵浩的怀抱，用奇怪的眼神直视着顾涵浩。这让顾涵浩有些尴尬，难道自己刚刚的举动出格了？应该不会吧，凌澜应该知道他是一番好意，当初他假扮吸血鬼的时候，也曾这样把她抱在怀里，那次她都没有生气，何况是现在？而且，相处了这么久，顾涵浩知道凌澜不是那种极为保守又小气的女孩。

　　"之前我偷拍的关于彭泽的视频你都删掉了？"凌澜的眼神里突然闪过兴奋的光。

　　"怎么？你是不是想到了什么？"顾涵浩看得出，凌澜是想到了什么："之前你DV里的所有视频我都拷进了办公室的电脑里，你偷拍彭泽的那些我就直接删除了，现在它们应该还在回收站里。"

　　凌澜激动地猛然站起身，看架势是想现在就去警局看顾涵浩办公室电脑回收站里的那些视频。可是又因为动作过于猛烈，眼前一黑，身体摇晃起来。

　　顾涵浩赶忙把凌澜扶稳，让她缓缓坐下："别急，明天咱们再去仔细研究那些视频，你今晚先好好休息，养足了精神才能参与调查不是吗？你先说说那视频里有什么不对劲。"

　　凌澜用拳头砸了砸一动弹就剧痛的头："是有不对劲的地方，我记得有个女孩，她突然冲到彭泽和万玲的面前，想要打彭泽，当时万玲很得意，说那个女孩已经是过去式，那女孩却冷笑说：他早晚会毁了你，有你后悔的那一天。"

　　"看来这个女孩似乎知道些什么，而且她的预言也应验了。我想，找到那个女孩会有一些收获，幸好这段时间我忘记清空回收站。"顾涵浩总算抓到了一条线索，松了一口气。

　　凌澜却摇头："你也别高兴得太早，我当时只是远距离拍到那女孩的侧面。"

　　顾涵浩站起身，一边扶凌澜起身一边嘱咐："很晚了，你早点休息，明早咱们先去吃早餐再去警局。"

　　第二天一早，凌澜的眼睛虽然还是有些肿，但比昨晚好了很多，毛巾冷敷还是有些用处的。只不过今天的凌澜已经不像之前，之前她总是穿着稍微正式一些的服装，梳着规规矩矩的发型去警局"上班"，而今天，她仍旧保持着昨晚的模样，头发凌乱，草草地梳了个低低的马尾，身穿昨晚那套只在家里面当家居服的运动装。

　　顾涵浩没有强迫凌澜换身衣服，振作精神，他理解凌澜现在的情绪，这样的低落情绪只有靠一种力量才能把它驱赶走，那就是必须让凌澜尽快投入到追查真相和凶手的热情中来。

　　顾涵浩和凌澜来得很早，还有半小时才到上班时间，可是顾涵浩却发现袁峻竟然趴在办公桌上睡着了。

　　顾涵浩清了清嗓子："袁峻，怎么在这睡着了？今天来得很早嘛。"

　　袁峻抬起头，皱着眉揉了揉眼，仅仅三秒钟便清醒过来，很兴奋地说："顾队，凌澜，你们来了，告诉你们一个好消息，我找到凌澜的不在场证明啦！有个证人，她是在江边遛狗的老太太，她说22号那天晚上凌澜的确在江边散步，从五点半就在那了，后来还有个男的七点半左右到了那里，和她聊天。顾队，老太太说的那个男的就是你吧！"

顾涵浩欣喜地望着凌澜："太好了，这下你的嫌疑彻底洗清了。"

凌澜却没有顾涵浩那么欣喜，只是淡淡地说："我根本就没担心过，不过还是谢谢你，袁峻。"

凌澜走向洗手间，说是要用冷水再洗把脸，让自己清醒一些。

"袁峻，你昨晚没回家对不对？"顾涵浩不像凌澜，他还保持着清醒和敏锐的观察力，他看得出，袁峻折腾了一晚，此刻严重体力透支："你是不是一直在江边拿着凌澜的照片见人就问，22号那天晚上有没有见过她？"

袁峻不好意思地笑笑："顾队，真是什么都瞒不住你。不过功夫不负有心人，有人告诉我有个姓廖的老太太每晚都会去江边遛狗，让我问问她说不定有收获，后来我就到处打听廖老太太的住处，因为我去江边的时候已经是八点过后，老太太那个时候已经回家了。"

"让我猜猜，你终于打听到了廖老太太的住处，可是当时已经很晚，你不敢贸然以警察的身份打扰老太太，你怕她会生气，不肯作证，于是你就坐在她家门口一直等到天亮老太太出门对不对？"顾涵浩拍了拍袁峻右上臂袖子上和后面肩膀处的白灰："你昨晚就坐在楼梯上，靠在楼道的墙上睡着了，是不是？"

袁峻愣了几秒钟后才反应过来："顾队，你真是神了，这样也能猜得到。不过，千万别告诉凌澜，她现在情绪不好，和她说这些，她会过意不去的。"

顾涵浩有些气愤，他也不知道为什么会气愤，是气袁峻这样不爱惜身体吗？还是气凌澜刚刚太麻木看不出袁峻的异样？他也说不上来，总之就是心里不舒服。

"老太太呢？"顾涵浩问。

"在询问室，沙发上休息呢。顾队，那个，你对老太太客气点啊，她一大早被我拉过来，心情不太好。"

顾涵浩点点头，转身往询问室走去。

推开询问室的门，顾涵浩一眼便看到一个头发全白、满脸皱纹的老妇人坐在沙发上正在津津有味地吃着肯德基的早餐汉堡！

桌子上还有肯德基的粥和油条，不仅如此，居然还有一盒没开封的比萨。这个袁峻，为了讨好老太太真是煞费苦心。

老太太看起来有七十岁多了，但是眼神还不错，她抬起头看着顾涵浩："你不就是那天晚上和那个小姑娘坐在江边聊天的男人吗？"

顾涵浩礼貌地笑笑："没错，是我。大娘您好，找您来主要是想确认一下本月22号晚上的情况。"

廖老太太打断顾涵浩："我知道知道，刚刚那个姓袁的小伙子都跟我说了。我再告诉你一遍，22号晚上，不，是每天晚上，我都在吃完晚饭后领着我的小豆子去江边遛弯儿，差不多都是五点出门，风雨无阻的。22号那天，我五点半就到了江边，领着我的小豆子遛弯儿，我不敢走远，孙女不让我走远，我就只能在江边走过来，又走回去。我走过来的时候看见有个小姑娘坐在江堤上抹眼泪，绕了一圈走回来的时候，她还在那，但是不哭啦。后来我又走……"

"大娘，"顾涵浩听得有些不耐烦，急忙打断她："您就说您从几点到几点之间在哪看见过她就行。"

廖老太太有些不乐意："不是说了，我五点半到了江边，一直到七点半左右你来了，这期间我都看见她了，不是坐在江堤上，就是靠在树上，要不就是走来走去抹眼泪。我七点半就往回走了，孙女让我最晚八点之前必须回去。"

顾涵浩频繁点头："好的，待会儿会有一份口供让您签字，您稍等一下，签字完后我让袁峻再送您回去。"

"行，等我孙女来了，让她和那个姓袁的小伙子一起送我回去。"廖老太太眼睛里放射出狡黠的光。

顾涵浩瞬间明白了这个老太太的用意。

第六章　前女友

点开回收站，顾涵浩这才发觉自己竟然已经有好久没有清理这里了，各种垃圾文件一大堆。但是他很快找到了凌澜偷拍的那些视频，还原之后，他挨个点开查看。

大概过去了十分钟，顾涵浩才想起来凌澜居然还没有过来，怎么去个洗手间要这么久，该不会晕倒在里面了？

正想出去叫个女同事去洗手间看看，凌澜已经迈着无力的步子走进了顾涵浩的办公室。

"怎么样？视频还都在吧？"凌澜坐在沙发上，还是没什么精神。但是顾涵浩却发现凌澜的头发被重新梳理过，看来她在洗手间整理了一下自己。她大概恢复了些理智，想起了仪容问题。

"都还在，你搬把椅子过来，咱们一起看，看看能不能找到那个想要打彭泽的女孩。"

凌澜却慵懒地靠在沙发上不动弹："我不想看，你自己看行吗？"

顾涵浩理解，凌澜当然不会再想看这些画面。"那你告诉我，那个女孩大概是什么时间，在哪里出现的，我筛选一下，不符合那个时间地点的我就不看了，免得浪费时间。还有，她有什么特征？"

凌澜努力回忆:"那天是周六,我记得是中午刚过,地点好像是在校门口附近,没错,我记得那女孩从门口进来,彭泽和万玲正要出去,就在门口的花坛那里。那个女孩挺漂亮,大波浪头发,到腰部那么长,穿了一身红色的连衣短裙。"

没过十分钟,顾涵浩找到了那段视频。的确,虽然凌澜是跟在彭泽后面拍,拍到了那女孩的正面,可是因为距离不近,女孩的相貌看不清,但是身材不错,打扮也新潮。她看到彭泽和万玲搂着走过来,很意外似的,在原地愣了两秒钟,然后突然冲过来,揪扯彭泽。视频的背景声音就是一些嘈杂的声音,只能隐约听见那个女孩大声说了什么,但是具体是什么根本听不清,可以确定的是,女孩很愤怒。

"我把视频发给郑渤,看看能不能看清楚女孩的相貌,不过应该也是彭泽的前女友之一应该没错。"

凌澜突然坐直了身子:"也许用不着那么麻烦,你登录我们学校的BBS找一下,我记得以前有一个帖子,是关于我们学校校花校草投票的,那女孩既然挺漂亮,说不定是候选人之一。"

顾涵浩一边操作电脑一边问:"帖子里有照片?"

"当然啦,不然大家怎么投票?"凌澜也来了兴趣,走到顾涵浩身边弯下腰。

顾涵浩在凌澜的提示下,很快找到了那个帖子,幸好还没被版主删掉。顾涵浩把页面往下拉,在几十张照片中搜寻着大波浪长发的女生。

"咦?凌澜,你也是候选人之一呢。"顾涵浩在众多照片中看到了凌澜的照片,照片上凌澜穿着啦啦队的短裙,在明媚的阳光下,笑得健康灿烂。

凌澜却别过头,她想起了那天,彭泽参加了学院之间的篮球赛,他投篮的动作帅气潇洒,引起不少女生的尖叫,而她,也是为了这场比赛才去当啦啦队的。

"我怎么可能当候选人,也就是这张照片拍得好,拿去凑数的,你没发现吗?这里面就我的票数最少,倒数第一。"

顾涵浩知道自己一定是又勾起了凌澜的伤心事,只好缄默不语,专心寻找那个女生。酷似范冰冰似的锥子脸,大波浪长发,说不定还偏爱红色衣裳,别说,还真让顾涵浩找到了这么一个女孩。

"凌澜,你看看,是不是她?"

凌澜盯着电脑屏幕上被放大的照片,越看就越确定:"没错,就是她。"

照片下面写着,杨思琦,2009届化学系系花。

看来顾涵浩又要去一趟T大了。

顾涵浩本来是想让凌澜留下休息的,但是凌澜执意要跟去,看来她的探案热情已经被激发,这一点让顾涵浩有些欣慰。

经过多番打听,顾涵浩和凌澜得知杨思琦这个时间应该在化学系的实验室里做实验。两个人赶到实验室门口,从门上的窗子往里望,实验室里就四个人,看来是一个实验小组,正在合作做什么实验。

顾涵浩敲了敲门，然后推门把半个身子探进去："杨思琦，出来一下好吗？"

话音刚落，其余的两个男生一个女生便打口哨的打口哨，起哄的起哄。杨思琦却像是个冷美人，没什么表情，甚至有些不情愿地走了出来。

顾涵浩早就准备好了证件给她看，他并不想以警察的身份叫她出来，那是怕她的同学误会。

杨思琦一看证件表情立马柔和了很多："是来问彭泽的事吧，听说他和万玲都失踪了，昨天还有警察去过他们的寝室搜集证据，是不是他们出了什么事？"

顾涵浩犹豫了一下，还是打算把事情挑明："他们都死了。"

杨思琦并没有很吃惊，喃喃念着："看来我的预感没错，他们果然出事了。"

凌澜看杨思琦的眼神很不自在，这个美女是自己死去的前男友的前女友，这让她有些无法面对。

"看来我们有必要好好聊聊，你现在方便吗？"顾涵浩提出邀请，因为他看得出，这个杨思琦知道一些凌澜不知道的事。

T大操场的看台上，三个人并排坐下，顾涵浩挨着杨思琦，凌澜挨着顾涵浩。顾涵浩之所以选择了这么一个空旷的地方，是因为这里不会有人偷听他们的谈话，这样的环境里杨思琦更可能畅所欲言。

果然，杨思琦的确是要畅所欲言，毕竟现在是死了两个人，有些事情她再不情愿也要讲出来。

"两个月前彭泽开始追求我，受不了他的浪漫攻势，我竟然就傻到答应做他的女友。"杨思琦很痛心疾首，仿佛这是她这辈子最后悔的事。

"你不知道他有女友吗？"凌澜忍不住插话，用酸涩的语气："应该说，你不知道他有很多女友吗？"

杨思琦显然是认识凌澜的："我知道，你是他的正牌女友。当时我也问他，不是有个从大一就交往的女友吗，为什么还来追我。他说他早就厌倦了，直到看见我才知道自己选错了人。不过凌澜，你别伤心，他这明显就是假话，我敢打赌，他和别的女生也这样说过，他肯定也和万玲说过，直到遇见了万玲才知道选错了我。"

凌澜干涩地笑笑，摆摆手示意没关系，叫杨思琦继续下去。

杨思琦的脸上浮现出愤怒的神态："彭泽的女友不下五六个，我本以为我是最倒霉的那个，可是没想到，万玲比我还要惨。我只是被勒索，可万玲却……"

当杨思琦说到勒索的时候，顾涵浩的脑子里闪过一道灵光，他试探地问："你是不是被彭泽还有一个叫大吹的男人勒索？"

杨思琦很意外，半晌才回过神："你怎么也知道，难道你也看过……"

顾涵浩急忙摇头摆手，语气有些尴尬："没有没有，我只是猜测而已。"

第七章　勒索

凌澜的脑子里一团糨糊，她不明白这两个人在说些什么。

顾涵浩看出了凌澜满脸的问号，杨思琦也是又震惊又疑惑，于是解释："凌澜，你昨晚不是跟我说过彭泽有个朋友叫大吹，爱吹牛，有才华，又很色。他和彭泽合伙做生意，这个生意需要用到彭泽的钱和大吹的才华，并且生意只有他们两个人参与，没有外人吗？"

"是啊，"凌澜隐约猜到了什么："难道是，是摄影？"

顾涵浩没有立马点头，而是偷偷观察了一下杨思琦的反应。杨思琦一听到"摄影"这个词，明显抖了一下。

"彭泽这个浑蛋，虽然他死了，我不该这么说他，但他就是个浑蛋！"杨思琦带着哭腔，两只手紧紧抓着裤子："什么被我吸引啊，爱我啊，全都是谎言，他之所以追我，和我恋爱，其实都是虚情假意，他的目的只有一个，那就是取得我的信任，骗我去他那个朋友大吹那里拍写真，人体写真！"

凌澜不敢相信自己的耳朵，她曾经爱过的彭泽是个花心滥情的负心汉也就罢了，他怎么可以这么龌龊卑鄙？

杨思琦抹了把眼泪："交往没多久，彭泽就说他有个朋友开了个摄影工作室，专门接一些私密的活，人体写真拍得特别唯美，说什么也要让我看看。我本来是很抵触的，但是耐不住他一遍遍地提，说就是去看看，不一定非要拍的。我心想看看也没什么关系，就跟着去了。那个什么摄影工作室根本就没有什么营业执照，就是一处比较大的民宅，被装潢成了摄影棚的样子。我去的时候，那个大吹正在给一个女孩拍照，我也看了他以往的作品，别说，还真挺不错，那些摄影器材，也都是高级货。"

顾涵浩递了纸巾给杨思琦："这些高级货的器材，包括那处民宅的房租，很可能就是彭泽用他每月父母给的生活费投资的。唉，我理解，很多女孩都会想拍一些私密的照片留作纪念，于是他们便看中了这个商机，可是显而易见，这种生意哪里会有那么多？他们很可能半年也难开张，所以彭泽便选择用追求女孩博取她们信任的方法来给这个工作室拉客人。"

凌澜想了想："我想当时彭泽一定没有让你付拍照的费用吧，因为他们的目的根本不在这点费用上，而是勒索这个无底洞。"

顾涵浩看杨思琦的脸因为羞愧而通红，于是便安慰："我能理解，现在有不少女孩想要拍这种特殊的写真，留作纪念，爱美之心人皆有之嘛，而且当时又有女孩正在拍，你便放松了警惕。"

"是啊，当时彭泽也在一边劝我，说那些欧美女星什么的，说时代越来越开放什么的，还说这些照片虽然是全裸，但也是有尺度的，充其量不过是情色，但绝不色情。我当时也不知道怎的，竟然就鬼使神差地答应了！"

凌澜努力深呼吸调整情绪，她想起了刚刚杨思琦的话，于是问："你刚刚说，以为自己是最倒霉的，难道其他女孩没有过这样的经历吗？"

杨思琦愈加悲愤起来："一开始我也以为彭泽之前的几个女友也都和我一样，可是我曾经打听过，她们和彭泽都是和平分手，分手后还惦念着彭泽的好，有的对他还念念不忘不死心，显然她们没有和我一样被勒索过啊！不知道为什么，彭泽为什么就选上了我，我和他无冤无仇的！"

顾涵浩沉思着，的确，为什么偏偏只有杨思琦呢？她和之前的女生有什么不同之处吗？

"对了，你是什么时候被彭泽勒索的？"顾涵浩问。

"就在半个月前吧，"杨思琦又纠正道："勒索我的不是彭泽，而是那个大吹！而且，勒索我的时候，那个大吹还说了很奇怪的话。"

"是什么话？"顾涵浩和凌澜异口同声。

"一开始那个大吹就和我说他工作室最近资金周转不灵，想要引进新设备，房租不够之类的。我还以为他要找我借钱，我就说，你去找彭泽想办法吧，我无能为力。结果他马上就变脸了，说我装，说就是因为彭泽不中用他才来找我。我当时真的不明白他是什么意思，但是看他想要对我动手动脚，我就急忙躲开，结果他一路跟来，说如果不给他钱，我知道后果会怎样。我当时很生气，问他能有什么后果，他却笑了，笑得很邪，说让我别再装清纯了，也没必要和他装，他和彭泽都是一伙的。我还是不明所以，他们是朋友我知道，一伙的是什么意思呢？后来大吹实在是没耐心了，就威胁我，如果不给他五千块，他就把我的写真放到网上。我这才明白过来，他是来勒索我的。为了不让照片流出去，我只好东拼西凑，凑足了五千给他。"

顾涵浩沉默了片刻，杨思琦的这番话信息量不少，而他，已经差不多全部掌握。并且他认为很有必要把他提取到的这些信息告诉给杨思琦。

"你说得对，彭泽和你无冤无仇，所以他并没有想害你的心。你的确挺倒霉，被那个大吹找上，但是被勒索的不止你一个，不对，应该这么说，当初大吹想要勒索的不止你一个，但真正被勒索的却只有你一个。"

顾涵浩这番话让凌澜云里雾里，她忍不住伸出手去摇晃顾涵浩："快把话说清楚。"

"对啊，这到底是什么意思？"杨思琦更是心急，毕竟这件事关系到她的切身利益。

"就先从彭泽说起吧，凌澜说他在半年前突然变得花心滥情，频繁换女友，其实那是有原因的，他是从半年前开始担当起为大吹拉客的任务的，不知道因为什么原因，他选择帮大吹，用这种勒索的手段榨取钱财。彭泽的任务就是让女孩们放下警惕，心甘情愿地去大吹那里拍照，留下照片。然后，再拿着那些照片去勒索这些女孩们。可是彭泽没有这么做，否则那些女孩们也不会像你说的还对他念念不忘。但是，大吹以为彭泽已经勒索成功，因为彭泽确实给大吹带回了钱，他是自掏腰包的，为了不给那些女孩们造成伤害。"

凌澜和杨思琦听得目瞪口呆，彭泽又不傻，为什么要这么做？他为什么要和大吹同流合污，帮他拉客人，又心存善念，甘愿自己掏腰包给大吹？

"可是尽管彭泽每隔一段时间便会用自己的钱给大吹进贡，大吹的钱还是不够花，他很可能是指使不动彭泽了，因为彭泽很可能对他说过，不要把事情做得太绝，一个女孩勒索一次也就够了。偏巧这时候，彭泽没有带来新的女孩，也不肯帮忙重复勒索以前的女孩，大吹无奈只好自己行动，结果就找上了你。他之所以说你装，就是因为他认为彭泽之前就用写真威胁过你，你应该知道他找你的目的，可是你却根本听不懂他的意思，非要他明说。"

凌澜猛地站起身："恐怕大吹已经得知了彭泽根本就没有勒索过你，也没有勒索过其他女孩，他一定会很生气！"

第八章　良知

都市华庭算是T大附近条件最好的一处小区了，当然房价和房租也不便宜。它的社区管理还不错，租客也必须登记个人信息，也是因为这样，根据杨思琦给出的具体地址，顾涵浩他们已经得知了这位大吹先生的本名，崔宏，本地人，25岁，无业，独居，在S市没有亲人。

顾涵浩让凌澜和他一起等在车上，在崔宏居住的三号楼侧面等待，由袁峻和柳凡还有两名便衣上去抓捕崔宏。

崔宏应该没有武器，但是有可能拒捕或逃跑，因为他很可能就是杀害彭泽和万玲的凶手。

等了十分钟左右，没见袁峻他们带着嫌疑犯走下来，倒是看见三号楼三楼的窗子里爬出来一个男人，他居然想顺着楼下窗子的防盗栅栏下到地面！

顾涵浩叹口气，一副自认倒霉的样子，从容地下了车，走到那男子的正下方："我劝你还是原路爬回去，这样安全系数高一些。"

男人被顾涵浩的声音吓了一跳，回头看了一眼，正好看到了顾涵浩举着警官证，他懊恼地扭曲着面孔，左手狠狠捶打着防盗铁栅栏。最后他还是决定往下走，简单的算术和几率他还是懂的，听声音上面准备撞门的有三四个人，而下面呢，只有一个，当然是走下面胜算大一些。

男人的身手还不错，竟然三两下就从三楼下到了地面，还很专业地在草坪上翻滚了一圈作为缓冲。他不敢耽误时间，落地翻滚后马上站起身，看到顾涵浩正一副无所谓的样子等在他面前，他也不示弱，干脆从怀中掏出一把弹簧刀，张牙舞爪地向顾涵浩冲过来。

凌澜不禁为顾涵浩捏了把汗，但是转念一想，听说顾涵浩的搏击格斗都是一流中的一流，曲晴说过，他曾经以一敌三，那三个都是警队里的高手，虽然最后只是打平，但是以一敌三还能维持打平，已经算是胜利了。

果然，事实证明凌澜的担心是杞人忧天，虽然看样子这个崔宏也并非等闲之辈，可是遇见了顾涵浩也只能自认倒霉。顾涵浩等到他冲到跟前的时候才以迅雷不及掩耳之势出手，一只手发力，握住了男人执刀的手腕，顺势一转，手臂便缠在了男人的脖子上，手肘用力一夹，男人的脸瞬时绷紧，看来喘气都有些困难。他的另一只手刚想反击，却被顾涵浩的另一只手钳制住，往关节的反方向使力，疼得那男人的身子努力地随着顾涵浩的力道扭动。

弹簧刀终于掉在了地上，滚落出去老远。顾涵浩改变姿势，把男人放倒在地，用膝盖顶住他的后背，一只手攥住他的两只手，另一只手掏出手铐。

男人不服气地在嘴里面咒骂着脏话，顾涵浩也不在意，只是带着点讽刺地说："早就说让你爬回去，要是合作的话，那四个会对你客气得多。"

"抓我干什么？我犯了什么罪？"男人终于大声叫嚷出来。

柳凡率先气势汹汹地从单元门里跑出来："谋杀！崔宏，现在正式逮捕你！"看得出，她很气愤，气愤她巾帼英雄无用武之地，反而要顾涵浩帮忙才逮到这个可恶的家伙。

崔宏仍旧不服气，一边被钳制着往车那边走一边问："我能问一下，我杀了谁吗？"

结果没有人回答他，只有柳凡用恶狠狠的眼神瞪了他一眼。

景江区公安分局刑警大队的审讯室，柳凡和袁峻坐在崔宏对面，很郑重地回答了他之前的问题："崔宏，我们怀疑你就是杀害彭泽和万玲的凶手。对此你有什么话说。"

崔宏的双手依旧背在身后拷住，他本来狼狈中还带着吊儿郎当地嬉皮笑脸，一听这话，马上正经起来："彭泽死了？不会吧？"

袁峻冷哼一声："别装了。"

"你们怀疑我杀了彭泽？别开玩笑了，彭泽是我的摇钱树，我杀谁也不会杀他啊，不是，我谁也不会杀，我崔宏是遵纪守法的好市民。"

柳凡猛一拍桌子："好市民？亏你说得出口，你的那些丑事以为我们不知道吗？光是勒索这一项罪名就够判好几年。"

崔宏的气焰一下子降到冰点，小声说："别，我全力配合还不行吗？争取宽大处理。其实我真正勒索的不就是杨思琦那五千嘛，数额其实还挺小的。"

"这么说，你知道之前的钱都是彭泽自掏腰包的？"袁峻顺着崔宏的思路问下去。

崔宏真的老实了，他点点头："我也奇怪呢，想找彭泽问个清楚，这么久以来，到底这钱是不是他一直供给我的，他一开始还不承认，被我逼得急了，他才说反正他也把那些女孩伤害了，心里过意不去，替她们破费点作为补偿是应该的。他都这样说了，我还能说什么。"

顾涵浩在监控室里微微摇头，像是自言自语又像是对一边的凌澜说："不对，这个崔宏还是不肯说实话。如果彭泽自愿给他钱的话，为什么还要把女孩们扯进来？如果他真的对那些女孩心怀愧疚，就不该让她们来蹚这浑水，还留下照片在崔宏这个色鬼手上。"

说完，顾涵浩掏出手机拨通电话："喂，小郑，你去查一下崔宏和彭泽的银行账户，还有消费信息，有消息马上通知我。"

审讯室里，袁峻继续问道："看来彭泽还是有点良知的，可既然有良知，为什么还要帮你？"

崔宏尴尬地笑："这个我也不知道，也许是他对我，意图不单纯吧？"

柳凡陡然站起身，把头凑到崔宏面前："我警告你，少胡言乱语，放老实点。"

"我没胡言乱语啊，真的，我真的怀疑彭泽对我有意思，他对我的要求一直都是有求必应。我俩三年前就认识了，有次我被坏人抢劫，是彭泽救了我，完了还请我吃饭，后来我们就算认识了。我说我爱好摄影，他就说他早就想开个摄影工作室，小时候也爱好这个，可是他父母不让他学。我看他有那个意思，就提出让他出资当老板，我给他打工。这不，这个工作室就这么建起来了，房租、器材，都是彭泽出资的。他说想赚钱买房子，毕业就和女朋友结婚。"

凌澜听到这里忍不住闭上眼睛转过身子，努力把快速蔓延的心痛压抑下去。

"拍人体写真是谁的主意？"柳凡没好气地问，其实想也知道，肯定是崔宏的主意。

崔宏歪嘴一笑："这个，是我的主意。我们实在是赚不到钱，我也不能让彭泽天天扔钱不是，这房租每月要一千八呢，再这样下去，不但我们的工作室要关门大吉，彭泽毕业买房结婚的事都得泡汤。所以我一提，他就同意啦。"

第九章　把柄

　　袁峻和柳凡出了审讯室，剩崔宏一个人在里面。这是顾涵浩的主意，因为他看得出这个崔宏还有所隐瞒，他想让他先单独在审讯室里等待，最好等到心焦，等到胡思乱想，那个时候会更容易攻破他的防线。

　　这期间，顾涵浩把凌澜叫到了办公室，斟酌着语言，问道："凌澜，以你对彭泽的了解，你能不能想到，彭泽这么做到底是为什么。"

　　凌澜苦笑："我唯一能肯定的就是，彭泽绝对不是同性恋，他对崔宏如此大方，绝不是对他有不单纯意图。"

　　"这点是当然，当然。"顾涵浩自言自语般。

　　袁峻站在办公室门口敲了敲门，然后进来："顾队，崔宏的电脑里并没有万玲的照片，看来彭泽还没来得及带万玲去崔宏那儿。那个，崔宏的电脑怎么处理？"

　　"把所有照片和底片全部彻底销毁，器材什么的全部没收。"顾涵浩轻描淡写地说道。

　　"好的。"袁峻应了一声刚要离开，又不太放心地转过身："凌澜，你不要紧吧？要是不舒服就先回去休息？"

　　凌澜抬头看了看办公室的挂钟，还有两个小时就到晚上的下班时间，她没有必要自己先回去，和顾涵浩一起下班还可以搭顺风车。"我没事，倒是你，看起来很憔悴，今晚要好好休息啊，彭泽的案子还得仰仗你们替他查出真相呢。"

　　凌澜的话让袁峻顿时全身来了力气，他满怀信心充满动力，用力点点头，然后才不舍地离开。

　　顾涵浩当然看得出袁峻的心思，他犹豫了一下，还是决定让凌澜也更清楚袁峻的心意："凌澜，你知道袁峻昨晚为了你……"

　　"顾队！"柳凡没有敲门，直接在门口叫了一声，把头探进来："崔宏说有重要的话要说。"

　　被打断后，顾涵浩看了一眼凌澜，刚刚想说的话竟然就这样被咽了下去，又不想说了："凌澜，你跟我进去听听他说什么吧，如果你能保持冷静的话。"

　　凌澜有点受宠若惊，连门口的柳凡也意外得皱起眉头。

　　"放心吧，我不会让你失望的。"凌澜胸有成竹地跟在顾涵浩身后往审讯室去。

　　第一次以审讯者的身份踏入这间不大的房间，凌澜有些紧张，但是也很兴奋，随即又很落寞，没想到她有生以来第一次要审问的人竟然是杀害彭泽的嫌疑犯。

　　"你有什么重要的话要说？"凌澜尽量让自己的口气威严一些，说完才意识到自己抢了顾涵浩的风头，居然先开了口。侧目看看顾涵浩，发现他并不在意，只是直直盯着崔宏，这才让凌澜心里踏实了些。

· 166 ·

崔宏迫不及待："你们还没告诉我彭泽死亡的时间呢，不问问我有没有不在场证明吗？"

凌澜等了一会儿，发现顾涵浩并不开口，难道是把问题留给她吗？于是便又开口："本月23日晚上六点到十点之间你在哪，和谁在一起，做什么？"

崔宏挠着头，想了几秒钟，有些沮丧："怎么偏巧是那天，那天晚上我还真没什么活动，就自己在出租屋里面喝酒睡觉来着。"

"那22号和24号呢？"凌澜刚刚故意误导崔宏，是想看看他会不会在听到23号这个日子的时候有什么反常的反应，如果他是凶手，明明是在22号作案，结果警方却问23号，要么他会暗自庆幸警方搞错了时间，要么他会琢磨这其中是不是暗藏玄机，说不定会在神态上露出什么破绽。

"警察同志，你这是给我放烟幕弹啊，好吧好吧，我想想，22号晚上我去参加了一个免费摄影展，24号晚上我去酒吧垂钓，看看有没有哪个妹子上钩让我拍写真的。彭泽到底是在哪天遇害的啊？"

"酒吧的名字、你坐的位置、摄影展的位置和名称，都写下来，"凌澜说完才反应过来，崔宏的手还在身后拷着，于是补充："待会儿会给你机会写的。"

凌澜又偷偷看了看旁边的顾涵浩，他还是不吭声，像是在思考什么，没什么表情，目光还有点呆滞。

为了不冷场，不让崔宏觉得自己不专业，凌澜又问："你最后一次见到彭泽是什么时候？"

"22号中午，在我的工作室里，我让他尽快把万玲带来拍照，而且这次不允许他再替万玲拿钱，我说：你的钱我也要，万玲的那份也跑不了。他却只是敷衍我，让我别急，我很快会有一大笔钱的。这时候那个万玲就给他打电话了，哭哭啼啼地在电话里说挨了一巴掌什么的，让彭泽赶紧出来替她主持公道。然后他就走了，去找万玲去了。"

凌澜的脸微微发烫，因为她就是崔宏讲述中，那个打了万玲一巴掌的人。

凌澜刚想继续问，顾涵浩终于开口了："你到底掌握着彭泽什么样的把柄。"这句话冷静而肯定，不是问崔宏是不是有彭泽的把柄，而是直接问什么把柄。

崔宏显然愣住了，好几秒维持着一个表情，最后才结结巴巴问："你，你，不是，你是，你是怎么知道的？"

凌澜觉得这句话很好笑，也代表了很多人的心声，同样的话门外办公室里的那些个同事们恐怕都问过。顾涵浩是怎么知道这个的？

"彭泽和你不是同类人，要是的话，他也就不会自掏腰包拿钱给你了。他一开始一定是不同意你提出的这个卑鄙的提议，但是迫于某种压力，他无奈之下只好答应你。他和你合作根本就不是为了钱，如果是为了钱，你这个只赔不赚的买卖，他早就撤股了。"顾涵浩直视着崔宏的眼睛，不容他躲避。

崔宏却有些懊恼，还有点气愤："人都已经死了，你们非要逼我说他的坏话吗？我不想说的，说了也没用了，他都已经死了！"

凌澜全身打了个冷战，怎么，彭泽还有什么坏话能让别人说？这一天之间，她对彭泽要改观多少次？从花心滥情的负心汉到与崔宏同流合污的可恶坏蛋，又从坏蛋变成了尚存良知的好人，这下，他又会变成什么？

第十章　旧案

崔宏咬着嘴唇，半晌才吐出一句话："我坦白，是不是可以从轻发落？"

顾涵浩却不让步，也不表现出急迫，只是淡然处之，轻轻吐出几个字："看我心情吧。"

崔宏一看这架势，犹豫了几秒钟，最后舔了舔嘴唇，准备娓娓道来。

"我和彭泽是三年前偶然认识的，那个时候我过得挺糟糕，在地下室租床铺，好不容易找了份零工，结果雇我的那个浑蛋卷钱跑了。真是人倒霉喝凉水都塞牙，那天晚上我还碰上了打劫的，幸好彭泽及时出现，帮我打跑了那个劫匪。他看我挺可怜就请我吃饭，彭泽是个公子哥，父母是开珠宝行的，他刚刚上大一，每月的零花钱就赶上我半年的工钱。我当时开玩笑，要是日子再这样下去，我也干脆去打劫算了，一听这话，彭泽就拍桌子不干了，他那样子看来是信了，以为我真要去打劫，当时便掏了一千块拍桌子上给我。"

凌澜心里苦笑，原来她一直以来倒贴的男人是这么个公子哥，她倒贴给彭泽，彭泽呢，倒贴给这个崔宏，都不是倒贴给什么美女，而是个无耻的臭男人！总该不会是他真的对这个坏男人感兴趣吧？

"一来二去，我俩就成了朋友了。他说不想让我走歪路，要拿钱出来帮我实现梦想，于是我们俩就一起弄了这个工作室，刚开始呢，拍一些正常的照片。后来呢，我就喜欢拍那些女孩性感的、唯美的……"

"直说吧，不穿衣服的。"顾涵浩听不下去这个龌龊男人扭扭捏捏，直接替他挑明。看来彭泽不让凌澜见他就对了，这个崔宏果然是个色鬼。

崔宏尴尬地笑笑："那个，这也是一种艺术不是吗？我好不容易让彭泽明白，这是一种艺术，他也勉强接受了我这种艺术，可是你知道光有艺术没有市场也不行啊，我就想着，让彭泽帮我开拓市场。结果，彭泽说这活他干不来，他说宁可现在把器材卖了，房子退了，看看能剩多少钱就剩多少吧，赔钱他认了。"

讲到这里，崔宏的神色慌张起来，他几次想开口继续，又把话咽下去。

"接下来就该说到彭泽的把柄了吧，你最好快点，"顾涵浩看看手表："我们就快下班了，要不你在这过一夜，咱们明天接着审？"

崔宏一听这话，立马继续："最后就是彭泽不答应，我也拿他没办法，可是有一天晚上，我约他出来喝酒，想再劝劝他。他中途被一个电话叫走了，我听着对方是个女的，说在江边等他。他好像很着急，说可能要有大麻烦，然后丢下我就打车跑了。我当时好奇，就打车跟了过去，一直到江边，我看见他和一个女的在江堤上争吵，还互相推搡，然后，我一眨眼的工夫，那个女的就不见了。彭泽当时抱着头慌乱地朝周围看，我赶忙躲起来，他以为四周没人，所以就跑了。我再傻也明白，他把那个女的给推到江里面了。"

"于是你就用这事来威胁他？"凌澜有些控制不住情绪，拳头攥得紧紧的，声音也抖起来。

顾涵浩和凌澜是并排坐着的，他把手从桌子下面伸过去，在凌澜的手上拍了拍，示意她冷静。

崔宏点点头："我当时想报警来着，可后来一想，彭泽也不是故意的，他要是讲了监狱对我一点好处都没有，还不如我俩互惠互利一下，我不揭发他，他还能帮我弄到钱。然后，彭泽为了不进监狱，他就答应了我，帮忙找女孩来拍照，然后再由他出面去勒索那些女孩。哼，我还当他怎么这么好心，不用我出面，自己去当坏人，原来他一直把我蒙在鼓里，那些钱都是他替那些女孩掏的！"

凌澜的手更是抖得厉害，她终于明白，不管彭泽是个怎样的人，做过怎样的错事，但是他的心是善良的，他不想害那些女孩，而且，他和那些女孩不过是逢场作戏，追求她们，和她们恋爱全都只有一个目的，是为了哄骗她们去拍写真，他对她们根本就不是真感情，他的真感情只给了她一个人。

顾涵浩注意到身边的凌澜就快要把持不住自己，急忙再次把手放在了凌澜的手上，这次，他紧紧握住凌澜的拳头，用力度和热度提醒凌澜不要激动。这一刻，他居然忘记了审讯室里面有监控摄像头，他在桌子下做的小动作，崔宏看不到，可是监控室里的袁峻和柳凡却看得一清二楚。

"那件事是什么时候发生的？关于那个掉进江里的女孩，你还记得她长什么样吗？"顾涵浩平静地问。

崔宏冥思苦想一番："女孩大概二十多岁吧，挺年轻。样子呢，我说不上来，你也知道，我没上过什么学，不会表达，不过让我再见到她呢，说不定能认得出来。至于时间，大概是半年前吧，那会儿江水还冷着，那女孩不被淹死也被冻死了。"

从审讯室里出来，顾涵浩并没有注意到袁峻和柳凡不太好看的脸色，只是急着吩咐："去查查半年前有没有失踪案或者命案，到现在还没有找到人和凶手的，要年轻女性。"

柳凡没有回应就转身离去，剩下袁峻呆呆站在原地。

· 169 ·

凌澜的状态不好，她跑去洗手间想洗把脸，再偷偷哭一场，让自己好受些。

看凌澜离开了，袁峻才跟到顾涵浩的办公室，进去之后，他就盯着墙上的挂钟，指针跳过12那个数字，显示他们已经下班了。袁峻这才开口问私事："顾队，你喜欢凌澜吗？"

顾涵浩本来正在整理案件资料，一听这话惊得停止了动作，一时间不知道该如何回答。

"如果你不喜欢她，那么请你不要对她过于，……亲热谈不上，就是注意一些。也许你心里没什么想法，但是，我怕凌澜会误会。"

顾涵浩这才会意，敢情是刚刚他在桌子下握住凌澜的手，被两个下属通过摄像头看见了。

"你多虑了，现在凌澜满脑子都是死去的彭泽，根本就感受到不到身边还有别的男性。不过，我以后会注意。"顾涵浩一下子转变了角色，倒像是他是下属，在和上级保证什么。

袁峻马上释然，转移话题，显然对这个话题，他也不好意思多说。"顾队，关于崔宏说的半年前的案子，我在想，会不会是那个掉进江里的女孩，她的情人或朋友得知了真相，来找彭泽报仇呢？因为彭泽也是死在江里的。"

"有这个可能，咱们先往这个方向查查试试。不早了，你快回去好好休息吧，昨晚折腾了一夜，告诉柳凡一声，明早再查失踪案，都回去吧。"

顾涵浩起身走出办公室，正赶上一名警员押解着崔宏乘电梯下楼，送去拘留。崔宏一见顾涵浩便大声嚷嚷："你不是说我坦白了就不用在这过夜了吗？"

顾涵浩一副很无辜的样子，指了指窗外对面的三层小楼："你是不用在这过夜了，拘留所不在这个楼，在那边。"

第十一章　失踪案

顾涵浩带凌澜吃了晚饭，虽然他已经事先回忆过，要带凌澜去的那条街上没有小笼包的饭店，可是世事难料，居然就在顾涵浩打算去的那家饭馆旁边，新开了一家环境不错的小笼包店。而小笼包，听说是彭泽最喜欢带凌澜去吃的一种食品。

车子停在路边顾涵浩才发现这一点，他假装没在意，透过车窗扫了两眼，抱怨道："这家饭店的停车位实在太少了，这才几点啊，就没位置了，咱们换个地方吧。"

凌澜心思恍惚，不但没有注意到还空着几个停车位，而且连那家新开的店面不小的小笼包店都没看到。她答非所问："你说，彭泽真的杀过一个女孩吗？会不会，是崔宏编造的？"

"也有这个可能。总之我们不光要查失踪案，还要查一些悬案，也许这半年中，松江里也打捞过女尸，而凶手还没有被找到。"顾涵浩想了想："刚刚你给崔宏的烟幕弹给了我提示，明天我们可以用几张照片再测试一遍崔宏，看看他的反应，看那件事是不是他凭空捏造的。"

晚饭凌澜吃得心不在焉，她根本没什么胃口，结果饭菜剩了不少，她让服务员打包，作为他俩明天的早餐。顾涵浩看见到了这种时候凌澜还没有丢掉勤俭的习惯，更加怜悯起这个女孩。

顾涵浩把凌澜送回了家，虽然担心她会再像昨晚那样悲痛，一个人哭，但是又不能再像昨晚那样安慰她，虽然在顾涵浩心中只是把她当成需要呵护的妹妹一样，可是毕竟，他们不是兄妹。

回到自己的卧室后，顾涵浩思考再三，觉得应该把袁峻对凌澜的一片苦心告诉给她，说不定这样，可以让凌澜更快地走出彭泽的阴影，在她的生命里注入新的活力。

不知道该怎么开口，于是顾涵浩就把袁峻为她找不在场证明的事用不含任何感情成分的平实语气浓缩成一条短信，给凌澜发了过去。

凌澜没有回信，也许她已经睡了，也有可能，她不知道该怎么回信，更有可能，她认为不需要回信给顾涵浩，直接把感谢的短信或者电话回到了袁峻那里。

第二天又是忙碌的一天，先是柳凡来汇报调查结果，最近的大半年，松江里没有发现过女尸，唯一的事故就是四个月前，一个小男孩戏水的时候不幸溺毙。

袁峻那边也有了结果，S市包括周边郊县，半年前的失踪案倒是有几起，输入性别，年龄范围之后筛选出了三个结果，分别是三个妙龄女子。

"要不要拿这三张照片去给崔宏辨认？"袁峻问。

"你先随便找几张别的年轻女孩的照片去给他辨认，就说是半年前失踪的几个女孩。"顾涵浩打算先试探一下崔宏。

袁峻点头后刚要离开，顾涵浩叫住了他："袁峻，刚刚在楼下，开车送你来上班的女人是谁啊？"

袁峻尴尬地挠挠头："那个，她是廖老太太的孙女，她，只是顺路。"

顾涵浩意味深长地笑了笑："引用某人的话怎么说的来着，如果你不喜欢人家，那么请你不要对人家过于……亲热谈不上，就是注意一些。也许你心里没什么想法，但是，对方会误会。"

袁峻被顾涵浩说得脸色通红："顾队，我对那女孩可没兴趣，是她奶奶非要撮合我们，你也知道，毕竟廖老太太帮了凌澜的忙，我也不能太驳了她老人家的面子。"

顾涵浩笑着摆手："你跟我解释什么啊，只要你自己心里有数就行了。"

袁峻的心里当然有数，他不喜欢那个开着凯美瑞的女白领，他喜欢的是凌澜。他在心底里跟自己说，让顾涵浩拿他开玩笑就算了，绝对不可以让凌澜误会。

回到自己的办公桌前，袁峻看了一眼凌澜，心里明白既然顾涵浩看到了早上的那一幕，凌澜和他坐同一辆车，肯定也看到了。现在该不该和她解释一下呢？

"袁峻，有什么我能帮忙的吗？"凌澜坐在办公桌前随意翻着陈年的公安内部刊物，有些无聊。

袁峻看到凌澜一副无精打采的样子，显然是还沉浸在彭泽去世的悲伤中，这个时候和她解释真的不合适……于是便招了招手："你帮我在这个文件夹里随便找四五张年轻女孩的照片打印出来，谢了。"

凌澜坐到袁峻桌前，按照他的指示开始寻找。她知道找照片的原因，一定是顾涵浩的意思，他昨晚已经说过，要再给崔宏放个烟幕弹。

袁峻站在桌边，用座机拨号："喂，我是袁峻，麻烦把崔宏带过来，对，送到审讯室。他昨晚没给你们添麻烦吧？那就好，谢了。"

凌澜找好了几张照片，这五张照片中的女孩，有三个是之前案件的女死者，剩下的两个，不过是其他案件的目击者证人之类的，凌澜特意看了看照片相对应的资料。

在打印机旁等待的时候，凌澜偷偷看了看正在忙碌的袁峻，想起了早上开车送他上班的那个白富美，心里涌出一股说不上来的滋味，想了想，好像不是吃醋，而是羡慕。

很快，崔宏被带到了审讯室，这次换袁峻和凌澜坐到了他的对面。

凌澜把五张照片摆在崔宏面前："这些女孩都是半年前失踪的，到现在还没有音信，你看看，里面有没有你看见的那个女孩。"

崔宏倒是很合作，一张一张拿起来，放到面前仔细研究："不是我吹啊，我就是干这一行的，对女孩子们的五官啊，表情特征啊，都很有研究，摄影师得表现她们最美的一面不是吗？虽然当时那个女孩我记不起来长什么样，就像很多我拍过的女孩我也记不得，但是只要再见面，我就能想起来，这女孩我拍过。"

袁峻懒得听他唠叨："少废话，好好看照片。"

审讯室里安静了几分钟，然后这安静就被崔宏惊讶的声音打断："哎呀，就是她，就是她，准没错！"

袁峻和凌澜对视了一眼，这个崔宏还真是有演技。看来那三张失踪女孩的照片也不用给他看了，有关彭泽推女孩落水的事，根本就是他胡编乱造的。

看面前两个警官都一脸不屑的表情，崔宏有些气恼："怎么了？我说是她就是她，我用项上人头保证！"

袁峻示意凌澜和他一起离开，还叫来了一个警员，让他把崔宏送回拘留所，临走时袁峻不屑地说："看好你的项上人头。"

凌澜看着那女孩的照片，觉得还是谨慎一点好："这个女孩，我记得是三年前一起案子的相关证人，要不咱们还是给她打个电话吧，说不定她真的半年前出了什么事呢，我总觉得崔宏刚刚的样子不像是撒谎呢。"

袁峻笑道："我刚刚当刑警的那会儿，听嫌疑人撒谎，也觉得他们说的是真的，总是下意识选择去相信他们，相信一些向善的东西，可是后来……"

"后来就正好相反了是吧？"凌澜打断袁峻："不过我还是觉得从前那样的你更可爱一些，如果我是刑警的话，我就先选择相信那些向善的东西。"

说着，凌澜坐到了袁峻的位置上，再次点击打开那个文件夹，找到了那个女孩的资料，用自己的手机拨打了那女孩的联系电话。她觉得只有这样做了，才会放心。

很快，电话通了，电话那边是个焦急的女声："喂，喂，是舒晗吗？"

凌澜愣了一下，她打的不就是这个栾舒晗的家庭座机吗？而且用的是自己的手机，怎么会被问出这样的话？

"你好，我这里是景江区公安分局……"

"公安局？太好了，你们终于肯受理我女儿的失踪案了啊！"女人带着哭腔惊喜地大叫。

第十二章　神秘账户

凌澜全身为之一振，失踪案？终于肯受理？看样子这个母亲已经去派出所报过案，而她说终于肯受理的意思就是说，她报案的时候派出所并没有受理。据她所知，派出所一般不会予以受理，原因八成就是这个女孩失踪还不到24小时。

"等一下，你先冷静一下，你的女儿是栾舒晗吗？"凌澜同时也告诉自己面对突如其来的状况更要保持冷静清醒。

"没错，没错，我女儿就是栾舒晗。"女人的语速很快。

"她是什么时候失踪的？"凌澜边问边凝重地望向袁峻。袁峻听到"失踪"两个字，也提起了精神，凑了过来。凌澜急忙把手机换成免提模式。

"前天晚上，她应该六点钟就下班的，结果八点了还没回来，我以为加班呢，就没在意，后来九点我给她公司打电话，公司里根本没有人，我又给她老总打电话，人家说根本就没安排加班，舒晗六点钟就准时下班了！"

从这番话里凌澜提取到了两个重要的信息，第一就是崔宏果真是在信口雌黄，这个栾舒晗并不是半年前被彭泽推下江的女孩，半年前她还活得好好的；第二就是，无巧不成书，这个栾舒晗没有在半年前失踪，反而在前天晚上失踪了。

凌澜不知道该怎样处理，于是把手机递给了袁峻，袁峻接过电话，告诉对方，派出所那边会派出警力调查，公安局这边也会及时关注，叫她放心。

挂上电话，凌澜总觉得哪里不对劲，虽说这世界上巧合的事很多，但她就是觉得这件事不会是这么单纯的巧合，其中一定有联系。

凌澜快步走进顾涵浩的办公室，想把这件蹊跷的事告诉给顾涵浩。

忘记了敲门，凌澜直接推门进屋，这才发现，办公室里有两双眼睛正吃惊地望着她。正是顾涵浩和郑渤。

"对不起，我，我等会儿再来。"凌澜边说边后退。

"凌澜，你来得正好，进来吧。"顾涵浩招呼凌澜，他没有为凌澜的不礼貌感到不悦："正好小郑正在跟我说彭泽的经济状况，你也来听听看。"

凌澜坐到沙发上，安静聆听。

郑渤冲凌澜礼貌地颔首示意，说道："彭泽每个月大概有五千左右的生活费，他父母直接打到他的银联卡里面。这些是流动资金，大概就是彭泽给崔宏，用以维持他们那间没有执照和经营许可的摄影工作室，还有拿来给崔宏的。除了这张流动资金的银联卡，彭泽名下还有一个定期存折，是三年前三月份开户的，当时的本金是三万元整，一直到十天前彭泽销户，把里面的本金和利息，一共三万三千零四十九元六毛全部都取了出来。但是这笔钱的去向，目前还不清楚。"

顾涵浩问凌澜："彭泽有这么一笔钱一直存在银行没动，你知道吗？"

凌澜摇头，这事她是一点都不知道，这个彭泽，到底还有多少事是她不知道的啊？

"三年前你们才大一，是不是他父母给他存的钱呢？让他以备不时之需？"顾涵浩猜测着。

凌澜还是摇头："恐怕不是，大二那年彭泽最好的朋友曾经出了次意外车祸，导致内出血，急须手术。可是当时送他去医院的几个男生都没有多少钱，彭泽把银联卡里所有的钱都拿了出来，大家拼拼凑凑，可是还是不够。当时彭泽急得去给他父母打电话，要他们马上去银行汇款，而他的父母也就真的去汇款了。"

"也是，如果他父母真的在儿子上大学的时候就给了他这么一笔不小的数目让他以备不时之需，那么，好朋友在生死关头，彭泽也就不会打电话再向父母要钱了，就算是要，他的父母恐怕也不会再给。"郑渤分析着，然后问顾涵浩的意见："顾队你说呢？"

顾涵浩沉默不语，半分钟后才开口："我记得崔宏曾经说过，他最后一次见彭泽的时候，也就是22号中午，彭泽对他说：你很快就会有一大笔钱的。"

"你怀疑彭泽把这笔钱给了崔宏？"凌澜也想起了这句话，她虽然是用疑问的语气，但是她心里很肯定。

郑渤马上起身："我这就去查崔宏的银行账户信息，看看这笔钱是不是到了崔宏那里。"

顾涵浩等到郑渤离去后才说道："我想，崔宏很可能还不知道自己有这么一笔钱，因为彭泽并没有给他现金，而是直接打到了他的卡里。"

"你怎么知道没有给现金？"凌澜问。

"咱们去抓捕崔宏的时候就已经把他家搜了个底朝天，没有现金。再说，如果他知道自己有了这么一大笔钱，应该会很快挥霍掉的，因为杨思琦的那五千已经被他挥霍得所剩无几，所以他才着急让彭泽去勒索万玲。"

凌澜同意顾涵浩的说法，但她很快又想起了自己进来的最初目的，于是便把崔宏指认栾舒晗，而栾舒晗凑巧在前天失踪的事告诉了顾涵浩。

顾涵浩的表情更加凝重，他也隐约觉得栾舒晗会和彭泽的案子有某种联系，但是一时间却摸不到头绪。不过顺着这个思路查一下也是好的。

"凌澜，你把柳凡叫过来。"顾涵浩习惯性地下命令，而凌澜也习惯了接受顾涵浩的命令。

很快，凌澜和柳凡一起进来。

"柳凡，你拿着彭泽和万玲的照片，去栾舒晗家里了解一下情况，问问她的母亲，栾舒晗是不是认识彭泽和万玲，还有就是半年前，栾舒晗有没有什么特别或者反常的地方，再了解一下她前天失踪的相关情况。"

柳凡从进来到出去一句话都没有说，动作也极为僵硬，只是点了下头。

等到柳凡离开，凌澜才发问："她这是在跟你赌气吗？"

顾涵浩苦笑："是啊。"

"为什么？"凌澜好奇，前阵子柳凡不是这样的。

顾涵浩心里暗暗回答，还不是因为你。但是他没有说，只是很随意地提起袁峻："今晚有什么安排吗？要不要请袁峻吃顿饭表达一下谢意？如果需要我推荐餐厅的话，我这里倒是有几个不错的选择。"

凌澜歪着头："你在说什么啊？我为什么要请袁峻吃饭？"

"这还用说吗？人家为了帮你折腾了一晚上，"顾涵浩看凌澜的表情似乎很不正常，又问："昨晚我给你发的短信上不都说了吗？"

"哪有什么短信？"凌澜边说边掏出手机："没有啊，你昨晚没给我发短信啊。"

顾涵浩走过来，站在凌澜身边看着她手中的手机，她的收件箱里还真的没有那条信息。难道是信息没发过去？

凌澜没有再问什么，转身就要离去。

顾涵浩看着凌澜的背影，一时间心领神会。以凌澜那种好奇的性格，如果她真的没有收到那条信息，她不可能不问信息的内容。可是现在，她没问，因为她昨晚明明收到了那条信息，还把它删掉了。她这样做的意图很明显，她在暗示顾涵浩，不要在这件事上多管闲事，她现在没心情，也没有那个能力去接受另一个男人的好意。有关袁峻的付出，她只能当作不知道，如果挑明了，她会更加不知所措吧。

第十三章　侧写

凌澜出了顾涵浩的办公室，走到走廊的窗前去透气。她不知道顾涵浩是不是已经明白了她的意思，应该会明白的，毕竟顾涵浩是那么聪明的人。

凌澜又想起了早上的那一幕，她和顾涵浩都看见了，袁峻从一辆凯美瑞上下来，车子的驾驶座上是一个明艳照人的美女，她笑靥如花，在和袁峻挥手道别。那个时候凌澜无意中看到了后视镜中的自己，一张苍白的脸、苦瓜一样的表情，她感到深深的自卑，仿佛那女人是朵娇艳欲滴的玫瑰，自己只是她旁边一棵快要枯死的杂草。

凌澜何尝看不出袁峻对自己的好，可是她不得不承认，她对袁峻有好感，但不来电。彭泽死前是这样，彭泽死后，她更是没心情去关注袁峻对她的关心。她明白一见倾心的那种感觉，那是三年前她还是大一的时候，第一次见到彭泽的时候产生过的感觉，心悸、紧张、兴奋，甚至还微微颤抖。她多么希望重新回到三年前，她可以和彭泽重新开始，如果是那样，她一定会去探寻彭泽的所有秘密，无论有什么苦难，她都要和彭泽一起面对。

等一下，三年前？"三年前"这个词在今天的提及率好像很高呢。三年前她和彭泽都是大一新生，都从外地来到S市；三年前彭泽存了三万块钱，却一直没动过；栾舒晗是三年前一起案子的相关证人；再往前，崔宏和彭泽相识也是在三年前！

凌澜像是触了电，匆忙跑进顾涵浩的办公室，没有敲门，直接推门而入。

"顾涵浩，三年前，三年前……"因为太过于激动，凌澜居然不知道从何说起，其实她想说的是要顾涵浩查一查栾舒晗涉及的那起三年前的案子。

顾涵浩正神情凝重地看着一沓厚厚的资料，头都没抬："你也注意到'三年前'这个关键词了吗？三年前，我还在景江区的一个派出所里任职，当时就听说有一桩悬案，市公安局专案组都对它束手无策，而且死者的死状很不一般，像是被凶手刻意安排。"

凌澜快步走到顾涵浩身边，低头望向顾涵浩紧盯的文件。

映入眼帘的是白花花的一片，两具白色的浮肿身躯，白绿色尼龙绳在上面勒出一道道沟壑，脚上，被红色绳子捆绑住。

"这就是三年前的那桩悬案，凶手到现在仍旧逍遥法外！而且很凑巧，那个栾舒晗就是这起案件中的一个证人，她证明男女死者是情人关系。"

凌澜震惊之余，感叹命运在冥冥中自有注定。眼下彭泽和万玲的案子还没找到凶手，竟又意外地发现了三年前一起相同犯罪手法的案件。事情看起来是越来越复杂了。

十分钟后，郑渤从网络上调出了三年前的那桩悬案的档案，因为资料太多，来不及打印，于是就在会议室里面用投影展示。

郑渤负责操作和讲解："三年前的3月17日，S市的方先生清晨在松江里游泳锻炼，发现了两具被捆绑在一起的尸体，"郑渤全屏展示着当时的照片："死者是一名男性和一名女性，两人的姿势、捆绑的方式及尼龙绳，还有脚下的石头，都与这次的案件完全相同，不同的是，三年前的这两名死者年龄都在40岁以上。"

"讲讲当年的调查进度和结果。"顾涵浩的思维首先跳到了这里，至于两名死者的身份问题，他打算稍后再问。

"当时市公安局临时组成专案组，对此案行进秘密调查，因为案子的影响恶劣，并没有对媒体和公众公开。当时的犯罪心理专家曾经对凶手做了侧写，凶手为男性，40岁左右，身材魁梧，相貌丑陋，有一定文化水平；出生在松江对面的村落，家里有渔船；在S市市区里打工，从事具有机械性、重复性的体力工作，是一名蓝领；他在工作中不太引人注意，常被领导操控，表面上逆来顺受；他观察力超群，对周围同事及邻居的生活习惯非常在意，留心观察，知道很多别人不会注意的细节；对异性之间的交往尤其是肢体语言特别感兴趣，善于分析和想象，没有过恋爱史；偶尔会表现出暴力倾向，但是一闪即逝，不会被人注意。"

顾涵浩越听越来了兴致："这位心理专家说得好像还有一定道理，虽然和我之前想得不太一样。那他们根据这个侧写调查出什么结果没？"

郑渤快速浏览了电脑上的资料："当时的线索还真不多，专案组的警员根据这个侧写去松江对面的几个村落，寻访了所有家里面有自己的渔船，且有40多岁的男子在市里打工的家庭，结果倒是找到了几个嫌疑人，可是却找不到他们与两名死者的联系，更别提动机，根据法医确定的案发时间这几个嫌疑人又都有不在场证明。而且他们有一点都与侧写不符，他们都或有家室，或有过婚史。40多岁还没有过恋爱史的男人，太难找。"

袁峻不以为然地接茬："看来这个心理专家也是个半吊子嘛。"

顾涵浩却摆摆手："我倒觉得这个心理专家说的有一定道理，市公安局专案组的心理专家，应该还是有两把刷子的。比如他说凶手在工作中被领导操控，逆来顺受这一点，正是因为这样，他长期以来被压制，自主能力和自我表现欲被剥夺，所以才会产生想要去操控别人的想法；而且他应该的确是对异性之间的关系感兴趣，很可能在暗中观察过男女交流沟通、面部表情细节或者擦肩而过时的反应等等。所以他作案的对象才会成对出现，而不是单独的一个人。"

凌澜总结道："你的意思就是说，这个凶手是个存在感很弱的八卦男，他八卦，却不鸡婆，他能看得出哪个男的喜欢哪个女的，哪个女的暗恋哪个男的，对这方面他极为敏感。但是他不传播，他只是自己心里有个小账本。"

顾涵浩打了个响指："没错。而且说他相貌丑陋，没有过恋爱史，可能性也很高。正因为如此，他的心理才扭曲变态，因为他的情欲得不到正常渠道的释放，没有女人看得上他，他只能靠观察周围的男女来释放自己对异性的需求。我想，很多时候，他都会把自己想象成他观察到的男性。更有甚者，他应该会有偷窥的癖好。"

凌澜当然明白顾涵浩所说的凶手偷窥的内容是什么，但是她努力让自己不要表现

· 177 ·

出不自在，毕竟现在是在很严肃地分析案情。

"难道问题是出在了调查方向上面？"袁峻讲出他的想法："当初专案组就不应该去松江对面的村落找人，把尸体投入江里就必须有自己的船吗？就算有自己的船，就必须是打鱼的船吗？就算是打鱼的船，谁规定一定是对面那几个村子里人家的船？"

顾涵浩抿着嘴唇眯着眼，最后总结道："所以呢，咱们这次要从不同的角度出发。"

第十四章　美女与野兽

午休的时候，会议室的这几个人仍然聚在一起，一起乘电梯下楼，一起去餐厅，然后坐在一张桌子上边吃边讨论案情。

"绝对不会是凑巧，那个栾舒晗竟然是三年前女死者的邻居，还出面证明了女死者和男死者关系不一般。"袁峻很注意吃相，把嘴巴里的东西完全咽下去后才说话。

郑渤腮帮鼓鼓的，含糊不清地夸奖："凌澜你可真够神的啊，让你随便找照片，居然让你找到了这个栾舒晗的照片，你买过彩票吗？"

说到凑巧，凌澜突然想起了崔宏："更凑巧的是崔宏居然说这个栾舒晗就是彭泽推到江里的女孩。"

"我还是觉得崔宏是信口胡诌的，总不可能栾舒晗被彭泽推下去了，然后又自己爬上来了。"袁峻刚说完，手机响起了短信提示音，他掏出来一看，马上变了脸色，把手机揣回口袋。

郑渤坏笑着拍了袁峻一下："是那个女白领吧，不错啊，看不出你袁峻这么有魅力呢，还能让人家送你上班。"

"别胡说，只是顺路而已，我对她一点意思都没有。"袁峻解释的同时，用眼角的余光观察凌澜，看她没有什么特别的反应，心里既有些放心，又难免失望。

凌澜可不想在吃饭时间再去提案件的事，听见郑渤把话题引到了袁峻的绯闻上，她赶忙附和："那个凯美瑞白领具体是做什么工作的？你们进展到什么地步了？"话一出口，凌澜发现自己刚刚的语气太八卦了，自己都对自己有些反感。

袁峻听了这话更是急了，干脆放下筷子，提高分贝："没有没有，凌澜你别误会，我和她真的没什么。"

袁峻的反应太过激，让凌澜一时间不知如何应对，就连一旁的郑渤也看出了端倪。于是四个人全都沉默下来，专心吃饭。

· 178 ·

沉默了一会儿，顾涵浩突然开口，看来是想缓解尴尬的气氛："快点吃吧，吃完咱们回去研究两个死者。"

凌澜正吃得津津有味，听顾涵浩突然冒出这么一句废话，侧着抬起头白了顾涵浩一眼。哪知道顾涵浩接收到这白眼竟然面露无辜的怒色。凌澜不解气，放下筷子的同时，在桌子底下踩了顾涵浩一脚。

顾涵浩刚要发作，便瞥见了凌澜放在桌子上的筷子，这才明白自己被踩的原因，感情是他不该在吃饭的时候提及死者，那两个浮肿的、白花花的、被绳子勒出一道道沟壑的死者。

"我吃饱了，先回去了，你们慢慢吃。"凌澜彻底没了胃口，好不容易才把刚刚看的投影上超级大、细节超级清晰的尸体赶出脑子，顾涵浩简单一句废话，就让她刚刚的努力白费，不单吃不下去，刚刚吃下去的东西也在胃里蠢蠢欲动。

顾涵浩三口两口吃完，也匆忙离开了餐桌。袁峻看顾涵浩没有跟着凌澜往电梯走，而是走到窗边打电话，他不禁怀疑，顾涵浩这个电话是打给凌澜的，也许顾涵浩对凌澜，并不是一点意思也没有。

午休时间结束，四个人又回到会议室。这次顾涵浩没有再让郑渤放幻灯片，一是已经没有必要，二来，他真的怕凌澜再看那照片会把午饭吐出来。

郑渤对着笔记本电脑，目光迅速移动，他清了清嗓子，继续讲解："女性死者名叫佟佳丽，死亡时刚满40岁，丧偶，无子女，她的父母早逝，只有一个姐姐也已经嫁到国外。这个佟佳丽是栾舒晗的对门邻居，丈夫死后，她一直独居，所以栾舒晗的母亲很照顾她，两家交往甚多。案发那天，栾舒晗的母亲不在家，栾舒晗感冒发烧也就没去上班，自己在家里睡觉，中午的时候她听到有人敲门，不是她家的门，而是对面佟佳丽的门。通过猫眼，佟佳丽看见，敲门的是个男人，正是那名男性死者，佟佳丽开了门，很亲热地和男死者寒暄，然后两人拥抱着一起进了房间。至于他们俩是什么时候离开的，佟佳丽便不清楚了。"

"这个男人是佟佳丽的情人？"袁峻想起了男性死者生前的面容，那真不是一般丑，让人想起没有进化好的猿人。而佟佳丽，人如其名，是佳丽一名，虽然年纪不小了，但却风韵犹存。

顾涵浩想起两名死者的面貌也有些唏嘘感叹，这个佟佳丽是图这男人什么呢？对她这个寡妇的照顾？还是这个男人有与面貌天壤之别的心灵美？

"讲讲男性死者吧。"顾涵浩想到了栾舒晗提及的美女与野兽拥吻的样子，不禁起了一身的鸡皮疙瘩，所以赶忙把脑子里的画面清除掉，把注意力放到男性死者身上。

郑渤找到男性死者的资料，介绍道："男性死者叫穆全，是江对面土山村的居民，游手好闲，靠救济过活，死的那年四十五岁，倒是和你们之前猜想的凶手差不多，丑，而且一直未婚，不过有一点肯定和凶手不同，这个穆全智商有些低，不识字,更别提什么细致的观察能力了。"

顾涵浩很纳闷,这个穆全显然不会对佟佳丽照顾有加,也别提什么心灵美,甚至他的生活圈子都和佟佳丽完全不同,一个在城里,一个在村里,怎么看都是两个毫不相干的人。那么到底是什么让这两人走到了一块,甚至还发展成情人呢?是佟佳丽有把柄落在穆全手里?还是佟佳丽对穆全有所图?对于穆全,能图的有什么呢?钱,穆全没有,相貌、身份、地位、权力,一概都没有。难道是肝脏、肾脏什么的?佟佳丽想要倒卖器官赚钱?顾涵浩告诉自己不要顺着这样的思路再想下去,否则待会儿什么特工、外星人也会冒出来的。

四个人正沉默思考,柳凡出现在门口,敲了敲门:"顾队,你要的点心我给你放办公桌了。"

顾涵浩一听这话顿时露出尴尬之色,忙转移话题:"那个,栾舒晗那边有什么发现?"

袁峻侧目看了看凌澜,他这才明白,原来刚刚顾涵浩在餐厅打的那个电话,不是给凌澜,而是柳凡,他要柳凡回来的时候顺便买点心。这个柳凡一定很高兴能为顾涵浩服务吧,她哪里知道这点心不是顾涵浩要吃,而是顾涵浩给凌澜吃的。

袁峻根本没心思去听柳凡的调查结果,他满脑子只有一个想法,原来,担心凌澜午餐没吃饱的人不止他一个。

第十五章　预感

柳凡进入会议室,坐到一个空位上,看她的样子似乎挺开心,袁峻和顾涵浩都明白,柳凡之所以开心是因为一个误会,她以为她买的点心最终会到顾涵浩的肚子里。

柳凡翻开随身的小笔记本,看着上面的关键词,开始介绍:"栾舒晗,26岁,高中毕业后开始打工,目前在一家贸易公司做内勤。她是单亲家庭长大的,和母亲相依为命。她母亲说并没有见过彭泽和崔宏,栾舒晗应该不认识这两个人,至少没在母亲面前与他们有什么来往。栾舒晗前天晚上从公司离开后就没有回家,手机不通,音信全无。她的母亲又给栾舒晗的男友打电话,对方的手机也是不通,找到男友的家里,才发现男友和栾舒晗一样,也没了踪影。栾舒晗的男友叫吕琛,和三个朋友合租一间两室一厅,三个室友也表示吕琛从前晚开始就没回来过。栾舒晗的母亲说栾舒晗和吕琛交往快三年了,感情一直不错,已经到了谈婚论嫁的程度,而且两人感情也没有受到家庭的阻碍,应该不是私奔。"柳凡讲到最后,表情变得凝重,她有种不好的预感,十分不好的预感,因为栾舒晗是和男友吕琛一起失踪,就像之前的彭泽和万玲一样。

在座的其他几个人也都沉默不语,他们也都产生了同样不好的预感。凌澜在心里祈祷着,这对情侣千万不要有事,千万不要啊。

会议结束后,凌澜回到自己的位置,刚刚坐定就收到了顾涵浩的短信,他要她去他的办公室。

"什么事?"凌澜站在门口,敲了敲敞开的门。

"把门关上,"顾涵浩略有些不自在,指了指桌上的点心:"让柳凡看见了不好。"

凌澜再傻也明白怎么回事了,看着桌子上的巧克力色的点心,她心底里涌出了一股暖流,鼻子一酸,竟然有想哭的冲动。

顾涵浩看凌澜这个反应才意识到,自己对凌澜的关心似乎是有点过头了。可是刚刚午饭的时候确实是他多嘴让凌澜胃口全无的。

"是我的错,中午的时候,我忽视了你的感受。这些年我都习惯了,经常一边吃饭一边和同事们谈案子,讨论尸体什么的。我太自私了,从来没想过他们会对此反感,还好这次你提醒了我。这个点心,就算是我向你赔罪,也是致谢。别客气了,快点吃吧,待会儿让柳凡发现了可就糟糕了。"

顾涵浩最后这一句话让凌澜觉得可笑,好像他很怕柳凡似的。她把刚刚的感动之情压下去,打开塑料包装,咬了一口,满嘴的巧克力让她感到了一丝丝的甜蜜。

"你好像很怕柳凡呢。"凌澜边吃边取笑顾涵浩。

"有点吧,"顾涵浩用纸杯给凌澜接了一杯热水递过去:"我还真是处理不好和她的关系。"

凌澜刚要喝水,口袋里的手机不安分地震动起来。她拿出来一看,顿时皱紧眉头:"是我妈。你先别出声好吗?不能让她知道我和你还有来往的。"

顾涵浩点点头,他想起了之前凌澜母亲那个恐怖的警告。

"喂,妈,有什么事吗?"凌澜接起电话,语气里有些不耐烦,她已经猜到母亲这通电话的目的。

"你和那个顾涵浩分手了吗?"果然,陆雨秋劈头盖脸就是这么一句话直通主题。

凌澜有点抓狂的冲动:"分了分了分了,不是早就告诉你了吗?彻底分啦!"

陆雨秋却更加严厉:"我再说一遍啊,如果你还想活命的话,赶紧和他彻彻底底地断了。如果让我们发现你还和他有一丝丝的联系,我和你爸就直接杀过去,亲手掐死你这个不孝女儿!"

"是是是,我还没活够呢,哪敢不听你们的话啊,你就放心吧,别总是打电话说这事了,你们不腻我都腻死了。"凌澜不好意思地望着顾涵浩。

好不容易打发陆雨秋挂上电话,凌澜把吃剩下的半块点心放在桌子上:"被她搞得也吃不下了。"

顾涵浩坐在椅子上，半天没有动弹。他在想，凌澜的父母为什么反应会这么激烈，上次从婚礼出来之后，在车上，陆雨秋就说过这样的话：如果想活命的话，就必须彻底分手，彻底断绝往来。虽然那之后，陆雨秋又对这句话进行了解释，那就是：不然的话，他们夫妻俩就会直接杀过来，掐死这个不听话的女儿。可是凌澜也说过，她的父母很少用这么过激的言辞和她说话的，这次也不知道顾涵浩是刺激了他们哪根敏感的神经，让他们瞬间变身一样。

顾涵浩心里明白，八成凌澜的父母是知道凌澜和他之间到底有什么样的联系，而这种联系，很可能是危险的，甚至致命的，不然的话，一向温文尔雅的父母也不会突然间用这种威胁的架势去阻止女儿的社交自由。如果这是这样，那么他现在和凌澜走得这么近，会不会使得凌澜处于某种危险之中呢？难道就此和凌澜分开，放弃调查，才是对他们俩彼此都好的选择？可是这样，顾涵浩又是那么不甘心。

"你在想什么？"凌澜坐到顾涵浩对面："在想我父母为什么对你反应过激？"

顾涵浩不敢把自己的想法告诉凌澜，他怕增加她的负担，更怕她寝食难安、草木皆兵。"我在想，会不会咱们两家有世仇呢？"

凌澜不以为然，脱口而出："你以为是罗密欧与朱丽叶？"不对，这么说不恰当，他俩又没有产生那么惊天动地的爱情。

沉默了片刻，凌澜把吃剩的半块点心压扁后揣进口袋："不能浪费了，我晚上当零食再把它扫光。先出去啦。"

顾涵浩点点头，虽然想告诉凌澜，点心被压实后也就失去了松软口感，会很难吃，但是因为心里的疑虑和压力，他也没心情说这些。

马上到了下班的时间，顾涵浩整理好手头两起案子的相关文件，准备下班。临走前，他犹豫了一下，还是给认识的水警打了电话，希望他们能够加强水上巡逻，如果可以的话，希望他们今晚能在轮渡收船之后在江面上搜索一番。

对方语气沉重，同意向上级请示一下，而上级八成会同意，因为刚刚才发生过那样的惨案。

下班时间，袁峻从走廊的窗子看到了楼下那辆银色的凯美瑞。他懊恼地捶了一下窗子，又折回办公室，把手机一关，对着那些往外走的同事们解释："我还有点事要忙，晚点走。"

结果这一等，一直到了晚上八点，袁峻的肚子饿得咕咕叫。可是路边那辆银色凯美瑞仍旧执着。

现在的女孩真是大胆执着得可怕，尤其这位作风火辣的白领美女，听说从小到大，她想要的东西还没有落空过。

袁峻擦了把额头的汗，猛地起身，决定一改之前好好先生的风度，下去把话说清楚。

第十六章　背靠背

顾涵浩在床上翻来覆去难以入睡，本来脑子里就乱如麻，因为对三年前和眼下的这起案件，他还没什么头绪。再加上担心栾舒晗和男友有可能成为第三对被害人，更是让他的心情火上浇油。

偏偏这个时候，凌澜的母亲又打来电话，她那听似过激的话语中肯定掩藏着什么不可告人的秘密，他和凌澜之间到底有什么联系，是不是现在两人划清界限就可以避免某种危险呢？

顾涵浩在黑暗中瞪大眼睛，他卧室的窗帘很厚，月光照不进来，屋子里漆黑一片，伸手不见五指。黑暗代表未知，代表深不见底，顾涵浩第一次有了恐惧感。这黑暗就像是他所处的谜团，他根本看不清周遭的危险，哪怕是这危险已经近在眼前，他就如同睁眼瞎一样，毫无察觉。

胡思乱想中，顾涵浩的眼皮渐渐松弛，马上就要入睡的他被床头柜上大作的手机铃声惊醒。

是那个他认识的水警的电话！

须臾之间已经明白一切，他快速接听电话："有什么发现？在哪里？"

匆忙穿上衣服，顾涵浩冲出家门，在凌澜门前犹豫了两秒钟，还是决定不打扰她。

开车赶到江边的时候，那里已经拉起了警戒线，但是施柔、柳凡和袁峻他们还没赶到。水警朋友是直接通知顾涵浩的，顾涵浩刚刚一边开车一边通知柳凡和袁峻，并且让袁峻联系施柔。

"怎么回事？"顾涵浩弯腰穿过警戒线，接过一副手套戴上，问前来接应他的水警朋友。

"又是一对尸体，被绳子捆绑住，只不过这次，和之前不太一样。"

顾涵浩快步走到尸体面前，掀开上面的白色塑料布，果然，映入眼帘的景象和之前那两起案子，相同又不同。

几乎可以肯定，犯下三起罪案导致六人死亡的凶手是同一人，而这个人，犯下第一起罪案和第二起之间相隔三年，很可能这三年他的生活维持着一种平静，也许他身边有了女人。三年之后，他的变态残忍又被激活，很可能他的生活发生了剧变，那个女人离开了他。而且，现在的他尝试了新的不同于以往的捆绑受害者的方式——这次的两名死者不再是面对面拥抱，而是背靠背。

除此之外，白绿色和红色尼龙绳没变，沉重的石头和上面的网兜没变，两个死者身上仅剩的内衣没变。这个凶手到底想表达什么？

虽然目前还没有能证明两个死者身份的佐证，但是这两具尸体浮肿程度并不严重，依稀还能看出本来的面貌，和今天在警局柳凡带回来的照片里的男女一样，死者就是栾舒晗和她的男友吕琛。

"看来崔宏真的不可能是凶手，"施柔从顾涵浩身边走过，她赶来的速度很快，直接蹲到尸体旁检查着："这次的两具尸体浮肿程度比较轻微，初步判断，遇害的时间应该不会超过36小时，很可能就是在昨晚，毕竟白天犯案有一定危险性。"

顾涵浩明白施柔的意思："昨晚崔宏还在拘留所里睡觉，所以不会是他。可是这两人应该是从前天晚上便失踪的，为什么到昨晚凶手才对他们下手？"

施柔无奈地耸耸肩："这就是你的工作了。具体其他的细节，我会做一个详细报告给你。"

顾涵浩绕着两具尸体看了一圈，要说这两人背对背的姿势还真是让顾涵浩脑子里浮现出一个词——同床异梦。他仿佛有点摸透了凶手的心思，这两人明明是相爱的情侣，凶手就偏偏要让他们看不到对方，背对背死去。

由此推论，三年前面对面相拥而死的美女佟佳丽和丑男穆全，他们很可能不是情侣，凶手偏偏要恶心佟佳丽，让她抱着这么一个丑男，和他面对面相拥而死。

之前对凶手做过侧写，凶手观察力超群，那么他也一定能看得出彭泽对万玲不过是逢场作戏，他对万玲没有真感情，所以他也让这一对貌合神离的男女相拥而死。

凶手在嫉妒，他强烈地嫉妒相爱的情侣，他又在强烈地报复，让明明不相爱的人以最亲密的方式共赴黄泉。

这么说来，三年前栾舒晗有关佟佳丽和穆全的证词很可能是在说谎，他们俩根本就不是情人关系。当初说谎的证人如今也以类似的方式死了，这其中到底有什么隐情？

顾涵浩默默看着眼前忙碌的施柔和她的助手，感到非常迷茫，他对自己的猜测没什么信心，也许这个变态凶手的内心是他这个正常人所无法揣测的。

"顾队！"柳凡小跑着赶到顾涵浩身边，看了一眼尸体，沮丧地说："看来真的是他们，这个凶手真是可恶！顾队，你觉得会是连环杀手吗？"

"已经犯下三起罪案，而且作案手段全都大同小异，似乎是符合连环杀手的要件，"顾涵浩像是解释给柳凡又像是说给自己："但是我又觉得这个凶手不是随机选择情侣作为加害对象的一般连环杀手，因为栾舒晗，她曾经是佟佳丽的邻居；此外，栾舒晗跟彭泽似乎也有一定的联系，崔宏曾斩钉截铁，一口咬定他曾经看见过彭泽把栾舒晗推到江里，也许他俩根本就是相识的熟人。"

"没错，这三起案件的六个受害者之间是有一定的联系的，明天一早我就去把栾舒晗的母亲带去警局，再仔细了解一下情况。至于吕琛那边，就只能找他的室友去询问他家的地址了。"柳凡有些犯难，再辛苦再毫无头绪的案子她都不会打怵，唯一有一种任务让她想要逃避，无法面对，那就是告诉死者的家属、恋人和朋友，他们生命中很重要的一个人已经永远离去。而明天，她就要面对这样的任务。

顾涵浩点头赞成柳凡的安排，随即想起了什么，看了看表："怎么袁峻还没到？"

柳凡正不知如何回答，尸体旁的施柔站起身接话："袁峻好像是喝多了，给我打电话通知我赶来的时候说着说着就吐了，后来一个女孩接过电话，跟我表示歉意，说等袁峻舒服点了会马上赶过来。"

女孩，看来不用说，一定是那个廖老太太的孙女、大胆直爽的白领美女了。之前下班的时候，顾涵浩就看到了那辆银色凯美瑞停在公安分局大院门外的路边。看来袁峻对于白富美的女人还是没有什么招架能力，虽然嘴里说没意思，但是架不住人家的猛烈攻势，还是跟她喝酒去了。不过这种结果顾涵浩也早就该料到的，袁峻本来就是个好好先生，对待女性从来都是温柔细心不忍拒绝的，警局里早就有传言，以后谁要是嫁给袁峻，那可是要有操不完的心。

不知道哪里来的火气，顾涵浩对袁峻这种欲拒还迎的暧昧态度感到气愤："算了，柳凡，给他发个短信，不用来了，咱们这里收工了。"

第十七章　演戏

凌澜对于顾涵浩昨晚没有带她一起去认尸感到不悦，但是她嘴上却没说什么，毕竟人家也是一番好意，没有大半夜打扰她。

到了警局办公室，顾涵浩吩咐凌澜按照手头的资料，在展板上画一张六个死者的关系图。凌澜从来没画过这种东西，只能按照自己的想法大致在人物之间画几个箭头，然后写上关系。

写到佟佳丽与穆全的关系的时候，她记起了早上在车上顾涵浩的推测，认为这两人根本就不是情侣，有关他俩是情侣只是栾舒晗的一面之词，而很可能，栾舒晗在撒谎。

凌澜在两人之间的箭头上打了一个问号。刚刚放下记号笔，便听见询问室那里传出一声哭号，那是栾舒晗的母亲，被柳凡告知她的女儿已经不在人世后的第一反应。

凌澜愣在那里，她听着栾舒晗母亲的哭号声，自己的手也开始颤抖起来，她和那位母亲是一样的，都刚刚痛失了一个生命里重要的人。只不过她已经挺过了最难熬的两天，还曾经被一个温暖厚实的怀抱给予温暖和安慰。现在的她，伤悲藏在心里，变成了隐隐作痛。可是那位母亲不同，她那种猛烈的痛会延续好久好久。

她记得之前曲晴和她说过，彭泽和万玲的父母在尸体发现的第二天就来过警局，是曲晴负责接待这两对悲痛欲绝的家长的，曲晴说她流着泪信誓旦旦地和这四位家长保证过，一定会把那个挨千刀的可恶凶手逮捕归案，尽管如此，还是无法减轻他们的痛楚。

凶手到底是谁，他为什么会如此残忍！

大概半个小时后，柳凡才从询问室里面出来，她的脸色很难看，刚刚在那间屋子里的三十分钟，对她来说又何尝不是煎熬，就好像，她也要为栾舒晗的死负一些责任，因为她的无能，没有提前制止犯罪，在罪恶发生之后，她也不能及时找到真凶。

"顾队，栾舒晗的母亲告诉我，三年前，吕琛还不是栾舒晗男友的时候，曾经跟对门的佟佳丽关系暧昧，经常带着礼品出入佟佳丽的家。"柳凡有气无力地汇报着。

凌澜吃惊之余，又拿起记号笔在展板上多画了一个箭头，标注上"暧昧"两个字。

"佟佳丽和栾舒晗之间也不是单纯的邻居关系，佟佳丽刚刚丧偶的那段时间，多亏了栾舒晗母亲的照顾，她也是早年丧偶，十分能理解佟佳丽的难处，所以给予她很多帮助。两家往来甚密，自然而然，佟佳丽和栾舒晗也就成了不错的朋友。听栾舒晗的母亲说，有一段时间，栾舒晗有什么心事，都不肯跟母亲说，反而是去找佟佳丽倾诉，把她当成知心大姐。这种关系一直维持到吕琛的出现，吕琛对佟佳丽献殷勤，栾舒晗很可能那个时候就对吕琛有意思，所以也就渐渐疏远了佟佳丽。"

凌澜又在栾舒晗和佟佳丽之间的箭头上写下了"知心朋友"四个字。

"结果佟佳丽一死，这两人就好上了？"袁峻坐在自己的位置上，揉了揉还有些痛的头，也参与到案情分析中来。他昨晚真没赶去江边，竟然就在白富美的凯美瑞后座上睡了一晚，他的呕吐物还把人家的车子给糟蹋了。

"你怀疑佟佳丽的死和栾舒晗以及吕琛有关系？"柳凡显然是不相信这种理论："如果他俩是三年前的凶手，那么现在又是谁杀了他们？"

顾涵浩犹豫了一会儿，吩咐道："柳凡，找人送栾舒晗母亲回去，然后你去调查一下这个吕琛的背景，找到他的家人了解情况。"

柳凡离开之后，顾涵浩意味深长地看了袁峻一眼，袁峻刚要解释，郑渤便兴冲冲地跑过来："顾队，你之前让我查崔宏的账户信息，果然有蹊跷，他的一张银行卡里多出了一笔钱，是十天前一个叫王建华的人一次性打给他的，数目很奇怪，是九万九千一百四十八元八角。在打这笔钱之前，这张卡里只剩下不到十元钱了，而且有大半年都没别的收支记录，这笔钱打进去后，也是从来没动过，看来这张卡已经被崔宏给忘到脑后了，他并不知道自己有了这笔钱。"

凌澜皱着眉头，果然像顾涵浩之前说的，崔宏不知道自己有了一笔钱，要是知道的话，他不可能忍住不动，他现在的生活可是窘迫得很。可是，本来这人物关系就够乱的了，怎么又冒出来了一个王建华？

郑渤舔舔嘴唇，很兴奋："这个王建华是在江边的建行支行通过柜台汇款的，王建华的个人信息和当时的录像视频都有，把他找出来不难。"

顾涵浩招呼不远处的大张和小陈，让他们向郑渤要王建华的个人资料，然后去把这个可疑的王建华给带回来。

"说到九万九千一百四十八元八角，这个数目的确很奇怪，你们能想到什么？"顾涵浩虽然是在问问题，但是他的样子显然已经知道了答案。

凌澜的算术不好，所以没有直接给予肯定的回答："难道，是三万三千零四十九元六角的三倍？"而三万三千零四十九元六角这个数目，正好是彭泽定期存折里的数目。

"郑渤，你去查查万玲、栾舒晗和吕琛的银行账户信息，看看他们是不是也和彭泽一样，三年前存了一笔钱，数目是三万，存定期，最近又把本息全数取了出来。"顾涵浩明白，打进崔宏账户的钱是三万多的三倍，除去彭泽的那笔，剩下的三人中，必定只有两个人和彭泽一样存取过这笔钱，而这两个人九成可能就是栾舒晗和吕琛。

顾涵浩把注意力转向展板，那上面是凌澜画的人物关系图，凌澜写死者名字的时候，都用方框把名字框起来，唯独有一个名字她没框，那是崔宏。看了一会儿后他已经得出了一个结论，于是让袁峻通知拘留所那边，再把崔宏带过来。

审讯室里，仍旧是凌澜坐在顾涵浩身边，两人一起面对着崔宏。

崔宏这两天一直被关在拘留所，颇有微词的样子，可是他也知道自己毕竟犯了勒索罪，只想把能坦白的都坦白了，争取个宽大处理。

"崔宏，之前你说看见彭泽把一个女孩推到了江里面，那之后你做了什么？"顾涵浩面无表情地问。

崔宏不好意思地笑笑："我知道，当时我应该去救人的，可是，我没有，我就跟着彭泽离开了，然后追上他告诉他我都看见了，威胁他跟我合作，帮我拉客。"

"你为了自己那点私欲，竟然见死不救啊？"顾涵浩冷嘲热讽。

崔宏挠挠头，倒是坦白："我承认，我不是个好人，但是当时杀人的毕竟不是我啊，人是彭泽推下去的啊。"

顾涵浩摇摇头："人是彭泽推下去的，但是你又没亲眼看见那女孩掉进江里淹死，你怎么知道她就肯定是死了呢？"

崔宏忍不住笑出声，好像顾涵浩的这个问题很白痴："哼，彭泽又不傻，要是那女孩没死的话，他会甘愿受我的威胁？"

凌澜的心里突然豁然开朗，她缓缓地说："没错，那女孩是死了。"

崔宏理所当然地点点头："那当然，肯定是死了。"

"可她是两天前死的。"凌澜目光如炬，紧盯着崔宏，看他那张大嘴吃惊的样子。

顾涵浩拿出一张照片摆在崔宏面前："这个男人，你认识吗？"

崔宏还沉浸在凌澜的话里面无法自拔，顾涵浩敲了敲放在他面前的照片，他这才反应过来，低头去辨识照片里的男人。

"是他，没错，就是他！这个人，就是当初抢劫我的那个男的。"怕顾涵浩和凌澜不理解的样子，崔宏努力解释着："我之前不是说过吗？我和彭泽之所以能认识，就是因为我被抢劫，正好是彭泽救了我。当时劫我的男人就是他，哼，虽然当时巷子里挺暗的，但是我崔宏，过目不忘！"

凌澜淡淡地告诉崔宏："这个人叫吕琛，是那个被彭泽推下江的女孩的男友，他俩都死了，在前天晚上。"

"啊？"崔宏整个人都呆了，他根本就不明白这其中的联系。

还是顾涵浩一语道破："崔宏，当初你和彭泽的相识，还有你抓住彭泽的把柄，这些都是他们三个人在你面前做的戏而已，而且他们的表演很成功，已经达到了他们的目的。"

第十八章　肖申克的救赎

崔宏当然不明白顾涵浩话里的意思，他组织不好语言发问，满脑子糨糊，不知道该从何问起，只能用表情画一个大大的问号。

"崔宏，告诉你一个好消息，你现在是有钱人了，虽然不多，但这也是飞来横财。你的银行账户里多出来了近十万元。"顾涵浩面带微笑的模样，好像是通知彩民中奖一样。

"开什么玩笑？我说顾队长，你拿我当猴子耍呢啊，这是唱的哪一出？"崔宏撇撇嘴，靠在椅背上等着顾涵浩的下文。

"你认识王建华吗？这笔钱是他给你的。"顾涵浩很仔细地观察着崔宏的表情，结果他看见崔宏在听见王建华这个名字的时候反应很正常，没有假装吃惊，也没有毫不在意。

崔宏很肯定地否认："什么王建华，我的圈子就那么小，走得最近的人是彭泽，除了他还有几个摄影爱好者网友，不记得有人叫王建华。他是谁啊，为什么要给我这么多钱？还有彭泽和那俩人，为什么在我面前演戏，把我当猴子耍？"

凌澜冷笑出声："还不是为了给你钱，更加名正言顺地给你钱，在不让你怀疑的前提下给你钱，甚至满足你想要拍人体写真的无理要求。说吧，你以前是不是给过他们三个什么恩惠，否则他们干吗这么报答你？或者，你抓住了他们三个小辫子？"

崔宏用力揉乱头发，又是咬嘴唇又是频频叹气："我说警察同志，这些问题我还想问你们呢，我怎么就卷进这么复杂的事情里了，我倒想问问，我到底做了什么！是，我的确不是什么好人，我也肯定没给过谁什么恩惠，但是我就不明白了，他们这么做到底有什么目的！"

顾涵浩和凌澜面面相觑，最后两人得出的结论就是，对于崔宏的问题，他俩也无可奉告。

午餐时间刚过，柳凡便打电话回来报告："顾队，我去了吕琛的出租屋，问了他几个室友，他们说吕琛最近有些反常，他自从十多天前接到一个快递包裹之后整个人就变得唉声叹气。但是至于包裹里是什么，吕琛十分保密，不肯给室友们看。还有，有个室友说吕琛对以前做过的工作讳莫如深，似乎以前做的工作不大光彩。"

"他们有没有说那个包裹有多大，大概什么形状。"顾涵浩知道这个包裹很关键，它起到一个转折的作用，让吕琛一下子变得唉声叹气的会是什么东西呢？

柳凡回答："这个嘛，顾队你先别挂电话，我现在还在出租屋，我问问他们。"

顾涵浩没有挂电话，那边的柳凡把手机调成免提，让顾涵浩自己去听吕琛室友们的描述和猜测。

第一个男人这样说："包裹是扁的，不大，像是三十二开的杂志那样。"

第二个男人补充："看起来很轻，我特意晃了晃，里面的东西肯定是固定的，没有声响。"

第三个男人抢着说："快递单子上就写着'礼品'两字，但是看吕琛的表情，我觉得他还没拆开就已经知道里面是什么了。"

顾涵浩对柳凡说："把吕琛的小件个人物品都带回来，咱们试着找找看，希望他没有把那东西扔掉。"

挂上电话，顾涵浩问凌澜："凌澜，你知不知道彭泽十几天前收过什么包裹呢？"

凌澜无奈地摇头："前阵子我跟他基本上没什么联系了，这个问题你要是问他的室友的话，估计会有答案。你是怀疑吕琛收到的这个包裹，彭泽和栾舒晗也都收到过？"

"没错，我觉得这三个人之间有某种密切的联系，他们有共同的秘密，这个秘密肯定和那个神秘包裹有关，也正是这个秘密导致了他们的死亡，而万玲，很可能就是为了凑数的。因为凶手执意要对一对男女同时下手。"顾涵浩发现自己又在依靠直觉，这样可不行。他很心急，希望郑渤那边能快点有消息，只要他们三个都同时存进和取出三万元以及利息的话，就可以确定这三人之间的联系是确实存在的。

"而且，这三个人的秘密和崔宏有关，不然他们不会煞费苦心地对崔宏演戏。看样子，崔宏的确不知道自己参与进了他们三个的秘密之中。"凌澜边说边掏出手机，找到了彭泽的一个室友也是他的好哥们的电话号码："要我打电话问彭泽收包裹的事吗？"

顾涵浩指了指外面："你去外面用座机打电话给彭泽的室友，我在这打给栾舒晗的母亲，咱们分头行事，互不干扰，打完电话再碰头。"

凌澜服从地离开了顾涵浩的办公室，因为她的办公桌上没有电话，只好到柳凡的办公桌前，拿起电话拨通彭泽室友的手机。

十分钟后，凌澜才再次踏进顾涵浩的办公室，两人异口同声道："光盘。"

顾涵浩先解释："刚刚栾舒晗的妈妈告诉我，也是十几天前，栾舒晗下班回家的时候，包里面有一盒光盘，她妈妈看她遮遮掩掩的样子，以为是色情光盘，也没当面拆穿。但是趁栾舒晗上班的时候，她偷偷进去她的房间找到了那盒包装精美的正版光盘，根本就不是什么色情电影什么的，而是……"

"《肖申克的救赎》，"凌澜很兴奋，忍不住抢话："彭泽收到的也是这部电影，包裹到的时候他并不在寝室，他的室友因为和他关系好，又好奇，就私自拆了包裹。结果他回来以后和室友大发雷霆。冷静下来以后，他才告诉他的室友，光盘是以前的同学寄来的，是他托同学帮他找的正版DVD。但是他的室友觉得彭泽收到这个光盘并没有开心，反而是忧心忡忡。"

顾涵浩思索着，到底是谁，给他们都寄出了《肖申克的救赎》这部电影的DVD光盘呢？而且这光盘似乎在传递一种信息，难道光盘里有什么蹊跷，里面根本就不是电影？

想到这里，顾涵浩有些心急，又拨通柳凡的电话："柳凡，别的东西不用带回来，只需要找到一张《肖申克的救赎》电影光盘带回来就行，快点。"

电话那边柳凡听得出顾涵浩非常着急，答应了一声便挂上了电话。

没过多久，工作效率极高的郑渤也来到了顾涵浩的办公室："顾队，果然不出你所料，在三年前的3月16日上午九点左右，彭泽、栾舒晗、吕琛，分别各自在建行不同的支行开了一个定期账户，存进三万元。时隔三年，他们又在同一天把这个定期存折里的本息全部都取了出来。"

凌澜倒吸了一口冷气，三年前的3月16日，这意味着什么？3月17日发现佟佳丽和穆全的尸体，法医推断的案发时间是3月15日晚间，结果16日的上午他们三个就各自有了一笔来历不明的三万元！

第十九章　还有一个人

汇报完这些，郑渤并没有离开的意思，他反而坐到了凌澜的旁边："顾队，如果我现在就怀疑这三个人是害死佟佳丽和穆全的凶手，你一定不会完全同意。但是我刚刚的调查，还有一个意外收获，差不多几乎可以完全可以证明他们三个就是凶手！"

顾涵浩对郑渤的话非常好奇，所以也就不对那句"差不多几乎可以完全"挑剔什么语病了:"什么意外收获?"

郑渤有些得意:"我本来以为三年前的银行账户信息,也就是佟佳丽的经济情况,现在查起来不会那么容易,就抱着试一试的态度顺便查了一下。结果我发现,佟佳丽的丈夫去世之前,给佟佳丽留下了一笔钱,那也是佟佳丽仅有的一笔大数额的存款,不多不少,正好是十万元。佟佳丽遇害那天,她提取了十万元的本金,利息还留在存折里。"

"佟佳丽死的时候,别说十万元钱了,连身上的衣服都差不多没了。这笔钱就这样消失了,你的意思是,杀害佟佳丽的三个凶手平分了这笔钱?而彭泽、栾舒晗和吕琛就是那三个凶手?"顾涵浩反问郑渤。

郑渤理所应当的模样,觉得这是个不用再问的再明显不过的问题:"是啊,佟佳丽死了,钱没了,然后他们三个各自有了一笔钱。"

顾涵浩却盯着郑渤并不赞成的样子:"如果你是凶手之一,你会傻到犯案的第二天就去银行用自己的名字开户,把钱存起来吗?"

这句话彻底问倒了郑渤,他像泄了气的气球,失落又羞愧。

顾涵浩看郑渤的信心被打击,也有些不忍,作为领导,他有责任呵护手下人的破案热情,鼓励他们大胆分析,郑渤自作主张去调查佟佳丽的账户情况,本身就是进步。因此他决定每次再有什么突破的时候,前面或者后面要加上一两句这样的话:"不过你说的这些也给了我一些提示,"顾涵浩顿了一下,看郑渤又来了精神才继续说道:"这三个人的钱的确来得莫名其妙,也很可能就是佟佳丽那十万中的九万。但是你们别忘了,还有剩下的一万呢,他们总不会把剩下的一万丢进松江的,所以我猜想,还有第四个人。"

这话一出,凌澜感到后背冒出涔涔冷汗,顾涵浩口中的这第四个人就像是暗夜里一双突然睁开的眼睛,窥伺着一切。

"为什么这第四个人会甘心只分到一万?四个人的话,应该是每人两万五千吧,应该更好分一些的。"凌澜本能地不想去相信这个第四个人之说,可她也明白,只有有了这第四个人,后来的这四名死者的死才有了解释。

顾涵浩刚想开口,马上转变语调:"你说的没错,一开始我也是这么想的,"顾涵浩清了清嗓子:"我认为这第四个人根本就不在乎钱,简单地说,他要的是命,不是钱。他之所以自己也留下一万元,那只是为了表示他和其他三人共处一条贼船而已。也正是这第四个人,在第一次犯案之后,要求他的同伙每人拿三万,第二天去把钱存起来,作为一种把柄和制约,或者是对他们三个自己曾经犯下罪恶的提醒,同时也是对这第四人自我的一种保护。"

"没错,这样的话,这三个人就会更加努力地掩藏三年前那起案件的事实,这四个人才能相互制约。"郑渤再次大胆假设:"顾队,这么说的话,这个第四人才是犯罪的主谋,很可能其余的三人都是从犯,受制于这个主谋。而时隔三年之后,这主谋又因为某种原因，不放心这样制约他们三个，所以干脆一不做，二不休，把这个世界上知道他秘密的人都杀了。"

"说得好，"顾涵浩对郑渤很满意："现在咱们的主要任务就是找出这第四个人，这个人就是符合三年前犯罪心理专家所做侧写的那个凶手。现在看来，说他具有一定文化水平，观察力超群的确是很有可能，能想到用分赃的方法制约从犯，甘愿自己少得钱，却不容易被找出来，这样的事，低智商的人可做不出来。"

"怎么找这个人呢？如果按照侧写的说法，这个男人简直就是个幽灵，只会偷偷观察，大家对他的存在都没什么感觉。"凌澜很犯愁，折腾了半天，有关三个从犯的事差不多清楚了，可最关键的第四人，他们却无从下手。

三个人各自思索的空当，柳凡已经带着光盘风尘仆仆地赶回来。人还没进门，柳凡的声音已经先传了进来："顾队，找到那部电影的光盘啦！"

办公室里的三个人本来还像是断了电一样保持不动的姿势思考，柳凡这句话瞬间给他们通了电，顾涵浩更是二话不说，直接按下电脑光驱上的按钮。

顾涵浩坐在转椅上，其余三人战战兢兢地站在他身后，四双眼睛紧紧盯着电脑屏幕，等着看这光盘里到底有什么秘密。

十分钟后，四个人都有些失望，光盘里没什么秘密，就是那部经典电影《肖申克的救赎》，顾涵浩很早之前就看过这部名声在外的经典电影，现在再看，仍旧是忍不住的投入和欣赏，电影中的主人公安迪，简直就是男人的楷模。只不过现在显然不是欣赏电影的时候，他按下快进键，想要看看这光盘里是不是还插了别的画面。

随着光驱弹出的声音，宣告了顾涵浩等人的失望，电影就是电影，没有任何不对劲。在把光盘放入盒子里的时候，顾涵浩突然笑出声来。其余三人都知道，这是他已经知晓答案的表现。

"我想，关键不在于光盘里藏了什么别的内容，关键就在于这部电影。我记得吕琛的室友说，当吕琛还没有打开包裹的时候，就好像已经知道了里面是什么了，对不对？那是因为三年前三个人就已经做了这个约定，以这部电影作为三个人的一个联系和暗号。因为这三个人对当年所犯下的罪恶心存愧疚，他们三个人的心中都有一座肖申克监狱，他们把自己囚禁于此，时刻不能放下当初自己的罪孽，但是他们又渴望救赎，向往自由，希望能像安迪一样冲破牢笼重获自由。"顾涵浩顿了顿："我想，他们是想把钱还给原本钱的主人。也正是因为他们三个这种危险的、可能暴露自己的举动触怒了那第四个人，引来杀身之祸。"

第二十章　放弃合作

凌澜在大脑里迅速消化顾涵浩那一番话，这笔钱原来的主人难道是崔宏？他们三个之所以联合起来一起对崔宏演戏，目的就是为了在不引起崔宏怀疑的条件的下给他钱，用这种方式赎罪吗？那么这个崔宏又是佟佳丽的什么人？果真如顾涵浩所说的话，那么电影光盘是谁寄出的？为什么他们三个人都收到了呢？

凌澜有太多的疑问，多到她都不知道该先问哪一个好。但是她心里宁愿接受顾涵浩的这种理论，她想象着，最先良心发现的人是彭泽，是他提议三个人还清那笔账后一起去自首的，而其余两人之所以会答应，那是因为当初他们三个人在整个犯罪过程中，也许并没有起到多大的作用，一切都是那个主谋的安排。

这时，派去寻找汇款的王建华的大张和小陈打来电话，说是那个王建华在一家工厂工作，在单位登记的家庭住址是很久以前的，但是他每天上班，所以只要他们守在工厂，明天一早就会找到准时来上班的王建华。

顾涵浩看了一眼办公室墙上的挂钟，马上就到下班时间："这几天大家都辛苦了，今天准时下班，明天一早咱们再审王建华，然后重点调查崔宏和佟佳丽的关系。"

三个人从顾涵浩的办公室里出来，各自回到自己的位置上，凌澜注意到对面的袁峻正在用手机打电话，表情很严肃，语气又很温柔。

等到袁峻挂上电话，凌澜还没有开口问，他便主动向凌澜解释起来："是廖老太太的孙女吴瑕，她最近收到过两封恐吓信，而且感觉自己被人跟踪了，所以才找我帮忙的。"

凌澜没有吃醋的意思，只是好奇："这样啊，可她为什么不报警，偏偏要私下找你这个刑警帮忙？"

袁峻有些犹豫，但还是回答："因为恐吓信上写了一些她不想让外人知道的隐私，所以她认为多和我这个刑警接触的话，说不定可以吓走那个恐吓和跟踪她的人。这些都是她昨晚告诉我的，她只是想我能帮帮她，对我没有别的意思。"

"可以理解，可是，我听说你昨晚喝醉了没赶去现场，顾涵浩好像有点生气呢。"不知道为什么，凌澜就是很关心他们这个小组织里的人际关系问题，她怕柳凡生顾涵浩的气，也怕顾涵浩生袁峻的气。

对于去酒吧喝醉酒这件事，袁峻真的无话可说，都怪他太心软，当吴瑕提出这个邀请的时候，他只是拒绝了两次而已，最后实在是不忍心驳了女孩家的面子，于是便去了。这一去不要紧，不胜酒力的他彻底醉倒在吴瑕的石榴裙下。

凌澜看他并不回答，也不勉强。因为不希望袁峻跟不上大家的节奏，更加不希望顾涵浩对袁峻失望，她把刚刚在顾涵浩办公室里大家得出的有关案件的推论跟袁峻讲了一遍。袁峻一边听一边把这些都记在脑子里，最后他感激地对凌澜保证："谢谢你，凌澜，我一定会争取最先查出崔宏与佟佳丽的关系，不会让你失望的。"

回101公馆的路上，顾涵浩看凌澜沉默不语，显然还沉浸在案件中不能自拔。他觉得这样下去不行，毕竟凌澜还是一个大学没毕业的小姑娘，让她突然之间接触这么多死亡、尸体、阴谋、罪恶似乎太过于残忍。

"明天一大早我就让人拿佟佳丽的照片给崔宏看，然后再提取崔宏的DNA和佟佳丽做比较，到时候两人是否有血缘关系便一清二楚。你现在想破头也是没用的。"顾涵浩想把凌澜从纷乱的思绪中拉出来，现在已经是下班时间，应该让他俩之间的气氛和话题都轻松一些。

"我只是在回忆彭泽。"凌澜很平静，虽然这几天的变故让她觉得自己根本就不了解这个交往了三年多的男友，但是她知道彭泽的本性是善良的，他只是走错了一步，不应该被剥夺改过自新的机会。但死者已矣，凌澜明白这个道理，所以她现在已经可以比较平静地去回忆他，无论是他们之间曾有的美好，还是后来他带给她的伤心失望。

"我在想三年前案发之后，彭泽有没有什么反常的地方，"凌澜耸耸肩："可惜，想不起来什么特别的。"

"那就别再想他了，想想咱们俩吧。"顾涵浩说这话的时候，车子已经停在了单元门口，可是他没有下车的意思。

凌澜看得出顾涵浩的神情肃穆，似乎是要说一件关于他俩之间很重要的事。

"咱们俩怎么了？"凌澜试探性地问。

顾涵浩深呼吸后很郑重地说："凌澜，我想，解除咱俩现在的合作关系。我想让你过回你原来那种单纯地只需要为论文和毕业找工作而烦恼的生活。那样的生活才是你本来应该遵循的生活轨道，而现在，因为我的自私，让你脱了轨。"

凌澜没想到顾涵浩会有这样的想法，一时间不知道该如何应答，她只是知道她不想回到原来的那种生活，而且，一切也都回不去了。

"你怕了，是不是？"半响之后，凌澜才勉强开口："因为我父母的过激表现？"

顾涵浩索性承认："没错，我觉得他们那样必定有他们的道理。也许我这样把你牵扯进来会使我们俩都处于某种危险之中，也许有些事情永远不要浮出水面，对大家才是最好的结果。"

"那你不打算再调查下去了吗？"凌澜仍旧不甘心，她不甘心顾涵浩就这样轻易把她踢出局。

顾涵浩很快回答："查，当然要查。但是，是我一个人，我一个的话，可以没有任何顾虑地查下去。"

"所以，你的意思是，明天我就不用再跟着你去警局，我志愿者的身份就此作废？"凌澜带着哭腔，她感觉这一切来得太突然，感觉自己像被突然遗弃一样。

"我知道这个案子对你来说很重要，不跟到最后的话，你会心有不甘，所以，我们的合作关系就到这个案子结束为止，怎么样？"顾涵浩顿了顿，他也知道自己现在说这些好像有些残忍，于是补充："凌澜，我只是不希望因为我让你处于危险之中。"

　　凌澜可怜兮兮地说："那，那等到这件案子结束之后，我们，我们还是朋友吗？"

　　顾涵浩很想说当然还是朋友，可是他又想起了凌澜母亲的那句话：彻底断绝一切来往。难道必须要达到见面不相识的那种程度才可以杜绝危险吗？

　　"当然还是朋友，如果你有什么需要我帮忙的，可以随时找我。"顾涵浩的这句话说得很客套，客套到让凌澜一听便觉得假。

　　"我说你可真不像个刑警队长，这还没发生什么事呢，就是我母亲的一句狠话，你就打算放弃咱俩的合作，"凌澜故作轻松："你自己查吧，搞不好查来查去，还是会查到我身上，到时候你还要绕开我重新再查吗？"

第二十一章　闭关

　　早上八点半，大张和小陈便押解着王建华回到刑警队的审讯室。他们果然轻易就在王建华任职的工厂堵到了去上班的王建华。到现在，王建华已经坐到了审讯室里，他还是一副呆呆傻傻、恍如做梦一样的神色。

　　"我没做什么啊，为什么抓我来？"王建华唯唯诺诺，是那种典型的胆小鬼形象。

　　袁峻把笔记本电脑往他面前一转，给他播放他在银行柜台汇款的画面。

　　视频播放完后，袁峻并不说话，他等着王建华自己坦白。

　　王建华一拍大腿："我就知道，这事肯定不简单！"抬眼畏畏缩缩观察了袁峻两秒钟，他又接着解释："其实那天是这样的，我本来是去江边那个银行提款机取钱的，当时我就看见有个人鬼鬼祟祟在提款机旁边转悠，我以为他是坏人呢，取了钱我就急忙离开，毕竟提款机那里只有我一个人。可是那个人却跟了上来，拍拍我的肩膀，掏出五百块钱给我。我正在想这是不是什么骗术，他就提出了要求，让我帮他汇一笔钱。"

　　"你的意思是说，这钱是你帮别人汇出去的？"袁峻的口气显然是不信任。

　　王建华用力点头，很无辜地回答："可不就是嘛，警察同志，你看我的银行卡记录就知道，我每月工资才多少，存取记录最大的一笔也就两千块。这九万多当然不是我的，我要是这么有钱，还会给别人？"

　　"那个让你帮着汇钱的人有没有说他这样做的理由？"

"当时我也问了，为什么不自己去汇款，他就又掏出了五百给我，说他就是不想让对方知道钱是他汇的，让我不要问那么多，只管去帮忙汇钱，但是有一个要求让我必须做到，那就是汇款金额必须是九万九千一百四十八元八角，不能多也不能少。"王建华诚惶诚恐的样子："就是这样的，我知道的都说了，能放我回去上班了吗？早上我连假都没来得及请，算旷工啊！"

袁峻摆出彭泽、栾舒晗和吕琛的照片："你看看，当时让你汇钱的人在不在他们其中。"

王建华低头只看了五秒，便马上认定，用手指指着其中一张照片："虽然当时他戴了个鸭舌帽，还压得低低的，但是我还记得，他长得还挺帅，瘦瘦高高，就是这个人没错。"

答案和袁峻想的一样，正是彭泽。袁峻站起身，打开门招呼大张和小陈带王建华离开，临走时嘱咐："你把住址和手机号码留下，要保证随叫随到，知道吗？"

王建华点头如捣蒜："没问题，没问题。"

另一个审讯室中，柳凡正把佟佳丽的照片摆在崔宏面前。

崔宏看到照片上的佟佳丽，反而问对面的柳凡："这照片上的美女是谁啊？"

"你不认识她？"柳凡一直注意着崔宏的神态，但她并没有在崔宏的脸上找到什么可疑之处。

崔宏又凑近了一些，盯着照片看了几秒钟："不认识，我说过，要是我拍过的女孩我会记得的，这个女的，老了点，我肯定没拍过。"

施柔推门进来，把手中的小工具箱放在桌子上，取出一根棉签，看也不看崔宏地说："张开嘴。"

顾涵浩等在审讯室外面，施柔一出来，他便上前问道："今天能出结果吧？"

施柔冲顾涵浩友好地点点头："没问题，你忘了，你这边的任务，在我那儿一向是优先的。对了，尸检的报告我刚刚放你办公桌上了，有一些发现，应该对你们很有用处。"

顾涵浩赔笑似的道谢，送走了施柔。接下来就是等了，等着看佟佳丽和崔宏到底是不是亲属关系。

在等待的这段时间，顾涵浩一直把自己关在办公室里。凌澜有好几次想进去问问他关于案情有什么想法，施柔的报告有什么新发现，但是都忍住了。她感觉她和顾涵浩的关系已经变了，她总觉得自己被顾涵浩给驱逐了，再面对他已经不能像之前那样自然。

午餐的时候，顾涵浩也没有出来，只是让曲晴帮他从餐厅带个盒饭回来。这让凌澜更加觉得她和顾涵浩的关系发生了质变，带盒饭这种事，顾涵浩居然不交给她做。

几个人午餐回来的时候，发现那画着人物关系图的展板已经不见，估计是午休时间被顾涵浩拉进了办公室。凌澜望着顾涵浩办公室紧闭着的门，忍不住生气，顾涵浩好像很着急破了这个案子，竟然与外界隔绝，闭关修炼了大半天。看来他是迫不及待要和她撇清关系呢。

　　这个下午，凌澜和柳凡一起整理了四个受害人的个人资料，这才想起来，栾舒晗的母亲来过了，彭泽和万玲的家长也来过警局了，只有吕琛，资料上说他的父母在松江北面的土山村，虽然这边曲晴已经打电话通知他们了，可是他们并没有来。

　　真的是很奇怪，儿子死了，难道他们不想来问问到底是怎么回事吗？甚至连尸体也不认领回去？

　　"土山村？"凌澜对这个村子有点印象："三年前的男死者穆全也是土山村的吧？"

　　柳凡点点头："是啊，你一说我才想起来，土山村就那么几户人家，说不定，吕琛和穆全还认识呢。"

　　凌澜走到曲晴那里，请求她再次给吕琛的父母打电话，催促他们来认领尸体，顺便问问吕琛和穆全的关系。

　　曲晴找到了土山村村委会的电话："土山村挺落后的，吕琛家里没有通电话，他父亲的手机也停机好久了，只能打村委会电话。"

　　凌澜想了想，村委会更好，也许能问出一些吕琛父母不愿意说的情况呢。

　　果然，五分钟后，曲晴挂上了电话，把得到的消息告诉给凌澜。原来吕琛和他父母的关系并不好，吕琛还有一个哥哥，父母更喜欢哥哥，觉得吕琛的到来加重了他们的经济负担，于是早早就打发吕琛去城里打工。而吕琛的确是认识穆全的，他小的时候经常被穆全欺负，每次都是敢怒不敢言，因为穆全在当地就是个无赖，连吕琛的父母也拿穆全没办法，更何况，他父母根本就知道吕琛被穆全欺负，却只是睁一只眼闭一只眼。吕琛想要报复，却不敢明着找穆全，于是就暗地里砸了穆全的渔船，结果被穆全发现，更是把吕琛一顿暴打。

　　曲晴歪着头："奇怪了，最后村主任还说，中午的时候有个警察也打电话过来问这些的。"

　　凌澜用手指了指顾涵浩的办公室："肯定是你们的顾队长。"

第二十二章　差错

　　临近下班的时候，顾涵浩才把办公室的门敞开，招招手叫袁峻、柳凡、郑渤和凌澜进去开会。

　　"刚刚施法医来了电话，崔宏和佟佳丽的DNA比对结果出来了，他们俩没有任何关系。"看顾涵浩的样子，这个消息并没有让他失望，反而是意料之中一样。

袁峻叹了口气:"唉,我还以为这个崔宏会是佟佳丽的亲戚呢,这样的话,彭泽他们三个对崔宏如此煞费苦心也就有了解释,是为了赎罪。"

"的确是为了赎罪,除了赎罪,我想不出别的理由。"顾涵浩坐在转椅上,望着坐在沙发上的柳凡和凌澜,还有自己搬椅子进来坐的郑渤和袁峻:"他们三个的这种行为应该是自愿的,商量好的。因为如果不是这样的话,彭泽也不必假装被崔宏威胁,多生出这么多事端来,直接把钱给崔宏不就可以了。以彭泽能够自掏腰包的作风来看,如果能不麻烦那些女孩的话,他是不会把她们牵扯进去的。"

袁峻补充:"看来彭泽是不得已的,如果他不答应崔宏拍写真勒索的这个要求,而是直接提出再拿一笔钱给崔宏,一来崔宏会有所怀疑,很可能他早就有所怀疑了:为什么彭泽会对他如此慷慨?彭泽自然是不能让他更加怀疑。二来,就算彭泽再多给崔宏钱,崔宏也是不会放弃这个念头的,他不但对彭泽的钱势在必得,还要得到额外的女孩们的那一份,他怎么会嫌钱多呢?而且他本来就是个色鬼,拍人体写真也可以满足他的欲望,一举两得。彭泽没有办法,只能答应他,又为了让崔宏不要怀疑他,所以才联合栾舒晗演了一场戏,假装自己有把柄落在崔宏手里。"

凌澜早就认定了这个说法,她总结:"没想到彭泽为了赎罪,就这样供养了崔宏三年多。我想,到最后他一定是受不了了,不想再去填这个无底洞;也有可能是知道崔宏去勒索杨思琦后对杨思琦怀有愧疚,知道这种状态必须结束,否则崔宏会去骚扰更多的女孩;还有可能,彭泽终于认识到,他供养崔宏的行为已经不是在赎罪,而是起到了反作用,反而是害了崔宏,让他变成了一个好吃懒做、不思进取的废物,而他,根本就没有能力拯救这个堕落的青年,他想退出,把当初得到的那三万本金和利息全都还给崔宏,从此和他划清界限。"

"没错,当初他们三个就已经商量好,这笔钱,他们谁也不会动用,早晚要还给佟佳丽的什么人,作为他们三个的救赎金。而且三年前他们就约定好,用《肖申克的救赎》作为暗号,收到这部电影之后,就会在当初约定好的地方见面,当然,见面时,他们要带着当初那三万以及由那三万产生的利息,分毫不差地把这笔罪恶的钱还回去。"顾涵浩看着展板上彭泽的名字,叹了口气,"我想提出把钱还给崔宏的建议的人就是彭泽,寄出三套电影光盘的也是他,因为这三年来他负担着主要的赎罪任务,其余两人只是在他有需要的时候出来配合。他们三个人之中,彭泽占有主导地位,当初的约定也一定是他提出的。"

郑渤看顾涵浩暂停下来,忙问出了自己的疑问:"为什么彭泽是占有主导地位的那个呢?"

"我想,"顾涵浩看了凌澜一眼,发现她正在全神贯注地聆听,她也一定对这个问题十分好奇,但是他想到的答案并不怎么讨喜,"我想,一来是因为彭泽最具有号召力,其余两个人认同彭泽的想法,愿意去服从他;二来,因为彭泽主动承担下来用金钱赎罪的任务;三来,我猜想,也许三年前的案件中,彭泽承担的责任要比栾舒晗

· 198 ·

和吕琛更大一些，也就是说，杀人的主谋是那第四个人，但是彭泽是第二从犯，栾舒晗和吕琛可能只是起到更小的作用。也就是说，如果真相大白，彭泽将会受到的刑罚要大于他们俩。"

柳凡深深叹气："我想，当初他们三个大概是都受了那个主犯的胁迫吧，或者是落入了主犯给他们设下的陷阱，到最后骑虎难下，不得已才成为帮凶的。也是因为这样，他们才会心存愧疚，真正的那个主犯不会有愧疚感，反而是享受罪恶带来的快乐。"

"没错，你们的说法正是我所想的，但是这其中有个问题，崔宏到底和佟佳丽有什么关系？彭泽又是怎么知道他俩有关系的？"顾涵浩看郑渤在一边已经按捺不住了，于是便对郑渤点点头，"有关这一点，郑渤，你把你调查到的结果跟大家说说。"

郑渤清了清嗓子："之前说过，佟佳丽父母早逝，唯一的近亲就是姐姐，但是已经嫁到国外去了。我抱着试一试的态度给佟佳丽国外的姐姐打了个电话，结果她姐姐告诉我，佟佳丽18岁那年曾经产下一名男婴，当时那孩子的父亲，也就是佟佳丽的男友偏巧因为车祸成了残疾，正在佟佳丽犹豫还要不要嫁给男友的时候，她后来的丈夫出现了，她丈夫比残疾的男友优秀太多，然后佟佳丽便把孩子托付给了残疾男友，自己以大姑娘的身份投入到另一段感情之中。也就是说，佟佳丽并不是无子女，她在这个世界上还有一个儿子。最重要的是，佟佳丽的姐姐说，三年前有个自称是私家侦探的男人也给她打过电话询问此事。"

听到这里，屋子里的几个人都忍不住发出了惊叹的声音。

"先不说这个打电话给佟佳丽姐姐的自称私家侦探的男人是谁，这个人为什么会想到去问这件事呢？显然，对于佟佳丽有儿子这件事，他是有所耳闻的，可是他又是从哪里听到的？"顾涵浩一边发问，一边看向凌澜画的那块展板。

凌澜看顾涵浩的表情，他根本就是已经有了想法，但是他不说，他像是个循循善诱的老师，偏要启发这些"学生"自己找到答案。如果答案在展板上的话，那么最熟悉这块展板的人莫过于凌澜，因为上面的关系图就是她画的。

凌澜不自觉举起了手，居然把自己当成了要回答问题的学生，随即她反应过来，有些尴尬地把手放下："知心朋友，他是从知心朋友那里听到有关佟佳丽有儿子的事情的。根据栾舒晗母亲的说法，有一段时间栾舒晗和佟佳丽走得很近，栾舒晗把佟佳丽当成了知心大姐，有什么心里话都会和佟佳丽去说。那么也很有可能，佟佳丽有什么心事，或者是不为人知的秘密，也会和栾舒晗分享。我想，儿子的事，应该是佟佳丽告诉给栾舒晗的，佟佳丽死后，栾舒晗不想让她余愿未了、死不瞑目，于是把这个秘密与彭泽和吕琛分享。他们想帮佟佳丽寻找到儿子，觉得佟佳丽的这个儿子可以成为他们赎罪的对象。"

顾涵浩果真像个欣慰的老师，对着凌澜绽放出师长般的微笑："假设如此，那这三个人又是怎么样确定崔宏就是佟佳丽的儿子的呢？"

郑渤摇摇头："不对啊，崔宏根本不是佟佳丽的儿子，DNA测试结果说他俩没有任何血缘关系的。"

"显然，彭泽他们不知道这一点，他们认定了崔宏就是佟佳丽的儿子，不然彭泽怎么会甘愿供养他三年多。"袁峻望着顾涵浩，希望他能给出个合理解释。

顾涵浩又去看那块展板："事情也就是在这里，出了差错。这三个一心想要赎罪的人，却找错了对象，到底是什么，或者是谁，让他们错把崔宏当成了佟佳丽的儿子呢？"

凌澜冷笑一声："还能有谁，那个给佟佳丽姐姐打过电话的私家侦探呗，很有可能他们三个雇了一个私家侦探，替他们找人。"注意到顾涵浩还在看着展板，凌澜心里抖了一下，难道说，那个私家侦探就在这个展板上？

第二十三章　私家侦探

袁峻挠挠头："会不会打电话给佟佳丽姐姐的那个私家侦探就是彭泽？这种事情还是亲力亲为的好。"

"佟佳丽的姐姐告诉我，她在电话里已经和那个私家侦探说得很清楚，只知道妹妹佟佳丽18岁那年曾经生过一个男孩，但是男孩有什么特征啊，去向啊，她一概不知，她甚至连妹妹当初那个男友的名字都不知道，也不知道那个男友在哪里出的什么车祸，因为那段时间她已经是国外国内来回跑了，忙得根本没时间顾及妹妹的私事。换句话说，在佟佳丽姐姐这里根本就得不到什么有用的信息，线索到这里就断了。如果打电话的是彭泽的话，那他就一定是找到了其他线索。"郑渤认真解释道："可是有什么其他线索呢？到底是什么线索，我没找到，反而当年有人找到了？"凌澜打断郑渤，指正道："不是当年有人找到了，而是当年有人找错了。别忘了，崔宏根本就不是佟佳丽的儿子。"

顾涵浩及时总结："但至少我们可以肯定，佟佳丽确实有个儿子，而当年也确实有人在找佟佳丽的儿子。而且，我怀疑这个人，就在这张展板上。"

顾涵浩此话一出，意思已经再明显不过，凌澜画的这张展板上，六个死者都被方框框住，剩下的没有被框上的，和案子有关的大活人，一共就那么几个。

"王建华！"凌澜抢先叫出口。

不料和她同时抢答的还有另一个声音，袁峻恍然大悟般地叫道："崔宏！"

顾涵浩被这两人的异口不同声给逗笑了，一副愿闻其详的模样问："袁峻，说说你的想法？"

袁峻还处于兴奋之中："崔宏本来就是个贪财的人，他知道冒充佟佳丽的儿子可以得到那三个人赎罪的赔偿,所以……"袁峻说不下去了,他自己先打起了退堂鼓,崔宏又是怎么知道他们三个在找谁呢?

柳凡在一旁窃笑:"袁峻,难道你认为崔宏得知彭泽他们在找人,所以自己大摇大摆地站出来说:你们要找的就是我?"

袁峻不好意思地耸耸肩:"看来,还是得有个中间人。可是,凌澜,你怎么会怀疑到王建华身上去呢?"

凌澜被袁峻问住了,虽然心里有些想法,但是却说不出来,她把求助的目光转向顾涵浩。

顾涵浩解释:"首先,我觉得找人这事呢,第一,交给专业人士好一些,一般人没有那个渠道,根本无从下手。就比如说佟佳丽的姐姐,她嫁到国外之后搬过好几次家,电话号码也是换了又换,凌澜,我现在让你找这么一个嫁到国外的女人,你怎么找?"

凌澜知道顾涵浩又在拿她打比方,于是配合道:"我一个普通人可没法找,不过我有认识的刑警啊,我会找你们帮忙,你们既有渠道又有权限。要是不认识你们呢,我就找私家侦探帮我找。"

顾涵浩很满意凌澜和他有着一定的默契,继续解释:"第二呢,这事最好别亲力亲为,亲自出面的话,难免会招人怀疑。最好的办法是由栾舒晗出面找私家侦探,再叫上两个男生陪同一下。她可以说,邻居知心大姐不幸遇难,但是余愿未了,生前曾经找过她帮忙,希望能找到失散的儿子。这样的话,便可以顺理成章。总之一句话,最佳选择就是找个私家侦探。"

"顾队,你认为这个王建华就是他们找的私家侦探?"袁峻上午刚审过王建华,这个人唯唯诺诺的样子,会是个私家侦探?而且,他不是在工厂上班,每月只有不到两千工资吗?

顾涵浩前倾身子把电脑显示器转向前面,招手招呼几个人过来观看:"这是银行那边传过来的监控录像,有那天王建华在提款机那里提款的,还有后来他进到营业厅里汇款的,你们再看看,有什么不对劲的地方。"

四个人凑到显示器前仔细观看。

郑渤有些羞愧的样子,汇款这段视频是他从银行那边要来的,最先经过他的手,而且他看过不下十遍,也没看出什么不对劲,怎么顾涵浩就能看得出呢?

顾涵浩看出了郑渤的疑惑,提示道:"提款机那段和大厅汇款那段结合起来看。"

视频还没播放完,袁峻突然打了个响指,让大家把注意力全都从视频上转移到了他身上。

"时间,时间不对!"袁峻用鼠标调整进度条,先把画面定格在了提款机取款完毕的时间上:"你们看,王建华在提款机那里成功取款完毕的时间是上午10点45分

37秒左右。再看他出现在大厅窗口填写汇款单的时间，是10点47分13秒。而按照上午王建华的口供，他在取款完毕之后，发现彭泽鬼鬼祟祟，于是便想快点离开，不料彭泽跟了过去，接着就给了他五百元，提出帮忙汇款的要求。他当时还怀疑这是某种骗术，还问彭泽为什么不自己去汇款，然后又接受了彭泽的五百元。这一系列的事情难道就发生在不到两分钟的时间里？还不算从提款机那边走进银行？太可疑了！"

　　凌澜冷哼一声："这个王建华，真是自作聪明。我听说有些人撒谎的时候会特别投入，能把很简单的事情描述得极为细致，还不自觉地添油加醋，以期增加自己的可信性。这个王建华就是聪明反被聪明误，说得多错得多。"

　　顾涵浩把显示器转回自己的方向："所以我想，这个王建华就是当初彭泽他们找来的私家侦探。汇款这种事，彭泽知道会在摄像头下留下证据，当然不会自己亲自出马。可是随随便便找个陌生人呢，又不放心，一来，陌生人的警惕性高，会以为彭泽这种行为是某种骗术，不会配合；二来，陌生人危险系数也高，说不定表面答应，拿着钱就跑了。这笔钱本身就见不得光，彭泽又不能直接追着抢钱的人满大街跑，更不能报警。所以呢，最佳选择就是找个认识的、又和当年的案件没什么关系的人出马。王建华就符合这个要求。"

　　袁峻一边掏出电话一边请示顾涵浩："顾队，我让大张和小陈明天一早就去工厂那里堵王建华，免得让他给跑了。"

　　顾涵浩点点头："不早了，咱们今天就到这。明天再做好准备审王建华和崔宏。"

第二十四章　醉酒

　　下班时间，凌澜回到自己的桌前，收拾好个人物品，走到曲晴面前："待会儿顾涵浩出来了，你就告诉他我先走了，学校有点活动，大概10点钟就可以结束，到时候我会打车回去，叫他不用担心，如果，他，会担心的话。"凌澜越说声越小，最后自顾自地点点头，就转身离去了。

　　曲晴愣在原地，望着凌澜逃跑一样的背影，她好像明白了点什么。

　　凌澜出了公安分局的大院，一眼便看见了停在街边的银色凯美瑞。连她自己也不知道，为什么看到这一幕她会忍不住会心一笑，不过，她倒是挺佩服这个女白领的，新时代女性就是要敢爱敢追不是吗？自己在这一点上，可差得远了。

　　上了回T大的公交车，凌澜把头发披散下来，坐在窗边的位置，任微凉的风吹拂在脸上，看着渐暗的城市在视野里慢慢倒退，她突然有种想哭的冲动。她是要回学校参加彭泽和万玲的追思会的。校学生会主席是个很有人情味的大三学弟，他亲自求校长允许，又亲力亲为地去组织筹划，找到了一间阶梯教室作为追思会的现场。

从前凌澜也和彭泽一起乘公交车在这个城市里转来转去，他们也曾坐过车窗边的位置，一起欣赏亮闪闪的城市夜色，指着那些耸立着的高层幻想着将来会有一盏灯光属于他俩。那时候的她，怎么也想不到，有一天，会独自一个人搭公车回学校参加彭泽的追思会。

不得不承认，校学生会主席的口才一流，煽情功夫一流，或者，不是他刻意煽情，只是凌澜太过于投入吧，她哭得稀里哗啦，被几个关系不错的女同学搀扶着离开。就连之前已经和校学生会主席约定好的，她会上台说几句的环节也错过了。

女同学们你一言我一语地安慰着凌澜，尽管这种时候任何言辞都那么微不足道。最后，有个女生突然出了一个馊主意——去喝酒。

没有谁反对，凌澜也就稀里糊涂地跟着三个女生去了学校附近的一家小酒吧。

四个女生也没有多少钱，点了四杯廉价的洋酒，刚开始还是一口一口地喝，不知道什么时候开始，桌子上全是东倒西歪的啤酒瓶。

凌澜揉了揉迷离的眼，她知道自己一定是产生了错觉，要不然吧台里面调酒的那个帅哥怎么会变成了彭泽的模样呢？

正在凌澜盯着调酒的小哥看个不停的时候，身边的三个女生却找到了她们的共同目标，那就是坐在不远处卡座里的一个帅气男人。她们发现那个男人竟然没有喝酒，而是在喝冰茶，时不时，还把目光投向她们这边。

男人好几次抬头看向吧台那里，发现自己被三个女生酒醉后灼人的目光烧得坐立不安，他看了看表，然后干脆站起身朝吧台这里走过来。

一只大手握住了凌澜的手腕，阻止她想要给自己灌酒的手："很晚了，跟我回去。"

三个女生捂着嘴发出惊叹声，她们怎么也想不到，这个帅气男人竟然会选中醉得一副邋遢相的凌澜，而且上来就提出这么露骨的要求，跟他回去！

凌澜眯着眼看面前的男人，这张脸，很熟悉，这阵子这张脸总是在她眼前晃。凌澜努力睁大眼，发现面前的男人似乎是生气了，他的怒容让她刹那间清醒了不少："回去，这就回去，你先把账结了吧。"

男人掏钱的空当，凌澜才意识到一个很关键的问题，她抓住男人的手摇晃着："不是，你，你是怎么，知道我在这的？"

男人一边回答一边搀扶起凌澜："我在你的手机里装了定位系统。"

"啊？"凌澜瘫软的身体完全使不上力量，完全依靠在男人身上："你这个人怎么可以这么霸道？"

三个女生跟在他们后面七嘴八舌地问着："他谁啊，你们要去哪？"

凌澜嘴巴里含糊不清地介绍着："给你们介绍一下啊，这位，是我实习单位的领导，我的顶头上司，可惜他马上就要把我开除啦。"

顾涵浩发现这样拉着凌澜走不知道什么时候能够走出酒吧，干脆拦腰一抱，把凌澜给抱了起来，此举引来其他三个女生一阵尖叫。

顾涵浩把凌澜放进副驾驶的位置，打开后车门，招呼那三个女生上车："我先送你们回学校，不过事先声明啊，不许吐在我车里。"

顾涵浩的话音刚落，凌澜"哇"的一声，毁了顾涵浩的副驾驶。

回到家已经是快12点，顾涵浩把凌澜放在床上，去洗手间简单洗了洗身上凌澜留下的秽物，转身又觉得让凌澜穿着这么一身恶心的衣服睡觉不太合适，可是更加不合适的是由他来帮凌澜换衣服。

没办法，顾涵浩推了推凌澜："喂，起来换衣服啦，你把整间屋子弄得臭气熏天。"

凌澜迷迷糊糊闭着眼反问："怎么？开除我还不算，房子也不让我住啦？"

顾涵浩无奈地原地转了一圈，然后想到了一个办法，既可以让凌澜清醒，又可以最大可能的保持住卧室不会再臭下去。他去洗手间放了热水在浴缸里，然后再次屏住呼吸把凌澜拦腰抱起，把她整个人连人带衣服，放进了浴缸。

然而他却忽略了这么做还会有一个后果，那就是在热水的浸泡下，凌澜身上的衣服全部紧贴着身体，她的身段曲线被顾涵浩看了个一清二楚。

周身的温暖通过酸痛的肌肉和干涩的皮肤渗透进骨头，凌澜感觉舒服不少，嘟囔着："水，水。"

顾涵浩也有过喝醉酒的经历，酒精挥发，一定会口渴，他刚刚竟然忘记了这一点，忙回客厅给凌澜倒水。

把水送去洗手间之后顾涵浩想到这个凌澜也许根本就没有吃晚饭，他打开凌澜的冰箱，想看看有没有什么吃的能给凌澜热一热，结果，却一眼看到了一团黑色的东西。

那是一块被压实的巧克力色点心，凌澜居然一直留着。

再次回到洗手间的时候，凌澜冲他挥挥手："回去吧，我自己行的。"

"洗干净就出来吧，泡时间长了会脱水的。"顾涵浩嘱咐完后转身，却又不放心："别在浴缸里睡着了，待会儿我会打电话提醒你。"

凌澜的酒醒了一半："放心吧，不用提醒，临睡前我会定闹钟，明天准时和你去上班，我不能错过最关键的审讯。"

顾涵浩叹了口气，往门口走的时候路过了冰箱，犹豫了一下，还是打开，取走了那块已经过期变质的点心。

回到自己家关上门，顾涵浩看着那块点心出神，是他多心了吗？凌澜只是忘记了把它丢掉而已？

第二十五章　狼狈为奸

第二天早上上班自然是不能开车去了，因为顾涵浩的车里弥漫着一股让人作呕的气息。顾涵浩一早就叫人来把他的车送去彻底清洗一遍。于是，这一天，顾涵浩拜凌澜所赐，成了无车一族，只能和凌澜打车去上班。

经过了昨晚一番折腾，这两人却像什么也没发生一般自然。顾涵浩的自然背后，是深深的怀疑，他一直在猜测，那块点心到底是凌澜故意留下的，还是忘记了丢。而凌澜，则是在猜测，冰箱里消失的点心，一定是被顾涵浩给拿走了，他会怎么想？是认为她只是忘记了丢掉，还是认为她是故意留下做纪念？

但愿他千万不要误会什么，那可就太尴尬了，她真的就只是忘记丢掉了而已。凌澜心里想着，可是，她为什么会把那东西带回家呢？

"对了，昨晚你在酒吧里等我了是不是？你没有直接过来把我拉回家，而是等着我和朋友喝到尽兴才出现的？"凌澜一大早就接到了那三个女同学其中一个的电话，她十分八卦以及羡慕地告诉凌澜，昨晚她的上司，那个帅气的顾涵浩，竟然在一个人喝冰茶，一定是在等着她喝尽兴之后准备开车送她回家。

"是啊，我想，你心情不好，借酒发泄一下也好，直到后来我实在看不下去了。"顾涵浩不无感慨地说。

"看不下去什么？我酒品很差？醉相很丑？"凌澜有些难堪，自己平生第一次烂醉如泥后的丑态百出，竟然被这个男人尽收眼底。

顾涵浩却戏谑地回答："我实在看不下去那个调酒的小哥，被你那只粗鲁的手蹂躏时候的无辜表情。"

凌澜白了顾涵浩一眼，羞愧地低下头，她记起了一些昨晚的事，她昨晚把调酒的男人看成了彭泽，也难怪，他们俩确实神韵有点像。于是呢，她就把上身都爬在吧台上，一只手握着酒瓶，另一只手伸长，努力在那位小哥的身上胡乱揪扯，恐怕同时嘴巴里还念着彭泽的名字。

上午九点，崔宏和王建华乘着同一部电梯来到刑警大队，只不过一个是从同一个院落里的拘留所带来，一个是从工厂那边带来。

走向审讯室的时候凌澜不自信地拉住顾涵浩："我说，咱们也没什么确切的证据，他能承认吗？"

顾涵浩自信地一笑："放心吧，进去以后，咱们就见机行事。"

说完，顾涵浩冲另一间审讯室门口的柳凡和袁峻点了点头。两间审讯室的审讯会同时进行。这一点，刚刚几乎是同时进入两间审讯室的王建华和崔宏自然也都明白。

顾涵浩和凌澜坐在了王建华的对面。王建华仍旧是上次来的时候那种唯唯诺诺的模样，仿佛自己是一个很无辜的又有点惧怕警察的普通市民。不同的是这一次，顾涵浩和凌澜的脸上都带着那种看穿他的嘲弄微笑，这让王建华除了唯唯诺诺之外，还显露出一丝丝慌乱不安。

"王建华，我们去你住的地方了解过情况，你的邻居可以证明，最近这两起案件的案发时间，你都不在家，夜不归宿的你到底是在忙些什么呢？"顾涵浩不等王建华回答，继续说道："恐怕你不知道你家楼上住了一个老太太，她老人家有晨练的习惯，就在第二起案子的案发那天，清晨四点半她看见你疲倦地赶回家，还闻到了你身上的腥味，你知道的，就是那种江水的腥味。"

王建华挠挠头："案发的那两天？对不起，我不知道案发的时间，所以没法给你们名单，哦，就是和我一起晚上出去喝酒的朋友的名单。"

"这么说，你前阵子经常晚上出去喝酒？关于这点我们会跟进的。"顾涵浩斟酌着，他早就料到王建华准备好了说辞，说不定还真的买通了几个朋友给他做伪证呢，不过没关系，毕竟没有被买通的人会比被买通的人多得多。

"根据我们的调查，这两年你父母在Z县盖了一处新房，你哥哥还买了一辆中巴车搞短途客运，而给他们出钱的人就是你。"顾涵浩从文件夹里抽出两张纸，摆在王建华面前，那上面有新房和客运的资料："你仅是个普通工人，月薪两千左右，哪里来的钱去帮扶家里的？"

王建华不自然地笑笑："前两年我做了点小买卖，攒下了一些。"

"是吗？是什么样的买卖？服务行业？"凌澜看不得王建华那副虚伪的模样，忍不住想要快点进入主题："针对个人服务的民间寻找调查业务？"

王建华别过头："我不知道你在说什么。"

"那咱们就测一测你的语速吧，看看你在银行门口是怎么在不到两分钟的时间内和那个让你汇款的人有了那么多的交流，"顾涵浩又掏出了一张照片，照片一分为二，左边是王建华使用提款机的提款成功时候的画面，右边是他出现在银行柜台窗口的画面，两个画面右下角的时间被顾涵浩用红笔圈了出来："恐怕你和彭泽的交流是你在提款机提款之前进行的，你早就想过以后警方会找上你，所以你就准备了那套说辞，说自己是去那里取工资的，然后遇上了鬼鬼祟祟的彭泽。有个自己取款的铺垫，似乎是能让自己的表演更加具有完整性。"

凌澜看王建华不出声，便讽刺道："表演最忌讳的就是画蛇添足，而你，正好犯了大忌。"

"哼，你们到底想说什么，仅仅凭这些能说明什么？"王建华卸去了多余的表演成分，坦然地与顾涵浩和凌澜对视。

"能说明你从崔宏那里分了一杯羹，你俩达成了共赢的关系，狼狈为奸，一起利用彭泽他们的悔过救赎之心，为自己赚取利益。"顾涵浩的语气越来越重，一股逼人的气势渐渐显露出来。

"你找不到佟佳丽的儿子，你无能，所以才被私家侦探这个行业给淘汰了吧，没办法，你只好去当一个普通工人，你觉得屈才吗？我看一点也不。"凌澜讥讽着，露出了蔑视的笑。

王建华却不为所动，无所谓的样子，轻轻吐出几个字："随你怎么想。"

显然凌澜的激将法失败了。

顾涵浩接着发起攻势："我有一点不敢肯定，当初你是因为找不到人完不成任务而随便找了一个年龄和血型都符合的崔宏当做替身呢，还是你和崔宏一早就认识，两人计划好一起瓜分彭泽的钱呢？"

王建华依旧是一副无辜的神态："我不知道你在说什么。"

顾涵浩棋出险招，开口道："有一点你的确不知道，你不知道你随便这么一选，竟然真的选中了你要找的目标，崔宏就是佟佳丽的儿子，我们有DNA检验结果为证。"说着，顾涵浩把一份DNA比对图谱的文件摔到王建华面前。

这次，王建华终于有了点反应，他眼睛瞬间瞪大又缩小，不自觉地在嘴里念叨了一句："不可能。"

第二十六章　效仿

顾涵浩其实并没有多少把握，虽然崔宏和佟佳丽的儿子出生年份一样，血型也是有可能遗传到的血型，同样是在孤儿院长大，后来才被抱养的孩子，但是他并不能确保王建华有没有拿到佟佳丽的DNA图谱和崔宏做过比对。可是后来他站在王建华的角度一想，既然已经决定随便找个人顶替了，根本也就无须再去做什么DNA比对，弄一份假的比对图谱去糊弄彭泽就可以了。

现在看崔宏的神态，和那句脱口而出的"不可能"，顾涵浩已经明白，在这个赌局中，自己是赢家。

"哼，你猜崔宏看了这份文件会怎么想呢？他如果知道自己就是佟佳丽的儿子，本应该独享彭泽的那些钱，可是却被你这个外人分去一半，一直被你蒙在鼓里，你说他会不会一时气愤把你供出来呢？"

顾涵浩话音刚落，王建华背后的墙上传来碰撞的声响，还隐约听见了咒骂声，好像是在骂："王建华，你个浑蛋！"

凌澜冷哼一声："其实这几天崔宏在这里也并不好过，这个不学无术的笨蛋，根本就不懂得什么心理战术，不知不觉中可是跟我们透露了很多东西。王建华，你真的是找错了合作对象，下次换个聪明点的，别拖了你的后腿。哦，对了，没有下次了。"

王建华平静地与凌澜和顾涵浩对峙着，一言不发。他唯一露出一点惊诧和意外神

· 207 ·

色的时候，就是身后那堵墙传来碰撞和咒骂声的时候。

"还有一份文件你应该看看……"顾涵浩正在低头找文件，审讯室外有人敲门，是小陈，他把头探进来，冲顾涵浩说："顾队，那边有突破。"

顾涵浩面露喜色，冲凌澜招招手，示意她跟着他出去。凌澜急忙站起身，匆匆把桌面上的文件收到文件夹里面，因为太过心急，一边往门口看一边收拾，有几张纸掉在了桌子下面都没发觉。

跟在顾涵浩身后穿过走廊，来到了另一头的审讯室门口，凌澜这才明白，崔宏已经被转移到了这里，刚刚那堵墙后传来的碰撞和咒骂声是顾涵浩这位导演安排了某位"群众演员"在跑龙套。

敲了敲门后，顾涵浩推门而入，带着点胜利的喜悦站在门口，与里面坐着的袁峻和柳凡点头示意。

"崔宏，DNA对比的结果你看了吧，一直被王建华蒙在鼓里，你有何感想啊？"顾涵浩站在门边问话，但是似乎也不想得到什么回答，他接着对袁峻和柳凡说："王建华已经承认了，彭泽和万玲，还有栾舒晗和吕琛，都是他和崔宏杀死的，为了掩护自己，才刻意效仿三年前的案件，把尸体弄成那个样子。"

崔宏听到这话的时候身体轻微晃动了一下，想开口辩解什么，但是目前的形式，他还是准备以不变应万变，且看这些警察到底有什么计谋。

顾涵浩站在门口，没有要坐下的意思，冲站起身给他让座的柳凡摆摆手，示意不用。

"崔宏，王建华对所有罪行供认不讳，但他说他只是从犯，杀死他们四个人是你的主意。你们俩之间，分钱的时候，也是你拿大头，他拿小头。后来你们得知彭泽打算对你们停止供给，于是你出主意，让王建华出面用三年前的案子去威胁他们，毕竟王建华是他们雇来的私家侦探，趁找佟佳丽儿子的同时调查到了三年前案子的真相也不稀奇。你怕筹码不够，还提议让王建华把万玲也抓来。可是没想到，彭泽根本不接受他的威胁，还跟他扭打起来，无意中，王建华就把彭泽给推进江里溺死了。这个时候你还在摄影展，用公用电话打给了王建华询问那边的结果，可是王建华却告诉你，他在扭打中把彭泽给推到了江里面。灵机一动，提出效仿当年案件手法的人也是你，你从摄影展赶往江边的路上买了尼龙绳和网兜，还偷了一艘破船，再把彭泽的尸体捞上来，和万玲捆绑在一起。你们划船到了江心，把尸体放下去。当时彭泽虽然已经死了，但是万玲还活着，她就这样抱着彭泽的尸体被石头拉扯着沉入江底。至于栾舒晗和吕琛，你们知道早晚他俩早晚会发现彭泽已死的事实，他们会以为是当年的凶手重出江湖来灭口，为了自保，他们一定会去自首，而他们一旦自首，整件事情便会天下大白，你们俩骗子和凶手的身份也会被揭破，怎么办好呢？王建华说，你提议，一不做，二不休，把这两个碍事的家伙也除掉。"

顾涵浩说这番话的时候一直注意着崔宏的神色变化，崔宏的脸就像是在快放镜头下腐坏的苹果一样，舒展的肌肉慢慢紧绷，挤出一道道浅浅的皱纹。

其实顾涵浩说这番话的时候没有什么把握，这些都是他的推断，如果他的推断与事实相差太远的话，那他们就会全盘皆输。但是目前看来，崔宏的表情已经给了顾涵浩安全感，他的推断应该没有大方向上的错误，顶多是一些细节的出入。

凌澜请教似的问顾涵浩："一般主犯和从犯在判刑上有没有什么区别呢？"

"当然会有，"顾涵浩耐心解释："就拿这起案件来说吧，本来呢，实施杀人罪行的人是王建华，崔宏只是帮助处理了尸体，他应该是从犯，判刑方面会较主犯而言轻很多。况且第二起案件发生的时候，崔宏还在咱们的拘留所里，主要实施犯罪的也是王建华，本来他这个主犯的地位是确认无疑的，可是他现在先松口，说一切都是崔宏策划的，自己才是被崔宏迷惑和受胁迫的从犯。"

"胡说！"崔宏攥紧拳头砸向桌面，袁峻急忙站到他身后把他控制住。

柳凡站起身准备离开："那就这样吧，我去写报告。这件案子上级给的压力太大了，赶紧结案，我赶紧写报告。"

说完，屋子里的四个人一起退了出来，两前两后缓缓往办公室那边走。

"你真的认为这两起案子和三年前的凶手不是同一人吗？"凌澜这才腾出空来询问。这句话显然也是袁峻和柳凡的心声，他们俩也把好奇的目光投向顾涵浩，等待答案。

第二十七章　工于心计

顾涵浩边走边解释："之前咱们都落入了一个误区，直接就认定三起命案是同一人所为，也就是那个侧写中的人物，于是便想着从那个人物特征着手去寻找。但是我昨天仔细看了三起案件中尸体的照片，对比之下，发现了一些细节上的差别。"

凌澜撇撇嘴，顾涵浩昨天闭关修炼原来是在盯着那些尸体照片研究细节来着，怪不得没有下去吃午饭。凌澜想象到了一个画面，顾涵浩在办公桌前，一边吃盒饭一边看照片。这幅画面的主题就是：变态。

顾涵浩没有注意凌澜的异样，继续迎着其余两个下属询问的目光解释："虽然用来捆绑的绳子都是白绿色和红色的，但是捆绑方式却不同，打出的结也是完全不同的。施法医对绳子做了细致研究，她说第一起案件的两个死者，身上的绳子是按照逆时针的方向捆绑，最开始的绳子的一端是在两具尸体的腋下绕过一圈后打结，再让两名死者摆出拥抱的姿势，然后慢慢往下方捆绑，最后到脚踝处，而且打结的方式很专业，就是那种把渔船固定在岸边木桩上的打结方式；而这次的两起案件，绳子是以顺时针的方向缠绕，先是在尸体的腰间绕过一圈后打结，然后先是向上方缠绕，又再折

·209·

回来，缠到脚踝处，打结的方式很不专业，我想如果不是因为彭泽在丢进江里面的时候已经被溺死了，以他的力气应该可以挣脱这个绳结。"

"可惜当时他已经死了，只有万玲一个女孩子的力气，当然是挣脱不了的。"凌澜能想象当时水下的画面，万玲拼命挣扎，可是她对面的彭泽一动不动。

"最后的一起栾舒晗和吕琛的捆绑方式就更特殊了，不但缠得乱七八糟，而且他们身体的侧面和正面有很多绳子与皮肤摩擦留下的痕迹，这就表示，当时捆绑他们俩的人先是没用多大的力道把绳子缠绕在他们身上，然后，再用脚蹬着固定住两个人，两只手用力把绳子勒紧。我想这一次的缠绕方式比上一次彭泽万玲的更加粗糙，那是因为这一次凶手是单独犯案，没有人帮忙。这次的绳结自然也是可以被挣脱开的，但是因为栾舒晗和吕琛被整整囚禁一天，没有进食甚至喝水，再加上被王建华给打晕了，也就没有挣脱开。我已经派人去江北边巡逻，寻找他们囚禁栾舒晗和吕琛的地点了，他俩很可能就被囚禁在离渔船不远的岸边。说不定那地方会留下王建华的蛛丝马迹。"

柳凡想起了时间差问题："对啊，栾舒晗和吕琛的失踪事件和遇害事件有个时间差，难道那一整天，他们是被囚禁起来了？为什么，凶手不马上杀死他们呢？"

凌澜突然想到了答案："我能想到的只有这么一个理由，你们听听有没有道理，"凌澜看了看顾涵浩，见他一副愿闻其详的模样，于是更加放心大胆说出了自己的想法："当时把他们两个囚禁在江边的人是崔宏和王建华两个人，后来崔宏觉得警察早晚会因为勒索的事找到自己身上，到时候他和彭泽的关系就会暴露，搞不好警方会怀疑到他身上，于是他便和王建华达成协议，他很可能对王建华说：虽说现在我在明，你在暗，但是如果我落网了，也一定会把你供出来，现在你只有一条路，那就是帮我解除嫌疑，我安全了，你才能安全，谁叫咱俩是一条船上的人。于是，崔宏就让王建华等，让栾舒晗和吕琛也跟着等，等什么时候他自己被警方带走了，王建华便可以在当天晚上解决栾舒晗和吕琛。王建华没得选择，只能这样做。"

顾涵浩认真地听过凌澜的想法，赞许地点点头："我还以为只有我一个人会这么想，看来这个几率又大了一点。"

凌澜看着顾涵浩忍不住窃笑出声："这么说的话，那天去抓捕崔宏的时候，他是故意要让你逮到的！这个崔宏居然和王建华一样，表演成瘾啦。"

顾涵浩的笑意瞬间全无，很郑重地往前踏了一步，纠正凌澜："有一点你必须清楚，就算他想要全力逃跑，结果也是一样，不同的是，他吃到的苦头会更多。"

回到顾涵浩的办公室，四个人分成了两个阵营。先是袁峻表明自己的立场："我打赌，最先松口的一定是崔宏，刚刚他砸桌子的样子已经显示出他的气愤和冲动了，顾队，当时咱们为什么不乘胜追击？"

柳凡坏坏地笑笑，小声地说："顾队每次都这样，喜欢玩欲擒故纵的游戏。不过，我也同意袁峻的说法，赌崔宏先松口。"

凌澜不以为然，有件事情只有她和顾涵浩知道，那就是刚刚在进入审讯室之前，顾涵浩事先提醒她，临走时要装出匆忙大意的样子，把那几张施柔的报告丢在审讯室里。现在想想，报告一定是有关刚刚顾涵浩所说的，三起命案中绳子的区别。王建华看到这个报告就会明白，他们的效仿行为彻底失败。恐怕这会儿，王建华正一个人在审讯室里做心理斗争呢。凌澜知道，顾涵浩的意思就是要让崔宏和王建华等，等到心慌，等到胡乱猜想警方的进展，以及彼此的供词。先攻破他们的心理防线再说。

"我觉得会是王建华最先松口，"凌澜胸有成竹："我觉得王建华相比较崔宏而言更加懂得审时度势，人家不管怎么说，还当过几天的私家侦探呢，还有本事查到佟佳丽国外的姐姐那里。可是，越是这样工于心计的人就会对除自己以外的人越加不信任。现在就好比他们两个人都站在悬崖边上，最先出手把对方推下去的人，自己也就不会被推下去。我认为这种时候，就是两个人信任的大比拼，聪明的王建华当然知道要先出手。"

柳凡歪头想了想："你也说了，王建华很聪明，那他也一定会怀疑这一切都是顾队的计谋啊。不是我扫兴啊，我觉得故意掉文件啊，说DNA比对结果，崔宏是佟佳丽的亲儿子之类的，对他来说都难免显得刻意而可疑。他要是真的聪明，应该不会上套的，反而是那个崔宏更有可能。"

听柳凡说到最后一句，凌澜打了个响指："没错，王建华也是这么想的。"

柳凡被凌澜的反应弄得更加迷惑："什么意思？"

顾涵浩适时地表明态度："我同意凌澜的观点，也赌王建华先松口，至于赌注嘛，谁输了就请吃饭喝酒唱歌，结案后当晚活动的全套费用，怎么样？"

袁峻突然发出惊叹，"顾队，我明白了，不管王建华有没有看出来你们在给他下套，他都很可能先松口的。如果他没看出来这是个局，那么他一定会抢先一步把主犯的身份推给崔宏，他知道时间紧迫，怕让崔宏抢了先；如果他看出来这是个局，那么他就会担心崔宏不如他聪明看不出这是个局，他怕崔宏先开口让自己处于不利地位，所以他更加会先发制人，尽力把自己的责任撇得少一些。"袁峻下意识摸了摸口袋里的钱包："那个，我现在转移阵营还来得及吧？"

袁峻的话惹来柳凡的抗议，顾涵浩也在频频摇头，气氛变得轻松，仿佛案件侦破的胜利已经近在咫尺，柳凡和袁峻马上就要为庆功宴破费一场。只有凌澜，她没有像三个伙伴那样放松，不是担心案件，而是顾涵浩。她怎么直到今天才发现，顾涵浩是这么一个工于心计的男人，有点可怕。

第二十八章　坦白

几个人正在办公室里商量案子侦破之后该去哪里请客的时候，小陈站在办公室门口敲了敲门："顾队，王建华说有话要说。"

柳凡顿时像泄了气的皮球："我去监控室里听着，好准备写报告。"

凌澜跟在柳凡身后："我也去监控室。"

顾涵浩一边和袁峻往审讯室走一边自言自语般念叨："谁去审讯室谁去监控室，这事不是我说了算吗？"

审讯室里，王建华把桌上的尸检报告推回顾涵浩面前："我承认，演技方面，我甘拜下风。但是你们说崔宏就是佟佳丽的儿子，我不信，的确，有的时候无巧不成书，但是这事上，不会那么巧。"

顾涵浩把文件拿在手里："的确，没这么巧的事，但是你不信不要紧，崔宏信了就行。"

"好吧，我坦白。我不知道崔宏对你们说了什么，但是我保证，以下我说的这些全部都是事实。"王建华换成一副诚恳老实的形象。

顾涵浩点点头："愿闻其详。"

王建华叹了口气："就从他们三个找上我开始说起吧。三年前，我还是一个专门处理外遇拍照，要账寻人的私家侦探。工作辛苦不说，还经常不开张，偶尔还会被一些被我偷拍到的人报复，谁叫我没后台没靠山。本来是想退出这个行业，好好找一份稳定工作的，正巧这个时候来了一单好生意。他们三个人是一起找上我的，据彭泽说，他曾经有朋友是我的客户。他们要我找到佟佳丽的儿子，当时那个栾舒晗声泪俱下，对于佟佳丽的死十分伤心。当时的我没有任何怀疑，只是一心想找到人，因为他们给出的报酬不少，有两万。我看得出，彭泽是个有钱人，而他又说自己是栾舒晗的表哥，一定要帮表妹完成心愿。于是我很努力，顺藤摸瓜，找到了佟佳丽在国外的姐姐，结果没得到什么有用的信息，线索就在这里断掉了。"

说到这里，审讯室的门开了，一个警员端了一杯水进来，袁峻接过水杯，放到王建华面前。

王建华对袁峻点头表示谢意，喝了一小口后继续："我和崔宏都是社会的底层，对于他，我早有耳闻，以前就听说过他是孤儿院长大的，年龄也合适正好25岁，于是抱着希望去找他，问他的血型，是A型，因为佟佳丽是AB型，完全有可能生出A型血的孩子。我觉得崔宏就是上天赐给我的礼物，难得各方面条件都吻合。于是我找到他，告诉他我需要他顶替一个人，有个女孩想找找邻居姐姐的儿子，把邻居姐姐的一些遗物还给他。如果他不拆穿我的话，我可以给他三千元的报酬。崔宏想都没想就答应了。于是我又找人伪造了DNA鉴定书，还有崔宏在孤儿院的资料等等，尽量把一切做得完美。"

"结果你就成功地骗过了彭泽他们？"袁峻看王建华停下来，似乎是在思考什么，为了不给他时间编造谎言，他就去发挥一个引导的作用。

"是啊，我本来以为这件事情就这样结束了，可是没想到，崔宏的日子开始过得风生水起，听说他正在积极筹备开个工作室。我通过侧面打听，才知道他结交了一个慷慨的朋友，就是彭泽。这么好的机会我自然不能错过，我跟他说，彭泽的钱也有我的一半，如果他不给我，我豁出去把三千的佣金还给彭泽也要把崔宏不是佟佳丽儿子的事实说出来。就这样，我和崔宏成了一条船上的人。崔宏这个人比我还要贪，事实上，如果不是他这么贪心的话，我们这些人也就会一直保持这样的状态，一直下去，不会闹出人命。"

凌澜在监控室冷笑，一直保持这样的状态？这个王建华想得倒美。

"半年前，崔宏和彭泽提出要拍女孩们的人体写真，然后勒索，能够多赚一笔，因为彭泽的钱我们两个人分，他觉得实在不够。我得知崔宏提出这样的无理要求，当时就心想，完了，彭泽可能一气之下就不再供给我们了。结果没想到，他竟然找栾舒晗来演戏，假装杀人让崔宏抓住把柄，为的就是顺理成章地给崔宏更多的钱。那天崔宏跟踪彭泽，而我则是跟踪他们俩。从崔宏提出那个无理要求之后，我就一直特别注意彭泽的一举一动，想看看他有什么对策，结果就发现了他串通栾舒晗演戏的事。从那个时候我才觉得不对劲，于是简单一查，彭泽根本就不是栾舒晗的表哥，他们三个这样做到底目的何在？"

顾涵浩深呼吸了一口气："于是你就想到他们三个可能和佟佳丽的死有关？你的调查得到了什么结果？"

"我重操旧业，开始查当年佟佳丽的案子，但是也没有什么实质性的证据，要是我能查得到，警方也早就能查得到了。但是警方当年可不知道佟佳丽的死与这三个人有关，我听说他们只是把目标锁定在一个中年男人身上。我查到了吕琛和当年那个男死者穆全之间的关系，吕琛从小就在穆全的阴影下长大，对他恨之入骨，而穆全，有一艘破旧的渔船；栾舒晗和佟佳丽的关系也因为吕琛急转直下，她恨佟佳丽老牛吃嫩草，竟然对她的暗恋对象下手；但是彭泽，不管我怎么查，也查不到他与佟佳丽或者穆全有什么关系。"

王建华查到的这些，也是顾涵浩他们几个这几天查到的结果，通过这几条线索，顾涵浩串联起来之后也有一个关于三年前案发那晚情形的推测，估计和王建华之前的推测也会差不多。可惜的是，关于当年案发的情形到底是如何，只能找到当年的那个元凶才能得知了。

"提出勒索彭泽的是谁？"顾涵浩知道自己这句话是白问，王建华当然会说是崔宏。

果不其然，王建华直接脱口而出："是崔宏！真的是他！当彭泽找上我，说当年佟佳丽留给栾舒晗一笔钱，说是想要留给儿子的，栾舒晗之前把这笔钱给挥霍掉了，所以他才替表妹表示歉意，这两年多一直帮扶着崔宏。现在崔宏实在是太让人失望，他也不想管了，所以东拼西凑把钱凑好，连利息也算上，想要还给崔宏，然后就和他两清，从此断绝往来。我把钱帮他汇了，汇完之后，我打电话把这事告诉崔宏。崔宏马上就不干了，他说不能就这样放走了这颗摇钱树，让我用当年的案件要挟彭泽。"

袁峻插嘴："崔宏怎么知道三年前的案件的，你告诉他的？"

王建华艰难地点头："我也不想的，但是他一直就跟我说，彭泽绝对有问题，对他好得不一般，让我一定查清楚，别再是这里面有什么阴谋诡计。所以，我为了让他安心，就把查到的和自己推测得出的结论告诉了他。"

第二十九章　贼船

王建华说得口干舌燥，把纸杯里的水一口气喝完："没错，是我去学校骗走了万玲，把她带到江边后迷晕。等到彭泽来了，我就勒索他。结果彭泽不接受我的勒索，他说就算我去和警方说出一切也没关系，只是要我放了万玲，她和这件事没关系。后来我们俩就扭打起来。我不小心，真的是不小心，就把他推进了江里面。我心想完了，彭泽游上岸以后一定会去报警，于是我就想把万玲丢在江边，自己逃跑。就在这时候，崔宏来了电话，他问我这边的情况，我告诉他彭泽不肯接受勒索被我不小心推进江里了。崔宏先是安抚我，让我冷静，他会想出办法，结果他犹豫了两分多钟，才告诉我一个事实，他说彭泽根本不会游泳，让我等个几分钟后再下去捞他的尸体。崔宏这个浑蛋，他是故意等了那么久才告诉我彭泽不会游泳的，他这是在陷害我！"

"结果你就真的没有去救彭泽？"袁峻气愤地拍着桌子，还是顾涵浩一个警示的眼神提醒他冷静下来。

"没有！"王建华也大声反驳："我当时是一边拿着电话一边沿着小树林跑的，听到他说彭泽不会游泳，我赶忙往回跑，到了江边，扔下电话就跳下去救他了，只是，等我找到他的尸体的时候已经晚了，他已经没有呼吸了。当我背着彭泽回到原地的时候，崔宏已经在那里，他居然已经准备好了绳子，你知道，他来得很快，从摄影展到江边，他只用了不到十分钟的时间，我问他绳子是他来的路上买的吗？他笑着说不是，他早就准备好了，从他得知彭泽打算断绝对他的金钱供给的时候，他就料到可能会有今天！他还早早地预备好了一艘破船，就停在不远处的岸边！船上竟然还有一块重石！"

监控室的凌澜狠狠擦了一把脸上的泪水，她感到一阵酸涩，没想到彭泽竟然就是因为不会游泳所以丧了命。这一切都是注定吗？注定彭泽小的时候差点被淹死过一

· 214 ·

回，从那以后他便死活不肯靠近水，更别提学游泳。

"你是说，这一切都是崔宏的意思，勒索是他的提议，效仿当年尸体的处理方式，也是他早就策划好的？"顾涵浩不无讽刺意味地问，其实他早就知道，不管是崔宏还是王建华，都会努力把责任推向对方。

"真的是这样，我也是被胁迫的，我也是受害者！当时他威胁我，如果不帮他一起把彭泽和万玲捆起来，再投到江心去的话，他就把我杀了彭泽的事说出去。他说他可以全身而退，只要说自己对所有事情都不知情，只是交了一个慷慨的朋友而已，那么剩下的责任便可以全部推到我身上。我当时真的怕了，所以，所以……"

"所以你就帮他把还活着的万玲也给活活溺死了？"袁峻不屑地瞪着王建华。

"我，我当时真的是……"

顾涵浩明白，王建华是想说，反正当时已经杀了一个人了，摆在他面前的只有两条路，要么是再杀一个人掩饰住这个秘密，要么就会被栽赃嫁祸，承担所有的罪名。而且，只要他现在和崔宏合作，那他们俩就算得上真正上了同一条贼船，彼此都会有所制约，他也就再也不会被崔宏要挟。顾涵浩想到了一个画面，漆黑的夜色中，这两个人抱着被捆绑在一起的彭泽和万玲，上了那艘被偷来的破船，不，是真正的贼船。

"说说栾舒晗和吕琛吧。"顾涵浩提示王建华转回正题。

听到这两个名字，王建华像是被电击一样："他们俩的死和我一点关系也没有，真的！"

袁峻一拍桌子，警告道："少在我们面前演戏，案发时崔宏在拘留所里，不是你，难不成还是他？"

王建华粗粗地喘气，胸口起伏剧烈，但是看得出他在努力平复自己的情绪，半分钟后，他冷静了下来："唉，其实一开始，崔宏并不打算杀死栾舒晗和吕琛，他说从彭泽那里已经榨不出什么了，要把目标转向栾舒晗和吕琛，为了让他俩感到恐惧并甘愿掏钱，彭泽必须死，而且要和万玲死在一起，用当年那种死法，这样的话，我俩就可以冒充当年的凶手继续勒索栾舒晗和吕琛。后来崔宏就冒充当年的凶手用变声电话打给栾舒晗，让她准备一笔钱放到什么地方，否则的话就把当年的事说出来。可是栾舒晗和彭泽一样，不但不怕，反而笑着说，说吧，她不怕，她这些年早就做好了准备，要为当年的错付出代价。崔宏得知他彻底没了勒索的对象，所以就提议把他俩也杀了，而且要我动手，在他被拘捕之后。"

"所以你就把栾舒晗和吕琛囚禁了一整天？等到你去崔宏家找他，听邻居说他被逮捕后，你才去江对面解决栾舒晗和吕琛？"袁峻按照之前他们推理的方向发问。

"不是我，真的不是我，我当时拒绝了崔宏，"王建华把身子前倾，前胸贴着桌沿，声音小了一些，也诚恳了一些："我也不傻，之前我和崔宏合谋从彭泽那里骗钱，我们俩所承担的责任是一样的，彼此达成了一个平衡；后来我误杀了彭泽，打破了这个平衡，导致崔宏抓住了我的把柄，紧接着，崔宏又和我一起把一切伪造成三年

·215·

前的样子,他也担上了人命,我俩又能保持一个相对平衡。对我来说,这样就够了,我没有必要再为他去做什么,他也不再有那个能力去要挟我为他做些什么。让我去杀栾舒晗和吕琛,那是绝对不可能的!"

顾涵浩和袁峻沉默着,彼此看了一眼。袁峻本能地不相信王建华的话,倒是顾涵浩,觉得王建华说得也有几分道理,他这个人,应该是不傻,所以才会抢先一步选择和警方合作。

"本来我还以为可以全身而退,但是现在看来,"王建华叹了口气:"只要能不背上本来就不属于我的黑锅就算万幸了。警官,你们一定要相信我,我知道崔宏早晚都会把责任全推到我身上的,因为第二起命案他有不在场证明,但是我也有不在场证明!"

第三十章　拥挤的贼船

顾涵浩倒是想听听这个王建华会有什么样的不在场证明,邻居老太太的证言已经证实了他在两起案发时间的晚上都没有回家,都是在一大早赶回来的,而且两次都是带着江水的腥味,老太太的鼻子还挺灵的。

王建华舔了舔因为说太多话而干燥的嘴唇:"第一起案件我当然没有不在场证明,因为,很不幸,那天我在场。至于栾舒晗和吕琛遇害那天晚上,有证人可以证明我没有犯案。"

"谁?"袁峻着急地问。

"我在工厂的同事,唐一钧,我俩关系不错,经常一起在下班后去大排档喝点。那天晚上我俩在江边的大排档喝啤酒,不光是唐一钧,大排档里很多人,总会有人注意到我们俩的。我那天心情很不好,因为我傍晚去崔宏家里找他,结果听邻居说白天的时候他被警察带走了。我很害怕,担心事情败露,所以晚上叫上唐一钧喝酒。我身上之所以会沾上江水的腥味,是因为大排档里有人滋事打架,好像是为了个女人吧,一个男的把另一个男的的钱包丢进了江里,因为钱包里有女人的照片。去江里捡钱包的男人回来便大打出手,当时我和我的同事唐一钧就上去拉架。肢体接触,也就沾上了江水的腥味。"说完,王建华还不忘补充:"我和同事晚上十点钟到的大排档,一直到快十二点的时候有人打架,之后又在那一直待到了凌晨一点多,然后我俩就去江边的一个澡堂洗澡,洗完澡在那休息,本来是想第二天直接就去上班,但是我发现我上班要用的工具箱还在家里,于是四点多起来回家取工具箱,顺便想换身衣服。这种事一查便能清楚,我不会撒这么低级的谎。"

"这么巧?"袁峻不太信任地反问:"偏偏在那一天,你一整晚都有不在场证明，先是大排档，然后又是澡堂？"

王建华对袁峻的不信任有些恼火，但是又不敢发作，于是便不动声色。

袁峻和顾涵浩使了个眼色，顾涵浩点点头，袁峻便起身离去，显然是去核实王建华提供的这个不在场证明去了。

顾涵浩低头沉思着，如果说王建华的不在场证明真的成立的话，那就意味着崔宏还有一个同伙，在崔宏被拘留的那天晚上帮他解决了栾舒晗和吕琛。这么说来的话，这个人也很有可能是冲着彭泽这颗摇钱树去的。这条承载着三个人的贼船还真是拥挤，也正是因为拥挤不堪，所以才翻了船吧。

"对了，你说你把彭泽推进江里的那天，崔宏从摄影展给你打来电话，得知你把彭泽推进江里之后沉默了一阵，是不是？"顾涵浩想起了之前王建华描述的细节。

王建华气愤地点头："是啊，我觉得他是故意沉默几分钟，然后才告诉我彭泽不会游泳，让我来不及去救他，于是，我就成了杀人凶手，不，是误杀，绝对是误杀。如果当时崔宏早点告诉我彭泽不会游泳的话，我一定马上跳下去救他，毕竟，我不想搞出人命！"

顾涵浩觉得王建华有些废话，说那么多还不是为了尽量撇清自己的责任："你还说崔宏是从摄影展打车到江边的？当时拎着一个旅行包？"

"没错没错，旅行包沉甸甸的，他一打开我就吓了一跳，里面都是尼龙绳！我问他怎么来得这么快，他说打车过来的，这些东西是他早就准备好的，就知道我这边可能会出岔子，所以还准备了一艘破船停在附近。你看看，崔宏这家伙是早有预谋的！"王建华越说越兴奋。

顾涵浩干笑了两声："你真的很聪明，你自己不说，偏偏要我帮你说出来对不对？"

王建华一时间掩饰不住被看穿的尴尬，但还是嘴硬装傻："警官，您这是什么意思？"

"既然你一口咬定第二起命案，也就是栾舒晗和吕琛的案子不是你犯下的，那么必定是另有其人。你不直接说崔宏还有一个同伙，而是暗示我彭泽那起案子中，崔宏一下子从一个色迷迷只懂得骗钱的骗子一下子变身成一个未雨绸缪、有勇有谋的奸诈主谋，你猜到他背后还有一个人在指使着他，甚至也猜到电话里那沉默的几分钟不是崔宏在考虑，而是那个主谋，他在思考对策。"顾涵浩饶有兴致地盯着王建华："这些怀疑和推测你已经想到，但是你不说，因为推测结果如果从你口中说出来，就变得不那么可信，就会让我觉得这些都是你编造的谎言。"

王建华很敬佩地望着顾涵浩，然后点头承认："没错，还是瞒不过警官，但是我说的这些都是真的。你们尽管去查！"

顾涵浩站起身："我当然会去查，放心，是真的怎么也假不了，是假的，你就是说得天花乱坠，也真不了。"

从审讯室出来，顾涵浩一眼就看到等在监控室门口的凌澜，看凌澜满脸疑问，他没有先解答什么，而是问："柳凡呢？"

"她去联系水警方面去搜寻可疑的船只了，袁峻刚刚匆忙离开去核实王建华的不在场证明，还有郑渤，他正在研究摄影展那边传过来的监控录像。"凌澜像个小秘书一样汇报着。

"但愿他们能快一点得到消息，"顾涵浩很满意，又转而问远处的曲晴："曲晴，崔宏那边有什么动态？那家伙还是守口如瓶？"

曲晴本来正伏案整理资料，听到顾涵浩问话，忙站起身回答："是的，顾队，那家伙正在做激烈的思想斗争。"

凌澜跟着顾涵浩往崔宏所在的审讯室走，边走边问："你说，王建华说的是真的吗？崔宏真的还有一个同伙？"

"我看有九成的可能性，而且我觉得这个同伙不单单是第二起案件的执行者，在第一起案发的时候，他是和崔宏一起身在摄影展的。就如同王建华所料，当时给他打电话的时候，电话的那边是慌张无措想要逃跑的王建华，而电话的这边，不单单是崔宏一个人，还有他的同伙。当王建华把那边的情况告知给电话这边的时候，那沉默的几分钟不是崔宏在思考如何是好，而是他的同伙，崔宏不过是个传话的机器而已。"

凌澜顿觉浑身发冷，她怎么也没想到，还会有一个人，这个人到现在为止还隐藏在暗处。"真希望摄影展的监控摄像头能够拍到这个和崔宏一起站在电话边的人。"

还没等顾涵浩回话，郑渤的叫声传来："顾队，你来看看摄影展传回来的视频。"

第三十一章　神秘第三人

顾涵浩和凌澜一起站在郑渤身后，仔细看着郑渤电脑屏幕上定格的画面：时间是晚上7点31分，崔宏进入摄影展的大门，一个人而且是两手空空地进入摄影展的大门。然后是晚上10点19分，崔宏一个人而且是两手空空地走出摄影展的大门。

"郑渤，展厅里的公用电话那里有没有监控？"顾涵浩急切地问。

郑渤操作着电脑，回答："我今天和摄影展的负责人通过电话，他说摄影展一共有两处角落放有公用电话，但是因为使用率不高，所以并没有专门的监控探头对着那里，只有离这两处不远的摄像头能够拍到一点点。"说着，郑渤把电脑屏幕一分为二，两边各自播放着摄影展最东边和最西边的两处公用电话，但是只能拍到放置电话的红棕色木架和白色的电话，偶尔有人去打电话，也只能看到那人的腰部往下部分。

"我还要筛选一下，那些通话时间三分钟以下的自然是排除在外，打电话在三分钟以上的，我会重点注意，最后剪切整理好。"郑渤一边说一边紧盯着画面。

"重点注意两个人同时站在那里打电话的。"顾涵浩嘱咐着。

凌澜拉来一把转椅，坐到郑渤身边，回头对顾涵浩说："你不是要去审崔宏吗？这边交给我们就好，有消息马上告诉你。"

顾涵浩的脑子有些纷乱，他打消了去审崔宏的念头，而是回到办公室，一个人等待消息。总之，他想掌握更多的线索，然后再更加有把握地去和崔宏对话。然而这段等待的时间，顾涵浩也没有让自己闲着，他反复看着摆在桌子上杂乱的案件资料，希望能从中找到纷乱线团的一个线头。

半小时后，凌澜敲了敲顾涵浩办公室的门，迈着有些沮丧的步伐进来："监控录像的确是拍到了两人同时站在那里打电话的人，但是只能看到下半身，分辨不出是谁。郑渤马上就把这些片段剪切好给你传过来，到时候你再仔细看看，说不定能发现什么，不过我们是看不出什么来。"

顾涵浩抬起头，转移话题："刚刚袁峻打来电话，王建华的不在场证明已经被核实，栾舒晗和吕琛真的不是他杀的。"

"这么说，这个王建华刚刚所说的还真的有一部分属实呢。"凌澜有些懊恼，因为王建华有了不在场证明，那就证明真的还有另一个凶手，本来成功近在咫尺，现在看来，恐怕还要路途漫漫。她突然冒出一个想法，这个神秘第三人会不会就是当初的主谋第四人，那个只拿了一万元的、变态的、丑陋的中年男人？

顾涵浩阐明观点："我觉得崔宏真的还有一个同伙，而这个人的身份是连王建华都不知道的，如果他知道，一定会告诉咱们，为自己争取宽大处理。我觉得，是这个神秘的第三人，在暗中操控崔宏，而且，也是他准备好了绳子和渔船，他早就有所打算，会用上这些道具。"

"可是有一点我不明白，"凌澜回想刚刚王建华的供词："按照王建华的说法，他推彭泽落水这是意外情况，崔宏和他背后的神秘人物怎么会预料得到这种事情，事先准备好了尼龙绳，打算模仿三年前的案子呢？"

"因为崔宏的同伙早就准备好了这些道具，他早就有了想要用当年手法犯案的准备，但是这些道具，不是给彭泽准备的，只是彭泽的意外让他临时起意，把道具用在彭泽身上。"

"为什么这么说？"凌澜快步走到顾涵浩面前，把两只手撑在办公桌上，身子前倾，近距离直视顾涵浩。她之所以有这样的反应，是因为她看出来了，顾涵浩已经解开了谜底。

顾涵浩被凌澜的气势逼得身子紧紧贴在了椅子靠背上，他知道他必须快点把想到的对凌澜解释清楚，因为事关彭泽。

顾涵浩清了清嗓子，理清思绪，打算慢慢道来："这就像是论证题，先要做一个合理的假设。我的假设是在王建华的不在场证明成立的情况下设定的，我假设王建华所说的一切属实。那么便可以推断出崔宏还有一个同伙，而这个同伙的最终目的，恐怕和崔宏以及王建华要钱的目的完全不同。"

"你知道这个人是谁了对吗？"凌澜很焦躁，她的手不受控制地紧紧按住了顾涵浩的手。

顾涵浩感到有些不自在，他缓缓点点头，刚要开口，突然把目光移向了电脑屏幕："郑渤剪切好的视频发过来了，咱们一起看看吧，说不定那个同伙就在这视频之中。"

凌澜很想用自己的气势逼迫顾涵浩不要再拖下去，她现在就要那个名字。但是转念一想，自己必须冷静，真相已经唾手可得了，是吗？

顾涵浩把显示器掉转了一个方向，这样办公桌两边的人都能看得见。顾涵浩和凌澜把四条胳膊搭在桌面上，为了能够以正对的角度看屏幕，两人的头几乎挨到一起。

郑渤的工作做得很细致，他先是筛选出合适的时间，也就是崔宏身处摄影展的这个时间段。然后他把一个人单独打电话的视频和两人一起站在那里打电话的视频各做成一个视频。但是视频里打电话的人，他没有做筛选，有穿着短裙的看似年轻的女孩，也有穿着高跟鞋的成熟女性，有挺着大肚腩的中年男人，也有穿着廉价球鞋牛仔裤的年轻男子。

顾涵浩把注意力集中在了两人一起站在那里打电话的视频上："你看这两人，一男一女。男的大腹便便，但是穿着讲究，女的双腿纤细修长，像是青春靓丽。很显然，男的在打电话，而女的，却是背对着男人站立，好像是对男人打电话不太满意的样子。我想，这大概是一个大款和他的情妇。两人约好晚上约会，可是大款却对妻子说是去参加公益摄影展，为了不让妻子怀疑，他特意带着情人先来到那里，用摄影展的公用电话给妻子打电话。我想，只要一挂上电话，那个女人就会转过身，和这个大腹男人有个亲密接触。"

顾涵浩话音刚落，画面里的男人刚挂上电话，女人像是扑食一般，扑到男人怀中。

凌澜斜眼瞪了顾涵浩一眼，阴阳怪气地说："让你当刑警真是屈才，这么擅长编故事，该去当作家。"

顾涵浩淡淡一笑，然后操作鼠标按了暂停键，很快，他脸上的笑容瞬间消失。

凌澜注意到了顾涵浩的异样，她望向屏幕里的那四条腿，难道说这就是崔宏和他的同伙？

第三十二章　失足少女

再次踏入T大，凌澜开了个小差，去班主任那里领回了一些证书之类的东西，还和班主任老师简单地谈了谈未来规划什么的，过阵子就会去参加各种各样的招聘会寻找工作。说到找工作，凌澜有些失落，她还以为她会就这样跟在顾涵浩身边，坐在那间办公室里，调查各色各样的案件，接触各色各样的人，参与审讯、抓捕，向顾涵浩学习推理技巧。可是现在看来，这种设想是不可能实现了，顾涵浩要和她解除这种关系，原因竟然是怕她会有危险。

不过这样也好，这样跟在顾涵浩身边，几乎是没什么名分地在刑警大队里面做义工，根本没有转正的可能，而且又没有工资，就算学到了一身本事，难道要她以后出来当私家侦探吗？她自认为没有那个能力。找一份工作自力更生才是当下最重要的，至少，她得付得起房租才行，因为在顾涵浩手里，案子迟早是会破获的，案子一旦破获也就意味着他俩要分道扬镳，她也是迟早要搬家的。

凌澜一边走一边想，不自觉来到了操场，就是之前她和顾涵浩与杨思琦谈话的那个操场。放眼望去，操场的看台上坐着两个人，一高一矮，一男一女，正是顾涵浩和杨思琦。

凌澜有些不悦，这个顾涵浩，居然不等她回来，就先和杨思琦谈上了。快步跑到他们面前，凌澜边喘着粗气边质问顾涵浩："你怎么也不等我啊？"

顾涵浩会意地一笑，指了指自己旁边示意凌澜坐下："放心，还没说到关键时刻，我只是把崔宏和王建华之间的关系，还有他俩合作骗取钱财的原委讲给杨思琦听。"

凌澜落座的时候偷偷注意着杨思琦，在顾涵浩说到"没到关键时刻"的时候，她的脸明显抽动了一下，但是很快恢复自然。

"关键时刻？还有什么更关键的吗？你们，你们找到真凶了吗？"杨思琦歪着头问顾涵浩，语气里是掩饰不住的好奇和激动。

"你是指，哪个真凶？"顾涵浩用深邃的眼直直望着杨思琦的眼："是指三年前的真凶，还是最近这起面对面尸体的真凶，还是说，背对背尸体的真凶？"

杨思琦迷惑地眨了眨眼，表示不懂，但也不发问，只是安静等待顾涵浩的解释。

"没错，这三起案件有着截然不同的三个真凶，这一点，从尸体上尼龙绳的捆绑和打结方式就可以得知。三年前那起案件，凶手八成是一个对佟佳丽又爱又憎的丑陋中年男人；彭泽和万玲那起案件呢，凶手是无意中把彭泽推下水的王建华，还有把万玲活活溺死的崔宏；至于最后这一起，栾舒晗和吕琛的案件，真凶是一个曾经受过伤害，却承蒙佟佳丽恩惠的女孩。她曾经是一个失足少女，在最关键的时刻，是佟佳丽救了她，把她拉回正道。也正是因为佟佳丽这个救命恩人，她才能脱离当初那种放浪形骸的日子，如今成为一名大学生，健康、美丽，而且本应该是拥有无限美好未来的女孩。"顾涵浩说这些的时候，眼睛一刻也没有离开杨思琦的眼，他想看看这个他正在形容的女孩听到他的话，会有怎么样的反应。

杨思琦有过瞬间的错愕，然后马上换上一副不可思议的神态，指着自己的鼻子问："你，你的意思，我就是你说的那个女孩？"

顾涵浩重重地点头："没错，就是你。"

"简直是开玩笑！"杨思琦仰头望天，轻蔑地笑道。

顾涵浩依旧冷静："否认也是没有用的，你的资料我已经调查过。初中毕业以后你就走上了歪路。因为父母离异，父亲再婚，叛逆的你离家出走，和一群吸毒的失足少男少女混在一起。有一次，你的同伴把毒品拿到你面前，想要带你和他们一起堕落，是佟佳丽及时出现，她为了带你逃离，甚至被你的那群伙伴殴打，那次，她的头破了，鼻骨被踢歪，还折了一根肋骨，最重要的，那个时候她还怀有身孕！被殴打后，她不但流产，而且造成了终身不孕的后果。终于，得知这一切的你被佟佳丽感动了，你回归了家庭，决心回归正途。"

杨思琦依旧仰头望着天，许久之后，她才转而与顾涵浩对视："你是怎么知道这些的？"

"我昨天查看佟佳丽的资料，发现她的履历上有少年宫给她记的奖励，奖励的名义就是：见义勇为，挽救失足少女。我打电话去佟佳丽工作的少年宫，工作人员把事情的原委告诉我，而且，他们还说佟佳丽是个积极乐观的老师，她爱穿红色衣裳，因为红色代表阳光、积极、像火一样的蓬勃热情。再一查少年宫几年前的档案，我才发现，你小学的时候在少年宫学习，佟佳丽是你的美术老师。"

"就因为我也爱穿红色？你就觉得我是当年那个被佟老师挽救的失足少女？"杨思琦带着哭腔，却偏要装出一副被冤枉的神色。

"你可以不承认，然后安静听我讲下去，"顾涵浩叹了口气，继续说："我想你一定感到很自责，为了救你，佟佳丽丧失了做母亲的权利，你一定也曾跪倒在她脚下痛哭着忏悔，一遍遍诉说你有多么后悔，多么对不起她。我想，佟佳丽看到那样的你也是痛心的，她为了不让你感到过于自责，于是便告诉你，她曾经有过一个儿子的，她正在努力寻找他，她想弥补她亏欠给儿子的一切。我想，那个时候你或许不会相信，你以为这是佟佳丽编出来为了让你减少自责的话。一直到半个多月前，你被崔宏勒索五千块钱，聪明的你当然会发现你是唯一一个被勒索过的女孩。"

看杨思琦没什么反应，凌澜控制不住自己的情绪："杨思琦，你是喜欢彭泽的对不对？在你被崔宏勒索之前，你也是对彭泽念念不忘的女孩之一对不对？你想查清楚为什么彭泽要受崔宏的要挟，为什么彭泽要供给崔宏那么多钱，你是想帮彭泽对不对？于是你把东拼西凑来的五千块钱给了崔宏，恐怕，还把你自己也给了他，对不对？"

"别说啦!"杨思琦捂住耳朵,一张脸因为厌恶之色变得扭曲。看来,凌澜真的说对了,杨思琦为了调查彭泽和崔宏之间的关系,不惜以自己为代价。

顾涵浩目视前方,淡淡地问:"值得吗?值得吧,因为你牺牲自己得到的不仅仅是你当初想要得知的彭泽的困难和把柄,还有当年佟佳丽案件的线索。但是很可惜,你如此牺牲却得来了一个你最难以接受的答案——彭泽和佟佳丽的死有关。"

第三十三章　一丘之貉

凌澜看着杨思琦那姣好的面容、曼妙的身材、那洁白如凝脂的裸露的脖颈,她真的难以想象,这个女孩竟然会为了彭泽委身于崔宏那样的浑蛋。大概也就是因为这样,崔宏那个跳梁小丑,会把自己所知道的一切悉数告知给这个对他来说像女神一样的杨思琦。

难免会拿自己去和杨思琦比较,凌澜扪心自问,如果是自己站在杨思琦的位置,已经被抛弃,还可以做到像她这样无所求地、自我牺牲地去帮助彭泽吗?答案是否定的,凌澜从骨子里来说还是理智占上风的人。

凌澜的语气很软,她甚至想去拉一拉杨思琦的手,她的手是那么柔若无骨,怎么也想象不到,就是这双手,曾经勒紧了夺去两条人命的尼龙绳。

"我能理解你的矛盾,你当然无法忍受崔宏去冒充佟佳丽的儿子,从心怀救赎之心的彭泽那里骗钱,你也不能容忍彭泽,还有栾舒晗和吕琛继续这样安然地过日子,把曾经的罪恶抛在脑后,像是从没发生过一样,你认为他们都应该付出代价,这三个人要为佟佳丽的死负责。有了对这三个人强烈的恨的对比,你对于崔宏和王建华的行径便也没那么在意了。"凌澜始终没有去触碰杨思琦的那只搭垂下来、无力的手。

顾涵浩把身体侧过去,尽力直面杨思琦,苦口婆心地问:"你为什么不报警呢?为什么一定要自己去充当执法者,你也是大学生,该怎么做你不清楚吗?"

杨思琦挤出一个勉强的笑:"是吗?你的意思是说,彭泽和佟老师的死有关?天啊,这怎么可能?我以前从来没听说过。"

顾涵浩冷笑一声,看来这个杨思琦是不见棺材不掉泪,要继续演下去。

"我来替你回答吧,"顾涵浩垂着眼帘,思考了几秒钟:"你也想过报警的,但是一来,你不信任警方,你怕警方还会像三年前一样一无所获。二来,你想要制造和三年前同样的案件,说不定可以把当年的真凶给引出来,没错,你也知道当年还有一个真正的主谋,他是害死佟佳丽的元凶,按照警方的说法,他是一个四十多岁的丑陋的变态男人,他拿走了剩余的一万块钱,还让那三个帮凶把分得的赃款存入银行,以此作为对他们的制约。三来，因为对彭泽的爱，你希望他能够自己站出来承担一切，你希望他能够减轻罪孽，还能有从监狱里走出来的一天。所以你就出主意，让崔宏和王建华去勒索彭泽，以你对彭泽的了解，你知道他肯定不会甘心被人勒索，说不定他会一狠心，就此去自首了。你告诉自己，如果他自首了，一切皆大欢喜，但是如果他不自首，你也有你的应对之策，你准备好了万玲这个陪葬品、船、尼龙绳还有一块能拉住他们坠入死亡的石头。这些就是你对他执迷不悟的惩罚。我能理解你的矛盾，爱有多深，恨就有多切，恐怕让你接受这样一个事实真的是很难：你最爱的男人竟然是害死你最尊敬的、赐予你重生的老师的凶手之一。"

凌澜抹了抹流出的泪，她在为彭泽感怀："可是谁又能想到，那一晚不是彭泽执迷不悟不肯自首，他是肯自首的，但却因为王建华的一个不小心，彭泽被推进了江里。在摄影展，你刻意让崔宏打电话过去询问情况，恐怕就是想知道彭泽到底有没有悔改之心吧。可是你也没想到，会得到那样的一个答案——彭泽被推进了江里，而他，根本就是个旱鸭子，不会游泳。我就不明白，你为什么不马上让王建华去救人，你为什么要犹豫那几分钟！"说到最后，凌澜控制不住激动的情绪，站到了杨思琦的对面，双手抓住杨思琦的双肩，使劲地摇晃着。

杨思琦只是红着眼眶，不言不语，任凭自己像个没有骨头的玩具一样被凌澜粗鲁的动作控制。

顾涵浩忙阻止凌澜，他扶着凌澜重新坐回自己身边，没有什么安慰的话，只是用手轻轻拍着凌澜的手背。

"杨思琦，既然你不肯说，那么我就来揣测一下你的心理。当你在摄影展听到彭泽掉入江中的消息的时候，第一时间，你一定是伤心，你觉得彭泽一定会被淹死。然后伤心变成绝望，你觉得这是天意，一切都完了，没有挽回的必要了。既然彭泽死了，那么那两个人更没有必要活在世上，既然要为佟佳丽的死负责，就要他们三个一起负责。你不能允许你和彭泽阴阳两隔，而那两个罪人还活在世上，还能相爱，还要憧憬未来幸福的生活。紧接着，你才想到，也许彭泽还有得救，可是，有得救你也不想救了，仇恨一下子充满了你整个大脑，你想复仇，无法自控地想要复仇。于是你就把那套一切都是为了伪装成当年凶手继续勒索栾舒晗和吕琛的说辞讲给崔宏，要他按照你的说法去和王建华会合，然后把一切伪造成当年的样子。"顾涵浩一口气说完这些后，望着杨思琦等待她的回应。

"我终于明白为什么栾舒晗和吕琛会是背对背了，因为你的恨，你恨他们相爱，恨他们在犯下罪恶之后还享受了三年相爱的时光，你恨命运夺走了你爱的彭泽，你们只能阴阳两隔，可是这两个罪人却能生死相依。你愤怒又嫉妒，恨不得把他们俩分开丢进江里，可是你不能破坏规矩，还必须做出效仿当年案件的模样，于是你就做了一个小小的改动，既能发泄嫉恨，又能向三年前案件看齐。"凌澜几乎是咬着牙说完这些，她的字字句句里也都是恨和愤怒，她恨杨思琦这个自私歹毒的女人。

· 224 ·

顾涵浩心里明白，虽然最终害死彭泽的人是王建华，但是崔宏和杨思琦脱不了干系，更何况万玲是崔宏和王建华合作溺死的；虽然最终害死栾舒晗和吕琛的人是杨思琦，但是他们遇害的前一天，是崔宏和杨思琦一起把他们骗到江对岸去的，崔宏也是帮凶之一。总之，这三个人全都是一丘之貉，谁也甩不掉烙印在他们身上的罪恶。

第三十四章 崩溃

沉默许久，杨思琦调整好了自己的状态，她面带自信笑容，用很无辜的大眼睛来回望着顾涵浩和凌澜："你们有什么证据？我挺忙的，没工夫在这听你们讲故事。"

顾涵浩掩饰不住地失望："就如同当初你想让彭泽去自首一样，我们也希望你能自己承认一切错误，就算是对自己的救赎吧。"

"我还是那句话，你要拿出证据。"杨思琦的声音甜美动人，她的心理素质真的很好。

"崔宏已经承认一切，他把你供出来了。当我们以为他和王建华一个是主犯一个是从犯，从而用主犯从犯刑罚不同的言论暗示他的时候，他便开始犹豫要不要把你这个主犯供出来，以减轻自己的刑罚。后来，当我把在摄影展上你们俩打电话时候的照片给他看的时候，他不得不承认了。"

"他那是恶意中伤，我会告他诽谤的。"杨思琦仍然胸有成竹。

顾涵浩快速站起身："那好，按照程序，你得跟我们回去与崔宏对质。"

杨思琦上了顾涵浩的车，她一个人坐在后座上。顾涵浩回头看了她一眼，深深叹气后锁上了所有车门。这个举动惹来杨思琦的讪笑："放心，我不会逃跑的，我是清白的，没什么需要担心的。"

车子启动之后，凌澜望着窗外回想着这些天的经历。她先想到了几天前，在操场上，这个杨思琦佯装出一副无辜的模样，把崔宏给供了出来。那个时候她一定知道，就算她不说，警方找到其他彭泽的前女友们，崔宏也是会暴露的。她把崔宏供出来之后便通知崔宏，马上会有警察去逮捕他，她要求崔宏不要那么轻易地被逮到，但是最终还是要被逮到，总之一切要做得自然。等到了警局，崔宏可以坦白一些，让警方注意到有关于那三个人和三年前的案件有关的事实，他按照杨思琦的吩咐做，为的就是让警方查到三年前的案子，然后把这起案件和三年前的案件联系起来，认为凶手是同一人。

其实崔宏成功了，一开始，顾涵浩真的有往这条思路上去推理，认为所有的案件都出自于那个变态中年男人之手。可是后来，因为有施柔的报告作为提醒，顾涵浩开

· 225 ·

始设定，三起案件出自于三个不同的凶手，按照这个思路去推理，他得出了现在的结论。又多亏他的心理战术，让王建华先松口坦白，使他得知了崔宏还有同伙的事实。

现在，这个始作俑者就坐在顾涵浩和凌澜的身后，没想到他们一直所追寻的这个穷凶极恶的元凶竟然是这样一个为了复仇而堕落的美丽柔弱的女孩，命运有的时候真会作弄人。

到了警局，顾涵浩和凌澜分别站在杨思琦的两边，虽然没有挎着她，但是押解的意味很浓。三个人回到了刑警大队，顾涵浩直接把杨思琦带进了有沙发的询问室让她等待。

郑渤望着那个美丽的倩影，还有靓丽面庞上的自信表情，一时间真的不想去相信，这样的女子会是害死四个人的元凶。

杨思琦进了询问室，却发现询问室里还有一个人。这是个坐着轮椅的中年男人，头发半白，面色苍白，他正低头翻看一本小小的相册，时不时唉声叹气，甚至还流下了眼泪。

杨思琦很好奇，她凑过去往男人手中的相册望去。她看到了一张照片，照片看上去年代久远，很复古的那种。照片上是两个稚嫩的少男少女，男的眉宇清秀，依稀能辨认得出就是这个中年男人，而那个女的，杨思琦再熟悉不过，那是佟佳丽，少女时代的佟佳丽。

她一下子明白了，这个残疾的男人就是佟佳丽曾和她讲过的，那个青梅竹马的恋人。她还记得他的名字应该是叫单国丰。

"你是单国丰？"杨思琦试探性地问，走到沙发前坐下。她心里很激动，单国丰现在在警局，那是不是意味着他是作为佟佳丽的家属来这里？那是不是意味着三年前惨案的凶手已经找到？

单国丰缓缓抬起头："你是？"

杨思琦忙做自我介绍，她说她是佟佳丽曾经的学生，佟佳丽是她的救命恩人。她甚至有些无法自控，滔滔不绝地讲述着佟佳丽曾经对她说过的，对曾经的恋人充满歉意，也愧对自己的儿子等等。

单国丰听了这些泪水更是无法自已，他把相册放到茶几上，掏出一块手帕拭泪。

"单叔叔，"杨思琦决定这么称呼他："你今天来这里是因为？"

单国丰刚刚抑制住的泪水马上又涌了出来，这个残疾的中年男子的哭泣虽然是无声的，但是那双光辉不再的双眼却能酝酿出源源不断的泪水，他颤抖着回答："我来认领我儿子的尸体。"

杨思琦顿感晴天霹雳，她来不及想太多，结结巴巴地问："你，你儿子，叫，叫什么，什么名字？"

单国丰翻开了相册的一页，那上面有他抱着一个婴儿的照片："很惭愧，我这个做父亲的当时不但没有能力养活这孩子，甚至连个名字都没有给他取。我只能把他过继给亲戚的朋友，那户人家姓吕，给孩子取名叫吕琛。唉，吕家这些年并没有好好对待我的孩子，甚至孩子死了，他们到现在才告诉我来认领尸体。"

杨思琦猛地站起身，往墙角退了几步，然后大叫道："骗人，骗人！你是骗子，你是他们找来骗我的骗子！"

单国丰被杨思琦的举动吓得全身动弹不得，他怎么也不懂刚刚那个文静淡雅，甚至还被他的悲伤感染的女孩怎么会突然像发了疯一样。

杨思琦猛地打开询问室的门冲了出去，直接撞到了袁峻的身上，她使劲抓住袁峻的衣襟摇晃着："卑鄙，你们都是卑鄙小人，为了让我认罪，居然找来这么一个演员编造这种无稽之谈！"

袁峻冷静地把杨思琦的手掰开："我们没必要这么做，因为我们有证据。"

"证据？什么证据？"杨思琦站立不稳，神情恍惚地问。

袁峻当着办公室里众多人的面前丝毫不客气地回答："证据就是崔宏的U盘。他知道自己被捕之后，房间里所有的照片都会被销毁，于是他就把他最舍不得的一些照片和视频存在了这个U盘里，然后把它埋在了小区花坛的泥土里。你应该知道那些视频是什么吧，崔宏在房间里安装了隐形摄像头，本意是想录下你们俩的色情视频，可是居然还有意外收获，你们俩的对话也在其中，视频里你提议和崔宏一起把栾舒晗和吕琛骗到江对岸的小木屋里，然后在崔宏被捕之后由你亲自对他们施行勒索，勒索不成你会亲自动手解决他们的话，一清二楚。当然，你从一开始就没有打算勒索栾舒晗和吕琛，你根本就只是想杀了他们而已。"

杨思琦不可置信地反问："你是说崔宏把那些全部都录了下来？"

袁峻避开杨思琦的眼光："是的。"

"你们，你们都看过了？"杨思琦用惊恐的眼神扫视着房间里所有的人，如果现在有个地洞，哪怕是通往地狱，她都会毫不犹豫地跳下去。

顾涵浩走过来，叹了口气："你太专注于自己的复仇计划，根本就没注意到崔宏做的小手脚。当然，崔宏要不是看我们已经得知了你就是元凶，他也不会说出这个U盘的所在，他现在只想证明自己是从犯，而你，才是一切罪恶的元凶巨恶。"

凌澜坐在自己的办公桌前，她望着杨思琦那副窘迫又崩溃的模样，心里五味杂陈，这个女人，她是爱彭泽的，但是她却害了彭泽，害了那么多人，甚至在不知情的情况下，害死了恩人的儿子。现在，她又得知了自己最不堪的视频变成了罪案的证据，这叫她如何接受？该说这是聪明反被聪明误，还是螳螂捕蝉黄雀在后呢？这个自恃聪明美貌，心思细密，顾虑周全的女人竟然还是败在了她一直所利用的跳梁小丑的手中，真是讽刺。

第三十五章 勇敢面对

三个犯罪嫌疑人落网，顾涵浩他们的工作也可以告一段落。这天晚上，顾涵浩命令几个属下清理好心情，绝对不可以让案情影响到自己的个人生活以及下班后的情绪，要以良好的状态投入到庆功活动之中。而且按照之前打赌说好的，今晚所有的娱乐活动全部都由袁峻和柳凡买单。

几个人先是去了S市有名的连锁火锅城，大快朵颐之后又辗转来到了火锅城附近的KTV，最后散场的时候几个人望着柳凡和袁峻掏钱付账的窘迫神情忍不住大笑出来。凌澜偷偷看了顾涵浩一眼，她还以为这个多金又慷慨的男人已经事先买好了单，那些打赌的言论不过是开个玩笑，没想到他还真的让那些工薪阶层的下属破费，真的是不太可爱。

打车回家的路上，凌澜观察着身边微醺的顾涵浩，转念想到他没有事先买单也是对的，那样做的话袁峻和柳凡恐怕会更不舒服，毕竟在下班后，无论是领导还是下属，无论是多金富二代还是经济适用男，大家都是平等的。在这一点上，顾涵浩其实做得很不错。

回到101公馆，顾涵浩提议在小区石子路旁的木椅上坐一会儿，吹吹风看看星星，比马上回家倒头大睡要惬意得多。

并肩坐在只能坐得下两人的木椅上，凌澜用手肘碰触着顾涵浩，还是忍不住把话题扯到工作中去："你怎么会想到吕琛就是佟佳丽的儿子呢？"

顾涵浩依旧仰着头看星星，看似漫不经心地回答："你还记得吧，吕琛曾经跟佟佳丽走得很近，栾舒晗的母亲经常看到吕琛拎着很多礼品出入佟佳丽的家。也就是那个时候，栾舒晗和佟佳丽的关系变得冷下来，栾舒晗在嫉妒佟佳丽老牛吃嫩草，因为她暗恋吕琛。"

"对啊，难道那个时候佟佳丽就已经知道了吕琛是她的儿子？可是吕琛却不明所以，他以为佟佳丽对他好是因为想搞姐弟恋？"

"吕琛的室友曾经说过，吕琛在过去似乎是从事过不太光彩的职业，谈及以往的就职经历，他总是躲躲闪闪。再联想当年吕琛总是提着一大堆礼物进出佟佳丽的家，我想，当年他不光彩的职业就是推销假的保健品或者药品吧。吕琛是把佟佳丽当成了自己的销售对象，所以才频频上门，佟佳丽也就顺水推舟，假借买东西的名义想和吕琛有更多的接触。"顾涵浩望着星空，仿佛看到了三年前的一幅幅画面。

凌澜也仰望着漆黑夜幕中星星点点的光亮，开始设想和猜测，努力想弄明白三年前到底发生了什么。

"佟佳丽注意到了栾舒晗的反应，她喜欢吕琛，她在吃醋。佟佳丽自然是不想让栾舒晗误会下去，她希望和栾舒晗恢复以往友好交心的关系，但是，她当时又不能直接告诉栾舒晗吕琛是她的儿子，因为她觉得时机还不到吧，她怕她告诉栾舒晗之后，栾舒晗会去告诉吕琛。所以佟佳丽就想了一个办法，她暗示栾舒晗，自己有过一个儿子，应该是多大年纪了，自己很想找到他，补偿曾经亏欠给他的，但是呢，又怕儿子不肯原谅她。"顾涵浩叹气摇头，他在惋惜，如果当时栾舒晗听懂了佟佳丽的暗示，也许一切悲剧都不会发生了，也许现在，彭泽还好好地活着，和凌澜一起努力为美好未来奋斗；也许栾舒晗和吕琛也已经结婚，吕琛原谅了自己的母亲，栾舒晗也会改口叫她一声"妈"；也许一切都皆大欢喜。

凌澜听得一阵心痛，她侧过头看顾涵浩："你说，三年前究竟发生了什么，他们三个是怎么卷入佟佳丽和穆全的惨案中的？"

顾涵浩歪头想了想："我在想，一定是佟佳丽看出了吕琛不光彩的职业，想要劝他改邪归正，搞不好还威胁过他会去举报他，这就造就了吕琛的动机；而栾舒晗，她对佟佳丽的嫉妒就是动机；至于彭泽，我实在是想不出有什么动机，他甚至和这些人没有任何交集，我想，也许是偶然吧，不经意卷了进去，或者是他和那个真正的元凶有什么关联。"

凌澜当然是希望能快一点找到当年的元凶，可是所有线索都断了，几个知情人全被杨思琦给害死了，现在的情形，还真是无从下手。想到这些，凌澜的心里突然冒出来一点小庆幸，因为案子一天不破，她就可以多上一天班。不可否认，她已经渐渐习惯，并且喜欢上了目前的工作，让她一下子脱离这种轨迹，她真的有些舍不得。

凌澜用力摇着头，想把那一点点小庆幸甩出大脑，她责怪自己怎么可以有这么自私的想法，当然还是希望案件早日侦破，给佟佳丽和穆全一个交代啊。

顾涵浩的脸被凌澜甩来甩去的马尾一连抽了好几下，他歪着身子躲开，傻笑着问："你喝多了？不对啊，今晚看你没怎么喝嘛。"

凌澜笑出声，整理了自己凌乱的头发："我可是不敢多喝了，我还记得上次在酒吧喝多后的窘态。"

说到上次在酒吧的事，凌澜感到心里暖暖的，她一点也不怨顾涵浩通过定位软件跟踪她，反而感到温暖。这证明了在这个城市里，还有人关心她、在意她，这种被关注、被照料的感觉让她想起了和彭泽的过往时光。

"说到酒吧那次，"顾涵浩望着不远处停放在自己家门口的车子，忍不住撇了撇嘴："不知道美容公司做的清理是不是够彻底，那股味道去掉了没有。"

凌澜的思绪又从彭泽那边转到了案件中，她想起了之前的案子里，那个可怜的被遗弃的双胞胎弟弟，还有这件案子里，同样是被佟佳丽抛弃的吕琛。这两个孩子，他们到底对生身父母怀有怎样的感情，是怨恨还是思念，或者是两者糅杂在一起的复杂情绪，她一个外人真的是无法体会的。也许，顾涵浩能够体会吧，毕竟，他和他们是一样的。

犹豫了好久，凌澜怯生生地开口："你从来都没有想过寻找自己的亲生父母吗？

你不想知道他们为什么要遗弃你吗？"

顾涵浩愣了几秒钟，然后无奈地笑了，那笑容僵在脸上，一点点地消失。许久之后他才回答："有时候我也想，也许我的身世和我一直以来想要调查的真相有关，但是我却本能地逃避，总是在想，先从眼前的线索着手，如果有一天，线索真的拉着我找到了我的身世之谜，那个时候我再去接受就好。要我现在主动去追寻，我不想。"

"不想的原因是因为怨恨吗？"凌澜仿佛要打破砂锅问到底。

顾涵浩继续仰头望星空："说一点都不怨不恨，那是假的。说到底，我宁愿现在什么都不知道，心里保留一丝希望，认为他们是有真正不得已的苦衷，也不希望我得到了真相，他们是因为没有责任感或者是想要去追逐利益什么的，才放弃我。"

"自从你上次和我提出解除合作关系，这几天我一直在想，我父母显然是知道些什么的，虽然他们不一定见过你，但是他们一定知道你是谁。按照你说的，你根本就不认识也没有见过他们，也许他们不认识你，但是却认识你的父母，尤其是父亲。因为你的长相，让他们一眼就认得出，你是某个与他们认识或者有特殊关系的男人的儿子。"凌澜大胆说出这几天一直盘踞在她心上的想法，她知道她想到的，顾涵浩也一定早就想到，只不过，他是不想面对。

凌澜的字字句句都说到了顾涵浩的心里，他不可思议地看着眼前的女孩，她不傻，她应该也猜想得到继续在他身边可能真的会面临危险，可是她却不愿离开，她胆大得让人担心。而自己，居然拘泥于身世之谜解开后可能会让自己失望。也许，是他太小家子气了。

"反正之前陌生叔叔的线索也已经断了，那就从我的身世下手试试看吧，也许你父母真的认识我的亲生父亲也说不定。"

第三十六章　弃婴

S市唯一一家公立的儿童福利院，从十年前开始，每年儿童节的时候都会接收到一笔捐款，随之而来的还有这位捐款的大哥哥会陪伴孩子们度过节日。陪孩子们玩游戏，讲故事，欣赏孩子们排演的舞台剧，参与孩子们的有奖问答活动，不但担任活动后的颁奖嘉宾，还是奖品的提供者。

福利院的谭院长是一位年过半百的慈祥妇人，她每年儿童节的时候都会亲自接待这位好心人，不单是因为他关注关爱这些无父无母的孤儿，热衷福利事业，更加因为20多年前是她代表福利院亲手接过这个婴儿抱在怀中。虽然这个刚满一周岁的婴儿只在福利院度过了半年时间便被一户有钱人家领养,但是这半年时间,是她一直承担着照料他的责任。

这天的清晨八点钟,谭院长的办公室里,谭院长欣慰地望着对面沙发上的一男一女。

"刚才小王通知我说你来了,我还奇怪呢,现在离儿童节还有一阵子,你怎么会提前来,原来是带女朋友来啊。我就知道,你小子不会忘记十年前的承诺。"谭院长一边对顾涵浩说,一边笑眯眯地望着凌澜。

凌澜尴尬地笑笑,她望了望顾涵浩,本意是让顾涵浩和院长解释一下他俩的关系,可是顾涵浩显然误会了她的意思。

顾涵浩对凌澜解释道:"十年前我曾经和谭院长承诺过,有了女朋友一定会第一时间带来给她看看,不然我的这位谭妈妈会一直记挂着我的终身大事。"

凌澜凑近顾涵浩小声问道:"你没带施柔来过吗?"

"施柔不喜欢小孩子,所以,她只是捐钱,没有来过,"顾涵浩看了一眼谭院长:"不过谭院长知道她,我们分手后,有一段时间我情绪比较低沉,多亏谭院长开导我。"

谭院长自然也是听到了顾涵浩的解释,有些嗔怪似的说道:"过去的事就不要提了,涵浩,日子定下来没有?你年纪也不小了。"

顾涵浩这才尴尬地笑着回答:"您误会了,她不是我女朋友,只是普通朋友而已。我们这次来是想,想查我的身世。"

谭院长在听到这两人不是情侣关系的时候有些错愕,当听到顾涵浩要查身世的时候就更加瞠目结舌:"你不是一直都说,关于身世和生身父母的事情你没兴趣吗?"

顾涵浩斟酌了几秒:"以前是这样,现在,因为出现了一点状况,我有必要弄清楚自己的身世。"

谭院长会意,看来具体原因他是不便说明的:"好吧,我就把我能提供的、我所知道的都告诉你。"

这一天,顾涵浩和凌澜先是一大早去到儿童福利院,又根据谭院长调出的档案记录找到了景阳派出所。因为当初顾涵浩作为弃婴,是先被人送到了景阳派出所,再经由派出所调查寻找婴儿的父母无果,只好办理了一系列手续,把婴儿送到了福利院。

在派出所那里逗留了一个小时左右,线索又指引着他们赶往S市的郊县M县。刚刚顾涵浩在电话里和M县赵老头的儿媳妇通了电话,确认赵老头在家,大致说明了自己的身份和想要拜访的目的后,他们才驱车往M县赶去。

这个赵老头,赵明凯,就是当年把顾涵浩抱去派出所的人,而且根据当时他留在派出所的口供,顾涵浩必须当面和他详谈一番,毕竟口供的记载太过笼统。

M县的经济比较发达,繁华的街道看起来和S市差不多,赵老头的家就住在商业区附近的一栋老小区里。顾涵浩和凌澜在M县的一家小店里,用两碗面条解决了午饭问题，一点钟左右准时来到了赵明凯的家，按下了门铃。

开门的是一个中年女人，看年纪有40多岁的样子，一开口顾涵浩便听出来，她就是刚刚自己在电话里与之交谈的赵老头的儿媳。

亮出证件后顾涵浩做了个自我介绍，女人便把他们俩请进了屋。

"二位先坐，我老公不在家，家里平时就只有我和我公公，稍等一下，我去把我公公推出来。"女人招呼着，往一间卧室里去。

推出来？难道说这位赵老头是坐在轮椅上的？很快，轮椅上的赵明凯被推了出来，他笑眯眯地解释着："老了，不中用了，下个楼也能摔成骨折。"

顾涵浩和凌澜礼貌地笑笑，然后迫不及待地进入正题。

"赵老先生，刚刚我在电话里也跟您儿媳说过了，这次我们来的目的主要是想了解一下28年前有关您捡到一个弃婴的详细过程。"顾涵浩虽然很急切，但是他刻意把语速放慢，生怕这个年过七旬的老爷子跟不上自己的思路。

赵明凯一直点头，显然是早就听儿媳说过将会有两个警察来家里询问28年前的事，他没有怎么思索，张口便回答："当时我在派出所也说了，那孩子不是我捡到的，是有人硬塞给我的。"

顾涵浩还等着老人继续，可是老人却缄默不语，仿佛该说的都说完了一样。他只好循循善诱："赵老，咱们仔细想一想细节部分，也就是您当时没有在派出所说过的部分好吗？"

赵明凯好像有些不明白顾涵浩的意思，但是他还是开口讲述起来："那天我下夜班，路过华顺路和十字街的十字路口，我的自行车车链掉了，没办法只好把车子停在路边，想要修理一下。我正蹲着修车，就听见有脚步声越来越近，一听就知道有什么人跑过来了。当时已经是快午夜12点了，那个路段，听说治安不太好，我当时就想赶紧推着车子离开。我推着车子快步走，可是后面那个声音越来越近，后来我还听见有个男人叫我，他低低地叫，好像只想让我听见，不想让别人听见一样，他叫：'大哥，大哥，帮帮忙好吗，帮个忙吧。'我听声音不像坏人，就好奇就回头看了一眼，那男人穿一身黑色运动服，挺年轻，也就20多岁，长相白白净净，一看就是个文化人，看着还真不像坏人。他怀里还抱着什么，我看他抱的姿势，还有那个花布包裹，应该是个婴儿没错。还没等我说什么，他一下子冲到我面前，把孩子塞到我怀里，只说了一句话，然后撒腿就跑了。"

顾涵浩非常投入，好像在跟随老人的讲述在头脑中想象着当时的画面，听老人停顿下来，他便接茬儿："他只说了一句：救救这孩子。然后便一溜烟跑得没影了。"

这话正是当年赵明凯留在派出所的口供原话。

第三十七章　仇人

赵明凯一拍大腿："没错，当时我就愣了，不知道怎么办才好。想去追，又不知道往哪里追。正在这时，我听见那个男人跑来的方向又传来了脚步声，这次好像是两个人，不用想，肯定是追那个抱孩子的男人的，男人为了保护孩子才把孩子交给我。我当时没多想，赶紧躲进了路口一家店铺的围墙后面。我当时那个怕啊，不怕别的，就怕怀里的孩子突然哭出声，把坏人引过来。我就掀开包裹一看，孩子睡得好好的，不哭不闹。后来我偷偷看见追过来的那两个人，他们注意到了我丢在路上的自行车，发现是掉了链子的破车，也就没在意，继续往前跑去追人了。"

顾涵浩有些失望，这些都是老人在口供上说过的，难道说今天再也问不出别的什么吗？

"赵老，你当时说你不记得那个给你孩子的男人长什么样子是吧？你仔细看看我，那个人有没有一点点像我？"顾涵浩在心里认定，那个危急时刻迫不得已把孩子交给一个陌生人的男人就是自己的亲生父亲。自己不是被遗弃的，而是父亲为了救自己，才不得已把自己送人。

赵明凯挪动轮椅，更加凑近顾涵浩，前倾着半个身子，仔细打量着顾涵浩的脸。看了一会儿又闭上眼睛努力回想的样子，然后又睁开眼："你把脸遮住，只露出眼睛。"

顾涵浩很兴奋，忙用双手遮住脸。老人紧盯着顾涵浩的眼睛，十秒钟后，老人惊喜地咧嘴笑了："像，像，尤其是眼睛，最像！"

"你有没有看到那些人是从什么地方跑出来的？"顾涵浩激动地往前挪了挪身子，差点就要抓住老人的手。

赵明凯露出了古怪老头似的不悦之色："那我哪里记得？我不是说了吗，当时我因为害怕就推着车子往前走，听见声音从后面传过来，我后面又没长眼睛！只记得他们是从十字街那个方向往路口跑。"

顾涵浩忙配合地点头称是："那么，您看到后来追过来的那两人长什么样子了吗？那个时候您躲藏的地方离他们有多远？"

"远是不远，但是我当时哪敢一直把头探出去看啊，我只是知道，那俩人都是男的，短头发，高个子。"赵明凯想了想，总算是说了一句口供上没有的："其中有一个男人追到那里看不见人，看见我的自行车还踢了我的车子一脚，说了句什么'好了，谢谢他'。"

"说了什么？谢谢他？"顾涵浩不解，他脑子里想象的画面应该是那两人懊恼跟丢了人，应该是气愤才对，还要谢谢谁呢？

"赵老，我重复一下当时那个男人的话，你听听看，他当时是不是这样说的，"

·233·

凌澜趁大家沉默的空当开口："Holy shit！"

凌澜话音刚落，赵明凯就瞪大了眼睛："没错没错，就是这个。我当时还以为他说的这是哪里的方言，自己也拿不准，所以当时也没和派出所的警察说。这个，不是方言对吧？"赵明凯有些反应过来，这些年看电视他也听过一些外语。

顾涵浩赞赏地看着凌澜，又看看赵明凯，这次总算是不虚此行。

"赵老，这是我的名片，上面有我的电话号码，如果您想了什么别的细节，任何细节都可以，请您一定要电话联系我。拜托了。"顾涵浩把一张名片放在了茶几上，另一张给了赵明凯的儿媳，示意她好好保存。

20世纪80年代就在S市生活的外国人应该没几个，母语是英语的估计就更没有几个了。顾涵浩仿佛看到了曙光，他总算抓到一丝线索。

凌澜侧头看着正在开车的一脸兴奋模样的顾涵浩，有点泼冷水似的问："我知道你在想什么，可是，真的能凭那么一句英语就确定那些人是外国人吗？你知道，有些中国人，不含任何外国血统的中国人，没有出过一次国的中国人，也有这种口头禅。"

"没错，那是在现在。28年前，可不是这样的，那个时候并没有太多的引进电影，没有网络，就算是有少数高学历的知识分子，学过英语，脱口而出就是英语的泄愤口头禅，这种可能性也很小。所以我想，那个人，就算不是外国人，也是外籍华人，就算不是外籍华人，也是在国外生长受教育的中国人。"顾涵浩边说边微笑，他开车的速度比来时还要快，因为迫不及待想要回去查找28年前有关S市是否有外国人在此定居或工作的记录。

凌澜真的不想打击顾涵浩，但是不知道为什么，她有一种强烈的预感，这条线索最终也会像"韩叔叔"那条线索一样，无情地中断，让他们再次走入一个死胡同，无功而返。

"你又怎么知道这个讲英语的外国人，他是在S市工作或者是生活呢？为什么他就不能是个游客？或者只是在这里做过短暂停留……"凌澜说不下去了，因为她又想到了自己七岁时候在S市里，父母带她见过的那个韩叔叔。她想起了那天，韩叔叔送给了她一个生日礼物，是一套很漂亮很高档的芭比娃娃套装，套装是进口货，包装上一个中文字都没有。当时韩叔叔曾经告诉她，礼物是他托国外的朋友邮寄回来的。

国外的朋友！

"你怎么了？看你的样子，想起了什么吗？"顾涵浩看凌澜那种表情很是担心，难道说凌澜想到的事情很可怕吗？

凌澜突然很想哭，因为她意识到了一个问题，很严重的问题，那就是她和顾涵浩之间的关联。他们很可能是仇人关系！如果说当初追赶顾涵浩父亲的两个人其中一个就是韩叔叔口中那个国外的朋友的话，那么可以得出一个结论，韩叔叔的朋友和顾涵浩的父亲是敌人，韩叔叔又是父亲和母亲的朋友，因此她的父母也是顾涵浩父亲的敌人。这样的话，就可以解释为什么父母在看到顾涵浩的那一天会有那样的反应，为什么强烈甚至是激烈地反对他们"交往",最后还发出了警告,和顾涵浩交往有性命危险。

要不要把这些告诉给顾涵浩?告诉他,他们之间的联系很可能是对立的仇人?告诉他,他的父亲站在正义的一方,而自己的父母和韩叔叔他们站在邪恶的一方?

顾涵浩一个急刹车,车子停在了回城公路的路边。顾涵浩转过身,很严肃地问凌澜:"告诉我,你想到了什么。"

凌澜无法拒绝顾涵浩强硬的态度,她用沉重的语气把自己的所想一五一十地讲给了顾涵浩。

第三十八章 姐姐

顾涵浩蹙眉与同样愁容不展的凌澜对视,十秒钟,二十秒钟,三十秒钟。终于,顾涵浩的表情慢慢舒展开,到最后露出了笑意。他拍了拍凌澜的肩,笑道:"傻姑娘,你以为这是狗血的家族偶像剧吗?到最后相爱的男女主角要因为家族世仇而反目?"

凌澜也笑出声来,也许真的是她多虑了,毕竟韩叔叔只是说有个外国朋友而已,也许他真的在国外有朋友,但是和追顾涵浩父亲的外国人根本不是同一人;也许那套芭比娃娃就是国产货,他为了提高档次有面子,才说成是从国外寄回来的,其实他根本没有什么外国朋友。只是,凌澜对于顾涵浩说的相爱男女主角因为家族世仇而反目一说不敢苟同,这样的比喻太不恰当,毕竟他俩根本不是什么相爱的男女主角。

顾涵浩在重新启动车子之前给郑渤打了个电话,在电话里他简明扼要地提出了要求,那就是想尽办法,务必尽快查到20世纪80年代,准确地说是1984年在S市逗留过的母语是英语的外籍人士,还有曾在国外求学,后来回国的本国公民,把这两类人列出一份详细的名单传给他。而郑渤的回答是,关于外籍人士,调查只能寻找到有官方记录的移民和留学生或者是暂住于此的外籍人士,具有一定的局限性;至于1984年已经回国的老海归,列出名单倒是不成问题。

顾涵浩也明白,有很多符合要求的人可能不会出现在郑渤的名单上,但是有一丝希望,他还是要试一试。

回到家,凌澜看顾涵浩一副焦急等待的样子,时不时看看电话屏幕有没有来电或者短信息,一看就是在等郑渤的消息。凌澜觉得顾涵浩平时挺波澜不惊的,一到了自己的事,果然还是沉不住气,她笑道:"哪有那么快啊,你放松点好不好?"

顾涵浩愁眉不展地抬起头,故作轻松地把手机放在茶几上:"说得也是,对了,今晚咱们吃什么?"

·235·

"总出去吃也腻了，好不容易放假休息，不如你来下厨吧。"凌澜还记得上次顾涵浩的好手艺。

顾涵浩本来没什么心情下厨，但是看到凌澜满怀期待的样子也不忍拒绝，放松一下紧绷的神经也好："好吧，不过我在厨房的时候你要帮我看着点手机，郑渤有消息的话马上通知我。"

凌澜乖乖地点头，坐在沙发上一副坐享其成的架势。

顾涵浩去到厨房，围上蓝绿色格子的围裙，开始忙活起来。

凌澜的注意力很快便被厨房传来的水声吸引过去，她合上杂志，歪着身子朝开放式的厨房望去，只见平时干练威风的刑警队长，此刻变身成为围着围裙的居家好男人，说不出的别扭和滑稽。凌澜掏出手机，把手臂伸长，朝着厨房的方向就是咔嚓一声，幸好声音掩盖在了水流声中，而且顾涵浩很投入地在忙活，并不知道自己被偷拍了。

一边无声窃笑，一边把手臂缩回来，观看自己偷拍的照片，凌澜发现照片只照到了顾涵浩的半个身子，于是她又一次把手臂伸出去偷拍。她偷偷地想，下次顾涵浩惹她不开心的时候，她可以把这些照片给他的下属们观看作为报复。

"拍什么呢？"一个威严的女声很突兀地传来，打破了房间里和谐的气氛。

凌澜惊得手机差点没掉在地上，她手忙脚乱地接住手机，回头一看，站在门口的是一个40岁左右的女人，藏蓝色套装，提着方方正正的黑色皮包，面部表情严肃还带着一点愤怒，典型的女强人模样。

用理智稍微一思考，凌澜便明白了，这个人有顾涵浩家里的钥匙，她开门进来的声音被厨房的声音掩盖住，再加上自己的心思都在偷拍顾涵浩上，也没在意。有钥匙，又是个如此年纪的女强人，不用想也知道，这位就是顾涵浩的姐姐，那位女法官，叫顾紫妍。

"你在拍什么？"女法官已经换好了拖鞋，可是就算穿着拖鞋，凌澜也能感觉出她步伐里的威严。

厨房那边的水流声和锅碗瓢盆交响曲暂停下来，顾涵浩快步走到客厅："姐？你怎么来之前也不打个招呼啊？"

顾紫妍犀利的目光又转向顾涵浩："她就是那个凌澜？"

凌澜听到自己的名字从顾紫妍嘴里讲出来，就像是点名一样富有魔力，让她马上站起身来，毕恭毕敬。

顾涵浩面对严肃的姐姐倒是习惯一般地没什么反应，他把围裙一摘，搭在沙发背上，自己也顺势靠在上面："我来给你们介绍一下，凌澜，这是我姐，顾紫妍，女强人，大法官；姐，这是凌澜，我们现在算是同事。"

"我听罗局长提过她，说什么同事，还不是他们看在我和你姐夫的面子上才留她在你那里打杂，"顾紫妍自顾自坐在沙发上，不满地瞪了一眼凌澜："你经常来这蹭饭吗？"

凌澜对这位顾姐姐可真没什么好感，她已经想好了应对态度，于是自信一笑，挺富有挑衅意味地回答："没有没有，您别误会，虽然我就住在对面，但是也只是偶尔才来这里蹭饭，大多数时间我都是和顾涵浩出去下馆子，当然，是顾涵浩请客。"

　　顾涵浩忍不住笑出声来，他早就料到这两位碰到一块儿之后会是这种效果。

　　顾紫妍的惊讶只持续了一秒钟，她很快恢复严肃的面容："这位凌小姐，请把你的手机交给我。"

　　凌澜下意识地握紧手机，不知不觉中开始班门弄斧，对着法官说："为什么？这是我的个人财产物品，我有权利不给你。"

　　"不给我也可以，请你把刚刚偷拍的照片彻底删除。"顾紫妍没好气地对凌澜说，但是目光却直直望着顾涵浩。

　　顾涵浩朝凌澜伸手，带着笑意问："偷拍的照片？你偷拍了什么，给我看看。"

　　凌澜不情愿地把手机递给顾涵浩，顾涵浩点开相册一看，整整十几张都是自己在厨房忙碌的样子："我还真不知道，原来自己在厨房里也这么有魅力呢。"

　　"废话，快删除掉，被你的下属们看到成什么样子？"

　　顾涵浩耸耸肩，无所谓的样子："被他们看到也没什么不好啊，这年头男人下厨房也不是什么稀奇事。"

　　凌澜的肚子不合时宜地叫了两声，她尴尬地站起身，一把夺回手机，就往门口走："你们聊，我就不打扰了。"说完，便仓皇而逃似的踏出房门，关门，开门，进屋，再关门，动作一气呵成。直到回到自己的空间，她才彻底放松下来。

　　顾涵浩的这个姐姐虽然样貌身材都不错，但是性格可真是不可爱，真不知道顾涵浩的姐夫是怎么想的。

第三十九章　新线索

　　十分钟后，凌澜隐约听到了对面关门的声音，她从窗子望出去，看到顾涵浩和顾紫妍出了门，顾涵浩并没有开车，显然他们是要在附近一起吃顿饭、聊聊天。

　　凌澜在冰箱里找出了一包放置很久的方便面，想用它来简单地填饱肚子。正要撕开袋子的时候，顾涵浩的短信发过来。

　　"我给你叫了外卖，十分钟后到。不好意思。"

　　凌澜会心一笑，把方便面放回冰箱。望着冰箱里原本放着那块巧克力色过期的点心的地方已经空空荡荡，她再一次想起了自己喝醉的那天晚上，被顾涵浩抱着回来，又把自己放进浴缸的情景。顾涵浩给她的感觉就像是那晚浴缸里温热的水，能把温暖瞬间传递到身体的四肢，让她觉得心里软软的、暖暖的。

等外卖的期间，凌澜望着手机里的短信，还有那十几张并没有被顾涵浩删除掉的照片发呆。她不得不承认，平日里顾涵浩的细心体贴，工作时顾涵浩的精明能干，不久前顾涵浩的厨房风采，都让她有些着迷。就连前几天她认为顾涵浩工于心计，现在想想也变成了优点。

门外送外卖的门铃声打断了凌澜的思绪，凌澜恍然间像是误入梦境的爱丽丝回到现实一般，她拍拍脸颊，去开门接收外卖。

幸好自己没有走火入魔太深。

一个小时之后，凌澜开始准备论文答辩，一个人在卧室里很正式地背诵着自己的论文提纲，虽然差不多是烂熟于心，但是一向对学业持严谨态度的凌澜还是努力地去思考答辩老师可能提出的各种问题，然后自问自答。离论文答辩还有三天，虽然知道自己一定会顺利通过，但是她还是想对自己的四年大学生活有个交代，让它完满结束。

门铃响起，凌澜知道一定是顾涵浩吃完晚饭回来。打开门，把顾涵浩迎进来，凌澜第一句就问："你姐姐说我什么了？"

顾涵浩却转移话题："把刚刚那些照片传给我，我想留作纪念。"

"我删掉了。"凌澜很快回答。

"为什么？"顾涵浩很不解，难道是姐姐的态度吓到凌澜了？可是凌澜并不是那种被吓一吓就变得顺从的女孩吧。

"你们刚刚都聊什么啦？"凌澜改变主意，不想听顾紫妍怎么评价自己，因为根本就没有意义，就像她留着那些偷拍的照片也是毫无意义一样："你有没有问问她关于你亲生父母的事？"

顾涵浩坐在沙发上跷起二郎腿："大概问了问领养我之前的事，我姐跟我说她记得我养父母本来根本就没有领养孩子的计划，是突然有一天冒出了这个想法，结果第二天就去了福利院。还有一点也很重要，他们坚持要领养一个一岁多的男婴。按照我姐当时的记忆，他们当时的样子不像是在挑选哪个婴孩，倒像是在特意寻找哪个男婴。"

"最终找到了你？"凌澜在心底里几乎已经断定，顾涵浩的养父母说不定就是接到了什么人的指令，去福利院把顾涵浩带回来。这个发出指令的人会不会是顾涵浩的生父呢？他不放心自己的孩子在福利院里成长，也担心以后会被不放心的人家领养，所以才指定了顾家这样的有钱人家，最重要的，他一定是信任顾家的。

顾涵浩当然也想到了凌澜所想的这些，他不住地叹气，养母去世，养父在医院昏迷这么多年，顾家只剩下他们姐弟俩，姐姐已经把知道的都说了，他的谜题还能向谁去要答案呢？

"你问她这些，她一定很奇怪吧？"凌澜试探着问，她知道要是站在养父母的位置上，得知自己养育这么多年的孩子想要寻找亲生父母，一定是会失落伤心的。现在虽然顾涵浩面对的不是养父母，但是这个姐姐，肯定也会有点介怀的。

顾涵浩耸耸肩："当然啦，她问我为什么突然对这事感兴趣。不过我不打算把事情的来龙去脉告诉她，她知道了也帮不上什么忙，反而是跟着瞎操心。"

"她还说什么了吗？"凌澜心里打鼓，她知道顾紫妍对自己明显很不喜欢，一定和顾涵浩说了自己的坏话。

"还不是催我快点找个对象，结婚，生孩子，老一套了。"顾涵浩不经意地说着，他想起了刚刚顾紫妍说过的一句话，一句不能和凌澜说的话。顾紫妍说：你赶快找一个，只要对方没有什么原则性问题就行，哪怕是那个好吃懒做的凌澜也行。

就因为凌澜坐在客厅里坐享其成等着吃顾涵浩做的晚饭，就给顾紫妍留下了这么一个好吃懒做的印象。都说长姐如母，他的这个姐姐也真的很像唠叨又挑剔的母亲。

凌澜不知道怎么和顾涵浩讨论结婚生孩子的话题，于是只好转移话题："对了，三年前的佟佳丽和穆全的案子，下一步你准备怎么办？"

顾涵浩的思绪随着他的眉头紧锁回到了工作上："从栾舒晗和吕琛身上下手吧，我想这个凶手应该是和他们俩有所联系的，从他们身上下手也是我们唯一的调查方向。三年前警方没有找到真凶，是因为他们一直把注意力放在那个主谋元凶上，因为线索匮乏，所以调查无果。现在，就算我们再顺着三年前人家的老路再走一遍，恐怕也不会有什么突破。但是幸好我们现在可以把注意力放到栾舒晗和吕琛这两条当年没有被发觉的线索上。虽然他们已经死了，但是也给我们留下了一个方向。"

"你认为那个元凶和栾舒晗和吕琛是认识的？"凌澜想，如果那个男人真的样貌丑陋的话，应该会给人留下深刻的印象，具有鲜明特征的人找起来会轻松一点吧。

顾涵浩不置可否："我听说栾舒晗曾经有一个关系很好的同事，按照栾舒晗母亲的话来说，两人好得像亲姐妹一样。但是三年前两人突然就不联系了，栾舒晗也在三年前佟佳丽的案子发生之后就跳槽，来了她生前所在的那家公司。看样子像是在躲着曾经的好友，总之先找她了解一下栾舒晗的情况吧，说不定她知道什么。"

凌澜很庆幸，幸好栾舒晗还有这么一个曾经的同事兼好友，否则他们还真不知道从哪里着手开始调查好。凌澜偷瞄了顾涵浩一眼，她其实心底里十分确定，有顾涵浩在，早晚都会揪出这个罪魁祸首，只是时间问题。她也早晚会离开顾涵浩身边，离开她的第一份工作，她十分感兴趣的工作，这些都是时间问题。

第四十章　巫术

　　本来预定的休假时间是两天的，但是因为顾涵浩实在是个急性子，他恨不得守在郑渤身边督促他快些列出他心心念念的名单，所以休假时间缩减到一半。

　　上午八点半，凌澜跟在顾涵浩身后步入刑警大队的办公室。和比自己先到的几个同事打了招呼后，凌澜坐在自己的位子上，随手翻着之前案子的资料。她知道彭泽和万玲、栾舒晗和吕琛的案子已经基本结束，只剩下收尾的文书工作，而这部分工作通常都是交给柳凡和她的，于是便先翻看资料，再重温一下案情。

　　落座没有一分钟，郑渤那边便有了动静，他接了个内线电话后快速站起身往顾涵浩办公室走去。想也知道，顾涵浩今天上班第一件事就是要求郑渤汇报调查的结果。而从郑渤仅仅在顾涵浩办公室待了五分钟，而且出来的时候脸上没有自信神态的表现来看，顾涵浩恐怕是要失望了。

　　这样边看边等了半个小时，顾涵浩那边终于有了动静。他从办公室出来，冲凌澜一招手："咱们走吧，已经拿到了栾舒晗三年前任职的公司地址。"

　　凌澜简单把桌上的资料整理好，起身跟在顾涵浩身后。出了大楼，凌澜才开口问："郑渤那边怎么说？"

　　顾涵浩轻轻叹气，边走边说："目前只查到了几个海归，但是看这几个人的履历，不像是有什么嫌疑。咱们不可能一个一个去调查，一来是这样做效率太低，二来时间也不允许。还是等郑渤那边的结果更加详细一些，再从中筛选可疑的重点突破的好。"

　　凌澜心想这样也好，她心里隐隐有些惧怕真相大白，因为那种不好的预感，她总是希望真相来得慢一些、晚一些，这样对她来说也算是有个缓冲。

　　顾涵浩的车子停在了一幢高层写字楼楼下的停车场，两人根据地址找到了位于14层的辉煌科技有限公司。顾涵浩把证件亮给前台小姐，那个年轻女孩立即变得比见了公司最高领导还要亢奋，把他们请进了会客室。

　　看前台小姐忙着要倒茶，顾涵浩忙打断她："不用麻烦，我们此行的目的刚刚也说了，只是想见见汪燕。"

　　不到半分钟，一个身着休闲套装的年轻女人走进会客室，落落大方地问："我就是汪燕，请问找我有什么事吗？"

　　顾涵浩伸手指了指沙发，示意汪燕坐下："你好，我是景江分局刑警队队长，这位是我的同事凌澜，我们这次来是想了解一下栾舒晗的情况。"

　　汪燕听到栾舒晗这个名字有些吃惊："我们差不多三年没联系了，她的情况，我并不是很清楚。"

　　"她前阵子刚刚遇害，是被谋杀的。"顾涵浩简明扼要，先把这个严重后果向对方表明，这样才能起到震慑作用，既让对方重视，又能让其知无不言言无不尽。

汪燕显然还不知道栾舒晗的死讯，听到这个消息，她呆愣愣地睁大眼睛，三秒钟才反应过来："死了？怎么死的？"

凌澜看得出，汪燕在得知栾舒晗的死讯后没有伤心，只有惊讶，看来这两个女孩之间的感情早在三年前就已经消失殆尽。"关于具体案情现在还不方便透露，你只要把你所知道的关于她的情况告诉我们就可以，就算是协助调查，尽了市民应尽的义务。"凌澜的口气像足了一个严厉的女警。

汪燕被凌澜的气势给镇住了，她咬着嘴唇想开口，又不知道从何说起。

顾涵浩及时引导："先说说三年前栾舒晗为什么会离开这家公司，跳槽去别处吧。"

汪燕不紧不慢地回答："当时她向经理提出辞职，经理也问过她原因，公司里要好的同事也都劝她，毕竟这里的待遇、老板都不错。可是她就是不说为什么要跳槽。但其实，我知道原因。她之所以要跳槽，是想躲开我。"

"躲开你？"凌澜嘴快："你们不是好朋友吗？闺密？用栾舒晗妈妈的话来说，好得像亲姐妹？"

汪燕失落地点头："没错，她跳槽之前的确是那样的。可是，就是因为我们太好了，所以，所以她才想要躲开我。"

顾涵浩不同于凌澜的心急，他抬手示意凌澜不要再追问下去，又对着汪燕缓缓地说："从头说，慢慢说。"

汪燕苦笑一下，顿了顿，让思绪回到三年前："我和栾舒晗是同一所学校毕业的，所以成为同事之后一见如故。因为我俩性格很像，非常谈得来，几乎是无话不谈。栾舒晗跟我说起过她有个邻居大姐姐，对她也很好，但是有些话她还是要瞒着那个大姐姐的，只能和我说，因为我们年龄更相近，更有共同话题，更能相互理解。记得是在她辞职离开的前三个月左右吧，她告诉我她暗恋一个男孩，但是那个男孩并没有注意她，反而被邻居那个大姐姐给抢了先。那男孩频繁出入她家的对门，这让她很是愤怒。她说对门的女人虽然长得显年轻，也挺漂亮，但是毕竟是个寡妇，而且年纪都能当那男孩的妈了，还偏偏要玩什么姐弟恋，真是不知道害臊。栾舒晗问我怎样才能吸引男孩的注意力，怎样才能表现出自己的青春靓丽，让那男孩回归'正途'。我当时和她一样，也没有恋爱经验，所以我俩谁也没有什么实质性办法，只能经常在一起倾吐发泄而已。"

汪燕清了清嗓子，有些羞赧地望了顾涵浩和凌澜一眼，接着说："当时我也有一个暗恋对象，自己也苦于不敢告白，所以当栾舒晗告诉我，她有办法让那男孩对她动心的时候，我就天天追着她问到底是什么办法。我以为是那些什么'追女兵法'之类的，结果不是，栾舒晗竟然告诉我，她要通过一种巫术，让那男孩爱上她，并且对她死心塌地。"

"巫术？"凌澜又忍不住插嘴，随即又在顾涵浩严厉的目光中捂住了自己的嘴巴。

"你也不相信吧？"汪燕望着凌澜："我当时就和你现在的表情差不多，先是不可置信，然后是嘲笑，我笑栾舒晗真的是为了那男孩走火入魔了，居然蠢到去相信那些东西。看我对她所说的巫术嗤之以鼻，栾舒晗很不服气，和我讲了许多巫术的源头和历史，西方巫术和东方巫术的区别，还有特定的阵法，召唤魔鬼，活祭之类的，听得我毛骨悚然，我对这种无稽之谈自然也就没放在心上。令我万万没想到的是，就在栾舒晗辞职的前一周吧，她真的和那个男孩在一起了。"

第四十一章　　白色粉末

虽然事情已经过去三年，但是汪燕现在说起栾舒晗提过的那个巫术，还是不自觉打了个冷战。

当时的汪燕在听闻什么阵法、魔鬼、活祭的时候，感觉到毛骨悚然，而现在，毛骨悚然的是凌澜。凌澜的注意力还停留在那几个关键词上，恢复意识的第一秒，她捕捉到了其中一个关键词，那就是"活祭"，当初佟佳丽和穆全的死法，不就是活祭吗？

顾涵浩轻咳了一声："我想，栾舒晗虽然真的和她暗恋的男孩在一起了，那也绝对不是什么巫术起了作用，而是其他的原因。"

凌澜当然清楚顾涵浩所说的原因。栾舒晗和吕琛二人同上了一条贼船，共同守护一个相同的秘密，当然是惺惺相惜，彼此信任依靠。也正是因为如此，让这对男女之间产生了爱情。想到这里，凌澜偷瞄了一眼顾涵浩，她突然冒出一个想法，自己和顾涵浩也是同一条船上的人，不知道会不会产生什么。

汪燕大彻大悟般地拍了大腿一下："如果当时我也能这样想就好了，只可惜，当时的我就像是走火入魔一般，我看到有个男孩一连好几天都等在公司楼下，等着接栾舒晗下班，两人亲昵地依偎在一起，又是羡慕又是嫉妒。我去问栾舒晗到底是什么原因让那男孩突然爱上她，你们猜她当时说什么？"

"说什么？"凌澜伸着脖子，很配合地问道。

"她居然说那男孩不是她之前暗恋的！她撒谎骗我，因为我无意中看过她偷拍的暗恋男孩的照片，就是她当时的男友，叫什么，吕什么的。"

"吕琛。"顾涵浩提示。

"没错，叫吕琛。我当时就在想，栾舒晗她为什么要骗我？还不是怕我问及巫术的事？这就更加说明了她是依靠那个巫术才赢得了吕琛的爱，所以我就直接问她，能不能把那个巫术也教给我，因为我也一直暗恋着一个男孩，这点她是知道的。可我万万没想到，这个我认为我最好的朋友，死党，居然小气到想要独自享受成果，突然间改变口风，说什么巫术之类的都是她之前胡说的，根本就是逗我玩的。"汪燕摇摇头苦笑："唉，当时我年纪小，又被暗恋情愫和嫉妒心冲昏了头脑，所以才生栾舒晗的气，现在想想，当然不是什么巫术在起作用。虽然，在我的逼问之下，她被迫承认了巫术的存在。"

"她承认了？"凌澜不可思议，按理来说，栾舒晗应该知道根本就没有什么巫术，她只不过是参与了一宗罪案，然后才和同是共犯的吕琛产生感情而已。

汪燕苦涩地牵动嘴角："现在想想，她当时是被我逼迫，实在没法子了，才说让我不要试图想去尝试那个巫术，代价实在是太高了。于是我就每天观察她，问她，到底付出了什么代价。她实在是受不了，所以就辞职了，为的就是躲开我。我俩见的最后一面，她只是很诚恳地乞求我，让我不要把巫术的事透露给任何人，因为这个巫术知道的人越多对她来说就越危险，希望我能念在和她的这份友谊，帮她最后一个忙。"

顾涵浩想，这个汪燕一定是没有向别人提及此事，一来和别人提了，别人也只会当是玩笑，或者质疑汪燕的智商；二来，如果她曾经把今天对他们讲的这番话在当时讲出去，估计多少会有人把这事和当时江里的那两具诡异的尸体联系在一起，从而报警。

"哎，所以这些年，我没有和任何人提及这件事。今天，要不是你们说栾舒晗已经死了，我也不会说这些。对了，你们可以去找那个吕琛问问，对于栾舒晗这几年的近况，他应该清楚。"汪燕用期盼的目光来回望着顾涵浩和凌澜，那眼神中的恳切像是她也很想去问问吕琛，自己曾经的好友到底卷入了怎样的麻烦，才会这么年纪轻轻就断送性命。

顾涵浩叹气，但他并不打算告诉汪燕，吕琛也死了。"三年前松江发生的命案，你听说过吗？"

汪燕点点头，很惭愧地挠挠头："那阵子报纸上半个版面都在报道那件案子，但是我没细看，光顾着追问栾舒晗巫术的事了。为什么问那件案子，和栾舒晗有什么关系吗？"

看来顾涵浩吩咐下去对最近这两起案子封锁消息，成果还不错，各种媒体都没有介入进来，大众也就不会知道三年前的凶犯又开始在S市肆虐。看汪燕的样子，这个年纪轻轻的女孩，她的全部生活重心就是恋爱和工作，对于三年前的案子自然是没什么兴趣。不过，就算汪燕当时对凶案感兴趣，仔细看了报纸，也不会联想到栾舒晗和活祭吧，毕竟报纸上有关死者用的都是化名，关于死法说得也是含糊不清，更没有现场照片。

凌澜看顾涵浩并不想回答汪燕案子的事，便转移话题："栾舒晗和吕琛确定关系之前，她有没有接触过什么长相非常丑的人？那段时间里，她有没有什么反常的举

· 243 ·

动，你有没有发现她在实施那个巫术？"

汪燕皱眉思考，几秒钟后她缓缓回答："那阵子我也在观察她，想看看她是不是暗中在实施那个所谓巫术，我以为会像是下蛊一样的，如果是和蛊物虫子有关的话，好马上制止她。结果，她行为举止很正常，身体也很正常，至少在公司是这样的，下了班之后我就不知道了。"

顾涵浩和凌澜都露出了失望之色，两人正商量着今天就问到这里，汪燕突然低低地叫了一声："啊，我想到了一件事，不知道算不算不正常。"

"什么？"顾涵浩和凌澜异口同声。

"大概是一连两周的周二晚上，栾舒晗下班后都没有回家，我注意到她都是朝着回家的相反方向走的。第二个周二的晚上，恰好是我加班，栾舒晗的母亲把电话打到公司来，说栾舒晗的手机关机，让我叫栾舒晗来听电话。我一下便明白了，栾舒晗和她母亲说自己在公司加班。身为她的死党，这种时候我当然不能拆穿她，只好和栾舒晗妈妈说她在洗手间，等一会儿出来了让她再把电话回过去。可是栾舒晗的母亲好像还是不放心，说天晚了，要来接她回家。我挂上电话忙给栾舒晗打电话，果真是关机，没办法，我就发短信把事情说了，让她一定要在她母亲之前赶回公司，以免穿帮。那天晚上，栾舒晗就比她母亲早到了两分钟，她气喘吁吁，显然是跑回来的。她刚一开机看到短信便给我打过来电话，问我怎么和她母亲说的，我记得她刚开机的时间，距离她跑回来的时间，不过六七分钟。当时我还在想，这家伙就在离公司不远的地方，会是什么地方呢。"

"那上个周二，你也看见她下班后朝回家的相反方向走吗？"顾涵浩想再次确认一下。

"是的，因为我就住在公司附近，经理让我负责锁门，下班后我总是最后走，我就坐在窗前，没事就喜欢往楼下看，"汪燕突然加重语气："就是我说的栾舒晗比她母亲早回来的那天晚上，我注意到了一个细节，栾舒晗那天下班的时候衣服上和头发上还是干干净净的，可是跑回来的时候，她的衣服上、头发上都沾着细细的白色粉末。"

凌澜很兴奋，她知道这是一条重要的线索，但是她看顾涵浩，却还是那么波澜不惊，不禁对自己有些怀疑，这个白色粉末，是无关紧要吗？

第四十二章　目标地点

顾涵浩沉吟了一下，问："你有没有注意这个白色粉末所在的位置，是很均匀地遍布全身呢，还是只是在局部位置；是局部位置均匀分散着呢，还是结块聚团或者分散不均？对了，她的鞋上有没有？"

汪燕仔细想了一会儿，很肯定地回答："鞋上应该是没有，就算有也是很少，反正我低头扫视过她的鞋，没看到什么异常。主要是在肩膀和头发上，对了，袖子上也有一些。没有结块，是均匀分散的。"

凌澜听了汪燕这样的回答，基本上肯定了这个白色粉末不是路上的灰尘，能落在头上和肩膀上，说明这个白色粉末飞散得比较高。凌澜自信一笑，她已经知道了这个白色粉末是什么。

按照汪燕提供的消息，顾涵浩和凌澜离开了这栋高层写字楼，顺着当年栾舒晗的路径走进了不远处的一条巷子。

凌澜从来没有来过这条街，她一边慢慢走，一边朝街道两边扫视，寻找她心中的目标。

顾涵浩看凌澜一副胸有成竹的样子，也就知道了他和凌澜的想法不谋而合。

"按照汪燕当年估算的时间，我建议咱俩不要这样慢慢走，干脆像当初的栾舒晗一样跑上六七分钟。"顾涵浩看了看表："从公司跑到这里大概需要两分钟，从现在开始，咱们只需要跑上五分钟左右就可以。"

凌澜跃跃欲试，已经做好了起跑的架势，虽然她脚上的鞋子不是那么合适，但是因为电影里英姿飒爽的女警都是踩着高跟鞋追捕凶犯的，自己也迫不及待想要试试。

顾涵浩端起手臂小跑起来，然后看着身旁的凌澜，慢慢加快速度，一直到他觉得这个速度可以让一个女孩五分钟后达到气喘吁吁的程度后，保持匀速。

巷子里人不多，但是来往行人看到这一对男女在这个时间，穿成这样跑步锻炼身体还是觉得怪异，纷纷投来看热闹的眼光。

差不多跑了三分钟的时候，顾涵浩便放慢了速度，开始边跑边左右张望。终于，他在一栋六层高的老旧建筑上发现了一块牌匾高高挂起，如果他的猜想没错的话，那里应该就是他要寻找的目标地点。

"高能文化学校，"凌澜一边跟着顾涵浩往前小跑，一边伸出手指着路左侧建筑物上挂在四楼窗子边的牌匾："要说有粉笔灰的地方，我一路看来，只有这个地方了。"根据汪燕所讲，那个白色粉末一定是粉笔灰没错。

两人来到文化学校所在建筑的一楼入口处，门口挂着六七块大小不一的牌匾，看来这里虽然比较老旧，但是也是六七家公司的办公场所。他们所要寻找的文化学校在四楼，而且整个四楼都属于这家文化学校。

踏进有些阴暗的一楼大厅，顾涵浩注意到门口右侧的门卫室里没有人，玻璃窗子和门都被锁住，看来这里是要到了晚上才会有人守门打更。

没有电梯，只能步行来到四楼。现在不是周末，而且又是白天的上班时间，学校里自然没有什么来补习的孩子，显得十分冷清。顾涵浩和凌澜在细长的走廊里一路往前走，顺便透过两边的窗子往一间间教室里望去，每一间教室里都有黑板和桌椅，但是看起来很新，像是不久前才重新装修过的。

凌澜有点失望，这里不久前才重新装修过，说不定三年前这里根本就没有黑板粉笔，他们可能是找错了地方。

顾涵浩看出了凌澜的疑虑，安慰说："别急，待会儿找到知情人问一下就知道，这里三年前到底是什么地方。"

顾涵浩的话音刚落，前方不远处一道门被打开，一个中年女人探出身子："你们好，欢迎来到高能，报名室在这边，这边请。"

顾涵浩和凌澜走进女人的办公室，所谓的报名室，在女人热情的招待下，坐在沙发上。

"我们不是来报名的，"顾涵浩掏出证件给女人看了看："想向你了解点情况，你是这家学校的工作人员？"

中年女人尴尬地赔笑，既掩饰不住失望的神色，又战战兢兢："是警察同志啊，那个，我就是这家学校的法定代表人，我叫管淑华，你们想了解什么情况？"

顾涵浩点点头，是法定代表人的话就更好了："你们这家文化学校是什么时候成立的，成立时就在这里吗？还是后来才搬过来的？"

管淑华不假思索地回答："我们学校是在五年前成立的，刚开始的时候资金短缺，我就租用民宅，一直到两年半之前吧，我才把学校搬来这里。"

凌澜很急切："那么你搬来之前，这里是做什么的？是公司，还是空房子？还是别的什么？"

"搬来之前这里就是教室，只不过黑板、桌椅、门窗、装修全都过于老旧，于是我就全都重新装修了一遍，才变成现在这样。"管淑华说到这些颇为自豪。

"原来就是教室，是什么学校或者补习班吗？"顾涵浩看到了曙光，看来当年栾舒晗每周二晚上来的八成就是这里。

管淑华摆摆手："不是不是。当时这里的房主也是想把整层楼一起租出去的，最好租给什么学校，就像我这样的，这样不是省心嘛。可是当时根本没人租，她只好分散着把教室租出去，一间教室一个月一千元。虽说租金挺便宜，但是因为这里位置不够好，而且教室也挺老旧的，所以当时整层楼也就租出去不到一半。"

"你知不知道当年租用这些教室的人都利用这些教室做什么呢？"顾涵浩虽然这样问，但是心里也知道，这个问题问她应该不会有什么结果，还是问出租教室的房主比较合适。

果然，管淑华摇摇头："这我就不知道了，我想，也应该是开补习班什么的吧，总不可能是租来住的，这地方也住不了人不是？"

凌澜在心底里琢磨，难道栾舒晗三年前参加了什么补习班？显然是不可能的，当年一定有人利用这层楼的某间教室做了些见不得人的事情，八成就是宣扬巫术迷信之类的，而栾舒晗就参与其中。

顾涵浩向管淑华要来了房主的姓名、电话和地址，然后站起身打算离去。

走到门口的时候，顾涵浩回头问："对了，你们这栋楼有门卫吧？"

"有的有的，是个五十多岁的老头，大家都叫他张老头。他每天下午五点半来，第二天上午八点半走，在这里守夜。"管淑华突然想到了什么，有点兴奋："那个，关于之前的事你们可以问问他，听说他在这里打更有六七年了。你们下午五点半以后来，他准在。"

顾涵浩冲管淑华微笑致谢，然后带着凌澜离开了这栋有些阴暗的楼房。

第四十三章　神秘用途

顺着原路返回的途中，顾涵浩拨通了管淑华给他的电话号码，和电话那边的房屋产权人大致说了自己的身份和需要了解的事情，最后问了对方的所在。

"怎么样？"凌澜等顾涵浩一挂电话便问，她真的担心这位房主不肯合作，或者身在外地。

"这个隋咏昕不上班，现在就在家里，我们可以直接去她家当面细谈。"顾涵浩很欣慰地舒了一口气，他在庆幸目前为止线索还没有断掉，如果能一路这样畅通无阻地走下去，说不定很快便可以找到那个三年前的元凶。

"是不是下午五点半以后咱们还要来找张老头？"凌澜明知故问，她知道顾涵浩是不会错过这条线索的。

顾涵浩打了个响指算是肯定凌澜的说法："这个隋咏昕刚才在电话里答应我会把三年前的承租合同都找出来，我有预感，这些合同里会有我们要找的东西。而且听她的语气，好像有什么事情。"

凌澜拉开车门，坐到顾涵浩身边："那咱们快点吧，我真的很好奇，她到底有什么事情不吐不快。"

顾涵浩启动车子往隋咏昕家的方向驶去："别急，先解决了午饭问题再说。"

隋咏昕住在松江边上最有名的观江高层社区，听管淑华说，她的这位不到四十岁的女房东手中的产权房屋不少，她租用的这层楼大概是隋咏昕产权中最不起眼、最差劲的。这些年来，隋咏昕就是靠手中的不动产发家致富的，是个当之无愧的包租婆，听说这些不动产都是她过世的有钱父亲留给她的遗产。

顾涵浩带着凌澜来到了观江高层附近的一家私房菜饭馆，两人一边吃一边谈论着这个不用上班，只靠收租就能过得风生水起的女人。凌澜的羡慕之情溢于言表，还扬言哪一天自己如果有钱了也要过像隋咏昕一样的生活。

"隋咏昕，你们知道隋咏昕？"饭馆老板是个三十多岁的男人，听到顾涵浩和凌澜谈论隋咏昕，挺兴奋地凑过来搭话。

顾涵浩一看这架势，敢情这位小饭馆的老板也认识隋咏昕，正好可以从他这里了解点什么。"老板，你也知道隋咏昕？"

老板咧嘴一笑："她可是附近的名人呢，所有的女人都羡慕她，不但有个有钱老爸留下大笔财产，而且找到了全世界最完美的男人做丈夫。"

如果真的是这样，那可不就是让所有女人都羡慕吗？凌澜好奇，全世界最完美的男人到底是个什么模样，于是带着点不屑的口吻问道："她丈夫是何方神圣，怎么就担得起'全世界最完美'的头衔？"

老板瞅着顾涵浩，又对凌澜笑笑："妹子，要说你这男友，论长相气质，论穿着谈吐也是一流的啦，可是要跟人家丈夫比起来，恕我直言，还是略逊一筹。"

"哦？"这下顾涵浩也来了兴致："说说，怎么个略逊一筹？"

凌澜听顾涵浩这样问忍不住窃笑，别看顾涵浩平时一副工作狂的样子，原来骨子里也挺自恋的。也是，看他的家里、他的车、他平时在家和工作中的穿着、说话办事、谈吐举止，明显就是一个注重外表和生活品质的人。

老板嘿嘿一笑，刚要回答，却被老板娘叫去，显然是老板娘不满他和客人扯那些家长里短。

凌澜安慰似的拍拍顾涵浩的肩："你也只是比全世界最完美男人略逊一筹而已，别伤心。"

顾涵浩干笑两声："我伤心？我会伤心？开玩笑。"

按下隋咏昕家楼下的可视对讲，很快就听到了一个女人温柔甚至有些甜腻的声音："二位就是刑警同志吧，请进。"

顾涵浩和凌澜对望了一眼，拉开了单元门。乘电梯到达18层的时候，凌澜才注意到，这个单元居然是两梯两户的，看来房屋面积一定很大。

果然，当凌澜坐在隋咏昕家差不多40多平方米的客厅里的时候，据她的目测，这栋房子大概总面积在300多平方米。

茶几上放着一个文件夹，文件夹被翻开，隋咏昕用涂着暗红色指甲油的食指指了指，解释着："这个文件夹里面都是那栋老楼的租赁合同，我都按照时间排好了顺序，你们看看吧。"

顾涵浩翻看文件夹里的合同，重点看签订的租期和落款的承租人。而凌澜则是打量着一旁欧式壁炉上方的巨大相框。那是一张典雅唯美的婚纱照，像油画一般，画面上是欧式贵妇打扮的隋咏昕依偎在一个王子模样的俊男怀中。那男人的长相还真是一流，说不上是酷似哪个明星。凌澜有些失望，虽然她早就想到这个时候来不会碰见那位传说中的完美好男人，因为人家不同于这个养尊处优的女人，还要出去工作，赚钱养家。毕竟一个家里不能有两个同样游手好闲的家伙，而且一个男人如果没有自己的事业，怎么能称之为完美？

"找到了，"顾涵浩把文件夹往凌澜这边挪动："你看看吧。"

凌澜的思绪被顾涵浩拉回到面前的合同上，她低头望去，先是看到了租期部分，这个时间恰好就是三年前命案发生之前的那段，也就是栾舒晗每周二会往教室那里跑的时间。凌澜又翻到最后一页，直接往承租人签字的地方望去，只见合同的右下角，赫然签着一个名字——彭泽，名字上还按着一个鲜红的手印。

是彭泽！彭泽租用了其中一间教室？这怎么可能？凌澜的心绪一下子扭成一团，她不可思议地望着顾涵浩，期盼他能给她一个解释。

顾涵浩轻拍凌澜的肩，示意她冷静，随即问一旁的隋咏昕："关于这个承租人彭泽，你有什么印象吗？"

隋咏昕抑制不住兴奋："果然问题出在这个彭泽身上。其实我之前租那些教室，几乎全部是一些学校在职老师，或者退休老师用来开补习班的，只有这个彭泽，他租用了走廊尽头拐角后最小、最不起眼的那间教室，但是却不是用来开补习班的。我到最后也不知道他租那间教室到底有什么用途。"

"你怎么知道不是用来开补习班的？"凌澜语速很快地问，她迫不及待地想要得知彭泽租用一间教室到底有何神秘用途。

第四十四章　降灵

隋咏昕倚靠在沙发靠背上，面部有些僵硬，就连声音也不再那么柔和："一般的补习班会在学生放学后的六点至七点左右开始开课，来的也都是各种年龄段的学生。可是这个彭泽租用的教室是在九点钟才有人陆续前来，而且来的也不是什么学生，都是各色各样的成年人，有的甚至是中年人。当然，这些都是门卫张老头和我讲的。"

"成年人的补习班的话，时间也有可能会晚一些啊，"凌澜好像是不服气似的辩驳："再说了，成年人也可以学外语，或者是专业知识啊。"

隋咏昕摇摇头，看来并不赞同凌澜的说法："我一开始也是这么想的，但是仍旧是好奇，说真的，我也有些担心他们利用我的场地做一些违法的事情。于是有天晚上，我就想亲自上去看看，看看他们到底是什么性质的补习班。结果证明，他们根本就没有什么老师，他们也不是什么学生！"

顾涵浩和凌澜对视一眼，因为隋咏昕说到刚刚那里语气明显激动起来，好像是想到了什么恐怖的画面一样。顾涵浩轻声问："你看见了什么？"

"我一共去看过两次，"隋咏昕喝了一口茶，深呼吸后接着说："第一次，我从教室后门上的窗子里看到了讲台上站着一个满脸胡茬儿，面相很可怕的男人，他目露凶光，右手高举着一个玻璃瓶子，猛地向黑板上砸过去，然后，瓶子碎了，碎片割伤了他的手，他满手是血居然还在笑，笑得很诡异。更诡异的是，台下坐着七八个人他们居然就冷静目睹着这一切，男人的手流血的时候，他们竟然在鼓掌！彭泽也在其中，他坐在最前排，面带笑容地鼓掌！"

凌澜在脑海里想象了当时的画面，那应该是一场另类的自残的血腥表演，的确诡异。

"第二次呢？"顾涵浩看隋咏昕还沉浸在自己的回忆里，只好出言提醒她继续下去。

谁知道顾涵浩一说"第二次"，隋咏昕更是被惊得肩膀都微微抖动起来："第二次，第二次就更加诡异了，他们好像是在招魂！"

顾涵浩一口气呛在喉咙，张了张嘴就没说出声来。招魂？简直是越来越离谱了。

"教室里没有点灯，而是用蜡烛照亮。我看到他们把那间教室的桌椅都挪放到了四周，把中间那块地空出来，水泥地面上画着圆形和六角形的图案，是用各种颜色的粉笔画的，很复杂，那些白色的蜡烛就围着图案摆开。图案中间站着一个人，他戴着大大的连衣帽，低着头，嘴里喃喃念着咒语一样的东西，然后全身战栗。有七八个人站在房间的角落里，战战兢兢地观看着。我只是大概看了十秒钟吧，突然我的手机短信声响了，一下子引起教室里人的注意，当时我听到一个女人的声音问，谁没有关机？我吓得腿都软了，几乎是四脚着地似的逃跑了，也不知道他们有没有发现我。现在想起那天晚上的所见所闻还有些全身发冷呢。"隋咏昕双臂环绕着自己，不住地用手搓着上臂试图驱走全身的寒意。

顾涵浩也跟随着隋咏昕的讲述在脑海里勾画着当时的场景，不知不觉也皱起眉头："看到这些你就能联想到他们是在招魂？"

隋咏昕连连摇头："不是我联想到的，而是，怎么说呢，招魂是我的说法，按照他们的说法，那叫'降灵'。当时我往黑板那边瞟了一眼，黑板上写着呢，三个白色的字写在黑板中央：降灵会。"

凌澜倒吸了一口冷气，她瑟缩着脖子怯怯地望了顾涵浩一眼，显然已经跟着隋咏昕的讲述进入了角色。

顾涵浩冲凌澜苦笑一下："把照片拿出来给隋女士辨认一下。"

凌澜低头从挎包里掏出了栾舒晗的照片摆在茶几上，对面的隋咏昕拿过照片仔细端详："这个女孩，我有印象，招魂的那次，她好像就站在黑板旁边。但是，我也不敢肯定，只能说很像，因为当时我被吓坏了。"

"那天是周几，你还记得吗？"凌澜有预感，降灵会的那天正是栾舒晗匆忙跑回公司的那天，即使不是当天，也会是同样的周二。栾舒晗应该就是负责在黑板上写字或者擦黑板的人，所以白色的粉笔灰才会留在她的头发和手臂上。

隋咏昕回想了一下："我记得第一次去偷看的那天是周五的晚上，对，没错，是周五，我是直接从美容院过去的；第二次看到招魂的那天是周二，我去的时候还和门卫张老头聊了两句，他跟我说周二的时候，去顶头那间教室的人来得更晚，几乎是九点半过后才有人来。"

"关于这些事，你和彭泽谈过吗？"顾涵浩的注意力再次集中到彭泽身上，他也在猜测着，这一切是不是彭泽的安排呢？

隋咏昕叹了口气："还谈什么啊，招魂的那天彭泽那小子就站在黑板旁边那女孩的身后！显然他也是参与其中的。"

凌澜全身一震，看来彭泽果真不像她想象的那么单纯。

"我后来想了想，两天后直接就把剩下的十个月租金又打回彭泽的卡里了，然后电话通知他，这教室啊，我不租了。他要是告我违约的话，我也可以赔他双倍的租金。至于那间教室里发生的事，我可不打算和彭泽多聊，他做什么不关我的事，只要别在我的地盘就行。"

顾涵浩越听越气愤，尤其是最后一句。如果当时这个隋咏昕选择报警，而不是不声不响地退租金的话，会不会以后这一系列的惨案都不会发生了呢？

"彭泽听说你不租教室给他了，有什么反应？"凌澜看出了顾涵浩的怒意，她可不想让他在时隔三年后才对这个隋咏昕进行思想教育，因为现在再教育也为时已晚，于是赶紧转移话题。

隋咏昕的神态缓和下来："这个彭泽，算他识时务，恐怕也是知道自己理亏吧，没表示出什么不满，反而给自己找了个台阶下，说本来也不打算租下去了，我能把剩余租金退还给他，他还感到很幸运，要不然剩下的租金就打了水漂。"

"你刚刚说你把剩下的租金打回彭泽的卡里了？"按照合同上的信息，彭泽的租期是一年，一年租金一万二，隋咏昕只租了两个月，然后把剩下的一万退了回来，可是顾涵浩明明记得郑渤调查彭泽的账户信息的时候，三年前没有这么一笔钱的支出和汇入啊。

隋咏昕这才想起有个很重要的细节没说："其实也不是彭泽的卡，是个户名叫苟文斌的卡。当时彭泽就是用这张卡在网上给我转账的，他说这个苟文斌是他表哥，他表哥很有钱，所以就把信用卡给了他，让他当零花钱。"

"结果你就把一万元又打回了这个苟文斌的卡里？"凌澜觉得这个隋咏昕还真是大意："保险的做法应该是把钱打回彭泽的卡里或者给他现金让他打收条吧？"

隋咏昕摆摆手："当时没想那么多，就想赶紧把钱还给他，既然他说苟文斌把卡给了他，那我就打回那张卡里了。"

凌澜撇撇嘴，隋咏昕不愧是有钱人，区区一万元她根本就不放在心上。

随后，凌澜又在顾涵浩的指示下把佟佳丽、穆全、吕琛的照片拿给隋咏昕看，隋咏昕很合作，每张照片都仔细看过。但是她对这些照片中的人没有什么印象，应该是从没见过。

询问接近尾声，顾涵浩突然想到一个问题："当时在那间教室的那些人中，你有没有注意到有非常丑陋的男人？"顾涵浩还是很认同当时心理专家对犯罪分子所做的侧写，认定这个元凶会是个没人爱的丑男人。

听到这个问题隋咏昕扑哧一乐："要说我见过的最丑的男人，那绝对就是门卫张老头，别人，我就没什么印象了。"

隋咏昕说这话的时候凌澜的目光正停留在隋咏昕的那张巨幅婚纱照上，准确地说，是停留在照片上那个面容近乎完美的男人脸上。

第四十五章　人造美男

出了隋咏昕所居住的高级社区，两人回到车上，顾涵浩打了个电话给郑渤，把那个苟文斌的信用卡卡号发给了他，要他通过银行的信息查询苟文斌的地址和联系方式。希望待会儿他回去的时候就能得到结果。

挂上电话，顾涵浩注意到身旁的凌澜若有所思，也就没急着发动车子，而是打算和她交流一下想法。

"说说吧，听过隋咏昕的说辞，你有什么想法。"顾涵浩侧过身子，尽量面冲着凌澜。他自己的确是有些想法的，不知道会不会与凌澜不谋而合。

凌澜也侧过身子面对顾涵浩："你不觉得隋咏昕的那个丈夫有点不对劲吗？我是说照片上的他，他的相貌。"

顾涵浩调侃道："你好像对那个帅哥特别在意嘛。"

"没错，我是在意他，"凌澜干脆大方承认："刚刚在屋子里，我仔细看了壁炉上方的婚纱照，那男人长了一张明星脸，而且是四不像的明星脸。他的脸型和眼睛像吴彦祖，鼻子和嘴巴像陆毅。"

"想不到你对男星还颇有研究，"顾涵浩顿了一下，顺着往下想："难不成，你认为他是个人造美男，以明星为模板，故意把自己整容成这样子？"

凌澜懊恼地摇摇头："我不知道，总不能人家长了一副明星脸就断定是后天整容的吧，可是我当时看照片的时候就是产生了这种直觉，直觉他就是当年的凶手。唉，是我想多了吧。"

真的是凌澜想多了吗？顾涵浩隐隐也开始觉得这个美男有些不对劲，看来今晚回去后还是要稍微一查这个顶级好男人。

"我倒是对那个彭泽口中的表哥苟文斌很感兴趣，我在想，出面签合同的人和在背后出资的人，到底谁才是真正想要租用教室的人，"顾涵浩问凌澜："你有没有听彭泽提过什么表哥？"

凌澜在记忆中搜索，隐约想起似乎有这么一个人："彭泽跟我说他大一开学之前就来到了S市，整个暑假他都住在一个亲戚家。他这个亲戚好像是个什么医生。不知道是不是说这个叫苟文斌的表哥。"

顾涵浩牵起嘴角自信一笑，一边转过身体发动车子，一边很笃定地说："我打赌他不但是个医生，八成还是个心理医生，如果不是自己开了一个心理咨询机构，也是某家私立心理咨询机构的高层。"

根据以往的经验，凌澜笑着白了顾涵浩一眼，幽幽说道："我不跟你赌。"

二十分钟后，顾涵浩和凌澜回到了分局刑警队。刚一踏入办公区郑渤就冲着顾涵浩招手，看来是有关苟文斌的调查有了结果。

两人走到郑渤身边，看着他的电脑屏幕。屏幕上是一家企业的官方网站，这个企业叫：苟文斌心理成长机构。

"顾队，银行传过来的资料还不如百度搜出来的多。这个苟文斌开了一个心理机构，详细地址和电话都在网站上。"郑渤说完抬头望着顾涵浩。

顾涵浩有些哑然，怎么自己刚刚就没想到用手机百度一下呢。

凌澜看看表，不到两点钟，看来今天注定是东奔西走地忙碌一天了。她没有坐回自己的位子，而是跟着顾涵浩回到了办公室，忍不住催促："咱们还等什么，快去找那个苟文斌啊，万一这位老板提前下班的话……"

"明天再去找苟文斌，我这里还有一些其他组别的文件要看，你先去帮柳凡处理之前案件的报告。下班后咱们再一起去找那个更夫张老头。"顾涵浩头也不抬，只是快速翻阅着桌上的文件。

凌澜这才注意到顾涵浩的办公桌上堆了不少文件，也对，整个刑警队又不是只有凶杀组一个组，还有很多绑架啊，严重的盗窃啊，欺诈，等等案子的侦破结果等着这位队长后期的审核。之前她也听说过顾涵浩每个月都要和队里各组组长开会总结月度的工作，队里的其他案件，他这位队长也必须了解跟进，指导调查。还有对所有案件的统筹规划、人员的调度安排等等。凌澜站在办公室门口，已经不知不觉中用同情的眼光盯了忙碌的顾涵浩十几秒。

"你还有事？"顾涵浩也是在十几秒之后才意识到凌澜还没有离开。

"没有，你忙吧。"

凌澜转过身默默退出，到柳凡身边，按照顾涵浩的指示，从柳凡那里分了一些文字工作。

坐回自己办公桌前的时候凌澜突然想到，也许百度也可以解决她对于隋咏昕完美丈夫的疑问。

在搜索引擎中输入隋咏昕这三个字，点击搜索，果不其然，这个隋咏昕是个名人，百度搜索的第一页全都是她的新闻。凌澜大概浏览了一下，发现这些新闻中，隋咏昕都不是单独出现的，而是和她的完美丈夫王安升一起。

隋咏昕的丈夫王安升，刚刚过了不惑之年，在半年前开了一家规模不大但设施高级的老年公寓，这间老年公寓属于半公益性质，收费比一些设施一般的老年公寓还要低。新闻图片是隋咏昕和王安升共同为老年公寓剪彩，还有一张王安升在给一个老人洗脚，照片中他抬头望着老人的眼神那么温柔，饱含怜爱之情。

三个月前，王安升又涉足婚介和婚庆领域，拥有了自己的婚介交友网站和婚庆公司。果然就如同凌澜想的，这个王安升之所以被饭馆老板称为完美男人，当然是要有自己的事业。只不过，他的其中一项事业是婚介，不就是拉红线吗？凌澜的脑海中呈现出之前看过的照片特写，佟佳丽的脚和穆全的脚被一根红色尼龙绳紧紧绑在一起。

片刻之后凌澜又觉得自己仅凭怀疑王安升整过容，并且投资了婚介事业，就把他往凶手那方面联想有些牵强。并且假定王安升是凶手去推理，也有很多问题无法解释，第一，王安升整容的钱是哪里来的，当初凶手只分得了一万元，用于整容，远远不够。要说钱是隋咏昕拿的，那也不可能，站在女人的角度，凌澜觉得隋咏昕应该不会出资给个丑男，把他打造成完美丈夫。第二，当初的凶手可是个变态杀人狂啊，而王安升不但不变态，而且是个事业家庭兼顾的新好男人，新闻上说他善良有爱心，是个人人称道的品德高尚的好人。

凌澜意识到自己在往截然相反的方向去假设，于是赶紧打住。最后她总结，她毕竟不是顾涵浩，直觉的准确程度远远比不上人家。

第四十六章　潜在客户

临近下班的时候凌澜才注意到本应该坐在她对面的袁峻不在，而且是整个下午都不见人影，难道是有什么任务？

"柳凡，袁峻怎么不在？"凌澜好奇，顾涵浩应该没有交给他什么任务吧，还是说顾涵浩交给他任务了，只是自己不知道？难道是关于顾涵浩身世的调查任务？

柳凡一拍脑袋："天啊，我居然给忘了。午饭之前袁峻接到一个电话便急匆匆地走了，走之前他让我帮他跟顾队请半天假的。这一忙，我就给忘记了。"

凌澜用眼神指了指顾涵浩办公室的方向："放心吧，看来他也没发现，索性就不要对他说啦。"

柳凡小声嘟囔着："也好，要是让顾队知道袁峻因为那个女人请假说不定会不高兴，他最近都快成那女人的护花使者了。要是让他知道我到现在才想起请假的事，恐怕也会说我几句。"

· 254 ·

"是因为那个叫吴瑕的白领请假的？"凌澜想起来了，袁峻曾经说过吴瑕被人跟踪和恐吓，但是因为不想把被恐吓的内容公开，所以没有报警，只是希望袁峻这个刑警能够帮她吓退那个恐吓跟踪的人。也许这一切都是那个女人的借口吧，哪有被跟踪恐吓了还不报警的，难道那女人真就那么大胆？恐怕撒这种谎只是为了把袁峻拴在身边吧。

"是啊，好像是那女人受伤住院了，袁峻挺着急的样子。"柳凡看了看表，开始收拾随身物品准备下班。

顾涵浩办公室的门开了，凌澜忙走上前跟着顾涵浩往外走，生怕顾涵浩回头望向袁峻的方向。

顾涵浩刚想回头对办公室里的人说再见，却被凌澜阻拦住。凌澜一时情急居然两只手抓住了顾涵浩的右边手臂，往前拉着走："快点快点，快去找张老头。"

就这样，顾涵浩很顺从地在众目睽睽之下被凌澜拉走。

柳凡怔怔地望着自己心爱的男人和另一个女孩举止亲密地离开，心里特别不是滋味。她知道，有关顾涵浩和凌澜的绯闻已经开始在这层楼里不胫而走，甚至连分局局长都有所耳闻，但是却置若罔闻。柳凡其实早就明白，不管顾涵浩和凌澜之间到底是什么关系，她和顾涵浩是不可能的，他对她没有任何超出同事的情感。

上了车，凌澜侧目看着顾涵浩，虽然很不情愿再问这么自贬智商的话，但还是忍不住好奇心："你怎么知道那个苟文斌会是个心理医生呢，而且还是自己开的心理机构？"

"这个嘛，"顾涵浩犹豫了一下："还得从彭泽说起。"

"什么意思？"这又关彭泽什么事呢？"

"我想，彭泽不过是替苟文斌出面去租的教室，真正想利用那间教室有所作为的人是苟文斌，因为租金是苟文斌出的。"

凌澜想起了之前隋咏昕关于她偷看到的教室里的情景，她实在是不明白，苟文斌也好，彭泽也好，到底租用这间教室有什么意图。为什么教室里发生的事情那么诡异。

顾涵浩引导凌澜："你还记得隋咏昕描述的那个摔瓶子弄到自己流血还笑，底下人鼓掌的情景吗？"

"记得啊，她说那男人笑得很诡异，底下人看到流血还鼓掌。"

"他们不是看到流血才鼓掌的，他们是在对酒鬼男人戒酒的决心表示赞赏和鼓励。"顾涵浩一句话道破了玄机。

"酒鬼？"凌澜的大脑飞速运转，几秒钟后她懊恼地叹了口气："我怎么就没想到呢？我怎么就一直在往坏的方向去想呢？我怎么可以把彭泽想得那么坏，一直以为他租教室是用来做诡异的事，宣传所谓的巫术呢？我真是太笨、太过分了！"

顾涵浩看凌澜这样自责，急忙劝解："别这样别这样，没想到不是你的错，是我，我该早些提醒你才对。"

凌澜感激地看了一眼顾涵浩，听他这么说果然她的自责情绪少了一些："怪不得去那间教室的都是各色各样的成年人，还去得很晚。我想栾舒晗也一定是其中一员，她去那里的原因是因为她戒不掉一个男人。"

"是啊，在国外，这种形式的互助会很普遍，有毒瘾、酒瘾、赌瘾的人，甚至购物狂、失恋一族等等，他们聚在一起讲述自己的经历，彼此慰藉，相互鼓励，为成功的人鼓掌欢呼，为还在失败的人加油鼓劲。彭泽就是苟文斌的执行人，出面来租这么一个合适的场地，然后靠打广告或者发传单的形式，聚集起这些人，而他作为组织者，制定活动的形式和规则。"

"你说建立互助会是苟文斌的意思？彭泽只是执行人？那为什么苟文斌不自己出面租场地组织活动呢？"凌澜还是不明白，为什么苟文斌要绕个圈子，让彭泽帮他。

"因为不方便出面。苟文斌必须保护好自己的身份，绝对不能让参与互助会的人知道是他组建了这个组织。因为他之后还要出面，以一家心理机构的负责人的身份出现，声称无意中发现了这个互助会，愿意去帮助那些有心理困扰的人，然后努力把这些人发展成他机构的客户。"

凌澜发出不屑的笑声："这个苟文斌还真够狡猾的，闹了半天，他这是在给自己培养潜在客户群啊。以互助会这么美好的名义把这样一群有各种心理问题的人聚集在一起，他还真是费尽心机。哼，要是互助会的成员知道他们不过是苟文斌撒网捕捉到的鱼儿，恐怕他的什么心理机构也得迫于压力关门大吉了。"

顾涵浩深深叹气："我想，不光是栾舒晗加入到了这个互助会之中，那个丑陋的凶手也在其中，这个互助会就是把彭泽、栾舒晗还有凶手联系在一起的渠道。"

"如果彭泽没有帮他表哥这个忙就好了，那样的话，他也就不会卷进这场悲剧之中。"凌澜喃喃地说着，她胸中有一股恨意蹿了上来，她恨苟文斌，恨他找彭泽替他出面去租场地，也恨隋咏昕，恨她事不关己高高挂起，在发现教室里上演诡异场景之后没有报警。

车子开到高能文化学校那栋楼门前的时候，天色已经微微暗下来。已经陆陆续续有家长带着孩子从一楼的入口进去，看来他们都是高能文化学校的学生。

"张老头应该已经在门卫室了，咱们去找他吧。"凌澜打开了车门。

"不急，等学生们都上去吧。我不希望他们听到咱们与张老头的谈话。"

第四十七章　高度怀疑

六点钟过后，顾涵浩和凌澜才从车子里下来，并排步入一楼大厅。

刚一踏入大门，两人便齐齐地把头侧向右边的玻璃窗，窗子的那一边是一张掉了漆的木质桌子，此刻，一个看起来年过半百的老头正趴在桌子上看着一本散了页的书。

"你们是要找人，还是……"老人注意到隔着不大的玻璃窗正有人驻足在对面不动，缓缓抬起头，发出沙哑的声音。

"我们找人，找这栋楼的更夫张老头，"顾涵浩边说边掏出证件："我是分局刑警大队的，我叫顾涵浩。"

老人的眼神还不错，他盯着证件看了几秒钟，然后站起身冲顾涵浩和凌澜招招手，示意他们绕到门这里来。

老人给他们开了门，把他们迎进门卫室，请他们在屋子里的单人床上坐下。凌澜这才看清楚这位传说很丑陋的更夫张老头，果然，他让她想起了照片上的死者穆全。

顾涵浩大致打量了一下这个张老头，发现刚开始他估算的年纪可能不太准确，因为丑陋的原因，会让人显得比实际年龄老。"请你把身份证给我看一下。"

老人很顺从地从衣服口袋里掏出一把零钱，然后在零钱中抽出了自己的身份证，递给顾涵浩。

身份证上的照片的确是这位辨识度很高的老人，老人叫张晋，今年48岁，身份证上的地址显示他就住在S市。

凌澜也看到了张晋的身份证，年龄、相貌全都符合当初专案组心理专家所做的侧写，而且，她刚刚特意看了看桌子上那本掉了页的小说，是金庸的武侠小说《射雕英雄传》，这个男人也有一定文化程度。说到从事机械重复无趣的工作，更夫也是其中一种；说到善于观察细节，更夫每天几乎是无所事事，养成通过这扇小窗观察来往人群的嗜好也符合常理。最重要的一点，张晋是这幢楼的更夫，他能够接触到彭泽和栾舒晗。说不定，他也曾像隋咏昕一样对四楼顶头那间教室晚上上演的诡异戏码产生了兴趣，偷偷在门口偷看过，说不定他也参与其中……

"我们找你主要是想了解下三年前有关410教室的事，我们已经和隋咏昕谈过，听说那个时候是你告诉她经常会有些可疑的成年人在很晚的时间来这里，去那间410教室进行一些活动。"顾涵浩的提问打断了凌澜的思绪。

张晋犹豫了一下，点点头回答道："没错，当时隋咏昕问过我，问我410教室也是用来开补习班吗？因为她觉得租用410教室的那个孩子太过年轻，所以就比较在意，路过这里的时候顺便进来问我。"

"你是怎么回答她的？"虽然隋咏昕大致讲过张晋的回答，但是顾涵浩还是想听当事人详细讲述。

张晋歪着嘴眯着眼，看起来是在努力回忆当年的事："我跟她说，不像是开什么补习班。唉，还是从头说吧，那个时候租用410教室的那个孩子跟我说过，他们这个补习班开得比较晚，学生都会在其他补习班课程结束后才会来，让我不要太早关门。平时我是在9点就准时锁大门了，因为补习班到9点差不多都下课了，孩子们都会被家长们给接走。可是自从410教室租出去了，我差不多每天要在12点过后才能关门，为的就是等那些走得晚的大人。"

"你又怎么知道这些成年人不是来参加补习班的呢？"凌澜小心翼翼地问，在她心目中，俨然已经把这个张晋当成了重要嫌疑人。

"一开始我也以为是补习班呢，要不也不会等他们到那么晚了。那个租教室的孩子跟我说，这些人平时工作都很忙，只有晚上才有时间来充电学习，让我多担待一些。就这样，我不能像以前那样早早睡下，可是呢又觉得无聊，我想既然是大人们能学的东西估计我也能学吧，我就想着去楼上偷听一下，看看他们到底在学些什么。"张晋吞了口口水，神色变得紧张："结果我一看，他们根本就不是来充电学习的，而是，我也不知道他们是在做什么。"

"你看见了什么？"凌澜明知故问，她知道张晋看到的一定是类似于隋咏昕描述的酒鬼摔碎酒瓶用以明志的场景。

张晋挤眉弄眼，想要表达出他看到当时场面的震惊："我看见一个女孩站在讲台上哭，而她旁边站了四个男人，一个一个地上去拥抱那个哭泣的女孩！"

可能是因为顾涵浩和凌澜早就已经知晓那是互助会的活动，或者是他们因为年纪的关系比较开放，他俩听到张晋震惊地讲述之后并没有太大的反应。

张晋瞪圆了双眼，不可思议地站起身："你们，你们不觉得太过分了吗？他们居然在那么多人面前拥抱，而且是一个女的，四个男的，这简直是……"

"有伤风化。"顾涵浩十分冷静地替语塞的张晋说完。

"没错，"张晋愤然地坐下，似乎对这两人无所谓的反应很在意："他们根本就不是什么补习班，而是利用这间教室从事，那种行为。"

凌澜不以为然，什么叫"那种行为"，很可能是那女孩失恋了，觉得自己一无是处，不会有男人喜欢自己，同伴们为了安慰女孩，并且告诉女孩她仍旧有吸引力所以才善意地去拥抱女孩，给她力量和自信。这有什么呢？在西方，这再自然不过。不说在西方，就说在她和顾涵浩之间，这样的事也不是没有发生过。

想到自己因为彭泽的死讯在家里哭得昏天暗地的时候，顾涵浩不但陪伴她，还给了她坚实温暖的拥抱，还有喝醉酒那次，顾涵浩把她抱回家，这不都是单纯的善意和关心的表现吗？

凌澜侧目看了看顾涵浩，正巧撞上了顾涵浩的目光，凌澜霎时明白了，恐怕顾涵浩正在回忆的事情和自己心中所想是同样的。

顾涵浩的神色渐渐严肃起来，他审视着张晋："那之后你还去偷看过吗？"

张晋很用力地摇头，斩钉截铁地回答："没有，没有。"

"这件事你也没有主动和隋咏昕说？"

"那自然是没有，人家隋咏昕是个女的，我怎么好意思和她说这事，"张晋露出羞赧之色："这事我谁也不敢告诉，后来隋咏昕来问我，我就说好像不是开什么补习班，让她自己上去看看。"

顾涵浩点头接受张晋的说法，隔了几秒钟，他抬起头，再次直视张晋的眼睛，很严肃地问："张晋，结婚了吗？"

凌澜听到这个问题全身一凛，顾涵浩也对这个张晋产生了高度怀疑。

第四十八章　偷窥

张晋显然对这个突如其来的和之前说的事情毫无关联的问题给镇住了，他尴尬又慌乱，结结巴巴了许久才回答："没有，没有结婚，我还是单身。这事和咱们之前说的事有什么关系吗？"

凌澜心想，这其中关系可大了，这个张晋又满足了侧写中的一条。凌澜恨不得现在就马上拽出顾涵浩身上的手铐亲手把这个凶手给铐住。

顾涵浩还是颇为谨慎的："你是从来都没有结婚过，还是离异或丧偶？"

张晋自嘲地撇撇嘴："从来没有结婚过，你们也看到了，我这副样子，谁家姑娘会跟我呢。"

顾涵浩和凌澜对视了一眼，彼此都明白了对方的想法，那就是这个张晋几乎完全符合当初的侧写。

"把照片都拿出来。"顾涵浩吩咐凌澜。如果张晋的观察能力真的不错的话，他应该能认得出照片上的这些人。

凌澜先是把彭泽和栾舒晗以及吕琛的照片递给了张晋。张晋认真地看了一会儿，然后十分笃定地指着彭泽的照片说："这个孩子就是当初租410教室的那个，我和他聊过两次，他还让我晚点关门。至于这个女孩，我印象特别深刻，她就是我说的那个站在讲台上哭，被四个男人抱的女的。"

竟然是栾舒晗，难道她是因为暗恋的吕琛频频和佟佳丽接触感到伤心绝望，所以才会站在台上倾诉自己的苦楚？

张晋看吕琛的照片时间最长，但是看到最后他无奈摇头："这个男的，我没见过，应该是没来过这里。"

顾涵浩早就想到，吕琛不会是这个集体的，因为如果他也在，栾舒晗是不会选择在吕琛面前倾诉和发泄的。

凌澜又递过去佟佳丽和穆全生前的照片，一个是美女，一个是和张晋差不多的"野兽"，这两张照片给张晋的冲击力可不小。顾涵浩注意到当张晋看到佟佳丽的照片时，忍不住两眼放光，显然是震惊于佟佳丽的美貌。而看见穆全的时候，他嘴角牵起一丝不易察觉的笑，眼神中带着不屑和一点点自豪。

"这两人你见过吗？"顾涵浩不知道是不是自己多心，他觉得张晋的反应有些过于明显，如果他真的是当年杀死他俩的凶手，再见到这两人的照片，应该刻意保持镇定才对。

张晋不再沉浸于照片之中："没见过，这两个人如果我见过的话一定会有印象，可是我一点印象都没有。"

顾涵浩让凌澜收好照片，站起身准备离去。凌澜紧紧跟在顾涵浩身后，她对这个张晋有种恐惧感，一来是因为已经把他当成了三年前的变态凶手，二来，她惧怕张晋那张丑陋的脸，从进屋到离去，她几乎没有正眼瞅过那张脸，就怕会留下深刻的印象。

回到车上，凌澜才重重呼出一口气，侧过身子直直地盯着顾涵浩的脸。

顾涵浩被凌澜看得全身不自在，他忍不住蹙眉："你看什么呢，看得我全身发毛。"

凌澜揉了揉瞪得有些疲乏的眼："就是因为刚刚的张晋让我全身发毛，我才想尽快用你的这张脸替换掉刚刚张晋的那张脸。不过还别说，现在再看你，我突然觉得你是世界上最好看的男人。"

顾涵浩听到了凌澜的赞美，顿时哭笑不得："谢谢啊，看来我还得感谢张晋了，要不是他的对比，我也得不到这么大的称号。只可惜，我比世界上最完美的男人还是略逊一筹。"

"对了，你是不是认为张晋就是咱们要找的元凶？"凌澜收起嬉皮笑脸，回到正题。

顾涵浩不敢轻易下结论："是不是元凶我不敢肯定，但是假设他真的看到过栾舒晗被四个男人拥抱的场景的话，那么他也一定看到过别的什么。"

车子一路开回101公馆，顾涵浩和凌澜下了车直接一起回到了凌澜家的客厅，顾涵浩打电话叫了外卖，两人一边等外卖一边分析着案情。

"你为什么那么有把握，说张晋还看到了别的什么？"凌澜觉得自己在顾涵浩面前就像是个问题宝宝，总是问来问去，什么时候能轮到顾涵浩问她呢。

顾涵浩看了凌澜一眼，犹豫片刻后才开口："就像侧写分析的一样，一个四十多岁还没结婚甚至还没谈过恋爱的男人，他的欲望无处发泄。当这样的男人偷窥到一个女孩被四个男人轮流拥抱的场景之后，可想而知，他不会因为觉得有伤风化而抑制住自己的猎奇心理和强烈欲望，再也不去偷窥。相反，他会每天都蹑手蹑脚地赶去410教室门口偷窥，期盼看到更加香艳的场景。"

凌澜听过这番解释之后觉得有些不自在，毕竟这间房里只有她和顾涵浩，也算是孤男寡女，居然谈论这种男人本性的问题，她实在觉得很别扭。

顾涵浩也看出了凌澜的别扭，他在说这番话之前就想过会是这种结果："所以我认为张晋在之后一定看见过更多的内容。他也有一定文化程度，应该能看得出那些人聚集在一起是在相互帮助和鼓励，也看到了有人在宣扬巫术之类的迷信思想，但是他没有说，我想可能是因为他不想卷入那些是非之中，所以声称自己往后再没有去偷窥。"

"还有一种可能，"凌澜接茬："张晋就是凶手，所以他才撒谎，想隐瞒住巫术的事。我想张晋很可能也参与到了巫术的活动当中，然后与栾舒晗结识，欺骗栾舒晗要想得到吕琛的心，就必须利用活祭。"

顾涵浩顺着凌澜的猜想继续："当时的栾舒晗憎恨佟佳丽，所以就把她作为了活祭的对象，而张晋又找到了吕琛，提出与吕琛合作，让他提供一个男人作为祭品。吕琛本来就对穆全恨之入骨，有这样一个机会，能有人帮助他除掉仇人，他当然是接受张晋的邀请。"

"我知道张晋为什么会找上吕琛，他是通过栾舒晗找上吕琛的。张晋是更夫，只有晚上上班，白天的时候他就偷偷跟踪吕琛，调查吕琛，他看出了吕琛在非法推销假药，可能以此为把柄，致使吕琛不得不加入到他的活祭中来。"凌澜越说越兴奋，就仿佛当初的一幕幕都在眼前展现一般。

第四十九章　蝴蝶效应

门铃声打断了两人的思绪，顾涵浩站起身去开门，很快，他把外卖端去餐厅："先吃饭吧。"

等到顾涵浩和凌澜都落座之后，顾涵浩提醒："先说好，吃饭时间咱们谁也不谈案情。"

凌澜当然赞成这样的提议，她可不想一边想着张晋那张脸一边吃饭。

接下来的五分钟两人竟然相对无言，凌澜好几次想开口说点什么，突然之间不知道说什么好，难道他俩之间不谈案情就真的无话可说了吗？

"对了，后天我要论文答辩，跟你请一天的假。"凌澜终于找到了一个话题。

顾涵浩也正苦于两人之间尴尬的沉默，听凌澜开启了一个话题，也放松了一些："好的，你安心去答辩。对了，你的准备工作做得怎样了，要不要我帮忙？"

"帮忙？你要怎么帮忙？"凌澜好奇。

"咱们可以先来个彩排啊，我来扮演你的答辩老师。有我在好过你一个人演独角戏，自己对着空气讲话。"

凌澜想了下，觉得顾涵浩说得也有道理："那待会儿吃完饭你先熟悉一下我的论文吧，不过很长的，你能耐心看完吗？"

顾涵浩自信地望着凌澜："别小瞧我喔，要不咱们打赌，待会儿我问出的问题绝对不脱离你的论文，而且有深度，但是保准你答不上来。"

凌澜最看不惯就是顾涵浩这种自大的性格，她刚想反唇相讥又马上转变态度，只是淡淡地说了一句："我不跟你赌。"

晚饭过后，两个人一起打扫战场，凌澜擦餐桌，顾涵浩倒垃圾。

"我想，"顾涵浩又把话题引回到了案情上："张晋应该不是凶手。"

"啊？"凌澜很失望，不过转念一想，这样就找到了真凶似乎也简单了点："为什么他不是真凶？"

"隋咏昕说过，张晋曾经告诉过她，每周二那些成年人会来得更晚。显然，张晋是知道周二的时候教室里会进行一些看似违法的事情，他是故意引导隋咏昕周二去偷看的。如果他是真凶，那就必须要掩藏好自己的身份和巫术的事，又怎么会让隋咏昕去发现那一切从而收回教室导致这些人必须另寻场地或者解散呢？"

凌澜深深叹了口气，自己之前一直沉浸在寻找到真凶的兴奋中，竟然把这茬儿给忘了。现在看来，张晋是个小心谨慎的人，他不想卷入到复杂又诡异的事情当中，于是并不把自己的所见直接告诉给隋咏昕，而是引导隋咏昕自己去看。面对刑警，他也不想多说，想把自己掩饰成什么都不知道的局外人，于是才会说只偷看过一次有伤风化的场景，那之后便再也没有看过。

顾涵浩看得出凌澜的沮丧："一切等明天见了苟文斌再说，说不定他能给我们更加明显的线索。"

再次提到苟文斌，凌澜突然想起，和彭泽相处了三年多，却从来没从彭泽嘴里听到过这个名字，彭泽真的有这么一个表哥吗？如果真的是同在S市的亲戚，为什么彭泽从来没和自己提起过？会不会，这个苟文斌根本就不是彭泽的表哥呢？可是如果不是表哥，他俩又是什么关系，为什么彭泽要替他出面，为他办事呢？

凌澜带着顾涵浩来到自己的卧室，把打印好的论文交给顾涵浩。趁顾涵浩坐在床上看论文的空当，凌澜还在不停思索着刚刚有关于苟文斌与彭泽之间关系的问题，她大致上确定了一个答案，彭泽之所以对自己只字不提这个苟文斌，那是因为苟文斌也卷入到了佟佳丽和穆全的命案当中，他因为要隐藏这起命案，所以连带着连苟文斌也隐藏了起来。可是到底苟文斌和那场命案之间的联系有多少，凌澜并不敢确定，也许，苟文斌只是蝴蝶效应中扇动翅膀的那只蝴蝶，他也不知道自己当初的一个培养潜在客户群的想法会引发出三年前的两个人，三年后的四个人，全都命葬松江。

"喂，我问你呢，"顾涵浩的右手在凌澜面前摆了摆："还在想案情啊，想得可真入神呢。"

凌澜刚刚脑袋里有一个链条，从苟文斌想出了这个培养潜在客户群的方法开始，一直到最后栾舒晗和吕琛的死为结束，这期间发生的事环环相扣。被顾涵浩打扰之后，她脑中的链条断掉。"你已经看完提问了？"凌澜有些恍惚。

顾涵浩看到凌澜这副恍惚的样子，自己的思绪也马上会被重新拉回到案情中，没办法，看来他必须使用些策略来吸引凌澜的注意力。

"凌澜，老实说，你这篇论文，我没看懂，真是隔行如隔山。"

凌澜有些不可置信，她是学中文的，这篇论文也不涉及太专业的东西，以顾涵浩的智商应该不至于看不懂啊。

顾涵浩看凌澜不太相信，于是用很谦虚的态度请教："你能先给我讲讲吗？"

凌澜终于等到了这一刻，从前都是他请教顾涵浩，终于有一次，是顾涵浩请教她了。虽然不是什么案情上的事，不是请教她的推理，但是正如他说的，隔行如隔山，术业有专攻，外行向内行请教一些行内的事，也是很平常的事。

这样想着，凌澜的心理平衡了些，她掩饰住自己的得意，伸手招呼顾涵浩过来。顾涵浩仍旧保持着谦虚的态度，搬了把椅子坐到凌澜身边。

凌澜在讲述论文的时候颇有老师讲学的风采，顾涵浩听得还挺入神。一直到十分钟后，两人的学术交流结束，凌澜才意识到一个问题，顾涵浩不是在请教，应该说他的态度和语气是在请教，可是他实质上就是在对她的论文发表观点和提问，就像刚刚他们约定的，他是在帮她为论文答辩做准备。

晚上八点钟，凌澜把顾涵浩送出了门。犹豫了一下，她还是在顾涵浩转身打开自家门的时候轻轻道了声"谢谢"。

顾涵浩愣了一下，转过身对着凌澜温暖地笑笑，轻轻地道："明天见。"

凌澜点点头，关上了门。明天见，她第一次觉得这个词这么美好。只可惜，总会有那么一天，她不会再听见顾涵浩对她说这句话，他们俩始终是要划清界限的。

第五十章 秘密

这天早上，顾涵浩没有先去分局，而是直接带着凌澜往苟文斌心理成长机构赶去。半途中，他接到了柳凡的电话，柳凡告诉他，她已经联系过彭泽的父母，确定了苟文斌的确就是彭泽的表哥，而且这位表哥在彭泽的家族中还颇有名气，算是年轻有为的佼佼者。

顾涵浩把柳凡的话转述给凌澜。

"柳凡问彭泽父母有关苟文斌的事，会不会引起他父母的怀疑啊，怀疑苟文斌和彭泽的死有关？"凌澜担心彭泽的父母刚刚安抚下的激动情绪又会被掀起波澜。

"应该不会，毕竟彭泽的死，已经找到了真凶。而有关彭泽三年前卷入的事件，因为目前还没有弄清楚，也就没对他父母说什么。现在突然问起表哥的事，他们奇怪归奇怪，但是应该不至于联想到苟文斌和彭泽的死有什么关联。"

凌澜呼出一口气，她认同了顾涵浩的观点，心里舒服了一些。想到彭泽的父母，虽然之前她也曾因为彭泽的父母不知道她的存在的事情和彭泽生气闹过别扭，但是现在，她却十分庆幸彭泽没有把她引荐给他的父母，否则的话，她现在真的不知道怎么面对这对痛失儿子的可怜老人。

"看来苟文斌真的是彭泽的表哥，可是为什么彭泽却从来都没跟我提起过他呢？"凌澜昨天就在想个问题。现在，她说出了这个疑问，希望顾涵浩能给她一个回答，哪怕是猜测的理由也好。

顾涵浩叹了口气，想都没想便回答："彭泽从不和你提起的又岂止一个苟文斌？"

凌澜整个人僵住，可不就是吗？一直以来她都认为自己十分了解这个男友，男友对她也是无话不谈，两个人之间没有秘密。可是在他死后，她才知道，原来这三年多一直是她在自作多情，彭泽的秘密太多了，甚至他本身就是个秘密，她其实对这个男孩一无所知。

"对不起，"顾涵浩话一出口就后悔了，这段时间他一直小心翼翼，尽量不去碰触凌澜的痛处，可是刚刚，他还是疏忽了："我的意思是说，待会儿见了苟文斌，第一个问题就问这个问题。"

凌澜侧过头望着顾涵浩："你有秘密吗？是不是每个人都有不为人知的秘密？"

顾涵浩没有看凌澜，只是忍不住皱眉。要说秘密，他还真的有一个，不只是针对凌澜，而是他不打算向任何人说起。开始合作的时候，顾涵浩提议两人之间绝对坦白，那个时候他就挺没有底气的，只是一遍遍告诉自己，这个秘密和他们要调查的事情完全无关，所以不说也罢。

凌澜心虚的感觉也慢慢高涨起来，她也有个秘密一直没有告诉任何人，那件事就是藏在她心上的一道伤疤，一旦揭开来可能又会掉进无尽的深渊之中。所以她从来没有想过要把秘密和顾涵浩分享，之前还担心顾涵浩会发现她的秘密，可是现在看来，两人的合作关系就快走到尽头，就更加没有必要让那个秘密重见天日了。

两人就这样各怀心事地沉默着，很快，苟文斌心理成长机构的牌匾出现在眼前。

怪不得彭泽的父母告诉柳凡，这个苟文斌算是大家庭中的佼佼者，他开的这间心理机构还真是挺像样。不但占据了三层楼的高度，而且装潢考究。一进门，正对面漂亮的前台小姐便冲他们俩绽放了一个温暖的微笑："有什么能效劳的？"

顾涵浩一边往前台走一边掏出证件，走到前台小姐面前的时候说道："我们要和苟文斌谈谈。"

前台小姐的脸在见到顾涵浩的警官证的那一刻笑容全失，很无措地拨电话求援。很快，从电梯间那里走过来一个穿着合体套装的女人，看样子应该是这里的中层领导。

"苟老师正在三楼的治疗室，请二位跟我来。"

跟着女人乘电梯来到了三楼，顾涵浩和凌澜被安排在一间不大的会客室等待。顾

· 264 ·

涵浩对这样的安排有些不满，好像自己来求见什么多大的人物一样，他本来就对这个苟文斌没什么好印象，再加上对方这样摆架子他实在很不爽。

"顾队长，这个苟文斌难道是千呼万唤始出来吗？会不会他心虚，故意躲着咱们啊？"凌澜比顾涵浩还要不爽，干脆顾不得是不是合适，直接把尖酸的话说出来给这个正要离去的女人听。

女人怔在原地，随即马上反应过来，转头说道："二位稍等，我这就请苟老师过来。"

虽然这句话刚刚这个女人用客气的口吻说过一遍，现在只是重复说第二遍，但是看她的表情和态度，显然是已经知晓了事情的严重性。

果然，不到一分钟的时间，会客室的门开了，一个30多岁的男人推门而入。这个男人看起来自信又稳重，确实挺有心理专家的范儿，要是别人看来，一定会对这样的形象感到踏实和信任。可是顾涵浩和凌澜不同，他们都知道这个道貌岸然的男人曾经有过那么一套营销策略。本来以互助会为形式为自己培养潜在客户群也不是什么涉及原则性的大问题，可是就是因为如此，却引发了一系列的命案。这让顾涵浩和凌澜二人无法对这个苟文斌和他的心理机构产生什么好印象。

苟文斌一进门便伸出右手，一副不卑不亢的模样和顾涵浩和凌澜握手打招呼，表现很得体，俨然一个积极和警方合作的良好市民。

"二位找我是为了彭泽的案子？"苟文斌缓缓坐到了二人的对面，态度很平淡："我听舅舅和舅妈说已经找到真凶了不是吗？"

顾涵浩点头，转换话题："彭泽来S市上大学的这几年，你们俩有没有频繁联系？彭泽有没有把你引荐给自己的同学和朋友？"

凌澜望了一眼顾涵浩，他果真把这个问题排在了第一个。

苟文斌愣了一下，显然对这个问题感到意外："这几年我们很少联系，彭泽更是没有把我引荐给任何他的朋友和同学。他跟我说不想让同学们和朋友们知道他有我这样职业的表哥，就连一年前我去他们大学做讲座的那次，他和我在走廊里擦身而过，他都装作不认识我。不过，这些事和他的命案有什么关联吗？"

顾涵浩还是避而不答他的问题，只顾问自己的："他有没有对他的这种行为和态度做出解释？你一定也问过他，他是怎么回答的？"

苟文斌叹了口气："不用问我也知道原因，因为他怨我怪我，抢了他应得的东西。"

这个答案倒是出乎了顾涵浩的意料，他一副"此话怎讲"的表情对着苟文斌，等待他的下文。

第五十一章　主角

会客室的门后传来轻微的敲门声，门打开后是刚刚的那个女人端着一个托盘走进来。女人把托盘上的三杯茶摆在茶几上，又礼貌地退出去。

苟文斌做了个"请"的姿势后，看对面两人没什么反应，便尴尬笑笑，自己轻轻端起茶杯喝了一小口："这件事情恐怕还得从三年前说起。实不相瞒，三年前我这间心理机构成立还不到半年时间，没有什么效益，也没有什么口碑，因为资金问题，我没办法做推广宣传。我想了很多办法，结果收益都不大。"

顾涵浩和凌澜对视了一眼，都有些反感苟文斌这废话的铺垫。

苟文斌自嘲地笑笑："正巧那个暑假彭泽来到我这，说是想给我做义工，帮助那些有心理障碍的人，他说哪怕让他去做前台接待或者导诊什么的，他也觉得很有意义。后来他看出了我这里正遭遇瓶颈，便给我提了个建议，说是可以用很少的投入做长线投资。结果别说，这小子想出来的办法还真不错，当时我听后对他顿时刮目相看，一方面也责怪自己，怎么就没想到这一点呢？真是惭愧。"

"什么办法让你惭愧？"顾涵浩明知故问，口气还挺真诚。

"彭泽提议办一个互助会，免费的公益性质的，把那些有困扰的人聚集在一起，彼此倾诉、鼓励，由团体的力量去激发个体的正能量。等到时机成熟，互助会有一定的影响和知名度，再由我们机构出面，免费为这些人做心理辅导。再叫来媒体报道，为我们造声势，"苟文斌叹了口气："彭泽这孩子是个热心肠，他主动把这差事揽过去，亲力亲为地去租场地，招揽人员。当时因为资金的问题，我们只能租一个小小的教室，但是彭泽通过网络召集了不少人。从周一到周日，每天晚上都会有人来，最少的时候有两三个人的，最多的时候有过二十人。彭泽每晚都会过去主持活动，他乐此不疲。"

凌澜的鼻子酸酸的，她当然相信彭泽是个热心肠的好人，虽然相处三年多，她有很多事不知道，但是对于彭泽的本质，她自认为还是清楚的。

"后来出了什么事？为什么，你说他怨你、怪你是因为你抢走了他应得的？"凌澜有些着急，苟文斌说来说去，说的都是他们已知的事。

苟文斌微微摇摇头，露出遗憾的神色："后来互助会出了岔子，居然有人利用这些心理极其脆弱的人搞起了迷信活动。"

凌澜看苟文斌说了这么一句后便陷入沉思，于是像是个捧场的，提问引导他继续讲下去："你怎么知道有人在搞迷信活动？彭泽告诉你的吗？"

苟文斌抬眼看了一眼凌澜，继续下去："当初彭泽每晚都会去互助会主持活动，他跟我说一切都进展得很顺利，但是叫我要耐心等待。那个时候我的确是有些急功近利，想早点让机构介入到互助会之中，能够早日盈利。心急的我想早一些了解我的这些潜在客户，于是便混在那些互助会成员之中，从一楼入口进入那栋楼，为了避免彭泽认出我，我先躲在了三楼的洗手间，等他们那边活动开始后我再去门口偷看。这一偷看不要紧，简直让我难以置信。"

顾涵浩不得不承认，这个苟文斌很懂得怎样吊足别人的胃口，也许某种程度上来说，别人越是轻易说出的话，你就越不会相信；若是对方欲言又止，在你的催促中以一种不得已的态度说出来，那么反而更容易被采信。顾涵浩没有如苟文斌所愿，也示意凌澜不要再开口询问，他也缓缓喝了一口茶，然后轻咳了一声。

苟文斌继续讲述："我记得那天是周二，晚上十点多的时候我从三楼洗手间出来的，我站在410教室的后门，透过门上不大的玻璃窗往里看。结果我一眼就看到了彭泽，他站的位置很显眼，但却不是讲台，他站在教室的正中央，地面上被彩色粉笔画上了一个复杂的圆形图案，里面还有一些鬼画符一样的符号，他就站在那图案的正中心。他全身快速震颤，嘴里喃喃念着什么，我听不清。但我却听见他对面的一个中年女人在低声哭诉着什么。其余的人也有好几个都神情怪异地紧盯着他，那眼神，显然不是在看什么魔术、骗术的眼神，他们是信任彭泽的，信任眼前发生的一切！"

凌澜坐不住了，要不是顾涵浩一再地用眼神安抚她，恐怕她会拍案而起，她万万没想到，她会再一次听到别人对彭泽的诋毁。

"你是说，彭泽是这场迷信活动的主角？"顾涵浩顺着苟文斌的思路推测。

苟文斌艰难地点点头："本来我也不愿相信的，我以为他也是受骗者而已。可是第二天上午我找他当面对质的时候，他什么都承认了。原来他从一开始就不是真心想办什么互助会，他根本就是想利用这些心理脆弱的人来作为他行骗的对象，他先扮好人，扮真诚，博取他们的信任，然后再利用讲演的机会给他们灌输一些迷信思想。彭泽不知道在哪里搜集到那些东西方巫术的发展历史和专业书籍，他一开始用讲历史，讲故事作为切入点，一点地侵蚀到那些人心底最脆弱的地方，渐渐使他们掉入了圈套。我去偷看的那天，正是他在为一个痛失丈夫的女人主持一场降灵会，他声称不但可以让死去的灵魂重返人间，也可以召唤魔鬼为愿意付出代价的人实现愿望。"

凌澜真的很想大声叫喊，以表示自己对这一派胡言的不满，但是顾涵浩一直频频示意，显然是在对她施加无声的压力。凌澜知道此时是在工作，不能受感情和情绪的影响，所以便继续默不作声。

"彭泽为什么会对你坦白一切？"顾涵浩虽然嘴里这样问，但其实他已经想到了答案。

苟文斌纠结的心情全都写在脸上，他犹豫了一下说道："本来彭泽已经死了，有些事我不想再提，但是既然你们问了，那好吧。彭泽之所以对我坦白，那也是没办法的事，毕竟他的秘密被我发现了，于是他便想拉我入伙，因为我是学心理的，有了我的帮助，他便可以如虎添翼，按照他的原话，'事业便可以越做越大，收入就更加不在话下'。我那时才知道，原来他说什么想来我这里当义工，全是幌子，他不过是想学习一些心理知识，学习怎么样通过心理暗示引导人们的心理和行为。他甚至还曾经问过我有关催眠术的事，现在想想，唉！"

第五十二章 矛盾

顾涵浩差一点就要把手放在凌澜那双颤抖的小手上以示安慰了，但是他必须顾及眼下的场合，要说是当着袁峻和柳凡的面，他也就不在乎了，毕竟现在的凌澜正在经历一场心灵上的战争。可是现在，他们面对的不是自己人袁峻和柳凡，所以顾涵浩控制住了自己的冲动，把关注的目光从凌澜的手上移开。

"当时彭泽已经通过这种手段赚到钱了吗？"顾涵浩问。

苟文斌摇摇头："我不太清楚，当时彭泽对我说，他正在酝酿一笔大单子，之前赚的那些都是些小钱而已。他请求我不要报警，只要我装作什么都不知道，他不但可以很快就把我的租金都还给我，还愿意把赚到的报酬与我五五分成，他跟我说，很快就会有五万元打到我的账户。"

顾涵浩愣了一下，五万元？五五分成？正在为一个痛失丈夫的女人主持降灵会？难道说那个痛失丈夫的女人就是佟佳丽？佟佳丽也参与到了这场迷信活动之中？也对，佟佳丽那个时候刚刚丧夫不久，也是极其痛苦的，去参加互助会也合乎情理，搞不好，就是栾舒晗介绍她参与其中也说不定。

凌澜也想到了这一点，不等顾涵浩吩咐，她便掏出了佟佳丽的照片给苟文斌："你看看，这个人你认识吗？"

苟文斌接过照片，三秒钟后便极其肯定地回答："这个女人就是我偷看的那晚，站在彭泽对面哭诉的女人。我记得她，她很漂亮。"

"那这些人呢？在不在那晚那群人之中？"凌澜又拿出其余的照片递给苟文斌。

苟文斌看了两眼摇摇头，指着栾舒晗的照片说："这个女孩，我没什么印象。"

"那这两个男人呢？"凌澜指着穆全和吕琛的照片。

苟文斌仍旧摇头："没印象。"

凌澜失望地收回照片，心里想着，男人都是一个德行，对漂亮女人就印象深刻，对长相一般的女孩就没什么印象。

顾涵浩继续发问："彭泽提出要拉你入伙，你当时什么反应？"

苟文斌顿时一副被冤枉的样子，反问道："还能什么反应？当然是拒绝啦！我跟他说马上结束这一切，不然就算他是我表弟我也不会手软，我会报警的！"

顾涵浩呼出一口气，语气有些冷："据我所知，当时并没有这样的报警记录。"

苟文斌马上变得弱势："没办法，彭泽毕竟是我表弟，他走了弯路，我最先想到的还是帮他一把，给他个机会，总不能直接就把他送监狱吧。我限他三天之内解散这群人，而事实是，他也做到了。更让我惊喜的是，剩下的租金居然也打回了我的卡里，我的钱没有白白打水漂，心里一高兴，对彭泽的气也就消了一半，不去追究他的过错了。"

凌澜不太友好，因为她始终对苟文斌这番讲述持抵触情绪："你还是没说到，为什么彭泽认为你抢了他应得的东西，为什么和你划清界限，见面都装作不相识。"

苟文斌痛苦地闭上眼睛，沉吟了一会儿才缓缓开口："因为我的压力，彭泽不得不解散了互助会，他断了财路的同时，我的心理机构开始有了起色。后来我找过他，他说他本来可以做一番事业的，本来可以赚上一大笔，结果全被我毁掉了。毁掉他的同时，我却风生水起了。所以他恨我怨我。我看他窘迫的样子，恐怕也没有赚到那笔他口中的大订单。从那以后，他便刻意疏远我，不但把我的电话号码拉黑，甚至再也没有踏足我的心理机构一步。我想，他一定是因为我知晓了他根本不能为外人知晓的秘密，所以无法面对我吧。"

刚刚踏出苟文斌心理机构的大门，凌澜便迫不及待地发泄："你不会真的相信苟文斌的说法了吧，这些都是他的一面之词！这个男人也真够狡猾的，把所有的罪名都推到一个死人身上，就因为死人无法开口为自己辩驳，卑鄙小人！"

顾涵浩不知道该如何回应凌澜的这番话，上了车之后他才喃喃地像是自言自语般地念叨着："这么说，当初站在410教室门口偷看的人有三个，分别是张老头、隋咏昕和苟文斌，先不说张老头，他声称自己只偷看过一次。而按照隋咏昕和苟文斌的说法，他俩去偷看的时间应该是在同一天。"

"为什么是同一天？"凌澜兴奋地拉住顾涵浩的手臂，因为如果顾涵浩推断正确的话，他们真的是在同一天去偷看，从两人口中讲述出来的情景却是相互矛盾的，那么便可以确定其中有一个人在说谎。

顾涵浩没有马上启动车子，侧过身对凌澜解释："按照隋咏昕的说法，她在周二偷看到招魂的情景之后，两天后便通知彭泽退租，并且把余下的租金打回苟文斌的卡里；而苟文斌刚刚说，他也是在周二偷看到彭泽扮演巫师搞什么降灵活动后，第二天上午就去和彭泽对质，然后彭泽很听话地在三天之内解散了那群人，并且苟文斌收到了余下的房租退款。"

凌澜冷笑一声："同一天看到的情景，隋咏昕说看见了栾舒晗，没看见佟佳丽，而苟文斌却说看见了佟佳丽，对栾舒晗没印象，最重要的是，隋咏昕说看见巫师作法的时候，彭泽当时站在栾舒晗的身后，可是苟文斌却说作法的巫师就是彭泽。他们之间绝对有一个人在撒谎，这个撒谎的人一定是苟文斌！他一定没想到，那晚除了他还有别人也看到了教室里的场景。"

顾涵浩对于凌澜的推断不置可否，他想说还有两种几率比较小的可能，一种是两人都没有撒谎，还有一种可能，两人都在撒谎。

"如果撒谎的是苟文斌的话，他为什么要撒谎呢？"顾涵浩一边问一边已经有了猜想。

凌澜恍然大悟般："他撒谎是因为要掩饰自己的罪行，掩饰罪行最好的办法就是把罪名推给一个无法辩驳的死人，而且掩饰罪行最省事的办法就是在事实的框架上做一些小的修改，我认为，他才是他口中的彭泽，而彭泽，才是他口中的他。"

顾涵浩眯眼看着凌澜，这个小姑娘再一次与他不谋而合。

第五十三章　入室

顾涵浩并没有回分局的意思，凌澜注意到顾涵浩在驶向高能文化学校的方向。

"咱们这是要去高能文化学校？"凌澜想不明白，那里现在还能提供什么线索："是要去找张晋吗？现在的时间，他已经下班了啊。"

"就是要趁他下班不在的时候，"顾涵浩侧目看了凌澜一眼："我想要进他的门卫室看一看。在这些曾经偷看过的人之中，我觉得他一定是看到最多的人，而他隐瞒的原因，恐怕不那么简单。"

"你不是说，张晋隐瞒自己所看到的事是因为不想卷进麻烦事中吗？"凌澜还记得她对张晋充满怀疑，甚至已经认定张晋就是凶手的时候，顾涵浩曾经说过，张晋不是凶手，否则他不会告诉隋咏昕让她上去偷看，从而致使这个迷信组织不得不转移阵线。

顾涵浩摇头道："你刚刚也看到了，苟文斌是个心机很深的人。我试着站在他的角度上设想了一下，如果我是他，在没有把握的情况下我是不会和警察断言彭泽就是迷信活动的主导的。毕竟当时参与其中的人还有很多，我怎么能保证警察不会找到他们，然后他们的供词会很轻易地推翻我的供词，把我置于不利的地位呢？"

凌澜觉得顾涵浩说得有理，显然苟文斌不知道隋咏昕已经对他们讲述了和他所讲完全不同的情景，他还很有自信地把罪名栽赃到了彭泽身上，看来，他真的是有一定的把握。

"我想，苟文斌一定有绝对的把握，当初参与活动的那些人都不会拆穿他这个谎言。"顾涵浩在假定彭泽是清白的，苟文斌才是幕后主导的前提下推测。

凌澜全身一紧："苟文斌怎么会有这种把握？难道说，那些人都已经死了？还是说，他们都成了苟文斌忠实的教徒？"

"我想，后一种可能性更大一些，"顾涵浩沉吟了一下："继续刚刚的猜想，如果我是苟文斌，我是不会放心把张晋这么一个定时炸弹继续留在原地当门卫的。"

"没错，"凌澜整理了一下思绪："410教室除了周二以外，每晚都只是进行互助会的活动，那样的活动就算隔壁补习班的人看到了也没什么。可是每周二的活动开始得很晚，都是在补习班的孩子们离开之后进行的。那个时候，整栋楼里只有410教室的人和一个守门的张晋。苟文斌用脚指头都能想得到，人人都有好奇心，这个张晋一定上去偷看过，张晋知道他们的秘密。"

顾涵浩继续："所以，如果我是苟文斌，我一定不会把张晋继续留在那里，我或者是把他吸纳为自己人，或者是用什么东西堵住他的嘴，把他转移到别的地方，让警方找不到他。而现在，张晋仍旧在那里当他的更夫，并且对我们隐瞒当年所见所闻。"

"按照你的说法，这个张晋就是苟文斌的人喽？"凌澜总觉得不对劲："可是如果他是苟文斌的人，为什么他要通知隋咏昕上去偷看呢？他的任务不应该是为苟文斌保守秘密吗？这也说不通啊？"

说话间，顾涵浩的车子已经停到了高能文化学校那栋楼的门口，"所以说这个张晋有问题，要说他是苟文斌的人呢，他把苟文斌的秘密泄露给了隋咏昕，并且这一点他也瞒住了苟文斌，所以苟文斌才会在不知情的情况下说出了和隋咏昕相反的说辞；要说他不是苟文斌的人呢，苟文斌又安心把他放在这里，他又在替苟文斌保守秘密。"

凌澜迅速跳下车子，率先往一楼的入口走去："那咱们就先看看他的地盘有没有留下什么蛛丝马迹吧，对了，咱们怎么进去？"

顾涵浩快步跟在风风火火的凌澜身后，走到门卫室侧面的门口的时候，顾涵浩从口袋里掏出一串钥匙，钥匙链是一个精巧的金属小盒子，他打开盒子，从里面拉出来一根细长的铁丝一样的东西。

凌澜佩服地看着顾涵浩，他真的不愧是顾涵浩，真是全能选手，竟然随身带着撬锁的工具。再看看这扇老旧门上的那把老旧挂锁，对顾涵浩来说，这一定不在话下。

在顾涵浩弯腰撬锁的时候凌澜警惕地朝走廊和大厅天花板的角落望去，幸好，没有监控摄像。毕竟这里的装修已经有些年头了，没有安装那么先进又费电费钱的东西。

不到两分钟时间，随着一声清脆的响声，门上的挂锁弹开了。两人迅速闪进那间不到10平方米的小屋，顾涵浩迅速把窗上的布帘拉上，以免被外人看见。

凌澜兴奋得很，原来当贼的感觉这么刺激。多亏了顾涵浩，她才能有这样的另类体验，就算被人发现了也不用负什么责任。

顾涵浩蹲下身子往床底下望去，又用手机照亮，伸出手臂往里面摸索。凌澜则负责查看写字桌的抽屉。

写字桌一共三个抽屉一个柜子，因为桌子很老旧，没有锁，所以可想而知，里面放的都是一些稀松平常的日常用品。

凌澜用桌子上的一支笔拨弄抽屉里的杂物，这些杂物不但包括了没有油的笔芯、断掉的铅笔、掉了皮的本子，还有零碎的螺丝、扣子、大头针、曲别针一类的。突然，凌澜的眼睛捕捉到了一个亮晶晶的小点，还有抽屉最角落里的一抹红色。

一分钟后，凌澜带着调侃的意味说道："张晋果然在撒谎，他有女人。"

顾涵浩这会已经干脆坐在地上，双手在从床底下拉出来的纸箱子里翻来翻去。凌澜开口时他停下了动作，对凌澜做出了个"何出此言"的询问表情。

凌澜伸出食指，摆在顾涵浩眼前："看到这个亮晶晶的小东西了吧，这种碎钻一般只会在女人的衣物上出现，是粘上去的，很容易脱落。张晋的抽屉里会掉落这种东西，很有可能是他与女人有过近距离接触的时候转移到他身上的，然后无意中掉进了抽屉。"

顾涵浩不忍心否定凌澜，但是他还是带着疑惑的口气问："也许是在这栋楼里上班的女人掉的？"

凌澜收回手指，把那粒小小的碎钻丢回抽屉："我知道，仅仅凭借这么个小东西确实不足以说明什么，那么这个呢？"

第五十四章　疾驰

顾涵浩看凌澜又从抽屉里揪出一块染了血的白色棉花片，它被卷成了圆筒状，上面还系着毛线。顾涵浩一看便明白过来，这很可能是张晋的手指受伤，用来缠伤口的，后来就被他随意丢进了抽屉。这又能说明什么呢？

凌澜看出了顾涵浩的怀疑，她自信地解释："男人，让我来给你上一课吧，这个白色的东西呢，叫作化妆棉，是我们女人专用的化妆和卸妆用品。一般我们女人不会随身带着这种东西，通常都会放在家里。明白了吗？"

顾涵浩这才来了兴致，他凑过来仔细看那块染血的白色棉花片，他以前还真没注意过这种东西："你确定这是化妆棉？"

凌澜再次把化妆棉丢回抽屉："确定一定以及肯定，这个牌子恰巧就是我现在用的。"

顾涵浩紧蹙眉头，看凌澜信心满满的样子，恐怕这东西真的是张晋从家里带来的。化妆棉上除了血渍没别的污渍，应该不是他从大街上或者垃圾桶里捡来的，再说有点常识的人都知道，用捡来的脏东西包扎伤口会得破伤风。张晋在家里弄伤了手，所以就在家里找了这么一片可以包扎手指小伤口的东西，到了这里以后，伤口愈合差不多了，所以就随意把它丢进了抽屉。这么说来的话，张晋家里有化妆棉，很可能也有一个女人。

"当然，这东西也有可能是在这栋楼里上班的女人或者是张晋的女邻居给他的，但是我也学你站在了别人的角度想了下，如果我是张晋的女邻居或者是在这里上班的女人，就算随身有带化妆棉，我会热心肠地去帮助他吗？恐怕不会，因为他不但丑，而且丑得很凶、很猥琐的样子，我会和这种人保持距离。"

"再说了，毛线这种东西，更不可能有人随身携带。"顾涵浩承认凌澜说得很有道理，看来他们又要往张晋的家里走一趟了。

凌澜兴冲冲凑到顾涵浩身边，往他面前的纸箱子里望去："是工具？"

看凌澜露出一副没什么大不了的神情，顾涵浩微微摇摇头，一件一件把箱子里的工具拿出来摆在地上，一边摆一边自言自语般地呢喃："女人，我也来给你上一课。这几把钳子和锤子以及螺丝刀是一套的，剩下这几把呢，虽然外观上看来和这一套不太一样，但是它们的功用完全重复，也就是说，它们是多余的。"

凌澜有些云里雾里："张晋的工具很多，这有什么奇怪的吗？"

顾涵浩又从另一个小箱子里掏出了一个被米白色床单包裹着的物体放在地面上："好吧，这些工具都是这里用得上的，毕竟张晋不单单是更夫，要是楼里面有什么地方需要修理，只要是不太专业的，也都是他去。可是，这个东西呢，恐怕是这里绝对用不上的。"

"这是什么啊？你打开看过了？"凌澜伸手想去揭开那米白色床单。

"小心，还是我来，免得伤到你，"顾涵浩伸出手阻挡住了凌澜的手，然后开始动作仔细地去揭开上面的包裹："我虽然没有打开看过里面的东西，但是我有预感，这里面，会是菜刀。"

顾涵浩的话音刚落，凌澜的眼前便多出了两把菜刀，真的被顾涵浩猜对了。

菜刀能说明什么呢？凌澜狐疑地等待着顾涵浩，等着他能给出一个解释，难道说这个张晋要用这两把菜刀在这里做什么？

"本来光是看到这些我还想不到什么，但是多亏你的发现，把你的发现和我的发现结合在一起便有了答案，"顾涵浩急忙把地上的工具收好，迅速站起身："看来咱们这次来收获颇丰啊。"

顾涵浩有些心急，在拉开窗帘把屋子恢复原貌之后，他几乎是推着凌澜出了张晋的门卫室，然后又用那把挂锁重新锁好门："走，咱们现在就去张晋家。"

"你知道张晋家住在哪里？"凌澜跟在急匆匆的顾涵浩身后问。

"不是看过他的身份证吗？"顾涵浩头也不回地回答。

凌澜撇了撇嘴，这个顾涵浩果真是过目不忘，像个机器人。

凌澜绞尽脑汁，一直到上了车，她还是没有想出把两人的发现结合起来能得出什么结论，她虽然有些不情愿，还是开了口："你到底想到了什么？"

顾涵浩的车速挺快，他一边专心地紧盯前方路况，一边解释："那些多余的工具和菜刀都是他从家里面带来的，因为他不能让那些具有危险性的东西留在家里，留在家里的那个女人身边。"

就是顾涵浩的这句话让凌澜全身打了个激灵，她不敢置信地反问："难道，难道你是说，张晋家里的那个女人会用这些工具自残？或者，自杀？"

"或许是自残自杀，也或许是残杀张晋！"顾涵浩在距离前方路口几十米的地方被迫停下，前面那一条长龙堵住了他的去路。顾涵浩想过给袁峻柳凡他们打电话，叫他们先赶到张晋的家，但是想想，分局离张晋的家距离更远。

顾涵浩伸出左手把警灯放到了车顶，按下开关，警笛声顿时在街道上响起。

凌澜在一旁看得目瞪口呆，她不得不承认，顾涵浩面容严峻，一系列动作一气呵成，真的很帅。

顾涵浩按了两下喇叭，然后操作车子往后退了几米，直接上了人行道。

凌澜望着人行道上靠在一边对这辆警车行注目礼的行人，小声对顾涵浩说："至于这么急吗？那女人现在应该没有生命危险吧？"

"你怎么知道她现在没有生命危险？"顾涵浩的语气不太友善："我只是知道，这个女人被张晋囚禁了很久，恐怕有三年之久，我不是说苟文斌用什么东西堵住了张晋的嘴让他替他保守秘密吗？恐怕就是这个女人！"

凌澜惊诧至极，没错，她可以想象这个女人三年来过的是什么日子，她被这个丑陋的魔鬼蹂躏，无时无刻不在期盼有人能够解救她，甚至她还想过自杀，因为她觉得生不如死！凌澜用崇拜的眼神看顾涵浩，想不到顾涵浩还有如此感性的一面。

可是，凌澜总是觉得有哪里不对劲的样子，到底是哪里，她一时还说不上来。

第五十五章　额外收获

顾涵浩一个急刹车，然后箭步冲下车子，跑进了临街楼房的一个单元。

凌澜跟在顾涵浩身后，上了楼。那种不对劲的感觉更加强烈了，这栋楼是临街的，如果女人想求救的话，有那么难吗？

顾涵浩站在了二楼的一户房门前，一副跃跃欲试的模样。他先是把耳朵凑到门上听了一下，然后把右手放在了腰间的枪上。

凌澜更加疑惑，张晋住的是二楼，对于那个被囚禁的女人来说，这样就更加容易求救了吧。

突然，门那边传来了声音，果然是一个女人的声音。

"不要，不要过来……亲爱的……我好幸福……"

顾涵浩僵在原地，凌澜也觉得脸上火辣辣的，两人没有好意思对视，只是都用余光扫了扫对方。

凌澜咬了咬嘴唇，终于开口："真的要进去吗？"

顾涵浩正苦于不知道怎么回答这句话，这才注意到楼梯那里传来窸窸窣窣的声音，回头一看，竟然有几个男男女女跟在他们后面，那样子一看就知道是被顾涵浩的警车吸引来，想来看热闹的。

凌澜也看到了那些人，心想这下真的够热闹了，不光凌澜和顾涵浩觉得尴尬，就连后面那几个人也听到了门里面传来的声音，正在无声窃笑。

顾涵浩怒目冲那几个人挥挥手，几个人知趣地退到了一楼。正在这时，门里面传来一声大叫："啊，快停下来，停下来，救命啊！"

顾涵浩再也顾不了许多，他用力砸门，大叫道："张晋，马上开门！我是警察，你被逮捕了！马上放了她！"

门那边传来一阵急促的脚步声，顾涵浩急忙挥手示意凌澜下楼去，可能会有危险。

凌澜顺从地快步下了楼，和下面那些看热闹的人站在一起。"你们住这附近吗？认识张晋吗？"

"认识啊，不光认识张晋，还有他老婆呢！"

凌澜瞪大眼睛张大嘴，什么？老婆？

五分钟后，万分尴尬的顾涵浩和凌澜坐在张晋家的沙发上，全身僵硬地看着张晋给他们端来两杯水。

凌澜凑到顾涵浩耳边，小声嘀咕："我早就觉得不对劲，要是被囚禁的女人，哪里会有化妆棉用啊？"说完，凌澜忍不住咧嘴想笑，却被顾涵浩一个严厉的眼神硬生生把笑意憋了回去。

顾涵浩清了清喉咙，用凌厉的眼光打量着张晋和客厅角落里神情恍惚、流着口水傻笑的年轻女人，想到刚刚这两人还衣冠不整的样子，他不自然地吞了口口水："张晋，你不是跟我说你没有结过婚吗？"

张晋羞愧地低下头，又偷偷看了那女人一眼："我真的没结过婚，你们也看到了，小红她，她的病没法结婚，民政部门不给我们登记，所以我们只是同居。"

凌澜把同情的眼光移向角落里的那个小红，她看样子很年轻，也就不到30岁的年纪吧，样貌也挺清秀的，要不是有病的话也不会沦落到要当张晋的同居女友了。凌澜还注意到卧室里有白色的梳妆台和衣柜，梳妆台上女人应该有的东西一应俱全，衣柜柜门的把手上还挂着两条连衣裙。看来张晋对这个小红还真的是不错。看来顾涵浩这次犯的错误还真的是够离谱。凌澜再一次差一点笑出声来。

在张晋家待了不到十分钟，问了些关于小红的事后，顾涵浩逃也似的离开，回到车子里，他带着一股气愤劲把警灯收起来。

凌澜终于忍不住了，她的笑声由小变大，尤其是看到顾涵浩那张铁青的脸，她突然觉得原来顾涵浩也有如此可爱的一面。虽然这样想不对，但是她真的希望能够多看几次顾涵浩这样出丑的样子。

顾涵浩坐在车里，也不发动车子，只是默默发呆，脸上的表情依然紧绷。

凌澜看顾涵浩这副模样，也就不再嘲笑，她强迫自己恢复平静，友好地拍了拍顾涵浩的肩，安慰道："别这样，人人都有犯错的时候嘛，就算你是顾涵浩，就算你是刑警队长，你也是个人，只要是人，就肯定会犯错的。放心，这事我一定不会说出去。"

顾涵浩厌恶似的把凌澜的手推开："不必了，你尽管说出去好了。"

"啊？"凌澜觉得顾涵浩又不可爱了，白了他一眼之后往窗外望去。

顾涵浩掏出手机，找到了一个号码拨了过去："喂，康杰，我是顾涵浩……是啊，好久没联系了……我这里有一个疑似长期服用LSD的女人……总之你快点过来，我在这等你。"

凌澜猛地转过头，更加激动地抓住顾涵浩的手臂："你说什么？你怀疑那个小红长期服用了LSD？"

顾涵浩这次没有再挣脱凌澜的手，而是任凭她继续抓着自己的手臂："你知道LSD？"

凌澜嘴角牵起一丝苦笑，带着五分尴尬和五分歉意："我不知道，我只是知道，我好像错怪你了。"

顾涵浩被凌澜这副可怜兮兮的窘迫样逗乐了，他很自然地轻轻拍了拍凌澜的手："放心吧，你错怪我的事我也不会说出去的。"

凌澜朝顾涵浩那边探着脖子，一副求知欲爆棚的模样："你刚刚打电话的那个康杰是什么人啊，LSD到底是什么？"

"康杰是我在缉毒大队的朋友，至于LSD，不用我说，你也知道是什么了吧。"

"毒品？"凌澜觉得事情似乎越发往严重发展了，本来是命案，居然又扯到毒品上去了。

"LSD是麦角酰二乙胺的缩写，它是一种致幻剂，是无色无味也无嗅的液体，通常在服用后40分钟到90分钟后起作用，作用力能持续几个小时。服用者会产生视错觉，会对周围的事物产生扭曲的感觉，包括视觉上出现幻觉还有幻听。服用者所感知的世界扭曲变形，有时候会像万花筒一样美妙，他们能感受到快感，因此对LSD产生依赖性。"

"那你又是怎么看出来那个小红不是有什么精神类疾病，而是长期服用LSD呢？"凌澜当时也没有怎么观察那个小红，只是觉得乍看上去，她就是个大家俗称的"傻子"。

"长期服用LSD会瞳孔放大，唾液多，流眼泪，全身发抖震颤，这几样，刚刚的女人差不多都占全了，但她又不像长期吸食海洛因和大麻的人那样消瘦，手臂上更是没有针眼，"顾涵浩叹了口气："而且刚刚我问到小红的来历的时候，张晋总是支支吾吾，顾左右而言他，很可能小红是被他掳来的女孩。我想，如果张晋想要靠某种药物控制一个女人留在他身边，哪怕是不用锁住她困住她，她也不走的话，那么最好的药物就是LSD。我还记得曾经听康杰说过，S市的地下毒品市场，有那么一条专供LSD的供应链。"

"这么说，咱们还有了额外收获呢，"凌澜越加兴奋："顺着张晋这条线，说不定能抓住一个大毒枭！"

"大毒枭能不能抓到还是未知，但是可以肯定的是，能抓到苟文斌。"顾涵浩微微翘起一边嘴角，胸有成竹地望向凌澜。

第五十六章　明哲保身

很快，S市缉毒大队的康杰赶来张晋家的楼下，随他一起来的还有一名男子，康杰和顾涵浩都叫他小程。

四个人碰面简单打了招呼，顾涵浩指了指二楼的一个窗户："201室的女人疑似长期服用LSD，软禁她给她喂食LSD的就是201室的男人。女人你们带走回去做个身体检测，男人我带走。"

很快，在前来围观的众目睽睽之下，丑陋的张晋被顾涵浩的手铐铐住，康杰和小程搀扶着步履蹒跚的小红，几个人先后从单元门走出来。

凌澜打开车门，顾涵浩把张晋推进车子里，却没有马上离开的意思，他和康杰简单告别目送康杰的车子离开之后，转而对凌澜说道："我已经通知了袁峻开警车来押解张晋回分局，我这辆车前后座之间没有防护网，押解这样的犯人不安全。"

凌澜点点头："嗯，那咱们就在这等袁峻来吧。"

顾涵浩却摇摇头："不，我一个人等就可以了，都已经四点钟了，咱们午饭也没来得及吃。这样，你先回家去，吃点东西，然后准备明天的论文答辩。"

被顾涵浩这么一说，凌澜才发觉自己的肚子的确已经开始抗议了，今天是忙碌的一天，她跟着顾涵浩东奔西跑居然连午饭都忘记了吃。可是让她在这种关键的时刻回去，她又怎么甘心？

顾涵浩看出了凌澜并不情愿这样离开，于是便给了她一颗定心丸："放心吧，今天也晚了，回去后马上就下班了，况且康杰那边的毒检报告也要明天才能出来，预计我们明天下午才会审张晋，你的答辩在上午，赶得及的。"

凌澜狐疑望着顾涵浩，她不太相信一个毒检报告要明天才能出来，这番话恐怕是顾涵浩善意的谎言，她现在应该领情，不然就辜负了顾涵浩一番好意，宁愿为自己说谎的好意。

"好吧，那我先回去了，你也别忙到太晚，记得好好吃晚饭。我就不等你，先睡了。"凌澜迷迷糊糊说完才意识到自己说的话暧昧至极，连忙捂住嘴巴。她的这副窘样引得顾涵浩忍俊不禁。

目送凌澜上了一辆出租，顾涵浩这才放心地把注意力转到自己车子里的张晋身上："看来现在，你只有坦白这一条路了。"

张晋丑陋的脸庞此刻特别平静安详，顾涵浩甚至觉得张晋似乎是获得解脱一样的轻松。想到那些他从家里面拿去门卫室放到床下的工具，顾涵浩深深叹了口气："你没有直接把那些危险的器具丢掉，而是放到了工作的地方，恐怕是因为想到有一天你还是要把这些东西拿回家的吧，你还是想过放走小红的是不是？"

张晋眼角的皱纹中居然有一股液体顺着滑落，他淡淡地说："这三年来我一直备受良心的谴责，一年前我就已经下定决心要放小红离开了，可惜那个时候她对药品的依赖性太强了，她不愿意离开，没办法，我只好用我自己的方式去赎罪。"

一听这话顾涵浩真恨不得给张晋一拳，他觉得张晋是个道貌岸然的虚伪小人，说什么想过放小红离开，因为小红的依赖性才继续把她留在身边，其实不过是为了满足自己那变态的私欲，他竟然用赎罪这个词，简直是对这个词的亵渎。

"你也参加了苟文斌的迷信组织对不对？"顾涵浩冷冷地质问："先是偷看，然后就被他们拉进去参与？"

"我只是参与过三次而已，三次之后我便退出，因为我看出了其中的蹊跷。后来苟文斌找到我，他要我为他保守秘密，我提出的条件就是要他为我供应药品，因为那个时候我已经喜欢上了同样参与到巫术活动中的小红，我知道她根本不会看上我，只有用药品才能让她留在我身边。"

顾涵浩狠狠剜了一眼张晋："那你为什么还要引导隋咏昕上去偷看？"

张晋抽泣着："我实在看不下去了，看不下去那些人被苟文斌的药物和骗术折磨，我每天晚上守在楼下，都备受良心的谴责。我想，哪怕是让苟文斌换个地方也好，只要不在我的眼前就好！那样的话，我就不会这么煎熬！我也想过换个工作离开那里，可是我这个样子，能找到那么一份工作已经很不容易了。"

顾涵浩的愤怒差点就要迸发出来，为什么大家都是这样，全都明哲保身，要是有一个人愿意站出来的话，事情也不会发展到今天这个地步。

顾涵浩觉得再没什么能跟张晋说的，他之前只是觉得张晋丑，现在看他，不但丑，而且丑得恶心，就连再与之交谈都会有种胃里翻腾的感觉，索性就保持沉默。十分钟后，袁峻开着警车赶到。

袁峻负责开车，大张和小陈一边一个把张晋夹在中间，坐在后座。顾涵浩仍旧开着自己的车子，跟在警车的后面，一起回了分局。

一行人回到分局的时候已经是下班时间，顾涵浩让柳凡先下班，他和袁峻留下来审张晋。可柳凡却一副不想走的样子，她这几天都没有参与到调查工作中去，因此对案情十分感兴趣。倒是袁峻，频频地看着手表，迫不及待想离开的模样，不用看也知道，楼下有佳人在等他。

最后的结果是柳凡和袁峻都留了下来，柳凡在监控室里旁听，顾涵浩和有些心不在焉的袁峻在审讯室里审张晋。

"我还是那个老问题，你到底偷看到些什么？"顾涵浩强迫自己不要对张晋抱有太多的感情色彩，他现在是审讯者的角色，不可以感情用事，尽管这个张晋真的是个卑鄙的老流氓。

张晋用尽全身力气大幅度地叹了口气，仰面朝着天花板，沉默了一会儿才开口道："第一次，我真的看到了四个男人拥抱一个女孩的场景，就像我之前跟你说的。只不过当时我没有马上离开，我偷偷躲在走廊的黑暗中，偷看着410教室里的那些人。很快，我就明白了那是怎么一回事，租教室的那孩子彭泽是主持人，其余的男男女女都是一些生活工作或者感情上失意的人，他们不是对生活失去希望打算破罐子破摔的，就是有轻生念头的，或者是想要报复和仇人同归于尽的。彭泽对他们很耐心，循循善诱地让他们一个个地讲出自己的烦恼，然后用集体的力量给每一个人以安慰和鼓励。人就是这样，当局者迷，旁观者清，那些自顾不暇的人在彭泽的引导下对周围人的烦恼产生了兴趣和同情感，他们相互慰藉，很快便打成一片。"

第五十七章　巫术真相

张晋的表情有些舒缓，他盯着对面的监控镜面里的自己，仿佛看到了三年前的情景："偷看的过程中我也深受启发，本来一直都很阴郁的我也开始试着与人交往。我对彭泽那孩子特别钦佩，他阳光乐观，特别具有感染力。后来我主动去和他聊天，他也不因为我的丑陋而排斥我，还跟我讲了他的理想，他说他一直想像他的偶像那样做这样一份有意义的事业。我问他，他的偶像是谁，他却很神秘，不肯告诉我。"

顾涵浩的心有些抽痛，彭泽口中的偶像恐怕就是他的表哥苟文斌。彭泽也想从事苟文斌的工作，他是个热心肠，一心只想帮助那些深陷心理困境的人，所以才提出要趁大学开学前的暑假去苟文斌那里做义工。顾涵浩心想，幸好此刻凌澜不在场，否则她听到这样一番话，得知当年彭泽居然崇拜着苟文斌这个小人，一定会心痛难当。

"可是很快，那间教室里的活动就开始变味了，"张晋把目光转移回对面的顾涵浩和袁峻：“本来每到周二的晚上，教室是不会去人的，彭泽跟我说过，周二是休息日。可是渐渐地，我发现周二也会有些眼熟的人来，我更加好奇，仍旧上去偷看，结果就看到了有个男人在宣讲一些巫术发展史什么的，他讲得头头是道，颇有大学民俗讲师的那种感觉，再加上他讲的内容很有吸引力，经常加入一些离奇故事，不单单是教室里的人听得入迷，就连我也听上了瘾。”

顾涵浩终于等到了关键的内容，他在心底里揣测着，这个貌似讲师的人一定是有一定文化底蕴的人，说不定还有一定的人格魅力，他能让这些人对他产生认同感和信任感。难道这个人就是苟文斌本人？

"这个人是谁？是苟文斌吗？"顾涵浩急切地问。

张晋很快摇头："这个人我没怎么看清楚，因为他每次都戴着个黑色礼帽，帽檐压得很低，还戴着一个厚厚的黑框眼镜，他的胡子很浓密，遮住了半张脸。但是我肯定不是苟文斌，一来是身高不同，苟文斌个子高，那个男人只是中等个头；二来说话的声音也不同，听声音，那男人应该是年过四十的样子，苟文斌的声音年轻一些。"

"后来呢？"袁峻想让张晋的讲述快点继续下去。

"后来他们就不仅仅限于讲巫术的知识，而是付诸实践了。那个时候，大家全都跃跃欲试，终于有一次，在讲完理论之后，大概是晚上十一点多吧，那个男人开始主持一场祭祀仪式，参与其中的人马上变得很诡异，他们全身微微震颤，表情呆滞，嘴里不停念叨着他们看见了另一个世界。"

"他们大概有多少人？"袁峻终于跟着进入了状态，对案情产生了兴趣。

张晋思索了一下："大概十二三个人吧，这些人本来是业余时间才参加互助会活动的人，大概是口口相传得知了周二晚间的活动，自从他们参与到周二的活动中来之后就不再去参加彭泽互助活动了。彭泽还以为这些人中途退出是因为他们已经对生活重拾信心。"

"你之前说发现了其中的蹊跷，你是怎么发现的？"顾涵浩所指的蹊跷自然就是LSD。

"不去亲身体验的话我恐怕真的会相信巫术的存在，"张晋深深叹气："终于我被屋子里的人发现了，那个戴礼帽的自称巫师的男人把我拉了进去，他很友好地在饮水机那里给我接了一杯水，我喝了水找了个角落的位置坐下，开始光明正大地先听他讲了一大堆有关巫术的知识，然后又是在十一点左右，我随着他们一起，开始在巫师的主持下进行通灵仪式。"

袁峻的兴趣高涨，他还不知道这其中有LSD的存在，以为真的是某种高级的骗术，于是急切地问："你也看到了另一个世界？"

张晋惭愧地点点头："是的，我也看到了，周围的一切都有了生命，他们在我面前扭曲跳跃，所有的色彩就像晕染了一般，变成一个个旋涡在我眼前旋转，就好像是通往另一个世界的通道。我耳边还听到了来自另一个世界的召唤，巫师的声音一会儿变成清灵悠远的女声，一会儿又变成曼妙的音乐，我觉得浑身轻飘飘地正在进入那个世界。尔后我就看到了飘浮在空中的幽灵，他们的躯体可以任意变换出各种形状，他们幽幽地哭泣，甚至，我还看到了我死去的母亲。"

张晋的话音刚落，袁峻便冷哼了一声，他有些失望，这根本不是什么高级骗术，而是最低级的手法，直接用迷幻剂让人产生错觉。

张晋很投入，投入到好像是仍旧怀念那种感觉，顾涵浩觉得这几年来张晋每天都面对着LSD，说不定也曾禁受不住诱惑，和小红一起服食过。

"一连三次，体会过那样的感受之后我终于发现了端倪，问题就出在饮水机那里，不光是我自己，我观察过，不喝水或者只喝了很少的人几乎很难进入状态，喝得越多的人反应就越剧烈。最后一次，我假装喝了水，于是便彻底明白了一切，选择退出。"

袁峻拍了桌子，抑制不住气愤："你自己退出就完事了？为什么不报警，为什么不劝其余人也退出？"

张晋深深埋下头："我是想过报警的，可是，我怕惹麻烦，所以一直在犹豫。紧接着第二天一大早，苟文斌便找上了我，要我为他保守秘密，否则的话，他背后还有一股强大的力量，别说是我，他告诉我就算是他也斗不过那力量，弄不好鱼死网破，对大家都没有好处。我本来也不想掺和进这么危险的事情之中，我答应苟文斌什么都不会说，可是他好像不相信我的样子，他竟然知道我喜欢小红，他说可以让小红心甘情愿跟着我。我一下子就明白了他的意图，他是想用小红制约我，一旦我把他的秘密说出去，我也将会失去他给我提供的药品，进而失去小红。"

第五十八章　迂回

凌澜推开教学楼的大门，大跨步迈出来，仰头让明媚的阳光轻抚脸庞。她感觉到周身都无比轻松惬意。又离彻底告别大学时光近了一步！

本来几个室友提议大家一起去外面聚一聚，但是凌澜婉拒了，因为她迫不及待想赶回自己的工作岗位，现在的她可以全身心地投入案情侦破，她真是一分钟都不想浪费。结果几个室友也不勉强，只是继续调侃她，不是急于回到工作岗位，是急于回到男友的身边。凌澜昨晚解释了好久，今天也实在再懒得开口，索性点头承认："是是是，我想他了行不行？几位姐姐放过妹妹吧！"

四个人一边嬉笑一边往校门口走，刚踏出校门，四个女生的目光便齐刷刷地被吸引了过去，她们用三分花痴、七分惊讶的目光注视着校门口那个穿着白色休闲衬衣，淡蓝色牛仔裤的男人。男人随意地斜靠在自己的车子上，一只手插进裤子口袋，另一只手拿着手机发短信。他俊朗的面容在阳光下熠熠生辉，吸引的又岂止是这四个女生的目光？

凌澜这才意识到自己的手机还处在关机状态，她忙掏出手机一边开机一边摆手和三个室友告别。

三个女生一阵清脆的笑声终于引起了前面不远处男人的注意，他抬起头，一看是凌澜，也就笑着把手机收起来。

凌澜快步走到顾涵浩面前，她这几步走得几乎有些雀跃，顾涵浩的出现真的是意外惊喜，看样子，他是特意来接她的。

"你怎么来了？"

顾涵浩绅士地为凌澜打开车门，用眼神示意凌澜上车："刚刚跟缉毒大队的林副队长开完会，送他们离开的时候，我也顺便出来透透气。"

"原来是顺便来的啊，"凌澜笑着目视前方："对了，你怎么也不问问我答辩的情况啊？"

顾涵浩启动车子："不用问，看你现在的样子就知道啦。"

凌澜系上安全带，急忙把话题转向正事："你们开会有没有安排下一步的行动？快告诉我案情的进展。"

顾涵浩尽量详细地把昨晚张晋的供词跟凌澜重复了一遍，说到张晋对小红的家人赎罪的时候，凌澜一拍大腿，气愤地冷哼了一声。顾涵浩看得出，凌澜对张晋恨得咬牙切齿。

"别以为张晋的赎罪之说是信口雌黄，事实上，还真的有迹可循。"顾涵浩简单介绍了一下小红家里爷爷和哥哥的情况。

凌澜的面部表情一下子由气愤变成了惊愕："难道说？"

顾涵浩有些意外，看凌澜的样子，她现在的心里所想和自己是一样的，而且不但和自己所想一样，也和昨晚张晋的讲述是一样的。

"还真的让你说中了，那个世界上最完美的男人果然是个人造美男，"顾涵浩看了看表："我刚刚已经给隋咏昕打了电话，让她和她的丈夫都等在家里。咱们先去把午饭问题解决了，然后再登门拜访。"

凌澜点点头："不会又是去那家私房菜饭馆吧？"

十五分钟后，顾涵浩和凌澜坐在上次坐过的老位置上，饭馆的老板一眼就认出了这两个人，一边给他们倒水一边热情地搭讪："您二位又来啦，欢迎欢迎。那个，上次我说话不太讲究，这位帅哥你别在意啊。"

凌澜掩嘴偷笑，她还记得上次那个老板说顾涵浩和隋咏昕的丈夫王安升相比较是略逊一筹。凌澜心想，如果王安升是人造美男的真相大白于天下的话，不知道会引起怎么样的反响。

顾涵浩简单点了两个菜，等待的过程中，他和凌澜的话题转移到了LSD上。

"你说，苟文斌利用LSD对这群心理脆弱的人大搞巫术迷信活动，到底是为了什么，他能从中得到什么好处？难不成，参加这个巫术活动是收费的？"凌澜急着把自己心里的一团疑问通通倒出来。

"我想应该不是收费的，而且昨晚张晋的证词也证明了，苟文斌策划的巫术活动是免费的。"顾涵浩喝了一口茶水："还是从头讲起吧，我想打从一开始，苟文斌的目的就不是为了给自己的心理机构培养潜在客户，他只是想找到一个渠道利用LSD来吸引一些下线。"

"下线？"凌澜对这个词有些了解："你的意思是，苟文斌的最终目的是想开发LSD的销路？"

顾涵浩露出一副孺子可教的欣慰笑容："没错，他想招兵买马，找来一群人作为他的经销商。但是他又不能明目张胆地找人，因为一旦找上了彭泽那样的人，恐怕自己的全部计划都要泡汤，还会牵连出他背后更大的势力。所以，最好的办法就是先控制一批人，让他们先尝到LSD带来的甜头，让他们欲罢不能，然后再用LSD控制着他们，让这些人成为自己的手下，替他在终端贩卖LSD。这群人最好是容易控制的人，什么样的人最容易控制呢？显然，那就是去找苟文斌进行心理咨询的，心理有障碍的人。苟文斌是心理专业的研究生，用暗示的方法去控制这样一群人，对他来说不是很难。"

"只可惜，他的心理机构根本就吸引不来几个客人，"凌澜苦涩地撇撇嘴，很有可能苟文斌之所以成立这么一个心理机构就是为了给自己的毒品交易做幌子："可怜的彭泽，居然还想去他那里做义工，还帮做推广。"

顾涵浩眼看凌澜本来还不错的情绪就要因为想起彭泽而晴转阴，他急忙引导凌澜继续下去："接下来就要说到苟文斌的助手，也就是那个巫师了。他按照苟文斌的指示，先是混进了互助会之中，然后私底下吸引他人去参加他周二的活动。当然，他总不能直接就把LSD分发给这些人，告诉他们吃了这个就可以让他们摆脱烦扰痛苦，这样说的话，再傻的人也知道这是什么。所以，他便采取了迂回策略，用巫术来做幌子。他先用巫术之说来迷惑这些人，然后在一定阶段之后，让他们服下掺有LSD的水，因为LSD效用发挥需要一定的时间，所以他必须掌握好时间，先是讲理论，讲故事，然后再开展'巫术活动'，这样，在种种活动之中，人们便可以在LSD的效用下产生各种错觉。久而久之，这些人也早晚一定会知道这不是什么巫术，所谓巫术，不过就是引他们入瓮的一个幌子而已，但是那个时候，他们已经对LSD欲罢不能了，没办法，只能成为苟文斌的走狗。"

第五十九章　交换条件

过了一会儿，两道菜和饭已经上齐，两个人边吃饭边继续讨论。

"我想，苟文斌这个心理学硕士，一定是受了赫胥黎的启发。"如果说心理学和LSD能有什么牵连的话，顾涵浩第一个想到的就是英国作家赫胥黎。

"赫胥黎？写《美丽新世界》的作家赫胥黎？"凌澜实在想不出一个已经去世的英国作家怎么就能启发苟文斌的这种罪行，她抬眼等待着顾涵浩的解释。

"赫胥黎很早就对心灵控制术感兴趣，他在食用了提取自南美仙人掌的致幻剂后完成了著名的《知觉之门》，这本书不但描述了他在服用致幻剂之后的感觉，他还在书中阐述了一种全新的心理学理论。我在想，苟文斌一定看过这本书，"顾涵浩顿了顿，哀叹了一声："赫胥黎的理论认为人的神经系统并不是知觉的来源，它只不过是一扇起过滤作用的门，挡住了真正庞大的知觉世界。某些致幻剂能把这扇门打开，让人们看到一个全新的更加广阔的真实世界。"

"然后呢？"凌澜瞪着求知的眼睛望着她的"顾老师"。

"食用过LSD的还不只是赫胥黎，后来，赫胥黎和英国心理医生汉弗莱合作，开始了对LSD的心理治疗潜力的研究。他们认为LSD能让人产生'联觉'，易受暗示，甚至汉弗莱还曾经在治疗中给自己和病人一起服用LSD，从而在病人没有防备的心理下更好地对病人进行心理暗示，以期达到更好的治疗效果。而且他们认为，服药时的环境会影响服药后的效果。"

凌澜喃喃念着："服药时的环境会影响效果，这么说，那些人服药的环境就是'巫术'的环境，他们在服药之后，受环境和巫师的暗示，就更容易产生有关于巫术的错觉。巫师暗示他们会看到地狱，他们就会认为自己看到了地狱，暗示他们能看到灵魂，他们就会认为自己看到了灵魂。人家汉弗莱医生用LSD结合心理学去治病，苟文斌就用LSD结合心理学去害人。"

"其实以前的土著部落的巫师，还有古代西方的宗教仪式里都很流行用各种致幻剂去控制人的感觉。我想，苟文斌就是受到这种启发，才想出了这么一个主意，"顾涵浩颇为感叹："要说心理学这门学问还真是不简单，心理暗示的力量更是不可小觑，其实我们每个人都在不自觉的情况下给自己进行着心理暗示。"

凌澜对顾涵浩最后这句话很感兴趣："是吗，比如呢？你每天给自己做什么心理暗示？"

顾涵浩耸耸肩："这太多了，比如我每天都会跟自己说，你是最棒的，你是最帅的，你是最聪明的，你一定能行的，你是无所畏惧的，久而久之……"

"久而久之，你就成了现在这个自大狂。"凌澜笑着接茬儿。

顾涵浩无奈地笑笑，没有惺惺作态地否认："我承认我有点自大，但绝不到成狂的地步好不好？"

说说笑笑间，午饭已经吃完。两人再一次走进了隋咏昕家所在的高档社区，按下了隋咏昕家的门铃。

这一次，为他们开门的不是隋咏昕，而是这个家的男主人，王安升。

凌澜站在隋咏昕家的房门外，看着眼前这个十分英俊的男人，心里面五味杂陈。就是这个男人，默默地为张晋，也是为自己救赎。

在隋咏昕家的沙发上落座，顾涵浩也懒得和他们浪费时间，索性开门见山："我们已经拘捕了张晋，他坦白了一切。"

此话一出，对面的那对夫妻全都微微抖了一下，可是隋咏昕还是要故作镇定："他坦白了什么？有必要劳烦顾队长亲自来我家告诉我吗？我们不想掺和进什么案子之中，我们只是想平静地过日子而已。"

顾涵浩微笑着点头："要说和三年前案件有关的人，到目前还能平静度日的，并且未来也能相对平静度日的，也只有你们俩了。其余人，死的死，活着的也逃脱不掉法律的制裁。"

隋咏昕和王安升全都陷入了沉默，他们的沉默其实已经算是一种默认。

"王先生，在你的养老院成立之前，你和隋咏昕一直在资助一位患病生活不能自理的老人，等到你的养老院成立之后，你把这位老人接过来，让他接受良好专业的照顾，可你没收过他们家一分钱，这位老人就是邝小红的爷爷；而你之所以要成立一个婚介婚庆机构，很大一部分原因是为了帮助邝小红的哥哥邝小刚，他成了你那里的白金会员，同样，你没有收取他一分钱，但是却会一直为他牵红线，一直服务到他找到对象为止，当然，他的婚礼也会由你的婚庆机构全权代理，同样不会收取一分钱的佣金。"顾涵浩不紧不慢地继续说道："你之所以这样对邝家人施以默默的支持和帮助，那是因为你当初和张晋达成了协议。那个时候的张晋已经把邝小红掳回了自己家藏起来，但是他还仅存一丝愧疚感，他想对邝家弥补些什么，但是他没钱没势，什么都做不了。可是张晋知道隋咏昕是个有钱的女人，这个有钱的女人在偷看的时候竟然不小心被教室里的人发现了，匆忙逃跑的时候经过张晋守着的门口，她当然知道追过来的人会问守在门口的张晋，刚刚跑下来的人是谁，如果张晋如实回答的话，恐怕她就会牵扯进什么大麻烦之中。所以呢，隋咏昕请求张晋帮她隐瞒，张晋当时是一口答应，可后来他又找上隋咏昕，提出了自己的交换条件。"

"所以你们之间的交换条件就是，隋咏昕和王安升帮张晋赎罪，而张晋呢，就会沉默不语。"凌澜的语气里带着不容置疑的笃定。

隋咏昕终于忍不住开口："没错，我的确和张晋之间有这样的约定，这事不关我老公的事，你们别听张晋胡说。"

第六十章　美梦成真

顾涵浩看隋咏昕的眼神中带着敬佩，这个女人为了保护身边的男人真的是不遗余力："到了这个时候，你瞒不住的。其实你偷看的那天晚上，你的手机突然响起，引起了教室里人的注意，当时你前脚逃走，后脚就有一个教室里的人追了出来。这个人当时迷迷糊糊，几乎是东倒西歪地追着你下了楼，他就是你的丈夫王安升。不对，那个时候，他还没有改名，不叫王安升。"

王安升握紧了拳头，和隋咏昕对视了一眼。

凌澜顺着顾涵浩的思路继续讲："隋咏昕，我想当时你一定发现了这个追你的人有些不对劲，他的样子就像是喝醉酒或者走火入魔，但是他的长相还是让你心动对不对？你不忍心让这个迷迷糊糊的男人继续被骗术所迷惑，于是你干脆在张晋的帮助下，打车带着这个男人一起离开。我想你应该是带他去了医院吧，然后你和这个男人就全都得知了真相，原来那间教室里上演的根本不是什么巫术，而是毒品。"

王安升温柔地拍了拍隋咏昕的手，然后坦然回答："当时咏昕已经发现了我的不对劲，所以她没有带我去医院，而是带我去找了她的私人医生。没错，我的本名其实叫作王建京，我改了名字，甚至还改变了容貌，为的就是逃避毒品组织的追捕。当然，我现在还安然活着，安生地过着正常人的日子，都要感谢我的妻子，要不是她帮助我，恐怕我现在就是一个卑鄙的毒贩子。"

凌澜望着这对夫妇紧紧握在一起的双手，心中抑制不住地气愤，她在想，如果当初这两人能勇敢站出来，去揭发教室里的罪行，那么今天，她也可以和她的彭泽这样双手紧扣。

"既然你们已经得知了真相，为什么不报警，为什么不揭穿他们？"凌澜的声音又高又尖利。

顾涵浩知道眼前这对夫妇仿佛生死相依的这一幕刺痛了凌澜，他赶忙把手压在了凌澜的手上，想用自己的力道和温度给凌澜以安慰，让她冷静。

王安升惭愧地低下头："当时我们也想过报警的，可是张晋第二天一大早便找到了我们，他警告我们一定要保守秘密，否则的话，招惹上了幕后的大人物，恐怕我们三个人都要遭殃。所以为了我们的安全，决定不报警。"

隋咏昕一个劲摇头："不是，不是这样的，是我不让安升报警的！因为我的胆小，我好不容易遇到了我的真命天子，幸福马上就要来临，我不想就这样失去。况且，我父亲去世了，我在这个世界上无依无靠，我虽然有点小钱，但是无权无势，根本就斗不过恶势力。我只有选择妥协。"

凌澜紧紧抓住顾涵浩的手，痛苦地闭上眼，她真的很恨这两个自私的人，如果当时他们选择报警，那么彭泽也不会卷入苟文斌的阴谋之中。如果……有太多的如果都没有发生，彭泽的死到底该归咎于谁呢？

王安升哀叹一声："当时我们能做的，也只是打电话给彭泽，告诉他退租，然后把钱还给他。在那之后，咏昕便把我送去韩国整容，我必须彻底变成另外一个人，才能逃掉当初惹上的麻烦，让那些人永远都找不到我。但我们心中的愧疚感一点也没有消退，我和咏昕商量多做善事，弥补我们以前的过错，也算是一种自我救赎吧。其实成立公益性质的养老院和婚介婚庆机构，为的不仅仅是帮助邝家的爷爷和哥哥，也是为了帮助更多的人。咏昕也说，她的钱花在这些事上面，是最值得的。"

四个人沉默了片刻，顾涵浩最先从感伤的气氛中解脱出来，他清了清喉咙，郑重地问道："如果你们真的有赎罪之心，那么现在就老老实实地回答我的问题，不可以再像从前那样明哲保身。"

隋咏昕很心虚地躲闪着顾涵浩目光，倒是王安升一副坚定的模样："你想知道什么？我知道的，我一定会说出来。"

"张晋说他不清楚那个巫师身份，看不到他的相貌，那是因为他毕竟只参与过三次巫术的活动，可你不同，你应该知道那个巫师的身份。"顾涵浩很激动，他迫切希望王安升能直接给他一个名字，这样的话，一切就都会真相大白。

王安升紧锁眉头，无奈地摇摇头："他的身份我不知道，但是他的长相我还记得一些。"

顾涵浩掩饰不住地失望，他拉着凌澜站起身："既然这样，你跟我们走一趟吧，会有画师根据你的描述画出他的大致相貌。"

王安升点点头，刚站起身，便又被隋咏昕用力拉扯得坐了下去，她焦急地叫道："不可以，不能让安升出面，要是被那些人知道了，我们都会有危险！"

凌澜气急败坏地恨不得爆粗口，幸好顾涵浩及时把她拉到了自己身后。顾涵浩严厉地瞪着隋咏昕："你知不知道你的这种心理害死了多少人？如果再不合作，我可以因为你当年的知情不报逮捕你！"

隋咏昕顿时软了下来，但是她仍旧嘀咕着什么，还是王安升拍了拍她的手，安慰道："咏昕，别怕，我不会有事的。其实我早就料到会有这么一天，我们总不能这样逃避一辈子。"

隋咏昕被王安升几句话就给说服了，她一下子像被注入了勇气一般，拉着王安升一起站起身："好，我跟你一起去。"

很快，四个人上了顾涵浩的车，凌澜从后视镜里望着车后坐那两个紧紧依偎的人，一时间心口一阵绞痛，她真的好恨，恨后面的这一对男女，恨命运对彭泽的不公。顷刻间，眼泪已经顺着脸颊滑落，她紧紧咬住嘴唇，忍住不抽泣起来。

顾涵浩当然注意到了身边人的异样，他腾出一只手轻轻搭在了凌澜的手上，传递无声的安慰。他真的希望这件案子快点结束，只有案子结束了，凌澜才能真正释怀，才能开始全新的生活。只是，凌澜全新的生活里，将不会再有他的存在，为了凌澜的安全，他必须和她划清界限。

想到这里，顾涵浩不自觉加大了手上的力量，等到他反应过来的时候，他才发觉自己竟然紧紧握住了凌澜的手。这代表什么？不舍吗？

回到分局的时候正好赶上午休结束的时间，顾涵浩把王安升和隋咏昕安排在询问室里等待画师。

凌澜坐到自己的位置上，问对面的袁峻："上午的会议主要说了什么？"

袁峻紧盯了凌澜几秒，然后不自然地移开目光："原来缉毒大队那边早就把苟文斌作为怀疑对象了，这阵子一直在盯紧他的心理机构。之所以没有动手逮捕他，正是想利用他引出他背后更大的毒枭。昨晚大张和小陈去苟文斌家楼下监视，正好就碰到了缉毒大队的同事。"

"难道我们这边就要等缉毒大队那边的指令吗？这样拖下去，什么时候才是个头？"凌澜恨不得这一刻就冲到苟文斌那里，亲手把那个可恶的伪君子铐住。

袁峻理解凌澜的心情，她之所以这样沉不住气，那是因为苟文斌是害死彭泽的间接凶手，如果不是苟文斌的利用，彭泽也不会卷入这些罪恶之中。"放心吧，缉毒大队的卧底传回来消息，说已经有了进展，估计就在这几天了。我们这边的任务就是找到当年的巫师，让他站出来指证苟文斌。"

袁峻话音刚落，凌澜便看见画师马德明夹着他的画夹走进了询问室。凌澜在心里祈祷，待会儿马德明出来的时候，最好他画纸上的人就是他们认识的人，这样一切就简单得多了。

过了几分钟，凌澜注意到对面的袁峻脸上带着一股嘲弄又释然的笑，一时间搞不清楚袁峻为何会有这种反应。"你在笑什么？"

"我在笑巫术，"袁峻耸耸肩膀："其实从某种程度而言，巫术真的帮这些人实现了愿望，让他们美梦成真了不是吗？先说栾舒晗吧，她参加互助会是因为她暗恋吕琛，嫉恨佟佳丽和吕琛过于亲近，结果呢，她后来真的成了吕琛的女友，两人还很相爱。张晋呢，他之所以被所谓巫术吸引，是因为他苦于一把年纪仍旧是孤家寡人，结果呢，他这几年来还真的有一个妙龄女子做伴了。至于王安升，我听张晋说，他躲在410教室门外偷看的时候得知，王安升之所以参加互助会是因为工作不顺利，处处受上级打压，一把年纪仍旧没有稳定事业，穷光蛋一个，连房子都买不起。结果呢，他结识了有钱的隋咏昕，现在事业爱情两得意，过上了有钱人的日子。"

凌澜忍不住苦笑，还真是这样。从某种意义来说，巫术真的发挥了作用，这些人还真的都美梦成真了。只可惜彭泽的愿望却落空了，他怀着一颗想要帮助他人的火热的心，结果最后他想要帮助的人却沦为了毒贩。命运实在是太过不公！

第六十一章　来去自如的凶手

又等了十分钟左右，画师仍旧没有出来。凌澜觉得坐立不安，她干脆走到顾涵浩面前："你觉得巫师会是谁？他是不是就是当初杀死佟佳丽和穆全，还把彭泽、栾舒晗和吕琛牵扯进去的真凶？"

顾涵浩沉默片刻，然后犹豫着开口："如果是那个人的话，这一切就都能说得通了。"

凌澜迅速在顾涵浩的办公桌对面坐下："看来你心里已经有了一个人选了，为什么不说出来？"

"还只是猜想，我想，待会儿等画师完成了画像，证实了我的猜想之后再把我的想法讲出来。"

凌澜把双臂搭在桌子上，身体前倾："现在就跟我说说好吗？"

顾涵浩不忍拒绝凌澜，徐徐开口："你之前也说过，在苟文斌的讲述中，他才是他所讲的彭泽，而彭泽才是他所讲的自己。也就是说，苟文斌才是巫术和毒品计划的始作俑者，而彭泽才是秘密的发现者。试想下，彭泽发现了有人在利用他租来的教室从事不法活动，他一定会第一时间回去跟苟文斌汇报，他想和这个表哥商量对策。苟文斌能做的，就是先稳住彭泽，然后把其中的利益关系讲给彭泽，想拉他入伙。毕竟彭泽是他的表弟，两人之前感情不错，总比外人更值得他信任。可是他千算万算，居然算错了彭泽。彭泽当时一定劝过苟文斌结束这一切罪恶，马上去自首。可是苟文斌根本想都没想过自首，他想到了一个办法，可以让彭泽在不死的情况下，永远保持缄默，为他保守秘密，甚至还可以为他所用。"

"就像苟文斌让张晋替他保守秘密那样？用什么人去堵住他的嘴？"凌澜想起了苟文斌利用邝小红牵制张晋。

"没错，但是毕竟彭泽不同于张晋，必须用更加高级更加保险的方法。苟文斌的计策就是利用他手下的那个巫师，把彭泽卷进一场谋杀案当中。苟文斌很可能对那个巫师下了指令，让巫师想办法把彭泽拉下水，让彭泽的身上也背上罪恶，这样的话，他就可以和彭泽相互制约。而巫师想到的办法就是把彭泽卷进一场谋杀案当中，毕竟谋杀是天大的罪行，只有谋杀这样的罪行才能和贩毒媲美，他必须用这种罪行才能制约得了彭泽。"

"你的意思是说，为了制约彭泽，那个巫师才策划了这场谋杀？他之所以会选择佟佳丽和穆全当牺牲品，是因为栾舒晗透露出她对佟佳丽的恨意，而栾舒晗暗恋的吕琛又对穆全恨之入骨，选择佟佳丽和穆全下手，不但可以把彭泽拉下水，还可以把栾舒晗和吕琛也拉下水，这样的话，栾舒晗和吕琛也会受到制约，从而成为苟文斌手下的毒贩子？"

顾涵浩微微点点头，随即又摇头："我之前也这样想过，但是很快就否定了这种想法。我认为在还算正常人的眼中，犯罪都是一项秘密的行为，越少的人知道对自己来说才越好。如果巫师只是想把彭泽拉下水，又何必找来栾舒晗和吕琛？要知道他自己也是在犯罪，为什么要找来那么多人见证他的罪行，为自己增加风险呢？"

凌澜叹息一声："你说得有道理，可是为什么巫师要把栾舒晗和吕琛也牵扯进来呢？"

"结论只有一个，那就是他的这次犯罪，必须有栾舒晗和吕琛的帮忙才行。栾舒晗帮忙把佟佳丽叫来，吕琛帮忙把穆全和穆全的船带来，这样，他所想要的犯罪元素才算凑齐。没错，他很可能打从一开始就计划着这样一场犯罪，彭泽才是后来才加入的元素。"

"你是说，这个巫师打从一开始就想杀死佟佳丽和穆全？"凌澜有些失望，结果绕了一大圈，又回到了原点，到底是谁和佟佳丽和穆全有那么大的仇恨呢？等一下，又憎恨佟佳丽，又憎恨穆全的人，还真的有那么一个！

这时，顾涵浩办公室外传来了声音，听着好像是柳凡和袁峻还有其余几个人在一起叽叽喳喳的议论声，其间还夹杂着画师马德明的声音。

顾涵浩和凌澜忙起身往外走，走到门口的时候，清楚地听到了柳凡的声音。

"怎么会是他？！"

凌澜往人群的方向跨出了一大步："是单国丰，对不对？"

柳凡第一个转头，用惊异的目光望着凌澜："你，怎么知道？"

凌澜紧咬住牙齿，愤然挤出几个字："早该想到是他，这个凶手竟然就在我们眼皮底下，大摇大摆地进来，又大摇大摆地走出去，在咱们这里来去自如，真是可恶！"

顾涵浩马上下令："袁峻、柳凡，咱们马上出发去单国丰的住处，已经让这个罪犯逍遥了三年，现在必须分秒必争！"

袁峻和柳凡应了一声，马上放下手中的东西，疾步往楼梯间赶去。顾涵浩匆匆看了凌澜一眼，看她居然也作势要跟在他身后，急忙伸出手阻拦："你留下来等消息就好，我答应你，一定把他带回来。"

凌澜还想固执地跟去，离凌澜最近的曲晴上前一步拉住她："你去了会添乱的，我陪你在这等消息。"

凌澜才迟疑了几秒钟，顾涵浩已经在视线中消失了。也好，索性就留下来等消息吧，反正逮捕单国丰那个残疾人也不是什么难事，不会有任何的危险，很快他们就会回来，到时候她会要求顾涵浩让她进到审讯室亲自审问。

凌澜坐回自己的位置，曲晴坐在她对面袁峻的位置上，两人有一搭没一搭地聊着，聊天的内容都是关于最近的案子。凌澜把刚刚袁峻关于巫术的那套理论讲给曲晴听，曲晴听过之后掩饰不住地惊讶："别说，还真是这样，说不定这就是冥冥之中自有注定。但是这些人之中，除了王安升和隋咏昕之外，都没有什么好下场。"

"可不就是，隋咏昕和王安升相对而言真是太过幸运了。"凌澜又想到了彭泽，便随口问道："之前你是不是和彭泽的父母打过交道？"

"是啊，他们来这里的时候，我负责接待过，也通过几次电话，"曲晴顿时语塞，表情骤变："糟糕了，我听他们随口说到过，他们会在S市多逗留一阵子，而这段时间里，他们会住在苟文斌家里！"

凌澜猛地站起身："这怎么行？你能不能现在打电话给他们，叫他们再来一趟？咱们得告诉他们快点回老家去，不能和苟文斌那个危险分子待在一起！糟糕了，等到咱们行动的时候，苟文斌会不会拿他们夫妇当人质啊！"

曲晴也意识到了事情的严重性："等下，我打电话问问顾队。"

一分钟后，曲晴苦着一张脸挂上了电话："顾队说了，现在不许轻举妄动，苟文斌那边已经交给缉毒大队的人了，咱们不能打草惊蛇。"

凌澜刚刚也隐约听到了顾涵浩严厉的语气，再看曲晴这副表情，可想而知刚刚顾涵浩一定没什么好态度。不过他说得也有道理，凌澜决定放弃刚刚的想法，一切以大局为主。

凌澜一个人往茶水间走去，她想冲一杯浓咖啡，不是说她现在没精神需要提神，实际上她现在精力充沛，她只是想到一个能够独处的环境下待上几分钟，平静地想一想可怜的彭泽。

口袋里的手机震动起来，是一个陌生号码的来电。凌澜一边端起咖啡抿了一口，一边接听电话："喂？"

电话那边先是传过来一声叹息声，然后是一个略显苍老悲伤的女人的声音："你好，我是彭泽的母亲。"

顾涵浩坐在警车的副驾驶座位上，略带一些气愤地挂上电话，刚刚和曲晴讲话时的态度不好，其实也不是生曲晴的气，他能想到，曲晴应该不会太在意彭泽父母的事情，注意到这种事情的人一定是凌澜。而凌澜，一旦问题涉及了彭泽就会变得极不冷静，居然想到要在如此关键的时刻把彭泽的父母从苟文斌那里叫过来，这无疑就是打草惊蛇的举动。顾涵浩气的是凌澜，而不是曲晴。

袁峻在顾涵浩的左侧驾驶，他也注意到了顾涵浩的气愤，想开口问电话的内容，却又怕自讨没趣。五分钟过后，袁峻才开口："单国丰的住处就在前面。"

单国丰住在一个比张晋家还要老旧萧索的小区里，破旧的红砖四层楼房，没有玻璃的、飘扬着各色床单的阳台，漆黑的楼梯走道。

"单国丰住在三楼。"袁峻打头阵，首先迈进了漆黑的走道之中。

顾涵浩跟在袁峻身后，一边往里面走一边嘱咐柳凡留在楼下，以免单国丰情急之下从阳台逃窜。

柳凡有些不甘心，她清楚单国丰不管怎么说也是个残疾人，从三楼阳台逃逸的可能性微乎其微，顾涵浩之所以让自己等在这里，就是因为她是女人。

来到三楼单国丰的家门前，袁峻并没有直接表明警察的身份，而是敲门，冒充查水表的。

等了大概一分钟，门那边仍旧是一点动静都没有。顾涵浩当下决定让袁峻守在门口，他自己选择从别的路径进去一看究竟。

顾涵浩敲开了邻居家的门，亮出证件之后闪身进了邻居家："我需要从你家的阳台进到隔壁单国丰家，请你合作。"

第六十二章　窥伺者的复仇

顾涵浩不容分说一路走到阳台的位置，先是把身子探出去观察了一下情况，看起来从这边跨到那边没什么难度。顾涵浩冲楼下正惊讶地看着自己的柳凡挥手示意她按兵不动，然后便攀上了大概一米多高的矮墙。

这个举动可是把顾涵浩身后的这家主人吓得够呛，他不敢出声，只是紧张地护在自家阳台这边，时不时伸出手，想要帮帮这位胆大的刑警。但是事实证明他的担心是多余的，顾涵浩身手矫健，很轻松地便在单国丰家的阳台上着地。

顾涵浩透过阳台和屋子之间的门窗发现里面不过三十平方米的面积，除了看不见厕所里是否有人之外，别的地方根本没有单国丰的影子。客厅里摆着上次单国丰去分局用过的轮椅，但是大致扫视一圈，却不见义肢，难道说单国丰又带着义肢出门了？顾涵浩当下决定一脚踹开这道简陋的门，进到里面去查看一番。

一声巨响之后，顾涵浩已经身处单国丰的家中，他先去查看了厕所，空无一人。然后他便打开了房门让袁峻进来，再去到阳台招手让柳凡上来。

五分钟后，三个人已经在这间简陋的房子里大致搜寻了一番，没有发现什么特别的东西。一直到顾涵浩注意到破旧地板上特殊的划痕，那划痕是从电视柜地下延伸出来的。

顾涵浩蹲下身，把右臂伸进了电视柜下面，果然，他摸到了一个可以握住拉动的东西，像是箱子的把手。把重物拉出来后，袁峻和柳凡也凑了过来。

"是个木箱子，"柳凡打量了这个破旧箱子几眼："顾队，这种老旧的挂锁一定难不倒你。"

顾涵浩故技重施，又利用钥匙链里暗藏的开锁工具轻松打开了箱子上的锁。打开箱子的那一刻，三个人发现箱子里除了一本影集之外没有任何东西。

看来这本影集对单国丰来说非常重要。顾涵浩翻开相册，第一页上的是一张双人合照,正是年轻时候的单国丰和佟佳丽。顾涵浩还记得这张照片,单国丰去分局认领吕琛尸体的时候就是带着这张相片,他就是用这张相片和泪水去博取大家的同情的,让大家以为他对佟佳丽还有情谊。

"这张照片根本就不是他用来缅怀佟佳丽的,这只是他演戏的道具而已。"顾涵浩一面冷冷地说一面继续翻看相册。相册的前几页都是一个男孩,在江边玩耍,在农家的院子里和自家的土狗追逐嬉戏。后面的几张,男孩长大了些,变成了个少年,画面上的他背着书包,神情落寞,甚至还有几张这个少年被一对夫妇怒骂的照片。可想而知,照片上的男孩就是吕琛,怒骂他的人就是没有善待他的养父母。

"他居然把穆全欺负吕琛的画面也偷拍了下来,"柳凡最先注意到了照片上还有穆全:"这个单国丰真是变态,眼睁睁看着穆全欺负自己的儿子,不出来保护儿子,居然只是躲在一旁偷拍!"

袁峻同样气愤:"单国丰知道自己是残疾,就算出头也只是和吕琛一起被穆全欺凌。可就算是这样,要换作是我,哪怕用自己的身体或者生命,也会冲出来保护自己的儿子。"

顾涵浩突然快速翻动着手中的相册,大致从头看到尾,然后换上一副势态严重的表情:"袁峻,你马上想办法联系到土山村的吕家,如果他们目前还没事的话,通知他们先离开土山村躲一阵子。"

"你怀疑单国丰会对吕家下手?"柳凡语速很快地问。

"没错,这整本相册表明单国丰一直在暗中观察着吕琛的生活,他恨的不只是穆全,还有吕琛的养父母,他清楚地知道这些年吕琛在吕家是什么待遇。我想,很可能,单国丰想要和吕家人同归于尽。"

说话间袁峻已经起身去打电话了,他直接打到了土山村的村委会,让那边赶快派人去吕家看看情况。

"怎么样?"顾涵浩一边把相册和箱子恢复原状一边问袁峻。

"还在等,村委会已经派人去吕家看情况了。"

顾涵浩示意大家离开单国丰的家:"咱们下去等消息。"

坐到车里后的三分钟,袁峻的手机里传来了村委会干部焦急的声音:"不好了,吕家的狗死在院子里,我去叫门,也没人应声啊。"

村干部的声音很大,导致车子里的三个人全都听得清楚。顾涵浩马上吩咐:"严峻,通知当地的派出所,让他们马上派警力去吕家救人。咱们这就去土山村。"

说话间,顾涵浩快速地启动车子。袁峻也忙挂了电话,重新拨通。

伴随着警笛声,顾涵浩三个人的警车一路畅通无阻,很快便上了过江大桥,可预计到土山村还需要半个小时。

袁峻一路上都在用手机和那边的乡派出所保持联系,柳凡则是和土山村的村委会干部一直通话。开车的反而是顾涵浩,因为顾涵浩是有名的活地图,记忆力超强,只有他知道通往土山村的路。

"顾队，那边的民警已经撬开了吕家的门，屋子里有搏斗过的痕迹，还有血迹，但是没有人。"袁峻向顾涵浩汇报。

"村委会干部说有村民听见今天凌晨的时候吕家的狗叫个不停，这一白天也没见吕家夫妇和儿子儿媳出来过，"柳凡推测着："看来单国丰是在凌晨的时候把吕家人掳走的。"

袁峻歪着头惊叹："不会吧，单国丰是个残疾人啊，一个残疾人能制伏一家四口人？还能把他们带走？他是怎么做到的？"

顾涵浩一面目视前方不动声色，一面冷静回答："别忘了，单国丰说过，吕家是他亲戚家的朋友。虽然在凌晨拜访不太合适，但是吕家一定也会让他进门的。只要进了门，一切就都好办了。你们别忘了，单国丰可是'巫师'，他有可以让人失去反抗意识和能力的'灵药'。"

柳凡恍然大悟："没错，单国丰可以引领着这四个被毒品弄得晕头转向的人去附近的任何地方。吕家的狗发现一家人天还没大亮就一起出门，而且是那么怪异的架势，所以才会吠叫不停，单国丰怕吵醒邻居，引起注意，所以才杀了它。"

"既然他们是步行离开，应该不会去太远的地方。顾队，你说单国丰会带他们去哪里？"袁峻在心里想象着那幅画面，不禁让他联想起了'赶尸'，一个清醒的单国丰，带领着四个神志不清摇摇晃晃如行尸走肉一般的一家人，在浓重雾气弥漫的清晨赶路。这要是哪个晨练的人看到了还真的会被冷不丁吓个半死。

顾涵浩蹙眉思考了几秒钟："袁峻，通知那边的民警往江边方向搜索，另外通知水警在江上搜寻，如果江边有丢失的船的话，他们很可能已经在江上了。"

袁峻得令马上通知电话那边的联系人。这个时候，车子里的三个人全都心照不宣，刚刚顾涵浩虽然说他们可能在江上，可是也很有可能，那五个人已经在江底了。毕竟现在已经是下午三点过后，而且，单国丰带走的这四个人，正好也是两对夫妇，也许，他又会故伎重施，准备两块重石，把他们拉进死亡的深渊。

顾涵浩再次加快速度，他心里还残存着一丝希望。他知道单国丰的行动不如常人，如果要把这四个人绑成当初的样子，恐怕是相当费时费力的。而且，他希望单国丰LSD的剂量下得够大，这会吕家一家四口人还在药效的控制下进行着迷幻旅程。那样的话，单国丰应该是不会下手的。顾涵浩想，单国丰是在报复，为儿子吕琛报仇，那样的话，他一定要让这四个人感到痛苦，要让他们在清醒的状态下去赴死，真真切切地体验濒死的恐怖感觉。

赶到江边和民警会合的时候已经是下午四点钟，简单地了解了民警们的搜寻进展之后，顾涵浩遥望着不太平静的江面，乍看之下根本看不到江面上有什么船。

正在这时，一个中年村民跑过来，咧着嘴冲穿制服的民警叫道："哎呀，我家的渔船不见啦！"

这下顾涵浩更加肯定了自己的推测，他问袁峻："水警那边行动了吗？"

袁峻用力点头："十分钟前就已经出警了，这会儿快艇已经在江面上搜寻了。有一艘应该快到咱们这边了。"

顾涵浩赞许地拍了袁峻一下，现在就等着快艇过来接他们了。

不一会儿，顾涵浩看到江面上一艘快艇正在快速靠过来，他招呼身边的柳凡和袁峻准备一下，和他一起上艇。正在这时，口袋里的手机震动起来，是曲晴的座机。顾涵浩嫌恶地按下了拒接的按键。他觉得曲晴一定又是应了凌澜的要求再次重提彭泽父母的事，因为凌澜心里彭泽的父母的安危高于一切，搞不好这个电话就是凌澜用曲晴的座机再次打来的也说不定。现在的他满心都是希望能来得及救下吕家四口，根本没时间关心那些现在还不到紧要关头的事。

第六十三章　世界上最残忍的报复

很快，顾涵浩等三个人上了快艇，快艇在江面上上下起伏着，划出了一道白色的波纹。江风吹在脸上有一定的力道，吹得他身上的衣裳也呼呼作响。他不断转换方向遥望着，结果真的让他看到了远处的一个黑点。"那里，往那里去，快！"

顾涵浩注意到那个黑点几乎没有怎么移动，肯定不是水警驾驶的快艇，那么八成就是单国丰偷来的渔船了。

袁峻掏出手机接听，半分钟后，他僵着一张脸颤声告诉顾涵浩："曲晴刚刚来电话，说凌澜不见了。"

顾涵浩的心猛地沉了一下，难道说刚刚曲晴打电话来就是想通知他这个消息？难道凌澜最终还是沉不住气自己去找彭泽的父母了？这个女孩还真是让他不省心！

迅速拨通凌澜的手机号码，可是顾涵浩听到的却是已关机的提示。

"柳凡，你想办法联系上彭泽的父母，看看凌澜是不是和他们在一起。"顾涵浩看柳凡的时候无意中看到了袁峻那张铁青的脸，看来袁峻还是担心凌澜的，而且，是十分忧心。顾涵浩看得出，袁峻恨不得现在跳下船，游到对岸去找凌澜。

"放心，应该没事的，先顾好这一边再说。"顾涵浩这句安慰是说给袁峻听，也是说给自己听。

眼看快艇离那艘停在江面不动的渔船越来越近，顾涵浩最先看清楚了渔船上的景象。是单国丰！他已经发现了迅速向他靠近的快艇，正在努力挪动着船上一个巨大的物体，想要把它推下船。因为单国丰的动作，整个渔船晃来晃去，看起来岌岌可危。

"天啊，那是绑在一起的两个人！"袁峻用水警递过来的望远镜望过去："他们

· 295 ·

还是清醒的，还睁着眼睛，但是嘴巴被什么堵住了，没法呼救！"

顾涵浩急忙拿起扩音器，冲着那边叫道："单国丰，你冷静一点，先不要轻举妄动，等我们靠近，咱们好好谈谈，事情一定还有别的解决方法！"

袁峻拿着望远镜对顾涵浩说："单国丰说了什么，不过看样子他好像并没有打算放弃。"

顾涵浩眼看着快艇已经足够靠近，干脆放下了扩音器，冲着单国丰大叫："你算是什么父亲，吕琛活着的时候，你不肯出来相认，等到吕琛死了，你才出来，居然想要杀死辛苦把吕琛养大成人的恩人！"

单国丰果然被顾涵浩的话激怒了，他停止了手上的动作，不甘地回击着："你知道什么？你知道他们是怎么样折磨我的儿子的吗？他们这些年一直对他不管不问，任凭他被穆全那个浑蛋欺负！"

"你又何尝不是一样？你这些年出来保护过吕琛吗？还不是偷偷躲在一旁偷拍吕琛被欺负的画面？你比吕家人还要浑蛋！"顾涵浩与单国丰对峙着，希望能用这样的激将法唤起单国丰的良知，放弃继续犯罪的计划。

单国丰被顾涵浩的话打击得沉默了几秒钟，尔后又哈哈大笑起来："没错，我也是罪人，所以我也没有打算苟活，很快，我们一家三口就可以在下面团聚了！我警告你们，别再靠近了，否则我马上和他们同归于尽！"

顾涵浩沉住气，示意水警停止靠近："这么说，你承认当年杀死了佟佳丽和穆全了？"

单国丰得意地叫："没错，就是我，他们一个是负心的女人，看我残疾了就狠心抛下我和儿子，一个是欺负我儿子的浑蛋，全都罪该万死！"

"你明知道佟佳丽是吕琛的亲生母亲，你怎么忍心把吕琛也拉入你的杀人计划当中？你让你的儿子成了杀死母亲的帮凶啊！"顾涵浩攥紧拳头，他一直以来都在为这个事实感到揪心。单国丰是变态到了何等地步，才能对吕琛和佟佳丽做出如此残忍的事情。可怜的佟佳丽，居然眼睁睁看着自己的儿子和儿子的亲生父亲把自己送上死路，而吕琛，他到死都不知道自己竟然亲手葬送了母亲的生命。

单国丰喃喃嘀咕着："活该，佟佳丽活该，我要让她痛苦，比我痛苦一万倍！这就是我对她的报复，世界上最残忍的报复，哈哈哈！"

袁峻实在听不下去了，他插嘴道："单国丰，你现在马上束手就擒，就算你把他们都推下船，我们也可以马上下去救人，你还是达不成目的！"

顾涵浩转头瞪了袁峻一眼，心里暗叫不妙。果然，对面的单国丰也意识到了这个问题，他马上改变了计划，双手艰难地举起船上的一块重石："那么我现在就砸死他们！"

"好啊，"顾涵浩情急之下大叫："反正这样一来，他们也可以死得痛快一些。但是我们会马上开枪把你击毙，这样我们也算能救下吕家的儿子和儿媳。"

单国丰停止了动作，他把石头放回船上，果然，他不甘心就这样放过吕家的儿子儿媳。

眼看局面暂时恢复稳定，顾涵浩和袁峻全都呼出了一口气。袁峻面带愧色地看了顾涵浩一眼："现在怎么办？总不能这样一直耗下去？"

顾涵浩蹙眉沉吟了一下，吩咐一旁的水警："瞄准单国丰的腿，等我指示。我再尽量劝说他一下，如果不行，就开枪。其余几个人做好下水救人的准备。"

几个水警点点头，各自做好准备，高度集中注意力观察着眼下的情况。

顾涵浩再次开口："如果我是你，就会觉得这样惩罚他们太便宜他们了，毕竟死只是片刻之间的事，他们顶多痛苦几分钟。我想，这么一点痛苦，和你当初被抛弃，眼睁睁看着儿子被欺凌的痛苦比较起来，根本不算什么。"

顾涵浩刚想再说什么，身后的柳凡突然开口："顾队，已经联系上了彭泽的父母，他们一天前就已经回老家去了，根本没有见过凌澜。"

顾涵浩的心一沉，糟糕了，凌澜现在很可能在苟文斌的手上，苟文斌一定是知道了警方要对他采取行动，所以才用计引凌澜上钩，他要拿凌澜当人质！可是，为什么，为什么他要拿凌澜当人质呢？为什么不是别人？

"马上联系缉毒大队的林队长，问问苟文斌那里的情况。"顾涵浩吩咐在一旁僵住的袁峻："还愣着干什么，快呀！"

袁峻这才反应过来，赶紧拨林自强的手机："顾队，占线！"

袁峻说话的同时顾涵浩的手机再次震动起来，来电的居然就是林自强！

"顾队长，苟文斌已经得到了消息，知道我们打算从他下手，他现在狗急跳墙，声称在他的心理机构里放置了炸弹。挟持了连他的工作人员在内以及顾客一共三十人为人质，要求我们准备车和直升机供他逃跑。"林自强电话那边能听得到远处传来的嘈杂声和车子行驶的声音，看来他是在大街上，一定就是在苟文斌心理机构门口。

顾涵浩刚要开口问，林自强突然继续说道："苟文斌要跟你通话，你接通他的电话吧，我们这边保持通话。"

果然，顾涵浩看到手机上显示了另一个号码，他按下了接听键："喂，我是顾涵浩。"

"顾队，是我。"回答的竟然是凌澜。

"你没事吧？"顾涵浩再也保持不了冷静，忍不住关切地问。

"对不起，跟着你这么久我也没能学得聪明一些，还是被苟文斌骗了来。"凌澜的声音很微弱，这让顾涵浩心里像被一道铁丝勒紧一样。

"你受伤了吗？"顾涵浩颤声问着。当他发现自己的声音发颤的时候，终于意识到了一个问题，那就是为什么苟文斌要选凌澜当人质。

回答顾涵浩的不再是凌澜，而是苟文斌："放心，她只是受了一点轻伤，这也要怪她自己不肯乖乖听话，非要反抗。顾队长，咱们俩来做个交易如何？"

"要说交易的话，你应该去和林队长去做，你那边的行动根本不是我的工作范围。"顾涵浩强迫自己冷静下来，可是眼睛扫视到对面渔船上的单国丰，他又难免激动起来。只见单国丰正在努力一起推动四个人从渔船的两边落水，看来他是一定要和他们同归于尽，不肯落下其中任何一个。

袁峻和柳凡全都把期盼和询问的目光射向顾涵浩，等待他给一个命令。顾涵浩有种腹背受敌的感觉，两边都是千钧一发，偏偏要同时让他做出决定。

苟文斌在电话那头颇为自信地回答："顾队长，你太小瞧我了，你的身份背景我可是一清二楚，只要你开口，林队长一定会给你面子。而且，你别忘了我是做什么的，我目光如炬，看人不会看错的，你和这位凌小姐来我这里和我谈话的时候我就已经发现了一些端倪。所以现在我很有把握，你不会舍得这位凌小姐给我陪葬的。尽管，我很想让她去给我表弟陪葬。"

顾涵浩的心抖了一下，仿佛是被人说中心事一样，他叹了口气："好吧，我和你做这个交易，但是首先你要等我几秒钟。"

第六十四章　私心

说罢，顾涵浩放下手机，右手掏出腰间的配枪，左手托住右手，瞄准，拉动保险，扣动扳机。只听见一声枪响，对面渔船上的单国丰瞬间倒在了船上。这一系列动作，不过花费了三四秒钟，看得整个快艇上的人目瞪口呆。

顾涵浩一边再次拿起手机，一边简单扼要地下令："救人。"

几乎是顾涵浩开口的同一时间，快艇被启动，朝着对面渔船的方向靠过去。

"你要我怎么做？"顾涵浩冷冷地问电话那边的苟文斌。

苟文斌听到那声枪响，竟然在电话里拍起手来："不愧是顾队长，够干脆利落。我要你亲自对林队长说，不许耍花样，马上给我准备好车和直升机，我这边耐性不多了，你们最多还有二十分钟的时间。二十分钟过后，我还看不到我要的东西，我就会送凌小姐去见我表弟，而且，整座楼里的三十人也要陪葬。"

苟文斌的电话挂断了，顾涵浩的耳边马上传来了林自强焦急的声音："怎么样？苟文斌对你说了什么？"

顾涵浩拿着手机，一边往渔船上看一边回答："他说还有二十分钟，让我们不要耍花样，否则凌澜就会死。"

柳凡最先跳到了渔船上，她跳到捂着左臂伤口在船上疼得挣扎的单国丰面前，用随身小刀割断了绑在吕家夫妇身上的尼龙绳，然后把绳子狠狠勒在了单国丰的左臂上方止血。其余几个水警跳上船，去解开被绑住的四个人。

电话那边林自强沉默了片刻才问道："顾队长，我们已经派人去准备车和直升机了，但是车子来了之后，我们会跟在后面，直升机上也会放置跟踪设备。这一点请你理解。"

顾涵浩咬住嘴唇，很艰难地说了一声："我理解。"

挂上电话后，顾涵浩指挥大家把受伤的单国丰抬上快艇，然后吩咐水警全速赶回江南岸。

"可是，这里离北岸的医院更近一些。"一名年轻的水警小声嘀咕了一声。

顾涵浩看都没有看那名水警，只是更加严厉地说了句："南岸！"

柳凡用眼神催促水警启动快艇，她知道，眼下他们只有这一艘快艇，而且时间紧迫，顾涵浩根本就不会去等待另一艘快艇来接他，而他，必须尽快往凌澜和苟文斌所在的地方赶去。顾涵浩存着私心，为了凌澜，干脆放弃了继续劝服单国丰的计划，直接开枪，而且执意要去南岸的医院，耽搁单国丰的抢救时间，这一点快艇上的人全都心中明了。可是大家谁也没有再说什么。

袁峻早就已经知会好了大张和小陈，让他们把两辆车子开到待会儿他们停靠的岸边，他们好全速赶往凌澜所在的现场。

终于，快艇停靠在了岸边，艇上的人兵分两路，大张和小陈开着其中一辆车随同水警送张晋去附近的医院，而顾涵浩、袁峻和柳凡三人则是开着另一辆车往苟文斌心理机构的方向疾驶。

仍旧是顾涵浩开车，袁峻没有跟顾涵浩争司机的位置，一来是他知道顾涵浩车技了得，二来，他知道顾涵浩和他一样心急，一定会全速前进。

袁峻看了看表，离苟文斌限定的时间还有八分钟，而按照目前的速度和距离，恐怕他们能赶到那里的最短时间也就是八分钟。

柳凡和袁峻对视着，他们俩人都在想一个问题，他们赶到的时候，要么是刚好看到苟文斌开着车子载着凌澜离开，要么，正好看到那栋楼被炸弹毁于一旦。

顾涵浩把手机丢给袁峻："问林自强那边的情况。"

袁峻忙拾起掉在他腿上的手机，点开通话记录拨通林自强的号码，并按下了免提键："林队，我是袁峻，那边情况如何？"

"车子已经准备好，可是直升机还需要一阵子，恐怕时间不够。我们刚刚和苟文斌通了话，他不同意宽限时间。"林自强的声音焦躁，可见他现在也是焦头烂额。

顾涵浩狠踩油门，吩咐袁峻："拨下面那个陌生号码，我直接跟苟文斌说话。"

袁峻依照吩咐拨通了那个号码，同样是免提状态，然后伸手拖着电话，靠近顾涵浩的身侧。很快，苟文斌接通了电话。

"顾队长，我真的不愿意承认我看错了你，没想到你真的是这么冷血绝情，不顾凌澜的生死。"苟文斌阴阳怪气，但是从他的口气里，顾涵浩听出他已经不像刚刚那么自信了，有些许乱了阵脚。

"你得宽限点时间，直升机那边……"

"别以为我不知道！"苟文斌气急败坏地打断顾涵浩："就是因为你们要在直升机上安装定位系统，所以时间才会这么久。顾涵浩，你真的打算亲自给凌澜收尸吗？好吧，看来我得教教你们什么是时间观念了，我现在就给凌澜一枪，放心，我不会打在要害部位，但是她会慢慢失血，失血过多的后果如何你们应该清楚！只有这样，你们才懂得时间的宝贵！"

"别，别！"顾涵浩情急之下失声叫了出来，只可惜为时已晚，一声枪响过后是众人尖叫的声音。

车子里的三个人一时间全都陷入了安静，袁峻的手一抖，手机差点掉在地上。顾涵浩正失神，柳凡突然抬眼看对面："顾队，小心！"

顾涵浩这才意识到他马上就要撞到前面的车，急忙转动方向盘，终于化险为夷。

"苟文斌，我这就派人把直升机停到离你那里最近的最适合降落的动力广场，再给我十分钟，十分钟，我用性命跟你保证，我准备的直升机不会有任何追踪定位系统！是我个人为你准备的民用直升机！"顾涵浩极尽诚恳之势。

苟文斌显然是动了心："真的？可是，你哪来的民用直升机？"

"你知道宇文天吧，那个明星宇文天，他是我的铁哥们，我跟他借他的专机，他一定会答应。十分钟后，他的专机一定会在动力广场降落，如果你不会驾驶，我可以再给你找个驾驶员！但是你要答应我不要再伤害人质。"

"不用，不用，我自己能开，再说也信不着你找来的人，"苟文斌有些兴奋："你放心，这些没用的人我现在就可以放了，只留一个最有用的凌澜就行。看来找凌澜来当人质还是有用的，非要你顾队长动用私人关系才行。我就信你这一回，如果你让我失望的话，那咱们只好鱼死网破！"

苟文斌那边挂断了电话，顾涵浩急忙从袁峻手里抢过手机，拨通明星宇文天的电话："喂，我是顾涵浩，让宇文马上接电话，十万火急！"

电话那边宇文天的经纪人当然也知道顾涵浩以及顾涵浩和宇文天之间的交情，他一听这语气，二话不说，直接拿着电话冲到正在录访谈节目的宇文天面前。

"文天，马上找人把你的直升机开到动力广场上，十分钟之内！"顾涵浩没有多说别的，但只是他严厉的口吻便已经让电话那边的老朋友明白了事态的严重性。

对方只简单有力的一个字便挂上了电话："好！"

顾涵浩明白，宇文天一定是着急去安排直升机的事了，他和这位大明星之间有着值得他信赖的默契。

柳凡和袁峻都被惊得瞠目结舌，他们不敢相信顾涵浩竟然认识鼎鼎有名的宇文天，那个创作、影视歌多栖发展的全能明星。更想不到他们之间的交情好到如此地步。

袁峻从后视镜里望着顾涵浩坚毅的神态，瞬间明白了自己不是顾涵浩的对手，他对凌澜的关切程度搞不好根本就不及他的这位队长，他能为凌澜做的，就更加不及顾涵浩的十分之一。也许，他该彻底地放下凌澜，这个从一开始就注定不会属于他的人。

柳凡也同样在后视镜里紧盯着顾涵浩，不同于袁峻的是，柳凡的眼睛里噙着泪。她在羡慕凌澜，如果能让顾涵浩为她如此的话，她真的宁愿在苟文斌手里挨那一枪。只可惜，她没有凌澜那样的福气，她注定是顾涵浩生活中的局外人，和顾涵浩永远只能有工作上的合作关系。也许，是该她彻底死心的时候了。

一个急刹车，顾涵浩三人终于赶到了苟文斌心理机构的门口。

林自强望着匆匆向他跑来的顾涵浩，第一句便是抱歉的话："对不起，恐怕在规定时间内直升机赶不来。好在苟文斌已经在分批释放人质了，到最后我们就可以趁他出来上车的时候找机会制伏他。"

顾涵浩白了一眼林自强："你不顾凌澜的安危了吗？刚刚她已经中枪了！"

林自强顿了一下，随即又恢复冷静神态："事情到了这种地步，有伤亡是难免的。"

"你！"顾涵浩恨不得给对面这个老男人一拳，但是他还是忍住了："听着，待会儿他们出来的时候你的人最好按兵不动，我不允许有伤亡！"

林自强也来了火气："你最好搞清楚，这里是我在负责的。况且，他上车的时候是最好的行动时机，难道要等他开车离去，发现根本就没有直升机的时候，气急败坏一枪毙了凌澜吗？"

顾涵浩有些心虚，转过头小声地说："保险起见，我已经准备好了直升机。"

"什么？"林自强一把揪住顾涵浩的衣领，满脸憋得通红："你有什么权力这么做！我再跟你说一遍，抓捕苟文斌是我们缉毒大队的任务！"

袁峻和柳凡忙上来劝开林自强，林自强的手刚刚松开，就听顾涵浩回应道："我是没有权力，我不是以刑警队长的身份做的这件事，我是以我个人的身份准备的直升机。"

林自强刚刚松开的手再一次抓紧了顾涵浩的衣领："你个臭小子，要是让苟文斌跑了，抓不到他幕后的主使，这个责任你担当得起吗？"

顾涵浩没有回答，任凭林自强扯着自己的衣领，他只是专心致志地盯着楼门口："袁峻，把望远镜给我。"

袁峻一手努力撑开林自强的手，一只手把望远镜递给了顾涵浩。

林自强早就听说过这个顾涵浩一向是我行我素，仗着他姐姐和姐夫的关系，从来不把别人放在眼里。此刻再和他纠缠下去，自己也得不到什么好处。现在能做的，要么是按照原计划在苟文斌押着人质上车的时候动手抓捕，要么就是按照顾涵浩说的按兵不动，任凭苟文斌逃走。那样的话，虽然他弄丢了苟文斌会受批评，可是顾涵浩却绝对会是受处分，甚至丢了工作。这样的话，也算是让他略感欣慰和痛快的结果。可是，到底选择哪一种呢？

顾涵浩看了一眼手表，十分钟已经过去，苟文斌马上就会行动。果然，通过望远镜，顾涵浩注意到一楼的玻璃大门后有三个身影在移动，其中两个个子稍微矮一些，看起来是女人，中间那个个头高一些，是个男人，而且就是苟文斌没错。

看来苟文斌不但挟持凌澜做人质，他还给自己找了个人质司机，也是更容易控制的女性。三个人像连体婴儿一样紧紧贴在一起出了大门，苟文斌躲在两个女人中间，用两个人质当自己的盾牌。

林自强眼看着三个人朝着他们准备好的车子靠近，忙冲一旁的手下使了个眼色。

顾涵浩当然注意到了林自强的举动，也看到了不远处那几个跃跃欲试穿着防弹衣的特警。现在是关键时刻，如果特警们冲过去的话，很难保证两个人质的安全。顾涵浩紧盯着受伤流血的凌澜，她正瞪着惊恐的眼睛在人群中搜索，顾涵浩明白，凌澜一定是在找他。想到这一点，他的心里又是一阵刺痛。是因为他凌澜才会被苟文斌盯上，骗去做人质的。他已经害这个弱女子挨了一枪，绝对不可以让她再面临更大的性命威胁。

说是他有私心也罢，说他感情用事也好，顾涵浩真的做不到冷眼旁观。咬了咬牙，顾涵浩叫了一声引起了在场所有人，包括苟文斌的注意。然后他把腰间的配枪拿出来放在了地上，举着双手往苟文斌那里靠近："别误会，我不是来阻止你的！"说着，顾涵浩用眼光暗示苟文斌往他身后看。

第六十五章　尘埃落定

苟文斌也不傻，他一下子就注意到了顾涵浩身后不远处的那几个特警。他当然也明白顾涵浩之所以突然站出来隔在他和特警之间，为的就是阻止特警行动。这个刑警队长果然是把这个小姑娘的安全放在第一位，为了这个女孩，他甚至不惜放走他，还帮他逃走。

苟文斌冷笑一声，拉开车门，拉着凌澜坐到了后座，然后用枪指着另一个女人："你不是会开车吗，快上车！"

另一个女人低着头，动作迅速地坐上了驾驶座。

顾涵浩愣了一下，只是扫过那么一眼，为什么他会觉得这个女人有些眼熟呢？到底是在哪里见过？而且刚刚凌澜看自己的眼神也有些不对劲，她一遍一遍地用眼神在顾涵浩和那个女人之间扫来扫去，好像是在暗示着什么。

苟文斌所在的车子绝尘而去，在场的人马上发出一阵唏嘘声。

林自强恶狠狠地瞪了顾涵浩一眼，然后飞快上了车，顺着苟文斌离开的方向追去。

袁峻也忙转身准备上车，柳凡看顾涵浩还愣在那里，便一个箭步冲过去拉扯他："顾队，咱们也快追上去吧。"

顾涵浩这才回过神，和柳凡一起上了车。

刚一上车，苟文斌的电话打了过来："让他们保持一定距离，否则上了直升机后，我就把这个开车的女人丢下来！"

顾涵浩没了刚刚的急躁，而是颇为冷静地回答："关于这点你还是亲自跟林队长说吧，现在我已经跟他闹僵，我的话在他那已经没有了任何分量。"

苟文斌好像是愣了几秒钟，然后觉得顾涵浩说得在理，毕竟刚刚顾涵浩为了凌澜的安危居然明目张胆地阻止了特警的行动。

苟文斌很快挂断了电话，而驾驶座上的袁峻也发现了前方车队的异样："顾队，他们真的放慢了速度，要和苟文斌保持一定距离。"

顾涵浩没有回应，只是自己陷入了沉思之中。如果说那个女人真的就是那个人的话，那么接下来会发生什么事呢？苟文斌会死吗？凌澜会安全吗？

一切最好在上直升机之前尘埃落定！

飞驰的车子里，苟文斌一只手拿着枪顶在凌澜的腰间，另一只手拉扯住凌澜被绑住的双手，不住地回头看后面车子尾随的距离。

凌澜的左臂还流着血，但好在不多，她只是擦伤而已，和中弹相比根本不算什么。这还要感谢苟文斌手下留情，不，不对，手下留情的不是苟文斌，而是，坐在他们前面的这个女人。凌澜记得还在苟文斌心理机构的时候，是这个和苟文斌本就相识的女人提议要给她一点教训，也是给顾涵浩一个警示，于是冲着自己开了这么一枪，只是造成擦伤的一枪。凌澜不傻，这个女人枪法了得。

凌澜吞了一口口水，试探性地问了一句："你准备什么时候动手？"

苟文斌一听这话不禁全身一抖，他抬头紧盯着凌澜，颤抖着问："你什么意思？"

后视镜里，前排驾驶座的女人微微牵起嘴角，在电光火石之间，她突然掏出了一把枪，转过身，扣动扳机。

苟文斌的身躯顿时像放了气的皮球瘫软下去，顶在凌澜腰间的力量也瞬间消失。

女人把安装了消音器的枪放在副驾驶的座位上，淡淡地回了一句："急什么，这不是动手了？开门，把他踢下去。"

凌澜的双手仍旧动弹不得，她也不敢轻举妄动，毕竟这个女人是敌是友还不清楚，于是便硬着头皮从死去的苟文斌身上蹭过去，侧过身子，用绑在身后的手打开了车门，然后艰难地蹭回来，带着报仇雪恨的痛快感觉，努力把苟文斌给踹出了车门。

听着苟文斌尸体滚落的声音，凌澜怯怯地问："你到底是谁？为什么救我，为什么，第二次救我？"

女人抿了抿涂着厚重口红的嘴："你知道吗？你的问题太多了！"

说话间，女人又再次腾出右手拿起了副驾驶座位上的枪，侧转过身子，回过头。

顾涵浩他们姗姗来迟，没办法，谁叫他们是跟在林自强车队的最后面呢。顾涵浩远远就看到了地面上的血迹，但是相比较吓得面如纸色的袁峻来说，顾涵浩冷静得多，他几乎可以肯定，那摊血迹不属于凌澜。

顾涵浩刚想回头安慰袁峻，袁峻已经三下并作两下，踉跄地跑到那十几个人围住的地方，粗鲁地推开林自强的人。

映入袁峻眼帘的当然不是凌澜，而是苟文斌，他的头部近距离中弹，惨不忍睹。

"怎么会这样？"袁峻把询问的目光投向林自强。

林自强没好气地回答："车上一定是出了什么事，车子根本就没停，苟文斌就被推了出来。恐怕，恐怕是你们的那个凌澜吧。"

"不对，"顾涵浩赶到林自强面前："如果是凌澜在自卫的情况下杀了苟文斌，那车子应该会停下来。我想，问题出在另一名人质，也就是那个化着浓妆的女人身上。"

"你知道什么？"林自强刚想抓住顾涵浩问个清楚，顾涵浩却一个转身又往车子的方向走去。

"袁峻、柳凡，咱们继续追，去动力广场。"顾涵浩一边说一边加快脚步，现在的他对那个浓妆的第二名人质已经不是怀疑了，他可以肯定，他见过那女人，准确地说他见过那女人的画像。就在他刚刚和凌澜相识的时候，凌澜的系主任家里煤气爆炸，凌澜却躲过了那一劫。当时帮凌澜躲过那一劫的浓妆女人，顾涵浩曾找来马德明画师来根据凌澜的描述画过人像。凌澜自然也认出了那个女人，所以她才频频用眼神给自己传递暗示。

既然得知了是那个女人，顾涵浩心里差不多已经确定了凌澜应该不会出事，因为那女人八成还会像上次一样，在凌澜的生死关头出来相助。虽然不知道她到底是敌是友，到底站在哪一个阵营。但是再明确不过的是，她就是顾涵浩一直追寻的那个神秘组织的成员。如果这次能成功抓到她，那么对于他和凌澜来说都是关键性的突破。

这样想着，顾涵浩当然是要再次坐到驾驶座的位子上，他狠踩油门，警车像是离弦的箭一般冲了出去。

很快，动力广场上降落着的显眼的直升机映入眼帘，顾涵浩驾驶着警车直接开到了直升机的脚下。三个人急匆匆从车上跳下来，疾步跑到直升机开着的舱门前。

顾涵浩惊呆了，他万万想不到眼前会是这样一幅景象，凌澜竟然昏迷着躺靠在宇文天的怀里！

宇文天的拇指还在凌澜的人中上，显然刚刚他在按压凌澜的人中。

袁峻和柳凡更是惊得说不出话来，他们怎么也不想到，会在今天这种时刻亲眼见到这位大明星。

"她怎么样了？"顾涵浩边问边跳上直升机，蹲到昏迷的凌澜的身体另一侧。

"头上有个大包，应该是被打晕的，我来的时候看见一个女人把她背到了直升机上，然后便开车离开了。那女人是你们要追的坏人吗？"宇文天丝毫没有松开怀中身体的意思，仍旧一只手把她揽在怀中。

顾涵浩朝四周看了看，哪里还有那个女人的影子。最糟糕的是，那辆林自强提供的车上也没有定位系统，他们光顾着准备在直升机上安装追踪系统了。

"好了，把她交给我吧。"顾涵浩说着便要把凌澜从宇文天怀中接过来，可是令他没想到的是宇文天居然仍旧没有放手的意思："你，你该不会？"

宇文天坏笑一声："想多了吧，我就是想测试一下你。现在看来，这个女孩很不简单啊，居然值得你这样大费周章，把我的私人直升机都给请了出来。"

顾涵浩索性收回了手，一副把凌澜让给宇文天的样子："那就麻烦你帮我把她抱上车吧。顺便说一声，我请的是你的直升机，不附带你这个直升机主人，而且这件事完全是公事。"

宇文天拦腰抱起凌澜，跟在顾涵浩身后下了直升机："都怪我太不放心，想亲自来保护我的宝贝直升机。现在看来，我还得叫司机再把它开回去，你白白折腾了我和我家宝贝一回啊。"

顾涵浩抬眼瞟了一眼宇文天藏在不远处的车了："是是是，是我的不对，改天请你吃大餐赔罪。但是现在我的警车坐不下那么多人，你既然是开车过来的，就自己再开车回去吧。"

宇文天依旧一副歪嘴坏笑模样，把凌澜抱着放到了后座柳凡的怀里，然后关上车门："这是你说的，请我吃大餐的时候别忘了带上这位小姐，关于今天的行动，你们还欠我一个解释。"

顾涵浩无奈地笑了笑："到时候再说了，就这样，走了。"说完，顾涵浩示意袁峻赶紧坐到副驾驶的位置，车门关闭后，他发动车子往回赶去。

从后视镜里看着宇文天站在原地目送他们离去，顾涵浩深深呼出一口气，今天还真是忙碌又刺激的一天。不过，总体来说一切真的是在上直升机前尘埃落定了，只可惜，让那个浓妆女人逃掉了。

第六十六章　情愫暗生

清晨，医院的病房里，凌澜渐渐清醒过来，揉了揉还有些痛的头，她第一眼便看见了守在她身边的柳凡。

"柳凡？"凌澜挣扎着想要坐起身子，却发现一动弹，头部就针扎般的疼。

柳凡急忙阻止凌澜："别动别动，医生说你还得休息一阵子。"

"我是不是，脑震荡？"凌澜乖乖保持不动，她还清楚记得，就在自己多嘴问那

·305·

个浓妆女人的身份的时候，那女人用枪朝她的头砸过来，从那之后她便失去了意识。

柳凡露出和蔼的神情，还拍了拍凌澜的手以示安慰："哪有那么严重，医生说再观察一会儿没什么反应就可以回家了。还有你手臂上的伤，也已经处理好了，没什么大碍，只是最近要注意休养，不能劳累。"

"哦，"凌澜这才放心，看到了窗外的阳光，她这才意识到自己竟然半昏迷半睡地度过了一夜："那个，那个女人你们捉到了吗？"

柳凡耸肩摇头："没有，她开着车逃走了。对了，你跟她认识吗？她为什么要帮你？是她杀了苟文斌没错吧？"

凌澜又回忆起苟文斌就在离自己不到二十厘米的距离中弹身亡的情景，忍不住全身打了个冷战，那个浓妆女人是个杀人不眨眼的冷血女杀手。

"我也不认识她。我只是记得，苟文斌把我骗去之后先是关在了一个没有窗子的房间里，过了一会儿，他就带来了那个女人，他们之间显然是认识的，苟文斌把她当作自己人。那女人看到我很吃惊，我猜测我的出现对她来说是意外，她根本不是特意来救我的。我看到她更是吃惊。但是她趁苟文斌不注意的时候偷偷冲我眨了一下眼睛，看样子是示意我继续装作不认识她的样子。后来，她提议自己开车，让苟文斌带着我，三个人一起逃走。在车上，我就在想，这个女人应该是苟文斌上面一个级别的人，她说什么来帮他逃跑都是幌子，八成是来杀苟文斌灭口的，因为她不能让苟文斌落在警察手中，那样的话，避免不了苟文斌会供出更重要的人。所以，我就试探性地问了句'什么时候动手'，结果真的印证了我的想法。"

柳凡皱着眉头，努力去分析凌澜的讲述，她对这个神秘女人充满了兴趣，看来她真的就是苟文斌所在毒品组织里的一员。

"对了，顾涵浩呢？"凌澜早就想问这个问题了，但是又怕柳凡在意她过于在意顾涵浩。

柳凡淡然一笑："顾队昨晚在这守了你半个晚上，后来我过来接班让他回去休息了一会儿。这会儿他应该正在局长办公室里接受批评呢，搞不好，会有处分。"

"为什么？"激动的凌澜又不自觉地想坐起身子，再次牵动了脑袋里那根痛觉神经，忙捂住头保持不动的姿势。

柳凡赶忙伸出双手，缓缓帮助凌澜重新躺好。然后，她把昨天下午发生的事一五一十地告诉了凌澜，包括顾涵浩为了尽快赶去救她而匆忙开枪打伤单国丰，还有顾涵浩接受了苟文斌的交易，为了她的安全，动用了朋友的私家直升机。

凌澜一边听着，不知不觉竟然流下了眼泪，她怎么也想不到，在她不知情的情况下，顾涵浩竟然为她做了这么多。可是，顾涵浩为什么要这样做呢？难道说……

凌澜不敢再往下想，她擦了把眼泪，望着柳凡。她不敢相信，柳凡竟然会是现在这副安然的模样，而且还来照看她。她不是应该吃醋的吗？不是应该对自己怀有敌意的吗？

柳凡犹豫了一下，几次欲言又止，终于慢慢开口："我觉得，顾队对你，他对你……"

凌澜赶忙本能地做了一个打住的手势，转移话题："对了，告诉你个秘密啊，你千万不要笑我。我昏迷之中做了一个梦，我竟然梦见了宇文天，就是那个大明星宇文天，我梦见他抱着我！"

柳凡捂着嘴笑："不是做梦，是真的！我当时看到宇文天的时候也惊得说不出一个字，他真人比电视上还要帅呢。"

"啊？"凌澜张着嘴，一头雾水。

中午过后，柳凡搀扶着凌澜在医院门口打了一辆车。

坐在柳凡身边，凌澜想起了上一次也是柳凡接她出院，送她回到了顾涵浩家的对面，只不过上次的柳凡一副冷面孔，而现在，柳凡多了许多温柔的女人味。她们比之前相处得更加融洽了。

"柳凡姐，你送我回去之后要马上回分局吗？"一开口，凌澜自己都大吃一惊，她居然叫柳凡"柳凡姐"，这可是头一遭。

柳凡也怔了一下，然后露出一个甜甜的笑，用对待妹妹的口吻回答凌澜："是啊，放心吧，等我回去，得知了顾队的处分结果，马上打电话告诉你。"

凌澜不自然地笑笑，刚刚叫她一声姐姐，她就真的像个知心姐姐一样看到了她心底里最担心的事。

一个人在卧室里躺着整理思绪，凌澜的心情并没有因为案子水落石出而轻松一些。虽然苟文斌这个害死彭泽的罪魁祸首已经死了，而且是大快人心地让她亲眼见证了他的死亡，还亲自把他给踢下了车子；虽然苟文斌的爪牙，杀害佟佳丽和穆全的真凶单国丰也已经落网，可是，一切真相大白，真凶落网伏法的同时，也就意味着她要告别顾涵浩，告别这份工作了。这是她和顾涵浩约定好的，准确地说，是顾涵浩单方面霸道的决定，她其实并不甘心就这样退出。而且，是在这种时候，在浓妆女人再次出现之后，线索已经再次浮出水面，他们都把那个女人看得更加清晰了，而且还可以确定那女人和苟文斌之间是认识的，这不正是一条很好的追查线索吗？在这个时候中断合作关系不是太可惜了吗？

凌澜很想等顾涵浩回来之后，把这其中的道理讲给他听，劝他放弃终止合作的念头。可是又觉得那样的话，自己的颜面有些过不去，那样就等于摆明了自己不想离开顾涵浩。凌澜又想到了柳凡在医院的那番讲述，想着想着便感到脸上火辣辣的。顾涵浩这样担心她，甘愿为她不理智、存私心，这代表什么？是她想多了吗？

顾涵浩心里是何种想法，凌澜当然不敢去揣测。但是她本能地逃避心里那种猜测，那种花痴的猜测。也许顾涵浩对她只是朋友间的友谊，或者是把她当作妹妹一般。也许，换作柳凡，顾涵浩也一样会这样做。

冷静下来后，凌澜终于肯直面自己的小心思。它蠢蠢欲动，按捺不住，像只淘气的兔子马上就要挣脱束缚，再也抓不住。怎么办？怎么办？她这种不知道什么时候已经这样不安分的情愫她还能掌控得了多久？

就这样胡思乱想着熬到了傍晚，凌澜的肚子开始咕咕直叫，中午和柳凡在医院的食堂里对付了一顿，这会儿她真的很想吃顿好的。她想打顾涵浩的手机，要他回来的时候带晚餐回来，可是按下拨通键之前又有些犹豫，现在的她竟然不知道该怎么面对顾涵浩了，和他说话的语气该热情呢，还是冷淡点好呢？

傍晚六点的时候，凌澜隔着窗子听见顾涵浩的车子熄火的声音，很快就是顾涵浩开门的声音。她有些失望，顾涵浩竟然也不先来看望她。

正气愤着，打算自己起来去厨房弄点吃的，凌澜就听见通往地下室那边的楼梯处传来声响。还没等凌澜多想，那边已经传来了顾涵浩的声音。

"听柳凡说你一动弹就会头疼，我也就不劳烦你去开门了，干脆自己进来了。"说着，顾涵浩提着几个饭盒从楼梯走了上来。凌澜这才想起，当初刚刚搬进来的时候顾涵浩就和她说过，他们两家的地下室是相通的，只隔着一道门而已。而那道门的钥匙，他们两人一人一把。

凌澜掐腰站在餐厅里嗔怪着："不是说好紧急情况才能走地下室那道门吗？你就这样大摇大摆过来，不太合适吧？"

顾涵浩却大大咧咧把几个饭盒往餐桌上一放，顺势坐在椅子上："居然还和我见外？小姑娘，你可知道我为了你挨了多大的处分吗？"

凌澜的气势就像被一盆冷水浇灭："我听柳凡姐和我说了，局长罚你在整个分局的年度大会上做检讨，我知道，那样会很没面子，但也总好过记过吧。"

顾涵浩停止了手上的动作，吃惊地望着凌澜："柳凡告诉你的？柳凡，姐？"

凌澜明白顾涵浩一定在吃惊她对柳凡的称呼，还有两人突然间变得友好密切的关系。她坐到顾涵浩身边笑着回应："没错，就是柳凡姐。"

"搞不懂你们女人。"顾涵浩笑着把丰盛的晚餐摆好，起身去拿筷子。

晚饭后，两人就坐在凌澜家客厅的沙发上一边看电视一边有一搭没一搭地闲聊。话题从大明星宇文天和顾涵浩之间的交情转移到柳凡突然间可喜的变化，从袁峻这阵子和白富美吴瑕的进展谈到了好好先生是否受女人欢迎。两个人的话题兜兜转转，心照不宣似的，就是不谈顾涵浩为凌澜的付出。最后，不可避免地，两人的话题再次回到了案情上。

第六十七章　天口

"总算能给彭泽的父母一个交代了,"凌澜感叹着:"他们大概怎么也想不到,就是这个家族中的佼佼者苟文斌间接害死了他们的儿子,我想,彭家和苟家会老死不相往来的。对了,单国丰有没有交代,他到底是如何把彭泽拉下水的?彭泽在佟佳丽和穆全的死上,到底负有多大的责任?"

顾涵浩明白,眼下一切都已经水落石出,唯独这个细节被遗漏了,对于凌澜始终都是个谜。当然,单国丰已经老实交代了当时的细节,只是顾涵浩有些不忍告诉凌澜。

凌澜看出了顾涵浩的犹豫,于是正色对他说:"没关系,相信我,我能够承受。别把我当成小孩子,我的心理年龄搞不好比你还大。"

顾涵浩看着凌澜真挚的眼神,下了决心,的确,在他心里,凌澜早就不再是一个小姑娘,而是一个,女人。

"三年前,单国丰接到了苟文斌的指示,把彭泽拉下水。当时他一直在策划谋杀佟佳丽和穆全,正如我之前预料的一样,他是临时把彭泽加入到他的计划当中的,"顾涵浩不打算遮遮掩掩,他要把真相,对于凌澜来说有些残酷的真相彻底讲出来:"单国丰先是迷晕了彭泽,然后把昏迷的他放在了他要求栾舒晗提供的车子的后备厢里,由栾舒晗开车,开往人迹罕至的江边。而在江边,等着他们的正是吕琛、被吕琛打晕的穆全还有穆全的船。准备妥当这一切之后,单国丰要求栾舒晗用一个陌生的号码打电话给佟佳丽,说自己这边有事要急用钱,让佟佳丽马上带着十万元来江边和她会合。佟佳丽一直把栾舒晗当作亲人一般,听到她有难,就直接跑去银行提了十万元赶去了江边。她万万没想到,在江边等待她的不单单是栾舒晗,还有吕琛和单国丰。他们这一家三口也算是团聚了。只不过,她更加想不到的是,她的儿子、她儿子的父亲叫她来是为了要她的命。"

听到这里,凌澜痛苦地皱了皱眉头:"可怜的佟佳丽,可怜的吕琛。"

"当时的吕琛根本不知道佟佳丽就是自己的生母,他只是知道,这个女人居然要把他卖假药假保健品的事情公开,甚至还要报警。他恨佟佳丽,但是还没有恨到要她死的地步,但是没办法,他想要穆全死,而单国丰提出的条件是,他可以替他杀死穆全,但前提是,要佟佳丽陪葬。"顾涵浩叹了口气:"栾舒晗和吕琛不同,当时的她完全被单国丰洗脑了,虽然那天她没有服用LSD,但是她还是成了单国丰的利用的工具。在这场谋杀当中,这两人就这样成了帮凶,他们分别引来了两个死者。"

"那彭泽呢?"凌澜难免心急,顾涵浩说了半天,还是没说到彭泽的部分。栾舒晗和吕琛之所以会牵连到那起命案中,其中的缘由之前他们就已经猜得八九不离十。唯独顾涵浩,他和这起命案的关联是最近他们才查到的,可是,究竟单国丰是怎样逼迫彭泽的,彭泽又做了什么呢?

顾涵浩做了个少安毋躁的手势，徐徐开口继续："单国丰趁彭泽昏迷之际把他捆绑起来，把他丢进了冰凉的江水中，彭泽便马上清醒过来。不会游泳的他当然是惊恐至极，连忙呼救。紧接着，单国丰又把彭泽拉上来，给了他一个选择，一个致命的选择。今天，单国丰是一定要让个男人和佟佳丽一起赴死的，他就是要佟佳丽这个负心的女人临死也对不起她深爱的丈夫，和别的男人亲密接触。所以，要么，他和佟佳丽一起去赴死，要么，他帮助单国丰把佟佳丽和穆全绑在一起，然后亲手把他们推到江中。"

凌澜听得全身战栗，她不可置信地问："彭泽选择了后者？"

顾涵浩点点头："在生与死之间选择生是本能，只能说彭泽太过倒霉，有那么一个表哥，把他牵扯进这样残忍的选择之中。紧接着，彭泽在单国丰手中匕首的威胁下，和栾舒晗还有吕琛一起把穆全和佟佳丽绑在了一起。几个人一起挤上了渔船，等到船划到江中心的时候，单国丰用江水把昏迷的穆全弄清醒，他就是要佟佳丽和穆全全都清醒地承受这一切。"

"然后彭泽就在单国丰匕首的要挟下，亲手把佟佳丽和穆全推下了船，然后放下了那块重石，"凌澜接替顾涵浩说下去："单国丰之所以要让栾舒晗和吕琛都一起上船，是因为他也要他们来做彭泽犯罪的见证者，这样一来，彭泽才真正地被封住了嘴巴，不得不为苟文斌保守秘密。"

"没错，单国丰为了更好地制约这三个人不把他供出来，便把十万元分给了他们三个，每人三万。往后的事情，你也都知道了。这三个人为了自保只好保持缄默，各自按照单国丰的要求把钱存了。但是吕琛和栾舒晗又都对自己的行为感到后悔，栾舒晗更是和单国丰这个巫师以及LSD划清界限。他们想到了赎罪，于是三人便达成了协议，找到私家侦探王建华替他们寻找佟佳丽的儿子，结果就找到了崔宏，开始了另一场错误。"

凌澜仰面不让泪水流下来，淡淡地说："你之前猜测彭泽可能是三个帮凶中最大责任的那个帮凶，看来果然如此，是他亲手把那两个人推下去的。想不到彭泽一直背负着这样的秘密和我交往，三年多了，我竟然一点都没有察觉到他的苦恼，我真不是个称职的女友。"

顾涵浩递过去一张面纸，安慰道："事情都已经过去了，放下吧。"

凌澜接过面纸擦了眼泪，低头望向顾涵浩："是啊，事到如今，不放下又能如何呢？我的生活还要继续。而且，我仍旧认为彭泽是个好人，尽管他在生死关头自私了一回，尽管他没能勇敢站出来指证苟文斌，但在我心中，他仍旧是个好人。"

"是啊，他还有救赎之心。这件案子里，不光是彭泽，还有栾舒晗和吕琛，王安升和隋咏昕，他们都想为自己的怯懦自私去赎罪，想要救赎自己。甚至连张晋，也是一样，虽然他的救赎不能和其余几个人相提并论，"顾涵浩感叹着："不过，到后来，还真的多亏张晋有这份救赎之心，否则的话，他也就不会和隋咏昕王安升做这笔

· 310 ·

交易，从而替隋咏昕和王安升保守秘密。如果不是张晋没有把隋咏昕和王安升的身份以及他们曾经偷看的事实告诉给苟文斌的话，苟文斌也不会在不知情的情况下说出和隋咏昕完全相反的供词，我们也就不会发现他在说谎。"

凌澜苦笑一声："与其感谢张晋那可悲的救赎之心，还不如感谢我们的顾大队长，竟然会愣头愣脑地冲进人家家里，要不是你在他们没有准备的情况下闯入，说不定也就不会发现邝小红长期服用LSD的事实。"

顾涵浩自嘲地承认："没错，那天我的确是愣头愣脑，不过有的时候我倒觉得那样挺好，总是那么冷静理智的话，会感觉自己没有人情味。况且，我本来就是个我行我素的人嘛，也许你以后会见识到更多我的笑话呢。"

这句话刚刚出口，两人便沉默下来。他们都意识到了一个问题，案子结束了，他们的合作关系也走到了头，他们之间还有以后吗？凌澜还会有机会看到顾涵浩闹笑话吗？

凌澜清了清嗓子打破沉默："我明天会先上网找房子，我会尽快找到地方，尽快搬走的。"

顾涵浩躲开凌澜的目光，小声说："你还是再休养几天，不急于这一时。"

"关于你要追查的外国人，我也帮不上什么忙了，如果你真的查到了什么，也就不必通知我了。"凌澜说这话的时候突然有种想哭的冲动，她其实想说的是，如果查到了什么千万要第一时间通知我啊。

离别的伤感一下子袭击了这两个人，仿佛明天他们就要各奔东西再无往来一样。顾涵浩实在不知道该如何接茬儿再聊下去，干脆转移话题，脱离这么伤感的气氛。他拿起茶几上的遥控器，胡乱换着台："周末晚上了，应该有什么好看的综艺节目吧，忙了这么久，咱们也该放松一下啦。"

凌澜很知趣地一下子转换了情绪："我要看《非诚勿扰》！"

顾涵浩会心一笑，一边说一边继续换台："怎么，你也着急把自己嫁出去了？"

凌澜做出一副骄傲的神态，挑着下巴叫道："我凌澜要嫁，就要嫁个像宇文天那样的大帅哥！"

顾涵浩笑得更大声："那干脆我帮你引荐算了，你别看宇文天绯闻不少，但其实他还是个钻石王老五呢。"

顾涵浩话音刚落，他的手便僵在了空中，眼睛直盯盯地望着电视屏幕上的一档新闻节目。

凌澜当然注意到了顾涵浩的异样，她也把注意力放在了眼前的新闻节目上。节目好像是在讲一户人家煤气中毒的事件，记者呼吁大家更加关注老人，不可把老人单独留在家中，要万分注意煤气安全。

"这个地方，好像很眼熟。"凌澜边看边说，电视画面上显示的是煤气中毒事件发生的小区，而这个小区，她好像不单单是见过，而且是去过。

"是M县赵明凯老人居住的小区，"顾涵浩低沉地说："我有预感，这个煤气中毒的老人不是别人，就是他。他是因为我才会被灭口的！"

"你为什么这么肯定？"凌澜总觉得也许是事有凑巧而已。

顾涵浩仍旧紧紧盯着电视画面："因为我中午的时候接到了赵明凯儿媳的电话，之前咱们去的时候我不是对赵明凯说，只要想起了什么，随时通知我吗？他儿媳说他想起了一些关于那个外国人的特征，要我过去当面谈。我打算明天一早就过去的，要不是下午被局长叫去训话，我本来是打算下午就赶往M县的。"

凌澜愣在那里一时间不知道该说什么好，到手的线索又这样飞走了？

突然，顾涵浩狠狠地用拳头砸向了茶几："可恶，如果我下午就过去的话……"

凌澜看顾涵浩还要继续用拳头泄愤，急忙抓住顾涵浩强有力的手臂阻止："就算你接到电话便往M县赶也来不及的，新闻里说中毒事件发生在下午一点半左右！"

凌澜话音刚落，电视画面上出现了赵明凯的儿媳，那女人在镜头前哭得稀里哗啦，断断续续地讲述着自己只是趁老人午睡期间外出而已，回来的时候发现老人已经没了呼吸。

顾涵浩的预感被证明完全正确，他虽然依旧气愤，但是在凌澜的引导下，还是把手臂放了下来，松开拳头，只是不住叹息："是我害了赵明凯，是我害了他，如果我不去找他，也就不会为他招来横祸。"

"别这么说，"凌澜赶紧抓住顾涵浩的手，轻轻摇晃着："要怪的话就要怪我，是我要你去调查自己的身世的，所以才查到了赵老身上。他的死，我要负责！"

顾涵浩的注意力成功地被凌澜最后这句"负责"给吸引了过去："笨蛋，干吗给自己揽一个这么大的罪行？"

凌澜松开顾涵浩的手，认真地望着顾涵浩说道："是你先变笨蛋的。"

顾涵浩一下子便体会到凌澜的一片好意，原来她是不希望自己因为赵明凯的死而自责。没错，真正要为赵明凯的死负责的人是害死他的凶手，是幕后那个神秘的组织。顾涵浩眼下能做的，就是尽快查到这个组织幕后的黑手，查清他到底有何目的。

为什么要阻挡他探寻身世？为什么要暗中保护他和凌澜？这个组织的成员浓妆女人既然和苟文斌认识，那么她所在的组织是不是和地下制毒贩毒集团有所联系？还有，他和凌澜之间到底有何种联系，导致他俩都成为那个组织暗中保护的对象？

顾涵浩沉下心来，他知道一切都不能操之过急，眼下只有从那个二十几年前在S市出没过的、追逐他的生父的、以英语为母语的男人着手。